Péril à la Maison Somner

Péril à la Maison Somner

UNE INTRIGUE DE
DAPHNÉ DU MAURIER

Joanna Challis

Traduit de l'anglais par
Renée Thivierge

éditions

Éditeur : François Doucet
Traduction : Renée Thivierge
Révision linguistique : Féminin pluriel
Correction d'épreuves : Nancy Coulombe, Carine Paradis
Conception de la couverture : Matthieu Fortin
Photo de la couverture : © Thinkstock
Mise en pages : Mathieu C. Dandurand
ISBN papier 978-2-89667-690-3
ISBN PDF numérique 978-2-89683-651-2
ISBN epub 978-2-89683-652-9
Première impression : 2012
Dépôt légal : 2012
Bibliothèque et Archives nationales du Québec
Bibliothèque Nationale du Canada

Éditions AdA Inc.
1385, boul. Lionel-Boulet
Varennes, Québec, Canada, J3X 1P7
Téléphone : 450-929-0296
Télécopieur : 450-929-0220
www.ada-inc.com
info@ada-inc.com

Diffusion
Canada :   Éditions AdA Inc.
France :   D.G. Diffusion
                Z.I. des Bogues
                31750 Escalquens — France
                Téléphone : 05.61.00.09.99
Suisse :   Transat — 23.42.77.40
Belgique :   D.G. Diffusion — 05.61.00.09.99

Imprimé au Canada

Participation de la SODEC.
Nous reconnaissons l'aide financière du gouvernement du Canada par l'entremise du Fonds du livre du
Canada (FLC) pour nos activités d'édition.
Gouvernement du Québec — Programme de crédit d'impôt pour l'édition de livres — Gestion SODEC.

Catalogage avant publication de Bibliothèque et Archives nationales du Québec
et Bibliothèque et Archives Canada

Challis, Joanna

    (Une intrigue de Daphné Du Maurier ; 2)
    Traduction de: Peril at Somner House.
    ISBN 978-2-89667-690-3

    1. Du Maurier, Daphne, 1907-1989 - Romans, nouvelles, etc. I. Thivierge, Renée, 1942- . II. Titre.

PR9619.4.C42P4714 2012   823'.92   C2012-941542-1

À deux corbeaux très spéciaux,
Maria Day et Jadan

CHAPITRE UN

— Daphné, dépêche-toi ! Nous allons manquer le bateau.

Gribouillant dans mon carnet, je poussai ma chaise pour faire face à une sœur impatiente.

— Angela, plus que toute autre, tu devrais comprendre. J'avais la phrase la plus fabuleuse ! Une déclaration emballante…

— C'est très bien. Maintenant, tu peux t'emballer par la porte.

Soupirant, je jetai un coup d'œil à l'extérieur.

— Il nous reste encore cinq minutes. Le bateau ne partira pas sans nous.

— Oh, *oui* il partira.

Je regardai ma sœur aînée qui sortait de l'auberge avec fracas et je pensai que je ferais mieux de la suivre sans me plaindre.

Courant pour rattraper son pas vif et furieux, je me demandai ce qui l'affligeait. La nourriture ? Le mauvais café à l'auberge ? Peut-être le manque de sommeil ? Je hochai la tête. En vérité, une collègue écrivaine devrait savoir qu'elle ne devait pas troubler une inspiration soudaine.

— Angela ! Attends !

Mais elle n'attendit pas, non plus qu'elle me répondit. Alors que je me hâtais le long de la rampe du bateau, j'admirai son sang-froid et l'expertise de sa tenue.

Nous nous rendions sur une île afin de trouver de l'inspiration pour notre art. Pourquoi avait-elle une expression aussi maussade ?

Ces derniers temps, elle avait été plutôt irritable, mais j'ignorais les raisons de ses humeurs. Haussant les épaules, je montai dans le vieux transbordeur buriné qui se balançait sur les vagues, m'arrêtant pour apprécier les couleurs tourbillonnantes de la mer trouble plus bas. La mer, si mystérieuse et si changeante, m'avait toujours fascinée.

— St. Mary's Island.

Je pointai cette île avec excitation lorsque nous eûmes enfin navigué à travers les vagues rocheuses et que la terre apparut.

Angela ferma brusquement la fenêtre.

— Il pleut. Tu ne vois pas ? Vraiment, Daphné, parfois tu vis vraiment...

— Dans mon propre monde ? Je le sais. Alors ? Qu'est-ce qui te tracasse ? C'est Francis encore ?

Elle renifla.

— Le capitaine Burke peut aller en enfer, ça m'est égal.

— Alors, il ne nous rejoindra pas à la Maison Somner ?

— Il ferait mieux de ne pas le faire.

C'était là des nouvelles pour moi, car même si elle ne partageait pas beaucoup de choses avec moi, contrairement à notre sœur cadette, Jeanne, Angela *m'avait confié* que le fringant capitaine, héros de la guerre, lui avait demandé de l'épouser le mois dernier. Angela ne lui avait toujours pas répondu ; son retard avait-il ébranlé suffisamment la fierté du capitaine pour qu'il retire sa proposition et qu'il se déplace vers des pâturages plus réceptifs ?

Lâchant prise, son humeur butée écourtant la conversation, je me contentai d'examiner mes compagnons de voyage : des familles, des amoureux, des couples, des amis, et des âmes solitaires. Il y avait toute une variété de passagers sur cette traversée en transbordeur en milieu de matinée, toujours une heure achalandée selon Kate Trevalyan. Ou devrais-je dire Lady Kate Trevalyan ?

Intriguée à l'idée de rencontrer ce parangon de beauté et de raffinement, j'avais espéré obtenir un peu plus d'information à son sujet et sur tous les autres avec lesquels nous passerions ces journées d'hiver à la Maison Somner, mais ma sœur était demeurée résolument mystérieuse à propos de ses amis.

J'avais attendu notre visite avec impatience. Quelques semaines consacrées à ne rien faire, sinon chercher de l'inspiration. Bien qu'en vérité, partout où j'allais, il semblait que je trouvais de l'inspiration. Au cours de mes dernières vacances, une simple visite à la nounou de ma mère m'avait conduite à l'affaire, désormais célèbre, de Victoria Bastion. « La future mariée morte sur la plage », murmurai-je en direction du vent.

— Qu'est-ce que tu as dit ?

— Oh, rien.

Je souris, changeant de sujet.

— Mais j'aimerais en savoir plus sur la Maison Somner. C'est très égoïste de ta part de garder tous les détails pour toi.

Malgré mon indignation, elle refusa de s'exécuter.

— Je ne sais rien, dit-elle en haussant les épaules alors que je lui posais une question après l'autre.

Son comportement m'ennuyait, étant donné que j'avais l'impression que notre voyage servait un objectif particulier, un but qu'elle gardait secret. Il semblait qu'elle avait besoin du support familial, sinon pourquoi m'aurait-elle demandé, à *moi*, sa petite sœur encombrante, de l'accompagner dans une visite à des amis à la Maison Somner ? Elle n'avait jamais voulu que j'aie à composer avec ses amis auparavant.

— Ils nous envoient une voiture, dit Angela, complaisante, alors que nous attendions en file pour débarquer du transbordeur. Ils ont dit que nous devons attendre au Three Oaks Inn… oh, regarde, c'est là-bas.

Je me retournai pour regarder le village côtier embrumé.

— Oui, mais nos bagages ?

— Oh, oui. Je suppose qu'il nous les faut, n'est-ce pas ?

Son esprit était manifestement ailleurs. J'aurais aimé qu'elle se confie à moi, même juste un peu.

Le sourire timide d'Angela avait inspiré les bateliers à transporter nos bagages de l'autre côté de la rue, nous laissant blotties sous mon parapluie. Au moins, j'avais eu la bonne idée d'en apporter un.

Je n'étais jamais allée dans une île aussi éloignée pendant une telle saison. D'habitude, nos voyages incluaient des destinations dont les choix étaient évidents : Paris, Europe, Italie et une croisière sur la Méditerranée, où les îles grecques ensoleillées différaient tellement de nos îles britanniques. Pourtant, je préférais notre île aux bâtiments blancs immaculés de la Grèce entourés d'une mer turquoise toujours calme. Il y avait quelque chose de sauvage et d'indiscipliné dans les profondeurs de Cornouailles, une côte indomptée remplie d'histoires de pirates et de légendes qui remontaient à l'époque du roi Arthur.

De la fenêtre poussiéreuse du Three Oaks, je repérai d'abord les phares clignotants d'une voiture s'approchant dans la rue. Un conducteur téméraire était assis derrière le volant, ignorant consciemment les citadins ordinaires tentant de traverser la rue.

— C'est Max Trevalyan !

Haletant, Angela plissait les yeux.

— Oh mon dieu, il a presque renversé cette femme ! Mais comme c'est gentil. Je ne croyais pas qu'il viendrait nous chercher en personne.

Oui, comme c'était gentil en effet, et c'est pourquoi la moitié de la population s'était arrêtée, même sous la pluie, pour observer la dangereuse et élégante voiture de sport rouge qui s'arrêtait devant l'auberge en klaxonnant frénétiquement.

— Nous ferions mieux de nous dépêcher, dit Angela, en essayant de ramasser ses lourds bagages. On dirait qu'il ne veut pas être obligé d'attendre.

— On pourrait penser que le seigneur du manoir nous aiderait s'il était vraiment un gentleman, rétorquai-je en fronçant les sourcils.

J'étais remplie d'inquiétude à l'idée que nous étions les invitées de ce fou.

Nous réussîmes à tirer nos lourds sacs pendant quelques mètres avant que deux types de la place, assis au bar et conquis par la dramatique de détresse d'Angela, nous libèrent de nos fardeaux.

— Mon doux Seigneur, qu'est-ce que vous avez là-dedans?! gémit l'un des hommes.

— Des livres, lui répondis-je en souriant. En fait, des livres pour moi et des chaussures pour ma sœur.

Sorti de sa voiture, Lord Max Trevalyan baissa la tête en guise de salut moqueur, alors que les deux hommes déposaient nos malles à l'arrière de la voiture toujours en marche. Les portes furent ensuite immédiatement ouvertes, et nous fûmes autorisées à monter dans l'espace étroit qui restait.

Laissant Angela se joindre à Max à l'avant, je rampai à l'arrière et je saluai à nouveau les pêcheurs, étant donné qu'Angela avait oublié ses manières dans son message d'accueil effervescent à notre hôte criard.

Max Trevalyan ne ressemblait en rien à ce que j'avais imaginé de lui. Dix ans plus jeune que son épouse, il possédait une beauté gamine et espiègle avec des cheveux châtain vif, un front large, des yeux ambre profonds, et un nez légèrement romain.

— Rappelez-moi le nom de votre sœur, dit-il en s'adressant à Angela.

Il accélérait alors sur la voie, manquant de peu une jeune femme sur le point de traverser la rue.

— Zut! Vous croiriez que les gens du coin n'ont rien d'autre chose à faire que de s'avancer devant une voiture qui accélère.

— Sommes-nous en retard pour quelque chose? osai-je dire, bravant le frénétique regard de réprimande d'Angela.

— Oui!

Changeant rapidement de vitesses, Max fit dévier sa voiture dans un fort virage à droite.

— Je suis toujours en retard pour tout. Kate me cassera les pieds!

— Mais vous n'étiez pas en retard, dit Angela pour adoucir l'atmosphère.

Elle voulait ainsi démontrer qu'elle n'avait pas vraiment peur de ses talents de conducteur ou de cette hâte incessante et instable.

— Vous étiez exactement à l'heure!

— L'étais-je?

Jurant en passant devant un chariot chargé qui allait «trop lentement par une centaine de kilomètres», Max devint un peu plus prudent en descendant une route de campagne plus étroite qui menait à des champs dénudés.

— C'est un raccourci, me dit-il, tournant la tête pour me lancer un rapide coup d'œil. Votre sœur est jolie, dit-il à Angela avec un petit rire. Vous plairez aux garçons toutes les deux. Pauvre cousine Bella, elle est beaucoup trop terne.

— Terne et ennuyeuse, aussi ?

Angela sourit, et je fronçai les sourcils devant son manque de décorum.

— *Incroyablement* terne.

Max grimaça à nouveau, passant à une vitesse supérieure.

Entassée à l'arrière avec les coffres, la fine pluie troublant la vitre, et notre chauffeur téméraire continuant sa course folle vers la maison, je n'eus pas vraiment l'occasion de contempler le paysage qui défilait.

— Ce n'est pas loin, Daph. Puis-je vous appeler Daph ?

— Si vous le souhaitez, Lord Trevalyan.

— Ça alors ! Elle parle bien. Je dois me souvenir que vous, Mesdames, êtes les filles de Gérald du Maurier. Au fait, comment va votre père ?

— Très bien, répondis-je.

— Et heureux d'être débarrassé de nous pour quelques semaines, ajouta Angela.

— Alors j'en suis heureux, reprit Max. Et appelez-moi Max, pas Lord T. Je ne peux le supporter. À la guerre, on m'appelait « Firefly Max ». Ça me convient.

C'était l'individu le plus étrange que j'aie rencontré depuis longtemps. Trop rapide à mon goût, et un peu déséquilibré, mais je pouvais comprendre pourquoi Lord Max Trevalyan demeurait un favori de ces dames.

— Le château Trevalyan est-il maintenant en ruine, Max ?

Il hocha la tête.

— En ruine ? C'est une misérable horreur. Je l'aurais fait exploser, mais il y avait Rod. Rod a des plans pour le faire reconstruire.

Riant de l'idée ridicule, il ralentit pour prendre un autre virage et ajouta :

— Rod est mon frère plus vieux et plus sage, sauf que c'est moi l'aîné. N'est-ce pas marrant ? De toute façon, c'est le plus raisonnable. Il gère la succession pour moi et pour tous les locataires. C'est très pratique d'avoir Rod.

Évidemment, étant donné que son frère semblait assez insensé pour dilapider la fortune familiale avec ses manières irresponsables.

À en juger par la façon dont il conduisait sa voiture, je ne savais pas à quoi m'attendre de sa maison, la Maison Somner.

— Ce qui est agréable, c'est que nous sommes à l'écart tout en étant près de tout, continua Max.

Il nous expliqua que la maison était située de l'autre côté de l'île, alors qu'il serpentait à travers deux séries de fourches sur la route.

— Surveillez les collines, nous y sommes presque.

Nous passâmes très vite près d'un village aux maisons pittoresques blanchies à la chaux, avec des fermes en exploitation remplies de vaches en train de brouter, conscientes de la bruyante voiture de course qui perturbait le calme de la journée.

— J'espère que vous avez apporté des vêtements chauds, les filles. Il peut faire froid ici, vous savez. On a installé du chauffage, en dépit de Rod qui maugrée contre les dépenses, mais Katie et moi, nous sommes tous les deux partisans du confort. Êtes-vous déjà allée à notre appartement à Londres, Daph? Désolé, je ne me souviens pas si vous l'avez fait. Je sais qu'Angela est venue une ou deux fois, n'est-ce pas Angela?

— Oui, répondit Angela, confirmant rapidement.

Levant les yeux vers l'avant, j'attendis pour entrevoir les portes menant à la Maison Somner. Que ce soit pour y rester ou pour visiter, l'exploration des vieilles maisons était mon passe-temps préféré. Des barrières menaient toujours à des endroits intéressants, un refuge au toit de chaume, une maison à étage abandonnée, une ancienne abbaye, des ruines près de la mer... Et maintenant, la Maison Somner. Ayant entendu parler de Lady Kate et de ses relations, j'imaginais que la maison était vieille et grandiose, un manoir de style colonial, comme on en voyait en Afrique ou en Inde à l'époque de l'Empire, mais il n'y avait pas de barrières à la Maison Somner, seulement de vastes champs dénudés et quelques arbres sans feuilles. Dissimulant ma déception, j'attendis qu'une monstrueuse maison moderne émerge de la nudité sombre.

— Un dernier virage.

Max Trevalyan fit s'emballer le moteur avant d'amorcer un brusque virage à droite. Angela haleta, tenant son chapeau pendant que je m'accrochais à mon siège. D'épaisses broussailles brouillèrent ma vision au milieu d'un labyrinthe d'arbres de l'île. À mon grand désarroi, et souriant comme un écolier, Max prenait plaisir à manœuvrer sa voiture à travers le dédale d'arbres épais poussant autour de la propriété.

— Bienvenue dans mon paradis, dit-il enfin.

Il réduisit la vitesse à contrecœur pour grimper tout en douceur la courte allée vers la maison.

Je fus surprise d'apercevoir un paysage sauvage, luxuriant et exotique. Certaines parties semblaient être entretenues — des jardins distincts, une pergola dissimulée et un intriguant labyrinthe de chemins invitants se courbant autour d'une pelouse française et d'un jardin bien entretenus qui se mariaient habilement au terrain existant —, mais la rudesse de l'île ne pouvait être apprivoisée.

— Ce chemin vous conduit à la plage en dix minutes, indiqua-t-il.

— Et les ruines de la tour ? demandai-je, désireuse de mener ma propre exploration.

— Vous ne pouvez y accéder que par la plage. Vous verrez.

La maison avait aussi ses charmes. Certes, elle n'était pas vieille, et j'aurais infiniment préféré quelque chose qui donnait une impression franchement historique, mais elle était adorable ; ses proportions blanches massives et sa façade de style Tudor lui donnaient quelque peu l'apparence d'un manoir, décorée en plus de plusieurs balcons courbes individuels et de myriades de portes françaises et de fenêtres à double vitrage. J'étais avide d'apprendre qui avait conçu la maison, mais Angela me lança un regard meurtrier pour que je mette un frein à ma quête d'informations.

Dès notre arrivée, une femme mince vêtue d'une robe rouge se hâta de sortir par la porte avant. Ouvrant brusquement un grand parapluie, elle descendit les quelques marches, en sautillant sur ses talons hauts, pour nous accueillir.

— Vite! dit-elle en riant. Avant la tempête.

Laissant Max déverser sans ménagement nos bagages à l'intérieur du salon sombre pendant qu'il hurlait pour «Hugo», Angela et moi étreignîmes Lady Kate.

Lady Kate Trevalyan ne semblait pas avoir 35 ans; son exubérance juvénile de manière et de voix masquait les petites rides révélatrices autour de sa minuscule bouche souriante et de ses yeux bleu vif en forme d'amande. Immédiatement, je compris son allure. Une beauté pleine de vivacité, d'un genre charmeur plutôt que classique, elle améliorait son image avec un grand savoir-faire : des cheveux blond cendré bouclés, les lèvres et les yeux peints, et une silhouette voluptueuse, charmante dans une mousseline de soie rouge. Je frissonnai. Certainement qu'elle devait avoir froid l'hiver dans ces minces vêtements?

— Ange, enfin! J'ai attendu une éternité.

Souriant à profusion, la fossette de sa joue droite envoûtante, Lady Kate nous regardait toutes les deux.

— Et c'est ta sœur. Enfin. Comment vas-tu, Daphné ? Vous avez aimé le trajet ? Je suis si heureuse que vous soyez venues pour l'hiver. C'est tellement ennuyeux ici.

J'ouvris la bouche.

— *Tout* l'hiver ?

Très amusée, Kate regarda Angela.

— Vilaine Ange. Tu ne lui as pas dit.

— Me dire quoi ? Tu as dit seulement quelques semaines…

— Bien, maintenant vous êtes captives, dit Kate en riant de nouveau, car il n'y a plus de bateau après demain soir. Ils ne peuvent traverser dans le mauvais temps, vous comprenez.

Je ne comprenais pas. Je bouillonnais à l'intérieur, et la colère s'éleva sur mon visage.

— Oh mon dieu, dit Kate en se mettant à rire, quel est le problème ?

— Je… je dois retourner, balbutiai-je.

— Pour quoi faire ? As-tu planifié autre chose ? Tes parents t'attendent-ils ? Des amis ? Des rendez-vous ?

— Pas exactement, mais je…

— Ah, je sais ce que c'est. Tu crois que nous sommes incapables de te divertir, mais il ne faut pas t'inquiéter, car j'ai organisé un groupe très vivant. Ils arrivent demain, mais si tu veux retourner sur le bateau, tu peux le faire. C'est ton choix, Daphné.

Tapotant ses longs doigts magnifiques sur ses lèvres, Lady Kate sourit de son sourire enjôleur, ses yeux bleus rayonnant de persuasion.

— Mais tu vas rester. Tu ne pourras résister à l'île ou à l'attrait de la Maison Somner.

L'attrait de la Maison Somner.

La pensée tentatrice me fit monter un escalier courbe recouvert d'une moquette d'un riche bordeaux. Je suivis un bossu que Kate nommait affectueusement Hugo. Kate et Angela se précipitèrent devant, bavardant et riant comme deux écolières qui se retrouvaient après une longue séparation. Montant chaque marche, je savourai le palier, l'intérieur exposé au vent étant très sombre, un contraste par rapport à l'extérieur en bois de placage peint en blanc. Le long du couloir, les fenêtres-caissons avaient été laissées ouvertes. Toutes faisaient face à la mer, et l'atmosphère me rappelait une petite auberge isolée où, à un moment donné, j'avais séjourné pendant une nuit sur la côte ouest de Cornouailles.

Dommage qu'on ne puisse voir l'océan à partir d'ici, comme c'était le cas au Jamieson's Inn, mais l'air frais salin avec son énergie piquante flottait dans la maison, les fenêtres juste assez ouvertes pour empêcher la pluie de ruiner le tapis rouge sous mes pieds.

Je saluai le flair de Lady Kate pour la décoration de la maison et sa sagesse de l'avoir meublée en se servant de l'ancien thème colonial. Des chaises en osier, des terrasses ouvertes, des plantes en pot, des palmiers verts, des artefacts de bois et des peintures tribales étaient exposés partout. Malgré sa construction récente, la maison de deux étages possédait certainement un charme du vieux monde bien à elle.

— Daphné.

Le doigt crochu de Kate se montra à partir de l'une des grandes doubles portes en bois.

— Nous sommes ici, et c'est la chambre que tu partageras avec Angela. J'espère que le partage ne vous dérange pas ? Je n'ai pas eu le temps de préparer les autres chambres, et le souper ce soir sera plutôt lugubre, juste Max et moi. J'ai invité Roderick, mais il préfère sa tour en ruines à Somner.

Je demandai si Rod, le frère de Max, habitait dans la tour.

— Oui, et c'est idiot, dit Kate en faisant un petit rire, parce que c'est vraiment *humide* et très froid, mais il adore cet endroit.

— On dirait que Daphné s'entendra très bien avec Roderick.

Le sourire narquois d'Angela s'élargit alors qu'elle inspectait le contenu de la chambre.

— Je vais vous laisser vous amuser.

Kate fit un petit sourire.

— Vous devrez partager la salle de bain avec cousine Bella, mais vous ne m'en voudrez pas, n'est-ce pas ?

Elle disparut avant que nous puissions répondre, et je m'assis sur le lit qui m'était attribué.

— Non seulement as-tu choisi le meilleur lit, mais tu ne m'as jamais parlé de rester ici tout l'hiver!

Plongée dans son déballage, Angela roula une épaule indifférente.

— Tu peux retourner à la maison si tu veux.

Tournant à moitié sa tête, je captai l'expression tourmentée dans son regard. Elle fut remplacée dès qu'elle sourit en m'offrant le meilleur lit, mais je hochai la tête. Plus je passais de temps ici, plus ma prémonition grandissante se confirmait; ne serait-ce qu'au cours des minutes qui venaient de s'écouler. Angela avait besoin de moi. Pourquoi, je l'ignorais, mais elle avait besoin de moi.

Très vaste, la chambre était équipée de deux portes à volets pleine longueur menant sur notre propre petit balcon privé, les volets offrant simplement plus d'intimité. Deux chaises en osier et une table ornaient le balcon. La brise faisait claquer de façon précaire un petit vase de fleurs fraîches de l'île.

Récupérant les fleurs avant qu'elles ne s'envolent, je saupoudrai le mélange de pétales roses, jaunes et blancs sur nos lits et je déballai mes affaires pour la nuit. Suspendant deux robes, une pour ce soir et une pour le lendemain, je sortis l'essentiel et j'entrepris de trouver la salle de bain.

Formant une étroite bande carrelée, la longue pièce consistait en une baignoire verte avec un robinet en forme de tête de lion qui était flanqué de deux poignées dorées antiques. Un modeste miroir surplombait un évier préhistorique. De petits carreaux blancs et bleus décoraient les murs, ajoutant du caractère à la pièce. Je m'habillai rapidement, connaissant le rituel d'Angela qui avait besoin d'une heure pour se parer.

Bientôt, Kate vint nous chercher pour le dîner.

— Que vous paraissez charmantes! Dommage que vos efforts soient gaspillés, quoique Rod puisse encore venir. La tempête l'emmènera.

— La tempête, Lady Trevalyan?

Sa bouche se durcit, et elle me donna une tape sur le poignet.

— Seulement Kate, s'il te plaît. Nous sommes sur une île et, même à Londres, je déteste tout ce snobisme. Les titres ne veulent rien dire.

— Seulement dans certains cas, rappela Angela, se penchant au-dessus de Kate pour renifler son nouveau parfum.

Descendant le même escalier, nous tournâmes à droite pour entrer dans les principaux quartiers habitables de la maison. Nous entrâmes dans le grand salon ouvert où un feu vif grésillait et se hérissait; la fraîcheur de la journée fut oubliée et nous nous enfonçâmes avec reconnaissance dans les confortables divans inclinables en velours violet foncé avec de longs coussins arrondis de couleur crème.

Une variété de tapis africains réchauffait les planchers froids, les murs exposant des œuvres d'art.

— Vous appartiennent-elles toutes? demandai-je à Kate.

— Oui, répondit-elle d'un air rayonnant. Quel est votre tableau préféré ? Mais choisissez-le avec soin. C'est mon premier test pour tout nouvel arrivant à Somner.

M'affairant à l'agréable tâche, je serpentai autour de la pièce, appréciant chaque peinture pendant qu'Angela et Kate riaient et murmuraient de l'autre côté du salon.

— Satanée effronterie !

S'avançant nonchalamment vers le feu, Max l'alimenta. Trois coups agressifs et trois jurons innommables. Choquée, j'eus un mouvement de recul.

— Chéri, *s'il te plaît*.

Kate rougit.

— Ne jure pas. Que s'est-il passé ?

Lançant un regard meurtrier vers la porte, la mauvaise humeur de Max s'intensifia.

— Demande-le-lui. Tu ne vas pas aimer ça.

Nous regardâmes tous en direction du grand homme aux cheveux bruns qui portait une cape et qui se tenait sur le palier.

— Oh, pour l'amour du ciel, soupira Kate, entre, Roderick. Quel que soit ce tollé, tu *restes* pour le souper. Il n'est pas question de retourner à la tour maintenant en pleine tempête ! D'ailleurs, taquina-t-elle, se glissant vers lui pour planter un baiser fraternel sur sa joue, tu dois rencontrer Daphné et Angela, les sœurs écrivaines dont je t'ai parlé. Là, laisse-moi prendre ta cape.

Angela et moi nous levâmes pour les présentations.

Inclinant la tête pour nous saluer toutes les deux, Roderick Trevalyan ne ressemblait en rien à son frère.

Bien qu'un ou deux ans plus jeune, son expression austère le faisait paraître 20 ans de plus. Ses yeux noirs révélaient peu de chose, un léger intérêt fugitif et une lassitude, peut-être au sujet de son frère. C'était un visage très sombre, pas tout à fait sans beauté.

— Quelles sont les mauvaises nouvelles ? demanda Kate, revenant alors à son affabilité communicative habituelle.

— Il dit que nous allons sous-louer l'appartement à Londres, gronda Max. Pendant un an. Désolé, Katie. On dirait que nous sommes coincés ici.

— Oh.

Un léger froncement de sourcils entacha le front crémeux de Kate.

— Comme c'est horrible. Mais s'il le faut, il le faut.

— Zut ! Je ne veux pas être pris au piège ici !

— Allons souper, mon cher.

Kate sautilla vers la porte.

— Nous en parlerons plus tard. Nous ne voulons pas gâcher la première soirée de Daph et Ange — n'est-ce pas, mon Max adoré ?

Sous son regard apaisant, l'agressivité se dissipa lentement, et Max retrouva sa prévenance habituelle et nous conduisit dans la salle à manger.

Lançant un regard meurtrier à son frère à l'autre bout de la table, Max sortit sa serviette.

— Je suppose que c'est encore une question d'argent. Un an, dis-tu ? Pourquoi ne pouvons-nous pas vendre l'une de ces fermes ?

— Tu sais très bien que nous ne pouvons vendre aucune terre, répondit Roderick, sa voix basse et trompeusement patiente.

— Maudites clauses d'héritage!

Levant son verre, Max sourit et présenta ses excuses aux dames.

— Eh bien, nous n'avons qu'à vous garder ici, n'est-ce pas, Katie?

Il battit des cils vers Kate, qui le regardait avec lassitude et lui tendit la main à travers la table.

— Bien sûr, mon amour. Avec le temps, nous préparerons convenablement les chambres et nous inviterons des gens fascinants qui paient...

— Oh, permettez-nous d'être les premières, insista Angela, me jetant un coup d'œil pour obtenir du soutien. Nos parents adoreront cela.

— Euh, oui, fis-je écho. Vous devez accepter, Monsieur Trevalyan?

— Je crois que c'est une suggestion épouvantable à imposer à des amis invités, Mlle du Maurier, dit Roderick, après un silence lapidaire.

— Bof!

Max leva les yeux au ciel.

— Mais cette fois-ci, Rod, je suppose que tu as raison. C'est impoli, Katie. Non, pas à nos amis. Les prochains. Tu prépares les chambres, et je collecterai *l'argent*. Six mois, et nous serons de retour à Londres.

— Pourvu que tu ne dépenses pas les fonds que tu collectes, osa prévenir Roderick.

— Laissons Rod gérer l'argent, mon chéri, implora Kate avec une tension dans sa voix. Il nous a sauvés plusieurs fois, tu te souviens ?

Forcé de le faire, Max céda rapidement à la sagesse de son frère cadet avec une lèvre inférieure contrariée.

— Très cher Rod, nous serions perdus sans lui.

Guérissant la rupture entre les frères, Kate entreprit de raconter comment Roderick gérait habilement toutes leurs affaires, leur ferme, leur propriété, et ce qu'ils possédaient en ville.

L'écoutant, je songeai que Kate manipulait remarquablement bien son mari, mais je sentis aussi bien cette tension dissimulée derrière leurs démonstrations d'affection.

CHAPITRE DEUX

Un bruit étrange me réveilla.

Me tournant vers la fenêtre, j'ouvris un œil bouffi pour apercevoir un oiseau minuscule qui donnait des coups de bec sur la vitre. Le bruit n'avait pas encore réveillé Angela, et amusée par cet animal curieux et sympathique, je l'observai, craignant de bouger de peur qu'il ne s'envole. N'ayant jamais vu d'oiseau de son espèce, je mentionnai l'incident à Kate au petit déjeuner.

Kate, Angela et moi prenions le petit déjeuner seules dans le petit salon du bas. Plus loin, le long du passage adjacent à la salle à manger, la terrasse fermée donnait sur une terrasse ouverte à l'extérieur où la pluie et le vent continuaient à hurler.

— Ça va passer, dit Kate, optimiste, semblant plutôt pâle ce matin.

Je me demandai si cela était dû à l'absence remarquable de son mari.

Elle ne parla pas de Max et nous ne posâmes pas de questions.

— Il y a beaucoup d'oiseaux exotiques ici, dit-elle, en sirotant son café et en refermant son écharpe de satin et de fourrure sur ses épaules. Tu devrais demander à Roderick. Il connaît tout de l'île et de ses espèces.

— Roderick, réfléchit Angela.

Elle était la seule d'entre nous qui avait pris le temps de s'habiller correctement pour le petit déjeuner. Elle avait même appliqué de la couleur sur ses joues et sur ses lèvres.

— Où est-il?

— Oh, il est parti tôt, mais j'oserais dire qu'il reviendra, taquina Kate. Vous l'avez vraiment charmé, Mesdames.

— Ce n'était pas la raison de ma question, dit Angela.

— Alors comment va ton capitaine *Burke*, ma chérie? demanda la perspicace Kate.

Sentant que les deux amies avaient besoin de temps pour partager leurs confidences, je pris ma tasse de café et je me déplaçai vers un coin tranquille qui me convenait.

La chaise de paille nichée sur le côté était étonnamment confortable et, recourbant mes jambes sous moi, j'observai le temps qu'il faisait dehors. Encore une heure ou deux, et je pourrais entreprendre mon excursion et décider si je demeurais sur l'île ou non.

Une partie de moi voulait rester pour découvrir la raison derrière l'incohérence d'Angela. Quelque chose la tourmentait et, en entendant les murmures des deux femmes, je me sentis un peu blessée qu'elle ait choisi de se confier à Kate et pas à moi, sa sœur, celle qu'elle avait traînée dans cet endroit abandonné.

— Rod est-il rentré?

L'apparition inattendue d'un Max vêtu de manière peu élégante envoya les restes de mon café se répandre sur mon chemisier.

— Oui.

Se levant précipitamment, Lady Kate recoiffa doucement les cheveux de son mari pendant que je nettoyais mon déversement de café.

— Pourquoi ne vas-tu pas t'habiller, chéri? Tu pourrais offrir une visite de la propriété à Daphné.

La façon morose avec laquelle il avait roulé ses yeux assombris, des restes de réjouissances privées de la nuit dernière, me poussa à me lever et à insister pour y aller seule. J'expliquai que c'était très inspirant pour moi, et Max en convint rapidement, tout en jetant un coup d'œil sur l'état de la température à l'extérieur.

— Il est préférable de mettre un imperméable. Vous en avez un?

Je l'assurai que oui et, le laissant se débrouiller avec sa femme et Angela qui, je le soupçonnais, n'avaient pas apprécié la soudaine interruption de leur tête-à-tête privé, je m'échappai par la porte coulissante de la terrasse.

La journée et ses possibilités m'appelaient. Me dirigeant tout droit vers la mer, je souris à Hugo le bossu.

Quelqu'un se tenait avec lui, le jardinier, présumai-je. Un homme au début de la quarantaine, bien habillé, avec un visage rugueux, une barbe blanchâtre bien taillée et des yeux alertes, souleva son chapeau à mon passage. Je me sentais intensément désolée pour Hugo qui devait effectuer beaucoup de travaux en ces lieux. Il avait servi notre petit déjeuner, avait porté nos bagages, préparé nos repas ; faisait-il aussi le nettoyage ? Malgré les contraintes financières, il semblait qu'il devait exister une bonne quelque part, même si elle ne travaillait que quelques heures.

Désireuse d'apercevoir la tour où habitait le mystérieux Roderick, je suivis la piste jusqu'à la plage. Le sable humide collait sous mes bottes et, les secouant pour l'enlever, je les abandonnai, préférant avancer pieds nus.

Rien ne se compare tout à fait à marcher pieds nus sur la plage tandis que l'éclat du matin projette sa lueur sur une mer étincelante.

Il ne fut pas difficile de trouver la tour perchée sur la falaise. C'était à une courte distance de la Maison Somner, mais il fallait passer par une pente rocheuse quelque peu périlleuse pour y arriver. Manifestement, Roderick Trevalyan n'accueillait pas beaucoup de visiteurs à son domicile.

Des signes de vie existaient au-delà des corbeaux qui tournoyaient au-dessus de l'étendue croulante et déchiquetée. Un chat roux qui se prélassait sous le rebord observa paresseusement mon intrusion de ses yeux vert-jaune vigilants. Soulevant la poignée en fer forgé de l'ancienne porte d'église en arche, j'attendis pour une réponse à mon appel.

Il n'y eut pas de réponse.

Je tapai plus fort sur la porte.

Soudain, Rod arriva en coup de vent pour répondre à la porte, après avoir descendu ce qui semblait être un escalier délabré.

Une brève expression d'ennui passa sur son visage, avant qu'un sourire tiède et poli n'en émerge.

— Désolée de vous avoir surpris, Monsieur Trevalyan, m'excusai-je. Lady Trevalyan, oh, je veux dire, Kate, a dit que vous étiez parti tôt ; alors j'ai cru que cela ne vous dérangerait pas si je…

J'avais déjà franchi le seuil, l'obligeant ainsi à me laisser entrer. Roderick Trevalyan protégeait farouchement sa vie privée, et je refusais de lui permettre la moindre chance de penser à une excuse pour me renvoyer.

— Quel endroit fascinant ! J'adore les ruines.

Et quelles ruines ! La tour était ouverte vers le ciel, avec les derniers vestiges de pierre étalés à l'intérieur dans un splendide désordre. Le tunnel de l'arche au-dessus de la porte avait une profondeur de deux mètres et se prolongeait jusqu'à l'escalier en bois installé là où une partie de l'ancienne pierre s'était désintégrée. En haut de l'escalier branlant, la coquille de la tour semblait renfermer un espace habitable.

Avec mes grands yeux remplis d'espoir, je devais ressembler à un chiot qui avait envie de se rendre à l'étage.

— Puis-je jeter un coup d'œil, M. Trevalyan ? Depuis que Max a mentionné le vieux château, je savais qu'il fallait que je le voie et je n'aurai peut-être pas une autre occasion de le faire.

Un sourcil se leva légèrement.

— Je retournerai peut-être sur la terre ferme ce soir.

J'attendis qu'il me demande pourquoi et, pendant le silence qui prévalait, je commençai à me diriger vers l'escalier. À contrecœur, Roderick me suivit lourdement. Il présentait une image bizarre dans sa salopette décontractée et sa chemise aux manches remontées. C'était l'ouvrier de la famille, le diligent. Je souris en pensant à lui comme à celui qui gérait les biens de Max et qui visitait ses locataires et ses fermiers vêtu de sa salopette.

La chambre de la tour était telle que je l'avais imaginée : petite, circulaire, pittoresque et compacte. Avec des murs et des planchers de pierre, un unique tapis carré avec des imprimés tribaux — rappelant la décoration de Kate à Somner —, un lit monacal long et étroit, une armoire haute, un valet de chambre, des tiroirs de chevet avec lampe, une chaise et une bibliothèque près de l'une des quatre fenêtres. Me rendant à une fenêtre, celle près de la bibliothèque, j'inspectai comment les carreaux étaient posés à l'intérieur du boîtier de fer des anciennes fenêtres à tourelles.

Puis, scrutant la rangée de livres qui ornaient son étagère, je notai les titres habituels : Shakespeare, Walter

Scott, Dickens, aucune femme auteure parmi les titres de fiction, des ouvrages sur la pêche et sur Cornouailles, et...

— Construction de bateaux ? dis-je.

Cela allait parfaitement avec la salopette.

— Oui, confirma la présence sévère qui s'approchait dangereusement de la porte ; prélude à ma sortie.

— Des bateaux de pêche ? Ma famille a une maison à Fowey. Vous en avez entendu parler ?

— Non, je quitte rarement l'île.

Il quitte rarement l'île ? Curieuse par nature, je remis le livre de construction de bateaux à sa place.

— Merci de m'avoir permis de voir votre tour, M. Trevalyan.

Il me regarda fixement alors que je descendais l'escalier à toute allure et que je sortais par la porte.

— Tu crois qu'il construit des bateaux ? demanda Angela.

Elle se mit à rire alors qu'elle me lançait un oreiller plus tard dans notre chambre.

— Avoue-le, son austérité t'a intriguée. Tu vas rester.

Je n'aimais pas les conclusions qu'elle tirait sur moi.

— Peut-être pas. Pourquoi suis-je ici, Ange ? Qu'est-ce qui te préoccupe ? Je suis ta sœur. Tu peux me faire confiance.

— Je sais.

Hochant la tête, elle se détourna rapidement pour voir son visage dans son miroir à main. Fronçant les sourcils en regardant certaines parties, son œil droit me lança un coup d'œil furtif.

— Maintenant, tu es plus jolie que moi. J'ai vu comment Max te regardait.

— Ha !

Je faillis m'étouffer bien qu'un rouge farouche tacha mes joues.

— Celui qui a *levé les yeux au ciel* suite à la suggestion de s'acquitter d'un devoir dû aux invités ? Es-tu folle ?

— Pauvre Kate...

Assise sur le bord de son lit, Angela continuait à faire une rafle dans son sac de maquillage.

— Elle souffre tellement à cause de ses aventures et de sa consommation d'alcool, entre autres choses.

Je l'avais deviné. Max vivait sa vie à l'extrême. Ces habitudes et ce style de vie agaçaient-ils Roderick qui aurait souhaité être le frère aîné, et qui supportait mal que Max détienne le titre et la propriété quand c'était lui qui le méritait le moins ?

— As-tu trouvé la tour ?

— Oui. Est-il possible que Roderick et Max soient de mères différentes, qu'en penses-tu ?

Angela leva un sourcil las.

— Oh, s'il te plaît, nous ne sommes pas en train d'écrire des livres ici !

— N'est-ce pas là la raison de notre présence ?

— Eh bien, pas en ce moment. D'ailleurs, il ne faut pas nous servir de nos *hôtes* pour effectuer des études de caractère. Bien que, s'arrêta-t-elle pour réfléchir, je croie qu'un austère constructeur de bateau paraîtrait assez bien dans ta saga familiale de Cornouailles.

Je le croyais aussi et, sautant le déjeuner, alors que tout le monde semblait organiser ses propres repas du midi à Somner, je pris une plume et du papier, et je passai par la cuisine pour me chercher une pomme.

Une femme de ménage lavait le plancher tout près en chantant. Admirant ses hanches gracieuses qui dansaient en cadence, je répugnais à l'interrompre.

— Aye!

Des jurons sortirent de sa bouche alors que le balai volait hors de ses mains. Se retournant frénétiquement, elle demeura bouche bée et horrifiée en me voyant.

— Oh, désolée, Mademoiselle! Je ne savais pas que c'était vous.

Elle avait un très fort accent de Cornouailles. Sa beauté au nez retroussé était accentuée par des cheveux châtains droits et courts, de même que par des yeux verts espiègles.

— Travaillez-vous ici depuis longtemps, euh…?

— Fayella. Juste de temps en temps, Mademoiselle. Quand ils ont besoin de moi.

Ses lèvres se courbèrent comme si elle pensait à une blague connue d'elle seule.

M'étant procuré une pomme, je me blottis au fond d'une chaise sur la terrasse extérieure pour écrire. Une ou deux pages plus loin, souhaitant avoir apporté ma machine à écrire, je pensai à Fayella et à son sourire facile. Il y avait de l'arrogance sur cette lèvre supérieure épaisse. Était-elle un joujou supplémentaire de Max ? *Quand ils ont besoin de moi*, avait-elle dit.

— Ah, donc vous êtes écrivaine !

S'affaissant sur un siège devant moi, Max m'arracha le cahier de notes des mains et en feuilleta les pages, ses lèvres tremblotant d'un air amusé.

— Celui-ci semble être en ébullition depuis un certain temps ? Dois-je y figurer maintenant ?

Faisant un petit rire pour lui-même comme un enfant amusé, il scruta les lignes avant de me relancer le cahier. J'espérais qu'il n'ait pas remarqué mon léger émoi, et je me demandais quelle serait sa réaction s'il connaissait mes soupçons.

— Cela vous dérange si je fume ? demanda-t-il avec un petit sourire en coin.

Je hochai la tête, cherchant Angela et Kate. Quelque chose chez Max me dérangeait. C'était plus que de l'extravagance, décidai-je, et je continuai à écrire. Me servant de mes sens pour me guider, pour cacher le léger battement de mon cœur, je tentai d'ignorer sa présence.

— Vous avez vu le vieux château ?

— Oui. Oui, je l'ai vu.

— Et mon frère, Rod ? Qu'est-ce que vous en pensez ?

J'hésitai.

— Bizarre, finis-je par dire.

Max se mit à rire, déplaçant sa chaise près de la mienne.

— Je vous aime, Daphné. Je vous aime *beaucoup*. Avez-vous un petit ami ?

Je me tendis. Est-ce ainsi qu'il avait l'intention de se conduire avec les invités de son épouse?

— Ah, vous rougissez! Cela signifie qu'il y a *quelqu'un*.

— Il y a quelqu'un, lui concédai-je. Mais je préfère ne pas en parler.

— Pourquoi pas? J'ai besoin d'une diversion.

Jetant un regard noir à la boue séchée sur ses bottes, il donna un coup de pied contre le sol pour s'en débarrasser.

— Ce n'est pas tout le monde qui m'aime. Kate... elle me traite comme un enfant.

Je ne savais pas quoi dire.

— Et Rod attend seulement de mettre la main sur l'héritage. Il dit que c'est lui qui aurait dû être l'aîné. Merde, il a même l'air plus vieux que moi!

Je hochai la tête pour montrer que j'étais d'accord et je rougis quand je sentis son regard perçant sur moi.

— Dommage que vous ayez un petit ami... et dommage qu'il ne soit pas là pour vous protéger.

Étouffant un petit rire, il partit, et j'expirai un profond soupir de soulagement. Il agissait bien trop à mon goût comme maître de la maison, prenant des libertés avec tout le monde, des serviteurs aux invités.

Mais sa femme ne réussissait pas à montrer un véritable malaise devant l'imprudence de son époux, et bien qu'Angela ait parlé de ses souffrances continuelles, je doutais qu'il existât le moindre amour véritable dans ce couple.

L'amour remplacé par la convenance, notai-je, avec un point d'interrogation.

Je décidai de rester.

Je ne pouvais pas résister à un mystère, surtout quand il se déroulait dans un contexte aussi séduisant qu'une île.

— Alors, tu échanges la ville pour les secrets de la Maison Somner, plaisanta Angela.

Elle avait constaté que j'avais complètement déballé mes affaires et que mes vêtements étaient soigneusement accrochés dans le placard.

J'ignorai son ton caustique et moqueur, et je continuai à ranger mes livres.

— Mais *es-tu prête* à découvrir tous les secrets, quels qu'ils soient?

Appuyée près du mur, les bras croisés, je remarquai le même sourire que j'avais aperçu sur le visage de Max plus tôt cet après-midi.

— Eh bien, je suis contente que tu restes, finit-elle par dire alors que je demeurais silencieuse.

Ma résolution fut confirmée lorsque je l'observai quittant la pièce.

Angela était en possession d'un secret... et il fallait que je le découvre.

CHAPITRE TROIS

Ce soir-là, nous nous habillâmes en silence.

Les pensées d'Angela étaient loin, introspectives. Il lui arrivait souvent de se comporter ainsi avant de s'habiller pour une réception mondaine importante.

— Daphné, passe-moi le rouge à lèvres violet, s'il te plaît.

Impressionnée par l'allure théâtrale de son apparence, et par le processus impliqué pour réussir un tel spectacle, je n'avais guère prêté attention à ma propre apparence.

— Tu n'as pas vraiment l'intention de porter ça, n'est-ce pas ? On dirait vraiment que tu as cent ans !

Ainsi châtiée, je haussai les épaules, échangeant ma jupe et mon chemisier moroses pour une robe de dentelle crème, celle que j'avais portée au mariage de ma cousine l'été dernier.

Me servant du miroir à main d'Angela pour coiffer mes cheveux en les frisant et pour appliquer un maquillage plus élaboré que mon léger maquillage habituel, j'attendis son retour de la salle de bain.

— Ils seront ici à tout moment, et nous devons faire bonne impression, dit-elle, gazouillant à travers la chambre, à la recherche de son sac à main.

Je lui plaquai l'objet traqué entre ses mains.

— Tu sembles tendue, Daph ; regrettes-tu d'être restée ? Tu préférerais être en route vers le bateau et l'ennuyeux vieux Fowey ?

— Non, tu te trompes.

Un vague sourire d'ineptie passa sur ses lèvres.

— Bien sûr. J'ai toujours tort.

En route vers le salon pour attendre les invités de marque, je sentis qu'elle était soudainement nerveuse, excitée, et je me précipitai pour lui serrer la main. Elle me jeta un coup d'œil puis, un léger sourire sur ses lèvres, elle me rendit ma pression. Nul besoin de nous parler. Elle savait que j'étais là et que j'avais décidé de rester pour elle.

Si je voulais être honnête, moi aussi j'étais heureuse d'être restée. Cet endroit m'intriguait autant que n'importe quelle vieille église ou tout ancien manoir, et mon séjour ici présentait plus de possibilités que le morne Londres ou Fowey.

— Magnifique !

L'humeur d'Angela s'illumina considérablement en faveur de Kate qui vint nous embrasser toutes les deux, vêtue de sa tenue de paillettes, luisante d'émeraude verte et d'argent.

Max était à ses côtés, convenablement sobre et vêtu d'un costume de soirée noir d'une qualité irréprochable. Roderick était là aussi, assis dans le coin le plus éloigné, son visage impénétrable comme à l'accoutumée. Inclinant légèrement la tête pour montrer qu'il nous avait vus, il regardait, sur le mur du fond devant lui, une peinture qui, je ne sais trop comment, avait échappé à mon attention.

Une grande et longue toile était accrochée au-dessus de la cheminée, choquant par son horrible intensité. C'était une peinture de temps de guerre d'un village en état de siège ; un village français à en juger par le labyrinthe de rues pavées et les pittoresques toits rouille. La bouche ouverte, des mères hurlaient pour leurs enfants, les tabliers maculés de sang ; les visages angoissés et terrifiés parsemaient la scène, comme des fourmis indésirables sur une couverture de pique-nique ; et dans le coin le plus éloigné, les chars allemands avançaient à toute vapeur dans leur approche brutale et mortelle.

— Vous voyez les enfants qui se cachent dans les cuves à vin ? dit Max dont le souffle chaud blessa mon oreille. À moitié morts de maladie, de peur et de famine ? Je les ai vus.

Je clignai des yeux vers lui.

— Que faisiez-vous dans la Grande Guerre ?

— Pilote, dit-il en saluant. Firefly Max. Nous nous sommes écrasés dans la forêt. J'ai été blessé. Ces villages nous ont apporté de la nourriture. Nous ont gardés en vie. Et nous ont cachés des Allemands.

Maintenant, je comprenais son penchant pour les comportements violents et imprudents. N'importe quoi pour échapper aux terreurs latentes de son esprit.

— Les feux brûlent-ils toujours, Max? murmurai-je doucement.

Perdant son expression tourmentée, son beau visage d'adolescent devint ouvertement vulnérable.

— Oui... ils brûlent encore. Ils brûlent tous les jours. Qu'ils soient maudits.

— Oh, mon chéri.

Lady Kate se glissa vers nous, et je m'écartai légèrement, un peu intimidée par sa présence lumineuse et magnétique. J'ignorais son secret. Il nous arrive tous parfois, je suppose, de rencontrer quelqu'un qui a le pouvoir de fasciner tous ceux qui sont présents. Même si elle avait été muette, je crois qu'elle possédait la capacité de réduire, à son entrée, n'importe quelle pièce au silence et de mobiliser un second coup d'œil.

Les autres étaient arrivés, trois personnes entrant dans le salon. La première, la cousine Arabella Woodford de Devonshire, une jeune fille de mon âge avec des cheveux brun foncé coiffés en hauteur, et un visage pâle et mince qui se cachait derrière des lunettes. Elle portait un costume de laine gris pratique, des bas, et des bottes démodées.

— Puis-je vous présenter Sir Marcus Oxley?

Excluant Bella, Kate trahissait sa faiblesse pour la noblesse.

— Sir Marcus est propriétaire d'une charmante maison, juste au nord de Londres, n'est-ce pas, Marky?

Homme trapu d'environ 30 ans, Sir Marcus Oxley avait un visage frais sinon beau, et une adaptabilité à respirer l'esprit, le charme et l'intelligence tout à la fois. Je l'aimai énormément.

— Et Josh.

Je remarquai comment la voix de Kate s'était adoucie en prononçant son nom. Était-ce un ami spécial à elle, un parent peut-être ? Quoi qu'il en soit, je fus placée à côté de lui pendant le souper.

— Josh Lissot, annonça-t-il, alors qu'il prenait un siège et me serrait la main. D'une modeste terre d'Irlande.

Il n'était pas seulement jeune et brillant, mais il avait aussi l'esprit vif.

— N'écoutez pas un mot de ce qu'il dit, dit Max un peu trop bruyamment de son bout de la table. Josh gagne sa vie en mentant.

— Oh ?

Angela leva un sourcil amusé. J'avais vu qu'elle connaissait Bella et Sir Marcus, mais elle ne semblait pas connaître Josh.

— En fait, je suis un pauvre artiste qui essaie de percer, reprit Josh d'un ton joyeux.

Il était très attirant avec ses cheveux noirs bouclés, sa taille courte et mince, et ses yeux bienveillants.

— À la recherche d'une nouvelle commande, rajouta Max, inclinant son verre de vin en guise de faux salut. Katie a toujours branché ses contacts au profit de Josh. Comment va le commerce de la sculpture, mon vieux ?

— Misérablement lent, dit Josh en souriant. Mais je travaille sur quelque chose d'entièrement nouveau… et j'espère le terminer pendant que je suis ici.

— Allez-vous rester tout l'hiver, M. Lissot? demanda Angela.

— Cela dépend, dit-il en souriant à tous, du facteur inspiration et, je suppose, des marées! Il se peut bien que nous soyons tous bloqués ici à votre merci, mon seigneur.

Il inclina son verre vers Max dans un geste qui se voulait poli.

— Merci de nous accueillir dans votre maison.

Typique de son humeur, Max ignora ce geste. J'avais aperçu une expression sombre sur son front et j'avais aussi remarqué la nervosité soudaine de Kate, une peur vitreuse remplissant son regard.

Justement, Sir Marcus monopolisait la plus grande partie de la conversation, assisté par Kate, Josh, et à l'occasion par moi-même. Pendant tout le souper, Bella avait regardé son assiette ou un bol, ou peu importe ce qui arrivait ensuite, et Roderick, comme à son habitude, était assis là comme un rocher.

J'étais très intéressée par la création de sculpture de Josh et par la nouvelle peinture de Kate, qu'elle tenait d'ailleurs à garder pour elle-même.

— Si on en parle trop, on ne le fera pas, dit-elle.

Je considérai ce sage conseil, extrêmement réticente à discuter de mon travail actuel.

Angela agissait d'une manière différente.

— J'ai hâte d'écrire, me murmura-t-elle alors que nous montions péniblement l'escalier, satisfaites du festin délicieux, quoiqu'ordinaire, de Hugo. Quelle richesse de secrets repose ici !

Je plissai les yeux vers ma chaîne de montre alors qu'elle voyait à allumer des lumières. Une heure ! Je croyais qu'il était tard, mais je n'avais pas prévu qu'il le soit autant, d'autant plus que nos invités avaient enduré un long et pénible voyage.

— As-tu vu le visage d'Arabella Woodford ? Terne, comme un cheval mort !

Je vérifiai la porte, rappelant à Angela que la chambre de Bella était juste en face de la nôtre et qu'elle pouvait nous entendre.

— J'en doute. Profondément endormie, si je la saisis bien.

Je dus demander une explication.

— Hmmm, femme frustrée, aucune offre de mariage, vieillissante, s'occupant de sa mère malade, désespérément en amour avec Rod.

— Rod ?

— Oui, lui. N'as-tu pas vu son visage s'illuminer quand il lui parlait ou n'as-tu pas aperçu le seul sourire de toute la soirée durant leur brève conservation ? Qu'est-ce qui afflige ces types silencieux, selon toi ?

Je l'ignorais. Étaient-ils intimidés en présence de gens bruyants ou de foules ? Effrayés d'articuler une réponse au cas où ils ne sauraient pas impressionner ou paraîtraient stupides ?

Bâillant, j'entrepris de me déshabiller, repérant ma chemise de nuit et mes pantoufles, et apportant mes articles de toilette dans la salle de bain.

— Oh, désolée, dis-je après avoir franchi brusquement la porte.

Bella se tenait là, se brossant les dents.

Ses yeux sombres me lancèrent des éclairs.

Je m'empressai de fermer la porte pour attendre, songeant à quel point elle avait l'air étrange sans ses lunettes. Une jeune fille très bizarre. Et peut-être pas entièrement dépourvue de ses propres secrets.

La lumière du matin éclatait à travers les volets.

Laissant dormir Angela, j'allai chercher mon parapluie et mon manteau, et je me dirigeai vers l'extérieur.

J'aurais dû me défaire de ma chemise de nuit, mais comme c'était l'aube et que la maison était silencieuse, je haussai les épaules à l'idée de m'habiller. Qu'importe si j'explorais la maison en chemise de nuit ? Qui me verrait ?

Le temps semblait prometteur. Une journée d'hiver glaciale, un ciel gris, mais sans pluie ni vent.

Un calme silencieux régnait encore en bas, et j'errai à travers les pièces, absorbant tout, à partir des peintures que Lady Kate avait exposées, jusqu'à l'apparence de la maison après la fête du soir dernier. La table de la salle à manger avait été nettoyée, mais le salon ne l'était pas encore. Il y avait des coussins et des chaises un peu partout, et un verre de vin abandonné décorait la cheminée près du foyer.

Me glissant par la porte geignarde de la terrasse, j'entrevis un autre couloir à gauche dont l'entrée était masquée par un écran de division en bois chantourné de façon exquise.

L'aspect sombre du bois interdisait à la lumière de pénétrer, cachant par conséquent le couloir à la vue. Posant mon parapluie sur une chaise, je rentrai dans la maison et je me glissai derrière l'écran. Le cœur battant, je priai pour que Hugo ne me surprenne pas en flagrant délit.

Les planches du plancher craquèrent. Je fis une pause. Retenant mon souffle, mais attirée par la lumière, je marchai à pas de loup dans mes grosses bottes de marche. Une porte émergea à la fin du couloir, laissée légèrement entrouverte. Passant près de deux autres portes verrouillées, à ma grande déception, je me rendis vers la porte la plus éloignée.

Puis, j'entendis un bruit.

Des pleurs, des pas, et deux voix qui chuchotaient. Un homme et une femme.

J'étais venue jusqu'ici, je n'allais pas me désavouer. Me rendant le plus près possible de la porte, je demeurai dans la pénombre du couloir.

— Il n'a laissé aucune note?

C'était la voix de Josh Lissot.

— Non. Rien.

Kate... et Josh Lissot.

— Ça lui arrive souvent. Tu ne devrais pas t'inquiéter.

Des pieds nus et un peignoir de satin blanc se rendirent jusqu'aux bras en attente de son amant, et j'entrepris de rebrousser chemin petit à petit.

La porte fut bientôt refermée, et des rires s'ensuivirent.

Me glissant jusqu'à l'autre côté de l'écran, surprise par la liaison dont je venais tout juste d'être témoin, je me mis à chercher mon parapluie.

— C'est ce que vous cherchez ?

Planté comme un roc vigoureux, Hugo se tenait là, ses grands yeux fixant les miens. Il n'y avait pas d'accusation dans son regard, mais certainement un avertissement que j'étais allée là où je ne devais pas.

— Oh, ou-oui, je vous remercie, dis-je en balbutiant au bossu.

Je lui arrachai mon parapluie des mains alors que je me hâtais de sortir.

Assez certaine que Kate et Josh ne m'avaient pas entendue et que Hugo n'irait pas faire rapport à sa maîtresse, je me dirigeai vers les jardins. Je ne voulais pas trop m'éloigner de la maison de peur de manquer quelque chose d'important, Max, par exemple, surprenant sa femme et son amant ensemble.

Malheureusement, à ma grande déception, leur absence très remarquable pendant le petit déjeuner fut le seul événement de la matinée.

— Où est Kate ?

Regardant à plusieurs reprises vers la porte, Angela demanda aux autres s'ils savaient où elle se trouvait.

Sir Marcus haussa les épaules, et Bella Woodford ne dit rien, remuant son thé en silence.

Soudain, Roderick Trevalyan émergea. Nous lançant un regard noir sous son front lourd et solennel, il regarda chacun de nous, un pli sombre couvrant son front, annonciateur d'une nouvelle imminente.

— Où est Kate ? demanda-t-il.

— Nous ne le savons pas.

Angela essaya d'être utile.

— Nous n'avons pas vu Kate *ni* M. Lissot ce matin, n'est-ce pas ?

Bella se leva de sa chaise, ses traits marqués par l'inquiétude.

— Et je n'ai pas vu Max non plus, Rod. Nous étions censés aller à la pêche tôt ce matin, mais il ne s'est jamais montré.

— Non. Je crains d'avoir des mauvaises nouvelles. Hugo ! On doit trouver immédiatement Lady Kate.

— Oui, milord, dit le bossu en hochant la tête.

— Je crois que je sais où elle est, laissai-je échapper après son départ, me levant lentement de ma chaise. J'irai la chercher.

Me glissant derrière l'écran avant qu'on ait pu me poser des questions, j'allai frapper à la porte où je l'avais espionnée. Silence, un bruit, puis une Kate terrifiée et débraillée apparut à la porte. En me voyant, ainsi que Hugo pas loin derrière, elle figea sur place. S'attendait-elle à voir son mari ?

— Vous devez venir rapidement, dis-je en haletant. Rod est ici. Il veut vous voir.

Hochant la tête, une nouvelle inquiétude durcit ses yeux. Kate accepta le grand manteau que Josh lui avait jeté précipitamment.

— Merci de me couvrir, murmura Kate alors que nous nous dépêchions pour rejoindre les autres.

— Kate.

Roderick se dirigea tout droit vers elle, tenant ses deux épaules de ses mains stables.

— As-tu vu Max ce matin?

— Non... il est disparu encore une fois.

— Alors prépare-toi. Les bateliers ont trouvé un corps sur le terrain, et il semble que ce soit Max.

CHAPITRE QUATRE

Je ne pense pas que quiconque ait parlé pendant dix bonnes minutes.

Silencieuse, Kate disparut avec son beau-frère, nous laissant nous regarder les uns les autres, en état de choc. Le visage de Bella devint blanc pâteux, et elle se déplaça pour se tenir mollement près de la fenêtre. Angela et Sir Marcus brisèrent le silence, discutant de la possibilité optimiste, quoiqu'improbable, que l'on se soit trompé sur l'identité du cadavre.

— Je m'en vais là-bas.

Bouleversée, Bella se leva péniblement du bord de la fenêtre et se glissa par la porte de la terrasse.

Je réprimai mon désir de la suivre. Je savais qu'elle se rendait directement à la plage, où je suppose que Kate avait hérité de la sinistre tâche d'identifier le corps. Y aurait-il un inspecteur de police, me demandai-je, ou était-ce trop tôt pour qu'il puisse être arrivé sur les lieux?

— Daphné a trouvé un corps sur une plage l'an dernier, commença à dire Angela, remplissant le silence avec mon aventure à Padthaway.

Je ne pouvais supporter de l'écouter. Je ne voulais pas qu'on me rappelle Padthaway, ou Lord David. J'avais cru l'aimer, mais comment définit-on l'amour vrai? Certainement pas du type que Kate Trevalyan partageait avec Josh Lissot. Leur genre de relation semblait inspiré par l'art, la luxure et la passion.

Empruntant le même chemin qu'avait pris Bella pour s'enfuir, je me retirai dans les jardins. Me dirigeant tout droit vers l'ancienne pergola, je sursautai quand une main toucha mon épaule.

— Pardonnez-moi.

C'était Josh Lissot, regardant frénétiquement autour et derrière moi.

— Êtes-vous seule? J'ai vu Bella prendre le chemin jusqu'à la plage.

Il avala sa salive, les traits tirés par l'anxiété. Posant une main bienveillante sur son bras, j'indiquai que nous devrions aller à la pergola pour parler. Il hocha la tête et, ensemble, nous escaladâmes les quatre marches craquées et peintes pour arriver à un siège sec et dépourvu de feuilles, dans le coin le plus éloigné du belvédère délabré en forme d'hexagone. De la glycine pendait au-dessus de nos têtes, dégoulinant d'un ravissant toit arqué.

— Merci, dit-il à voix basse, de ne pas nous exposer. Max est au courant, mais pas les autres.

— Il l'est?

M. Lissot hocha la tête.

— Kate et lui ont une entente. Ils ferment les yeux sur leurs écarts. Cela dure depuis quelque temps.

Il semblait que ma première hypothèse était juste. Ce n'était pas un mariage d'amour.

— Oui… la pauvre Kate a eu un sacré temps avec Max et sa dépendance.

— Dépendance?

— Aux drogues. Après la guerre…

— Ah, je vois.

Je comprenais vraiment. J'avais personnellement été témoin, même dans ma propre famille, du retour de nombreux soldats qui avaient souffert des effets néfastes d'une violence aussi flagrante. Je ne me souvenais que trop clairement des paroles de Max le soir précédent.

— Vous ne croyez pas vraiment que c'est le corps de Max qui est là-bas, M. Lissot?

— S'il vous plaît, appelez-moi Josh.

Replaçant les boutons de sa chemise, il fouilla dans ses poches avant de se lever pour partir.

— Pour être honnête, je l'espère. Kate a suffisamment souffert.

Alors il partit, et je restai assise un certain temps dans la brise fraîche du matin, aimant la façon dont le voile de glycine se balançait, inconscient du destin possiblement tragique de son propriétaire. Fermant les yeux, je me représentai Kate et Josh, ma soudaine intrusion, la disparition de son mari, et maintenant… un corps. Tous ces événements avaient-ils un lien?

Je ne demeurai pas longtemps à l'extérieur.

L'air était soudainement devenu trop frais pour que ce soit confortable.

Un peu avant midi, nous reçûmes les premières nouvelles.

Ce fut Hugo qui les rapporta à Sir Marcus, qui était allé se chercher une tasse de thé frais.

— Aucun signe de Mlle Woodford ou de M. Lissot, annonça-t-il en entrant dans la pièce.

Il portait un plateau de fine porcelaine anglaise que Hugo avait eu l'amabilité de lui remettre.

— Apparemment, Kate est revenue à la maison terriblement ébranlée. Ils l'ont mise au lit.

Ils? La question silencieuse ne se déploya pas de mes lèvres alors que Sir Marcus racontait les dernières nouvelles.

— M. Trevalyan promet d'être de retour dans l'heure pour nous parler à tous. Il veut que nous nous rassemblions, car je crois qu'il amène la police du village.

— La police!

Angela haleta.

— Alors, c'est vrai. C'*est* Max qui est là-bas... comme c'est affreux.

— Nous ne sommes pas encore certains des détails, avisa Sir Marcus de son ton d'aristocrate érudit.

Malgré sa tentative, nous savions tous qu'il devait s'agir de Max. Sinon, pourquoi aurait-on mis Kate au lit ? Oui, on peut être secoué d'avoir vu qui que ce soit reposer dans la mort ; sans parler du fait qu'il s'agissait de son propre mari. Je fronçai les sourcils en pensant à Josh Lissot et à Bella qui manquaient toujours à l'appel.

— Je n'ai pas vu Mlle Woodford. Quelqu'un l'a aperçue ?

Angela et moi fîmes signe que non.

— Et M. Lissot ? Toujours curieusement absent ? Hum, c'est très bizarre. Ce n'est pas de cette manière qu'on se comporte face à une affaire aussi tragique.

Le commentaire en continu de Sir Marcus m'amusait, même si je supposai qu'il avait raison et qu'on ne devait pas réagir ainsi dans ce type de circonstances. Affable par nature, son esprit affiné par un niveau d'apprentissage supérieur, l'expérience et l'observation, c'était un homme comme je les aimais. Bien sûr, je n'en parlai pas, mais la chose parut sous-entendue lorsque nous nous engageâmes dans l'heure suivante à parler d'histoire et de sujets divers.

J'étais agacée qu'Angela ait trahi ma connexion avec Padthaway et sa notoriété, mais Sir Marcus se garda sagement d'aborder tout sujet lié aux belles maisons, à l'aristocratie, ou aux scandales.

Appréciant son sens aigu de la perception, compte tenu de l'extraordinaire affaire Padthaway et de ses suites, je me réjouis de revenir à l'importante question qui pesait sinistrement sur cette maison.

— Dommage, soupira Sir Marcus. J'oserais dire que nous devrons tous retourner chez nous maintenant.

— Comment ? Il n'y a plus de bateaux, fit remarquer Angela.

Se levant de sa chaise, elle tapota ses lèvres, semblant plongée dans une profonde réflexion.

— Et non. Connaissant Kate comme je la connais, étant donné que c'est une grande amie, je sais qu'elle préférerait que nous restions. Cela l'aidera à faire son deuil et à s'occuper de toutes les horribles tâches associées à une mort dans la famille.

Je la regardai, bouche bée, un peu mal à l'aise. Sa voix paraissait beaucoup trop froide et trop analytique à mon goût. Pourquoi ? Tout comme Josh, avait-elle souhaité la mort de Max pour libérer Kate de son fardeau ?

— Oh, voici Bella et Josh !

Les ayant aperçus par la fenêtre, et mettant de côté sa tasse de thé froid et peu savoureux, Sir Marcus les invita à entrer.

Josh était-il tombé sur elle en chemin vers la plage ? Frissonnant contre lui, une Mlle Woodford au visage pâle le remercia en souriant. Il se dirigea vers un siège pour le dépouiller de sa couverture afin de la placer autour des épaules glacées de Bella. M. Lissot expliqua ensuite son absence en mentionnant notre rencontre sous la pergola.

— Pourquoi n'as-tu pas dit que tu l'avais vu ? pesta Angela contre moi. Nous vous cherchions *partout*, dit-elle en se retournant vers M. Lissot.

Elle était en train de chasser pour obtenir plus d'informations.

M. Lissot n'en fournit aucune.

Absorbé dans son attention pour une Mlle Woodford silencieuse et aux membres gelés, il s'enquit de Kate.

— On l'a mise au lit, dit Sir Marcus.

— Peut-être que je devrais aller la voir? dit Angela, réfléchissant à voix haute.

— Je crois qu'il est préférable que nous la laissions seule pour l'instant, finit par répondre M. Lissot.

Des expressions de sympathie monosyllabiques s'ensuivirent jusqu'à ce que Sir Marcus demande si quelqu'un avait faim.

— De la nourriture!

Arabella poussa un cri en se levant brusquement.

— Comment pouvez-vous même *penser* à la nourriture quand mon cousin est mort!

Alors qu'elle se retournait en sanglotant dans les bras compatissants de Josh, nous nous regardâmes tous d'un air coupable.

— Elle a vu le corps.

M. Lissot fouilla dans sa poche pour trouver un mouchoir à remettre à Bella.

— Pardonnez-moi, commença Sir Marcus.

— Ah, Monsieur Trevalyan!

Se précipitant vers la porte, Angela soulagea l'arrivant de son grand imperméable recouvert de gouttelettes.

— Nous étions *morts* d'inquiétude.

Rappelant un inquisiteur espagnol, Roderick Trevalyan s'avança d'un air sinistre vers le siège le plus proche, qui s'avérait être au bout de la table. Venait-il de prendre conscience qu'il était désormais le maître de cette maison? Je cherchai un signe évident de joie dans sa victoire, je n'en trouvai aucun, et je me confiai aux soins de ma propre imagination perfide.

— Vous serez tous renversés d'apprendre que nous avons formellement identifié le corps comme étant celui de mon frère, Max.

La voix était glaciale et lointaine, non sans rappeler celle d'Angela. Ou de Josh Lissot, d'ailleurs. Tout le monde détestait-il tellement Max au point de souhaiter sa mort? Je me sentis intensément désolée pour le défunt. Certes, ce n'était pas un *cher* défunt, n'est-ce pas?

Roderick baissa maintenant son regard stoïque pour aborder chaque visage, le tout dans un ordre systématique. Lorsqu'il arriva à moi, une légère ride plissa le milieu de son front.

— Nous n'avons aucun inspecteur ici sur l'île. C'est la police du village qui s'occupera de l'affaire jusqu'à ce que la température change.

Sir Marcus toussa.

— Vous m'amenez à ma prochaine question. Dans les circonstances, devrions-nous chercher un autre logement sur l'île? Nous ne voulons pas nous imposer à votre belle-sœur, ou à vous-même dans votre douleur.

Ciel! songeai-je, *ses paroles sont si bien formulées.* Appropriées, poignantes et remplies de tact.

— Je vais rester.

Bella parla la première, époussetant ses lunettes aux verres épais.

— Je fais partie de la famille. Cela ne te dérange pas, Rod, n'est-ce pas ?

Je levai un sourcil vers son visage sérieux et suppliant. Comme il se transformait quand il était question de Roderick ou de Max ! Il était évident qu'elle adorait ses cousins, et je me doutais qu'ils avaient tous grandi ensemble.

— Je ne peux pas parler au nom de ma belle-sœur, mais je ne vois aucune nécessité à ce que vous partiez tous, murmura Roderick. L'hébergement est rare ici...

— Et Kate a besoin de ses amis.

Bravant sa concision, Angela sourit pour adoucir l'impact de ses propos et pour compenser l'insensibilité dont elle avait fait preuve plus tôt.

— Par-dessus tout, elle *craint* d'être seule. Et dans de tels moments...

Elle avait cessé de parler sans achever sa pensée. Très intelligent de sa part, songeai-je et, pour être honnête, je lui en étais reconnaissante. Je n'avais pas envie de tourner en rond dans l'île, à la recherche d'un endroit inspirant où habiter. À en juger par l'endroit où nous avions débarqué, les choix étaient lamentables.

— Non, je suis tout à fait déterminé à vous voir tous poursuivre votre séjour à la Maison Somner... jusqu'à nouvel ordre. Maintenant, si vous voulez bien m'excuser, j'ai des choses à régler avant l'arrivée de M. Fernald.

— Comme c'est étrange, reprit Angela.

Elle était agitée d'avoir été renvoyée non pas une fois, mais deux fois, de la porte de Kate.

— Ils ont posté Hugo à sa porte. Il est en train d'écosser des pois.

Pas de repas du midi, mais il semblait y avoir un souper de commandé, et je me promis de transmettre ces nouvelles à l'affamé M. Marcus.

— Et Josh Lissot! *Qui* croit-il être! As-tu vu comment il m'a coupée?

Se précipitant vers son lit, Angela fit gonfler ses oreillers avec des coups agressifs, tout à fait comme ceux que Lord Max avait employés pour attiser le feu, le soir précédent.

— N'es-tu pas un peu surprotectrice, Ange? Kate est une femme adulte. Elle et M. Lissot sont peut-être de très grands amis...

— De très grands amis, ricana-t-elle. Plus comme...

Elle ne semblait pas capable de digérer le mot.

— Des amants, dis-je pour finir la phrase à sa place. Peux-tu le lui reprocher? Comme tu l'as dit, après ce qu'elle a subi avec Max, sans oublier qu'ils partagent un amour pour l'art. C'est plus que naturel. C'est *humain*.

— Naturel! Oui, mais pas Josh Lissot. Ce n'est pas le bon homme pour elle.

— Qui l'est?

Le silence me répondit.

Ressassant ces propos, Angela ramassa un magazine sur son lit. Je l'imitai, mais avec un livre. *The Tenant of Wildfell Hall* par Anne Brontë. Il convenait à mon humeur, compte tenu de la souffrance de l'héroïne et de la ressemblance de son mari débauché avec Max lui-même.

Max... mort ? J'avais du mal à y croire. Si soudain et si inattendu, un accident, sans doute, ou se pouvait-il que ce soit un suicide induit par des médicaments ? Non, je l'avais appris depuis mon expérience à Padthaway. Ce qui paraissait à la surface, les spéculations logiques, pouvait masquer la vérité.

J'avais à peine lu la moitié de mon chapitre dans *The Tenant*, quand nous fûmes convoquées en bas par Bella. Elle avait frappé à la porte, l'expression de ses yeux partiellement dissimulée par ses lunettes à monture épaisse. Je remarquai que son visage avait repris une certaine couleur. Qu'est-ce qui la désolait le plus, la mort de son cousin, ou son amour évident pour Roderick et sa peur que moi ou Angela puissions le lui dérober ?

Une atmosphère terne nous attendait certainement dans le petit salon.

Sir Marcus faisait les cent pas près de la cheminée où Max et moi avions eu notre tête-à-tête privé. L'air austère, Roderick était assis, au milieu du divan le plus droit, et Arabella avait rapidement pris une place à côté de lui. Josh Lissot préférait arpenter la pièce le long du mur, feignant de regarder d'un air curieux les peintures de Kate, et le chef de police du village faisait du surplace derrière moi.

C'était un homme de taille moyenne, de carrure mince et aux bras velus. Il était plus jeune que je l'avais anticipé, et d'une assez belle apparence, avec des cheveux blond foncé et courts, de beaux traits, et un sourire facile.

Une fois qu'Angela et moi nous appropriâmes le dernier divan qui restait, Kate entra dans la pièce.

Drapée dans une robe de velours noir, un châle croicheté rose sombre ornant ses épaules, elle s'était glissée, presque inaperçue, dans la salle. Les cheveux plats, le visage tiré et les yeux baissés, elle tenta d'adresser un salut discret à tout le monde, mais il était évident qu'elle était encore secouée par la nouvelle.

— Et Lady Trevalyan, dit le chef de police en hochant la tête, se présentant comme M. Fernald. Mesdames et messieurs, je ne vous garderai pas longtemps aujourd'hui ; cependant, d'autres interrogatoires auront lieu ici à Somner.

— Peut-être serait-il préférable que nous nous retirions…

— Oh, non, Sir Marcus, ordonna Kate. Je ne peux supporter d'être seule pour faire face à tout cela. S'il vous plaît, dit-elle, jetant un coup d'œil autour de la pièce, je veux qu'aucun de vous ne parte.

— Roderick ?

Me couvrant la bouche pour cacher mon émotion, j'avais de la difficulté à croire que le policier s'adresse à Roderick Trevalyan de façon aussi informelle.

— Je suis d'accord, Fernald, répondit Roderick Trevalyan, ne se montrant nullement offensé. Vous pouvez vous servir du bureau ou de la bibliothèque pour mener vos interrogatoires.

Le nouveau maître de la maison avait pris sa première décision. Je m'attendais à ce qu'une fois le processus de deuil terminé, la Maison Somner entre dans une nouvelle ère. Un changement dramatique qui affecterait Kate par-dessus tout — sans enfant, la veuve sans le sou dépendrait maintenant de la bonne volonté de son beau-frère. Le pauvre Josh, l'amant de Kate, ne disposait pas de la liberté financière pour la soulager de ce fardeau imminent.

— Je devrai parler à tout le monde en privé dans les prochains jours, déclara M. Fernald. Je n'ai pas besoin de vous dire qu'aucun de vous ne doit quitter l'île, car il est évident qu'il s'agit d'un meurtre.

Le visage d'Arabella tourna à un blanc véreux.

— Je crois que... je crois que je vais être malade...

Comme elle sortait de la pièce en se tenant le ventre, nous échangeâmes tous des regards horrifiés.

— Meurtre! explosa Sir Marcus. Comment cela, mon cher?

— Je crains qu'il n'y ait pas de façon délicate de le dire... Lord Max a reçu des coups à la tête et au visage, comme si on s'était servi d'un pic.

CHAPITRE CINQ

L'horrible réalité enveloppait la maison.

Je comprenais maintenant la pâleur intense de Bella et le regard creux et tourmenté de Kate. Elles avaient toutes deux vu le corps.

Tout comme Roderick Trevalyan, mais le détachement qui le caractérisait ne fournissait aucune indication sur ses véritables sentiments. J'aurais aimé démêler et remuer les couches dormantes qui habitaient la citadelle qu'était Roderick Trevalyan.

Au cours de l'après-midi, Angela exprima sa consternation à plusieurs reprises.

— Je suis allée voir Kate. Nous avons parlé pendant un petit moment, mais elle n'était pas d'humeur à bavarder.

— Peux-tu le lui reprocher ?

Elle réfléchit.

— Tu as raison. Nous n'avons qu'à être prêts et présents quand elle aura besoin de nous.

Son regard s'assombrit.

— Je l'ai vue se promener à l'extérieur avec Josh Lissot tout à l'heure...

— «La jalousie, une malédiction», citai-je de ma lecture de *The Tenant* de Wildfell Hall.

Je partageai avec Angela ma stupéfaction devant la similitude entre le défunt Max Trevalyan et Arthur Huntingdon, le mari débauché, volage et alcoolique de la pauvre Helen. Sa réponse me permit de mieux appréhender le monde du couple troublé.

— J'étais là quand les choses allaient mal, et ce n'était pas joli. Qu'est-ce que tu crois qui porte une personne à boire? L'excitation? Le plaisir? L'euphorie?

— Non, la fuite.

Angela raconta ensuite ce qu'elle savait de la participation de Max à la guerre.

— Un pilote de chasse. Il devait avoir l'air fringant dans son uniforme, et je pense que c'est ce qui a attiré Kate vers lui. Ils se bagarraient tous pour elle, tu sais. Tous, même les hommes mariés. À leur retour, Kate chantait pour eux au club, et ils se battaient tous pour la première place.

Oui, je commençais à voir les nuances du portrait qui apparaissait à chaque trait dessiné.

— Tiens, écoute ça... Helen avait reçu plusieurs avertissements avant d'épouser Huntingdon et ici Huntingdon parle de son ami débauché, Lowborough :

> *Il avait toujours sur lui une bouteille de laudanum,*
> *qu'il buvait constamment — ou plutôt qu'il rangeait*

et ressortait, faisant abstinence un jour et des excès le suivant, tout comme avec l'alcool.

Et ceci :

Une nuit, durant l'une de nos orgies — il est entré, comme le fantôme dans Macbeth, et j'ai vu sur son visage qu'il souffrait des effets d'une surdose de son sournois consolateur. Puis il s'est avancé et s'est exclamé : «Bon! Je me demande bien ce que TU peux trouver de joyeux dans la vie que je ne connais pas — je ne vois que le noir de l'obscurité.»

— Je crois que Max souffrait de cette manière, murmurai-je. L'obscurité éternelle, se servant de son «consolateur» vide entre des périodes de festivité extrême et de morosité irrationnelle et de désespoir infini. Sais-tu si, comme Helen, Kate avait été mise en garde avant de l'épouser?

— Probablement, répondit Angela. Non pas que cela aurait compté pour elle. Elle l'a épousé pour le titre.

— En plus de l'argent et d'un bel époux, quoiqu'un peu incontrôlable, ajoutai-je. Mais ses charmes avaient aussi la puissance d'une drogue sur elle — quelque chose dont elle ne pouvait se passer.

— Bien, elle avait certainement le choix... Je suis au courant d'au moins cinq demandes en mariage.

Je saisis l'occasion de mettre le capitaine Burke sur le tapis.

— Oh lui.

Le ton dédaigneux d'Angela expédia le pauvre capitaine Burke à la tombe. J'ai su alors qu'elle ne l'épouserait pas et qu'il ne le lui avait pas redemandé. Elle lui avait donné une réponse glaciale et vague, et les hommes répugnaient à ces deux caractéristiques chez une femme.

Il y avait peu de chose à faire, sauf de s'interroger sur la catastrophe de la fin violente de Max.

Une fin violente. Je notai la phrase dans mon journal. C'était un «meurtre évident», comme l'avait prononcé M. Fernald dans l'accent de sa langue maternelle, car il était impossible de défigurer son propre visage.

— Angela, y a-t-il des bateaux à cette maison?

— Des bateaux?

— Oui, des embarcations à avirons.

Elle leva les yeux au ciel.

— Je suppose qu'il doit y en avoir. Pourquoi ne vas-tu pas le découvrir? Je pourrais ainsi avoir un peu de temps seule, sans ton bavardage incessant.

Mon bavardage incessant. Étrange, car je ne m'étais pas vue dans un rôle de bavarde. En général, je préfère le silence, comme Roderick.

Je l'aperçus en sortant, prenant le thé sur la terrasse avec Bella. À mon intrusion maladroite par la porte geignarde de la terrasse, ils commencèrent à se lever de leurs chaises. Je sentis leur malaise commun, peut-être à mi-chemin d'une conversation intensément privée.

— Vous pouvez vous asseoir avec nous si vous le désirez, Mlle du Maurier.

Roderick estimait qu'il était de son devoir d'hôte de m'inclure.

Je souris, remarquant les yeux maussades de Bella baissés sur moi, espérant que je refuse. De toute évidence, *elle* ne souhaitait pas ma présence. Les remerciant de leur aimable invitation, je continuai à avancer vers le refuge des jardins.

D'habitude, les jardins souffraient durant cette saison défavorable qu'était l'hiver, mais ici à Somner, ils semblaient prospérer. Plantés par les premiers colons, des arbres géants ornaient le périmètre, parsemés parmi les palmiers indigènes. Des haies pourpres de prêles des champs et des rosiers sauvages à petits fruits se répandaient à leurs pieds. Du romarin sauvage poussait entre les jardins, accompagné de frésias jaunes, de camélias, d'hydrangées crème, et d'orchidées d'un rose poussiéreux. L'amaryllis variété « Red Lion », l'une de mes espèces préférées, dominait les couronnes de jasmin, les bleuets et les chrysanthèmes d'hiver. Partout où je me tournais, des fleurs se développaient malgré le froid ; mais la roseraie pleurait la perte de ses compagnes colorées, les roses black baccara paraissant solitaires à proximité des roses rouges raréfiées.

— Arabella Woodford est une créature étrange et nerveuse, murmurai-je aux roses black baccara dans ma meilleure voix à la Arthur Huntingdon.

— Vous savez que parler seul est un signe de folie ?

Sir Marcus sourit, se prélassant sur un siège ombragé dissimulé parmi les haies. Titubant sur le côté, je lui reprochai son comportement sournois, en ne m'ayant pas avertie de sa présence, et il se mit à rire.

— Je suis glorieusement incognito, me confia-t-il. Et je me délecte vraiment des ragots. Que pouvons-nous faire d'autre ? Se fermer la bouche et adopter un détachement formel ?

Nous en discutâmes longuement, car le sujet était fascinant. Comment devions-nous remplir nos journées pendant que nous demeurions dans cette maison de la mort ? Ignorer le brutal assassinat et poursuivre notre pause créative ?

Sir Marcus proposa que nous fassions le contraire.

— Je suggère de nous diriger vers cette fenêtre, là où je crois que notre fidèle chef de la police est en train d'interviewer Kate... qu'en pensez-vous, Sherlock ? Ou avez-vous l'intention de vous perdre dans de tristes jardins ?

J'avalai ma salive. Espionner de nouveau Kate Trevalyan ? Ma conscience en était troublée. Je ne pourrais certainement pas refaire une telle folie deux fois dans la même semaine.

— Oh, venez.

Sir Marcus me poussa du coude.

— Je sais que vous l'avez surprise avec Lissot.

Je le regardai.

— Votre visage vous trahit. Vous êtes une fine observatrice, Daphné. Puis-je vous appeler Daphné ? Et les fins observateurs oublient parfois de masquer leurs fines observations. Vous, par exemple, à la table du petit déjeuner ce matin.

— Comment ?

— Vous aviez l'air d'une jeune fille innocente, choquée par les mœurs relâchées de vos pairs. C'était là... tout paraissait sur votre visage quand vous avez dit : « Je crois que je sais où elle est... »

Une rafale inamicale d'air frais me faisant retrouver mes sens, je disséquai les ramifications du commentaire de Sir Marcus. Était-il si facile de lire mon visage ? Étrange, puisque personne dans ma famille ne le pensait. On utilisait l'expression « à volets clos », je crois. « Heureusement enfermée à volets clos dans mon propre univers », avais-je l'habitude de répondre. Mais jamais, jamais je n'avais imaginé que d'autres puissent voir si facilement dans mon univers farouchement gardé.

Je le mis sur le compte de l'incrédulité. Et d'un profond étonnement. Un décès... et une aventure dévoilée. Ces événements n'ont pas lieu tous les jours et, si c'était le cas, ils ne se produisaient pas tous ensemble, n'est-ce pas ?

— Venez.

Saisissant ma main, Sir Marcus nous entraîna tous les deux vers la maison.

Alors que nous approchions, je frissonnai. Les vitres de la fenêtre, éclaboussées d'embrun salé, englobaient la vision floue d'une Kate en sanglots et d'un chef de police qui faisait les cent pas comme un militaire. Son lourd froncement de sourcils et ses yeux flamboyants suggéraient une accusation directe et, évidemment, aucune délicatesse n'avait été employée.

Je ne m'attendais pas à ce que M. Fernald ait l'effronterie d'aborder une dame de cette façon. C'était tout à fait à l'opposé des bons soins assidus de Sir Edward à Padthaway, me souvins-je.

Dissimulés à leur vue, Sir Marcus et moi nous appuyâmes plus près de la vitre.

— ... Vous et M. Lissot! Pourquoi n'en avez-vous pas parlé plus tôt?

— J'ai essayé, dit Kate en sanglotant, mais je ne pouvais trouver les mots.

— Vous ne pouviez trouver les mots, hein? Comme c'est *commode* pour vous deux. J'en parlerai avec votre beau-frère. Il ne verra pas la chose d'un bon œil...

— Il est au courant.

La voix de Kate devint brusquement plus calme.

Les yeux plissés, M. Fernald s'avançait de notre côté. Dissimulant nos têtes juste avant qu'il atteigne la fenêtre, Sir Marcus et moi échangeâmes une respiration haletante. Que faire si nous étions détectés? Comme ce serait *embarrassant* et tellement discourtois envers la pauvre Kate.

Oui, pauvre Kate! Souffrant aux mains de cette brute de Fernald. Comment pouvait-il être aussi insensible? Elle venait tout juste d'identifier le corps de son mari. Le choc écrasant avait dû être insupportable. Ou peut-être n'y avait-il eu aucun choc? Peut-être s'agissait-il d'une mort *planifiée*?

Je murmurai cette théorie à Sir Marcus en même temps que nous nous empressions de refaire le chemin que nous avions parcouru.

— M. Lissot n'a pas d'argent et, d'après ce que je sais de Max, c'est son frère qui hérite de tout. La veuve n'obtiendra rien, si ce n'est une petite rente qui dépend entièrement de la bonne volonté de Roderick. Lord Roderick... amusant de penser au vieux garçon comme à un seigneur. C'est plutôt un homme de la terre.

Effectivement, j'en convins silencieusement, me rappelant tout à coup ma promesse à Angela de commander du thé pour l'après-midi.

Sir Marcus décida de m'accompagner à la cuisine.

— Une étrange maisonnée, n'est-ce pas ? Un seul homme fait tout. Pas un mauvais cuisinier, non plus.

— Je soupçonne que vous avez un personnel à plein temps pour vos besoins dans toutes vos maisons, plaisantai-je, espérant ne pas paraître grognonne.

— Ah, un soupçon d'envie.

Le rusé Sir Marcus sourit, s'arrogeant un agréable plaisir en me donnant des informations sur ses différentes propriétés.

Je n'avais aucune idée de son extrême richesse.

— La plupart, de succession héréditaire, ajouta-t-il, et aucune épouse pour réchauffer mes jours. Hélas, je suis à l'affût. Difficile d'en trouver une qui ne soit pas qu'intéressée par le butin.

— Il n'y a pas que le butin.

Je souris en atteignant la cuisine.

— Vous avez d'autres charmes, vous savez. Esprit vif, caractère jovial, et un œil trop perspicace...

— Ah ha ! Vous m'en voulez de vous avoir détectée.

Je lui fis signe de se taire avant de nous faire entendre par Hugo, qui était en train de travailler au-dessus de l'évier de la cuisine. Je m'avançai nonchalamment vers le petit vaisselier et je l'avais à moitié ouvert quand la grande ombre de Hugo me rejoignit.

— Je m'en occupe, Mademoiselle. Vous désirez du thé ?

Sir Marcus et moi échangeâmes un coup d'œil.

— En fait, nous ne détesterions pas du thé indien... mon brave. Besoin d'aide, mon vieux ? Ça ne doit pas être facile de jouer tous ces rôles différents. Vous avez presque besoin d'une casquette pour chacun d'eux, hein, et je suppose qu'ils ne vous paient pas assez.

Hugo était sans expression et ne semblait pas du tout amusé.

Avant d'inviter Sir Marcus à prendre le thé avec Angela et moi, je crus qu'il serait préférable que je demande d'abord l'approbation de ma sœur. Après avoir vérifié notre chambre, mystérieusement vacante, étant donné qu'Angela avait demandé du temps pour être seule, je rejoignis Sir Marcus sur la terrasse.

— Si vous vous demandez où est votre sœur, dit Sir Marcus après avoir fait preuve de ses prouesses sans faille dans l'art de servir un thé d'après-midi, elle est la dernière victime en date de l'interrogatoire de Fernald.

Reconnaissante que Sir Marcus soit ici, dans ces circonstances désastreuses, d'autant plus que nous étions assis à la table même où Max m'avait arraché mon livre, nous prîmes des paris pour savoir qui M. Fernald avait prévu de torturer ensuite.

— Comment est votre thé ?

— Atroce.

Il cracha le mot.

— Tiède et infâme.

— Infâme ?

— Profondément scélérat, comme l'est quelqu'un ici.

À ma très grande surprise, M. Fernald me choisit pour être la prochaine personne interrogée. Déposant ma tasse de thé, j'attendis Angela pour prendre ma place à côté de Sir Marcus et je notai qu'elle avait les joues empourprées. Que lui avait dit Fernald pour la bouleverser ?

La morosité du petit salon était frappante. Entrant dans la pièce, je fis difficilement le lien avec celle de la première soirée de notre arrivée. Accueillante, animée, pleine d'entrain... Maintenant sombre, déprimante, les murs peints de récits d'une misère infinie, intéressants à l'époque, et maintenant de mauvais goût. La toile de mort en temps de guerre avait tendu sa main amère sur la Maison Somner.

— Mlle du Maurier, la plus jeune. Alors quel est votre prénom ?

Manquant d'éloquence, M. Fernald aboyait ses mots comme une trompette qui jouait faux.

— Daphné.

Il hocha la tête, griffonnant une note.

— Daphné, alors. Asseyez-vous, Mlle Daphné. J'ai quelques questions pour vous.

Il s'agissait de questions standard. Où je me trouvais dans la nuit de la disparition de Max, qu'est-ce que je pensais de la relation entre le mari et la femme, si je savais quelque chose d'important, de nature privée ?

Assise, je restai muette.

— Je sais que vous savez quelque chose, petite demoiselle.

— M. Fernald.

Je m'empressai de me lever.

— Je m'oppose à ce que vous m'appeliez petite demoiselle. Mon nom est Mlle du Maurier, et oui, j'ai vu M. Lissot et Kate Trevalyan le matin où on a trouvé le corps.

— Ils ont passé la nuit ensemble ?

Je roulai une épaule indéfinissable.

— Vous pensez que ce sont eux qui l'ont fait, hein ? Les amants ? Tuer le mari ? Faire ressembler tout cela à un accident ou une légitime défense, hein ?

Je haussai de nouveau les épaules.

M. Fernald me lança un regard meurtrier.

— Vous n'êtes pas aussi bavarde que votre sœur, Mlle du Maurier.

— Oh ? Qu'a-t-elle dit ?

— C'est moi qui pose les questions, pas vous. Vous pouvez y aller maintenant, je n'ai plus besoin de vous aujourd'hui.

Rejetée ! Dans toutes mes lectures de personnages, je n'avais jamais rencontré quelqu'un comme M. Fernald. Ce policier était plus que grossier, il était…

— Infâme! dis-je en bouillonnant à Angela et Sir Marcus.

— Et pour cause, seconda Sir Marcus, se frottant les mains. Ceci nécessite un réchauffement hivernal avant le dîner. Qu'en dites-vous? Allons-nous à la bibliothèque, Mesdames?

Sir Marcus avait localisé la bibliothèque avant moi. Traînant derrière les deux, je m'arrêtai pour passer en revue les étagères débordantes, pendant qu'ils se servaient dans le cabinet à alcool derrière le bureau de Max.

— Ne devrions-nous pas d'abord demander la permission? demandai-je.

— Je l'ai déjà obtenue.

Sir Marcus sourit comme un écolier.

— Nous devons nous servir nous-mêmes dans la maison, et cela, ma chère Daphné, implique le libre accès au cabinet à alcool.

— Roderick boit-il, croyez-vous? rêvassai-je, tout en tombant sur quelques titres intéressants. Je ne peux pas l'imaginer, car j'oserais dire que cela risquerait de faire craquer l'austérité de son visage.

— Vraiment, Mlle du Maurier?

La voix de Roderick Trevalyan venait de retentir à l'entrée de la porte.

CHAPITRE SIX

Abasourdie, j'ouvris la bouche pour bafouiller une excuse maladroite en même temps que des livres tombaient sur le plancher.

— Ne vous donnez pas cette peine, dit Roderick.

Il m'aida dans mes efforts consternés pour réparer le désordre, un soupçon d'amusement palpitant dans ses yeux bleus.

— Je trouve la situation immensément amusante.

Riant, Sir Marcus agita un doigt accusateur dans ma direction.

— La prochaine fois, vous vérifierez la porte avant de faire des commentaires désobligeants sur votre hôte, n'est-ce pas, jeune Daphné ?

Mon visage devint écarlate, et je m'excusai à nouveau, mais, à ma grande surprise, Roderick se contenta de sourire.

— Tenez.

Angela déposa brusquement un verre dans sa main.

— Prenez un verre.

Un silence gêné régnait dans la pièce. Sir Marcus gravita vers mon refuge parmi les livres, tandis que Roderick et Angela prenaient une gorgée de leur verre, la tentative de conversation de ma sœur bloquée par l'austérité de Roderick et ses réponses monosyllabiques.

Se raclant la gorge, Sir Marcus me jeta un regard, l'un de ses sourcils levés. Je sentis sa requête silencieuse de changer de sujet. Nous commençâmes à parler d'un livre que j'avais commencé, un compte rendu historique sur une église et d'autres sites anciens dans les îles Scilly. Après une dizaine de minutes, Roderick daigna se joindre à la conversation.

— Lorsque le temps le permet, il y a des traversées vers les autres îles, admit-il. Mais vers le continent, pas avant un autre mois, je le crains.

Donc, nous étions tous bloqués pendant un mois, pris au piège sur une île avec un meurtrier violent circulant librement. Lorsque Sir Marcus souleva la possibilité d'un voyage à l'île, je me sentis mal à l'aise de voir que Roderick n'était que trop heureux d'acquiescer à la demande. Je ne cessais de penser aux paroles de Max : *Rod attend seulement de mettre la main sur l'héritage*. Angela ne voulait s'engager à rien concernant un voyage dans une île. Elle voulait demeurer aux côtés de Kate, mais comme je n'avais jamais fait partie de leur bande particulière, je me sentais quelque peu indésirable et inutile. Sir Marcus partageait mon point de vue. Il mentionna à nouveau à Roderick la possibilité de nous trouver un logement ailleurs, mais Roderick refusa d'en entendre parler.

— Non, vous êtes vraiment invités à rester ici. Dans les circonstances, c'est à peu près tout ce que nous pouvons faire.

Autoritaire et précis. Il appliquait le même principe pour sa toilette et son apparence, semblait-il, ridiculement propre et soigné, les cheveux lissés vers l'arrière — sauf le jour où je m'étais introduite impoliment dans la tour alors qu'il portait une salopette —, et une façon sinistre et rudimentaire d'approcher la vie comme un devoir. Même quand il marchait, il semblait avoir un but.

— J'espère que ce Fernald ira au fond de cette affaire, dit Sir Marcus d'un ton sérieux.

Lord Rod inclina la tête.

Ramassant les livres que je voulais lire, je m'échappai du malaise paralysant qui avait envahi la pièce. En sortant, j'entrai en collision avec Bella.

— Oh, dit-elle, je ne vous avais pas vue.

Elle paraissait plus en colère que bouleversée.

— Roderick est-il à l'intérieur ?

Je fis signe que oui, m'attardant dans la grisaille du couloir. Elle n'avait pas dit « mon cousin », elle l'avait appelé « Roderick ». On aurait dit qu'elle avait choisi ses mots avec soin. Mais, pourquoi ? Était-ce pour confirmer qu'ils se comprenaient tout spécialement ou était-ce pour m'avertir de la priorité de sa revendication ? Ou les deux ?

Soulagée de pouvoir profiter d'un répit avant le souper, je feuilletai les livres et je griffonnai quelques notes et quelques scènes relatives à mon travail en cours, en utilisant, j'ai honte de l'avouer, des éléments des circonstances qui m'entouraient.

Je me mis donc à travailler sur une nouvelle. Après l'affaire de Padthaway, j'avais peu écrit, à part un compte rendu de mes expériences à Windermere Lane. J'avais l'intention d'utiliser ces notes dans un roman plus tard, mais l'idée m'intimidait. Je savais qu'une fois que la semence était jetée, elle devait pousser, peu importe le temps, la famille et les amis. Il me fallait une solitude totale pour l'écrire.

L'arrivée bruyante d'Angela dans la chambre assassina mon récit à demi écrit et, soupirant, je déchirai les feuilles et les jetai dans la corbeille à papier.

— Je suis tellement en retard, je n'aurai pas le temps de coiffer mes cheveux. Et Daphné, *essaie* de faire un effort ce soir.

— Un effort?

Incrédule, je la regardai.

— Oui. Pour Kate.

— Comment peut-on apaiser un esprit angoissé en se parant de belles choses?

Je m'arrêtai net, car qu'elle soit jugée coupable ou non, l'avenir de Kate risquait de manquer de ces atours lorsque les funérailles et l'enquête seraient terminées.

— Je crois qu'il se peut que Kate ait tué son mari, laissai-je échapper.

— Kate? Une suspecte?

Angela rejeta même la moindre possibilité.

— Il n'y a aucune motivation, répondit-elle, tout en fixant les côtés de sa robe d'un jaune incertain. Max était sa source de...

— Revenus? Son gagne-pain? Ces choses avaient-elles tant d'importance pour elle? Elle aurait pu vouloir se libérer de lui.

Angela s'arrêta pour examiner cette déduction.

— Je dois admettre qu'elle a des goûts dispendieux.

— En connais-tu beaucoup sur les moyens financiers de M. Lissot?

— Oh, ne me parle pas de lui, gémit Angela. Je suis incapable de supporter cet homme.

Je levai un sourcil interrogateur.

Elle grimaça en voyant l'heure.

— Mon Dieu! Et je voulais me laver les mains avant le souper. Je suppose que cette Bella est dans la salle de bain. Que *fait*-elle là-dedans? Ce n'est pas comme si le temps qu'elle y passe pouvait être remarqué. Elle est horriblement laide.

Je jugeai que, sur cette hypothèse, Angela avait tort, et je lui confiai mon évaluation personnelle en route vers la salle à manger. Une créature étrange et nerveuse, oui, mais pas laide. Derrière ces lunettes, j'avais pu glaner un visage mince, un nez droit, court et courbé, une bouche bien dessinée qui avait un urgent besoin de couleur, et des yeux ne nécessitant qu'une toute petite amélioration. Si elle changeait sa tenue de maîtresse d'école pour adopter une robe de coupe plus féminine, elle pourrait certainement faire tourner plus d'une tête. Mais ce n'était certainement pas la vision qui m'accueillit.

Se tenant à l'extrémité assombrie de la pièce, parlant tranquillement à son cousin Roderick, elle avait enfilé un cardigan d'un bleu atroce avec une jupe de style infirmière d'hôpital. Un ruban blanc tirait ses cheveux vers l'arrière alors qu'une lumière terne brillait à travers des lunettes à monture épaisse.

De l'autre côté de la pièce, Kate constituait une vision de deuil glorieux. La robe noire la plus sévère ne pouvait dissimuler son élégante ossature, pas plus que le désordre de ses cheveux ne distrayait de sa beauté élaborée et raffinée. Parlant à voix basse à Josh Lissot, elle pointait du doigt le collier de perles noires autour de son cou. Lorsqu'Angela et moi entrâmes, elle fit un faible sourire et quitta rapidement M. Lissot dont le visage respirait une méfiance sournoise alors qu'il se déplaçait d'un côté à l'autre, ne sachant trop quoi faire.

L'atmosphère incertaine s'intensifia pendant le dîner, tandis que Sir Marcus tentait de racheter le manque de conversation. Angela faisait de son mieux, un peu aidée par moi-même et, étonnamment, par Roderick. Assumant son rôle en tant que chef de famille, il ne faisait aucun doute qu'il se sentait obligé d'offrir plus que ses remarques habituelles, ici et là, pour la forme.

— M. Fernald pourrait revenir interroger quelques-uns d'entre vous, annonça-t-il plus tard, durant le café.

Il parlait sous un éclairage tamisé et à un moment anormalement calme.

— J'ai pensé que vous devriez tous être au courant.

— Un meurtre, dit Sir Marcus en hochant la tête.

Il était aussi préoccupé par le crime que par le café tiède.

— Mais pourquoi ? Qui pourrait faire une chose pareille ? L'homme avait-il des ennemis sur l'île ? Quelqu'un l'avait-il menacé ces derniers temps ?

Le regard de Roderick se déplaça vers l'ouest. Il voulait éviter de donner des renseignements explicites.

— Il y a Jackson, commença Kate avec optimisme, s'adressant à Roderick.

Son beau-frère fronça les sourcils.

— Jackson est un homme bon. Je ne peux pas croire une telle chose de sa part.

— Mais il est sujet à la violence, persista Kate.

Elle partagea un rapide coup d'œil avec Josh qui, à son tour, baissa la tête et inspecta le contenu de sa tasse.

Sir Marcus demanda qui était Jackson.

— Le jardinier, dit Kate d'une voix faible. L'homme à la barbe d'argent.

Je me souvenais d'avoir vu le jardinier lors de ma promenade dans le domaine. Il semblait traiter la maison et les jardins comme les siens, et il avait probablement travaillé toute sa vie sur ce domaine. Si ce Jackson avait respecté le père de Roderick et de Max, ses sentiments pour le fils téméraire auraient-ils pu lui inspirer de l'assassiner ? Non... l'accusation de Kate devait être motivée par quelque chose de plus important qu'une simple aversion. Je me demandai ce que ça pouvait être.

— Eh bien, qui qu'il soit, jura Arabella, il sera traduit en justice et puni.

Elle baissa la tête, le coin de son œil droit dérivant vers Josh Lissot, alors que mon regard croisait celui d'Angela à travers la pièce. Elle aussi avait déchiffré le « il » sur la langue acérée de Bella et projeta pareillement un sourcil judicieux en direction de Josh.

La bienséance ainsi respectée, Roderick Trevalyan libéra sa chaise, remercia chacun de nous d'un bref signe de tête, et quitta la pièce.

Kate partit peu après, Josh Lissot attentif à ne pas la suivre de trop près.

— Curieux bonhomme, murmura Sir Marcus, cherchant un divan pour s'y étaler.

Sortant brusquement un cigare de son manteau, il soulagea ses pieds de ses chaussures d'un beau poli, mais contraignantes.

— Ça ne vous dérange pas, Mesdames ? Pour le moment, je n'ai pas envie d'aller dormir.

Arabella jeta un coup d'œil nostalgique en direction de son cousin, qui venait de disparaître, avant de se mettre à courir après lui. Je fis un commentaire sur son départ précipité, et Angela et Sir Marcus fondirent sur le prétexte comme deux corbeaux sur un mur de pierre.

— Avez-vous *vu* son visage ? Le même qu'à son arrivée. Elle court vraiment après lui comme un chien, fit remarquer Angela.

— Peut-être avez-vous manqué quelque chose.

Sir Marcus gratta son allumette sur le bord de sa botte.

— C'était peut-être de Max dont elle était amoureuse, et non de Rod. Ou peut-être qu'elle était amoureuse des deux en même temps. Une fille comme elle n'a pas dû recevoir tellement d'offres. Elle habite dans une maison avec une vieille femme. Pas beaucoup de chances de vie sociale, n'est-ce pas?

— Non, convint Angela.

Gardant mon oreille ouverte à leurs rêveries, j'allai passer en revue les tableaux. Tant de scènes. La plupart étant inspirées du temps de la guerre. Ce qui s'était passé ici, à la maison, dans les rues de Londres, les bombardements, les nuits de terreur, ce qui avait transpiré sur le continent, nos vaillants hommes et femmes allant se battre en pays étrangers...

Je m'arrêtai devant la peinture au-dessus de la cheminée. Un arbre hivernal ouvrait la fenêtre sur la toile, des feuilles incrustées de neige mêlées à du sang traçant le chemin boueux vers deux soldats tombés au combat qui se cachaient sous une haie au loin, l'un berçant la tête de l'autre.

J'interrogeai Sir Marcus au sujet de la peinture.

— Je n'en sais rien. Un peu sombre, selon moi. Il devrait y avoir des peintures de fleurs et d'animaux pour aller avec le thème. J'en ai parlé à Katie, mais vous voyez, ce sont ses projets des temps de guerre qui l'ont lancée, pour ainsi dire. Difficile pour une artiste de briser le moule de ce qui est exigé d'elle.

En effet, mais peut-être avait-elle réussi à briser ce moule en commençant à travailler sur un nouveau projet. Était-ce un projet inspiré par Josh Lissot, par hasard?

Sir Marcus avait lui aussi fait le lien.

— Pauvre couple. Ce sera difficile pour les deux, étant donné que Fernald a lancé ses hameçons.

— Pas sur Kate, j'espère, dit Angela. *Elle* est innocente, je le jure.

— Je suis plutôt d'accord avec vous.

Sur le divan, Sir Marcus fumait allègrement.

— Si elle avait voulu se débarrasser de Max, elle l'aurait fait il y a plusieurs blizzards.

— Des blizzards, Sir Marcus?

Mes lèvres se courbèrent d'amusement.

— Vous peignez les mots avec tant d'éloquence, mais vous avez omis de dire pourquoi vous êtes ici à Somner.

— Je suis un pur fainéant, répondit-il joyeusement. Voltigeant d'ici à là. Un vent qui passe, ni plus, ni moins.

Angela fit une plaisanterie sordide qui aurait choqué les oreilles de notre mère, mais Sir Marcus se mit à rire et nous en servit une ou deux des siennes.

Je continuai à regarder les tableaux. Il devait y avoir un indice caché parmi chaque trait appliqué, un indice qui expliquait pourquoi Kate avait choisi de rester avec son mari bon à rien. Helen de *Wildfell Hall* avait agi de la même façon par devoir, par rapport à son propre sens religieux de la bienséance, mais Kate Trevalyan? Ce n'était pas une innocente domestique. Elle avait épousé

Lord Max en sachant exactement qui il était et quel genre de mari il ferait.

— Je suis surpris de voir que vous n'êtes à ce jour ni l'une ni l'autre mariées et enceintes, osa dire Sir Marcus.

Un peu soulagée qu'il ait d'abord choisi d'interroger Angela, je gardai une oreille attentive tout en examinant les tanks de guerre et les enfants londoniens qui couraient, terrorisés par les attentats à la bombe…

— Vous devriez accepter ce Burke, vous savez, conseilla Sir Marcus, adoptant l'approche du frère aîné. J'ai entendu parler de lui. Un brave type. Bien établi.

— Nous ne sommes pas exactement *pauvres*, Sir Marcus.

— Oh, bien sûr. Le clan du Maurier. Célèbre ! Épargnez-moi les détails. La célébrité et l'argent n'achètent pas le bonheur.

— Et vous croyez qu'en épousant Burke, je serai heureuse ? Je ne peux imaginer quelque chose de plus horrible — confinée à la campagne, membre de la confrérie des tricoteuses, à élever des petits Burke…

— Et aller à l'église le dimanche, ajouta Sir Marcus.

Le ton laconique d'Angela l'amena à se redresser pour s'allumer un autre cigare.

— Je dois en convenir avec vous, je ne voudrais pas non plus assurer la reproduction des petits Burke. Horrible entreprise que tout cela.

Angela souleva l'idée de la nécessité que Sir Marcus produise aussi un héritier.

— Oh, c'est déjà fait. Une sœur. Un neveu. Nul besoin pour moi de hisser le drapeau.

— Mais un homme comme vous a besoin d'une femme.

— Peut-être, dit Sir Marcus, prenant le temps de réfléchir. Je suis un amoureux de la nature bien faite, comme cette créature impertinente dans la cuisine. Quel était son nom, Daphné ? Vous, les filles, vous vous souvenez de ce genre de chose.

La femme de cuisine… et Max.

— Oui !

Je les regardai tous les deux.

— C'est peut-être cela.

— Un nom bizarre, « Oui ! », traîna la voix de Sir Marcus. Non, vraiment le nom de la nana impertinente, Daphné ?

Mais j'étais déjà en train d'explorer l'idée d'une connexion.

— Il doit y avoir un lien entre le jardinier et la bonne avec qui Max avait une liaison.

— Jackson et la femme de cuisine coquine ? Non, non, non, il est assez vieux pour être son grand-père ! Vraiment, Daphné, je peux comprendre pourquoi vous avez mis tant de temps à déterrer le coupable dans l'affaire Padthaway…

Je rougis et je lançai un regard meurtrier à Angela.

— Je n'ai pas raconté de secrets, promit-elle, juste les faits.

— Une débâcle fantastique.

Le ton compatissant de Sir Marcus ne réussit pas à me calmer.

— Et vous et ce Major n'avez pas trop mal fait... pour une paire d'amateurs.

J'étais sur le point de souligner que le major n'était certainement pas un amateur, mais je m'arrêtai juste à temps. J'ignorais si Sir Marcus me taquinait ou s'il était sérieux, mais comment Angela osait-elle parler de ma vie privée à des inconnus ?! J'aimais bien Sir Marcus. En fait, je l'aimais plus que la plupart des gens de ma famille, mais je protestais quand il était question de mes affaires personnelles. Je ne me promenais certainement pas partout à révéler les détails des aventures amoureuses manquées d'Angela ou ses voyages *secrets* à la campagne.

— J'ose dire qu'il est temps de faire monter ce corps disgracieux à l'étage.

Bâillant, Sir Marcus se leva du divan en se roulant pour récupérer ses chaussures.

— Je vous vois demain matin toutes les deux, les deux oiseaux, alors que vous pourrez m'expliquer la théorie de la bonne et du jardinier.

Lançant un autre regard meurtrier vers Angela, je sortis derrière lui en marchant d'un pas nonchalant. Angela pourrait rester ici et se repentir. Est-ce pour cette raison qu'elle voulait que je l'accompagne à Somner ? Pour m'utiliser comme un spectacle voué à la dissection de chacun ? Pour détourner l'attention de sa personne et dissimuler ses propres secrets ?

Cette nuit-là, je rêvai d'une tour. Une horreur solitaire coincée dans une terre stérile et rocailleuse semblant fixer une mer violette. Au-dessus, un trait de foudre illumina l'obscurité, enflammant le paysage de teintes fondues d'orange, de prune, et de rouge écarlate.

Au petit déjeuner, je décrivis l'étrange rêve à Sir Marcus.

— Mer violette, hein ? J'ai déjà connu une Violette.

Il examina son assiette d'œufs.

— Surprenant, ce Hugo peut préparer un œuf passable. Ce qu'il *ne peut* tout simplement pas faire, c'est du café. Je suppose que je vais devoir le former, car je ne prendrai pas une autre tasse de cette horrible boue.

Arabella me passa la poivrière et la salière. Avais-je imaginé les plus minuscules débuts d'un sourire sur son visage ? Assurément, on ne pouvait manquer de sourire à Sir Marcus, car il était le type de personne que tout le monde aime. Il possédait une personnalité charismatique contagieuse, et j'avais bien l'intention de le garder comme ami.

— Le café a-t-il toujours été aussi mauvais à Somner, Mlle Woodford ?

Sir Marcus continua allègrement.

— J'ai toujours su que l'un de mes lieux de prédilection devait un jour offrir un terrible café.

Angela demanda combien de fois il était venu à la Maison Somner.

— Oh, quelques fois, depuis que le couple s'est marié. Je connaissais Katie avant son mariage, vous savez. Je l'avais rencontrée dans les cercles artistiques.

— Vous n'avez jamais dit à quel genre d'art vous vous adonniez, Sir Marcus, siffla Angela de son coin.

— Mécénat, répondit-il sans aucun degré d'hésitation pudique. Je tiens à soutenir le talent quand je le vois.

Je baissai les yeux vers la table. La raison possible de la venue de Sir Marcus à Somner : comme bienfaiteur de Kate Trevalyan.

— Pas pour Kate. C'est une fille astucieuse. Elle s'est assuré son propre mécénat quand elle chantait au club. Après avoir vendu quelques toiles, elle était en affaires. Elle n'avait pas besoin de *moi*.

— Et elle a cessé de peindre lorsqu'elle a épousé Max, ajouta Bella.

— Ce n'est pas tout à fait vrai, implora Angela pour faire différent.

— Sauf une toile ici et là, concéda Bella.

Ainsi intimidée, elle s'enfuit de la table comme une souris effrayée.

Sir Marcus le remarqua.

— Je devrais vous emmener à la chasse toutes les deux, si j'ose dire. Vous travaillez mieux que mes chiens.

Angela se cambra devant l'insulte.

— Que faites-vous *d'autre* dans la vie que de mettre votre nez dans la vie des autres ? Vous voletez d'un endroit à l'autre, vous *nourrissant* des gens pour satisfaire une soif de vide. Je pense que vous devriez vous marier, Sir Marcus, et élever un château rempli d'enfants !

Et sur ces mots, elle claqua la porte du salon du petit déjeuner.

— Je crois que je l'ai mise en colère, me murmura Sir Marcus d'un air incrédule.

Pourtant, il n'y avait pas de raison pour qu'il chuchote puisque nous étions seuls.

— Oh, non, soupirai-je. Elle est toujours ainsi. Les actrices agissent souvent ainsi. Elles atteignent le zénith pour obtenir un impact maximal.

— Très fine observation, Daphné. Un jour, vous serez une excellente romancière.

— Le croyez-vous ?

J'avais peine à le croire. Angela pouvait s'asseoir et écrire pendant des heures, alors que je composais avec trop de distractions pour espérer être publiée un jour. Bien sûr, si je voulais avoir la chance d'être publiée, je savais que je devais m'asseoir et écrire, tout simplement.

— Pour réussir dans un travail, l'effort en vaut le prix, dit Sir Marcus d'un ton encourageant. Alors que pensez-vous de ce jardinier, Jackson, et de la servante ? Le grand-père ou le père ? Jolie fille ? Max ? Oui, je vois le tableau. Quant à la fille, je ne crois pas qu'il s'agisse d'un versement régulier. Plus une commodité pour Maxie, si vous pardonnez ma brutalité.

Je lui dis que je lui pardonnerais toujours sa brutalité.

— Et quelle qu'elle soit, la liaison date probablement de quelque temps. Nous devons enquêter, Daphné D.

— Ne risquons-nous pas des ennuis?

Je me devais de soulever la question.

— Nous *sommes* des invités ici... et la maison est en deuil, vous vous souvenez?

— Eh bien, si nous nous faisons prendre, dit Sir Marcus en me tapotant la main, je promets de prendre soin de vous.

CHAPITRE SEPT

— *Toi*. Peindre *?*

Riant aux éclats, Angela sortit sa tête par la porte de notre chambre pour la cinquième fois.

— Elle est toujours là. Honnêtement, combien de temps faut-il pour se nettoyer les dents ?

J'étais encore piquée par le fait qu'elle se permette de dénoncer ma peinture avant même que j'aie commencé.

— Je suis désolée, Daph, se rétracta-t-elle. Peins si tu le dois, mais ce que tu devrais vraiment faire, c'est de travailler sur ton roman. Sinon, on ne te publiera jamais. Les livres ne s'écrivent pas tout seuls.

Elle aimait souvent me railler ainsi. Elle, l'aînée, la savante, la sœur expérimentée.

Je lus un peu de ses derniers écrits. Elle venait de composer une scène où deux jeunes filles traversent ensemble une partie sinistre de la forêt, guidées par un hibou. Lorsqu'un loup se présente, le hibou les avertit de ses cris stridents avant de s'envoler pour laisser les filles affronter le loup par elles-mêmes. Il n'y a pas de chevalier pour les protéger, et les chances de s'en sortir semblent très mauvaises.

— Ça finit comment? lui demandai-je, extasiée, fascinée et plus qu'un peu envieuse.

— Elles tuent le loup, mais je n'ai pas encore analysé comment cette partie se déroule. C'est une nouvelle. As-tu terminé ta nouvelle?

— Pas encore.

Je me précipitai vers mon cahier de notes, mais elle l'atteignit la première et commença à en parcourir les pages, l'ouvrant à la page où le nom de Max avait été encerclé avec un point d'interrogation.

— Qu'est-ce que c'est?

— Des observations au hasard, lui répondis-je, poussant ma main vers l'avant pour reprendre promptement le livre.

M'ignorant, elle se retourna, et lut chaque bribe sur la page, sous tous les angles.

— Sir Marcus est un adulte, mais tu devrais montrer un peu de retenue, tu sais. Oui, le meurtre nous concerne tous, mais il y a un moment où l'on doit permettre aux autorités compétentes de mener l'affaire et laisser le tout à leur jugement. Vous deux, vous êtes en train de vous préparer des ennuis.

Angela n'était pas du tout du genre à se lancer dans ce type de réprimande maternelle.

— M. Fernald, j'en conviens, est un subalterne, mais il ne nous sert à rien de mettre le nez dans cette affaire.

Cela risquerait de bouleverser Kate. Est-ce que toi ou Sir Marcus avez pensé à Kate dans vos plans aléatoires pour piller l'endroit à la recherche du meurtrier ?

Non, je répugnais à l'admettre, nous n'y avions pas pensé.

— Je sais ce que tu vas dire ensuite.

Angela agita le petit doigt.

— Tu vas me dire qu'à l'époque, Kate avait une liaison avec Josh Lissot et qu'elle est heureuse de la mort de Max. Mais ce n'est pas le cas. Elle aimait Max, d'une façon un peu bizarre, mais qui lui était propre. C'est pourquoi elle est demeurée avec lui pendant toutes ces années.

Je hochai la tête.

— Alors quelle est *ton* évaluation ?

Feuilletant à nouveau les pages où émergeait ma nouvelle à moitié terminée, les mots griffonnés sur les pages dans une splendide confusion, elle se mit à rire.

— Eh bien, tu as *vraiment* un penchant pour les ouvertures mélodramatiques, n'est-ce pas ?

Fermant brusquement le cahier, elle me le lança.

Je sentis mon visage se réchauffer. *Ce n'est peut-être pas aussi bon que ton histoire, mais un jour j'écrirai quelque chose que même toi tu admireras.*

— Je n'ai pas réussi à évaluer toute l'affaire, mais je *crois* que Max a été assassiné par un de ses proches.

— Ici, à Somner ? Dans la maison ?

— Ou quelqu'un proche de la maison, sur le terrain.

Angela hocha la tête, mais son visage demeura vide, comme si ses pensées s'étaient égarées ailleurs.

Elle disparut bientôt dans la salle de bain pendant que je sortais pour m'asseoir sur le balcon. J'avais apporté mon carnet de notes, encore blessée par les commentaires d'Angela sur mon travail. Où était le problème avec une histoire mélodramatique ? *Roméo et Juliette* n'était-il pas un mélodrame qui avait eu du succès ?

— Ohé !

Plissant les yeux alors qu'un caillou sifflait près de ma tête et heurtait la fenêtre à côté de moi, je détectai un Sir Marcus souriant.

— Est-ce que je fais un bon Roméo ?

Je me penchai au-dessus du balcon.

— Vous auriez pu me frapper à la tête, vous savez.

Il haussa les épaules.

— L'occupation a ses dangers. Que pensez-vous de mon ensemble ?

Il tourna sur lui-même, vêtu d'une grande cape et d'une casquette de peintre.

— Très joli. Où avez-vous trouvé cela ? demandai-je en pointant vers la palette accrochée sous son bras.

— De Katie. Elle dit que nous pouvons nous servir d'une pièce ici pour nos tentatives de peinture. J'ignore ce que vous ferez, mais j'ai l'intention de peindre un *chef-d'œuvre*.

Ricanant devant son absurdité, je le rejoignis en bas.

— C'est cette pièce-ci, guida Sir Marcus.

Située à gauche du bureau, cette pièce exigeait une clé, et Sir Marcus la sortit rapidement de sa poche.

— Et qu'en est-il des autres pièces verrouillées ? murmurai-je.

Je regardai autour de moi pour voir si Roderick ne menaçait pas d'apparaître.

Se tapotant le nez, Sir Marcus me poussa dans la pièce.

— Maintenant, Daphné, c'est notre code de silence — se tapoter le nez. On pourrait nous entendre. Cet endroit a des oreilles.

J'en avais aussi l'impression. Mentionnant les pitreries de Bella dans la salle de bain et l'aversion qu'elle provoquait chez Angela, j'inspectai la panoplie d'instruments pour peindre. Bien que petite, la pièce était bien éclairée, et l'espace était relativement dépouillé, sauf pour trois chevalets, des pinceaux, des palettes, des chiffons, des boîtes de peinture, deux petites lampes et un unique tabouret taché de peinture.

— Vous pouvez prendre le tabouret, dit Sir Marcus, toujours l'aimable gentleman. Et voici votre cape. Désolé, je n'ai pu trouver de chapeau à plume pour vous. Vous n'aurez qu'à l'imaginer.

Je me mis à rire. C'était vraiment un homme farfelu.

— Kate a dit que nous pouvions utiliser cette salle exclusivement ?

— Oui. Katie comprend le besoin d'un espace privé lorsque l'on est sur le point de se lancer dans quelque chose de grand. Mais dans notre cas, la peinture est purement une façade.

Il commença à mettre les toiles en place pendant que je lui demandais comment se portait Kate.

— Je l'ai vue au petit déjeuner. Elle n'a rien mangé et elle a vraiment l'air terrible. Aucun signe de Lissot. Ou de Rod. Peut-être sont-ils tous partis à la pêche ?

Jetant un regard optimiste par la fenêtre, une morosité enfantine apparut dans la commissure de ses lèvres, car s'ils étaient allés à la pêche, ils ne l'avaient pas invité.

Je doutais sérieusement qu'une aventure de pêche puisse expliquer les absences.

— Josh Lissot garde ses distances étant donné que c'est lui qui possède le motif de meurtre le plus solide ; Kate aussi s'en rend compte ; elle est craintive, elle craint pour l'avenir et pour Josh, et je crois qu'elle sait quelque chose ou qu'elle soupçonne quelque chose. Qu'elle ait ou non contribué à la mort de son époux, cela reste à voir. Quant à Lord Roderick, il n'est pas entièrement exempt de soupçons puisque c'est lui qui hérite de ce qui est laissé. C'était lui qui préservait la fortune familiale avant que son écervelé de frère ne désintègre le tout, les envoyant tous rapidement à la ruine.

— Oh la la, une subtile hypothèse.

Sifflant, Sir Marcus agita son pinceau à pointe blanche au-dessus de deux toiles.

— Une couche de fond. Une fois que c'est sec, vous pouvez commencer.

— Qu'êtes-vous en train de faire et pourquoi, je vous prie, notre peinture n'est-elle qu'une façade ?

Sortant de sa veste un appareil-radio à fréquences, il tourna le bouton du haut et ajusta l'antenne.

J'eus le souffle coupé.

— Où avez-vous trouvé cela?

— J'ai boursicoté dans le département des jouets pendant la guerre. J'étais inutile, nul besoin de le mentionner, mais mon argent a aidé à acheter quelques-unes de ces beautés et je me devais de garder des souvenirs.

— Donc, Angela avait raison. Vous aimez *vraiment* espionner les gens.

Amusé, il haussa les épaules, claquant ses lèvres épaisses.

— Il y a pire passe-temps. Prenez notre Max, par exemple. Ou Katie. Katie et Josh sont les sujets d'aujourd'hui. Ils sont dans la chambre au-dessus.

Je ne voulais pas lui demander comment il était arrivé à obtenir cette information, et l'observant en train de régler les cadrans de son instrument, je hochai la tête.

— Pas de réprimande pudique de votre part, Mlle Daphné, m'avertit-il, car j'ai entendu parler de vous et de votre désir d'aventure!

— Par qui, je vous prie?

— Par l'un de vos amis *particuliers*.

Me faisant un clin d'œil, Sir Marcus cala la radio sur le rebord de son chevalet.

— Maintenant, nous pouvons écouter pendant que nous peignons. Pensez-y comme à... une lecture radio. Nous sommes à peine réglés sur l'épisode trois.

Après un bref craquement ici et là, deux voix devinrent de plus en plus nettes.

— Qui? Le major? Le major Browning? harcelai-je Sir Marcus.

Mais il posa une main sur ma bouche, m'attirant vers les nuances non équivoques de la voix de Kate Trevalyan.

— ... Nous ne pouvons être sûrs qu'ils ne le découvriront pas. Fernald n'est pas malin, mais il n'est pas stupide non plus.

— Mais tu as supprimé les éléments de preuve, ma chérie. Et alors? Tu as glissé un peu plus de laudanum dans son thé ce jour-là... pour le calmer, oui?

J'imaginai Kate qui faisait signe que oui.

— Il est sorti tout à fait déchaîné. Comment est-ce ta faute?

— Mais les drogues! Le mélange... ça l'a rendu violent. Tu sais comment il devenait quand il était dans cet état. Il était impossible de l'arrêter. Peut-être que quelqu'un d'autre n'a eu d'autre choix que de le retenir, et quand cela a échoué... quelle sorte d'arme ferait de tels dommages à un visage?

— Quelque chose de long et contondant, murmura Sir Marcus.

— C'est terrible... Je ne peux pas continuer de vivre avec moi-même en pensant que je suis en quelque sorte responsable. Oui, je voulais sa mort, mais pas de cette façon...

Les voix s'étouffèrent.

— Oh, merde !

Jurant, Sir Marcus tenta de récupérer la fréquence, mais en vain.

Nous passâmes ensuite une bonne heure ou deux à peindre et à conjecturer. Sir Marcus refusa de faire attention ou de répondre à mes questions au sujet du Major. Son aptitude à me vexer l'amenait à me refuser toute information, bien qu'il me promît de m'« éclairer » à un autre moment.

Esquissant sur la toile la scène de la tour que j'avais vue dans mon rêve, j'étais étonnée de voir que Sir Marcus était effectivement capable de peindre. Tamponnant des couleurs ici et là, un paysage commença à émerger, et je reconnus l'ancienne pergola comme point central.

Nous étions tous deux plongés dans nos créations quand Kate entra dans la pièce. Son sourire chaleureux ne donnait aucun signe du rendez-vous avec son amant secret à l'étage, ou de ses craintes concernant la mort de son mari, mais le murmure d'une ombre planait sur un visage trop incertain et trop lourd d'inquiétude. Désireuse d'écarter toute attention sur elle-même, elle examina chacune de nos œuvres.

— Très bien ! dit-elle à Sir Marcus.

Et en les écoutant babiller, je compris qu'ils partageaient une grande amitié de même qu'une passion pour les arts. Sagement, Sir Marcus ne mentionna rien à propos de M. Fernald et de l'enquête, mais elle se détendit bientôt et confia un peu de ce qui la préoccupait.

— Je pense qu'ils vont accuser Josh, mais ce n'est pas lui qui l'a fait !

— Ils ne peuvent l'accuser sans preuve, l'assura Sir Marcus, en adoptant son meilleur comportement aristocratique.

Un rire guttural, presque aigri, s'échappa de ses lèvres.

— Oh, mais ils *ont trouvé* des preuves… une patte de mon chevalet de peinture. Il y a du sang de Max dessus et les empreintes digitales de Josh.

— *C'est ce que dit Fernald.* Je ne veux pas être impoli, Katie, mais l'homme est quelque peu dépourvu d'aptitudes pour ce qui a trait aux procédures. J'aimerais vraiment voir comment il peut prouver qu'il s'agit du sang de Max et des empreintes de M. Lissot.

Kate se mit à rire à nouveau, cette fois, d'un rire très nerveux.

— Oh, les empreintes correspondront p… parce que…

Vous et Josh avez fait l'amour avant qu'il ne… l'étreinte passionnée envoyant le chevalet et le couple s'écraser au sol, où la patte du chevalet a roulé vers la porte.

Plus tard, l'indésirable mari entre précipitamment dans la pièce. Il attaque. Saisissant la patte du chevalet, Josh protège Kate et, ensemble, ils traînent le corps jusqu'à la plage…

— Daphné, incita Sir Marcus, donnez à notre Kate votre lecture de la situation.

Entièrement perdue dans mon monde intérieur, mon pinceau s'écrasa au sol et roula jusqu'à la porte.

L'observant, j'avalai difficilement ma salive, mal à l'aise devant la veuve endeuillée, bouleversée et peut-être meurtrière.

— Qu'en est-il du jardinier? Aurait-il pu attaquer votre mari?

— Oui, je suppose que oui. Il, euh — elle s'arrêta, réticente à trahir ce qui suivait —, il a une fille, Rachael. Elle travaille au pub du village, mais il lui arrive de venir aider ici.

— Et elle et Lord Max ont eu une liaison, et elle a mis un enfant au monde, termina Sir Marcus à sa place.

Lady Kate le regarda perplexe.

— Pourquoi, oui, mais je ne vous en ai jamais parlé...

— Je l'ai déduit.

Une main bienveillante et sympathique toucha son épaule.

— Peut-être que ce jardinier a demandé quelques dollars de plus à Max et que notre garçon a réagi. Montrant une force inébranlable, le jardinier ramasse la première chose qu'il voit...

— Mais c'est cela le problème, gémit Kate, la patte était dans la pièce et Josh *s'en est servi*.

J'avais donc eu raison dans ma description de la scène entre les amants. Max était entré en trombe, et les deux hommes s'étaient battus pour Kate, une femme qui transpirait le charme féminin et la confiance à tous les niveaux. Sauf qu'elle ne paraissait pas aussi confiante lorsqu'elle se mit à pleurer.

— Là, là.

Sir Marcus, assumant son rôle de consolateur, l'invita dans ses bras.

— Vous êtes avec des amis, et nous sommes là pour vous aider, mais le moment est venu pour une totale honnêteté. Si Josh a tué Max, il faut que nous le sachions maintenant.

Mes yeux s'ouvrirent très grands. Il ne m'avait pas incluse dans cette duplicité, n'est-ce pas ? Je ne lui avais offert aucun soutien pour dissimuler un meurtrier qui, bien qu'il ait tué pour défendre une femme, devait quand même subir son procès.

— Au début, Josh croyait qu'il l'avait tué, dit Kate en pleurant abondamment. Nous avons traîné le corps jusqu'à la plage...

La vérité jaillissait maintenant en désordre.

— Mais alors, j'ai entendu Max murmurer. Josh, dit-elle en baissant les yeux de honte, m'a offert d'en finir avec lui, mais j'ai refusé. Nous sommes alors partis, nous sommes vraiment partis.

— Et qu'en est-il de l'arme ?

Sir Marcus se livrait à une interprétation digne d'un détective de Scotland Yard.

— Nous l'avons laissée aussi... et son visage n'était pas *comme ça* quand nous sommes partis. Il ne l'était pas, je jure qu'il ne l'était pas.

— Josh est-il resté tout le temps avec vous par la suite ? Avez-vous des témoins ?

— Pas de témoins.

Elle avala sa salive, ses grands yeux se tournant vers moi d'un air suppliant.

— Sauf quand Daphné est arrivée à la chambre le matin.

Sir Marcus et moi digérâmes toute cette information, chacun de nous formant ses propres conclusions. Fernald pouvait arrêter Josh Lissot. Il y avait suffisamment de preuves pour le condamner, et la motivation incontestable et transparente sonnait son destin.

Continuant à se battre pour son amant, Kate leva les yeux vers nous deux.

— Je ferais n'importe quoi pour protéger Josh. J'ai même dit que c'est moi qui l'avais tué, mais Fernald ne veut rien entendre, et Josh est trop têtu.

L'ébauche d'un sourire s'échappa de ses lèvres exsangues.

— Il est de souche irlandaise, et il n'y a pas plus fier. Il ne se cachera pas derrière les jupes d'aucune femme, et je ne veux pas le voir souffrir pour un crime qu'il n'a pas commis. Oh, ne voyez-vous pas? Il n'y a rien que nous puissions faire si Fernald a pris son parti... rien... rien...

— Oui, il y a quelque chose.

Ouvrant la porte, Angela entra d'un pas dégagé dans la pièce.

— Je dirai que c'est moi qui l'ai fait. J'ai tué Max.

CHAPITRE HUIT

Angela était debout à la porte.

Nous la regardâmes tous fixement alors qu'elle entrait dans la chambre.

— Chère Kate, tu dois tout simplement me permettre de le dire.

La toux bruyante de Sir Marcus me tira de mon état de choc.

— C'est courageux de votre part, ma chère, mais complètement inutile. Fernald ne voudra pas en entendre parler, en dépit de votre façon convaincante d'inventer une histoire.

Angela était furieuse.

— Ce n'est pas le temps d'être pessimiste, Sir Marcus. Kate a désespérément besoin de notre aide.

— Ce n'est pas du pessimisme. C'est du *réalisme*.

— Mais si nous pouvons obtenir l'accord de Josh…

— J'ai bien peur que vous perdiez votre temps, Mesdames. De ce que laisse entendre Katie, il a déjà à moitié avoué, ce qui suffit pour une *complète* arrestation.

Vérité... et silence. Perchée sur le tabouret, j'essayai de me concentrer sur mon croquis. Ajoutant quelques lignes de plus sur ma tour, j'ajustai les dimensions des fenêtres et de la porte. Je ne savais pas quoi faire d'autre puisque tout le monde était assis à ruminer en silence. Quelques minutes s'écoulèrent avant que je sente que Lady Kate surveillait chaque ligne que je dessinais. Je sentis soudain son doux murmure contre mon oreille.

— Non, Daphné; cette fenêtre devrait aller comme ceci.

Les tracés langoureux et précis confirmaient sa connaissance approfondie de la tour, de même que ses prouesses de peintre exceptionnel. Elle travaillait si rapidement, et pourtant tout était parfaitement capté, jusque dans les moindres détails.

Je lui demandai si elle avait déjà vécu dans la tour et, s'arrêtant, elle hocha la tête puis continua. Quelques instants plus tard, ma tour s'élevait de la toile, vivante et prête pour la couleur, et Kate me remit le crayon.

— Vous devez peindre comme vous écrivez, avec beaucoup de détails.

Alors que je m'habillais pour le souper ce soir-là, je fus accompagnée de pensées sur ses paroles et sur sa réticence à parler de la tour. Soulagée de n'apercevoir aucun signe d'Arabella rôdant dans les parages, je me trempai dans un bain pendant environ une demi-heure, reposant mes orteils sur le brise-jet en forme de lion.

C'est alors qu'une idée me vint.

Kate... et Roderick... dans la tour. La connaissance de Kate, sa connaissance *intime* de l'architecture de la tour, et son influence en décoration par rapport au thème de l'Afrique faisaient allusion à plus qu'un intérêt passager et fraternel pour la résidence de Roderick. Ou peut-être que ma lecture était fausse. Peut-être était-ce parce que Roderick éprouvait un grand respect pour sa belle-sœur, et qu'il tenait souvent compte de ses conseils. Je me souvins du jour de mon arrivée, alors qu'elle avait insisté pour qu'il reste à souper. Il ne *voulait pas* rester, mais il l'avait fait lorsqu'elle le lui avait doucement ordonné.

Kate Trevalyan. Elle commandait aux hommes mieux qu'un capitaine de navire et sans la moitié de l'effort. Ce qui m'amenait à réfléchir. Avait-elle, capitaine rusée, consciemment ou inconsciemment ordonné la mort de son époux ?

Je pensai poser cette question à Angela avant le dîner, pendant que nous nous habillions — notre coutume entre sœurs depuis notre arrivée dans cette maison.

— Pourquoi offres-tu de protéger Kate ? Partagez-vous quelque sombre secret, elle et toi ?

« Non, non et non » fut la réponse brève. Je fis remarquer que « non » n'était pas une réponse suffisante à une question qui contenait un « pourquoi ».

Elle grogna son agitation, levant les mains en l'air.

— Laisse-moi tranquille.

Ce que je fis pendant un petit moment, jusqu'à ce que nous soyons sur le point de quitter la chambre. Fermant la sangle sur ma chaussure, j'épiai ses tentatives infructueuses pour trouver les siennes.

— Les chaussures bleues sont là-bas, près de la fenêtre.

Elle marcha vers les chaussures, les ramassa, et se dirigea vers la porte.

— Ange, suppliai-je en sortant, l'obligeant d'arrêter, Kate a-t-elle du pouvoir sur toi ? Toi et elle avez-vous déjà commis une folie, quelque chose qui vous lie toutes les deux ? Est-ce de cela que tu as peur ?

— Peur ? se moqua-t-elle. Je *n'ai pas* peur.

Pivotant sur ses talons, elle commença à descendre le couloir, me laissant verrouiller la porte. J'ignore ce qui m'avait poussée à prendre cette précaution, car nous avions peu d'objets de valeur à l'intérieur. Mais mes notes sur l'assassinat de Max étaient exposées sur mon lit, et j'avais eu une vision d'Arabella qui rampait dans notre chambre à la recherche d'indices — et je redoutais sa réaction à mes soupçons. Elle croyait fermement que son cousin avait été assassiné, mais qui soupçonnait-elle ? Kate ? Josh ? Des amis de Kate ? J'hésitai... Angela ?

— Elle a un œil mauvais, celle-là, dit Sir Marcus d'une voix traînante.

Il m'entraîna vers le côté dès que mes pieds touchèrent le tapis de la dernière marche.

— Je n'aimerais pas être enchaîné à elle.

Je jetai un regard fugace sur la grande silhouette mince de Mlle Woodford. Se tenant les bras croisés, le front plissé et regardant ouvertement d'un air renfrogné dans la direction de Kate et de Josh, elle semblait prête à laisser échapper une accusation.

Sir Marcus frissonna.

— Elle me donne des sueurs froides et elle n'aime pas notre Katie, n'est-ce pas?

Une haine véhémente bouillonnait des grognements de mécontentement de Bella. Était-ce une créature prédisposée à la bouderie? Ou ce comportement lui avait-il été imposé à force de vivre une existence morne?

Sir Marcus avait une autre croyance.

— Cette créature trouverait l'épine dans n'importe quel jardin.

Ses paroles s'étaient révélées exactes au cours du souper, alors que commençait une autre étrange soirée de conversation guindée. Kate semblait plus pâle que d'habitude, Josh Lissot, inhabituellement calme et pensif, Roderick, un rocher inanimé qui aurait tout aussi bien pu être mort, et Arabella, dont les yeux continuellement baissés et soupçonneux nous interrogeaient tous. Quand elle finit par se décider de parler — au moment où Hugo arrivait pour chercher les assiettes —, ce fut pour revenir à l'affaire.

— Cousin, quand M. Fernald doit-il revenir?

Contraint de fournir une réponse, Roderick cligna des yeux en direction de Kate.

— Vendredi, je crois.

— Vendredi! Aussi tard, quand il est évident qu'*il*...

Sa voix traîna, son insinuation claire.

Sir Marcus leva les sourcils bien haut en me regardant.

— Quand il est évident que quoi ? cracha Angela. Si vous ne terminez jamais vos phrases, Mlle Woodford, comment pouvons-nous vous comprendre ?

La mâchoire de Sir Marcus tomba.

La mienne aussi. Regardant autour de la table, je crois que je remarquai qu'une minuscule nuance de couleur tachait le visage de Roderick. Kate baissa les yeux, et Josh contesta l'accusation en tapotant sur la table avec ses mains.

— Je suppose que vous parlez de moi, Mlle Woodford ?

Repoussant sa chaise, il haussa les épaules pour enlever la main apaisante de Kate.

— Non, je n'endurerai pas cela.

Arabella se tut brusquement. Acculée, elle fit appel à son cousin, qui, fidèle à lui-même, se contentait de regarder le mur.

Comme Bella ne présentait aucune excuse, Josh saisit sa veste et s'élança hors de la pièce, jetant son manteau sur son épaule.

Kate regarda derrière lui, les yeux remplis de tristesse.

Mais elle ne courut pas après lui. Cela aurait rendu leur aventure évidente et cela aurait confirmé l'accusation d'Arabella.

— Viens, dit Angela, entraînant Kate à se lever de sa chaise ; nous irons au salon, et je commanderai du thé.

— Le thé semble une bonne idée, intervint Sir Marcus, quoique j'aie infiniment préféré une goutte de cognac.

Roderick offrit promptement la réserve disponible dans le bureau, mais refusa l'invitation de Sir Marcus à se joindre à lui pour un dernier verre. Il expliqua qu'il devait se lever tôt le lendemain matin et il s'excusa auprès de ses invités.

Sir Marcus me regarda.

— Il n'y a que nous deux.

— Est-ce une mauvaise chose? dis-je en souriant et acceptant son bras.

— Fernald fera arrêter Lissot vendredi, murmura Sir Marcus.

Il prononça ces mots après que nous fûmes entrés dans la salle de travail, son œil détectant immédiatement le cabinet de liqueurs pendant que je me dirigeais vers le bureau.

— L'astucieuse Daphné fouille dans les tiroirs privés.

J'entendis son rire amusé tandis qu'il m'offrait un verre.

— Non merci.

Il semblait déçu.

— Non, vous avez absolument raison. Les jeunes et jolies filles comme vous ne devraient boire que du champagne et de la limonade rose. Encore plus, dirais-je, vous ne devriez pas boire quoi que ce soit avec un vieux libertin comme moi.

Se détendant sur le fauteuil de mon seigneur, parfaitement inconscient de quoi que ce soit, mais en appréciant son cognac, il salua mes efforts.

— Vous ne devriez pas vraiment regarder ces choses, Daphné... et si notre vieux Seigneur Rod devait revenir pour un petit coup de minuit et vous surprendre.

— Il n'est pas encore minuit.

Je continuai à tourner les pages d'un livre de comptabilité de la maison. Rien d'intéressant n'apparaissait dans les pages. Il y avait diverses entrées sur les comptes et les dépenses de la maisonnée, l'amélioration de la propriété, l'entretien de la cuisine, et ainsi de suite, tout cela méticuleusement noté d'une écriture noire soignée. Comme je doutais que Max garde des comptes aussi ordonnés, ce travail devait donc être l'œuvre de Roderick.

— Oh, la la, Max et Kate aimaient certainement dépenser! Vous devriez voir les montants de retrait étiquetés « K, personnel » ou « M, personnel »!

— Nous les propriétaires fonciers sommes autorisés à faire des retraits à partir de nos biens. C'est un bénéfice de notre héritage. Quels retraits sont les plus importants? Ceux de Katie ou de Max?

— Ils sont égaux, mais elle retire un supplément pour le ménage. Hmm, le ménage, je me demande si cela inclut des achats d'œuvres d'art et le soutien aux amants?

Je continuai à scruter chaque page, écartant tout sentiment de culpabilité. Max avait été assassiné, et je ne cessais de me le rappeler. *Quelqu'un* l'avait assassiné pour une *raison*.

Refermant le livre, je fouillai dans une autre pile soignée de papiers. De toute évidence, Roderick avait mis de l'ordre dans les affaires de son frère. Je ne pouvais imaginer le bureau de Max aussi organisé. L'ordre ne correspondait pas à son tempérament.

— Dommage que nous n'ayons pas eu accès à ce bureau juste après la mort de Max, soupirai-je, me déplaçant vers le second tiroir qui contenait d'autres papiers.

Sir Marcus haussa à peine un sourcil, tout à fait heureux de siroter son cognac pendant que je passais la pièce en revue.

— C'est très spartiate, n'est-ce pas ? Je me demande si Rod a jeté toutes ces cartes postales de nus choquants de la Nubie que j'avais apportées à Max d'Afrique l'an dernier.

Je rougis malgré moi.

— Aucun signe d'elles languissant sous tous ces papiers ? demanda Sir Marcus avec espoir.

— Pourquoi ? Voulez-vous les reprendre ?

— Eh bien, dit-il en se raclant la gorge, ce serait un grand gaspillage de les jeter. J'ai passé quelque temps à choisir ces... En passant, vous avez entendu parler du major Browning dernièrement ?

Je fis une pause.

— Quelle est votre association avec lui ? Vous n'êtes pas un autre détective, n'est-ce pas, vous cachant sous l'ombre de votre titre ?

— L'ombre de mon titre, répéta Sir Marcus. Ça me plaît, et non, je suis incapable de supporter ces types. Police. Scotland Yard. Je suis plus intéressé par les pourquoi et les comment ; et je soupçonne d'après votre lèvre retroussée que ce sans-cœur de Browning ne vous a jamais contactée après l'affaire Padthaway.

Je tentai de lever un sourcil indifférent.

— Cela pourrait vous intéresser de savoir qu'il a été appelé au loin.

Je répondis que cela ne me dérangeait pas. Était-ce difficile pour un homme en mer de prendre une plume et d'écrire ? Il n'avait même pas consacré *une* minute alors que j'avais pris la peine de poster *deux* lettres.

— Il y a un tiroir fermé à clé ici.

— Un tiroir fermé à clé.

Se frottant les mains, Sir Marcus fut inspiré de se lever de sa chaise.

— Le proverbial tiroir du bas dans le bureau de tout homme. Pourquoi croyez-vous que c'est toujours le numéro trois ? Le plus bas, celui dont on a honte, celui qui cache des cartes postales osées ?

Pendant qu'il réfléchissait, j'explorais. Pas de moyen pour... à moins...

— Avez-vous une clé ?

Un front cynique me répondit.

— Croyez-moi. Cela a *déjà* fonctionné.

— À Padthaway ?

Intrigué, Sir Marcus m'en tendit une de sa poche. Je lui demandai à laquelle de ses nombreuses propriétés cette clé appartenait, et il fit une grimace.

— Une modeste maison. Me croyez-vous ?

Je lui répondis que non, trop occupée à essayer d'entrer la clé dans le tiroir.

— Vous feriez mieux de ne pas le briser. Sa Seigneurie pourrait se sentir offensée, conseilla Sir Marcus, surtout s'il est près de ses sous.

Je répondis «hmmm» même si j'avais de la difficulté à imaginer Roderick en train de montrer quelque grande émotion. Max, d'un autre côté, oui.

— Croyez-vous que Max ait déjà frappé Kate?

Sir Marcus mâcha sa lèvre inférieure.

— Une fois, je l'ai vu lui serrer le cou contre un mur... il était ivre, bien sûr, et nous sommes intervenus. Il en semblait désolé une fois dégrisé. Le pauvre type était fou.

Je frissonnai et je me sentis désolée pour Kate. Il devait avoir été terrible d'être condamnée à vivre avec un homme qui s'adonnait à de violents accès, des habitudes immodérées et un abus d'alcool incontrôlable qui invariablement menaient à une nature bestiale. Je compris pourquoi elle avait choisi Josh Lissot pour amant. Il possédait une tranquille certitude, et c'était un homme à admirer, plutôt qu'à craindre.

— A-t-elle eu beaucoup d'aventures au cours des années?

— Je crois que les deux avaient une entente à ce sujet.

— Ainsi la façade du grand mariage, fis-je écho, maintenant frustrée à cause du tiroir. Je *pourrais* briser la sous-couche. Même un seul petit morceau pourrait faire l'affaire.

Ignorant le coup d'œil d'avertissement de Sir Marcus, je brisai un morceau et je le retirai. Un petit trou émergea, suffisamment grand pour que deux doigts s'y glissent et explorent avec soin.

— D'autres papiers, gémis-je, oh, et quelque chose de rond... on dirait que c'est un parchemin.

Après quelques efforts, je fis soigneusement glisser le parchemin enrubanné. Je souris doucement et songeai à Ewe Sinclaire ; elle adorerait se mêler à ce mystère.

— Qu'avez-vous trouvé ?

Sir Marcus regarda par-dessus mon épaule.

— Un testament, je l'espère.

Déroulant l'article dérobé, je souris. Écrit par Max Trevalyan lui-même, semble-t-il.

Tout en bas, écrit en grandes lettres lisibles, il y avait les mots : DERNIÈRES VOLONTÉS ET TESTAMENT DE MAX TREVALYAN.

— Les préliminaires habituels... ensuite, ah, voici : *Je lègue par la présente la plus grande partie de ma succession à mon fils né hors mariage... Connor Jackson.*

— Jackson, fit écho Sir Marcus. Jackson, le petit-fils du jardinier. Aucune mention de la mère ?

— Une « Rachael Eastley », dis-je, triomphante.

— Et dûment signé et contresigné, siffla Sir Marcus, venant se placer derrière moi. Bien joué, Daphné... je suppose que nous devons remettre la chose à sa place maintenant.

— Oui.

Mais en nous penchant pour voir le nom du témoin, nous balbutiâmes tous les deux à l'unisson.

— Hugo ?

Sentant l'importance d'une telle découverte et peut-être un peu coupable d'avoir permis que je fouille dans un bureau privé, Sir Marcus décida d'avouer notre péché à Roderick le lendemain matin.

Baissant les yeux devant la calme acceptation de Roderick devant notre confession, j'attendis nerveusement le résultat. Il ne parla pas tout de suite, ce qui augmenta ma nervosité et le bavardage de Sir Marcus.

— Chose diabolique, n'est-ce pas? Je jure que nous n'en avons lu qu'un court extrait et que nous l'avons remis là où nous l'avons trouvé. J'ose dire que vous ne l'avez découvert que récemment?

— Oui, finit par concéder Rod. Je savais que mon frère cachait toujours certaines choses dans son tiroir du bas.

— Je suis sûr que cela ne fera pas long feu, une note frénétique écrite comme ça, sympathisa Sir Marcus. Je connais un bon avocat, mais de la façon dont je vois les choses, vous n'en aurez pas besoin.

— J'espère sincèrement que non, fut sa réponse.

— Vous pouvez compter sur notre silence, promit Sir Marcus, me conduisant vers la porte. N'est-ce pas, Daphné?

— Ou-oui, promis-je.

Une partie de moi voulait partager notre découverte avec Angela, mais son humeur hargneuse ce matin-là modéra rapidement mon envie. À ce jour, il était difficile de faire confiance à une sœur, et Angela avait souvent dans le passé manqué de discrétion concernant des secrets partagés. Elle aimait bavarder avec ses copines, et Jeanne et moi avions appris à être prudentes pour une bonne raison.

Et la Maison Somner représentait une telle raison.

Elle refusait toujours d'expliquer sa tentative ridicule pour sauver Kate en s'offrant comme un agneau sacrificiel. J'observai sa franche morosité au petit déjeuner. Les ombres sous ses yeux trahissaient le manque de sommeil, et elle était plus agitée que d'habitude.

Mais un peu de vie étincela dans ses yeux languissants quand une Kate tendue entra dans la pièce, choisissant le siège le plus éloigné d'Arabella. Pas d'amour perdu ici, les deux femmes étaient assises raides comme des navires prêts à la bataille au-dessus de la table du petit déjeuner. Se battant pour qui ou pour quoi? songeai-je.

Roderick faisait tout son possible pour entretenir la conversation par égard pour ses invités. Il suggéra modestement un voyage d'une journée à l'ancienne ville, si quelqu'un était intéressé, et Sir Marcus sauta sur l'occasion, déclarant qu'il serait bon pour nous tous de sortir et de prendre de l'air frais pour la journée. Sa main animée pressa ensuite celle de Kate à travers la table, suggérant que c'était exactement ce dont elle avait besoin.

Curieusement, Josh Lissot demeurait absent, et je demandai où il était.

— Fernald est venu ce matin, répondit Lord Roderick d'un ton sombre.

— Oh?

— Je crains que Josh Lissot n'ait été arrêté pour le meurtre de mon frère.

CHAPITRE NEUF

Sir Marcus avait entrepris de faire de son mieux comme guide d'une île qu'il avait franchement avoué ne pas du tout connaître; mais Lord Roderick palliait les manques le long du chemin.

— Cette île faisait autrefois partie du duché de Cornouailles. Essentiellement, elle est et a toujours été un petit royaume en soi.

J'aimais bien cette expression. Petit royaume. Elle convenait parfaitement à Cornouailles.

— St. Mary's est responsable de nombreux sites anciens... même si les sites archéologiques sont parsemés un peu partout dans les îles.

Comme nous étions six, nous nous rendîmes sur les lieux dans deux voitures, Sir Marcus, Angela et moi dans la première; Bella, Roderick et Kate, dans l'autre. Mais au premier arrêt — un monument parmi d'autres qui avait la prétention d'être une ruine remarquable, même si je n'y avais rien vu d'exceptionnel —, Kate changea pour notre voiture.

— Je ne vais pas rester une minute de plus avec ce visage revêche.

Elle parlait, bien sûr, d'Arabella Woodford.

— Elle croit que Josh et moi avons assassiné Max. Elle est heureuse de voir qu'ils l'ont emmené. Elle est heureuse parce qu'elle a fini par triompher de moi.

— Comment cela ?

La voix rassurante d'Angela exprimait des doutes.

Un rire étrange s'échappa des lèvres de Kate.

— Je suppose que d'une curieuse façon, elle a en fait triomphé de moi, car elle adore que je ne sois plus la maîtresse de Somner. Elle aime le titre et la tour, elle veut vivre ici ; c'est pourquoi nous avons toujours enduré sa présence. Mais Max ne pouvait pas la supporter, et Rod, eh bien, je *croyais* que Rod la tolérait, mais maintenant je n'en suis plus aussi certaine.

Décidant, pour une fois, d'être discret, Sir Marcus ne mit pas son commentaire en doute. Je le fis, mais en silence. Était-elle en train de déduire que Roderick et Bella, l'un d'eux ou les deux, avaient eu l'intention de tuer Max afin d'hériter et de préserver ce qui restait d'un héritage mourant ?

Je commençai à chuchoter à Sir Marcus à la première occasion, mais il appuya un doigt sur ses lèvres, son œil droit roulant en direction de Bella, dont les oreilles pointues étaient prêtes, armées et en attente pour capter le moindre impair de langue.

Nous nous arrêtâmes dans le premier village de l'Âge de fer, un ensemble décousu de pierres et de murs en partie à découvert, sauvage et vieux, et renforcé par les murmures du passé.

— Enchanteur, murmurai-je.

Je me pensais seule alors que j'explorais, mes ongles raclant la pierre primitive, me demandant qui avait vécu au milieu de ces ruines il y a longtemps.

— Des hommes des cavernes et des Vikings.

Les longs doigts gracieux de Sir Marcus traçaient l'autre côté du mur.

— Ça donne des inspirations pour un roman, Mlle Daphné?

Je regardai au-delà des terres incultes vers les collines où les bordures des sentiers étaient baignées de fleurs d'une pléthore de couleurs, des jaunes, roses, orangés, rouges et lavande, ma couleur préférée. Respirant le soupçon de jasmin frais dans l'air, je fermai les yeux et rêvai tout éveillée. Dans l'image formée par mon esprit, j'ajoutai des rhododendrons et des azalées sauvages et une longue allée courbée... à la fin de l'allée, un homme attendait, mon mari. J'étais une épouse jeune et inexpérimentée, effrayée de ma nouvelle vie, craignant de ne pouvoir répondre aux exigences imparties à une grande dame. J'étais une fillette, vraiment. Une écolière gauche, une sorte de créature nerveuse. Comment pourrais-je devenir la maîtresse d'un si vaste domaine? *Je frissonnai, regardant devant moi vers une longue lignée de serviteurs se tenant là pour m'accueillir...*

— Je suis incroyablement curieux, dit Sir Marcus dont le visage avait rompu ma rêverie. À quoi pensiez-vous en ce moment ? Je n'ose espérer que vous étiez en train de rêver à moi, au point d'en faire un thème pour une histoire.

Je hochai la tête.

— Un roman d'amour ? Quel genre de roman d'amour ? Une aventure romantique ? Un roman d'amour policier ?

Je haussai les épaules pour éloigner son sarcasme.

— Pourquoi tous les hommes supposent-ils que, si les femmes écrivent, elles doivent écrire des romans d'amour ?

Souriant, Sir Marcus m'expliqua ses théories sur « l'autre » sexe pendant tout le chemin vers la prochaine ruine. J'étais heureuse de sa compagnie. Sa personnalité à elle seule allégeait l'atmosphère, mais elle ne banalisait pas le péril qui pesait sur la Maison Somner.

— Que notre robuste Roderick en soit conscient ou non, je parie qu'Arabella a quelque chose à voir dans cette histoire. Réfléchissez. Ils aiment tous les deux la Maison Somner, ils veulent protéger son avenir. Entre les mains de Max, ils risquaient de perdre le domaine, je vous le garantis. Pensez à la note ridicule qu'il a écrite dans son testament, léguant l'ensemble de la propriété à son fils illégitime !

— Je suis d'accord, murmurai-je à mon tour. Et nous avons eu raison de soupçonner le jardinier. Rachael doit être sa fille, et Connor, son petit-fils. Oui, tout semble correspondre, n'est-ce pas ?

— Comme un gant, s'extasia Sir Marcus.

— Mais la violence du crime ? Quel genre de vilain sans cœur pourrait faire *une telle chose* à un visage ?

— Je sais, dit Sir Marcus, réfléchissant à voix haute. C'est une énigme.

— Qu'est-ce qui est une énigme ?

Sortant de derrière une pierre tombale, Roderick nous examina tous les deux. Son expression sombre me fit me redresser, et je rougis tandis que Sir Marcus bavardait sur les mystères des civilisations anciennes.

— Il a certainement entendu *quelque chose*.

Je m'adressais ainsi à Sir Marcus quelques minutes plus tard, après avoir marché à une certaine distance de Roderick que Bella avait rejoint.

— Je me sens mal. Comment pouvons-nous lui faire face à nouveau ?

Levant les yeux au ciel, Sir Marcus m'offrit son bras.

— Vous vous inquiétez beaucoup trop. Quoi qu'il en soit, je suis le seul à avoir parlé de crime ; vous étiez tout simplement d'accord avec moi, ce que vous devez invariablement faire parce que j'ai toujours raison.

— Toujours ? dis-je pour le taquiner.

Nous avions atteint le musée et nous nous arrêtâmes pour admirer la figure de proue d'un clipper alors que Roderick arriva à nos côtés une seconde fois.

— Quelque chose semble vous amuser, vous deux.

J'échangeai un regard avec Sir Marcus. Son visage coupable, je l'imaginais, reflétait le mien.

— Je suis désolée, mon seigneur, commençai-je. Nous n'avions pas l'intention de vous offenser dans les circonstances...

— Vous vous trompez, Mlle Daphné. Je voulais simplement partager votre amusement.

Sir Marcus et moi échangeâmes un autre coup d'œil.

— Oh, euh, nous étions juste en train de discuter des travaux de femmes écrivaines contemporaines.

— Les sujets... et ainsi de suite, avança Sir Marcus.

— Principalement les romans, ajoutai-je, juste des idées au hasard. Rien de vraiment important.

— Les intrigues et les motifs, confirma Sir Marcus.

— Je vois...

À ce moment précis, Kate arriva pour récupérer Sir Marcus, et j'eus la gorge serrée, demeurant seule avec Roderick.

— Sir Marcus, fit remarquer Rod, a l'heureux talent de mettre de la vie en société.

— Oui, effectivement, lui fis-je écho, demandant où nous avions l'intention de déjeuner.

Je ne pouvais toujours pas savoir s'il nous avait entendus ou non. Il n'y avait aucun indice dans son expression, et ses yeux demeuraient un brin sceptiques.

— Hugh Town. Je crois que vous aimerez cet endroit, Mlle Daphné.

Quand il parlait, il semblait prendre beaucoup de temps pour le faire, et je me demandai s'il était tout simplement timide. Son frère était né avec des manières pleines d'entrain. De telles manières l'avaient-elles placé de plus en plus dans l'ombre de son frère ? Lui en avait-il voulu pour cela ? Et un tel ressentiment avait-il conduit à la colère et, finalement, au meurtre ?

Comme l'avait prédit Roderick, j'adorai Hugh Town. La charmante station balnéaire du port, les vieux pubs, les ruelles étroites, et les maisons burinées et pulvérisées de sel portaient des années d'histoire. Sur les rues crasseuses et dans les visages des chaleureux habitants, la poussière d'antan persistait.

— Je ne raffole pas trop de cet endroit, Hugh Town. Sir Marcus plissa le nez.

— Terriblement froid et venteux. Que diriez-vous de nous rendre à ce pub qui paraît chaleureux ?

Pendant qu'Arabella et Roderick continuaient à faire le tour des attractions locales, Sir Marcus, Angela, Kate et moi nous dirigeâmes vers le Old Windmill.

— Un nom approprié, commenta Sir Marcus en chemin ; c'est rempli de gens de la ville et de marins pris au piège exploitant des histoires de grand vent.

Même si Sir Marcus manifestait une aversion pour la ville, la charmante auberge me séduisait. C'était un moulin modifié, blanchi à la chaux, rallongé d'un bâtiment plus récent où se rassemblaient la plupart des gens de la place. On entrait dans le pub par la tour ronde du moulin, pour ensuite descendre une volée d'escaliers à forte pente donnant sur la salle à manger principale remplie de rires tapageurs. Il était midi moins quart et pourtant chaque tabouret, table et chaise fourmillait d'hommes de toutes sortes. Les marins, les fermiers et les citadins remplissaient la place. De rares femmes parmi la foule servaient du cidre et de la nourriture chaude.

Kate ne pouvait pas s'empêcher de sourire, ses yeux étincelant pour la première fois depuis le décès de son mari. Peut-être la scène lui rappelait-elle des jours heureux, pendant la guerre, quand elle divertissait les soldats de la force aérienne. Je brûlais d'entendre la belle voix chantante dont j'avais tellement entendu parler. Angela avait utilisé l'expression « aérienne et envoûtante ».

Sir Marcus nous guida vers un endroit au milieu de la principale allée.

— Nous devrons nous tenir au bar, je le crains, à moins qu'un de ces types soit assez courtois pour offrir un siège aux dames.

Il parlait fort et obtint le résultat souhaité, obligeant deux marins solitaires à s'éloigner de leur table. Ils paraissaient avoir consommé trop de bière, car ils titubèrent en sortant du pub.

— Mesdames, vous avez envie d'une boisson chaude ?

Kate répondit pour nous trois, envoyant Sir Marcus chercher le fameux cidre de l'île.

— Les funérailles auront lieu demain, murmura Kate, en acceptant la tasse de cidre chaud que lui tendait Sir Marcus. Roderick a cru que, dans les circonstances, il serait bon que cela se produise rapidement et sans trop de publicité.

— Oui, dans les circonstances, reprit Sir Marcus.

Kate tourna ses énormes yeux vers lui.

— Oh, Markie, y a-t-il un moyen... n'importe quel moyen...

— D'aider le vieux Josh? termina Sir Marcus, son regard vigilant surveillant la pièce. Désolé, Katie. Fernald a fait sa niche et c'est lui qui est en charge.

— Mais qu'en est-il de ses supérieurs? Ils peuvent certainement se pencher sur le cas?

— Peut-être, mais avec la température et les marées, il semble que M. Lissot doive passer des semaines dans une cellule humide de l'île. On le transférera plus tard, je suppose, à l'endroit où il subira son procès et...

— Oh, non! Je ne peux pas le supporter!

Posant ses mains sur son visage, elle s'efforça de retenir ses larmes.

— C'est ma faute. C'est un homme bon. Je ne peux le laisser mourir quand il ne voulait que me protéger et qu'il *ne l'a pas* tué. Il *ne l'a pas* tué.

— Ce n'est pas *ta faute*.

Angela frotta les bras glacés de Kate.

— Tu ne peux pas permettre à la peur de glacer tes jours. L'espoir est tout ce qui importe.

Un pâle sourire toucha les lèvres exsangues de Lady Kate. C'était un moment pénible et déprimant de voir Kate Trevalyan, cette femme pleine d'aplomb, confiante et dotée d'un tel magnétisme, réduite à un découragement aussi foudroyant.

Angela saisit l'occasion pour alléger l'atmosphère.

— Pourquoi ne chantes-tu pas ? Chanter pour les marins ?

— Quoi, ici ? Maintenant ?

— Pourquoi pas ? Comme l'a dit Sir Marcus, ils sont coincés ici et ils pourraient être heureux de se faire remonter le moral. Nous en aurions *tous* besoin.

Angela se chargea alors de l'entreprise, Sir Marcus et moi incapables de l'arrêter. Conduisant Kate au centre de la salle, elle reçut bientôt l'attention de tous — chose facile à faire pour une actrice de son calibre — et elle suscita une série d'applaudissements de bienvenue de la part de l'auditoire.

S'inspirant de son expérience, Kate adopta son visage d'actrice de scène et se mit à chanter. Je me demandais ce qu'elle choisirait, lancée de façon inattendue dans l'arène, et l'air qui émergea eut l'heur de polir toute âme rugueuse de la place. Les visages des hommes s'adoucirent et devinrent mélancoliques, presque rêveurs, se rappelant peut-être des jours meilleurs et plus calmes d'avant la Grande Guerre.

Parmi la foule, je le vis comme une illusion. Pourtant, ce n'était pas une illusion. Il était là, près du mur arrière, avec un sourire en coin.

Lui aussi m'avait vu, baissant la tête en un salut moqueur. Je me détournai, mon visage se durcissant comme la carapace d'un homard. Fulminant, je tirai sur mes doigts, résistant à l'envie de me ronger les ongles. Je ne resterai pas assise ici à l'observer en train d'adorer Kate Trevalyan dans sa performance, pas maintenant, ni jamais.

— Elle est extraordinaire, n'est-ce pas ? siffla Sir Marcus à mon oreille. Et elle n'est pas aussi fragile qu'elle en a l'air. Je l'ai vue tirer un lion, vous savez.

Si je n'avais pas été aussi absorbée par l'apparition, j'aurais peut-être demandé où s'était passé cet événement extraordinaire. Mais j'en étais incapable. Je ne pouvais que bouillonner, redoutant son retour non désiré dans ma vie, et pourtant impuissante à l'arrêter.

Les hommes se mirent à crier pour un rappel, et Kate s'exécuta alors que j'étais forcée d'écouter une autre chanson d'amour. Il s'agissait cette fois-ci d'une célèbre mélodie française qui s'avéra être une torture, une *extrême* torture, car elle faisait remonter à la surface mes jours passés à Padthaway — me rappelant David et le major qui, plus tard, avait négligé de répondre à mes lettres. Comment osait-il me considérer comme un bref flirt quand je méritais mieux !

— Ça ne vous donne pas envie de taper des mains ?

Poussée par un Sir Marcus curieux, j'enterrai ma fierté et je me souvins de mes manières. Me servant de l'occasion, j'espérai avoir mis suffisamment d'efforts pour détourner les soupçons de jalousie.

Malheureusement, le désespérément astucieux Sir Marcus localisa bientôt la source de mon malaise et alla échanger une joyeuse poignée de main avec le major. De toute évidence, les deux se connaissaient, et Sir Marcus, à mon grand désarroi, pointa vers moi plutôt gaiement.

Heureusement, une exubérante Angela me mit partiellement à l'abri des regards du major.

— Regarde Kate, Daphné. Elle lance littéralement du feu. C'est une bonne chose pour elle.

— Tant mieux pour elle.

— Qu'est-ce qui ne va pas avec toi?

On ne pouvait jamais tromper une sœur.

— Oh, c'est...

Je chuchotai la raison de ma frustration et, flattée par cette soudaine confidence, Angela hocha la tête, ses grands yeux rapides à détecter le major dans la foule. Assumant un contrôle fraternel immédiat, elle me serra la main.

— Salue-le cordialement et avec sang-froid, et ne lui montre pas la moindre émotion.

C'était une chose difficile à faire quand tout ce que je voulais faire c'était de lancer le reste de ma bière sur lui. Comment *avait-il osé* ignorer mes lettres après tout ce que nous avions vécu à Padthaway?

— *Prépare-toi.*

Le chuchotement rauque d'Angela brûla un côté de mon visage.

— Il arrive.

Bien sûr, son premier port d'escale fut Kate. En entendant son cri aigu de surprise en le voyant, je me rendis compte que j'aurais dû m'attendre à ce qu'ils se connaissent. De fait, le major semblait connaître chaque personne sur la planète, ce qui m'irritait bien au-delà du fait qu'il ait évité de correspondre avec moi. Oui, oui, il avait des contacts à Scotland Yard. Oui, oui, il s'était donné pour mission dans la vie de déduire et de recueillir des renseignements, comme un autre collectionnerait des coquillages ou des œuvres d'art.

— Bonjour, Daphné.

Angela me donna un coup de coude.

— Bonjour.

Je souris à travers mes dents.

— Quel plaisir inattendu, Major Browning !

— Vraiment ? Votre comportement suggère autre chose.

Délibérément, il me tendait un hameçon, mais j'avais depuis appris à ne pas mordre, et je me contentai de sourire et de lui demander, dans un esprit de politesse, ce qui l'avait amené sur l'île.

— Des vents lointains.

La réponse était arrivée lentement, ses yeux cherchant les miens.

Je jetai un regard au loin. Je ne le croyais pas.

— Je vous remercie de vos lettres, Daphné. Je présume que vous avez reçu les miennes ?

— Vous n'avez jamais répondu, réagit Angela d'un ton cassant.

Levant un sourcil, le major attendait d'être présenté. Je fis mon devoir, ma voix semblant étranglée et forcée, car je ne voulais pas qu'il s'impose au sein de notre groupe. Il était évident que ma froideur indiscutable ne faisait pas seulement rougir le visage de Sir Marcus. Sentant l'intérêt de Kate du fait que je connaisse le major, j'essayai un peu plus fort de cacher mon déplaisir. Cordiale et froide, avait dit Angela.

Je fis rouler mes épaules. Je pouvais être froide en même temps que cordiale.

— Alors, qu'est-ce qui vous emmène à St. Mary's, Major? demandai-je à nouveau.

— Naufragé à cause de la température, interrompit Sir Marcus, sa présence et ses plaisanteries très peu souhaitées.

Je lançai un regard meurtrier à Sir Marcus qui trouva rapidement une raison pour s'excuser de notre conversation.

Je répétai ma question au major alors que nous nous éloignions du groupe. Il paraissait bien, un peu plus pâle que la dernière fois que je l'avais vu. Peut-être que le gel de l'hiver avait gelé les derniers vestiges de décence dans son âme noire et insensible? Je me le demandais.

— Vous êtes en colère contre moi, n'êtes-ce pas?

— Oui, commençai-je sur un ton de vengeance.

— J'ai beaucoup aimé vos lettres et je suis attristé que vous n'ayez pas reçu les miennes.

Une lueur brilla dans ses yeux à ces mots.

— Je doute que vous ayez même pris la peine de répondre, Major. Trop occupé, sans aucun doute, avec toutes ces opérations infâmes et clandestines…

— Infâmes?

Il sourit.

— J'aime bien ce mot et je vous aime bien aussi.

Sa voix baissa pour devenir un murmure bas et chaleureux.

— Vous m'avez manqué, Daphné.

— Vous n'avez jamais entendu parler de la poste ?

— Je ne peux être tenu responsable des erreurs de notre service postal.

— Je suppose que non, comme je suppose aussi que vous ne répondez qu'à des tentations qui en valent la peine.

— Oh, je vous assure. Vous êtes une tentation qui en vaut vraiment la peine.

Roderick arriva à ce moment et, me voyant avec le major, se détacha du côté de Bella en passant près de moi.

Un peu flattée, je me demandais si j'avais remué un instinct protecteur chez Roderick Trevalyan. L'idée absurde disparut dès son entrée dans mon esprit, car j'étais vraiment incapable de voir Roderick Trevalyan avec n'importe quelle femme, et surtout pas avec moi. Beaucoup trop monacal et isolé, il préférait sa propre compagnie à celle de n'importe qui d'autre et il ne semblait pas que cela allait changer un jour.

Après une ronde de présentations et de plaisanteries, l'offre de venir nous visiter à la Maison Somner fut lancée.

— Nous sommes une maison en deuil, avertit Lord Roderick.

Il reprit un air solennel, et le major me lança un rapide coup d'œil.

— Mais vous et vos officiers supérieurs êtes les bienvenus.

Le remerciant de l'invitation, le major sollicita quelques secondes, seul avec moi. Incapable de m'échapper, je n'eus d'autre choix que de subir son interrogatoire.

— Et qu'est-ce qui amène Mlle du Maurier à St. Mary's et à la Maison Somner, hmmm ? Un *meurtre* en train de se produire ? Qui est mort ? Et avez-vous tué cette personne dans le but d'être inspirée ?

— Ne parlez pas si fort, sifflai-je. Vos idées sont aussi absurdes qu'elles sont profondément indésirables.

— Mais j'espère que je ne suis pas indésirable à vos yeux, grimaça-t-il, ses yeux noirs légèrement excités. Nous avons un nouveau mystère à élucider, n'est-ce pas ?

— *Nous*, Major, n'éluciderons pas quoi que ce soit...

— Cette fois-ci, c'est *vous* qui vous méprenez, Mlle Daphné. Que vous accueilliez ou non ma présence ici, vous devrez la subir. Car le temps que je passe ici dépend entièrement de la température. Maintenant, parlez-moi de cette mort, Mlle du Maurier.

— Je suis désolée, Major. Je dois partir.

Et souriant, heureuse d'avoir pour une fois le dessus, je le saluai à partir de la porte.

— Au revoir !

CHAPITRE DIX

Alors que nous nous éloignions du moulin, je demandai à Sir Marcus comment il avait connu le major.

— Je l'ai rencontré une ou deux fois lors d'événements sociaux. Bien organisé. Bons contacts.

— Quelqu'un de vraiment curieux, dis-je.

— Pas plus que vous ou moi, répondit Sir Marcus avec son meilleur sourire admirateur. Ah, maintenant, voici les autres. Retournons à la maison de deuil, vous voulez bien ?

— Une maison en deuil, corrigeai-je.

Le déjeuner fut tendu. Un bref arrêt dans un village à mi-chemin de Somner, et personne n'était d'humeur à supporter la pluie.

— Dieu merci, c'est terminé, souffla Kate à voix haute sur le chemin du retour.

Angela faisait tout son possible pour lui remonter le moral.

— Tu as chanté magnifiquement, comme un ange, et c'est une bonne chose que tu essaies de t'occuper en aidant les autres. Ça t'empêchera de penser...

— Aider les autres ? répéta Kate. Comment puis-je penser à aider les autres quand je ne sais même pas s'il me reste une maison ?

Ou un revenu, songeai-je, alors que j'étais assise sur le siège avant de la voiture en compagnie de Sir Marcus. Étant donné que la lecture du testament aurait lieu quelque temps après l'enterrement à Somner, je sympathisais avec Kate. Elle était de plus en plus nerveuse devant l'incertitude de son avenir.

Angela soupçonnait déjà le pire pour Kate.

— Ce Fernald... il l'a menacée. Elle me l'a dit. Il la fera aussi chanter.

Sa voix s'évanouit petit à petit, et je la rejoignis alors qu'elle était assise à ruminer sur le bord de son lit.

— Oh, *maudite* météo ! Fernald ne devrait pas avoir le contrôle de la situation. Il est en train de profiter de son pouvoir. De son pouvoir sur la pauvre Kate.

— Mais tu sais qu'il ne peut l'arrêter tant que Roderick prend sa défense.

— Il *le peut*.

Angela prit un air sinistre.

— Il est un peu mauviette et il cherche à s'amuser un peu. Sir Marcus est d'accord avec moi. Demande-le-lui, si tu le veux. Tu sembles respecter son opinion plus que la mienne.

J'étais trop fatiguée pour continuer d'y penser, et je n'étais pas d'humeur à apaiser Angela. Aggravés par l'arrivée du major réapparaissant dans mon univers, les événements de la journée m'avaient causé un mauvais mal de tête. Tout ce que je voulais faire, c'était de m'étendre dans la baignoire pour lire un livre et me hâter de retrouver le sanctuaire de la chambre d'à côté.

— Oh, j'y allais juste maintenant.

Arabella m'embusquait, une serviette posée sur son bras.

— Mais vous pouvez passer en premier, Daphné, ajouta-t-elle, espionnant le livre caché sous mon bras.

Sans ses lunettes, je la trouvais très attirante, tout particulièrement avec un peu de couleur sur ses joues.

Étonnée par son amabilité, je lui dis que je passerais en second, puisqu'elle ne voulait que prendre une douche. Elle hocha la tête et entra dans la salle de bain, refermant sans tarder la porte derrière elle.

Revenant à la chambre, je découvris Angela secouant furtivement son sac à main dans le coin. Elle tressaillit à mon entrée, nerveuse et effrayée, ne s'attendant évidemment pas à mon retour prématuré.

Je remarquai que le sac la préoccupait.

— J'ai perdu mon poudrier, soupira-t-elle.

— Oh, répondis-je, mais je ne la croyais pas.

Depuis longtemps, j'avais soupçonné qu'Angela s'essayait à prendre de la drogue à l'occasion. De l'opium ou de la cocaïne ? Je l'ignorais et je ne voulais pas le savoir. Pas étonnant qu'elle passe souvent des fins de semaine à l'extérieur, levant le nez devant nos soirées de spectacle à domicile. La compagnie audacieuse faisait appel à sa sensibilité, et je décidai que je devais la prendre en défaut et le signaler à nos parents pour son propre bien. Mais pas tout de suite.

Le major et ses officiers supérieurs assistèrent aux funérailles.

Cela ne me surprit pas outre mesure, ayant préalablement expérimenté l'aptitude du major à se mêler de questions qui semblaient ne pas le regarder. Mais après tout, peut-être qu'elles le concernaient. Je devais reconnaître l'importance du major dans l'affaire Padthaway. mais il était impossible qu'il ait été envoyé ici par les responsables, alors que les nouvelles de l'assassinat n'avaient pas encore atteint le continent. Ou avais-je tort ?

J'écartai l'idée dès qu'elle me vint en tête. Kate était trop consternée par les nouvelles pour penser à téléphoner à des amis et à des parents. Roderick aurait-il pu l'avoir fait pour elle ? Pour autant que je sache, il n'y avait pas beaucoup de relations susceptibles d'être informées de la disparition de Max. Il y avait une tante Trevalyan et quelques cousins en Amérique, mais Lady Kate, une enfant adoptée, ne possédait aucune relation familiale connue. Sans doute, y avait-il des centaines d'amis et de connaissances que Kate aurait pu prévenir, mais je soupçonnais qu'elle souhaitait peu d'attention.

Les paroles du prêtre et la prière de clôture lors des funérailles rendirent encore plus rigide une atmosphère déjà froide et sans émotion. Dépourvues de fleurs, de bougies, et tout à fait dépouillées d'adulations douloureuses de deuil de la part des membres de la famille, ces funérailles furent les plus étranges auxquelles j'aie assisté. Elles étaient remplies de silence.

Il n'y aurait pas d'inhumation au cimetière, compte tenu de l'état du corps et de la nature du décès.

Peu de gens du pays occupaient les sièges vides, mais je remarquai une famille, celle de Jackson, le jardinier, assise près de Hugo dans la dernière rangée.

— Qu'est-ce que vous en pensez?

Le murmure curieux de Sir Marcus me chatouilla l'oreille.

— Le père, la mère, la fille Rachael et le petit-fils Connor.

Notre curiosité s'accrut lorsque, immédiatement après le service, Roderick se tourna pour recevoir et accueillir la famille. Le visage de Kate pâlit à la vue du clan.

— Il y a ici une étincelle de colère, nota Sir Marcus.

Nous examinâmes leur lente progression vers la famille de Jackson. Je concentrai mon attention sur Jackson et la maîtresse de Max, Rachael : mince, vêtue d'un costume noir et d'un petit chapeau noir pointu; ses cheveux sombres étaient remontés au-dessus d'un front solide où les sourcils inclinés encadraient des yeux sombres à longs cils ; un nez court et une bouche rougie. Oui, elle était belle d'une façon immatérielle, inhabituelle.

— Ma parole, siffla Sir Marcus, une « femelle » de belle apparence, si jamais j'en ai vu une.

Tous les hommes dans la pièce l'avaient remarquée. Le major et ses associés avaient amorcé l'agréable processus de rencontre avec elle lorsque Roderick et Kate s'approchèrent. La présence d'étrangers contribuait probablement à ce que Kate puisse reconnaître formellement la maîtresse de son défunt mari et son enfant. Diverti par Jackson, Connor, sans aucun doute le fils de Max avec les mêmes boucles vaporeuses et sa beauté sauvage, leva simplement les yeux vers la grande dame qui le regardait fixement. Sans se soucier de l'intérêt qu'elle lui portait, il plissa le nez et serra la main de sa mère.

Rod, Kate et Jackson étaient en train d'échanger des propos alors que Rachael demeurait dignement silencieuse. Elle m'intriguait, car elle ne semblait pas être le genre de fille volage qu'aimait Max Trevalyan. Peut-être que la naissance de l'enfant l'avait transformée, et je suppose que Max avait grassement payé pour le malheureux incident.

— Pauvre Katie, sympathisa Sir Marcus. Elle voulait tellement un bébé il y a quelque temps... elle avait consulté d'innombrables médecins, mais sans résultats.

— Cet enfant est évidemment né pendant le mariage. Cela a dû être difficile pour Kate. J'ai beau essayer, mais je ne peux pas imaginer quelqu'un ayant un visage aussi serein travaillant comme servante, et vous ?

— Non, convint Sir Marcus, mais j'ai une vision émoustillante d'elle en train d'arracher les mauvaises herbes...

Je levai les yeux au ciel.

À mon détriment, le major capta mon expression. Il fronça les sourcils, et il quitta négligemment les autres pour me rejoindre.

Je regardai autour de moi pour trouver Angela. Étrangement, elle semblait en grande conversation avec Arabella.

Par bonheur, Sir Marcus intervint pour parler au major tandis que je demeurais là, pâle et immobile. J'aurais aimé qu'il s'en aille. J'aurais souhaité qu'il ne vienne pas se mêler des affaires de la Maison Somner.

— Je viens de rencontrer la charmante Mme Eastley, commença-t-il. La fille de Jackson.

— Ah.

Sir Marcus me lança un coup d'œil significatif.

— Vous la connaissez ?

— Oui, elle est veuve. Son mari s'est noyé il y a cinq ans.

La veuve courtisée par le dépravé seigneur du manoir. Agacée de voir que le major avait obtenu les faits bien plus rapidement que Sir Marcus et moi, qui étions *de fait en résidence* à Somner, je levai un sourcil hautain.

— Je suppose que vous connaissez aussi M. Fernald, et puisque vous êtes si remarquablement adroit, pourquoi ne pas nous dire qui a tué Max Trevalyan et pourquoi ?

Sir Marcus siffla, l'incrédulité obscurcissant son visage.

— Je, euh, je dois aller au secours de votre sœur.

Il partit comme une flèche bien avant que je n'aie eu le temps de dire :

— Je suppose que vous connaissez aussi Mlle Woodford, Major.

Il continua à sourire.

— Le ton venimeux ne vous convient pas, Daphné.

— Pour vous, c'est Mlle du Maurier, merci.

— Mlle du Maurier, s'obligea-t-il. Vous m'avez manqué ces derniers mois, et je vous ai manqué aussi. Sinon, pourquoi utiliseriez-vous un langage aussi acide envers moi ?

Je le regardai, consternée.

Il toucha son oreille.

— De quoi s'agissait-il ? Je ne vous ai pas tout à fait entendue ?

Consciente du fait que nous étions en train d'attirer l'attention, ou plutôt que *j'avais sollicité* une attention non désirée en élevant la voix, je tentai de ressusciter un certain sens du décorum. Il était difficile d'être aimable et bien élevée lorsqu'on est confronté à une telle adversité. Pourtant, il était préférable pour moi de conserver une distance froide plutôt que d'exposer une émotion lorsqu'il s'agissait du major Browning, car cet homme était si arrogant qu'il confondait le sentiment avec l'engouement.

Oui, il croyait que toutes les femmes étaient amoureuses de lui.

Oui, c'était son problème.

— Désolée, dit plus tard Angela alors que nous accrochions nos manteaux dans le salon de la Maison Somner. Je suis restée coincée à parler avec Bella Woodford. Heureusement que Sir Marcus t'accompagnait. Que fait le major ici ? Je ne crois pas du tout qu'il ait été isolé par la mauvaise température.

— Oh, c'est fréquent à cette époque de l'année.

Kate nous avait entendues parler.

— Les vents côtiers piègent souvent des gens sur l'île.

Angela lui demanda comment elle connaissait le major.

— Il est venu au club une ou deux fois pendant la guerre, répondit-elle, un éclat de tendresse adoucissant ses yeux. C'est un homme bon.

Plutôt !

Mon éclat de rire produisit un regard noir d'avertissement de la part d'Angela.

— Je ne me sens pas bien, admit Kate, en se balançant un peu vers la gauche.

— Alors, va te reposer, conseilla Angela.

Elle lui enleva son manteau pour la libérer d'un poids et le déposa sur le crochet.

— Je viendrai voir comment tu te sens tout à l'heure.

Hochant la tête, Kate partit.

— Moi aussi j'ai envie d'aller m'allonger, bâilla Angela, en commençant à monter l'escalier.

— Alors on va tous s'allonger?

Se plaignant, Sir Marcus m'assaillit.

— Daphné, j'espère bien pouvoir vous convaincre de m'accompagner dans un refuge de touche artistique.

Souriant, nous fîmes des arrangements pour une cabriole de peinture. Je dis que j'irais d'abord me changer, montant précipitamment l'escalier devant une Bella aux pieds silencieux. Me sentant peu charitable de ne pas l'avoir incluse, je lui demandai si elle voulait se joindre à Sir Marcus et moi, mais elle refusa, reprenant son habituelle apparence maussade.

— Non, merci, répondit-elle, mon cousin et moi avons d'autres plans.

Ah oui? songeai-je, entrant pour chercher mon cardigan et surprenant Angela qui sortait un petit paquet de son sac. Le glissant dans la poche de sa jupe, elle se laissa tomber sur son lit et se retourna pour faire une sieste. Dérangée par ce que je venais de voir, je tentai de chasser l'image de mon esprit.

— Oh là là, vous êtes un peintre féroce, commenta Sir Marcus, par-dessus mon épaule. Vous faites littéralement monter une tempête. Que représentent les nuages aujourd'hui? MB ou une plainte féminine inconnue?

— Ce n'est *pas* le major Browning.

J'étais déterminée à être claire sur ce point.

— En fait, c'est ma sœur.

Je lui racontai ce qui s'était passé dans la chambre.

— Elle se comporte bizarrement parfois. Je ne sais pas quoi en penser.

— Oh, moi je le sais, dit Sir Marcus en souriant.

Je lui demandai d'élaborer, mais il ne semblait pas vouloir se conformer, murmurant de faibles sons de gémissement alors que je persistais.

— Très bien... mais préparez-vous à un choc.

Je hochai la tête.

Son front se bomba.

— Je ne suis pas *convaincu*. À certains égards, vous êtes trop naïve, Daphné. Trait charmant, mais pas précisément judicieux pour une mondaine. Vous devrez prendre plus d'expérience si vous avez l'intention de transcrire la vie sur papier.

Mon pinceau vacilla.

— Très bien.

Déposant son pinceau, il me fit face avec un soupir.

— Votre sœur, Angela, favorise le genre féminin. Là. Je l'ai dit.

Je le regardai fixement, trop consternée pour parler.

— Non... Elle est fiancée à...

— Elle ne l'épousera pas. Elle ne se mariera à aucun homme, si je lis bien les caractères ; je parierais mon meilleur pur-sang là-dessus.

— Mais...

Ma voix s'estompa dans un léger murmure, et je me retrouvai dans une spirale de souvenirs, chacun tournant et se retournant, et aveuglément, je suivis les chemins dans mon esprit.

— Vous avez peut-être raison, finis-je par acquiescer.

Mais cela n'atténuait pas le choc, et je me demandais comment mes parents prendraient les nouvelles si jamais ils les apprenaient.

— Oh.

Je me détournai de lui pour cacher mon visage écarlate. Angela... et Kate. Les deux visages en profil se brouillaient devant moi, celui de Kate incertain et hésitant, et celui d'Angela généreux et dévoué. Non... assurément, ce ne pourrait pas être...

Cependant, Sir Marcus était-il tombé sur quelque chose que je ne voulais pas reconnaître ? Était-ce un secret si bien gardé, au point d'avoir joué un rôle dans l'assassinat de Max Trevalyan ?

CHAPITRE ONZE

À mon retour, la chambre était vide.

Je me doutais qu'Angela était allée voir comment Kate se portait. Je soupçonnais aussi qu'elle avait apporté de l'opium ou du laudanum comme tonique pour Kate.

Une modeste étude de caractère suggérait qu'à l'occasion, Kate aimait peut-être s'adonner à l'usage de telles dépendances. Mais en repensant à la crainte qui se reflétait dans ses yeux alors qu'elle avait dû supporter les horreurs des dépendances de son mari, il était aussi possible qu'elle ait rejeté ces substances sous *toutes* formes, adoptant une attitude vertueuse et indignée, et abhorrant l'effet de ces drogues sur l'homme qu'elle avait un jour aimé. Je croyais toujours qu'elle aimait Max lorsqu'elle l'avait épousé. Combien de temps avait-il fallu pour que tout cela change, qui pourrait le dire ?

Les nuances de l'amour, griffonnai-je dans mon journal, mâchouillant l'extrémité de mon crayon. Je me sentais extrêmement inspirée par les événements de Somner et la réapparition du major, en même temps que par la jalousie qu'il provoquait en moi.

J'écrivis une nouvelle à propos d'amis se réunissant pour une fête : soupçons, sentiments anciens, et dénouement romantique. Je songeai à la population en général et à la tendance de la plupart des lecteurs à préférer une fin heureuse. Mais toutes les fins ne sont pas nécessairement heureuses, n'est-ce pas ?

— Kate est hors d'elle.

Faisant irruption dans la pièce, Angela se jeta dans un fauteuil.

— Je ne sais pas quoi faire. J'ai essayé de lui donner quelque chose pour la calmer, mais elle refuse catégoriquement de le prendre.

— Le paquet dans ton sac ? demandai-je. Qu'est-ce que c'est ?

Elle détourna les yeux.

— Oh, ne commence pas à me faire la morale. C'est relativement inoffensif... c'est un ami qui me l'a donné.

— Quelles nouvelles de Josh Lissot ?

Angela hocha la tête.

— Elle est bouleversée par ce qui est arrivé à Josh. Elle veut le voir, mais Roderick lui dit que ce ne serait pas sage.

Je pensai que c'était intéressant, car si Roderick avait voulu facilement associer Kate à l'assassinat de son mari, il l'aurait encouragée, il l'aurait même *emmenée* voir l'homme soupçonné du meurtre de son époux.

Angela continua à jacasser au sujet de Josh, levant les yeux au ciel devant l'angoisse de Kate à propos de l'homme qu'elle disait être «pas mieux que mort». J'osai répondre que je croyais que l'attachement de Kate à M. Lissot était plus fort qu'une simple *affaire d'amour*, mais ma sœur écarta cette évaluation, et je dus accepter sa vérité. Elle se *préoccupait* de Kate Trevalyan, passionnément. Il restait à voir si Kate lui retournait cette affection.

Pour me distraire de la possibilité d'une histoire d'amour entre ma sœur et Kate, je soulevai la question des funérailles. Nous discutâmes de l'assistance, et je reçus une fois de plus des conseils fraternels au sujet du major.

— Oh, mais j'ai oublié de te parler au sujet de Bella.

Plissant le nez, un petit sourire apparut sur ses lèvres.

— Je lui ai parlé très longuement et, bien, quand il y a des funérailles, les émotions se dévoilent toujours et elle *déteste* vraiment Kate. Non pas qu'elle l'ait dit, mais je l'ai vu dans ses petits yeux noirs, surveillant Rod qui retapait le châle de Kate et ce genre de choses. Et elle *a en horreur* cette femme Eastley. Non pas qu'elle ait dit quoi que ce soit de particulier sur ce point non plus, mais il semble que Jackson ait fait chanter Max pendant quelque temps à propos de l'enfant, et maintenant que Max est mort, le pauvre Rod a hérité du fardeau.

Je songeai à Roderick : l'homme bon, le gardien des engagements de son frère. Bien sûr, il honorerait toute promesse existant entre Jackson et sa fille.

— Quelle sorte de travail fait Mme Eastley?

— Elle travaille à la taverne de la place, je crois, dit Angela d'un ton caustique.

Je me représentai Rachael Eastley attirant le regard de Max et devenant enceinte, forcée d'avouer la nouvelle à Max et à son père. Kate, la femme qui voulait un bébé, devait avoir été dévastée lorsqu'elle avait appris la vérité et la possibilité d'un scandale — laissant ainsi la porte ouverte au chantage. C'était une histoire en soi.

— Oh, dit Angela avec désinvolture, j'ai pensé que tu aimerais le savoir. Rod a invité le major et ses officiers à souper demain soir. C'est apparemment le désir de Kate.

Malgré ma détermination, je sentais une appréhension nerveuse après avoir entendu ces nouvelles. Le major... *ici* à Somner. Cela me rappelait la première fois que je l'avais rencontré, quand il avait fait semblant d'être un pêcheur ordinaire pendant des jours avant d'apparaître à la porte d'Ewe Sinclaire, rayonnant et respectable. À l'époque, nos échanges n'étaient pas différents de ce qu'ils sont maintenant. De fait, je crois que les choses avaient empiré. Je ne pouvais nier mon attirance pour le charismatique major, mais à l'époque, je ne l'admettais pas. Et je ne l'admettrais jamais, promis-je en silence.

Je savais pourquoi Kate l'avait invité, de même qu'Angela. Elle voulait obtenir l'appui du major pour aider son amant emprisonné. Mais le major avait-il de l'influence ici, sur les îles éloignées de Scilly?

J'en doutais.

Je doutais aussi de la respectabilité de M. Fernald. Il était trop jeune pour mener une enquête sur un meurtre. Quelqu'un connaissait-il quelque chose à son sujet ? Sa famille ? Ses antécédents ? Ses connexions ? Ses amis ?

Oh, j'en avais pour Ewe Sinclaire ! Sa franche aptitude à recueillir les ragots du village, ses reportages colorés toujours fiables et généralement précis. Que fait-on sans les essentiels commérages du village ?

Je posai ce triste dilemme à Sir Marcus lors de notre rencontre suivante.

— Nous pourrions essayer le bossu... oui, je suis tout à fait d'humeur à me soumettre à ses efforts culinaires. Partons vers la cuisine et vers Hugo.

C'était une heure avant le souper.

— Je ne pense pas que Hugo aimera qu'on s'immisce dans son domaine.

Je tentais ainsi d'avertir Sir Marcus qui continua néanmoins d'avancer.

À notre arrivée, tout semblait bien ordonné. Un repas simple, du poulet rôti, reposait au chaud dans un four, et nous avons trouvé Hugo penché sur ses casseroles, en train de remuer une sorte de sauce composée de tomates, de pommes de terre et de carottes.

Son front redoutable et déséquilibré se souleva à notre bruyante interruption. Essuyant ses mains sur son tablier, il se mit à grogner.

— Que voulez-vous ? Monsieur ? Mademoiselle ?

Aucun signe de politesse chez cet homme. Reconnaissant son erreur, il rougit un peu et il répéta la question sur un ton plus approprié et plus doux, son regard vigilant fixé sur Sir Marcus en train d'inspecter joyeusement la cuisine.

Embarrassée, je haussai les épaules tandis que Sir Marcus tergiversait allègrement en proclamant l'excellence de plusieurs ustensiles archaïques, disant : « Oui, oui, nous pouvons utiliser cela. »

— Utiliser quoi, mon seigneur ?

Abandonnant sa sauce, le bossu suivit Sir Marcus dans la pièce.

— Je suis certain que lord Trevalyan doit vous avoir dit que nous avons des invités spéciaux, demain soir ? Eh bien, Hugo, c'est votre jour de chance. Mlle Daphné et moi sommes là pour vous aider. Nous assurerons trois des plats.

Hugo était sidéré.

— Trois ?

— Oui, trois.

— Est-ce que, euh, Sa Seigneurie...

— En effet, il l'a fait, dit Sir Marcus.

Et il m'escorta autour de la cuisine pour partager sa vision pour nos trois plats.

Je levai un front incrédule. Il *n'avait pas* demandé la permission à Roderick. C'était un mensonge complet que Sir Marcus avait inventé et pour lequel il chercha à compenser durant le souper plus tard dans la journée.

— Vous souhaitez cuisiner pour nous ?

Rod était stupéfait.

— Pourquoi, oui. J'aime bien passer du temps dans la cuisine... à moins que quelqu'un ait des objections ?

Personne n'osa s'opposer, et le plan fut établi. Malheureusement, le repas laborieusement calme ce soir-là m'avait laissé un goût amer dans la bouche. En vérité, je commençais à avoir hâte à l'arrivée du major le lendemain. Une diversion agréable était nécessaire, et j'avais confiance que lui et ses trois compagnons brise-raient la sobriété monotone du silencieux Rod, de Kate repliée sur elle-même, et de la pétulante Bella aux lèvres serrées.

En raison de leur récent tête-à-tête aux funérailles, Angela avait réussi à implorer cette dernière pour qu'elle parle de sa maison dans le Devon, où elle s'occupait d'une tante tyrannique et de ce qui semblait être un jardin sauvage. L'écoutant, je plaignis Arabella et je compris pourquoi elle avait envie de venir dans l'île, à Somner. Je l'imaginais dans son petit cottage, harcelée par sa tante, et Bella, espérant, *attendant* cette lettre, cette invitation à revenir à la Maison Somner une fois de plus. Somner était devenu son salut.

— Son assassinat fut excessivement cruel, dit Bella à Angela et à moi, le lendemain matin au petit déjeuner.

Les autres n'avaient pas encore fait leur apparition.

— Je suis d'accord avec vous.

Angela hocha la tête, beurrant généreusement son pain grillé.

— Mais M. Lissot sera bientôt inculpé.

— Mais ils ne l'ont pas encore inculpé. Ils tardent encore, alors que c'est évident. *Pourquoi*?

Angela haussa nonchalamment les épaules.

— Ces choses prennent du temps. Comment notre cher Rod le prend-il? Vous connaissez très bien votre cousin, Bella. Il aura besoin de votre aide maintenant... vivre tout seul sur l'île.

Le visage de Bella s'éclaira.

— Vous devriez l'épouser, conseilla Angela.

Elle avait une teinte de sarcasme dans sa voix, ce qui colora encore plus le visage de Bella.

— Ensemble, vous pourriez sauver Somner d'un profond péril et en préserver l'héritage.

Je pouvais constater que Bella avait déjà eu cette idée.

Après le petit déjeuner, j'allai faire une promenade. Avançant péniblement le long du chemin menant à la plage, le chemin où ils avaient trouvé le corps, j'imaginai Max couché, sa tête baignant dans une mare de sang, son visage matraqué et méconnaissable. Je grelottai. C'était horrible. Quelle sorte de personne commettrait un tel geste? Jackson? J'avais observé de la sagacité dans le visage du jardinier. Il ferait des pressions sur les Trevalyan afin d'obtenir des bénéfices pour sa fille et son petit-fils, mais la question demeurait : dans quelle mesure aurait-il, ou *avait*-il poussé les choses? Je l'imaginai se cachant dans les buissons, attendant Max, une faucille à la main.

Je levai les yeux. Mes pieds m'avaient portée le long de la plage vers la tour. Maudissant mon manque de prévoyance à ne pas avoir apporté un châle ou mon chapeau mou en laine, j'escaladai le chemin de la plage, mes dents claquant dans le vent glacial.

La tour m'attirait. Comme elle semblait triste et solitaire, blasonnée contre le ciel d'hiver.

— Vous là-bas !

Soudain, un vieil homme apparut, brandissant une fourche dans ma direction.

— Qui êtes-vous ? Vous avez pas lu la pancarte ? C'est écrit : «Défense d'entrer».

À bout de souffle, je levai une main amicale.

— Désolée, Monsieur. Je n'essaie pas d'entrer par infraction. Je suis une invitée de la Maison Somner. En fait, je suis invitée par Lord Roderick, ajoutai-je en toute hâte.

— Quoi ?

La fourche s'abaissa un tout petit peu.

— Oui, confirmai-je.

Je gardais la voix calme en même temps que je lui racontais comment j'étais venue à l'île et comment ma sœur connaissait Lady Kate Trevalyan.

— Ah.

Déposant la fourche, il essuya sa bouche sur sa manche sale.

— Alors vous êtes perdue ?

— Pas vraiment.

Je rougis.

— Je sais que Lord Roderick n'est pas chez lui, mais j'aime tellement explorer cette île. Avez-vous toujours vécu ici ? Travaillez-vous pour les Trevalyan ?

L'homme fronça les sourcils vers moi. Trop de questions, pensai-je ; employant la tactique de Sir Marcus, j'adoptai un mode de conversation enjoué.

— *J'adore* la mer et les bateaux. Je les regarde de ma maison à Ferryside, à Fowey. J'aime la façon dont ils glissent sur l'eau. On ne peut jamais être plus libre que dans un bateau, vous ne croyez pas, Monsieur...?

Ma performance amicale accomplit son œuvre. Mettant de côté sa fourche, l'homme fit signe vers le hangar à bateaux.

— Pencheff, c'est mon nom; et si vous aimez les bateaux, petite demoiselle...

— Oh, oui, l'assurai-je.

— Alors je vous laisserai jeter un coup d'œil. Je pense pas que ça dérange M. Rod, comme vous êtes son invitée, et tout ça.

J'ignorais ce que je m'attendais à trouver ou s'il y avait une logique à mon comportement actuel, mais je n'avais pas menti. Il était vrai que j'habitais à Fowey et que j'aimais les bateaux. Je pouvais m'asseoir à les observer toute la journée tout en tapotant mes doigts sur le bord de la fenêtre. Sauf, bien sûr, quand il y avait des tâches à faire. Ma mère n'aimait pas l'oisiveté, et je me suis souvent fait réprimander sévèrement pour mes fréquentes rêveries.

J'avais visité quelques hangars auparavant, mais celui-ci m'intriguait avec son extérieur de tôle rouillée et ses toiles d'araignée qui pendaient des coins de l'atelier en désordre, où les outils, les machines et la nature se heurtaient.

— C'est le nouveau bateau que vous construisez pour Lord Trevalyan? demandai-je, en caressant le côté de la goélette d'allure sobre. Où les garde-t-il? Ou peut-être les vendez-vous?

— Nous les vendons.

Hochant la tête, je poursuivis ma tranquille tournée de reconnaissance, gagnant son respect en mentionnant une ou deux choses qu'habituellement une femme ne connaissait pas au sujet des bateaux.

— Euh, Mlle, grimaça M. Pencheff, y a pas beaucoup de bateaux pour les gens chics. Ceux-ci sont petits et construits pour la pêche. Vous aimez ceux-là, pas vrai?

— Oui. Ils représentent un plus grand défi.

Il voulut me montrer le plus récent gouvernail, expliquant comment M. Rod l'avait conçu et comment ils avaient testé l'invention ensemble.

— Tout le monde aime Lord Roderick, dis-je. Mais ils ne semblent pas avoir aimé son frère.

— Ouais. *Mauvais* sang, celui-là. Bonne chose qu'il soit mort. Tôt ou tard, ça serait arrivé.

— On dit que c'est un meurtre, murmurai-je, les yeux écarquillés. Ils disent aussi que c'est l'amant de la femme qui l'a fait. Qu'en pensez-vous?

Je ne reçus aucune réponse, mais suivant ma question au sujet de la peinture du bateau bien poncé, M. Pencheff émit un cri d'indignation.

— Pauvre dame. J'sais pas comment elle a fait pour supporter M. Max toutes ces années. J'peux pas lui reprocher. Dommage qu'ils aient enfermé son ami.

— Elle s'inquiète qu'on l'enferme, *elle* aussi, répondis-je.

Et les yeux de mon compagnon s'arrondirent, un juron inconnu de marin s'échappant de ses lèvres.

— M. Rod le tolérera pas. Après tout, c'est lui qu'elle aurait dû épouser.

J'en convins, traitant le sujet avec un modeste degré de prudence.

— Lady Kate est-elle déjà venue à la tour?

Le constructeur de bateaux ne confirma ni ne nia.

— Ce serait une belle conclusion si elle épousait Sir Roderick, dis-je, mais cet homme en prison était spécial pour elle, et aussi il y a la cousine...

M. Pencheff bafouilla son dégoût.

— Oh, j'ai entendu dire qu'*elle* était encore ici. Fille bizarre, celle-là.

— Oui, répondis-je.

J'attendais qu'il me donne sa version de l'association de Bella avec l'île et ses habitants.

Comme rien ne venait et que la bizarre inférence demeurait non résolue, je le pressai de me répondre sur le sujet.

— C'est pas à moi que vous devriez parler, mais à ma dame.

— Mme Pencheff?

Il hocha la tête, et je lui demandai le chemin pour voir Mme Pencheff.

— C'est la première maison sur la colline.

Il pointa en haut vers la crête et je le remerciai, marchant rapidement au cas où il changerait d'idée. L'air salin assaillait mon visage pendant que j'escaladais la piste sinueuse sur la plage, à quelques mètres seulement de la tour.

La maison de pierre et d'ardoise était facile à trouver. C'était la première maison à gauche, et je remarquai les volets fermés, le jardin soigné, mais quelque peu souffrant, et le toit buriné. J'aimais les maisons au bord de la mer, et celle-ci possédait un charme indéniable.

Prenant une grande respiration, je frappai à la porte.

— Qui est-ce ? Ivy ? Est-ce toi, Ivy ?

— Ce n'est pas Ivy, lui dis-je à travers les rainures de bois. Je suis une étrangère. Vous ne me connaissez pas, mais je viens tout juste de parler à votre mari.

— Hein ?

Il y eut un bruit de pas lourds, puis la porte s'ouvrit pour révéler une femme aux cheveux drus. Son œil vif m'examina rapidement.

— Alors, vous êtes perdue ? Ça nous arrive jamais d'avoir des gens chics qui cognent à notre porte.

Me rendant compte que cette femme pouvait être ce qui se rapprochait le plus d'une commère de village, je lui expliquai mon but.

Ses paupières lourdes se rétrécissant, elle croisa les bras, et je me demandai si elle avait l'intention de me laisser là dans le vent froid.

— S'il vous plaît, implorai-je, alors que la porte commençait à se refermer.

Haussant les épaules, au lieu de la fermer, elle ouvrit la porte encore plus grande et m'ordonna d'entrer. En silence, je me fis conduire à l'intérieur de la minuscule maison, vers la chaleureuse cuisine à l'arrière. J'essayais de ne pas regarder les piles de vaisselle sale en attente d'être lavée ou les rideaux fanés aux fenêtres, comptant plus de quelques années de poussière.

Du fond de la cuisine, elle se retourna pour me faire face, cliquant avec sa langue.

— J'ai dit à mon homme de rester tranquille sur le sujet. Mais il m'écoute pas? Que dit-il, alors, à propos d'Arabella Woodford?

— Pas grand-chose. Il a dit que je devrais vous parler.

Elle fit de nouveau claquer sa langue.

— Pourquoi voulez-vous savoir des choses sur elle?

— Elle est peut-être — je m'éclaircis la voix —, *nous* pouvons tous être considérés comme des suspects dans le meurtre de Max Trevalyan.

Elle sourit.

— J'ai toujours su que ça arriverait. Ces fêtes de maison, qui emmènent toutes sortes de monde dans l'île... Je l'ai dit à Ivy. Ivy est une grande amie à moi, et nous avons surveillé les allées et venues à la Maison Somner depuis un bon bout de temps.

Je brûlais d'en apprendre davantage, mais elle demeurait muette comme une carpe. C'était le genre de commère, je le craignais, qui recueillait des informations à partager seulement pour son profit à elle ou pour les répandre dans son cercle intime. Je n'appartenais pas à son cercle intime et je n'avais rien pour la payer, sauf des nouvelles de Somner, des nouvelles de l'enquête sur le meurtre, des nouvelles qui pourraient être précieuses pour une femme comme Mme Pencheff.

— Êtes-vous allée aux funérailles ? demanda malicieusement Mme Pencheff.

— Oui, bien sûr. Ma sœur et moi venions tout juste d'arriver quand cela s'est produit. Nous avons été consternées, bien entendu.

— Et qui est votre sœur et qui êtes-vous ?

Elle voulait connaître tous les détails pertinents, et je me prêtai à son jeu, donnant un résumé de mon éducation, de mes relations sociales, et de ce qui m'avait amenée à la Maison Somner.

— Du Maurier, réfléchit-elle à haute voix. J'ai jamais entendu le nom, mais ça veut rien dire. J'ai été ici toute ma vie, c'est ce que j'ai fait, et je me suis jamais aventurée à l'extérieur.

— L'île ? Vous n'avez jamais quitté l'île ?

— Non. Pourquoi je l'aurais quittée ? C'était la même chose avant moi pour mes parents et pour mes grands-parents avant. Nous sommes tous des pêcheurs et des constructeurs de bateaux.

— Et votre famille a été témoin de beaucoup de choses pendant ce temps, n'est-ce pas ?

Mme Pencheff souffla.

— Peut-être que oui ou peut-être que non.

Je baissai les yeux, tentant une nouvelle tactique.

— C'est très consternant pour nous, ma sœur et moi. Nous ne savons pas quoi faire de tout cela.

Et je continuai en lui fournissant spontanément des informations concernant les craintes de Kate au sujet de la lecture du testament, le lendemain.

Ce qui eut l'air d'intéresser Mme Pencheff.

— La lecture, c'est demain, c'est bien ça ?

— Oui. Nous croyons tous que Lord Roderick héritera, ce qui n'est que justice.

— Ça *devrait* n'être que justice. C'est le seul bon sang dans la famille.

— Qu'en est-il du fils de Max ?

— Hein ? Ce petit bâtard ? Il est rien, sauf qu'on peut pas dire ça à Jackson, n'est-ce pas ? Il a des idées grandioses pour le garçon, mais il pourra pas dépouiller Rod de son héritage légitime. Ce garçon est un bâtard et il a les yeux sauvages de son père, je peux vous le dire.

— Je vous avoue que je n'ai jamais très bien connu Max Trevalyan, m'aventurai-je lentement, mais je le croyais très extravagant, très extravagant en effet.

— Pfff ! *Extravagant* c'est pas tout ce qu'on peut dire de lui ! Il était très mauvais. Le diable, même. Je l'ai dit à Ivy et à M. Pencheff plus d'une fois. Mais est-ce qu'ils m'écoutent ? Non ! Ce n'est que *maintenant* qu'ils écoutent.

— Lord Max avait peu d'amis, semblait-il, continuai-je alors que Mme Pencheff s'affairait pour faire bouillir la marmite.

Je me permis un petit sourire comme si j'espérais qu'elle m'avait acceptée dans son cercle intime.

Apportant un plateau de thé frais, Mme Pencheff hocha la tête.

— Personne blâmera Lady Kate là-dessus, pauvre fille. Qui pourrait la blâmer d'être allée avec son monsieur alors qu'elle supportait un mari comme le sien! J'suis surprise que M. Fernald ait enfermé l'amant. C'est pas juste, s'il essayait simplement de la défendre.

— Je suis entièrement d'accord, murmurai-je.

Je m'étirai pour jeter un coup d'œil par la fenêtre, tandis qu'elle versait le thé.

— Vous avez une très belle vue d'ici, Mme Pencheff.

Elle frissonna.

— Pas quand ces vents montent. Le seul endroit pour se réchauffer sur l'île, c'est en bas au pub.

Levant une main vers l'autre pièce, elle désigna d'un geste le feu de la maison qui jaillissait lamentablement.

— Alors, vous voulez savoir des choses sur Mlle Woodford, hein? Comment vous la trouvez?

— Elle est calme et réservée, même si elle semble avoir des crises émotionnelles à l'occasion. Elle adore ses cousins, ce qui est naturel...

— Écoutez!

Une tirade d'injures jaillit dans une langue qui m'était inconnue.

— Y'a rien de *naturel* là-d'dans. Pour ce qui est de la grotte, ils y allaient, d'abord avec Max, Max et elle, à peine sortie des jupes de sa mère, et une fois y'avait M. Rod. Bien, je *l*'ai vu qu'une fois, mais ce Max — son expression devint rigide — c'était un voyou de faire ça avec sa propre cousine!

Dissimulant ma grande surprise, car je n'avais jamais soupçonné qu'Arabella puisse intéresser un homme comme Max Trevalyan, je mentionnai sa liaison avec Rachael Eastley.

Mme Pencheff leva les yeux au plafond.

— Il a probablement une demi-douzaine de bâtards autour d'ici. Vous avez vu Mme Eastley, n'est-ce pas?

— Oui. Elle est très attirante.

— Psh! Une façon attirante de faire atterrir son fils sur Max. Quoique... le garçon lui ressemble, et c'est le seul bâtard qu'il a reconnu.

— A reconnu, répétai-je. Donc, Max a reconnu le garçon?

— Eh bien — Mme Pencheff me pressa la main. Vous m'avez jamais entendue dire ça, mais Ivy et moi, nous l'avons vu lui rendre visite à elle et au garçon, apportant des cadeaux au petit. Si c'est pas de la reconnaissance, je sais pas ce que c'est. J'ai entendu dire que d'autres filles, au fil des ans, ont essayé le même truc, mais il voulait rien savoir.

— Mme Eastley était différente. Peut-être qu'il l'aimait?

— Qui sait? La personne pour qui je suis désolée, c'est cette Lady Kate. Ce que Fernald a fait, c'est pas juste. Qui l'aurait blâmée, elle ou son chic compagnon, de s'être défendus eux-mêmes. C'est pas un meurtre, que je dis.

— Ils considèrent qu'il est coupable d'homicide involontaire.

— Homicide involontaire, mon œil! Comment ça peut être un homicide involontaire quand vous vous défendez? Ç'a aucun sens pour moi, et ce cerveau à la noix de Fernald, y'est pas vraiment intelligent. Vous le surveillerez maintenant, n'est-ce pas, à la grande maison?

Elle me regarda, puis continua avec malice.

— Et vous reviendrez et vous me rendrez visite avec les nouvelles, n'est-ce pas?

Je le lui promis.

— Au revoir, Mme Pencheff.

Elle se tint à la porte pour me regarder, malgré le froid, et je me demandai ce qu'elle pensait pendant qu'elle me regardait partir.

CHAPITRE DOUZE

— Sir Marcus te cherche.

Étendue avec langueur sur son lit, Angela me lança un coup d'œil paresseux.

— Il semblait très contrarié que tu ne sois pas là. Il a dit quelque chose au sujet de la cuisine et du souper?

Oh mon Dieu! J'avais complètement oublié. Arrachant mon manteau et mes gants, je descendis pour le trouver en train de jongler avec deux casseroles fumantes.

— Vite! ordonna-t-il. Prenez ceci.

Marmonnant à voix basse, Hugo était debout les bras croisés, tandis que je me dépêchais de porter secours à Sir Marcus, vidant les restes calcinés de la casserole dans l'évier.

— Vous étiez censée être ici à dix heures, grogna Sir Marcus. Maintenant, ma casserole minestrone est ruinée. Où étiez-vous? J'espère que vous avez une bonne excuse.

Après avoir attaché mon tablier, je souris mystérieusement.

— J'ai une bonne excuse, mais d'abord, que puis-je faire pour vous aider? Nous avons encore le temps de préparer un autre plat.

Me jetant un dernier regard meurtrier, il lança une série d'instructions brèves, et je les suivis au meilleur de ma capacité. Il était rare que je m'aventure dans la cuisine, sauf pour aller chercher une pomme ou un panier à pique-nique, et je n'avais aucune idée de la somme de préparation impliquée dans un plat. Le plan extravagant de Sir Marcus me rendait perplexe.

— Je devrais vous appeler «Lord Kitchener», dis-je pour plaisanter.

Pendant ce temps, j'épluchais et je coupais des légumes, et j'allais me chercher différentes herbes et épices.

En moins d'une heure, nous avions terminé. Un Hugo vigilant hantait toujours un coin de la cuisine, mais Sir Marcus continuait allègrement en sifflant. J'aurais voulu avoir un tempérament comme le sien. J'étais incapable de me détendre dans une atmosphère où je savais qu'on ne voulait pas de nous. Hugo s'opposait aux invités bruyants et maladroits qui envahissaient son domaine, et qui en plus causaient des dégâts pendant le processus.

Repérant un espace sur le banc de cuisine pour se reposer et observer sa nouvelle création en train de bouillir, Sir Marcus engagea la conversation avec un Hugo réticent.

— Mon vieux, nous avons rencontré Mme Eastley aux funérailles.

Les yeux bridés de Hugo demeuraient réservés.

— Le fils de Max est un joli garçon, continua Sir Marcus. Je me demande s'il ne lui a pas fait hériter de la succession. Oh, mais, comme c'est stupide de ma part. Il n'est pas légitime, n'est-ce pas? Est-ce que ça fait une différence pour ces Trevalyan? Je sais que ma propre succession ne peut être transmise qu'à travers une lignée bien rodée, mais d'autres sont plutôt prêts à accepter des enfants hors mariage. Qu'en dites-vous, mon vieux Hugo?

Le bossu se débattait comme un poisson pris sur la chaussée.

— Euh. Euh, oui.

Sir Marcus fit semblant de comprendre.

— Tout va sortir pendant la lecture officielle du testament. Demain, n'est-ce pas? Serez-vous là?

— Quoi, *moi*? Sa Seigneurie ne m'a rien dit. Qu'est-ce que ça a à faire avec moi?

Ses yeux trahissaient un tout petit soupçon de peur.

— Mais vous êtes l'homme qui sait toujours tout sur la maison, dit Sir Marcus d'un ton apaisant et le plus charmeur possible. Vous *voyez* les choses. Vous avez surpris Mlle Daphné, ici, en train de se glisser dans une pièce interdite; alors, qu'avez-vous vu d'autre? De quoi encore avez-vous été témoin?

Hugo s'indigna.

— J'ai dit à la police tout ce que je sais et que j'ai vu.

— Et entendu? laissai-je échapper. C'est bizarre comme on oublie souvent ce qu'on entend au milieu de la nuit. Vous devez avoir entendu *quelque chose*, cher Monsieur Hugo, implorai-je doucement.

Le bossu fit une pause pour ruminer, et je posai doucement ma main sur son bras.

— S'il vous plaît, ce peut être important. Je sais que vous souhaitez protéger les Trevalyan et je vous promets qu'il ne leur arrivera rien de mal.

Ne sachant pas s'il devait me faire confiance ou non, ou s'il devait parler ou non, il grogna.

— Il y a eu un grincement, finit-il par dire.

— Un grincement ? répéta Sir Marcus.

— La porte de la terrasse. Elle fait du bruit, même si j'ai essayé de la huiler. Cette nuit-là, je l'ai entendue trois fois.

— Et vous l'avez dit à M. Fernald ?

Plongeant sur l'indice, les yeux de Sir Marcus brillaient comme ceux d'un chat.

— Ça ne l'intéressait pas trop.

Hugo haussa les épaules.

— Les deux premières fois, c'était silencieux, comme si c'était un voleur, et puis la dernière fois, c'était bruyant. J'ai quitté mon lit et je suis descendu là-bas, mais il n'y avait personne.

Croisant les bras, il fronça les sourcils vers nous.

— De toute façon, j'ai dit tout cela à Fernald... Pourquoi est-ce si important ?

— Parce que les petites choses sont importantes, lui dis-je.

Je suivis son regard avant de voir Kate faire irruption dans la pièce, son esprit clairement ailleurs.

— Oh, Hugo, commença-t-elle, s'arrêtant en nous voyant, Sir Marcus et moi.

Elle sourit un peu fébrilement avant de livrer ses instructions pour ajouter une autre place pour le souper.

— Un ami de Max, nous expliqua-t-elle. Ils sont allés à la guerre ensemble et, quand il a reçu les nouvelles, il a bravé les mers pour venir ici.

Elle paraissait soulagée de l'arrivée de cet ami.

— Vous le rencontrerez au souper. Pardonnez-moi.

Sa voix tremblait.

— La journée a été longue.

— Ça va, Katie.

Sir Marcus l'enveloppa d'une puissante étreinte.

— Tout se passera bien. Vous verrez.

— D'une certaine manière, dit-elle.

Elle s'arrêta, levant vers moi des yeux profonds et tourmentés.

— D'une certaine manière... Je ne pense pas que ce sera le cas cette fois.

Elle nous quitta, Sir Marcus et moi, et nous utilisâmes l'occasion pour démontrer l'importance de nous alerter à la moindre anomalie à l'ordre habituel des choses. Ce que pensait vraiment Hugo de son précédent maître fut exprimé dans ce qu'il dit par la suite.

— Pauvre dame. Elle ne mérite aucun mal. Aucun mal, après ce qu'elle a traversé avec lui.

— Vous êtes son meilleur témoin, renchérit Sir Marcus. Si vous voulez l'aider et aider M. Lissot, vous devez raconter à Fernald ce que vous avez vu. Oh, je

sais que vous devez avoir vu ou entendu *quelque chose*.
Le seigneur surprenant la dame dans les bras de son
amant? Le combat qui a suivi? Peut-être une lutte dans
le couloir? Puis quelqu'un qui traînait un corps pour
le faire sortir à travers la porte grinçante de la terrasse.

Hugo sembla déchiré.

— Mais je lui ai dit tout ce que j'avais vu et entendu.

— Mais qu'en est-il des autres fois où vous avez vu
Lady Kate souffrir aux mains de son mari? implorai-je. Y
a-t-il une raison pour laquelle elle avait dû se défendre?
Y en a-t-il une, Hugo? Vous devez le savoir.

— M. Josh va pouvoir s'en sortir, et vous ferez de
Lady Kate une femme très heureuse, ajouta Sir Marcus.
Et vous gagnerez la reconnaissance de Lord Roderick.

Compte tenu de la perspective enviable de conserver
son emploi et de plaire à son nouvel employeur, Hugo
baissa les yeux pour regarder fixement le sol.

— Je vais y réfléchir.

Il hocha la tête et retourna à ses tâches de cuisine.

J'allai m'habiller pour le souper. Montant péniblement
l'escalier, j'aurais aimé prendre mon repas dans ma
chambre, car la journée s'était révélée trop mouvemen-
tée pour moi. Je voulais juste me recroqueviller et aller
dormir.

Bâillant, j'étais heureuse de saluer une chambre vide.
Comme j'étais fatiguée, la dernière chose que je voulais,
c'était de me plier aux humeurs d'Angela dont l'étrange

176

comportement, franchement, me dérangeait vraiment. Avait-elle participé à un crime? Ou pire, avait-elle participé à un assassinat? Elle semblait heureuse pour Kate de la mort de Max et heureuse aussi que M. Lissot reste incarcéré dans la prison locale.

— Cette *stupide* fille est encore dans la salle de bain!

Entrant dans la chambre en ouragan, Angela enleva ses chaussures et lança son sac à main. Retirant ses bas, elle continua à dénoncer Bella.

— Elle n'est pas aussi réservée et impeccable qu'elle le fait paraître. Je l'ai surprise à *fumer* cet après-midi, oh oui, je l'ai fait. Elle a écrasé le mégot quand elle m'a vue, mais il était trop tard. Elle cache certainement quelque chose, ajouta Angela, ses mains plongées dans sa trousse de toilette. Toutefois, je n'arrive pas à mettre le doigt dessus. Court-elle après Lord Rod? Après la maison? Ou autre chose?

Un coup retentit à la porte.

Angela sourit en retour.

— Oh, c'est Kate. Elle est venue pour t'habiller.

— *M'*habiller?

Je n'eus pas le temps de me ressaisir avant l'entrée de Kate, les bras chargés de robes.

— Oui.

Angela frappa dans ses mains.

— Nous allons te maquiller et te faire défiler devant tous les visiteurs masculins. *Non*, ne nous enlève pas ce plaisir, et ce sera une bonne distraction pour Kate. Regarde, elle a pris toutes ces beautés dans sa propre collection.

Il y eut une pause significative. Devais-je montrer de la gratitude, à jouer la vache primée d'Angela et de Kate? Je serrai les dents. L'idée qu'on me fasse parader me révoltait. Et je détestais être le passe-temps de qui que ce soit, même pour une courte période.

Et connaissant le major Browning, il supposerait que j'avais délibérément passé des heures à me parer pour son profit. À coiffer mes boucles devant le miroir et à me pincer les joues. Oh! C'était trop… humiliant. Malheureusement, Angela ne se préoccupa pas de ma moue pendant que Kate commençait à m'habiller. Après avoir examiné mes cheveux et la couleur de ma peau, elle se mit au travail, m'ordonnant d'enfiler et de retirer des robes trop nombreuses pour les compter.

Enfin, elles me dirigèrent fièrement vers la salle de bain pour voir le résultat. Je gardais les yeux baissés, espérant, *priant* pour que le ricanement moqueur de Bella reste dans sa chambre. Je trouvais toujours difficile de croire Mme Pencheff, et je comptais bien garder tout cela pour moi. Bella Woodford… et son cousin?

Descendant l'escalier massif, la jeune mariée rayonnait de fierté inquiète. Elle savait que, ce soir, elle paraissait magnifique. Marchant à pas de loup dans ses chaussures de satin à talons hauts, elle se permit un seul regard en arrière, agitant une main tremblante vers les gouvernantes qui faisaient la file pour observer son triomphe.

Elle avait hâte de surprendre son mari…

— Daphné! *Ma parole.*

Consternée en apercevant — au lieu du fier mari que j'attendais, un homme mince et grand dont le sourcil sombre s'évanouissait à ma glorieuse arrivée — un Sir Marcus animé au nez rouge. Je m'arrêtai, ma main reposant sur la balustrade.

De son œil cultivé, Sir Marcus, rayonnant, m'examina de la tête aux pieds.

— Ah, mais attendez que Browning vous voie !

Je m'arrêtai, envahie par une peur soudaine. Je ne voulais pas faire face à la foule. Je n'avais pas envie de voir le major Browning. Je ne voulais pas qu'il m'examine.

— Vous vous êtes habillée pour *vous-même*, pas pour lui, je le sais, dit Sir Marcus, en tapant mon poignet. Vous êtes une maligne, n'est-ce pas ? À quoi étiez-vous en train de rêver il y a un moment si ça ne vous dérange pas que je vous le demande ?

— Une scène pour un livre, répondis-je.

— Hmm. Eh bien, j'espère qu'elle aura des rebondissements sombres et tortueux, cette histoire que vous écrivez. Sinon, ce serait trop ennuyeux.

— Je ne peux pas descendre.

Je m'arrêtai à nouveau, rougissant.

— Mais pourquoi pas ? Vous paraissez mieux que je ne vous ai jamais vue auparavant. Regardez dans le miroir, ma chère Daphné. Voyez par vous-même.

Attirée par le miroir de l'entrée, j'aperçus l'image d'une fille que je ne connaissais pas. Jeune, mince, aux cheveux couleur miel relevés et bouclés sur les côtés de son visage. Enveloppée dans une robe de soie ivoire, des

bandes de perles et de broderies incrustées d'argent enca-
drant un décolleté délicat, elle avait l'air d'une jeune
mariée. La peau pêche et crème, des yeux profonds et
interrogateurs, des lèvres innocentes, et un visage trop
jeune pour les boucles d'oreilles de diamant pendant
à ses lobes ou pour le collier de perles et de diamants
entourant sa gorge. Mes doigts se dressèrent, prêts à arracher le collier...

— Venez.

Sir Marcus m'attira en bas.

— Je suis ici pour vous protéger.

— Je n'ai pas peur, expliquai-je en chemin. Je ne veux
tout simplement pas me faire lorgner.

— Je croyais que toutes les filles aimaient se faire lorgner. N'est-ce pas ainsi qu'elles attirent des maris ?

Nous fîmes notre grande entrée, tous les yeux rivés
sur moi pour m'évaluer. Peut-être étaient-ils sidérés. La
Daphné, habituellement vêtue simplement, se présentait
dans la toilette irrésistible d'une femme fatale experte.
Des silences masculins s'ensuivirent et Kate, à mon
détriment sans fin, exprima de la fierté pour sa création.

Sentant la proximité du major et désireuse d'éviter
son regard moqueur, je me trouvai un coin tranquille
près des tableaux pour m'y réfugier.

— Bonjour, dit une voix. Je ne crois pas que nous
ayons été présentés ?

Un homme quelconque se pencha gracieusement contre
le mur, ses mains enfoncées dans les poches de son pantalon. Il était au milieu de la vingtaine, avec des cheveux

bruns tirés vers l'arrière, des vêtements propres et sans complication, et une attitude modeste et discrète. Il était le genre de personne avec laquelle on se sentait vraiment en sécurité lors de rencontres sociales comme celle-ci. La personne peu exigeante, isolée dans le fond du décor.

Il se présenta comme Peter Davis, un ami de Max pendant la guerre. Debout devant un tableau appelé *Les deux soldats*, je lui exprimai mes condoléances, et il commença à parler de son ami.

— Oui, c'étaient les habitants de la ville qui nous gardaient en vie.

M. Davis hocha la tête, ses cheveux brun clair ornant son front.

— Max et moi, dit-il, s'arrêtant pour sourire, nous étions inséparables, vous voyez. Nous sommes allés au collège ensemble, puis au club, puis à la guerre... Nous sommes amis depuis toujours. Là où d'autres l'auraient laissé pour mort, je l'ai traîné à travers la forêt. Je ne pouvais pas accepter sa mort, quoique la gravité de ses blessures suggérât que je le fasse.

— C'était bien de votre part, murmurai-je, remarquant le chagrin qui baignait son visage.

Il haussa les épaules d'un air dédaigneux.

— Ce n'est plus important maintenant, n'est-ce pas? Il est mort. J'aurais aimé être ici.

Son regard fit lentement le tour de la salle.

— Il est ridicule de continuer à vivre normalement quand quelque chose comme cela se produit, mais je suppose que c'est ce que nous devons faire.

M. Davis continuait à s'attacher à son chagrin.

— J'ignore comment je vais passer à travers tout cela, Mlle Daphné, sans lui. Max et moi avons partagé tant de choses ensemble. Pendant toute une vie.

— Alors, vous devez vous occuper.

Je posai ma main sur son bras.

— Depuis son mariage, vous n'avez pas pu être avec lui tout le temps. Qu'avez-vous fait depuis la guerre?

Un franc sourire passa sur ses lèvres.

— Je travaille au musée, et je suppose que j'ai laissé tomber les jours de vie endiablée pour la vie d'un ermite. La plupart du temps, je cherche la solitude et mon piano.

— Oh, vous jouez du piano? Comme c'est merveilleux!

Nous nous lançâmes dans une discussion animée, que nous poursuivîmes jusqu'à ce qu'on nous invite à la salle à manger où Lady Kate m'avait astucieusement placée à côté du major.

— Parfait, murmura le major, en tirant ma chaise.

Je m'assis et fis semblant de ne pas remarquer son air moqueur et fanfaron alors qu'il approchait sa chaise de la mienne.

— Oserais-je supposer que vous vous êtes habillée pour moi? Après notre longue séparation, je pourrais espérer qu'il en soit ainsi.

— Votre opinion de vous-même est manifestement surdéveloppée, et elle est indésirable dans ce contexte, dis-je en souriant à travers mes dents.

J'en profitai pour rétablir la distance de départ entre nos chaises.

— Indésirable par qui?

Son regard décontracté s'égara en direction de notre hôtesse qui, malgré son intention de s'habiller de façon tristement mortelle, s'était transformée en une peinture toute de bleu et de blanc. Ayant supprimé les sombres vêtements de deuil, elle avait fait une autre concession par l'ajout d'un bandeau de plumes minuscules à ses cheveux bouclés. J'aurais souhaité, plutôt par envie, maîtriser son sourire seyant, si charmant et parfait, et si contagieux.

— Notre Lady Trevalyan captive tout le monde, n'est-ce pas?

L'observation du major pénétra mon oreille.

— Pourtant, je suis certain que vous n'avez pas tardé à faire vos propres conquêtes.

Il inclina son verre vers Lord Roderick. Un homme de titre, en conformité avec le statut. Bien joué.

— Statut? sifflai-je devant l'insinuation tapie dans son sourire.

— Lord David. Ou l'avez-vous déjà oublié? Avouez-le, vous étiez amoureuse de lui.

— Je n'étais *pas* amoureuse de lui.

— Non, convint le major, vous étiez entichée de lui.

Je bouillonnais dans mon fauteuil. Peu importe ce que je disais, il lui plaisait de dire le contraire.

— Pourquoi êtes-vous ici, de toute façon?

Il affectait son plus charmant sourire.

— J'ai été invité.

— Je ne veux pas dire *ici* à la maison, mais dans l'île.

— Je vous l'ai dit. Les mers agitées m'ont entraîné dans vos quartiers. N'êtes-vous pas heureuse de voir un vieil ami ? Après tout ce que nous avons partagé ensemble...

Que le diable l'emporte ! Il avait la capacité de charmer n'importe qui, même Bella, dont je captai le regard à une ou deux reprises, apparemment curieuse au sujet de notre relation.

— Remarquez que Fernald a décliné l'invitation à souper, dit le major tentant une familiarité complice. Vous verrez. Il fera une spectaculaire interruption *après le souper.*

— Vous êtes mal informé, M. Browning. Il vient dans la matinée.

Il sourit.

— On parie là-dessus ?

Son regard séduisant se faufila jusqu'à mes lèvres. Je rougis, écarlate, souhaitant pouvoir rester blême, comme d'autres filles de ma connaissance. Mais non, chaque fois que j'étais gênée ou en colère, l'émotion inondait mes joues, et aucune quantité de poudre ne pouvait la dissimuler.

— Vous avez tort au sujet de Fernald.

— Je ne suis pas d'accord, chère Daphné. Il ne souhaite pas être vu en train de jouer à Fido avec l'ennemi.

CHAPITRE TREIZE

— Jouer à Fido avec l'ennemi? En vérité, M. Browning, vous avez les expressions les plus saugrenues. Je soupçonne que vous avez trouvé celle-ci sur le pont inférieur.

Il fit la grimace.

— Et, je vous en prie, n'agissez pas comme si nous étions amis, car des amis, Monsieur, nous ne le sommes certainement pas. Et je ne suis pas non plus votre «chère Daphné». Quand quelqu'un nous est cher, on n'ignore pas ses lettres.

Feignant un regard de douleur indigné, il soupira.

— Nous n'allons pas revenir là-dessus, n'est-ce pas? Acquittez-moi. Je suis innocent. Il s'agit simplement d'une suite d'événements malchanceux et, pour que tout soit clair, je vous considère de fait comme une amie spéciale… Oserais-je espérer que nous soyons quelque chose de plus cher l'un pour l'autre, beaucoup plus cher que des amis?

Ses yeux pétillants continuaient à évaluer silencieusement ma tenue et mes cheveux.

Cette fois, il était allé trop loin. Me glissant de ma chaise, beaucoup plus pour dissimuler le rythme trop rapide de mon cœur, je m'enfuis pour trouver un moment de paix et de calme. Découvrant un coin sombre, je m'arrêtai pour reprendre mon souffle. Comment osait-il me regarder ainsi, presque comme un amant! Je rougis à nouveau, faisant les cent pas dans le hall. Je n'étais pas l'un de ses jouets qui n'existaient que pour l'amuser...

— Oh, Daphné...

Je pivotai sur mes talons pour faire face à Arabella.

— Je vous ai vue quitter la salle, commença-t-elle, avec de l'inquiétude dans ses yeux sombres. Le major vous a-t-il contrariée?

— Non, le major *ne m'a pas* contrariée, dis-je d'un ton convaincu. C'est simplement son audace irritante et *erronée* que je ne peux supporter...

— Est-ce le cas, Mlle du Maurier?

Arrivant vers nous sans se presser, le major salua.

— Je suis désolé que mon comportement vous ait offensée.

Ce n'était qu'une demi-excuse et il n'était pas du tout désolé.

— Ce n'est pas votre comportement, mais vos *manières*, Monsieur, qui ne sont pas appropriées.

Arabella jeta un coup d'œil de moi à lui, se demandant comment nous nous connaissions et se posant des questions sur la profondeur de notre relation.

Les laissant tous les deux dans le couloir, je me dirigeai à nouveau dans la salle à manger. À ce moment-là, chacun avait abandonné son siège et était confortablement installé autour d'un feu ardent dans le salon.

J'allai vers le feu pour réchauffer mes mains. Les flammes chaudes apaisèrent mon humeur, et je commençai à regretter mes enfantillages. Quelle femme mature, raisonnablement intelligente, pouvait s'offenser d'un grief mineur comme une lettre retournée ou négligée? J'avais fait une scène, ce que détestait ma mère, et j'aurais dû attendre un meilleur moment, car mon côté dramatique n'était pas passé inaperçu.

Tirant doucement ma main, Lady Kate m'obligea à prendre le siège qu'elle partageait avec Angela devant le feu.

— Ange m'a parlé au sujet du major, murmura-t-elle avec un léger sourire sur les lèvres. Il n'a pas tardé à se lever pour te suivre. J'espère qu'il s'est excusé.

— Si on peut appeler ça des excuses, répondis-je.

Je surveillais d'un air grave sa rentrée et son agréable conversation avec Arabella.

— Le major Browning a une certaine réputation, murmura Kate.

Angela hocha la tête, confirmant son intention de divulguer les nouvelles plus tard. Bientôt, Kate s'éloigna en traînant les pieds pour aller aider son beau-frère qui semblait trouver difficile de converser avec les lieutenants du major. Un coup d'œil au sourcil froncé de Roderick indiquait son dégoût d'avoir à jouer l'hôte quand il préférait le silence et la solitude de sa tour.

Ressentant les mêmes sentiments et fatiguée des plaisanteries bruyantes d'Angela — encouragées par trop de champagne —, je rejoignis Kate. Je posai à Rod une série de questions ennuyeuses sur les espèces insulaires et, en dépit de ma merveilleuse robe et de mon apparence étincelante, les lieutenants perdirent vite tout intérêt. Ils retournèrent graviter autour de Kate, Angela et Bella, et je m'assurai que Roderick restait là pour moi.

— Vous êtes très proche de votre cousine, n'est-ce pas, mon seigneur ?

— Proche ? Proche de Bella ?

Il parut surpris.

— Pas particulièrement.

— J'ai une confession à vous faire, mon seigneur.

— S'il vous plaît, ne m'appelez pas comme ça.

Il commença ainsi alors que je lui racontais mon escapade jusqu'à la tour et ma rencontre avec les Pencheff.

Comme je l'avais espéré, la mention du nom de Pencheff alluma une lueur méfiante sur ses joues glaciales.

— Vous avez parlé à Mme Pencheff ?

— Oui.

Je suivis son regard vers Arabella.

— Elle a dit que vous, les trois cousins, aviez l'habitude de jouer dans les grottes. Ce devait être très amusant.

J'étais délibérément cruelle, car j'étais au courant du genre de plaisir que cela signifiait, mais je me justifiai en me disant que c'était à l'intérieur des limites d'une enquête.

— Je, euh...

L'interruption très brusque de M. Fernald et d'un gros bonhomme barbu, trébuchant derrière lui et portant le plus grand porte-documents que j'aie vu de toute ma vie, lui permit d'éviter de répondre.

— Pardonnez mon intrusion, commença M. Fernald dans une tentative de montrer qu'il avait des manières.

Sa présence, bien sûr, concédait au major sa victoire. Comment savait-il que Fernald allait rendre visite ce soir au lieu de demain? Un coup de chance? Ou en avait-il eu une connaissance préalable? J'inclinai mon regard vers le visage du major, qui ne révélait rien d'autre qu'une simple surprise. Pourquoi était-il ici?

Je l'observai qui saluait Fernald, peut-être pour atténuer l'anxiété sur le visage livide de Kate, qui avait accepté avec joie son bras réconfortant.

— Ceci n'aurait-il pas pu attendre jusqu'à demain, Fernald? dit Roderick à côté de moi.

— Non, Monsieur, c'était impossible. C'est une belle île paisible ici, et je tiens à ce que les choses soient menées à terme.

Trop pressé, songeai-je. Il était désespéré de régler la question avant que ses supérieurs ne débarquent du continent. Se voyant comme étant la plus haute autorité sur l'île, il semblait avoir l'intention de prouver son pouvoir.

— J'ai aussi emmené Mme Eastley et son père. Ils m'attendent à l'extérieur avec l'avocat de votre famille.

Roderick ne montra aucune émotion à cette déclaration, et il ne tenta pas de dissuader Fernald d'exercer son rôle. J'imaginais que Max Trevalyan aurait réagi très différemment, explosant de colère contre l'homme et lui ordonnant de partir. Était-ce une faiblesse de la part de Rod de céder aux exigences de Fernald ? Ou bien le faisait-il parce qu'on ne pouvait empêcher l'inévitable ?

De toute évidence, Fernald avait voulu se servir de l'effet de surprise. La soirée se terminait, et les invités se dispersaient alors que Roderick s'excusait et guidait rapidement Fernald et Kate vers le bureau. Bella commença à les suivre, mais Fernald fit obstruction à ses efforts.

— Non, Mlle Woodford. Votre présence n'est pas nécessaire.

Le visage de Bella s'assombrit. Elle ne pouvait rien faire, sinon accepter l'interdiction, mais je vis qu'elle se posait la même question que nous, moi, Sir Marcus et le major. *Où pourrions-nous aller pour écouter ?* La bibliothèque était à côté du bureau, et je posai des paris silencieux quant à savoir qui partirait le premier et sous quel prétexte.

À ma très grande surprise, Angela bondit sur ses pieds et se précipita à l'étage, ses talons résonnant sur le plancher. Je la suivis.

— C'est ingénieux de ta part, lui dis-je en souriant lorsque je la trouvai attendant à l'extrémité du couloir.

— Vite, murmura-t-elle. Par là. La chambre de Katie.

— Je croyais que sa chambre était en bas ?

Je murmurai, marchant à pas de loup vers la minus-cule chambre au bout du corridor.

— Oui, mais celle-ci est sa chambre de retraite. Je me souviens qu'elle a dit qu'elle peut voir directement dans le bureau. Il y a un trou dans le plancher. Regarde.

La petite chambre, décorée dans différents tons de roses, débordait d'articles de passementerie, de poupées, de lampes de perles et de coussins perlés. Je m'arrêtai près de l'une des peintures ornant le mur, un joli pay-sage avec un jardin de roses.

— Ne reste pas là la bouche ouverte, siffla Angela. Nous avons du travail à faire.

Elle avait déjà l'oreille collée au sol, et la mienne suivit. Non protégés par un tapis, les planchers étaient froids, mais le trou était suffisamment grand pour un œil à la fois. Angela et moi convînmes de regarder à tour de rôle.

— Rien n'est laissé à son fils ? demanda Mme Eastley. Rien du tout ?

— Non, madame.

— Mais ici, j'ai une note de lui.

Je l'imaginais agitant devant eux la copie du testa-ment que Sir Marcus et moi avions découvert dans le bureau.

— C'est signé par un témoin, gronda Jackson.

— *Un* témoin, nota le procureur. Il faut *deux* témoins.

— Mais c'est son fils ! N'importe qui peut le voir.

Personne ne contesta le fait.

— Mon seigneur ? incita le procureur. Seigneur Roderick ?

— Je crains que mon frère n'ait laissé aucun héritage dans son testament formel pour prendre soin de son fils. La note manuscrite a été portée à mon attention à la mort de mon frère, et étant donné l'état lamentable de sa succession et l'illégitimité de l'enfant, je la contesterai, devrais-je me rendre devant les tribunaux.

— Mais ! bafouilla Jackson. Ce n'est pas une note. C'est un testament, et *vous* avez dit…

— Ce que j'ai promis, Jackson, réitéra Rod en soupirant, sera maintenu. Votre petit-fils et Mme Eastley ne manqueront de rien et, dès que la succession sera réglée, je fixerai une somme pour eux, ou, si Mme Eastley le préfère, une rente qui sera servie sur une certaine période de temps.

— Je préfère une rente, dit Mme Eastley.

Sa réponse rapide suggérait qu'elle souhaitait un règlement rapide et sans douleur.

Son père n'était pas d'accord.

— Je veux plus pour ma fille ! Et plus pour mon garçon aussi, étant donné que j'aide à l'élever. Votre frère était d'un mauvais genre d'avoir mis ma fille enceinte comme ça…

— Père, s'il te plaît, supplia Mme Eastley.

Elle possédait une qualité que je trouvais presque étrangère à son parent. Peut-être avait-elle fréquenté un séminaire de choix ou une école privée. Cela pourrait expliquer son mariage avec le défunt M. Eastley, un homme d'une certaine classe sur l'île, tout compte fait.

— Ma Rachael n'est pas comme les autres, insista Jackson. Elle est bien élevée, bien mariée, et je voudrais voir son veuvage bien financé, puisqu'elle doit élever le marmot de Trevalyan.

— Père, j'ai dit que j'étais heureuse de la rente.

— Oh, je ne peux supporter ça !

Angela et moi échangeâmes un regard de surprise.

— Je ne peux en supporter *plus* !

Kate poussa un cri de misère.

— Je ne veux plus entendre parler de l'enfant !

— Il est certain que l'on peut attendre un moment mieux choisi pour les détails, proposa Roderick après l'explosion. Il commence à se faire tard.

Le sommeil m'abandonnait.

Je m'allongeai, écoutant le sifflement du vent contre les vitres. Un hurlement féroce s'agita à l'extérieur, et j'enveloppai la couverture serrée autour de moi. En raison de la température, on pouvait supposer sans risquer de se tromper que le major et les autres avaient été invités à passer la nuit à Somner.

Le major Browning.

Je laissai mes pensées dériver vers son carreau. Je regardai fixement l'obscurité immobile de la nuit. Quand la lettre d'une dame ne sollicite pas une réponse, cela implique généralement un mépris total ou pire, un complet désintérêt. «J'espère que vous avez reçu la mienne», avait-il dit à notre première rencontre. Reçu quoi? À peine une carte postale donnant des détails sur l'endroit où il se trouvait et où je pourrais lui écrire? Que c'était gentil! Tout à fait du genre à s'attendre à ce que les dames lui écrivent pendant qu'il jouissait du pur plaisir de choisir à qui, comment et quand il répondrait.

La porte s'ouvrit, et Angela se glissa dans la chambre.

Éveillée, je suivis son approche furtive. Qu'est-ce qui l'avait retenue si longtemps en bas? Ou, encore plus important, qui?

— Oh, tu es réveillée.

Elle bondit, cachant sa nervosité par un bâillement dédaigneux.

— Les autres sont toujours en bas, à boire du brandy. Les hommes, je veux dire.

Elle fit un petit rire pour elle-même dans l'obscurité.

Son rire continua sans élaboration plus poussée, et je ne posai pas de question. Une vague de fatigue m'envahit, et je serrai mon oreiller, songeant au pauvre Josh Lissot allongé en restant éveillé dans sa froide cellule de prison pour un crime qu'il pouvait bien ne pas avoir commis.

Il ne s'agissait pas de fantaisies nocturnes. Je croyais que Josh Lissot était innocent. Je le sentais instinctivement. Il a peut-être *cru* qu'il avait assassiné Max, mais sa main n'avait pas asséné le coup fatal.

Je descendis tôt et je me glissai dehors par la porte de côté de la terrasse. Encore une fois, son étrange grincement attira mon attention. Personne n'apparaîtrait pendant des heures, à l'exception d'Arabella, qui s'était retirée peu de temps après moi la nuit précédente. J'avais l'intention d'employer pleinement la matinée. Je me dirigeai non dans le sens de mon circuit de marche matinale habituel, mais le long de l'allée.

J'avais pensé louer un véhicule chez les propriétaires agricoles les plus proches, et la chance était avec moi. Repérant un agriculteur en train de faucher ses champs, je lui fis signe et, me voyant, il arrêta son travail pour me parler.

Il avait sursauté en me voyant.

— Vous êtes de la grande maison, n'est-ce pas ?

À cette heure de la matinée, je suppose que les dames ne s'aventuraient pas à l'extérieur.

— Oui et je voudrais vraiment aller en ville. Il n'y a personne d'autre autour, et je me demande si vous avez un vélo que je pourrais emprunter.

— Non. Pas un en bon état, Mademoiselle. De toute façon, pas pour une dame comme vous.

— J'aimerais le voir malgré tout, si cela ne vous dérange pas.

Il haussa les épaules, un peu contrarié que je l'aie interrompu dans son travail pour regarder un vélo qui ne convenait pas à une dame.

À ma grande surprise, le vélo semblait parfaitement équipé pour l'usage que je voulais en faire, bien que rouillé, et je me rappelai mes excursions avec mon amie Lizzy Forsythe, dévalant l'allée et rencontrant des garçons. Lizzy, une jolie créature voluptueuse faite pour attirer l'attention des hommes, m'avait fait monter sur le vieux vélo de son frère, alors qu'elle s'exhibait sur sa selle de sport enrubannée aux poignées roses.

— Le vélo est parfait.

Je remerciai l'agriculteur et, faisant rouler le moyen de transport, je pris le premier chemin à gauche.

Maintenant, rien ne pouvait m'arrêter. Le vent dans les cheveux, je savourais la liberté, l'indépendance et l'amusante tâche de pédaler jusqu'en ville. Je me souvenais vaguement de notre sortie et, en suivant les panneaux et la route sinueuse, je roulai à vélo jusqu'à l'endroit où l'on détenait Josh Lissot. Kate avait jeté un coup d'œil triste vers le bâtiment sur la place et, en cette froide matinée d'hiver, j'appréciai les lignes architecturales de ce qui avait dû être autrefois un très bel hôtel de ville.

Personne ne s'occupait du sévère bureau de réception. J'hésitai à sonner la cloche, regardant la grande horloge sur le mur en face de moi qui faisait tic-tac. Huit heures quarante-cinq. Je ne croyais pas que les gens commençaient à travailler si tôt sur l'île.

Déçue, je me détournai pour attendre. Si j'y avais pensé pendant un moment, j'aurais apporté de l'argent pour acheter un pâté chaud dans une boutique de pains que j'avais aperçue en route.

Après une bonne vingtaine de minutes, une voix retentit du fond du couloir.

— Puis-je vous être utile, mademoiselle ? N'êtes-vous pas de la Maison Somner ?

Je hochai lentement la tête. Je ne reconnaissais pas le visage du sergent, mais il m'avait vue à la maison, et je lui fis mon meilleur sourire timide.

— Je suis venue voir M. Lissot. Je sais que j'aurais dû attendre M. Fernald, mais je me suis réveillée de bonne heure.

Le sergent regarda par-dessus mon épaule, dans la rue.

— Vous avez fait tout ce chemin en vélo à partir de la Maison Somner, mademoiselle ?

— Pourquoi, oui.

Je rougis.

— Je sais que je n'aurais pas dû venir sans la permission de M. Fernald, mais pourrais-je voir M. Lissot pendant juste une minute ? Ce sera votre secret et le mien. Je n'en parlerai à personne, je le promets.

— Je ne suis pas censé laisser quiconque le voir.

— Mais M. Fernald ne le saura pas. S'il vous plaît. J'ai parcouru tout ce chemin et je serai rapide.

Toujours incertain, il fouilla dans son ensemble de clés avant de me conduire à un couloir désert. Je remarquai que la vieille peinture des murs s'écaillait, et je frissonnai. Si Fernald revenait plus tôt...

Il n'y avait que quatre cellules, chacune possédant une porte et une petite alcôve avec des barreaux. Froide, morne et spartiate, chacune avait un lit et une chaise.

Josh était heureux, quoiqu'un peu perplexe, de me voir.

— Daphné.

Un léger sourire se glissa sur ses lèvres exsangues, alors qu'il se levait, l'ombre de l'homme que j'avais rencontré à Somner, avec un visage maintenant décharné et mal rasé, la lueur artistique chassée de ses yeux.

— Entrez; je vous offrirais un siège si je le pouvais.

Il dirigea ce commentaire vers le jeune sergent qui se précipita pour aller me chercher un siège.

— Seulement quelques minutes, avertit-il en revenant, fermant et verrouillant la porte derrière lui.

— Ne craignez-vous pas d'être seule avec un meurtrier?

Riant, Josh se percha sur le bord de son lit à lattes.

— Un assassin? Je ne crois pas que vous en soyez un, M. Lissot. C'est pourquoi je suis ici.

Ses yeux tristes fixèrent le plafond et il fronça les sourcils.

— Est-ce que c'est elle qui vous a envoyée? Est-ce Kate qui vous envoie?

— Non... Je suis ici de mon propre gré. Cela peut paraître absurde, mais j'ai des raisons très valables de soupçonner que vous avez été victime d'un coup monté dans le meurtre de Max Trevalyan.

Un rire amer s'échappa de ses lèvres.

— Mais je l'ai frappé! Je l'ai frappé joyeusement dur aussi, quand il a mis la main à la gorge de Kate. Il est tombé, il s'est effondré sur le sol, avec du sang qui suintait de sa tête. Inutile de dire que ce n'était pas beau à voir.

— Mais avez-vous vérifié le pouls ?

Il répondit d'un ton fatigué.

— Oui. Nous l'avons fait. Il respirait encore, superficiellement, où nous l'avons laissé, mais...

— *Il était vivant*, soulignai-je. Supposez un instant que *quelqu'un d'autre* soit passé par là, intentionnellement ou non. Supposez que quelqu'un d'autre lui ait asséné le coup fatal !

Je m'arrêtai, réfléchissant très fort.

— Vous avez dit qu'il saignait à la tête mais, selon M. Fernald, son visage fracassé le rendait presque méconnaissable. Est-ce ainsi que vous et Kate l'avez laissé ?

— Doux Jésus, non ! Du moins, je ne crois pas.

Il s'arrêta pour réfléchir.

— Il faisait sombre... je ne peux pas le dire. Ça a fait un terrible gâchis dans la maison. Nous avons dû nettoyer le passage quand on l'a traîné dehors.

— À travers la porte de la terrasse... la porte de la terrasse qui grince.

Il fronça les sourcils, perplexe.

— Hugo a entendu la porte s'ouvrir à trois reprises, expliquai-je.

Mais il semblait encore perplexe.

Je lui demandai si Kate était sortie par cette porte une seule fois. Comprenant lentement le sens de ma question, M. Lissot s'efforça de se rappeler du mieux qu'il le pouvait.

— Trois fois, trois fois, répétait-il pour lui-même. Je me souviens de Kate qui a ouvert la porte la première fois, redoutant le bruit, même si elle était prudente alors que nous tirions le corps à travers, et oui ! Je me souviens de la chaussure de Max qui traînait sur la surface. Non ! Elle est restée coincée dans la porte... oui, je me souviens maintenant. Elle s'est coincée, en fait elle est tombée, et nous avons eu un mal du diable à remettre son pied dedans... mais nous n'avons dû ouvrir la porte que deux fois. Nous ne sommes pas rentrés par là. Pas par la porte de la terrasse. Kate avait trop peur du bruit qui pouvait éveiller les soupçons.

— Exactement !

Je souris.

Un silence contemplatif émergea entre nous, et un peu d'espoir flotta dans l'air.

— Je sais que Kate vous a supplié de retirer vos aveux, et elle a raison. Vous étiez en train de la protéger... vous avez été obligé de le frapper... vous avez cru que vous l'aviez tué, mais ce n'est pas le cas.

— Je ne l'ai pas tué, dit-il.

Il fronça les sourcils, incrédule devant cette possibilité d'une autre chance.

— Mais si ce n'était pas moi, alors *qui* l'a fait ?

Je souris à nouveau, effarouchée, rayonnante de mon petit succès.

— Dès que nous trouverons la personne qui a ouvert la porte la troisième fois, la personne qui a tenté très fort de vous incriminer en se servant des circonstances, alors nous le saurons.

CHAPITRE QUATORZE

Sir Marcus ne tarda pas à refroidir mon triomphe.

— Vous aurez bien du mal à convaincre notre ami le bossu d'avouer les faits. Et encore plus de mal à convaincre cet abruti de Fernald de lui prêter la moindre attention.

— Abruti ? demandai-je, à demi amusée. Je vois que vous avez pu profiter d'un petit déjeuner tranquille.

De la main, j'indiquai l'endroit où le major et tout le monde traînaient à l'extérieur sur la terrasse ouverte.

La journée était belle et ensoleillée. Un peu fraîche, sans doute, mais sans vent, et parfaite pour profiter de la terrasse. J'épiai Jackson qui ratissait des feuilles à quelques mètres de là et je me demandai s'il avait décidé de s'acquitter de cette tâche dans un but d'espionnage.

Qui étais-je pour le juger, si tel était le cas ? Il avait plus de raisons que moi de le faire, étant simplement une invitée curieuse. Sa fille et son petit-fils étaient fortement impliqués dans les affaires des Trevalyan. *Je veux plus pour ma fille*, avait-il dit, d'un ton saccadé et brusque. Cette ambition l'avait-elle incité à se mettre à la recherche de Max Trevalyan cette nuit-là et à « le zigouiller », comme il l'aurait dit.

Mais Jackson n'avait aucune raison d'agir ainsi s'il croyait au pouvoir du testament qu'avait signé Max. C'était maintenant devenu un morceau de papier inutile, et sa fille avait préféré la rente offerte par Rod. Cela démontrait la sagesse de cette femme, que je trouvais fascinante et sensible. Des couches complexes existaient derrière la façade froide de Rachael Eastley, j'en étais certaine.

Inspirée par ces réflexions, je commençai à écrire une nouvelle dans ma tête. « La veuve mystérieuse. » Non... « La noble veuve. » Elle arrive dans un nouveau quartier un peu comme Helen dans *Wildfell Hall*, et elle porte le secret de sa noblesse et un air de mystère qui lui est propre. Mais les deux aspects en font un sujet d'intérêt et de spéculation dans la petite ville.

— Eh bien, eh bien, c'est là que vous vous cachez tous les deux !

Se glissant à travers la porte de la terrasse, Angela avait un sourire qui disait qu'elle savait quelque chose.

— Un coin pour les amoureux ?

— Ce n'est rien, dit Sir Marcus en soupirant. Daphné et moi sommes des âmes sœurs. Parlant d'âmes sœurs, allons-nous peindre aujourd'hui ?

— Oh, oui. Kate adore l'idée. Et — elle nous lança un regard réprobateur — le major et ses camarades se joignent à nous; alors je suis venue vous réveiller tous les deux de l'isolement que vous vous êtes imposé et qui, j'ai à peine besoin d'ajouter, est plutôt égoïste.

— M. Fernald est-il parti? m'entendis-je dire.

— Cet homme horrible.

Angela frissonna.

— Oui. Il vient de partir avec cette dame Eastley.

Alors, Mme Eastley avait passé la nuit à Somner. Je me demandais si elle était demeurée sur place pour profiter d'un long séjour avec le major.

Je me dis à moi-même que cela ne me dérangeait pas.

Mais ça me dérangeait.

Angela s'affaira à préparer une place au soleil, où plusieurs chevalets, tabourets et tout l'attirail d'accompagnement jonchaient une section de pelouse fraîchement tondue par Jackson.

Malgré l'occasion joyeuse, je ne me sentais pas d'humeur à peindre. J'avais plutôt envie d'écrire mon histoire, mais je me transportai jusqu'à un chevalet et je travaillai avec diligence sur ma tour, en me servant des trucs et des conseils que m'avait donnés Kate.

— C'est assez impressionnant, fit remarquer Peter Davis.

— Merci, lui dis-je, me penchant pour inspecter son travail.

— Ma tentative d'envol est atroce.

Il hocha la tête, et je sympathisai avec lui en riant, examinant sa folle esquisse de ce qui ressemblait vaguement à une sorte de jardin déformé.

— C'est censé être la forêt où Max et moi sommes tombés, dit-il, en souriant.

Puis son visage prit une note plus grave.

— Un hommage… au bon vieux temps.

Nous étions un peu à l'écart des autres, et je hochai la tête avec compréhension.

— La Grande Guerre a affecté tant de vies. Elles ont toutes été déchirées, selon l'expression consacrée. J'aurais simplement aimé y participer davantage. J'aurais aimé combattre aux côtés des hommes.

— Pourquoi ne l'avez-vous pas fait, Mlle du Maurier ?

— Mes parents. Ils m'ont littéralement enfermée. Probablement que c'est une bonne chose, étant donné que mon impétuosité m'aurait portée à agir de façon précipitée, ce qui aurait causé ma mort, ou pire encore.

M. Davis paraissait suivre ma ligne de pensée.

— Oui… il y a des choses pires que la mort.

Son commentaire inspirait les traits de mon pinceau. Je peignis l'essence de la sombre tour de Roderick, son cœur battant, elle, sombre et menaçante.

— Intéressant…

J'aurais reconnu n'importe où cette voix traînante et moqueuse.

— Major Browning, dis-je en inclinant la tête dans une forme civilisée de salutation. Je parie que l'habileté de peindre se trouve aussi parmi vos *nombreux* talents.

— Non, admit-il avec affabilité, montrant son atroce tentative de peinture d'un portrait.

M. Davis et moi nous mîmes à rire.

— Nous ne sommes pas tous nés pour être aussi talentueux que Lady Trevalyan.

Je suivis le regard admiratif de M. Davis vers l'endroit où se trouvait Kate, ornée de sa cape d'artiste en satin ambre, magnifique et radieuse, comme l'œuvre d'art qu'elle était en train de créer.

— Il s'agit d'un portrait de votre sœur, annonça le major, et voyez comme Angela est ravie.

Avec effroi, j'aperçus Angela en train de poser pour le portrait, étendue sur l'herbe et s'exhibant, une épaule exposée et le reste de sa poitrine drapée dans un ample châle écarlate.

Je rougis de honte. Ses lèvres et ses joues saupoudrées d'un rouge théâtral, elle paraissait à peine mieux qu'une putain de bas étage ou une danseuse ! Afin d'éviter une remontrance fraternelle disgracieuse, je me souvins qu'elle était actrice.

Le major Browning avait dû remarquer la couleur de mon visage. Il suggéra que nous fassions une promenade. À tout autre moment, j'aurais cherché une excuse, mais comme Elizabeth Bennet en avait fait l'expérience quand M. Darcy lui avait demandé une danse, j'étais tout simplement incapable d'en trouver une.

S'éloigner en marchant semblait la solution la plus prudente. Feignant d'ignorer le bras qu'il m'offrait, je nouai mes mains derrière mon dos en même temps que nous nous dirigions vers la pergola. Je parlai de la météo et je mentionnai la peinture de Sir Marcus, et le major se força en donnant les réponses habituelles.

— J'ai parfois l'impression que vous m'introduisez dans l'un de vos mélodrames, murmura-t-il alors que nous nous approchions de l'escalier menant à la pergola.

Je marchai jusqu'à un siège, en soulevant un sourcil anguleux.

— Parler machinalement est parfois préférable.

Il s'arrêta pour réfléchir.

— J'ai lu cette citation quelque part.

— Ah oui ? Je suis impressionnée. C'est dans *Orgueil et préjugés* de Jane Austen.

Il choisit de s'appuyer contre le poteau plutôt que de prendre un siège à côté de moi.

— Alors Austen est votre auteure préférée ?

— Non. Je préfère les Brontë plus sombres. *The Tenant of Wildfell* ou *Wuthering Heights*.

— Vous êtes une pessimiste, dit-il d'un ton méditatif. Une pessimiste *romantique*.

— Je ne suis pas du tout d'accord. Je ne suis pas le moins du monde romantique.

— Tous les écrivains sont des romantiques.

Son regard aigu dériva sur ma personne. Je rougis sous l'intensité. L'homme avait du magnétisme et il savait comment s'en servir.

— Mme Eastley est charmante, n'est-ce pas ?

— Charmante ? aiguillonna le major.

Il s'assit et posa son menton dans ses mains, alors qu'il m'examinait dans une position de repos languissant.

— Oui, c'est une mère charmante... une mère qui protège les intérêts de son enfant.

Mes yeux croisèrent son expression candide.

— Peut-être... peut-être a-t-elle peur... peur que son fils puisse souffrir d'un accident soudain si elle conteste le testament. Je croyais qu'elle était tout simplement noble, mais c'est le *bon sens* qui la dirige... le bon sens et la peur.

— C'est exactement mon impression, dit le major alors que je prenais une respiration rapide.

Il sourit.

— Qu'avez-vous déduit d'autre, inspecteur du Maurier ?

Sa voix enjouée ne réussit pas à me faire sortir de mes interrogations silencieuses.

— Je vois que vous et Sir Marcus êtes devenus de très bons amis.

— *Très bons* amis.

Il s'éclaircit la voix. Ai-je imaginé cela, ou y eut-il une lueur momentanée de dégoût dans ces yeux sombres ?

— Vous avez l'intention de l'épouser ?

Maintenant, c'était moi qui recevais un choc. Épouser Sir Marcus !

— L'idée ne vous a pas effleurée ? Vous m'étonnez.

Je lui répondis avec détail.

— J'ai l'impression que vous passez votre temps à faire des commentaires sur ma vie amoureuse. Je vous serais reconnaissante d'y renoncer.

Il s'inclina, ses lèvres se serrant, amusé.

— D'un autre côté, il y a votre sœur...

— Oh, s'il vous plaît, ne me parlez pas d'elle, implorai-je.

Il sembla que le ton désespéré avait fait appel à son sens de l'honneur. Il n'insista pas pour que j'en parle, mais il fit plutôt un mouvement pour revenir.

Lorsque nous rejoignîmes le groupe, on était en train d'emballer le matériel. Je retournai à mon chevalet. M. Davis avait commencé à s'occuper de mes pinceaux, les lavant et les séchant pour les remettre dans le contenant.

— Pardonnez-moi, Mlle du Maurier, mais je croyais que vous aviez terminé.

— Oui, j'ai terminé. Merci... c'était gentil à vous.

Il sourit.

— La dernière chose que quelqu'un veut faire, c'est de nettoyer. La peinture, ça fait tellement de gâchis.

Il sourit à demi devant la bande bleue qui colorait sa manche.

— Et le pire, c'est que je suis un échec lamentable !

— Ça ne peut pas être aussi mauvais que ce que fait Bella, dit Angela en riant alors qu'elle et Kate reconduisaient les autres à la maison.

Elle avait certainement pris une confiance aristocratique et hautaine.

M. Davis offrit de transporter mon chevalet et, ensemble, nous traversâmes la pelouse.

— Votre sœur est une actrice ? Est-elle une très bonne amie de Kate ?

— Oui, très. Elles se connaissent depuis la guerre. Quand avez-vous rencontré Max pour la première fois, M. Davis ?

— À l'école.

Il rit en se remémorant quelque souvenir lointain.

— Nous étions inséparables, ce qui était à notre désavantage et au grand désespoir de nos parents.

Ayant appris certains aspects de la personnalité de Max Trevalyan, je comprenais bien cette conclusion. Deux garçons qui se lancent dans des aventures s'attirent souvent des ennuis. Je me représentais les expulsions de l'école, les leçons, les périodes d'éloignement forcé et les rapprochements non autorisés.

— Mon père et les parents de Max sont décédés pendant la guerre, ajouta M. Davis. Ils étaient grandement soulagés de voir que nous exercions alors des activités professionnelles.

Une ombre passa sur son visage, le transportant dans un endroit lointain. Peut-être vers le bon vieux temps, vers ces journées d'été de la période scolaire, la formation et la détente au club entre les missions, et maintenant... son meilleur ami mort dans des circonstances très suspectes.

Plus tard, devant une autre théière, je découvris qu'il ne remettait pas Kate en cause, tandis qu'il se référait avec désinvolture aux qualités moins que désirables de Max. Et elle, en retour, le considérait un peu comme un sauveur.

— Cher Peter, l'avais-je entendue soupirer au major, sa main posée sur son cœur, il m'a protégée dans tant de mauvais moments. Nous riions aussi beaucoup tous les trois, avait-elle ajouté gaiement.

Mais la gaieté sonnait faux. Ses sentiments semblaient rester attachés à Josh Lissot qui n'était plus en résidence à Somner pour jouer le charlatan. Ressentait-elle de l'amour ou de la culpabilité? De la culpabilité parce qu'il souffrait du crime de l'avoir protégée? Ou de l'amour au-delà de l'aventure ludique?

Le temps déciderait. Pour l'instant, sa seule préoccupation semblait être d'aider Josh à éviter la corde du bourreau.

Pour sa part, Angela se réjouissait de leur séparation.

— C'est juste ce dont Kate a besoin, me dit-elle. Du temps et de la distance loin de tous les hommes.

Après le thé, le major et ses lieutenants prirent congé, et je sortis sur le devant de la maison pour leur dire au revoir. Les doigts du major s'attardèrent sur les miens en guise d'adieu, et je les retirai. Il reviendrait. Bien trop tôt à mon goût.

— Vous n'allez pas le croire, me confia plus tard Sir Marcus. Le major a accepté d'aider notre Katie.

Je feignis un intérêt plutôt tiède, même si je désespérais d'en savoir plus.

— Il est maintenant parti pour aller voir Fernald, je parie. Voyons ce qu'il en advient, d'accord?

Cet après-midi-là, je me rendis à la bibliothèque.

Tellement perdue dans mon exploration adoratrice des étagères supérieures, je ne remarquai pas la présence de quelqu'un d'autre dans la pièce.

— Les livres d'histoire vous intéressent, Daphné?

Roderick ornait le fauteuil près de la fenêtre, le poignet de sa manche émergeant du grand livre qu'il tenait.

— Pardonnez-moi de vous avoir dérangé.

J'avalai ma salive et je me hâtai vers la porte.

— Pourquoi partir?

Les mots me manquèrent, et la question flotta au-dessus de nous sans réponse, comme une feuille tourbillonnante d'été.

— Ne partez pas, insista-t-il, quittant cette fois la sécurité de sa chaise.

Ces tonalités sonores en provenance de Roderick me semblaient déplacées, et je balbutiai.

— Nous avons beaucoup de livres à Somner... J'espère que l'un d'eux vous tente?

Je levai les yeux, le long de sa grande ossature masculine. Je me rendis compte qu'un sourire tempérait ses lèvres.

— En fait, la tour me tente... J'aimerais la revoir... laissai-je échapper, cherchant quelque chose à dire.

Après avoir rapidement pris congé, je me traitai de complète idiote. Je n'étais pas le type de femme pleurnichard. Qu'est-ce qui me rendait mal à l'aise avec cet homme? Ce n'était pas un lord superbe ni héroïque, mais un mystère que je ne pouvais tout à fait déchiffrer. Ce mystère dissimulait-il un assassin?

CHAPITRE QUINZE

Je vis Kate avant le souper.

Les événements de la journée m'avaient épuisée. Il était temps pour une retraite, du genre caverne, un repas chaud au lit, et un bon livre, mais je considérais qu'il était d'abord de mon devoir d'aller trouver Kate. Elle était assise devant la coiffeuse de sa chambre, pensive, fixant le miroir d'un air absent, réfléchissant à une pensée intime qui la troublait. Je n'avais pas bien vu sa chambre, cette chambre à l'étage inférieur au bout du hall, menant à la salle du petit déjeuner, où je l'avais surprise avec Josh Lissot. La chambre, une ancienne véranda d'une curieuse conception en forme de L où des rangées de fenêtres à meneaux arqués s'alignaient dans le coin, possédait la meilleure luminosité de la maison, et je comprenais pourquoi elle l'avait choisie. À elles seules, les fenêtres étaient les plus belles de tout Somner, un loquet en fer forgé laissé ouvert sur la fenêtre orientée vers l'ouest permettant l'entrée de la lumière et de la fraîche brise marine salée.

Contrairement à sa chambre refuge à l'étage, les décorations dans ses quartiers du rez-de-chaussée suivaient le thème africain de la maison. Drapé de rideaux de soie blancs, l'ancien lit géant à baldaquin avec ses tours en spirale dominait le coin, et des tapis multicolores tissés bordaient le tapis fané ; c'était une chambre pour les artistes et les amoureux. Remplie de chaleur, de dynamisme, de peintures, de chaos, d'ordre et de désordre, c'était une chambre où l'on pouvait se livrer à tous ses caprices.

Un léger sourire apparut sur les lèvres de Kate.

— Oh, c'est toi, Daphné. J'ai pensé que ce pourrait être Angela.

Écartant ses sombres pensées, elle reprit une attitude cavalière, offrant des commentaires sur la journée et sur les activités accomplies. Jusqu'à quel point c'était bien de la part d'Angela d'avoir organisé les séances de peinture à l'extérieur. Elle ajouta une ou deux taquineries en référence au major Browning. Elle mentionna également Peter, levant des sourcils interrogateurs à son sujet.

— Tu as un bon choix de soupirants à présent. Qui est le favori ?

— J'ai vu M. Lissot ce matin, dis-je, évitant de répondre.

Les traits tirés et les yeux baissés, elle écouta gravement tout ce que j'avais à dire.

— Je me sens horrible, avoua-t-elle, se levant de son fauteuil. Josh et moi...

— Tu n'as pas d'explications à donner, murmurai-je. Si le major présente cette information...

— Oui !

Ses yeux se mirent à briller d'un nouvel espoir.

— C'est la réponse. Il est le *seul* à pouvoir faire entendre raison à Fernald.

Elle frissonna.

— Je n'aime pas Fernald... il y a quelque chose en lui.

J'avais la même impression.

— Oh, Daphné.

Elle m'embrassa.

— Je suis tellement heureuse que toi et Angela soyez venues à Somner... Que penses-tu de son portrait ?

Je m'arrêtai pour une évaluation critique de la peinture près de la fenêtre ouverte que Kate referma rapidement. Elle avait parfaitement capté l'expression du visage d'Angela, sa pose alanguie quelque peu audacieuse et sensuelle. Mes parents n'approuveraient pas mais, bien sûr, je ne dis rien de tel à Kate. Je lui donnai une réponse polie assaisonnée des louanges et de l'admiration appropriées, et je lui demandai ce qu'elle avait l'intention d'en faire.

— La présenter dans une nouvelle exposition, me confia-t-elle. Je travaille sur plusieurs pièces depuis un certain temps.

L'espoir disparut soudainement de ses yeux.

— Josh et moi allions présenter une exposition ensemble avec le soutien de Sir Marcus.

— Iras-tu toujours de l'avant?

— Je ne sais pas. Comment pourrais-je quand il... quand il...

— Pourrait être pendu pour le meurtre de ton mari, résumai-je froidement.

Je ne voulais pas paraître aussi brutale. Peut-être était-ce l'écrivaine en moi qui parlait, dépeignant les faits purement et simplement, tels qu'ils étaient.

— Je suis certaine que le major remettra M. Fernald dans la bonne direction.

— Oui, oui, coupa-t-elle, sa voix devenant un écho lointain, mais si ce n'est pas *Josh* qui l'a fait, alors qui l'a fait?

La même question me hantait toujours le lendemain, alors que je prenais mon petit déjeuner.

Ce pourrait être n'importe qui, un résidant de Somner ou quelqu'un se trouvant à proximité la nuit de l'assassinat.

Un fait demeurait irréfutable. Celui qui avait défiguré Max avait une propension à la violence. Jackson semblait être le candidat le plus probable. Peut-être avait-il obtenu des conseils juridiques et appris qu'il fallait *deux* témoins pour le testament, et peut-être aussi était-il venu à Somner cette nuit-là avec l'intention de résoudre le problème? En poursuivant le maître de la maison, il l'avait trouvé sur le chemin menant à la plage. Il l'avait vu si vulnérable, et la colère avait bouillonné en lui quand il avait pensé à sa fille et à son petit-fils trahis, puis...

— Mlle du Maurier, une visite à la tour vous conviendrait-elle maintenant?

Roderick Trevalyan se leva de sa chaise à la tête de la table du petit déjeuner.

Je souris et je répondis que des visites à des tours me convenaient toujours, remarquant dans ma rapide ascension pour aller me chercher un châle qu'il était vêtu de sa salopette. Avait-il l'intention de travailler dans le hangar? Intriguée par cette perspective, et désireuse de sortir avant que Bella n'entende parler de notre plan et ne s'invite elle-même, je le rencontrai à l'extérieur.

— Vous êtes un homme contrasté, commençai-je en atteignant la piste de la plage.

— Contrasté?

J'avais décidé de voir s'il était possible de taquiner Roderick Trevalyan.

— Pourquoi, oui. Vous êtes né pour être le seigneur du manoir, et vous favorisez encore l'archétype de l'homme de la terre. Ou êtes-vous — je fis une pause pour réfléchir — l'ermite de la Tour?

Il se mit à rire. Un son agréable, musical, alerte, vivant.

— Eh bien, je vous le demande, lequel êtes-vous?

— Tout et rien, répliqua-t-il enfin.

— Pas de petites amies ou d'épouses pour changer vos façons?

— Aucune, dit-il en riant de nouveau.

— Tant mieux pour vous, peut-être, continuai-je.

Se sentait-il vraiment à l'aise ?

— Certains font des unions malheureuses.

Il hocha la tête dans un accord silencieux.

— Si vous pensiez à mon frère et à Kate… Il s'agissait d'un destin funeste. Je ne parlerai pas en mal des morts, mais mon frère n'était pas un homme bon. Il n'était pas un homme gentil. En partie à cause de la guerre et en partie parce qu'il avait toujours été comme ça.

Je hochai la tête.

— Instable. Imprévisible. Cruel.

Ses sourcils se rapprochèrent au mot « cruel ».

— Il ne pouvait pas s'en empêcher. Il détruisait tout ce qui était près de lui. Même ses amis se sont détournés de lui, à l'exception de Davis et Kate. Elle a été une bonne épouse pour lui et elle a essayé d'entretenir l'illusion.

— Du couple heureusement marié, terminai-je, notant la soudaine pâleur dans son visage.

Suivant son regard vers la section barrée de la piste, je pris les devants.

— J'ai parlé un peu à M. Davis, admis-je.

J'enfilai mes chaussures alors que nous atteignions la fin de la bande pour grimper la colline.

— Ils étaient amis à l'école. Amis pendant la guerre… Ce qui s'est passé là-bas a sans doute préservé leur amitié à jamais.

Roderick hocha la tête.

— Oui. Davis l'a sauvé. Il l'a fait à plusieurs reprises.

Heureusement, le vent avait diminué son assaut, et je profitai du long chemin jusqu'à la colline.

— Kate a dit la même chose.

Nous atteignîmes la porte de la tour, et je m'arrêtai pour contempler sa beauté baltique.

— Je suis tellement envieuse. Je voudrais bien vivre dans une telle tour. Ou un phare. Ou un château. Je ne suis pas difficile.

Mes divagations extravagantes réussirent à soutirer un autre faible rire de Roderick.

D'abord attirés par l'étagère dans la bibliothèque de la tour, mes doigts localisèrent un livre dissimulé à l'arrière.

— Oh, pas celui-là !

Roderick Trevalyan semblait tellement insistant que cela ressemblait presque à du désespoir.

J'écartai le livre de lui.

— Je ne suis pas une demoiselle prude. Puis-je au moins lire le titre ?

En tenant le livre hors de sa portée, je lui fis un sourire enjôleur.

— Ah ah ! Je vois que vous possédez vraiment une âme romantique !

Des versets de lord Byron. C'était un livre entier consacré à l'amour romantique, ses pièges, son attrait euphorique. Le sujet m'intéressait beaucoup, et je lui demandai si je pouvais l'emprunter.

Sa passion secrète pour la poésie ainsi révélée, mon compagnon conserva une expression résolument sombre.

Comme il entamait une tournée monotone de sa tour bien-aimée, je remarquai que les décorations tribales indiquaient une forte influence de Kate dans sa vie.

— C'est ma belle-sœur!

Il sembla frappé par la suggestion.

— Pourtant, c'est une… femme fatale, dis-je, franchissant la ligne avec précaution.

Roderick s'assit avec un soupir. Il baissa la tête dans ses mains.

— Il lui est arrivé *une fois* de venir ici, réitéra-t-il. C'était encore à cause de Max. Elle était venue pour s'échapper. Elle voulait rester pendant un certain temps.

— L'avez-vous laissée faire? demandai-je.

— Oui, mais pas comme vous l'imaginez. Je n'aurais pas touché à la femme de mon frère. Je ne suis pas ce genre d'homme.

J'étais impressionnée.

— Je me *préoccupe* d'elle, poursuivit-il, sur ses gardes, mais désireux de décharger le fardeau qu'il avait porté pendant trop longtemps. J'ai éprouvé des sentiments pour elle…

Il fit une pause, se demandant peut-être à quel point il devrait se confesser.

— … des sentiments pour elle, dans un mauvais sens, pendant un certain temps. C'était l'épouse de mon frère et tout ce que je voulais faire, c'était de la protéger… de lui.

Il semblait que de nombreux hommes avaient entrepris de protéger Kate Trevalyan. Elle avait trois chevaliers galants : Josh Lissot, Roderick Trevalyan, et maintenant, si j'osais dire, le Major Browning.

— Elle est restée à la tour à quelques reprises, poursuivit-il, jetant un coup d'œil dans la pièce pour y retrouver son souvenir flottant. Je dormais dans le hangar.

— Mais la plupart du temps, ils demeuraient à Londres?

— Oui. Max ne s'intéressait qu'aux fêtes de fin de semaine, et à ce genre de choses, mais jamais à la terre.

Je reconnus l'indignation vertueuse qui sous-tendait les couches minces de son ton réservé. Le passage de la Bible étincela soudain dans mon esprit : *Tu as été pesé dans la balance et trouvé insuffisant.*

Un frisson me brûla. Si l'honneur et la survie d'une famille dépendaient du retrait de l'un de ses membres, Roderick Trevalyan était-il le genre d'homme à assassiner et à défigurer son propre frère?

Non, je ne pouvais pas y croire, pas de sa part. Je préférais soupçonner Arabella d'une vendetta privée plutôt que Roderick.

Pourtant, le fait existait. Ses motifs pour éliminer son frère de façon permanente étaient très forts.

Ce jour-là, Roderick et moi avions approfondi notre amitié. Pour une raison inconnue, cet homme intensément privé, aux mots rares, m'aimait bien. Peut-être me croyait-il terne quand je suis entrée pour la première fois à la Maison Somner. L'hiver interdit les vêtements extravagants, mais l'élan habile de Kate avait fait ressortir, j'oserais dire, ma beauté.

J'avais apprécié l'attention, en particulier celle du major.

Sir Marcus avait remarqué l'attirance.

— Avez-vous réglé vos différends alors, petite Daphné?

Il avait pris goût à m'appeler petite Daphné, à l'instar de petite Katie, ce que je dédaignais. Je rappelai à Sir Marcus qu'il n'avait pas l'héritage irlandais approprié pour se comporter de cette façon désinvolte, mais la chose l'amusait.

— L'Irlandais ne cache rien.

Il sourit, s'avançant vivement vers le domaine interdit de Hugo.

— Contrairement à vous et au major, et à tous les membres de cette maisonnée en fait, poursuivit-il, son intention évidente alors que nous descendions dans la cuisine.

Hugo se sauva.

— Je n'aurais jamais pensé voir le jour où un bossu se transforme en un lapin effrayé, réfléchit Sir Marcus.

Il balançait une serviette de cuisine que Hugo avait laissée sur la table de coupe.

— J'oserais dire qu'il est troublé car, hier soir, le souper n'était pas *au fait*.

Sans équivoque, j'acceptai son évaluation.

— La viande était à moitié cuite; et les carottes! Elles goûtaient les briques!

— Alors ce soir, vous réclamez le tablier? demandai-je.

Il fit signe que oui, inspectant les provisions. Je hochai la tête en riant doucement, refusant d'y participer et décidant plutôt d'aller me promener.

Rachael Eastley habitait dans une maison délabrée en périphérie de la ville principale. C'était une maison à deux étages qui ressemblait à une maison en rangée divisée par une épaisse haie d'arbustes envahissants. Au-dessus d'un balcon avec vue sur la mer, des brins de glycines et de lierres descendaient les sombres murs de briques gris pierre.

Ouvrant la grande grille, mince et rouillée, j'esquivai un ensemble irrégulier de pavés dépareillés et je me rendis jusqu'à la porte d'entrée, en espérant que je la trouverais à la maison. Je savais qu'elle travaillait au pub local, mais trois heures de l'après-midi me semblait un moment sûr pour faire une visite.

Un moment d'hésitation me saisit avant que je ne frappe à la porte peinte en rouge. Je ne savais rien de cette femme ou de la réaction qu'elle aurait lorsque je me présenterais, vêtue de mes plus beaux habits du dimanche. J'ignore pourquoi j'avais choisi de m'habiller ainsi, m'étant même saisie de l'un des chapeaux d'Angela au dernier moment. Peut-être ressentais-je le besoin de me présenter de façon professionnelle, comme l'une des importantes visites de courtoisie de ma mère.

La porte fut ouverte par une vieille femme au visage sinistre.

— Que voulez-vous?

— Je veux voir Mme Eastley. Est-elle là?

— Qui la demande?

Je fis une pause.

— Dites-lui… une invitée de Somner.

Ses yeux s'agitèrent à ces mots — une visiteuse de la «Grande maison». Je n'avais pas vu grand-chose de cette île, mais je soupçonnais que la Maison Somner surpassait de loin toutes les autres résidences de la région.

La porte se referma devant moi. Pour finir par s'ouvrir à nouveau quelques instants plus tard. Invitée à entrer par la servante au visage sévère, je tombai sur le plus minuscule salon que j'aie vu de toute ma vie, joliment décoré, avec une table ornée d'une nappe de dentelle fine et des chaises recouvertes de coussins brodés. Un petit foyer, éteint, luisait à gauche, comme le faisait une étroite volée d'escaliers conduisant à un second palier.

La servante disparut dans ce qui semblait être la cuisine, alors que j'enlevais mon chapeau et mes gants. Du regard, je cherchai des photographies et autres indices de la vie de Mme Eastley, mais il n'y avait rien d'autre dans le salon qu'un accueil propre et chaleureux.

Des voix basses se firent entendre dans le minuscule couloir et, dans l'attente, je retins mon souffle. La servante apparut brusquement à travers la porte et, derrière elle, le visage serein de Mme Eastley. Portant un livre dans ses mains, elle le posa sur un support dans le hall en passant, indiquant que nous nous assoirions à la table.

— Du thé, Nanny, dit-elle d'un ton ferme, mais fluide. Mlle du Maurier, n'est-ce pas?

Me posant soudainement des questions sur la sagesse de ma visite, je fis signe que oui. Dans la lumière tombante, la luminosité de Mme Eastley jetait une lueur chaleureuse sur les braises de mon histoire. Mais me sentais-je coupable d'être venue ici, en partie pour l'inspiration et en partie par curiosité? Non. Bien au contraire.

— J'espérais que vous puissiez venir, dit-elle.

Elle baissa des yeux qui n'avaient pas le droit de posséder des cils aussi épais et recourbés.

— Le Major Browning dit beaucoup de bien de vous.

Je clignai des yeux.

— Je... euh...

Elle sourit doucement.

— Mon mari le connaissait. Il a servi sous ses ordres pendant un certain temps.

— Oh, lui retournai-je.

— Alors c'était de fait presque un premier contact lorsque nous nous sommes rencontrés l'autre jour.

Son visage prit une douce couleur pêche, et je continuai allègrement mon tour d'horizon de la pièce, me livrant à mon imagination.

— J'ai entendu dire que vous êtes écrivaine, Mlle du Maurier. Qu'est-ce que vous aimez écrire?

Nanny entra en se pavanant, apportant bruyamment un plateau de thé et de gâteau. Ses tentatives maladroites ne semblaient pas à leur place, comme tout ce qui entourait la mystérieuse Mme Eastley.

— Merci, ce sera tout, Nanny, dit Mme Eastley en souriant lorsque sa compagne de longue date refusa de partir.

Mme Eastley servit le thé. J'admirai ses mains et ses poignets délicats, des mains qui n'étaient pas marquées par un dur travail. Je brûlais de poser des questions, mais je répondis aux siennes sur mon écriture, la raison de ma visite à la Maison Somner et où je vivais à Londres.

— Vous dites que votre mari a servi sous les ordres du major ? demandai-je d'un ton abrupt que ma mère aurait été horrifiée d'entendre.

— Oui. Du sucre ? De la crème ?

— Aucun, je vous remercie. J'avoue que je suis venue vous visiter parce que vous m'intriguez, Mme Eastley.

Je laissai ma déclaration ouverte à l'interprétation, et un soupçon de couleur pêche revint sur son visage.

— Puis-je vous demander, votre mère est-elle décédée ?

Je me détestais pour la brutalité de ma voix, en particulier en entendant sa réponse gracieuse et inoffensive.

— Oui. Elle est morte de la tuberculose il y a plusieurs années.

— Et vous avez toujours vécu sur l'île ? Votre père a-t-il toujours servi à Somner ?

— C'est un travail héréditaire. Ma famille a toujours servi les Trevalyan.

Je sirotai mon thé.

— Votre mère... sa famille était-elle aussi insulaire ?

— Non.

Je levai un sourcil repentant.

— Pardonnez mon impolitesse, mais je suis curieuse d'en apprendre plus sur la Maison Somner et sur l'île.

Les excuses n'apaisèrent pas Mme Eastley, mais elle sourit, indiquant qu'elle les acceptait, avant de m'accompagner à la porte.

CHAPITRE SEIZE

Il faudrait du temps pour briser les défenses de Rachael Eastley. Ce soir-là, alors que je me prélassais près du feu avec Sir Marcus, M. Davis, Kate et Angela, je songeais à ma visite à la mystérieuse veuve. Comme Roderick s'était retiré plus tôt, Bella n'avait plus trouvé de raisons pour rester. Je crois que nous nous sentions tous très soulagés de son départ, et nous nous détendîmes en écoutant M. Davis et Kate qui fredonnaient des airs de guerre. Ne connaissant pas ces chants, Sir Marcus, Angela et moi optâmes pour un jeu.

— J'oserais dire que mon cerveau est un peu las de jouer aux cartes, avoua Sir Marcus. N'y aurait-il pas quelque chose d'un peu moins… pénible ?

— Des charades, suggéra M. Davis.

Mais personne n'était d'humeur à jouer aux charades.

— Des amours secrètes ?

Kate lui lança un sourire.

— Ma vie est un livre ouvert, alors pourquoi ne serait-ce pas votre cas ?

— Dommage que Bella et Rod ne soient pas ici, avança Angela.

Elle redonna du brandy aux hommes et remplit son propre verre de vin.

— Mes seules amours secrètes concernent les cigares, déclara Sir Marcus.

Ce sur quoi Kate l'invita, de même que M. Davis, à se servir dans la réserve de la maison.

— Mon beau-frère fume rarement.

Elle haussa les épaules, insouciante.

— Je ne pense pas, m'aventurai-je avec un petit sourire, que Roderick et Bella aient des secrets.

— Oh, vous seriez surpris.

L'œil interrogateur de Kate balaya la salle, surveillant le retour de ces messieurs.

— Bella a été amoureuse de ses cousins pendant des années. Max m'en avait un jour glissé un mot. La cousine Bella — une grimace sournoise apparut au coin de ses lèvres — est possédée par de sombres passions cachées. En vérité, je me demande pourquoi elle continue... à espérer conquérir Rod et l'épouser.

Angela renifla.

— C'est la fille la plus étrange que j'aie rencontrée. Quelle raison a-t-elle d'être aussi secrète ?

— Sombres passions cachées ? dit M. Davis.

Il reprit son siège et tapota sur le coin de son cigare allumé.

— Nous en avons tous… et nous avons tous des secrets.

— Vous ?

La main amicale de Kate lui frôla le coude.

— Vous n'avez pas de secrets. Je vous connais trop bien. Vous êtes le premier à vous révéler après un verre ou deux.

— De *petits* secrets. Mais les *gros* secrets, c'est tout à fait différent.

Maintenant, il nous avait tous intrigués.

— De gros secrets, M. Davis ? le taquinai-je. Peut-être êtes-vous un très grand artiste qui *fait semblant* de mal peindre à cause de nous.

— Non, reprit-il. Je ne suis pas aussi affable. Si j'étais un très grand artiste, je… je, oh, merde, je peindrais le monde dont Kate rêve — pour l'accrocher au mur.

Kate s'adoucit manifestement à cette déclaration euphorique, et Angela se raidit.

— Peut-être M. Davis a-t-il une confession à faire ?

— J'en ai une.

Se levant, il prit la main de Kate dans la sienne.

— Je vous ai aimée depuis aussi longtemps que je me souvienne. Je vous ai admirée avant que vous deveniez l'épouse de Max et, quand c'est arrivé, je suis lentement tombé amoureux de vous. Le secret a tourmenté mon âme chaque jour, chaque heure, sachant que cela ne serait jamais possible : l'épouse de mon meilleur ami.

Étonnée, sans être totalement surprise de sa proclamation provoquée par les effets du vin, Kate posa son verre et ferma ses deux mains sur la sienne. Elle le regarda attentivement, ses yeux cherchant les siens, incrédule, flattée et cherchant à comprendre.

— Je ne sais pas quoi dire...

Les propos incertains avaient retenti dans le silence de mausolée de la pièce.

— Ne dites rien, exhorta M. Davis. Car mon amour pour vous va au-delà des mots.

Je profitai d'une bonne nuit de sommeil, rêvant de la beauté de la déclaration de M. Davis. Du matériel pour un roman, oui. Du matériel pour un héros, oui.

Mais Kate l'accepterait-elle? Maintenant qu'elle était libre d'entrer dans un autre mariage si elle le désirait? Ou Lord Roderick essaierait-il de gagner sa main? Ou Josh Lissot, en train de dépérir en prison?

Elle n'avait pas souhaité d'admirateurs, mais ils affluaient de partout, certains attendant depuis des années qu'elle soit libérée de son ignoble mari. D'après moi, Lord Rod s'avancerait avec prudence.

Mais depuis notre conversation dans la tour, je doutais qu'il ressente un véritable amour pour elle. Sa détresse avait éveillé sa nature chevaleresque; il la trouvait séduisante, charmante, d'une personnalité contagieuse, mais de l'amour? Non.

Inutile de dire qu'au matin, il fallait que j'écrive. L'inspiration me brûlait de l'intérieur, et le squelette d'un roman commençait à prendre forme. Après avoir pris des notes au hasard, je m'assis, mâchouillant le bout de mon crayon. Rachael Eastley était un sujet fascinant, elle méritait sa propre histoire, mais dans l'intervalle, je me contentai de terminer une nouvelle. J'inventai un élément de mystère avec une fin où un amour longtemps perdu, longtemps cru mort, revient pour empêcher le mariage de son amoureuse.

Fière d'avoir terminé ce que je croyais une courte fiction digne d'être publiée, j'en fis une copie et j'allai en ville pour la poster au magazine *Punch*. Je ne parlai à personne de ma proposition, je ne voulais pas qu'on le sache, surtout pas Angela. Si j'échouais, je ne pourrais supporter sa critique moqueuse.

Quand je rentrai à la maison, Angela m'accueillit, paniquée.

— Elle est avec lui en ce moment. Ils sont enfermés dans le bureau depuis des heures !

Mon incertitude croissante s'accéléra.

— Je suppose que tu parles de Lady Kate et de M. Davis ? Pourquoi cela devrait-il t'inquiéter si désespérément ?

— Oh, qu'est-ce que tu en sais !

Son visage devint un désordre frémissant d'émotion. Ce n'était pas mon Angela, posée et pleine d'assurance. Elle n'était plus capable de me cacher sa détresse.

— Quoi qu'il en soit, tu peux compter sur moi pour garder ton secret, lui dis-je.

Je la pressai de cesser de marcher de long en large dans le salon comme un lion en cage.

Enfin, elle vacilla, réfléchissant, et je lui évitai de prononcer les mots.

— Est-ce que, euh, Kate t'a déjà retourné ton affection ?

Elle se mordit les lèvres.

Je hochai la tête.

— Est-ce que, euh, Kate a déjà, euh, entretenu des relations de ce genre ?

— Oui.

Je ne pouvais pas dire que j'étais choquée. Il ne servait pas à grand-chose de fermer les yeux sur la réalité, alors que depuis l'ère victorienne, où de telles affaires étaient considérées comme étant pires qu'une mort scandaleuse, les temps avaient bien changé.

La Grande Guerre avait tout changé alors que l'innocence onirique, presque naïve avait semblé disparaître, exposant tout ce qui était vulgaire et primitif. Depuis longtemps, je soupçonnais Angela de dissimuler un secret, tous les mois qu'elle avait passés loin de la maison, ne divulguant jamais les noms de ses amis.

Son coup d'œil rapide me sonda.

— Tu n'en parles à *personne*.

Je le lui promis solennellement.

Je rencontrai le Major Browning alors que je retournais à notre chambre.

Entrant presque en collision sur le pas de la porte, il essaya de m'éviter en se plaçant de côté. Je pris le côté opposé, et l'inévitable se produisit, un choc des corps, des esprits et des tempéraments tout à la fois.

— Encore sur l'affaire? J'espère que votre visite à Mme Eastley a été… fructueuse.

Comment savait-il que j'étais allée là-bas? Trop fière pour le lui demander, j'interrompis mon ascension dans les escaliers.

— Comme votre visite à M. Lissot, ajouta-t-il, se tenant là debout, intelligent et malicieusement sophistiqué.

Mon menton se leva à un angle arrogant.

— Êtes-vous venu voir Lady Trevalyan?

— Non, de fait, c'est vous que je suis venu voir.

— Moi?

— Oui, vous, à moins qu'il y ait une autre Mlle Daphné du Maurier dans la maison?

L'afflux de joie soudain qui m'envahit en entendant cette déclaration me rendit mal à l'aise, mais je réussis un accusé de réception poli. Il paraissait bien et, même si j'étais peu encline à soupirer comme certaines femmes de ma connaissance, je me radoucis. Mon souffle devint aussi plus bref.

— Pourquoi ne pas marcher? Vous aimez marcher, n'est-ce pas? C'est là que vous trébuchez sur des choses.

— Ne voulez-vous pas dire des corps? S'il vous plaît, veuillez noter que, cette fois-ci, ce n'est pas moi qui ai découvert Max Trevalyan, Major Browning, et j'en suis fort heureuse.

Il hocha la tête, me guidant doucement hors de la maison.

— Ce n'est pas facile quand on voit un corps pour la première fois. Considérez-vous chanceuse d'avoir manqué Max Trevalyan pendant votre promenade matinale.

— Celui qui l'a tué le haïssait. Je ne crois pas que c'était un acte de violence aveugle.

— Moi non plus.

Je levai les yeux vers l'avant. C'était la première fois que je m'aventurais par là ; les nouvelles feuilles cuivrées et vertes promettaient un printemps précoce, la terre était humide à cause de l'hiver plus court. J'imaginai comme ce serait magnifique dans quelques mois, à l'apogée de l'éclat estival. Soudain, il me semblait très naturel de me promener à travers le domaine en compagnie du Major Browning.

— Comment allez-vous profiter de votre séjour à Somner ?

La voix à basse résonance du Major caressait mes oreilles. Le cœur battant, je cherchai à maîtriser mes émotions téméraires. Il inspirait trop de choses en moi. Il était un véritable danger.

— Oh... c'est...

Nous fîmes le tour d'un chemin ouvert abandonné. Je pensai à Jackson et je me demandai pourquoi il avait négligé de s'occuper de cette partie du jardin. Peut-être que l'étendue sauvage qui englobait la Maison Somner avait déclaré la guerre à la domestication, tout comme moi-même je faisais la guerre au Major Frederick «Tommy» Browning.

En entendant le léger rire qui trahissait mon amusement à son surnom amical, il leva un sourcil caustique.

— Alors, prenez-vous… du plaisir dans un assassinat ?

La suggestion m'horrifia.

— Une idée saugrenue, Major Browning. Je n'ai pas orchestré ces événements sous quelque forme que ce soit, et je suis aussi innocente que je l'étais dans l'affaire Padthaway.

Il étouffa une toux cynique.

— Ce n'est pas ma faute si les *choses* dérivent vers moi, répondis-je brusquement à son insinuation à peine déguisée.

— Ou peut-être que c'est le bateau Daphné qui dérive volontiers vers elles, tempéra-t-il alors que nous terminions le circuit.

Je demeurai immobile, profitant de la brise fraîche de l'après-midi qui bruissait dans mes cheveux. La maison n'avait jamais aussi bien paru que maintenant, décorée de la sourde lueur d'un soleil couchant, un orange brûlé qui se mêlait à des teintes pâles de lilas, d'ambre et d'argent. Ainsi baignée, elle paraissait presque antique et, debout à côté de moi, le major en appréciait aussi la vue.

— Fernald relâche Josh Lissot cet après-midi… c'est pourquoi je suis venu à la maison.

Surprise, je levai les yeux vers lui alors que je me souvenais de la déclaration d'amour de M. Davis. Un duel sur la pelouse suivrait-il le retour de l'amant vaincu ?

— Daphné.

Le rire du major me ramena à la réalité.

— Ce n'est pas un *roman*, mais la *vraie* vie.

— Oui, oui.

Je hochai la tête.

— Danger...

Mordant ma lèvre inférieure, je décidai de lui donner les dernières nouvelles au sujet de M. Davis, et il écouta tout ce que j'avais à dire avec sa diligence habituelle.

— Et que soupçonnez-vous des sentiments actuels de Lady Trevalyan ?

Étant donné ma beaucoup trop récente conversation avec Angela, je lui répondis que je l'ignorais. Qui pouvait connaître un cœur de femme ? Il avait la capacité de se tourner dans un certain nombre de directions.

Il refusa de me laisser m'en sortir si facilement.

— La Daphné du Maurier que je connais n'est jamais à cours d'une opinion.

— Et si je ne tenais pas à la partager ?

Il haussa les épaules.

— Ce ne serait pas grave, sauf de vous priver de gloire si vos soupçons s'avèrent justes.

J'examinai la lente courbure vers le haut de sa lèvre.

— Comment avez-vous su que j'étais allée rendre visite à Mme Eastley ? M'avez-vous suivie ?

— Sans le vouloir, admit-il. J'étais en ville et je vous ai vue. Avez-vous glané beaucoup d'information chez la veuve ?

— Elle a quelque chose à cacher. Peut-être a-t-elle peur ?

Il fronça les sourcils, réfléchissant.

— Peur pour son fils, par-dessus tout…

— Suivie de la peur de son féroce barbu de père.

Ce fut à son tour de rire. J'adorais entendre ce son mélodieux ; cela me réchauffait et me faisait plaisir.

— J'espère — il baissa la tête avec une fausse humilité — que vous m'avez pardonné mon absence prolongée et que nous sommes de nouveau des amis ?

— Des camarades, dis-je pour apporter mon grain de sel après un long répit.

— Eh bien, dit-il en me tendant le bras, allons-nous informer la dame des bonnes nouvelles ?

Aucun d'entre nous n'avait prévu sa déchirante réaction.

— Quoi ? Libéré ?

Elle s'assit dans le salon, ses mouvements étant lents et machinaux. Quelques instants plus tard, M. Davis entra sans se presser dans la pièce, et elle perdit contenance.

— Josh… M. Lissot. Fernald le laisse partir.

Ses énormes yeux couvrirent le major.

— Oh, je vous remercie, je vous remercie, je vous remercie…

— C'est Daphné que vous devriez remercier, informa le major.

— Et moi.

Sir Marcus entra dans la pièce allègrement.

— Pourquoi est-ce que tout le monde m'oublie toujours ?

Il continua en donnant une chaleureuse étreinte à Kate.

— Voilà, petite Katie. Il est libre. Votre conscience peut se reposer.

Se levant brusquement de son siège, Kate marcha nonchalamment vers le mur opposé.

— Non, je ne peux pas me reposer, tant que je ne connaîtrai pas la vérité.

Son genou renversant une petite table, elle agita la main pour écarter toute tentative de réconfort.

— Oh, mon dieu... comme je suis bouleversée !

— Qu'est-ce qui ne va pas ?

Descendant l'escalier en flottant, Angela se dirigea tout droit vers elle et la convainquit de prendre un siège. Avec toute l'attention concentrée sur Kate, je fus la seule à capter le regard interrogateur de M. Davis. Il se posait des questions sur les intentions d'Angela envers Kate et sur l'incidence que cela pourrait avoir sur sa cause.

Je n'aurais pas dû prendre plaisir à la scène avec tous ses crimes du cœur, mais je le fis. Cela faisait un drame très intrigant dans le sillage d'un assassinat et, considérant le retour de Josh Lissot et la révélation de M. Davis, on s'empressait de se demander ce qui se produirait dans le chapitre suivant.

CHAPITRE DIX-SEPT

Reconnaissante au major d'avoir réussi à obtenir la libération temporaire de M. Lissot, Lady Trevalyan l'invita
de nouveau à souper à Somner. Le souper avait comme
double objectif de remercier le major tout en accueillant
un M. Lissot en partie exonéré. Mais était-il maintenant
vraiment le bienvenu ?

Sir Marcus et moi en discutâmes.

— Davis l'a placée devant un dilemme. Nous verrons
quel cheval arrive en premier. Vous savez, ce n'est pas
toujours le plus fort ou le plus évident.

Pour nous protéger de Bella qui pourrait écouter aux
portes, nous décidâmes d'une promenade en soirée. Il
faisait froid, et je grelottais dans l'air marin qui tourbillonnait autour de nous.

— J'aurais dû apporter un châle.

Claquant sa langue, Sir Marcus se glissa élégamment
hors de son manteau et le déposa sur mes épaules. Je le
remerciai et je lui dis qu'il était un gentleman.

— Un « gentleman ». Hélas, cela semble être ma triste vocation dans la vie. Le gentleman à la cape… Parlant de gentlemen en général, je suis heureux que vous et MB ayez réparé la brèche. De fait, j'avais des doutes. La fière et farouchement indépendante Daphné…

— Je ne suis pas fière !

— Entêtée. Vous êtes très entêtée en ce qui concerne les hommes. C'est votre sœur qui me l'a dit.

Agacée qu'Angela se soit encore une fois mêlée des affaires de sa sœur cadette, je décidai de remettre les pendules à l'heure.

— Le simple fait que j'évalue les paroles et les gestes ne signifie pas que je sois fière ou entêtée.

— Ah, ah ! En les considérant tous comme des personnages potentiels, hein ?

— Peut-être, admis-je. Qu'a-t-elle dit d'autre ?

— Que vous êtes amoureuse du galant major.

Cette fois-ci, mon visage devint écarlate.

— La petite… gourgandine. Je n'ai *jamais* divulgué de tels secrets…

— Alors, c'est vrai ? Vous êtes amoureuse de lui ?

— Non, c'est faux, dis-je en me retournant vivement.

— Je crois que c'est peut-être le cas.

Je soupirai.

— Ce n'est pas ce que vous pensez. Nous sommes totalement incompatibles. D'ailleurs, il est…

Je fis une pause, poussant Sir Marcus.

— Est-ce Bella Woodford ?

Sir Marcus plissa les yeux.

— Oui, je crois.

Nous restâmes là tous les deux à la regarder sortir de la maison, une fontaine de larmes striant son visage.

— Bella… attends !

Roderick surgit de la maison, son regard énigmatique détectant rapidement notre présence.

— Ma cousine est bouleversée, expliqua-t-il. Vous êtes à l'extérieur depuis longtemps ?

Il se demandait depuis combien de temps nous nous tenions là et, peut-être, ce que nous avions entendu de l'endroit où nous nous tenions dans les jardins.

— Peu de temps, répondit Sir Marcus. Pouvons-nous faire quelque chose ?

— Non.

Fronçant les sourcils, Lord Roderick prit congé. Mais à la porte, il se retourna pour dire :

— Ma cousine et moi n'éprouvons pas de sentiments l'un pour l'autre, si c'est ce que vous vous demandez.

— Étrange commentaire, soufflai-je à Sir Marcus après son départ. Peut-être lui a-t-elle exprimé ses sentiments, maintenant qu'il est le Seigneur du Manoir, et qu'il l'a repoussée.

— Peut-être, avoua Sir Marcus, mais je vois une version différente. *Peut-être* se sont-ils querellés au sujet de Kate ou à votre sujet, par exemple.

— Moi ? Qu'est-ce que j'ai à voir avec Bella qui sort de la maison en larmes ?

— Parce que, gourde, il se pourrait que Sa Seigneurie soit *intéressé* par vous. Sur le plan romantique.

— Non. C'est impossible.

Je devins encore plus écarlate, examinant mes paroles et mes actes. Avais-je encouragé Roderick ? Avais-je joué avec ses sentiments ?

— Ce doit être Kate.

Sir Marcus siffla, et nous nous séparâmes en bas de l'escalier. J'avais envie de réprimander Angela d'avoir parlé de moi et je la trouvai assise seule dans le salon assombri du petit déjeuner, broyant du noir, sa main crispée sous son menton, alors qu'elle fixait la fenêtre sans la voir.

J'allais me précipiter vers elle et lui dire « comment as-tu pu oser ? » quand son expression m'arrêta. Une expression presque meurtrière.

Elle sursauta en me voyant.

— Daphné ! Tu as la très mauvaise habitude de rôder partout de cette manière. Es-tu en train de m'espionner ? Et où est Sir Marcus ? En train de se cacher derrière ces rideaux ?

Une larme roula sur sa joue.

— Je ne sais plus ce que je fais ici, Daph. Je suis restée pour aider Kate, mais maintenant, je crois qu'il est temps de partir.

— Oh, non, nous ne pouvons pas partir. Pas encore. Ce serait nous sauver.

Tout mon instinct se révoltait contre l'idée de partir juste au moment où les choses devenaient intéressantes, et que je commençais finalement à avoir du plaisir, mais peut-être avais-je parlé trop vite.

— Pourquoi veux-tu rester?

Son œil accusateur me blessa.

— Il fait froid et c'est ennuyeux. Il n'y a pas de boutiques ou de théâtres ici pour nous divertir, et je trouve que la compagnie actuelle est plutôt *tiède*.

Je compris soudain la raison de sa mauvaise humeur. Elle et Kate s'étaient querellées.

Saisissant un coussin à proximité, je m'assis devant elle, sur le plancher, les jambes croisées. Je n'avais jamais vu Angela ainsi repliée sur elle-même et aussi triste, et je me sentais un peu désolée pour elle. D'habitude, tout semblait fonctionner à sa manière, mais pas cette fois.

— Bien sûr, nous partirons si tu le désires. Sais-tu si les bateaux ont repris leurs activités maintenant? Je peux en parler à Roderick demain si tu le veux.

— Oh, je ne sais pas, gémit-elle, me cachant son visage.

Il ne lui arrivait pratiquement jamais de pleurer, sauf sur une scène, et je me sentais mal préparée pour faire face à la situation. Que devais-je faire? Angela n'était pas le genre de personne chaleureux et affectueux, elle détestait ces signes de faiblesse; alors je me contentai de rester assise avec elle et je finis par la convaincre d'aller dans notre chambre.

— Ce n'est pas bon de s'asseoir seule dans le noir, lui conseillai-je.

Elle suivit docilement mes conseils.

— Je me demande si... je me demande si elle va l'épouser.

Elle parlait de M. Davis.

— Est-ce, euh, est-ce que M. Davis est bien pourvu ? demandai-je en l'escortant dans notre chambre et refermant la porte. Je veux dire, peut-il la faire vivre ?

— Plus que Josh Lissot, gronda Angela. Mais c'est une imbécile si elle commet la même erreur à nouveau. Je l'ai aidée à passer à travers toute l'histoire de Max. Je ne vais pas le refaire. Elle avait été avertie, tu sais, au sujet de Max, mais elle n'avait pas écouté.

— Elle aimait son apparence et sa succession, dis-je en haussant les épaules. Elle n'est pas la première à prendre une telle décision.

Je fis une pause.

— Que sais-tu de M. Davis ?

Mâchouillant sa lèvre inférieure, Angela leva une épaule dédaigneuse.

— Ses parents sont morts pendant la guerre, lui laissant un bel appartement à Londres et des revenus.

Bâillant, elle mit sa main sur sa bouche.

— Autrement, je ne sais pas grand-chose sur lui.

— C'est donc un gentleman sans profession, pensai-je pour moi-même à voix haute, qui joue du piano et qui a nourri des passions secrètes pour la femme de son meilleur ami pendant toutes ces années de solitude.

— Oh, il n'était pas solitaire, corrigea Angela. Il a eu d'innombrables petites amies, d'après ce que j'entends, mais il était évident qu'aucune d'entre elles ne faisait le poids par rapport à Kate ; donc je suppose que c'est la raison pour laquelle il s'avance maintenant... maintenant qu'elle est libre.

Dans sa voix, il y avait de l'amertume et une acceptation de la sombre réalité. Kate Trevalyan avait besoin de quelqu'un qui soit financièrement stable, et M. Davis répondait à cette exigence, possédant l'appartement de Londres et les revenus pour subvenir à son style de vie actuel. D'autre part, M. Lissot, alors qu'il était beau, jeune et viril, demeurait l'artiste en difficulté, poursuivi pour des loyers en retard et passant son temps à s'esquiver de ses créanciers.

— Crois-tu que Roderick soit aussi amoureux de Kate ? demandai-je à Angela avant de nous laisser aller à un sommeil contemplatif.

— Ce n'est plus le cas, arriva le rire décisif. Je crois que *tu* as fait là une conquête, petite sœur.

Je refusai de croire que je pouvais avoir fait une telle impression sur le maussade Roderick Trevalyan. Bien que, à la réflexion, nous partagions en fait l'amour de la poésie, et je devais admettre que ses biens avaient une vertu évidente.

Il va sans dire que je valsais, en route vers la salle du petit déjeuner où je rencontrai Arabella, son regard noir vicieux me traquant alors que je me servais du café et des rôties.

Angela avait raison. Bella avait deviné ou soupçonné l'intérêt de son cousin envers moi et, plutôt que de cacher sa déception, elle avait choisi un traitement à la Mlle Bingley dans *Orgueil et préjugés*.

— Mlle Woodford, lui dis-je, après qu'elle eut refusé de me passer le bol de confitures après ma troisième demande, faites-vous exprès pour ne pas m'entendre? Je vous ai demandé à trois reprises de me passer la confiture.

Jetant un coup d'œil vers Roderick, assis, lisant le journal du matin, elle resta bouche bée devant moi.

— Je, euh, je *ne* vous avais *pas* entendue, Mlle du Maurier.

Elle *avait* très certainement entendu et, devinant l'intérêt immédiat de Roderick dans notre querelle, j'appliquai sur ma rôtie une pleine cuillérée du bol de confiture qui m'avait finalement été cédé. Quelles que puissent être les objections de Sir Marcus concernant la cuisine de la Maison Somner, leur confiture était excellente, et j'en complimentai Roderick. Je lui offris ensuite du café pendant que je m'en versais, ce qui, sans doute, irrita encore plus Bella aux yeux sombres, assise devant moi. Acceptant mon offre gracieuse avec un sourire chaleureux, Roderick poursuivit en m'engageant dans la conservation, ce qui dessina des taches fraîches de couleur colérique sur le visage de sa cousine.

Lançant sa serviette, elle s'éloigna d'un pas nonchalant.

Lord Roderick la regarda, un peu gêné.

— Pardonnez-lui, Daphné. Bella n'est pas une personne heureuse. Elle ne l'a jamais été.

Cet aveu attira plus d'une paire d'oreilles dans la pièce, et j'aperçus Sir Marcus qui faisait semblant d'être complètement plongé dans un exemplaire à l'envers du *Times*.

— Oui, dit tranquillement Roderick pendant que je remuais mon café, tante Fran est une sorte de tyran, et la pauvre Bella est coincée à s'occuper d'elle... Ses seules évasions sont ces brefs moments de répit à Somner.

Voyant Kate, Angela et M. Davis se retirer sur la terrasse ensoleillée, je baissai la voix dans ce confidentiel *tête-à-tête*[1].

— Je crois, Mon Seigneur, que votre cousine est amoureuse de vous.

— Si c'est le cas, elle n'a aucune raison de l'être. Je n'ai jamais pensé à elle de cette façon.

— Votre frère, lui ?

Je baissai les yeux.

— Oui.

— Oh.

Je ne savais pas quoi dire d'autre.

— Elle est bien plus amoureuse de Somner, poursuivit-il. Elle aimerait en être la maîtresse, et l'héritage de Max l'attirait. Quant à lui, elle n'a été qu'une brève distraction.

Une brève distraction. J'espérais qu'on ne me traite jamais de «brève distraction».

— Vous ne devez pas critiquer Bella. Elle était jeune et vulnérable à l'époque.

----

1. N.d.T. : En français dans le texte original.

— Et amoureuse de la Maison Somner, lui rappelai-je. Est-ce que ç'a été un choc pour elle quand il a épousé quelqu'un d'autre ?

— Oui. C'était un choc étant donné qu'il lui avait donné une bague de fiançailles.

— Ils étaient fiancés !

— Un fol été. De ce que j'en comprends, Max était ivre. Il n'avait jamais eu d'intention sérieuse, mais Bella l'a pris à cœur.

— Que s'est-il passé ?

— Il lui a demandé la bague. Elle a refusé ; alors il a fait ses valises pour Londres et il lui a dit qu'elle ne serait plus jamais la bienvenue à Somner.

— Mais elle était là quand…

— Oui. Elle est venue chaque été, comme d'habitude. Max se contentait de l'ignorer.

— Et Lady Kate, comment a-t-elle fait pour…

— Tolérer Bella ? Elle se sent désolée pour elle, et elle croit que cela ferait plus de mal que de bien de la bannir de Somner. Après tout, Somner est une seconde maison pour elle, et mes parents la traitaient comme leur fille.

Elle avait espéré épouser Max et faire de son refuge sa maison, mais Max l'avait humiliée en ramenant une femme à la maison.

Avait-elle eu recours à l'assassinat ?

CHAPITRE DIX-HUIT

Josh Lissot arriva tôt le lendemain.

Je revenais à la maison, de ma promenade matinale, quand j'aperçus la voiture. Il sortit sans un regard en arrière vers le chauffeur et il demeura un moment sur le pavé.

— Bonjour, appelai-je.

Il tressaillit.

— Soyez le bienvenu. Nous sommes tous heureux que vous soyez de retour.

Il ne dit rien, mais je lus la question silencieuse dans ses yeux. Il se demandait quel genre de réception l'attendait, à quoi ressemblait l'avenir, et pourquoi la police l'avait laissé partir.

Je glissai mon bras sous le sien.

— Entrez. Il est huit heures. Nous prendrons le petit déjeuner ensemble.

— Merci, Daphné. C'est gentil de votre part... et je vous remercie d'être venue me voir.

Une fois dans le salon, il me dit qu'il irait d'abord se changer, et je fis de même, le rencontrant lui et les autres un peu plus tard. Extérieurement, tout le monde l'accueillit avec un soulagement amical, s'apitoyant sur ce qu'il avait enduré pendant qu'il était en prison. Rien n'indiquait que Kate eût transféré ses sentiments de M. Lissot à M. Davis. Peut-être avait-elle reporté sa décision, par bonté pour M. Lissot, mais je pensais autrement. Selon moi, elle n'avait pas encore pris sa décision.

Trahissant un scrupule intérieur, Angela en fit la remarque alors que nous nous habillions pour le souper.

— Elle n'a pas à choisir. Oh, j'aimerais qu'elle suive mes conseils, qu'elle retourne à Londres et qu'elle devienne indépendante ! Elle n'a pas besoin d'un *homme* pour la faire vivre, et Sir Marcus peut lui obtenir des commissions pour ses peintures en claquant des doigts !

— C'est peut-être vrai, lui répondis-je.

Je trouvais difficile de choisir entre la jupe grise et un chemisier en dentelle crème ou la robe noire perlée.

— Mais considérant à quel point elle a souffert avec son premier mari, elle en voudra peut-être un autre. Quelqu'un de bon qui prenne soin d'elle et lui fasse croire de nouveau à l'amour.

— Ça alors !

Levant les yeux au ciel, Angela remonta la fermeture à glissière de sa jupe.

— Tu me rends vraiment malade ! Tous les hommes ne valent pas deux sous si on les frotte ensemble. Ils ne sont ni fidèles ni vrais, ils vont toujours vers les jolies femmes racées et ils vieillissent très mal. Voyons, pense à Heathcliff. Il ne fait qu'empirer. Il n'a jamais vraiment aimé Cathy. Elle n'était qu'une autre de ses possessions.

La mention de *Wuthering Heights* me fit décider pour la robe noire. Élégante et simple, je l'améliorerais avec le jeu de perles de ma mère : des boucles d'oreilles avec une perle en forme de goutte et un peigne incrusté de perles. Remontant mes cheveux, des épingles sortant de ma bouche alors que je cherchais à me donner un style français classique, je louchai dans le miroir.

— Non, tu as tort. Il existe des héros quelque part, sinon pourquoi en ferions-nous des personnages de roman ? Certes, ils ne sont pas parfaits, mais qui l'est ?

— Eh bien, souffla ma sœur, je pense toujours qu'elle serait idiote d'épouser Davis ou Josh Lissot.

— Peut-être choisira-t-elle Sir Marcus, dis-je en plaisantant, époussetant une petite quantité de rouge sur mes joues. Après tout, si c'est le confort qu'elle désire, c'est lui la meilleure adresse entre tous.

— Peut-être, alors, devrais-*tu* l'encourager. Tu te balades suffisamment avec lui comme ça, et tu ne peux prétendre que *Lady* Daphné de Clevedon Court ne sonne pas bien.

— En effet, ça sonne bien.

Je me permis d'évaluer brièvement la possibilité de devenir la maîtresse d'un domaine où toutes les portes étaient ouvertes, tous les secrets partagés. Cette image alléchante avait sans doute occupé les rêves d'Arabella.

Je dois confesser avoir été un peu nerveuse en descendant l'escalier. Roderick m'attendait en bas, et l'attention qu'il me témoignait devant le major et les autres trahissait son intérêt particulier. Je ne pouvais pas m'empêcher de me demander si cet intérêt coïncidait avec son désir de mettre un frein aux projets de Bella.

Fidèle à son habitude, le Major Browning leva un sourcil cynique, son regard sombre se déplaçant subrepticement vers Roderick. Je lui souris et je feignis l'innocence, heureuse, en fait, de la compagnie supplémentaire. Le major et ses hommes occupaient une extrémité de la table ; Roderick, Kate, Bella et M. Davis se retrouvaient de l'autre côté. Le reste d'entre nous était assis au milieu, et Josh Lissot devenait de plus en plus renfrogné d'une minute à l'autre. Son histoire d'amour avec Kate était-elle terminée ? Ou se faisait-elle discrète compte tenu de son récent veuvage et du fait que M. Lissot venait tout juste d'échapper à la corde du bourreau ?

— Vous, Amadeus, jouez l'appât pendant que j'observe.

Donnant un coup de coude sur ma chaise, Sir Marcus se leva et, après avoir laissé passer un court laps de temps, je le suivis.

Il m'attendait dans le couloir.

— Maintenant, voici le plan... Quand ils se rendront tous au salon, vous prenez le tabouret de piano pour que je puisse voir où s'assoient les amoureux.

— Quoi ! Avez-vous perdu la tête ? Je ne peux pas jouer du piano, et il n'y a pas de piano dans le salon ; alors je ne sais pas de quoi vous parlez.

— Oh, oui, il y a un piano là-bas, grimaça-t-il. Pour M. Davis. Notre Katie souhaite qu'il nous endorme avec une mélodie d'*amour*.

Je levai un sourcil devant l'évidente ironie.

— Vous ne croyez pas en l'amour, n'est-ce pas ?

— Infiniment, m'assura-t-il. Surtout après de la bonne nourriture et du vin. C'est l'entre-deux qui m'ennuie, mais j'ai l'intuition que, ce soir, Cupidon est dans l'air et éclairera la voie.

— La voie vers le meurtrier ?

— Ou meurtrière... chut ! Ils sortent enfin.

Il bondit, me laissant m'attarder dans la salle alors que Roderick et Kate menaient le groupe.

Jouer du piano. Mon premier instinct fut de m'enfuir.

— Mes yeux me mentent-ils ? Mlle du Maurier semble ne pas avoir de cavalier.

Je commençai à me sentir mal. La personne devant laquelle j'avais le moins envie de me voir faire une folle de moi se tenait là dans l'ombre.

— J'ai laissé mon manteau dans la salle à manger, expliqua le major, entrant d'un pas nonchalant en souriant. J'ai pensé que je ferais mieux d'aller le chercher avant la performance.

Je me sentais très mal et je me précipitai vers la pièce avant que le major revienne. Sir Marcus avait ses raisons pour vouloir que je joue du piano et, de toute évidence, il avait annoncé mon récital aux autres. Je gémis. Il n'était plus question de m'échapper maintenant, aucune fuite possible. Je pris une respiration profonde et j'entrai dans la pièce en me dirigeant tout droit vers le piano face au mur arrière.

La compagnie avait commencé à se détendre autour de moi. Des verres de vin qui se cognaient, des sourires aimables, des conversations amicales et, à contrecœur, je me glissai sur le siège de cuir froid.

— Daphné, que fais-tu ? s'écria Angela. Tu ne sais pas jouer !

Il faut faire confiance à sa sœur pour claironner vos lacunes. L'ignorant, je caressai les touches, essayant de me souvenir d'un air que j'avais appris il y a quelques années. Le résultat, je le crains, fut très naïf et, du coin de l'œil, je remarquai que le major et tout le monde étaient soudainement silencieux.

Seul Sir Marcus applaudit.

— Daphné, dit Angela en se précipitant. Je crois que tu devrais laisser jouer M. Davis.

— Oui, admis-je humblement.

Je me levai lentement et reculai dans un coin sombre de la pièce alors que M. Davis commençait *Romances sans paroles* de Mendelssohn.

— Il joue très bien.

Le major s'approcha tranquillement de moi.

— Contrairement à moi ?

— N'importe qui peut jouer, répondit-il à mon ton légèrement élevé. Mais je ne peux m'empêcher de penser que vous serviez de distraction.

— Une distraction ? Ne soyez pas ridicule, Major Browning. Je n'ai aucune raison de manigancer...

— Ou est-ce — son sourire me déjoua — trop de champagne à gérer pour une petite fille?

Maintenant, il me mettait en colère. *Une petite fille.* Comment osait-il supposer une telle chose?

— Malgré vos hypothèses, mon jeu n'avait rien à voir avec quelque boisson que je puisse avoir consommée ou non.

Un sourire entendu continua à se dessiner sur ses lèvres.

— J'oserais dire que vous et Sir Marcus êtes en train de manigancer quelque chose.

— M. Davis, dis-je, faisant rapidement diversion, croyez-vous que Kate acceptera sa demande en mariage?

Le major haussa les épaules.

— L'homme en question est bien placé.

Je suivis son regard vers l'endroit où Kate était en train de tourner les pages pour M. Davis.

— Alors que le pauvre Josh, qui languit là dans le coin, n'est pas si bien placé, dis-je en hochant la tête. Comme c'est triste pour lui...

— L'histoire d'amour n'est pas terminée.

Surprise par la révélation qu'il en connaissait plus, je fronçai brusquement les sourcils.

— Non? Alors, avez-vous reçu les confidences de la dame?

— Ça ne vous va pas bien d'être sombre, reprit-il, un léger sourire sur ses lèvres. Je constate que c'est une de vos façades préférées — l'âme cynique —, l'écrivaine en train de philosopher et de soutirer de la vie pour l'insérer dans des livres.

— Vous vous méprenez, Monsieur.

— Est-ce le cas ? Puis-je vous poser une question ?

Ce brusque revirement dans la conversation provoqua une réflexion rêveuse de ma part. Qu'espérait le major en me scrutant ainsi ? S'intéressait-il à mon écriture ? Osait-il faire preuve d'un *intérêt* envers mon écriture et, ainsi, envers moi ?

— Il y a certainement beaucoup de possibilités de personnages ici, observa le major. Nous savons qui est la victime : Max Trevalyan. Mais qui est le héros, l'héroïne, et le scélérat dans cette histoire, Mlle du Maurier ?

L'utilisation de mon titre officiel visait à reconstruire le mur entre nous. J'avalai ma salive, souhaitant farouchement qu'il ne me connaisse pas si bien. Rien n'échappait à l'attention du Major Browning. J'étais certaine qu'il classait tout dans son esprit afin de pouvoir l'employer à volonté.

Sa question m'inspira d'essayer de débloquer les rouages internes de son esprit.

— Cher Frédéric… votre prénom est Frédéric, n'est-ce pas ? Vous semblez être le spectateur de nombreux secrets. Pourquoi ne me dites-vous pas qui sont mes personnages ?

Son œil paresseux m'examina.

— Vous surestimez mes talents. Je ne suis pas un invité de cette maison, ce que vous êtes.

— Mais vous avez tout de même le pouvoir d'influencer les événements, par exemple le retour de M. Lissot. Nous n'avons aucun doute qu'il doive sa libération temporaire à votre intervention.

— Pas une intervention, corrigea-t-il. Une persuasion raisonnable. Et il n'est pas encore sorti de l'auberge, pour ainsi dire.

— Alors, il est encore un suspect comme les autres, répondis-je dans un souffle, contemplant la pièce.

M. Davis continuait à jouer un magnifique concerto, mais il avait perdu sa tourneuse de page. Kate et Josh Lissot occupaient maintenant un divan près du feu, tous les deux engagés dans une conversation sérieuse à voix basse. Contrairement à la veille, le visage de Kate n'était pas tendu. Au contraire, elle souriait souvent, se mit même à rire, et ses yeux s'adoucissaient alors qu'elle posait sa main sur le genou de M. Lissot.

— Lissot est un imbécile, murmura le major. Il ferait mieux de se tenir à l'écart jusqu'à l'arrivée de M. Whitt ?

— M. Whitt ?

— L'inspecteur en chef Whitt. Il doit arriver sur le prochain bateau, selon toute vraisemblance.

— Vous voyez ! Vous *savez* tout. Comment l'avez-vous découvert ?

— Ce n'est pas un secret. Courtoisie de votre Lord Roderick.

— Ce n'est pas *mon*...

Je m'arrêtai, regardant l'homme en question. Je ne pouvais nier une certaine attirance envers lui, admirant son côté sérieux et même sévère, son éthique morale, son bon sens et son éducation.

— C'est un meilleur choix que David Hartley, fit remarquer le major, mais il n'est pas entièrement exonéré dans cette affaire.

— Pourquoi aurait-il assassiné son propre frère?

— Regardez autour de vous. Pour sauver la fortune familiale.

— Oui, mais ce n'est pas un homme violent, ni le type d'homme à recourir à...

— Pas de sa propre main, mais quelqu'un qu'il aurait embauché?

— Jackson le jardinier. C'est le seul type de caractère malfaisant que je peux voir asséner le coup.

— Comment savez-vous que Lord R et lui ne sont pas arrivés à une forme d'arrangement?

C'était vrai.

Je l'ignorais.

— C'est un mystère, dit le major, avec un long soupir, récupérant son manteau sur une chaise à proximité, et il est temps pour moi de me retirer. Je vous laisse à vos... délibérations, Mlle du Maurier.

Il salua brusquement et quitta la pièce.

Je le regardai, me sentant soudain un peu perdue sans sa compagnie. Je ne savais pas quoi faire avec moi-même. Je ne me sentais pas fatiguée, et je n'avais guère envie de parler à quiconque dans le groupe, encore moins à Arabella qui me regardait curieusement, de l'endroit où elle s'était avachie à côté de son cousin. Roderick, je le remarquai, paraissait raide et mal à l'aise. Alors que je leur faisais mes adieux, il se leva aussitôt et retint ma main.

Je montai l'escalier, savourant la petite victoire. Au-delà de tout doute, j'avais certainement capté son intérêt. Que devais-je faire ? L'encourager ? Quels étaient mes sentiments pour l'homme ? Je l'*aimais bien* et je le respectais, mais il était un peu trop réservé. Est-ce que je ressentais une attirance amoureuse ? Je ne saurais dire, mais j'imaginais la passion qui se cachait quelque part sous sa façade froide. Sinon, pour-quoi aurait-il cherché à dissimuler un livre de poésie ? Avait-il honte de ces émotions et de ces désirs gardés en toute sécurité ?

Ou avait-il, comme moi dans une certaine mesure, peur de l'amour ?

— J'ai des nouvelles *délicieuses*.

Le gros visage de Sir Marcus envahit mon soleil. Et cela, au beau milieu du dernier chapitre de *The Tenant of Wildfell Hall*. L'homme avait-il la moindre idée de décence ?

M'enlevant le livre, Sir Marcus me fit face avec une grimace d'écolier.

— Des nouvelles délicieuses, alléchantes, ma petite Daphné. Il se trouve que la nuit dernière j'ai assisté à un événement d'une ampleur capitale.

J'attendis la révélation.

— Comme Othello, M. Lissot croyait que son amour l'avait rejeté pour un autre.

— Rejeté! Elle l'a *rejeté*?

— Bien, pas tout à fait, réfléchit Sir Marcus.

Il se trouva une place à côté de moi, même s'il n'y avait manifestement pas suffisamment de place pour nous deux sur le divan.

— C'est plutôt intime, n'est-ce pas?

— Oui, et?

— *Fraternellement*, insista-t-il, son visage montrant une parfaite innocence. Vous n'avez rien à craindre, car à présent je n'ai aucun dessein envers votre personne, bien que je soupçonne que vous feriez vraiment une bonne épouse.

— Je vous remercie.

Je souris. On ne pouvait s'empêcher de sourire devant ses bouffonneries.

— Où a eu lieu cet événement important?

— Dans un jardin au clair de lune.

Sir Marcus soupira.

— C'était *très* romantique…

— Mais quelle importance?

— Daphné l'*impatiente*. Il faut construire la scène, et non pas plonger tête baissée dans le marais. Les marécages sont des endroits sombres et horribles; je ne les recommande pas du tout.

Il frissonna, s'arrêtant pour l'effet.

— Voici comment cela s'est passé : après que vous tous, personnes ennuyeuses, êtes allées au lit, j'ai fait demi-tour pour me diriger vers le bureau de Lord Rod pour un cigare. L'air du soir m'attirait à l'extérieur, mais j'ai dû éteindre un cigare cubain ridiculement *bon*, très dommage, quand j'ai espionné nos amants derrière un arbre. Ou était-ce une haie? Je ne me souviens pas et, de toute manière, ça n'a pas vraiment d'importance. Ce qui est *important*, c'est que j'ai tout entendu, de tout mon être. Cela m'a presque fait pleurer.

Il affecta une fausse larme.

— Le héros promettait son amour éternel à la dame, puis il l'a accusée dans le même souffle de le trahir.

— Avec M. Davis? m'interposai-je.

— Le même, dit Sir Marcus en hochant la tête, et je me suis demandé si lui aussi se cachait dans les environs. Vous pigez la prémonition! J'ai dû détacher mes yeux de ce magnifique spectacle tragique pour faire une tournée de reconnaissance dans le jardin. Je suis revenu pour trouver les deux amants enlacés. Oh!

Il leva les yeux, une main sur son cœur.

— Ensuite, je me suis dépêché de sortir, laissant les deux *commencer* ce qu'ils avaient l'intention de commencer. Si vous me le demandez, contre toute raison, Lissot est allé la poursuivre alors qu'il est toujours considéré comme...

— Parce qu'il l'aime.

J'entendis à peine ma propre voix. Elle avait retenti comme un murmure qui flottait, emporté par une brise d'été.

Parce qu'il l'aime retentit en moi.

CHAPITRE DIX-NEUF

Ce soir, le souper promettait d'être très gênant.

Ne souhaitant pas y participer, ou écouter les protestations indignées d'Angela au sujet de Josh Lissot et de son incapacité à s'occuper de Kate, je planifiai la seule chose intelligente à faire : rester au lit et lire un livre.

— Tu devrais descendre.

S'attardant près de la porte, Angela retroussa les lèvres.

— Je suppose que ça ne t'intéresse pas, maintenant que le major n'est pas là ? Qu'en est-il de Lord Rod ? Si tu veux mon avis, Daphné, voilà quelqu'un qui en vaut la peine, en ce qui te concerne. J'ai même pensé téléphoner à Papa à ce sujet, car je peux vous imaginer tous les deux, habitant dans cette lugubre vieille tour, menant une vie sans éclat et sans histoire, entourés de livres.

Je baissai légèrement mon livre.

— Tu vois !

Elle sourit.

— Tu es en train de lire un livre d'histoire !

— C'est un livre sur histoire de l'île, lui dis-je.

Hochant la tête, elle me laissa en paix, revenant une heure ou deux plus tard.

— Tu es toujours là. Tu devrais descendre. Roderick t'a demandée.

Mon visage devint rouge. Je pouvais le sentir.

— Tu dois vraiment le sauver de Bella, insista Angela. Cette fille n'acceptera pas un refus.

Tentant d'ignorer son bavardage, je continuai à feuilleter les pages jusqu'à ce qu'un visage attire mon attention.

Me redressant, je revins aux pages précédentes.

— Que diable fais-tu ?

— J'ai vu quelque chose.

Et il y avait là une photographie de Max Trevalyan et de M. Davis, frères d'armes, debout devant leur avion de guerre. Abasourdie par l'inclusion de cette image bien trop récente, je vérifiai la date d'impression à l'intérieur de la couverture. Le livre avait été publié trois ans après la Grande Guerre.

Il y avait aussi une brève inscription commémorative sous la photo. « Propriétaire foncier local, Lord Max Trevalyan, et un ami, M. Peter Davis. »

La photographie devait avoir été prise avant l'une de leurs missions. Peut-être que c'était celle où les Allemands avaient abattu leur avion, les laissant s'échouer dans la forêt, seuls, sans protection et blessés. Il me fallait savoir. Poussée à l'action, je trouvai ma robe et je me hâtai de descendre le couloir, le livre perché sous le bras.

— Tu ne peux descendre avec cette apparence! protesta Angela, se pressant derrière moi. De toute façon, qu'est-ce que tu as trouvé dans ce livre?

— Oh, rien de vraiment important. Juste une photo.

En m'approchant du salon, je reconsidérai soudainement l'état de mes vêtements. Ma mère serait horrifiée par un tel spectacle et, comme ma mère n'était pas à Somner, Angela jouait ce rôle.

— Pense à Roderick, siffla-t-elle. Il désapprouvera.

— S'il le fait, alors il ne mérite pas de gagner. Je ne permettrai à aucune convention de régler ma vie.

Angela fronça les sourcils en guise de mise en garde. Elle ne voulait pas que Roderick pense moins de bien de moi. Juste comme j'étais sur le point de tenir compte de son avertissement, Sir Marcus hua.

— Ah ah! La déserteuse daigne se joindre à nous!

Je scrutai rapidement la pièce, soulagée de constater que Roderick et Josh Lissot étaient absents. Kate semblait avoir les joues particulièrement rouges, divertissant la compagnie avec une lecture d'un genre scandaleux, à en juger par l'expression de leurs visages.

— Continuez la lecture, ma Katie.

Paresseusement perché sur l'un des divans, Sir Marcus se débattait avec un tas de coussins insoumis.

— Je suis curieux de connaître l'opinion de Daphné.

Pour me joindre au groupe, j'écoutai, mes oreilles rougissant de plus en plus, minute après minute.

— Le marquis de Sade est trop obscène pour ma petite sœur, dit Angela en souriant. Elle préfère les vieux romantiques… et les contes de fées.

— Moi aussi, défendit M. Davis.

Je le remerciai avec un sourire.

Il me proposa de m'accompagner pour le souper.

— Je ne suis pas vraiment habillée pour le souper.

Je me mis à rire en guise d'excuse.

— Ce n'est pas important… dans ces circonstances.

M. Davis repoussa mes protestations et m'escorta dans la salle à manger, voyant à ce que je sois confortablement assise. C'était une considération de gentilhomme, pensai-je, qui manquait souvent à la plupart des jeunes hommes de ma connaissance.

Roderick et Josh Lissot étaient déjà là, fortement engagés dans une discussion privée. Personne ne semblait être offusqué par ma robe, et je suppose que si j'avais pensé à mettre une plume dans mes cheveux, personne n'y aurait regardé à deux fois.

Comme les autres entraient dans la pièce, Josh paraissait tendu, réussissant à sourire chaleureusement quand Kate fit traîner sa main sur son épaule.

Je sentais le regard vif de mon compagnon posé sur elle. Le pauvre M. Davis. Après avoir aimé Kate pendant des années, il languissait dans le sillage de sa confession dramatique. Certaine que, dans une certaine mesure, il regrettait son aveu public, je m'efforçai d'alléger la conversation et je lui montrai la photographie dans le livre.

— C'est pourquoi je suis descendue, vraiment. Saviez-vous qu'ils avaient utilisé la photographie?

Il me prit le livre, surpris de s'y voir.

— C'est Max qui doit l'avoir fait. Il aimait la gloire, sous toutes ses formes. C'étaient des jours de violence, mais nous avons survécu. Nous avons eu beaucoup de chance.

— Max a été blessé plus gravement que vous, n'est-ce pas?

M. Davis hocha la tête.

— Heureusement, car aucun d'entre nous ne serait ici aujourd'hui si j'avais été blessé. L'un de nous devait traîner l'autre hors de l'avion et à travers le champ... loin des Allemands.

J'essayai d'imaginer la scène. Des explosions fendant le ciel, le bruit étrange des bombardiers allemands qui approchaient avant que les chars qui raclaient la terre n'envahissent le village. Cela ressemblait tout à fait à ce que Kate avait capté de manière si saisissante dans ses peintures.

— Max a remporté la médaille de bravoure, dis-je, scrutant la paisible concentration de M. Davis sur son souper. Comment cela est-il possible quand c'est *vous* qui l'avez sauvé?

— Je la lui ai offerte. Max en avait plus besoin que moi. Ses blessures le harcelaient terriblement, et il lui a fallu beaucoup de temps avant de reprendre des forces.

Je songeai aux médicaments, qui avaient évidemment entraîné une grave dépendance, alors que Max tentait d'apaiser ses douleurs. Ou peut-être ne fallait-il pas mettre ses nombreux vices sur le compte des médicaments.

— Bien peu de gens renonceraient à leur récompense, comme vous l'avez fait, murmurai-je. Je suis certaine que le geste a été apprécié.

— Il l'a été, insista M. Davis, déclinant l'offre de Sir Marcus de remplir à nouveau son verre. Alors que je le regardais boitiller pour aller recevoir la médaille lors de la remise des prix, j'ai su que j'avais fait la bonne chose. Comme on dit, il y a plus de plaisir à donner qu'à recevoir.

Je me demandais pourquoi il avait continué à soutenir un libertin comme Max Trevalyan. D'après ce que j'avais appris, il avait une vie sociale très active à Londres, de nombreux amis et des connexions ; alors pourquoi s'embêter avec Max ?

— Je vois que vous êtes confuse. Il m'arrive parfois d'être confus moi aussi, et de me demander pourquoi j'ai continué à essayer d'aider Max pendant toutes ces années. Je suppose que, comme Kate, nous avons travaillé à « réformer le débauché ».

Un petit rire s'échappa de ses lèvres.

— Vous devriez comprendre cela, étant une romancière passionnée de fiction romanesque.

— Oh, je ne suis pas romancière, M. Davis. Du moins, pas encore.

— Appelez-moi Peter, dit-il en souriant. Et j'espère que vous le serez un jour.

Je l'espérais aussi, le plus passionnément du monde. Tout écrivain rêve de publier un roman et pourtant peu réussissent.

Ce qui me rappela la nouvelle que j'avais envoyée par la poste. Je me dis fermement que je ne tomberais pas dans la dépression si je ne recevais pas de réponse, étant donné que les nouvelles arrivaient très lentement dans l'île.

— Je crains de devoir partir demain, dit M. Davis. Je dois rendre visite à mon oncle. Il habite sur une des îles.

— Oh ? Reviendrez-vous ?

— Absolument, dit-il avec un sourire. C'est un simple saut sur l'île pendant deux jours. Vous devez comprendre, Mlle du Maurier, je ne peux quitter Somner avant que cette affaire soit réglée. Quelqu'un a assassiné mon meilleur ami, et je n'aurai de repos tant que le meurtrier — il jeta un regard caustique vers Josh Lissot — ne sera pas puni.

CHAPITRE VINGT

— Quelqu'un a dit « visiter d'autres îles » ?

Inspiré par l'excursion de M. Davis, Sir Marcus bondit sur l'idée.

— À mon avis, c'est une idée merveilleuse. Je prendrai toutes les dispositions. Je suis un as des sorties, vous savez ? Qu'en dites-vous, Sir Rod ? Ça serait bien pour tout le monde de se remonter le moral.

Tout le monde se concentra sur l'homme qui venait tout juste de perdre son frère.

— Je suppose que ce serait quelque chose à faire.

— Tout à fait. Demain, c'est trop tôt ? La température s'annonce-t-elle clémente ?

Et c'est ainsi qu'une excursion d'une journée avec pique-nique a pris forme. Pour ma part, je contenais difficilement mon excitation. J'avais envie d'explorer toutes les îles et j'étais ravie d'entendre que le groupe s'était fixé sur Tresco.

Transportés dans un convoi de voitures jusqu'au transbordeur, nous nous séparâmes de M. Davis, qui prenait un autre bateau pour aller voir son oncle à Saint-Mawes.

— J'espère que vous serez en mesure de vous joindre à nous plus tard, entendis-je Kate dire à M. Davis alors que nous nous séparions à mi-chemin.

— Je ne crois pas. Une fois que je suis arrivé, oncle William a tendance à vouloir me garder. Une autre fois, peut-être.

Il partit, et je captai un regard fugace de tristesse qui planait sur les traits fins de Kate. Était-elle en train de penser qu'elle devrait abandonner un M. Lissot sans le sou pour épouser l'homme qui l'avait aimée avec tant de dévotion pendant toutes ces années ?

Je posai la question à Sir Marcus.

— C'est diaboliquement étrange : cette affaire Katie/ Josh. Sont-ils ensemble ou non ?

Comme nous étions sur le point de monter à bord du petit transbordeur, Sir Marcus et moi demeurâmes à l'écart des autres.

— Je ne pense pas qu'elle ait encore pris de décision. Il est possible qu'elle se sente coupable de déserter Josh.

— La culpabilité n'est pas une raison suffisante pour rester.

L'énoncé logique de Sir Marcus nous accompagna jusqu'à la rampe ensoleillée.

La journée promettait heureusement du beau temps sans vent et sans pluie. Ces journées étaient rares pendant l'hiver, et le soleil égayait inévitablement l'humeur de chacun.

Sur le bateau, je m'assis à côté d'Arabella. Ayant abandonné ses lunettes et portant une robe d'été blanc uni, elle paraissait très attirante. Ses cheveux bruns plats étaient retenus en arrière par un ruban rouge. Kate et Angela étaient habillées de façon semblable alors que, selon mon habitude, j'avais personnellement opté pour une jupe et une blouse. Nous avions tous pris la précaution d'apporter des manteaux et des parapluies.

Les hommes transportaient les paniers provenant de la cuisine, et Roderick se tenait à l'avant avec le capitaine. Ils passèrent tout ce temps à bavarder, et je me rendis compte qu'il se sentait plus à l'aise avec la classe ouvrière qu'avec les gens de son rang. Je commençais à comprendre la tour spartiate, les salopettes et l'entreprise de construction navale. Oui, tout cela convenait bien à l'homme calme et discret. Un jour, il ferait un très bon époux.

— Êtes-vous, osa me demander Bella pendant le voyage, vous et mon cousin… ?

Les mots lui manquaient. Son désespoir souleva chez moi un profond sentiment de pitié. *Un amour non partagé.* Ce ne devait pas être agréable.

— Vous étiez très proche de vos deux cousins, n'est-ce pas ? lui répondis-je, en gardant ma voix faible et sympathique. Oserais-je dire qu'on espérait, dans la famille, que vous épousiez l'un des deux ? Il m'est déjà arrivé, à moi aussi, d'éprouver un sentiment pour un cousin.

— C'était le vœu le plus cher de ma mère, me confia-t-elle.

— Et vous aimez vivre sur l'île, n'est-ce pas ?

— Oui.

— En réponse à votre question, murmurai-je, je peux dire qu'il n'y a aucun attachement pour l'instant entre votre cousin et moi...

— Et vous promettez qu'il n'y en aura jamais ?

Elle me rappelait Lady Catherine dans *Orgueil et préjugés*. J'étais Elizabeth Bennett, à qui on demandait de rester à l'écart du gibier.

— Je me demandais, poursuivit-elle, si vous et le major...

— Oh, non. Nous sommes juste... amis, finis-je par dire.

— Sir Marcus a mentionné Padthaway. Est-ce là que vous avez rencontré le major ?

Je n'avais aucune envie de me lancer dans une dissection de cette période de ma vie. Heureusement, nous arrivions à notre destination, et la secousse me fit me redresser. Rétablissant mon équilibre, je manœuvrai pour m'éloigner de Bella de façon à ne pas devoir continuer notre conversation.

Bien sûr, Sir Marcus avait remarqué l'échange. De fait, il remarquait beaucoup trop de choses.

— Je pense que vous dissimulez quelque chose à tout le monde, le taquinai-je. Êtes-vous un enquêteur privé ou un chroniqueur de placard ?

— Un chroniqueur de placard. J'aime assez le son de cette... Attention à la marche, petite Daphné. Nous avançons dangereusement sur un chemin très délicat ici.

Tresco. J'avais particulièrement hâte de visiter l'abbaye et le vieux musée de bateaux avec ses différentes figures de proue datant du début du XIXe siècle:

Ayant volontiers assumé le rôle de guide, Roderick trahissait sa passion pour la navigation. J'optai pour le siège à côté de lui dans le fiacre qui était venu à notre rencontre sur le quai.

— Ces deux dernières années, c'est devenu plus qu'un passe-temps, dit-il avec fierté. Mon petit commerce de construction de bateaux... l'entrepôt que vous avez visité à la tour.

— Oh, oui. La tour, répétai-je.

Un minuscule sourire se dessina au coin de ses lèvres.

— Vous êtes une femme singulière, Daphné. Il y a peu de femmes qui voient les choses comme vous le faites. Elles semblent toutes s'exclamer : « Comment faites-vous pour vivre là-bas ! »

Je hochai la tête.

— J'en suis indignée. Une tour est un endroit merveilleux pour vivre, mais je suppose qu'il doit y faire très froid l'hiver ?

— Dans une large mesure, j'ai amélioré la capacité de chauffage. Étonnamment, les pièces de Somner sont plus froides que la tour en hiver, si vous pouvez me croire.

— Pourquoi est-ce que je ne vous croirais pas ?

Je lui jetai un regard de côté.

— N'avez-vous jamais envie de vivre sur le continent? Londres?

— Non, répondit-il avec fermeté. Ces îles sont ma vie. Je me sens tel qu'a dû se sentir Augustus Smith quand il est arrivé à Tresco, et qu'il a construit sa maison et ses jardins. Il a dédié son avenir à la création d'une vie sur l'île.

— Connaissez-vous la famille à l'abbaye?

— Un peu, admit-il. Je crois que vous tomberez amoureuse de l'endroit une fois que vous le verrez. C'est quelque chose qui tient du rêve...

— Mais votre Maison Somner est très bien, lui rappelai-je, et votre cousine est aussi prête à y dédier sa vie.

Roderick rata mon humour, mais il avait compris le sens de ma réponse.

— Je le lui ai dit, encore et encore...

— Ça va, murmurai-je. Mais elle vous aime, vous et l'île.

— Je le sais, dit-il, en levant les yeux comme si le fait était pour lui une source d'irritation constante. Je leur ai offert à elle et à ma tante Fran de vivre à Somner, mais ma tante méprise l'air marin. Elle préfère l'isolement de son charmant village de campagne, où elle a vécu toute sa vie. Je peux la comprendre. D'autre part, Bella ne peut la quitter complètement et, dans une certaine mesure, elle est prise au piège. Je lui dis souvent qu'elle devrait épouser un bon homme. J'ai essayé de lui en faire connaître quelques-uns mais, dans le Devon, la société démontre un manque désastreux de candidats intéressants, et Bella refuse de passer du temps à Londres à la « chasse au mari », comme elle le dirait.

De la fierté, songeai-je. Car si elle voulait un mari, ne ferait-elle pas les efforts nécessaires ? Non. Pendant des années, elle avait prévu d'épouser Max ou Roderick et de vivre sur l'île. Peut-être qu'à l'époque, elle avait espéré que Rod finisse par être d'accord pour conclure un mariage de convenance, ne serait-ce que pour avoir de la compagnie. D'un point de vue raisonnable, ce serait un bon arrangement, étant donné que Roderick avait besoin d'un héritier.

L'absence d'un héritier amena rapidement Mme Eastley et son fils à mon esprit.

— J'ai parlé à Mme Eastley, admis-je à Roderick. Elle me surprend, elle n'a pas de desseins à propos de Somner. Avez-vous eu beaucoup de mal avec son père ?

Si mon immixtion le surprit, il ne le montra pas.

— Je crains que Max n'ait promis à Jackson plus que ce qui est raisonnable. Bien sûr, mon frère n'avait pas toute sa tête à l'époque.

Il fronça légèrement les sourcils, se souvenant peut-être que Sir Marcus et moi avions endommagé le tiroir et lu le testament de Max.

— Il semble que ça ait toujours été le cas, maintenant que je regarde en arrière. Même depuis l'enfance.

— Mentalement malade, murmurai-je, le tout aggravé par les circonstances ?

— Oui, confirma Rod un moment plus tard, en touchant légèrement le cadre extérieur de ma main. Vous avez parfaitement résumé, Mlle du Maurier.

Notre premier arrêt, les jardins de l'Abbaye, révéla une large terrasse de plus de 20 000 plantes rares, magnifiques et exotiques, d'Amérique du Sud à la Méditerranée en passant par l'Afrique du Sud et même la Nouvelle-Zélande. La première promenade nous captiva dès le début. Nous avions l'impression d'être entrés dans un autre monde, comme le Lyonesse perdu du roi Arthur, peut-être. J'avais fait quelques lectures sur les îles de Scilly, mais la visite de ce lieu fit passer un frisson de compréhension à travers mes os.

D'exotiques palmiers, l'essence de plantes épicées, des fleurs de formes inhabituelles ; chaque centimètre carré avait été soigneusement pensé et planifié pour obtenir l'apparence d'une beauté sauvage et aléatoire, tout cela entourant les ruines magnifiques de l'église du XIIe siècle du Prieuré Saint-Nicolas.

Inlassablement fidèle à toute masse colossale exhibant de splendides murs gris et des arches en ruines, je soupirai d'émerveillement devant les imposantes dimensions prenant position fièrement près de la rivière. Je fermai mes oreilles au commentaire en continu sur la flore et la faune. La Maison de l'Abbaye et son paysage en cascades m'intéressaient beaucoup plus que l'excursion. Je m'arrêtai pour me demander qui avait vécu ici dans le passé et qui jouissait aujourd'hui de la maison et de ses environs.

— Je vais demander si la famille est à la maison, me dit Sir Roderick, en se dirigeant vers la maison.

J'empruntai un autre chemin, un chemin de haies parfumées et d'escaliers de pierres fragiles rampant vers d'interminables niches exotiques. La beauté du jardin me captivait, de même que celle de la demeure. Après avoir repéré un banc de jardin d'où je pourrais voir la maison, je m'assis et je restai là à rêver éveillée. Je rêvai que j'étais la maîtresse de la maison abbatiale, et que c'était mon jardin.

— Si j'étais un policier, je croirais que vous êtes saoule de beauté.

La voix était taquine et bien trop familière.

Gardant les yeux fermés, je croisai les bras.

— Et si j'étais un inspecteur de police, je croirais que vous vous êtes illégalement introduit dans une affaire qui ne vous regarde pas. Qu'est-ce que vous faites ici?

Vêtu d'un pantalon brun décontracté et d'un chandail vert olive, le major Browning traversa mon rayon de soleil. Je clignai des yeux en les ouvrant, et j'appréciai la façon dont la lumière dansait dans les vrilles de ses cheveux légèrement en broussaille.

De l'humour dansait dans ses yeux.

— Je suis venu ici tout simplement pour profiter du paysage... tout comme vous.

— À qui essayez-vous de le faire croire? Comment êtes-vous arrivé ici? Nous avez-vous suivis? Saviez-vous que nous venions ici?

— Belle vue, n'est-ce pas?

Sans invitation, il s'assit à côté de moi, étendant ses jambes et appuyant ses bras sur le dos de la banquette.

— J'aime tellement visiter Tresco quand j'en ai la chance... et une occasion s'est présentée, alors...

— Connaissez-vous la famille?

— Oui. Je suis intime avec le Major Dorrien-Smith. Peut-être avez-vous entendu parler de lui?

Je hochai la tête.

— Il collectionne les plantes. Vous l'aimerez. Un charismatique vieux bonhomme qui n'est pas, chose surprenante, à la maison.

— Vous le savez déjà?

— Bien sûr. J'ai pris un bateau qui précédait le vôtre.

— Oh.

— Y a-t-il des nouvelles, Mlle la détective?

— Je ne peux pas le dire, mais en parlant de fins limiers, Major Browning, quand le chef de la police arrivera-t-il? Je soupçonne que vous êtes en possession de cette information.

Il haussa les épaules.

— Demain ou après-demain. Les affaires sont florissantes ces jours-ci, en particulier à cause des actes de violence occasionnels sur les îles. Si Max Trevalyan n'avait pas été qui il était...

— Alors, personne n'aurait pris la peine de venir, terminai-je à sa place.

Soupirant, il s'approcha de moi.

Je me tournai vers lui.

— Voulez-vous dire que le cas de Max Trevalyan peut désormais se résigner aux confins oubliés d'un classeur?

— Les confins oubliés d'un classeur, répéta-t-il. Charmant, Daphné. Plutôt charmant.

Je rayonnai.

— Mais trop verbeux, poursuivit-il. « Écarté dans un classeur oublié » se lit beaucoup mieux. C'est beaucoup plus… *succinct*.

— Et quelle autorité avez-vous en la matière, monsieur? Êtes-vous éditeur, rédacteur en chef, ou même lecteur?

— Je suis un lecteur exceptionnel, avoua-t-il.

— Est-ce vrai?

Je levai un sourcil méprisant.

— Et qu'est-ce que vous avez lu? Le dernier magazine de navigation de plaisance? L'hebdomadaire *London Life*?

— Vous me discréditez gravement.

Il fronça les sourcils.

— Je lis sur une variété de sujets. De Shakespeare à Socrate, de Dickens à du Maurier.

Il fit une pause, un sourire insaisissable sur les lèvres.

— Oh oui, j'ai lu le livre de votre oncle.

— Vraiment?

J'étais assez impressionnée.

— Il n'y a plus d'exemplaires disponibles.

— Je sais, gémit-il. Mais après avoir rencontré sa nièce l'été dernier, j'ai décidé de savoir comment sa famille maniait la plume. Et au fait, comment va votre écriture?

— Intolérablement lente ! lui dis-je.

Mais j'ajoutai que j'avais réussi à terminer une nouvelle.

— Quel genre ?

— De la fiction. Juste une stupide histoire de fiction.

— Vous auriez pu écrire une histoire sur Padthaway.

— Je sais... Peut-être qu'un jour je le ferai. Je devrai modifier les noms et l'intrigue, bien sûr.

— Bien sûr, convint-il. Avez-vous déjà envoyé votre nouvelle pour publication ?

Je n'avais pas envie de répondre. Je ne voulais pas que ma peur du rejet soit communiquée à mes pairs, car je m'attendais à ce que le colis me soit renvoyé, avec des marques rouges tapissant mes pages dactylographiées, accompagnées d'une lettre de refus imprimée. *Chère Mademoiselle du Maurier, je crains que votre histoire ne convienne pas à notre magazine en ce moment...*

— Je crois que l'écriture est une remarquable vocation. Vous avez le pouvoir de créer tout ce que vous voulez.

Pour une fois, il avait l'air sincère et rempli d'admiration.

— Dites-moi quelque chose. Pourquoi m'avez-vous suivie jusqu'ici ?

— Je ne vous ai pas suivie. Souvenez-vous, je suis venu voir Dorrien-Smith. Il m'a demandé de lui apporter une plante en particulier.

— Je croyais que vous aviez dit que le major n'était pas à la maison ?

— Il n'y est pas. Il me l'a demandée il y a environ un an, mais j'ai cru que c'était un bon moment pour remplir sa demande, puisque je suis dans la région et que Lord Roderick m'avait parlé de vos projets d'une visite à Tresco. Une pure coïncidence, m'assura le major.

Il allongea ses longues jambes pour mieux profiter du soleil et de la vue.

— Pourtant, pouvez-vous imaginer ma joie de vous retrouver sur l'île ? Maintenant, dites-moi comment vous profitez de cette suspecte petite fête de maison.

— Suspecte ?

— Eh bien, vous pouvez voir par vous-même à quel point ils paraissent tous coupables.

— Vous vous trompez. Nous savons tous les deux que Josh n'est pas un assassin, et qu'en ce qui concerne Sir Marcus, c'est mon ami.

— Un ami risqué[2].

— Pas plus que vous, rétorquai-je.

— Oh — il sourit —, je suis ravi d'entendre que je suis votre ami. Vous balader dans les plus grands domaines de ce monde et côtoyer la haute société doivent produire chez vous une nature généreuse. Mais, surtout, saviez-vous que votre ami Sir Marcus est le « mystérieux M » ?

— Non !

— Mais oui. Je me demande ce qu'il doit écrire au sujet de cette affaire, hmmm ?

Je le regardai, remplie d'incrédulité, puis de choc et de déni. Je commençai à hocher la tête. Ce ne

---

2. N.d.T. : En français dans le texte original.

pouvait pas être vrai, mais en pensant aux dernières semaines, à partir du premier jour où j'avais rencontré Sir Marcus, la possibilité se déployait comme les voiles d'un navire. C'était parfaitement logique. Sir Marcus était le célèbre mystérieux M, le chroniqueur à potins qui parlait des scandales et des énigmes de la société. Personne ne connaissait son identité mais, maintenant que j'y réfléchissais, Sir Marcus était dans la bonne position avec les bons contacts, et il avait la personnalité sympathique et confiante pour accomplir le travail.

— Le fantôme de la société démasqué, murmurai-je, incapable de freiner mon étonnement. Oui, cela explique son expérience avec des appareils d'écoute, et ainsi de suite.

— Quels appareils d'écoute ? demanda le major.

— Oh.

Je vis que je m'étais trahie, si bien que je lui parlai de la conversation que Sir Marcus et moi avions entendue entre Kate et Josh Lissot. Cela conduisit à d'autres confessions ; je ne pouvais m'en empêcher, car le beau visage attentif du major, passionné d'entendre et de parler, m'y encourageait. Je n'avais pas connu un tel élan d'excitation depuis un long moment et, je crois, je l'espérais, que c'était la même chose pour lui. Peut-être permis-je à la belle journée de m'emporter dans une fantaisie romantique, mais quelque chose s'était déclenché entre nous ce jour-là, et je cherchais à m'y accrocher.

— J'adore cet endroit.

Son appréciation nostalgique apporta une couleur fraîche à mes joues alors que nous nous promenions dans les jardins plus tard dans la journée.

— Je suis venu ici quand j'étais petit garçon... et je ne l'ai jamais oublié.

— Ce n'est pas un endroit que l'on peut oublier. Serein et...

Le rire rauque d'Angela gâta le moment.

— On dirait que votre sœur a du bon temps, fit remarquer le major.

Il s'écarta sur le côté alors que les autres descendaient vers nous.

J'essayai de ne pas faire la grimace en voyant Kate s'adonner à un flirt instantané avec le major, ce qui fit pâlir le visage bien rasé de M. Lissot.

— Nous allons au musée, annonça gaiement Angela, usurpant le rôle de guide.

Elle tendit la main au major.

— Quel plaisir de vous voir ! Vous joindrez-vous à nous pour le pique-nique ? Nous en avons *suffisamment*. Vous devez simplement vous joindre à nous, n'est-ce pas, Roderick ?

— Oui, s'il vous plaît.

Roderick, de retour de la maison, serra la main du major.

— Je suis heureux que vous ayez rejoint notre groupe. Vos hommes sont ici avec vous ?

— Malheureusement, non.

— Alors, nous sommes très heureux de vous avoir.

Angela poussa mon bras.

— N'est-ce pas, Daphné?

— Ou-oui.

Un son étrange émergea de ma voix.

— Très.

Nous nous dirigeâmes vers le musée, Roderick et le major en pleine conversation privée, alors que le reste d'entre nous traînait derrière. Alors, je m'étais trompée. Le major avait été invité. Il n'avait pas intercepté nos plans et décidé de nous suivre. Mon cœur se serra de déception.

— Daphné, dit Sir Marcus en prenant mon bras. C'était mon idée d'inviter le major. Se joint-il à nous à cause de vous?

Je levai les yeux vers lui avec un sourire secret. Et vous êtes le mystérieux M? Oui, cela convient tout à fait.

— Qu'avez-vous dit, petite Daphné? Le major est un garçon suspect. Il affirme que c'est le mauvais temps qui l'a conduit à l'île, mais je pense qu'il est venu pour une autre raison.

— Oh? Quelle raison?

— Je pense qu'il est venu pour une femme.

Je tentai d'avaler la boule qui montait dans ma gorge.

— Vous voulez dire Kate.

— Oui, mais pas de la façon que vous pensez. Même si elle ne l'a pas admis, je crois qu'elle l'a invité, vous savez, en même temps que nous avons tous reçu nos invitations. Je pense que ces petites vacances sont une diversion.

— Une diversion pour un meurtre?

Sir Marcus haussa les épaules.

— Peut-être, ma petite. Peut-être.

Entrant dans le musée, je me concentrai sur la collection Valhalla. Comme je me promenais devant chaque relique née de la mer, provenant de divers naufrages à travers les âges, j'imaginai chaque tragédie. M'arrêtant devant une peinture d'une belle femme, vêtue d'une robe fluide bleu marine, je levai les yeux vers son visage et je lui dis :

— Bonjour, Katherine Trevalyan. Avez-vous assassiné votre mari?

— Non, je ne l'ai pas fait.

La réponse de Kate arriva de l'endroit où elle se trouvait, juste derrière moi.

CHAPITRE VINGT ET UN

— Veux-tu aller à l'extérieur? J'ai bien envie d'une cigarette.

— Je ne sais pas quoi dire, laissai-je échapper. S'il te plaît, pardonne-moi.

— Il n'y a rien à pardonner.

Ouvrant brusquement son étui à cigarettes en argent, Kate sourit. Elle alluma sa pipe noire d'ébène et regarda au loin, vers l'espace vert, alors que nous sortions sur la véranda de l'entrée.

— Je sais que tout le monde pense que c'est moi qui l'ai fait, mais je suis innocente. Si j'avais voulu que Max meure, j'aurais payé quelqu'un.

— Et tu n'as pas payé quelqu'un…

— Je sais qu'il semble que c'est ainsi que ça s'est passé. Cet horrible Fernald a déformé tous mes mots… et ceux de Josh. Il n'abandonnera pas jusqu'à ce qu'il réussisse à nous imputer cet assassinat et — elle se mit à rire —, je veux dire, qui d'autre pourrait l'avoir fait sinon l'épouse et l'amant?

— Jackson?

— Jackson, dit-elle les yeux plissés, et sa fille.

— Ils auraient pu espérer obtenir un héritage, continuai-je.

Je me rappelais qu'elle ignorait qu'Angela et moi avions espionné pendant la lecture du testament.

— Des idiots. Roderick sera bon pour eux, mais il ne renoncera pas à Somner, maintenant qu'il l'a.

— Tout comme Arabella.

Elle me regarda et se mit à rire.

— Daphné, Daphné, tu as la tête aux affaires de meurtre. Je préfère penser que Max est mort d'un homicide commis au hasard. Si seulement nous n'avions pas vécu de façon aussi isolée, ça aurait très bien pu être le cas, mais il avait un talent pour se faire des ennemis plus rapidement que des amis.

Apercevant Angela et le major à une courte distance de nous, je dis :

— Je suis désolée de mes stupides divagations, Kate.

Elle me regarda, puis ses grands yeux bleus embués de larmes devinrent verts comme la mer.

— Tu me crois, n'est-ce pas, Daphné?

— Oui, je te crois, répondis-je, mais je ne la croyais pas.

Je n'avais pas confiance en la façon dont ses yeux se détournaient quand elle parlait, ou à la manière dont son front se plissait. On aurait dit qu'elle était en train de réfléchir et qu'elle choisissait ses mots avec soin. Elle était trop prudente pour être innocente.

Des fiacres nous transportèrent pour une courte visite de l'île avant que nous arrivions à notre destination de pique-nique près de la maison de campagne des Trevalyan. Malgré mes doutes, je fis tout mon possible pour être une compagne agréable et je m'enlevai de l'esprit toutes pensées qui pouvaient se rapporter au meurtre. Je voulais profiter de la belle journée, de la fine cuisine promise par Sir Marcus, et du paysage.

Je pensais à mes pauvres parents, dans le froid de Londres, et à Jeanne en hiver à Paris. Non, je ne voulais être nulle part ailleurs que sur cette île, respirant l'air frais de la mer.

Louée par la famille Trevalyan depuis des années, la maison ressemblait à un ancien presbytère, comme on pouvait en trouver au cœur du Hertfordshire, ornant le côté opposé d'une colline en pente, parsemée de minuscules fleurs bleues et blanches. L'herbe haute se courbait sous le bourdonnement d'une brise légère, et un enchevêtrement de primevères rose pâle croissait de chaque côté de la maison.

Lorsque nous nous engageâmes sur le modeste chemin taillé menant à l'ancienne maison de pierres, j'aurais aimé qu'Angela et moi ayons loué cet endroit si agréable pour nous-mêmes. Les gardiens, M. Trent et son épouse, un couple bien vivant d'âge moyen, nous accueillirent chaleureusement.

Dès notre arrivée, le couple s'affaira, nous orientant vers le lac où nous avions prévu d'organiser notre pique-nique, et je remarquai le regard particulier posé sur Roderick. Un doux sourire et un coup de coude d'approbation çà et là indiquant qu'ils appuyaient son héritage. J'imaginais Max ici, avec sa dernière maîtresse, et je me demandai si Mme Eastley avait passé du temps à cette maison de campagne. Lorsqu'elle s'était retrouvée enceinte, Max l'avait-il emmenée à cet endroit pour attendre le moment de la naissance?

Mme Dorcas Trent m'intéressait. Une femme robuste de Cornouailles au regard futé, elle manquait peu de choses et je la vis poser une main sympathique sur l'épaule de Kate, alors que nous marchions sur le chemin.

— Daphné, aidez-moi avec ce truc.

Je me précipitai à l'avant où Sir Marcus était aux prises avec un lourd gramophone.

— Donc, vous êtes le mystérieux M? le taquinai-je, lui pinçant le bras et agrippant un côté de sa charge.

Accrochant son doigt sur le gramophone, Sir Marcus fronça les sourcils.

— Je suis certainement le mystérieux M et, si vous en soufflez un mot, je vais…

— Vous n'avez pas à vous inquiéter.

Je souris.

— Votre secret est entre des mains très sûres. Je n'en soufflerai pas un mot, je le promets. Par hasard, avez-vous écrit un article sur Kate et les scandales de la Maison Somner?

Il rougit.

— C'était mon intention, mais après Max... Je ne sais pas. Maintenant, voici un bon endroit pour l'installer.

— De la musique au bord du lac, méditai-je. Une idée charmante.

Mme Trent avait demandé à son mari d'installer des chaises au bord du lac, et quelques-uns de nos hommes aidèrent M. Trent pendant qu'elle étendait la couverture sur l'herbe. En un rien de temps, aux sons berceurs d'une belle composition, apparut un pique-nique chargé de pain, de fruits, de jambon et de fromage.

— Cela s'intitule « Jazz à New York », nous informa Sir Marcus, essayant de nous inciter à danser.

Je hochai la tête, préférant garder mes jambes étendues sur l'herbe et observer les cygnes noirs qui tourbillonnaient dans le lac.

Sir Roderick prit une place à mes côtés.

— Vous n'allez pas danser avec les autres?

Du coin de l'œil, je contemplai Kate et le major engagés dans un fox-trot, Josh et Angela riant près d'eux.

— Non. Vous?

— Certainement pas.

Il sourit et s'allongea dans un silence amical.

Après un certain temps, je me tournai vers lui.

— C'est comme un rêve.

— Oui, ce l'est, mais j'ai peur d'y croire... de croire que mes espérances soient réalisables.

Cet aveu terrible draina une partie de ma somnolence.

— Pourquoi ne croyez-vous pas que les bons moments soient possibles ? Ils sont là pour que vous les preniez. Vous n'avez pas besoin de vous enterrer au loin dans votre tour, vous savez. Il faut du courage, mais sûrement qu'un tel bonheur vaut le pari.

— Vous parlez de l'amour, dit-il en se mettant à rire.

Sa voix était si douce qu'elle faisait écho dans la brise du soir.

— L'amour ne vous est pas étranger.

Je lui rappelai le livre de poésie que j'avais vu dans sa tour.

— Si c'était le cas, vous ne garderiez jamais un tel livre sur vos étagères. Je trouve que le fait que vous...

Ma voix s'estompa. Je ne pouvais pas trouver le mot. Je ne voulais pas l'encourager inutilement, mais je ressentais le besoin urgent de soutenir la croyance que l'amour l'emporte sur tout le reste. Aucune lutte ne surpassait l'amour sincère. Je le croyais avec chaque fibre de mon être, et pourtant, hélas, je ne l'avais pas connu.

— Oh, Daphné, murmura-t-il, n'osant pas me faire face, j'aime votre façon de vivre chaque jour avec un tel optimisme. J'espère sincèrement que le temps que vous avez passé à Somner n'a pas été trop catastrophique ?

Je l'assurai que ce n'était pas le cas. La mort de son frère, je n'osais l'avouer, m'intéressait beaucoup plus qu'elle aurait dû le faire. Était-ce un mépris total pour la victime, ou une obsession croissante pour mon étude de la vie, mon étude des gens et leurs motivations? Je me posais des questions.

— J'aimerais bien savoir qui a assassiné mon frère, mais il avait tant d'ennemis, qui peut le dire? demanda Roderick.

— Jackson le jardinier semble votre suspect le plus probable, lui dis-je. C'est lui qui a la plus grande motivation. Une fille et un petit-fils à qui penser.

— Non, répondit-il doucement.

Je tournai la tête avec langueur pour voir Bella vautrée comme je l'étais sur une couverture à côté de Sir Marcus et d'Angela. Au milieu de ce groupe joyeux se tenaient une Kate resplendissante et un major d'apparence superbe.

— Votre belle-sœur dit, elle aussi, qu'elle est innocente.

— Je suis certain qu'elle l'est. C'est un homme qui l'a fait, à en juger par son visage.

Je baissai les yeux.

— C'est curieux, vous savez, je croyais que Max était invincible, ajouta-t-il. Il a survécu à la guerre et à de nombreuses éraflures pour finir par mourir... comme ça.

— Quoi qu'il ait fait, il ne méritait pas une telle mort.

Mes mots résonnèrent dans le silence qui suivit, et Roderick suggéra que nous nous joignions aux autres pour jouer aux cartes. Je demeurai un peu à l'écart, sentant que le major s'amusait de mon comportement antisocial. Lors d'événements sociaux, il prenait l'avantage, alors que je pâlissais dans l'ombre.

Lorsque Mme Trent arriva pour chercher le panier et les assiettes sales, je lui offris de l'aider et je la suivis à l'intérieur de la maison.

— Dieu vous bénisse, ma chérie, vous n'avez pas à m'aider. Je peux le faire toute seule.

— Oh, je sais que vous le pouvez. Depuis combien de temps êtes-vous ici, Mme Trent ?

— Oh, depuis quelques années maintenant, depuis que je suis mariée. C'est un peu tranquille, et je m'ennuie de Penzance, c'est là que j'ai grandi, mais c'est une bonne vie de travailler pour les Trevalyan.

— Cela a dû être un grand choc, la mort de Lord Max. Est-il déjà venu ici avec... des amis.

Je l'avais prise au dépourvu, et son expression coupable me servit de réponse.

— Je soupçonne qu'elle a eu l'enfant ici, continuai-je. Est-ce vrai, Mme Trent ? Lady Kate était-elle au courant ?

Mme Trent jeta un coup d'œil à l'extérieur.

— Elle sait tout. Lord Max avait plusieurs vices, mais au moins il ne gardait pas de secrets.

— Elle voulait un bébé... Lady Kate. Cela a dû être déchirant de voir la maîtresse de son mari porter le fils qu'elle ne pouvait jamais avoir.

Mme Trent arqua ses sourcils.

— Bien, c'est ainsi. Je n'en sais rien de plus.

Je me tournai pour la quitter, sachant qu'elle pensait que j'avais dépassé les limites, mais j'avais une dernière question.

— Qu'avez-vous pensé de Rachael Eastley ?

— C'était une dame, mais elle n'était pas née ainsi, vous savez.

Oui, mais cette dame avait-elle des secrets ?

CHAPITRE VINGT-DEUX

— Daphné, que faites-vous de ce côté ?

— Oh, bonjour Josh. Je suis intéressée par cette fleur en particulier. Connaissez-vous son nom ?

— Je ne vous le reproche pas.

Il sourit, s'agenouillant à côté de moi dans le jardin.

— Je ne suis pas très bon non plus aux cartes. C'est pourquoi je suis allé faire une promenade, espérant…

Il baissa les yeux vers la colline où Kate était debout en tapant dans ses mains.

— Les femmes ! Je ne peux les comprendre.

— Je suis une femme, monsieur.

Ses yeux perçants m'examinèrent.

— Oui, vous en êtes une, mais vous êtes différente en quelque sorte. Vous voyez les gens et vous glanez quelque chose au-delà de ce que vous voyez. Je vous ai observée, vous savez. On doit faire attention aux observateurs silencieux.

Je me mis à rire.

— Je ne suis pas tout à fait une ermite.

Il sourit, son regard tourmenté absorbé par le joyeux groupe de joueurs de cartes.

— Je suppose que c'est trop tôt pour vous demander si vous et elle…

— Si on planifie de se marier ?

L'air renfrogné, il prit la fleur bleue peu commune de mes mains.

— Kate ressemble à cette fleur. C'est comme une fleur sauvage qui doit être protégée. Comme je voudrais avoir plus de moyens pour le faire !

— Tous les deux, vous n'avez jamais imaginé qu'il arriverait un moment où le mariage deviendrait possible.

— Non, convint-il. Nous ne l'avons pas imaginé.

— Et maintenant, c'est délicat entre vous ?

— Diablement délicat ! Je ne sais même pas comment la traiter. Comme un ami ? Comme un amant ?

— Va-t-elle vous épouser ?

— Je l'ignore, murmura-t-il. Quand cette affaire sera terminée, je suppose que nous verrons.

— Ils ne peuvent certainement pas vous arrêter à nouveau.

— Ils le peuvent et ils le feront, car qui d'autre ont-ils à part moi ?

Je le suivis pour retourner vers les autres. L'accueillant avec ferveur, Kate nous suggéra de faire une promenade avant de prendre le bateau pour revenir à la maison.

Les lèvres de Josh se serrèrent. J'avais de la sympathie pour lui. Il ne savait pas s'il lui fallait partir ou rester, tout comme il était forcé d'accepter les miettes de son amoureuse changeante.

— Une promenade, protesta Sir Marcus. Après toute cette nourriture et le vin ? J'ose dire que c'est un acte criminel.

Alors le groupe, à part Sir Marcus, commença une promenade d'après-midi. Le littoral n'était pas loin de la maison. Nous nous promenâmes le long de la plage et dans l'arrière-pays au-delà, explorant et absorbant l'air salin délicieux sous l'œil vigilant de mouettes criardes.

Ce que j'aimais le plus, c'était tout simplement d'écouter le bruit du ressac qui roulait sur le dos solide des rochers, le craquement de la douce plage sablonneuse sous nos pieds, et la douce brise qui soufflait dans les collines.

— Hé ! Bonjour !

Je m'arrêtai et je fermai les yeux. Je ne pouvais plus entendre l'air marin.

— Major Browning, vous ne me rendez pas du tout service. Chut. Écoutez.

Souriant, il vit mes efforts pour demeurer immobile et imperturbable en sa présence.

— Je pense qu'il n'est que *convenable* de vous avertir que le vent soulève votre jupe.

— Je le sais, mais ça ne me dérange pas. Vous entendez la tempête ? Elle s'approche de plus en plus et elle devrait bientôt frapper.

Et c'est ce qu'elle fit, avec une précision extrême. Un éclair soudain sillonna le ciel qui s'assombrit, et je sautai dans les bras du major.

— Vous devriez faire plus souvent des prédictions.

Le souffle de son rire caressa mon front.

— Ce n'est pas tous les jours que vous sautez dans mes bras.

— Je ne l'ai pas fait *volontairement*, soulignai-je.

— *Délibérément*, vous l'avez fait. *Délibérément*, vous voulez m'embrasser.

Il avait raison. Je le voulais. La tempête à l'horizon et le fait d'être enveloppée dans ses bras m'apportaient un sentiment très réconfortant. Lançant ma fierté au vent, je m'abandonnai complètement à lui, m'approchant si près que je pouvais sentir son souffle sur mon cou. Je l'avais pris par surprise, pour une fois.

— Daphné !

— Browning !

— Ha, voilà un joli nom.

Faisant signe à nos amis sur le promontoire plus haut, le major me laissa sortir de ses bras à contrecœur.

— Mme Daphné Browning. *Ma* Mme Browning.

— Vous vous trompez. Je ne vous épouserai jamais, déclarai-je, glissant presque des rochers avant qu'il me stabilise.

— Je ne me trompe jamais, répliqua le major, descendant et tendant sa main pour que je le suive. Le fait est que vous avez besoin d'un mari pour prendre soin de vous. Autrement, un jour les éclairs vous cogneront sur la tête.

— Je ne suis pas une imbécile, rétorquai-je. Je suis capable de prendre soin de moi-même.

Nous avions atteint une bande escarpée de roches déchiquetées. J'hésitai devant l'énorme vide, et il me tendit galamment la main une fois de plus.

— Je sais que vous pouvez vous occuper de vous-même, Mlle Indépendante. Sautez de l'autre côté maintenant avant que la pluie n'arrive.

Grinçant des dents, j'acceptai sa main tendue. Nous avions presque rattrapé les autres et nous devions avoir l'air terrible, courant le long de la plage pour retourner à la maison, la pluie et le tonnerre tombant sur nous. Nous nous assîmes tous enveloppés de couvertures devant le feu ardent dans le petit salon de la maison.

— Nous allons devoir rester. Nous ne pouvons retourner maintenant, dit Roderick.

Un groupe d'invités, échoué dans son humble maison en bordure de mer, tous demandant de la nourriture et un logement pour la nuit, était un événement tout à fait imprévu, mais Mme Trent géra la situation avec beaucoup d'aplomb. Disparaissant et réapparaissant, elle annonça que les chambres étaient prêtes et attendaient notre visite. À mon éternelle détresse, il apparut que je devrais partager ma chambre avec Arabella. Angela et Kate occupaient une seule chambre; Roderick et Sir Marcus une autre; et on avait désigné l'enceinte du bureau pour Josh Lissot et le major.

Des serviettes et des bassins d'eau fumante nous attendaient dans les salles de bain. Je me rendis compte que c'était l'offre primitive d'un bain dans de telles circonstances, et j'offris à Bella la chance de passer la première.

Elle accepta sans réserve, et j'attendis sur le lit fait à la hâte, tremblante de froid.

Finalement, elle émergea et s'excusa d'avoir mis autant de temps, excuse à laquelle je souris maladroitement. Une fois à l'intérieur de la salle de bain, je levai les yeux au ciel. Pourrais-je survivre à une nuit en compagnie de Bella? Je savais qu'elle me considérait comme une menace. Quand je sortis enveloppée de ma serviette et que je commençai à peigner mes cheveux fraîchement lavés, elle me regarda avec une teinte d'hostilité.

Je m'assis sur le bord de mon lit pour me sécher les cheveux et les plaçai tant bien que mal.

— Oh, auriez-vous pensé que nous puissions être coincés ici pour la nuit?

À mon grand étonnement, Bella, recroquevillée dans son amoncellement de couvertures chaudes, me lança un sourire inhabituel, calme, assuré et mêlé de curiosité.

— Y a-t-il quelque chose ou non entre vous et mon cousin?

Son murmure jaillit dans la pénombre.

— Je... je ne peux vous le dire, balbutiai-je avec sincérité.

— Ou est-ce le major? Je vous ai aussi observés tous les deux ensemble, et je ne vous permettrai pas de faire du mal à mon cousin. Il n'aime pas qu'on se joue de lui.

J'étais sur le point de répondre : «Ce n'est pas mon genre d'agir ainsi», quand mon orgueil prit le dessus. Sachant que j'allais la contrarier, je répondis à sa question par une question.

— Je dois vous demander quelque chose. Êtes-vous amoureuse de Rod ou de la Maison Somner?

Elle se mit à rire du rire nerveux d'écolière qui parle de garçons et de secrets. Lançant sa couverture, elle commença à se déshabiller, se mettant presque nue devant moi, sa silhouette svelte paradant autour de la chambre.

Je me détournai de son comportement détestable; elle agissait ainsi dans le but de s'exhiber, de choquer, pour prouver qu'elle était une femme désirable.

Déterminée à ne pas lui donner toute la reconnaissance, je feignis la complète nonchalance. Dehors, le vent hurlait pendant que des éclairs jaillissaient et, de l'entrée en bas, le gramophone commença à jouer une chanson française que je n'avais pas entendue depuis la guerre.

Désireuse de m'éloigner de Bella, et sacrifiant ma vanité en laissant mes cheveux non coiffés, je sortis de la chambre et entrai dans un rêve.

Étendu près de la fenêtre, le major Browning était en train de lire un livre. Son profil partiellement atténué par la lumière de la lampe, un doux sourire apparaissait sur ses lèvres en écoutant la caresse chantante d'Édith Piaf : «*Non, je ne regrette rien.*» Le reste de la pièce — un collage de chaises recouvertes de fleurs, un tapis décoloré, du papier peint à rayures bordeaux et crème encombré de petites images de divers animaux et visages d'enfants, et des lampes, des douzaines de lampes qui ornaient chaque coin et recoin — s'estompait à l'arrière-plan.

Comme je m'étais approchée doucement, le major ne me vit pas au premier abord. Choisissant l'occasion de m'attarder dans le sombre couloir, j'examinai l'homme aux multiples visages. Scotland Yard avait confiance en lui. Mon père le respectait. *Je* devrais compter sur lui. Il avait un visage plus intéressant que beau, décidai-je, un nez pas tout à fait aquilin, mais typique, des pommettes et une mâchoire bien définies, menant toutes deux à la courbe sensuelle de sa bouche.

Une chaleur rayonnante et paisible m'accompagnait pendant que je m'avançais dans la pièce. Alors que ses longs doigts caressaient les pages du livre, j'étouffai un soupir de nostalgie pour ce qui ne pouvait m'appartenir. Un homme comme le major était trop bien-aimé par les femmes pour être quelque chose de plus qu'un ami, et tout à coup, le voyant si calme, j'aurais souhaité qu'il n'en soit pas ainsi. Son regard chaud tomba maintenant sur moi, disséquant lentement chaque centimètre de mon apparence négligée. Un sourire lent apparut au coin de ses lèvres. Il se leva de sa chaise, et m'attrapa subtilement, ses mains prenant mon visage, et ses lèvres engageant les miennes dans un baiser éthéré, enivrant. Des forces que je ne contrôlais pas nous agrippèrent tous les deux, et je compris soudain le danger de la passion.

— Eh bien, eh bien, en voilà une belle histoire.

À partir de la porte, Sir Marcus avait pris un air de surprise dramatique, et il se mit à siffler.

— Non, non, allez-y, mes amis. Je ne suis pas ici pour interrompre des interludes romantiques.

Le visage rouge, je me détachai du major. M'envolant dans la sécurité du salon adjacent, je me plongeai dans l'entreprise de trouver un nouveau disque à jouer, alors que, heureusement, Mme Trent annonça qu'il était temps de souper et demanda si nous aimerions prendre un verre avant le repas.

J'acquiesçai avec précipitation. Sentant mon désarroi, Sir Marcus se glissa à mes côtés au moment où les autres entraient dans la pièce, tous conviviaux et bruyants comme d'habitude. Avais-je vraiment embrassé le major de gaieté de cœur ? Lui avais-je vraiment donné un aperçu de mon âme intérieure, des secrets que je gardais avec tant de passion ?

— Là, là.

Il me tapota fièrement la main.

— « Tout est bien qui finit bien », comme dit Shakespeare. Je suis tellement soulagé, murmura-t-il, que vous ne soyez pas une prude, ma petite. Bien que je sois *désolé* que vous ne *m'*ayez pas choisi comme partenaire de baiser.

Je sirotais mon champagne et lui permis de dériver directement à ma tête. Ça ne me dérangeait pas. Je devais oublier que j'avais momentanément baissé la garde. À personne je n'avais montré ce que j'avais montré au major Browning, un homme qui causait amicalement avec Kate Trevalyan et Arabella Woodford, comme si rien ne s'était passé entre nous.

Le tonnerre grondait à l'extérieur.

— Comme c'est merveilleux.

Angela se mit à rire, tapant des mains.

— Nous sommes coincés !

— Avec seulement nos vêtements sur le dos, fit écho Roderick, son regard curieux et inquisiteur passant rapidement du major à moi.

Je rougis. Était-il au courant ? Nous avait-il vus ? Oh mon Dieu ! S'il m'avait vue avec le major, que devait-il penser de moi ? Allait-il me considérer comme une dévergondée ?

La bonne opinion de Roderick était importante pour moi. Il avait montré un intérêt romantique envers moi en m'ouvrant son esprit et son cœur, et je ne voulais pas lui remettre le compliment en flirtant sans vergogne avec un autre homme.

S'excusant d'avoir manqué de temps pour préparer un bon repas, Mme Trent nous conduisit dans la salle à manger exiguë attenante à la cuisine. Nous étions plutôt à l'étroit tous les huit autour de sa table en noyer de campagne. Pour l'occasion, elle avait sorti son meilleur linge de maison et sa plus belle vaisselle de l'armoire qui occupait le mur du fond.

— Ça semble délicieux, dit Sir Marcus en humant l'air. Du rôti de bœuf avec des pommes de terre et des tartes de Cornouailles. Ciel !

Des bouteilles de vin étaient ouvertes sur la table, et le major se leva rapidement pour voir aux dames d'abord, puis aux messieurs. Les fenêtres drapées gardaient à l'extérieur la terreur de la tempête, les rares coups de foudre et de tonnerre rehaussant le drame de l'occasion.

— Où *diable* est Josh? murmura Kate, d'un air curieux. Son souper refroidira ou sera en grand péril de se faire dévorer par Sir Marcus.

Souriant vers Mme Trent alors que celle-ci apportait un autre plat savoureux, elle couvrit l'assiette de Josh avec une serviette.

— C'est un vrai délice, Mme Trent. Vous êtes une merveille... préparer tout cela à la dernière minute.

Mme Trent rayonnait. Désireuse d'impressionner, elle nous quitta pour que nous nous servions nous-mêmes du rôti de bœuf et des légumes, ainsi que du pâté de pommes de terre.

— Si Josh ne se présente pas bientôt, avertit Sir Marcus, empilant une hauteur splendide dans son assiette, je crains qu'il n'en reste plus! Et petite Katie, ça ne vaut pas la peine de me cacher cette assiette. Je sais exactement où elle se trouve.

— Je dois aller le chercher, dit Kate.

Mais comme il était le compagnon de chambre désigné de Josh Lissot, le major lui offrit d'accomplir cette tâche.

Il revint presque aussitôt, son visage blanc comme je ne l'avais jamais vu auparavant.

— Que se passe-t-il?

Kate, riant partiellement à une boutade de Sir Marcus, leva les yeux avec un naïf regard enfantin.

— M. Lissot...

Il y eut une longue pause.

— M. Lissot, tenta à nouveau le major, avalant profondément sa salive, M. Lissot est mort.

CHAPITRE VINGT-TROIS

— Mort! hurla Angela. Vous plaisantez, major? Est-ce une sorte de blague de minuit?

— Non, ce n'en est pas une.

Laissant tomber son couteau, Kate bondit sur ses pieds.

— Que voulez-vous dire? Ce doit être une blague! Il le faut! Il ne peut pas être *mort*...

Elle sortit en courant vers la chambre. Le major tenta de l'en empêcher, et il essaya effectivement de nous retenir tous, mais comme un troupeau d'éléphants, nous nous précipitâmes dans le couloir et dans la salle de bain.

Pauvre Josh Lissot, assassiné dans son bain. Un couteau était planté dans son cœur, et je me détournai, écœurée à la vue du sang. C'était tragique, mais il n'avait jamais paru aussi beau que dans la mort. Son abondante chevelure noire frisée s'était bouclée autour de son visage, où demeurait figée une expression de surprise.

Je me sentais mal, les autres aussi, et Kate pleurait. Se glissant sur ses genoux, elle embrassait le cadavre, ses cris angoissés maudissant celui qui avait fait cela, celui qui avait commis l'acte crapuleux.

Je ne crois pas qu'aucun de nous ait dormi cette nuit-là. Il n'y avait pas grand-chose à faire ; il était impossible de contacter les autorités au milieu de la nuit, en plein cœur d'une violente et sauvage tempête. Encore une fois, nous étions bloqués sur une île comme de simples visiteurs. Seuls, nous portions l'horreur tragique de la mort de M. Lissot, et je le sentais plus vivement après notre conversation sur la colline. Il avait été si charmant et gentil et artistique : un horrible gaspillage de vie.

— Pourquoi quelqu'un voudrait-il tuer Josh ? me chuchota Arabella dans l'obscurité de notre chambre.

— Je l'ignore…

Ma voix s'éteignit, essayant de penser à une raison.

Je ne pouvais en trouver. Tout ce que je savais, c'est que nous étions sept et qu'il y avait donc sept suspects, neuf si nous incluions Mme Trent et son mari, mais quelle raison avait-on pu avoir de poignarder Josh Lissot dans son bain ?

— C'est très étrange, murmura Bella, accablée. Pauvre M. Lissot. Je ne sais pas pourquoi Kate est si volage. Elle a eu beaucoup d'amants et elle n'a jamais été une épouse fidèle.

— Mais son mari lui était-il fidèle ?

— Max?

Bella se mit à rire, un étrange rire amer.

— Bon Dieu, non. Et je suppose que je ne peux pas lui en vouloir, vraiment, d'être allée chercher l'amour ailleurs, mais je ne lui pardonnerai jamais d'avoir joué avec Rod. Vous lui avez fait voir que d'autres femmes sont dignes de son affection. Pas seulement elle. Qu'*il y a* d'autres femmes dans le monde, aussi intéressantes et désirables qu'elle.

Je remarquai la douleur dans sa voix. Évaluant mentalement chaque suspect potentiel, je succombai à la laideur de toute cette histoire. La mort n'était jamais agréable, mais ces crimes avaient été particulièrement brutaux.

Je maudis le meurtrier, qui soit-il ou soit-elle, car Josh Lissot était un homme bon, et il méritait une meilleure fin.

J'imaginai Kate, éveillée, pleurant, incapable de croire que son amant était un cadavre rigide à quelques mètres de son lit. J'eus de la peine pour elle, certaine qu'Angela la réconforterait.

Le lendemain matin confirma sa confiance profonde en l'ensemble de ses amis. Elle avait besoin d'eux pour l'aider à traverser le tunnel sombre de sa vie. En larmes, incapable de manger son petit déjeuner ou même de prendre une tasse de thé, elle nous avoua à tous son amour pour lui. Inconsolable, elle faisait le deuil de l'homme qu'elle aimait et qui avait souffert profondément en son nom. Il avait été arrêté et incarcéré, puis libéré, pour finir par subir une telle mort.

Le matin apporta aussi la clarté brûlante que le meurtrier se trouvait parmi nous. *Un serpent dans le jardin du mécontentement*, griffonnai-je sur une feuille de papier tout en sirotant mon café. Il y avait peu d'autre à faire. Abasourdis par l'horreur, nous attendîmes. Nous consolâmes Kate. Nous écoutâmes les hommes discuter de ce qu'il faudrait faire avec le corps.

Il fut rapidement décidé qu'il devait nous accompagner à notre retour à St. Mary's pour être remis à M. Fernald.

— C'est une bonne chose que son patron soit arrivé, dit Sir Marcus. Je doute que cet homme soit capable d'attraper un meurtrier. Il est trop...

— Pédant ? suggéra le major

— Ce n'est pas tout à fait le mot juste, mais ça va suffire. Il n'a pas réussi à trouver une fin plausible à ce pauvre vieux Maxie et, maintenant, c'est Josh dans son bain. Scandaleux ! Qui aurait pu tuer un homme dans sa baignoire ? Très inconvenant. Très rustre et indigne qu'un homme ait pu faire une telle chose.

— Ne banalisez pas la question, dit brusquement Angela du coin opposé, tenant Kate dans ses bras. Vous ne voyez pas à quel point c'est pénible pour elle ?

— Eh bien, c'est une question angoissante, se défendit Sir Marcus. Et si je parais insensible...

— Oui, sans cœur, insista Angela.

Saisissant un fauteuil en face de moi dans le salon, le major Browning leva un sourcil.

— Vous êtes fascinante, Daphné.

Penchant très bas la tête, de sorte que je sois seule à l'entendre, il répéta le mot.

— Fascinante, mon doux écho transcendant le gouffre de silence entre nous. Comment peut-on savoir qu'on est fascinante ?

— Quand on l'entend de la bouche d'un fervent admirateur.

Je rougis en une nuance plus foncée d'écarlate. Avec lui, si près, si voluptueusement près, je perdais toute détermination.

— Je suppose qu'il doit y avoir une enquête concernant ce décès ?

J'abordai le sujet purement parce que je craignais de continuer avec l'autre.

— Plus qu'une enquête. Et tout le monde a un motif. Même vous.

— Moi ?

— L'inspiration, taquina-t-il. Commettre un meurtre. Écrire un article à son sujet. Je peux vous voir vendre votre article aux journaux.

— Je ne serai jamais journaliste, rétorquai-je. Je préfère la fiction. Et parlant de motivations, quelles sont alors celles de Sir Marcus et de Bella ? Ils n'ont pas de raison pour souhaiter la mort de M. Lissot.

Il fit claquer sa langue.

— La seule personne qui soit exonérée dans cette affaire, c'est M. Davis... car il n'était présent à aucun des meurtres.

— Ou Rachael Eastley ou son père, car ils ne sont pas ici maintenant, soulignai-je.

Nous restâmes tous deux assis en silence. Sir Marcus entra bientôt, Lord Roderick pas très loin derrière lui.

Offrant ma chaise à Sir Marcus, je réconfortai silencieusement le stoïque Sir Roderick alors qu'il écoutait patiemment le babillage de Mme Trent.

— Il nous faudra arracher la baignoire et sceller la pièce, dit-elle à son époux.

Elle frissonna.

— Une chose impie y a eu lieu.

— Nous n'en ferons rien, contesta son mari.

— Oh, oui, nous le ferons. C'est terrible, et j'aurais trop peur de rester...

J'attirai Roderick vers la fenêtre pour éviter la confrontation.

— Un orage passe et un autre commence, dit-il, fixant le pâle soleil sur le paisible jardin à l'extérieur.

CHAPITRE VINGT-QUATRE

Nous fûmes tous soulagés de revenir à St. Mary's.

Le major et Sir Roderick héritèrent du devoir macabre de porter le sac de jute de fortune contenant le corps. Dans la mesure du possible, ils virent à empêcher Kate de le voir, Angela jouant à nouveau un rôle d'assistance, et Bella et moi appelées à superviser tout le reste.

— L'arme du meurtre était l'un des couteaux de cuisine de Mme Trent, dit Bella en me donnant un petit coup de coude. C'est effrayant de penser que c'est l'un de nous qui l'a fait, n'est-ce pas?

Ses yeux perçants cherchèrent les miens.

— Quelqu'un doit avoir eu une raison de haïr Josh, présumai-je.

— Vous croyez naïvement que la *logique* doit toujours fournir une raison pour un meurtre? Qui définit la logique, Mlle du Maurier? Vous? Moi?

Son raisonnement me hantait à cause de sa rationalité.

Pendant le reste du trajet, la conversation fut réduite au minimum. En arrivant à la maison, nous nous dispersâmes, et je commençai à mélanger un peu de laudanum pour Kate.

— Non, de *l'opium*, supplia Kate, vautrée sur le lit de sa chambre de retraite.

Elle prétendait qu'elle ne mettrait plus jamais les pieds dans la chambre du bas qui avait tellement marqué sa vie avec son amant décédé.

Me remettant brusquement son sac à main, Angela me donna des instructions, et je fus envoyée pour préparer les drogues. C'était la première fois que je me chargeais d'une telle tâche et je me sentais décidément mal à l'aise. Angela avait expliqué qu'il fallait à Kate quelque chose de plus fort que du laudanum, et avait demandé qui nous étions pour le lui refuser étant donné les circonstances. Tout de même, j'aurais préféré la recommandation d'un médecin.

Ma tâche se compliqua lorsque je vis Hugo qui tournait autour du plan de travail de la cuisine. Fatiguée et irritable, je n'étais pas d'humeur à attendre qu'il ait fini de couper ses légumes.

— J'ai besoin d'une cuillère, Hugo. Rapidement, s'il vous plaît.

Posant lentement son couteau, il me lança un coup d'œil de côté en passant. Je regardai le couteau et je frissonnai.

M'ayant procuré ce dont j'avais besoin, il retourna à ses légumes, et je retournai dans la chambre obscure.

Les rideaux tirés, Kate gémit d'un ton reconnaissant quand je lui remis entre les mains le tonique que j'avais mélangé.

— Oh, je te remercie, Daphné, je te remercie.

Je la regardai sombrer dans le sommeil, un sourire sur son visage.

— C'est l'essence du calme suprême, dit Angela. Je vais veiller sur elle... tu peux partir, si tu le veux.

Je hochai la tête, regardant Kate Trevalyan en train de s'endormir. Je me demandais comment elle se rétablirait d'avoir perdu un mari et un amant.

Quand je sortis de ma chambre quelques heures plus tard, j'hésitai sur l'endroit où aller. Qui avais-je envie de voir et qui est-ce que je tenais à éviter ?

Descendant à pas de loup vers la porte d'entrée, je décidai d'aller voir Mme Eastley. Elle trouverait la nouvelle alarmante, et cela la pousserait, je l'espérais, à trahir une confidence. Je croyais qu'elle était d'une certaine façon impliquée dans la mort de Max, et que son visage serein n'était qu'un voile pour cacher la vérité.

Ayant fait l'effort de parcourir tout ce chemin jusqu'en ville, alors que tout ce qu'il me fallait c'était un long et profond sommeil, je poussai ma main sur la porte pour être informée qu'elle n'était pas à la maison.

— Il est très important que je lui parle, Nanny.

J'ajoutai le titre comme une réflexion après coup, exactement comme l'avait fait Mme Eastley.

— Elle travaille. Si vous devez la voir, il faut aller là-bas.

— Je vous remercie.

Je souris et je lui demandai les indications pour m'y rendre.

J'avais encore de la difficulté à assimiler ma Mme Eastley bien éduquée avec le pub local et son nom prometteur, le « Tuyau du violoniste ». À mon avis, Rachael Eastley n'appartenait pas à ce monde ; je l'imaginais comme une dame victorienne ou une gouvernante, la voix douce et modestement vêtue d'habits de veuve.

En entrant dans le bar, compte tenu de mon intrusion, j'en vins directement au fait.

Le choc tourbillonna dans ses grands yeux.

— Nous en sommes tous contrariés, continuai-je, *deux* meurtres dans un si court laps de temps.

Un froncement de sourcils obscurcissant son front délicat, Mme Eastley enleva silencieusement son tablier de travail. Me conduisant jusqu'à un salon privé, elle me remercia d'avoir pris la peine de l'informer à l'avance de cette terrible nouvelle.

— Le meurtre a eu lieu au chalet de M. et Mme Trent.

La nouvelle la fit sursauter alors que nous nous appuyions contre un mur de séparation dans la salle de nettoyage.

— C'est Mme Trent qui vous a aidée à accoucher de votre bébé, n'est-ce pas ?

La réponse fut longue à venir.

— Oui. Comment va Mme Trent ? Elle était bien, j'espère, quand vous l'avez quittée ?

— Troublée, c'est le moins qu'on puisse dire.

— Dans les premiers jours, dit-elle, un léger rire s'échappant de ses lèvres, il y a longtemps maintenant, Max et moi avions l'habitude de nous rencontrer dans cette chambre. Cher Max... il y avait une douceur chez lui à l'époque. Les drogues l'ont tué, beaucoup plus sûrement que n'importe quelle guerre.

— Avez-vous peur pour la vie de votre fils ? chuchotai-je après un moment de silence.

— Pas de Roderick Trevalyan. Je suis certaine qu'il ne ferait jamais quoi que ce soit pour nuire à l'enfant.

— Mais de quelqu'un d'autre ?

— Oui, murmura-t-elle, soupirant. Je ne fais pas confiance à Arabella Woodford. Je n'ai jamais eu confiance en elle. Je crains qu'elle fasse du mal à mon fils si jamais il s'avisait de s'aventurer à la Maison Somner.

En guise de remerciement pour la confiance de Mme Eastley, je lui communiquai mes propres appréhensions à propos de Bella.

— Je crois que c'est *elle* qui a achevé Max après que mon père eut aperçu Josh Lissot et Kate Trevalyan qui le traînaient hors de la maison.

— Serait-il possible que votre père ait tué Max pour vous protéger ?

— Oh, il *avait menacé* de le faire assez souvent, mais je connais mon père. Tuer Max quand il avait accepté ses exigences n'a aucun sens. Papa veut Somner pour mon fils, qui est le véritable héritier. Vous êtes au courant que ces anciennes familles de Cornouailles incluent souvent des prétendants illégitimes pour le titre ?

— C'est pourquoi vous avez encore peur. Pour votre fils.

Elle hocha la tête dans l'obscurité, renouant son tablier.

— Daphné, soyez prudente là-haut. S'il vous plaît, ne soyez pas la prochaine.

Je quittai Hugh Town nettement mal à l'aise. Les paroles de Rachael Eastley hantaient chacun de mes pas alors que je traversais les champs de bruyère et que je revenais à la Maison Somner.

— Maison Somner, murmurai-je, un péril subtil se développe entre tes entrailles et chez tous ceux qui t'entourent. Quel est ton secret ?

Mon malaise augmenta dès le moment où j'accrochai mon manteau près de la porte d'entrée. Un étrange silence régnait dans le salon vide, avec les peintures grotesques de la guerre, trop réalistes et trop vivantes.

La porte grinça derrière moi, et je sursautai.

— Pardonnez-moi.

M. Davis entra en se cognant, enlevant son manteau de ses épaules.

— Je devrais marcher plus doucement. Ma mère me l'a toujours dit. Oh, est-ce que quelque chose ne va pas ? Où sont les autres ?

Par son visage, je voyais bien qu'il n'avait pas appris la nouvelle. Je m'attardai dans le couloir, me demandant s'il trahirait son soulagement devant le décès de son rival.

— Comment va votre oncle ? J'espère que vous l'avez trouvé bien ?

Son front se plissa avant qu'il ne sourie.

— Oh, ce n'est pas vraiment mon oncle. Un ami de la famille, mais nous l'avons toujours appelé mon oncle. Il aime pêcher — oh mon Dieu, tout va bien, Daphné ?

Je lui fis part de l'assassinat.

— Josh Lissot ! Mort ! Mais comment ? Quand ? *Qui ?* Zut ! J'aurais voulu être ici. J'aurais voulu être là pour...

Il jeta un coup d'œil vers l'étage.

— Je dois aller vers elle. Je dois voir...

— Je ne pense pas que ce soit sage en ce moment.

Je l'arrêtai.

— Elle dort.

J'omis de mentionner l'opium, mais je supposai qu'ayant connu le couple si intimement toutes ces années, il était au courant de la faiblesse occasionnelle de Kate.

— Oh, je vois... oui, vous avez raison. La meilleure chose, c'est de dormir. Elle a subi de trop nombreux chocs. Si vous allez là-haut, pouvez-vous vérifier pour moi comment elle va ? Et lui donner un message ?

— Oui, je le peux, si ma sœur le permet. C'est elle qui s'en occupe.

— Kate a beaucoup de chance d'avoir votre sœur. Mon message, c'est tout simplement une étreinte. Pouvez-vous faire cela ?

— Je le ferai, lui promis-je.

Lorsque je me rendis à l'intérieur, la chambre était très sombre, et les lampes étaient tamisées. J'entendis la respiration paisible d'un profond sommeil sans rêves, et les deux étaient étendues là, comme des enfants effrayées, enveloppées dans les bras l'une de l'autre.

Sur la petite table de chevet, j'aperçus une note qu'on y avait jetée. M'approchant sur la pointe des pieds, attentive aux planches de bois traîtresses sur lesquelles je marchais, je tendis le bras pour la récupérer. Étant aussi lente et méthodique dans mes mouvements, je savais que je n'allais pas les réveiller, pas au milieu de la léthargie qu'avait provoquée le médicament. Je commençai à lire le morceau de papier taché de larmes.

> *Kate,*
> *Je vais me tuer si je ne peux pas t'avoir.*
> *Pas après tout ce que nous avons vécu.*
> *S'il te plaît, réponds-moi. Tu sais que je n'ai pas tué Max, et il me tarde de prendre soin de toi comme ma femme, même si j'ai peu de moyens.*
> *Kate, Kate,*
>
> > *Je t'aime,*
> > *Josh.*

La pitié submergea mon cœur. Se pourrait-il qu'il se soit suicidé? Comme c'était horrible et tragique, et j'aurais voulu — j'aurais tant voulu — lui parler de tout cela. J'aurais voulu lui avoir prêté plus d'attention ce jour-là sur la colline. Les fleurs fragiles que nous avions tant admirées reflétaient son image — pas celle de son ancienne amoureuse. Elle devait lui avoir donné sa réponse ce jour-là.

Je me sentais mal. J'aurais aimé avoir été là pour Josh au lieu d'être allée me promener en compagnie du major. Pourquoi n'avais-je pas été plus réfléchie ? Pourquoi n'avais-je pas pris la peine de le chercher ? Rien qu'à voir son visage, j'aurais dû savoir…

Une fois dans ma chambre, je repassai toute ma journée dans mon esprit. J'avais trop été plongée dans ma promenade avec le Major Browning et dans son baiser pour percevoir la douleur de quelqu'un d'autre. Si je me souvenais bien, Josh avait marché avec Bella et Roderick une grande partie de la journée, tandis que Kate, Angela, le major et Sir Marcus avaient pris les devants.

Soudain, toute pensée me quitta, et je dérivai vers le sommeil. Je rêvai d'un ciel sombre et d'oiseaux féroces encerclant le haut de la tour, agités avec leur bec et leurs crocs acérés, ressemblant à des rats. J'étais leur victime, partiellement dissimulée à l'intérieur de la tour, priant les ombres de me protéger. Le ciel devint rouge, et le visage de Rachael Eastley sembla sortir d'un brouillard, parfaite et sereine alors qu'elle regardait le corps de Max et se mettait à rire, ses cheveux noirs dans le vent.

Je m'éveillai effrayée. Cherchant mon réveil, je vis qu'il était cinq heures trente. Je tentai de dormir encore un peu, mais le cauchemar m'en empêchait. Frustrée, j'allumai pour écrire. Griffonnant un collage effréné de noms au hasard, de pensées, de suspects, de désirs,

de secrets, de motivations, d'actions, de traits de personnalités et d'informations contextuelles. J'encerclai
finalement quatre noms.

Satisfaite, j'attendis le jour nouveau.

— Je dois savoir qui l'a fait! annonçai-je, faisant irruption dans la chambre de Sir Marcus.

Les ténèbres enveloppaient son corps alors qu'il pliait
un oreiller sur sa tête.

— Oh, allez-vous-en! Qui que vous soyez! Je viens
tout juste de me coucher.

Me frayant un chemin à travers ses vêtements jetés
par terre, je tirai les rideaux. Mon geste soudain le fit se
tourner péniblement sur le côté. Il leva la tête, un œil
ouvert et un sourcil irascible.

— Je sais qui l'a fait, brillai-je, triomphante. Au
moins, un de ces quatre.

Je poussai le morceau de papier devant ses yeux injec-
tés de sang.

— Mince alors, ma petite. Pouvez-vous écrire plus
petit? Je peux à peine voir!

— C'est le whisky, pas mon écriture, l'informai-je, m'as-
seyant à côté de lui. Alors, c'est ainsi que vous gardez une
chambre... Je crains qu'on ne puisse jamais être mariés
tous les deux, car vous êtes décidément trop désordonné.

Un haussement d'épaules paresseux roula sous sa tête,
alors qu'il soupirait, s'effondrant sur son oreiller pour
lire à voix haute les noms sur ma liste.

— Bella, Jackson, Kate, et... *Kate*. Êtes-vous devenue folle ? Avez-vous pris congé de votre bon sens ?

— Oui et non. Si vous y réfléchissez, tout tourne autour d'une personne : Kate.

— Et la sainte Mme Eastley ? Elle n'entre pas dans l'équation ?

— C'est simplement une mère qui protège son fils. Elle n'a pas de motivation pour tuer son père.

— C'est... possible que vous ayez raison.

— Je vous remercie de votre confiance.

— Je suppose que vous et Major Magnifique avez décortiqué tout cela ?

Je lui lançai un coup d'œil navré.

— Pourquoi devrions-nous le faire quand le mystérieux M est sur l'affaire ?

Il cligna des yeux, et une boucle de plaisir se fraya un chemin à travers ses lèvres tremblantes.

— Je dois dire que je suis flatté. Vous connaissez un autre mot pour la flatterie, c'est l'« adulation ». Notez cela, romancière, dans vos gribouillis.

— Gribouillis ? Je ne griffonne certainement pas.

Assis, il omit de faire le moindre effort pour corriger ses cheveux mal coiffés et hérissés, ou le désordre de son maillot de corps, mais il arracha une couverture pour dissimuler ses shorts de nuit, avec un minimum de dignité.

— Vous savez, Mlle Daphné, vous vous êtes compromise en venant ici dans tous vos états pour me voir.

— Oh, s'il vous plaît. Nous sommes maintenant au XXe siècle...

Il toussa.

— Permettez-moi de différer d'avis. Vos parents, j'en suis sûr, désapprouveraient grandement que vous entriez dans les appartements d'un célibataire, sans chaperon.

— Mais Angela…

— Angela, dit-il, rappelant beaucoup un maître d'école, n'a pas votre raffinement.

Je supposai qu'il me taquinait et, en retour, je le traitai d'« adulateur en chef ».

Un rire profond sortit de sa gorge.

— Chut! Nous allons les réveiller.

— Réveiller qui, Mlle Daphné? La droguée ou Mlle « Wooden » Woodford? Si c'est la dernière, je renonce aux faux-semblants. Elle sait déjà que vous êtes dans cette pièce maintenant. Elle a l'œil sur nous tous.

Mon visage devint écarlate.

— Et elle publicisera probablement le fait au petit déjeuner… pour ruiner votre honneur aux yeux de vos très nombreux prétendants.

— Je n'ai pas plusieurs prétendants.

— Vous en avez deux. Major Magnifique et Lord Roderick Trevalyan. Peut-être Davis, aussi… il semble plutôt épris de vous. Ah, dit-il en tapant pensivement sur ses lèvres, peut-être que notre Katie va maintenant accepter sa proposition? C'est lui ou Rod. Elle est le genre de fille à se marier. Elle a besoin d'argent… et de sécurité…

— Ce n'est pas une raison pour se marier, claquai-je.

— Je lui ai offert une solution de rechange, admit Sir Marcus, en se référant à son rôle en tant que riche bienfaiteur. Une vie comme secrétaire personnelle. Et je peux lui installer ses propres studios, si elle le souhaite, et la supporter financièrement jusqu'à ce qu'elle se trouve suffisamment de clients par elle-même.

— C'était très gentil de votre part, lui répondis-je, un peu envieuse.

— Mais, bien sûr, elle a refusé.

— Elle a refusé! Pourquoi?

— Je l'ignore. Vous êtes une femme. Je vous laisse trouver la solution.

Pour ce faire, il fallait d'abord décrire une femme qui avait besoin qu'on s'occupe d'elle, qu'on la soutienne et qu'on la chérisse, qu'on la protège et qu'on l'aime à tout moment. Et je voyais que M. Davis était son meilleur choix. L'amitié et l'intimité et un heureux mariage la rendraient libre de poursuivre une carrière d'artiste. M. Davis ne serait que trop heureux de rendre service, sachant mieux que quiconque à quel point elle avait souffert avec Max. Max et Kate, la réponse reposait quelque part dans leur tragédie.

— Ne restez pas là bouche bée comme une momie, se moqua Sir Marcus. Vous pourriez commencer à baver, et je ne vais pas essuyer la bave, je vous préviens.

— Je suis désolée. Je dois partir.

Je m'enfuis de la chambre avant qu'il ne puisse m'en empêcher.

Je ne pouvais m'arrêter avant de connaître avec certitude l'identité du meurtrier.

C'était un risque que j'étais la seule à pouvoir assumer.

CHAPITRE VINGT-CINQ

Je songeai aux grands détectives G. K. Chesterton et Sherlock Holmes. Je n'étais pas un grand détective, non plus que je prétende au titre. Ce sont les gens qui m'intéressent, leurs désirs, leurs secrets, leurs regrets, leurs amours, leurs haines, et leurs vengeances.

C'est pourquoi je déposai une lettre sous la porte du suspect numéro quatre avant de rejoindre Angela dans notre chambre.

— N'est-ce pas une glorieuse journée, Daphné ?

Bâillant, Angela se détourna de la fenêtre.

Je la rejoignis. La Maison Somner en matinée. Rien ne pouvait se comparer au motif d'arbres exotiques qui serpentaient vers la plage, à l'étrange appel des oiseaux de l'île qui se dissimulaient dans les branches, et à l'air marin bruissant sur ces feuilles hivernales.

— N'es-tu pas heureuse d'avoir décidé de m'accompagner ? Je te l'avais dit que ce serait intéressant.

— Oui, intéressant, murmurai-je. Deux morts et une sœur qui semble étrangement heureuse que ce soit arrivé.

— Oh, bah! Si tu savais la moitié de ce que Max a fait à Kate, toi aussi tu serais heureuse.

— Je parlais de M. Lissot.

Sa bouche se durcit, et je la regardai pendant qu'elle retournait de son côté de la chambre pour trier ses vêtements.

— Et comment va notre Kate? Et toi, comment vas-tu? murmurai-je.

— Très bien, répondit-elle sèchement, gardant son air indifférent même si je savais que ce n'était pas ce qu'elle ressentait. C'est la vie de Kate. Et si elle le choisit, Davis sera généreux pour elle. Elle ne manquera de rien.

Un sourire amer apparut sur ses lèvres.

— Les hommes! Qui a besoin d'eux? Quelle peste, une faiblesse, un fléau parmi les femmes. Mais je ne peux l'en dissuader. Elle insiste sur le fait que Davis est un homme bon qui la chérira et la protégera. Chérir et protéger! Ha! Ça me rend malade de l'entendre.

Après un moment de réflexion, je lui parlai de mes craintes.

— Tu es consciente que nous sommes en danger ici, n'est-ce pas, Ange?

Elle me regarda brusquement.

— En danger?

— Il y a un assassin en liberté. Aucun d'entre nous n'est en sécurité.

— Max a été assassiné, mais Lissot s'est suicidé, Daphné.

— Oui, je sais. J'ai lu la note.

La force de ma confession la frappa.

— M'as-tu *espionnée* la nuit dernière?

— Par hasard, protestai-je.

Même si la chambre brûlait du soleil du matin, je frissonnai. J'imaginai Angela en train de lire la note de Josh Lissot, entrant sur la pointe des pieds à l'endroit où il reposait dans son bain, plongeant le couteau dans son cœur, lui écrasant la main sur sa bouche pour qu'il ne puisse crier. Je l'examinai du coin de l'œil, écœurée de voir une affreuse contusion pourpre émerger sur son bras gauche.

— Comment t'es-tu fait cela?

— Fait quoi?

— Ce bleu sur le bras.

Elle détourna les yeux.

— Oh, je me suis cognée sur la porte de la maison.

Depuis que le major résidait ici en permanence, je me donnais plus de peine pour soigner mon apparence, bien que je répugne à l'admettre.

— Angela, puis-je emprunter ton rouge à lèvres rose?

— Bien sûr.

Se glissant vers la fenêtre, Angela me lança sa boîte de maquillage.

Ouvrant le boîtier argenté contenant une cachette de merveilles théâtrales, je fouillai jusqu'à ce que j'aie trouvé l'article souhaité. C'est lorsque je refermai la fermeture à glissière que je remarquai du sang. Du sang ? Je laissai tomber le boîtier, comme si un serpent m'avait piquée. La pochette était assez grande pour avoir dissimulé un couteau de cuisine. Tremblante, je me peignis les lèvres en rose au son d'Angela qui chantait, des nausées se tortillant dans mon estomac.

Peut-être avait-elle contrefait la note de Josh ? Peut-être avait-il eu l'intention de se tuer et, qu'à la dernière minute, il avait eu besoin d'aide et qu'Angela lui avait rendu ce service.

Je hochai la tête pour me libérer de telles absurdités. C'était une idée saugrenue... Angela, non, non, pas même en état d'ébriété, Angela n'aurait pu commettre un crime aussi odieux.

— Dépêche-toi, Daphné, nous allons manquer le petit déjeuner.

Épinglant mes cheveux en chemin pendant que je descendais les escaliers, je priai pour que mon visage ne trahisse pas mes craintes. Quand j'étais nerveuse, mon visage avait tendance à me trahir, et je ne devais pas permettre à mon suspect de deviner mon identité.

Comme l'horloge dans la salle à manger sonnait neuf heures trente, je me mis à frissonner. Qui étais-je pour semer la zizanie dans un nid de guêpes ? Je doutais que les meilleurs détectives s'abaissent à se servir d'une note pour débusquer un suspect.

— Sir Marcus a dit que vous l'avez réveillé.

Ajustant ses lunettes, Arabella me regarda avec le sourire content d'un chat bien nourri.

— Je me demandais à quoi rimait tout ce bruit dans sa chambre.

Je sentis la chaleur envahir mon visage. Je remarquai que Roderick avait rapidement écarté son journal et que les sourcils du major se soulevèrent alors que Kate remuait son café, cloîtrée à l'autre bout avec M. Davis et Angela.

— Merveilleuse nouvelle, dit Sir Marcus en souriant, cognant sur sa tasse de café avec une cuillère. Daphné devra donc devenir Lady Oxley. Pas question de compromettre une fille qui réveille un célibataire de son lit, le pourrais-je ?

— Il plaisante, dis-je en riant, attentive à éviter le regard inquisiteur du major.

Sir Marcus fronça sévèrement les sourcils vers moi.

— Vous me blessez terriblement, petite Daphné. J'aurais bien envie de vous avoir comme épouse, vous savez, me réveillant tôt le matin avec une tasse de thé chaud.

Le supérieur de M. Fernald, l'inspecteur-chef affecté à notre cas, arriva une heure plus tard, alors que nous nous retirions tous sur la terrasse extérieure pour profiter du soleil et de thé frais. Hugo le laissa franchir la porte, et je vis que Kate frémissait.

— Bonjour, Mesdames et Messieurs.

L'inspecteur Zoland, un homme chauve, court et bien habillé, avec des paupières tombantes, agita sa canne vers nous.

— Après avoir examiné les faits, je suis d'avis que M. Lissot ne s'est pas suicidé, mais qu'en fait, il avait été assassiné. Pour ce qui est de la mort prématurée de Lord Trevalyan, la cause déclarée ne me satisfait pas. Mon seigneur, je dois vous convaincre de me permettre d'interroger vos invités.

— Je vous invite à mener vos entretiens dans la bibliothèque, inspecteur, proposa Lord Roderick.

— Nous allons interviewer chacun de vous, à tour de rôle, et nous commencerons dès maintenant, dit M. Fernald.

Mon dégoût envers l'homme augmenta alors que j'observais à quel point il aimait utiliser son pouvoir d'inspirer la peur chez les autres. Abusait-il de ce pouvoir, me demandai-je ? Était-il sensible à la corruption ?

— Mlle Daphné.

La voix de Fernald fit sursauter mon cœur.

— Si vous voulez bien venir de ce côté, s'il vous plaît.

Chancelant sur mes pieds, consciente de tous les yeux fixés sur moi, je suivis docilement les policiers.

Je commençai à trembler. Pourquoi m'avaient-ils choisie en premier ? Ils ne *me* soupçonnaient certainement pas ? Quelle aurait été ma motivation pour commettre le meurtre de Josh Lissot ou de Max Trevalyan ?

Enfermée dans la bibliothèque où les livres n'irradiaient plus le confort, je me tordis les mains. Mon père me manquait. Sa force et son autorité me manquaient en face d'une créature comme Fernald. Il était clair qu'il voulait mener l'entrevue avec l'inspecteur-chef qui observait, prenant des notes dans son petit carnet.

Fernald ouvrit son carnet de feuilles.

— Je veux connaître vos déplacements précis le jour du meurtre de M. Lissot. Il y avait une tempête. À quelle heure êtes-vous rentrée au chalet, Mlle du Mure?

— C'est du Maurier, lui répondis-je en le foudroyant du regard. Et je ne porte jamais de montre, mais il devait être dix-sept heures. Oui.

Je hochai la tête, me souvenant du ciel.

— Vous partagiez une chambre avec Mlle Woodford cette nuit-là. Donnez-moi un compte rendu exact de ce que vous avez fait à votre retour.

Je balbutiai les événements de la soirée.

— Donc, vous dites que vous vous êtes rendue plus tôt à la salle de séjour? Quelqu'un peut-il se porter garant de cette affirmation? Mme Trent, peut-être?

— Le major Browning, murmurai-je, la chaleur montant à mon visage. Il était là lui aussi.

Une courbe lente émergea sur les trop grosses lèvres de Fernald.

— Vous et le major... vous êtes intimes?

Je bondis sur mes pieds.

— Certainement pas! Et *je n'apprécie pas* l'insinuation.

— Mais vous avez une habitude, Mlle du Maurier, celle de fouiner, n'est-ce pas? À commencer par la chambre de Sir Marcus?

Mon visage vira au rouge. J'ignore comment l'homme avait obtenu cette information. Avait-il écouté à l'extérieur de la salle du petit déjeuner en attendant son supérieur ?

— Assoyez-vous, petite demoiselle.

Je me rassis, souhaitant avoir le courage de lui lancer un livre. C'était l'homme le plus odieux que j'aie rencontré de toute ma vie, et je me promis de faire de lui un scélérat dans l'un de mes romans. Une créature horrible qui dévore l'innocente proie... un tyran... un aubergiste tyrannique, décidai-je.

— Je ne peux croire que Mlle du Maurier ait eu un motif de poignarder Josh Lissot dans sa salle de bain, observa l'inspecteur Zoland à partir de son siège. Mais la sœur, c'est une autre histoire.

— Angela ?

Je feignis la surprise.

— *Tuer* Josh Lissot ? Êtes-vous fou ?

Mes pensées se bousculaient dans ma tête. Angela serait-elle la prochaine à être interviewée ?

— Je crois que cette femme cache quelque chose, dit Fernald. Elle essaie de protéger quelqu'un et ce quelqu'un serait une sœur, hein ?

Hein ? Je me retins de répondre.

— Je ne cache rien, continuai-je, pliant mes bras sur ma poitrine.

— Quand avez-vous parlé à M. Lissot pour la dernière fois, Mlle du Maurier ? demanda M. Zoland.

— Avant la tempête.

— Semblait-il bouleversé ? Perturbé, d'après vous ?

— Oui, il était inquiet de voir comment tout cela tournerait.

— Prouver son innocence afin de pouvoir épouser Lady Trevalyan?

— Oui, je suppose que oui.

— Une dernière question, Mlle du Maurier. À votre avis, Josh Lissot était-il un homme capable de se suicider?

Je retardai ma réponse dans l'espoir de protéger Angela, mais Josh Lissot méritait que je sois honnête.

— Je l'ignore.

Après qu'on m'eut permis de sortir, je laissai échapper un soupir d'exaspération juste au moment où Bella s'avançait vers la porte de la bibliothèque.

Souriante, elle s'avança pour attraper la poignée de la porte, et je m'écartai pour la laisser passer. Si quelqu'un avait quelque chose à cacher, c'était elle, protestai-je pour moi seule.

Désireuse d'oublier toute l'affaire, je m'échappai vers les jardins, vers un petit coin que j'avais découvert où un mur de pierres, couvert de rosiers grimpants, de clématites et de glycines, s'ouvrait vers la mer. De nombreux pots partagés de pélargoniums, de verveines et d'héliotropes formaient une haie luxuriante de charmants gardiens en une conception ovale circulaire. Il n'y avait pas de chaise de jardin au milieu; je m'assis donc sur la pelouse verte, les jambes croisées, et je caressai l'herbe douce. Un printemps prometteur fleurissait tout autour de moi, et j'étais impatiente qu'il arrive.

— « Car dans chaque nouveau mystère et chaque nouveau voyage / Il y a une étendue de nouveaux stimuli pour toute l'éternité. »

Clignant des yeux à deux reprises, je jetai un coup d'œil à côté de moi pour voir Roderick Trevalyan.

— Puis-je me joindre à vous ? demanda-t-il.

— O... oui, bien sûr. Vous êtes chez vous, mon Seigneur.

Il s'assit, et je lui souris.

— Vous tacherez votre habit.

— Ça ne me dérange pas.

Il haussa les épaules, regardant en arrière vers la maison.

— La grande vie ne m'a jamais vraiment intéressé. Je suis bien plus heureux à construire des bateaux.

— Et à lire de la poésie. Au fait, qui était le poète que vous venez de citer ?

— Moi.

— C'est vrai ? Pourquoi ne l'avez-vous pas dit plus tôt ?

Il leva une main modeste.

— J'écris de la poésie depuis que je suis un petit garçon. C'est une passion personnelle, une que mon père détestait. De même que Max, mais ma mère m'encourageait et, un jour, sans que je le sache, elle a envoyé ma compilation à Londres, et on l'a acceptée.

J'étais stupéfaite.

— On l'a acceptée ? Juste comme ça ?

— Oui, j'ai un exemplaire publié dans la tour, si ça vous intéresse.

— Voilà que je rêve d'être écrivaine et vous en êtes déjà un ! C'est très égoïste de garder ce talent pour vous, vous savez.

Un léger rire dériva sur ses lèvres, faisant ressortir le bleu de ses yeux. Un bleu profond méditerranéen, songeai-je.

— Daphné...

Ses yeux devinrent plus profonds, avec une nouvelle expression.

— Je sais que nous ne nous connaissons tous les deux que depuis peu de temps, mais rien ne me ferait plus plaisir que si vous acceptiez d'être ma femme.

Je n'avais plus de mots, mais j'étais incroyablement flattée. Je ne savais pas quoi dire.

— Vous n'êtes pas obligée de répondre immédiatement. Nul doute que vous aurez besoin de temps pour examiner ma proposition, et je n'ai pas envie de vous presser. Prenez tout le temps que vous voulez. Prenez un an, s'il le faut. Je vous attendrai.

Cela signifiait beaucoup pour moi. Il pensait à mes besoins avant les siens, une autre preuve de son très bon caractère. Un homme bien. Il remplissait presque tous mes critères. Sauf qu'il lui manquait un élément essentiel. Comme toutes les jeunes femmes, j'avais imaginé comment ce devrait être, la romance précédant le mariage, un élan de joie instantanée, un abandon effréné qui apportait une clarté absolue.

Une clarté que je n'avais ressentie qu'avec un seul homme.

Le Major Frederick Arthur Montague Browning II.

Je ne parlai pas à Angela de la proposition de Roderick Trevalyan. Je n'avais aucune envie de l'entendre rire.

CHAPITRE VINGT-SIX

— Horribles créatures séniles !

Jurant, Angela entra précipitamment dans notre chambre après l'entrevue.

— Comment osent-ils supposer que c'est *moi* qui ai posé le geste pour gagner Kate ? Ha ! Je lui ai montré la lettre, dit-elle avec dédain. Elle prouve que Josh s'est suicidé, car il craignait que Kate ne l'épouse pas. Cela n'aurait pas fonctionné. Il n'aurait pas eu d'argent. Elle avait eu suffisamment de difficultés avec Max pour ne pas vouloir recommencer une nouvelle lutte.

— Mais l'amour ne vainc-t-il pas n'importe quoi ?

— Souviens-toi de Marianne et de Willoughby dans *Raison et sentiments* ? Marianne y croyait aussi, mais plus tard, elle avait pris conscience que, s'ils avaient choisi cette voie, une partie ou l'autre aurait commencé à ne plus apprécier la vie et à regretter son choix.

— Donc, Kate a choisi Davis et l'argent ?

— Elle n'a pas *encore* dit oui à Davis, me renvoya-t-elle.

Je laissai passer une ou deux minutes entre nous.

— Ange, s'il te plaît, dis-moi que tu n'as pas contre-fait la note de suicide de Josh.

Elle s'arrêta de trier son linge et se tourna vers moi. Je lus la réponse dans ses yeux.

— Mais *pourquoi*? Pourquoi as-tu fait cela? Tu pourrais t'attirer des ennuis si on le découvre.

Elle se mit à pleurer.

— Je devais me protéger, Daphné.

— Comment as-tu réussi à imiter son écriture?

— J'ai vu les lettres qu'il avait écrites à Kate. Il aime lui laisser des petites notes d'amour. Il y en a partout.

— Tu t'es ingérée dans sa vie privée?

Un sourire bizarre se forma sur ses lèvres.

— Tu l'as fait toi aussi, petite sœur, ne me juge pas.

Écœurée, je lui fis carrément face.

— Est-ce toi qui as poussé le couteau dans le corps de Josh?

Elle regarda au loin, pour réfléchir, pour choisir ce qu'il fallait avouer, et ce qu'elle devait garder secret.

— C'est bizarre.

Elle hocha la tête, s'assoyant de nouveau sur son lit, comme une enfant prise en défaut, se préparant pour le sermon et la punition de ses parents.

— J'en ai vu quelques-uns, auparavant, menacer de le faire, mais je ne croyais pas qu'il passerait aux actes... ou que je devrais être là pour en être témoin.

Je la rejoignis sur le lit, lui serrant la main.

346

— Que s'est-il passé ? Jusqu'où et dans quelle mesure l'as-tu aidé ? Angela ! Comment as-tu pu ?

Elle repoussa ma main.

— Je n'ai rien fait. Quand je l'ai trouvé, j'ai essayé d'arrêter l'hémorragie, mais il était trop tard. J'étais juste revenue à la salle de bain pour chercher mon sac. Quelle idiote, je l'avais oublié, sinon je n'aurais jamais été là pour entendre son cri.

Des larmes coulèrent sur ses joues.

— Oh mon Dieu, Daph, je suis vraiment dans le pétrin. Cette odieuse Bella m'a vue sortir. Elle leur en a parlé sans doute et, quand ils feront concorder le moment, ils m'accuseront. Ils m'*accuseront* de meurtre !

Je la serrai tout contre moi, lui tapotant le dos alors qu'elle sanglotait partout sur mon chemisier.

— Alors, tu l'as trouvé dans la salle de bain avec le couteau dans sa poitrine.

— Oui, oui, mais au moment où je suis arrivée jusqu'à lui, il était mort, dit-elle à travers ses sanglots. C'était horrible...

Je me représentai la scène, pensant difficilement, désespérée de trouver un moyen de la disculper.

Elle ferma les yeux.

— Le sang... Je n'oublierai jamais le sang.

— Certainement que M. Zoland te croira si tu dis la vérité.

— Non, il ne me croira pas.

Des larmes chaudes et salées aveuglaient ses yeux. Inconsolable parce qu'elle craignait de perdre son avenir, de faire face à l'inévitable scandale et à une peine d'emprisonnement, ou même à la mort, elle commença à trembler.

— J'ai tellement peur, Daphné, j'ai tellement peur...

— Moi aussi.

Je la serrai fort dans mes bras.

— Moi aussi.

Plus tard, j'appris qu'Angela avait présenté son jeu nonchalant habituel devant M. Zoland. Elle avait été vague sur les détails et elle avait affirmé n'avoir vu personne.

Le mensonge lui ferait du tort, et je jetai un coup d'œil inquiet à la minuscule horloge de notre chambre qui rappelait le temps qui passait. Zoland et Fernald étaient en conférence, comparant leurs notes, décidant du sort de ma sœur.

— As-tu avoué tout cela à Kate ?

J'avais apporté une tasse de thé à Angela alors qu'elle gisait inerte sur son lit, les yeux fixés dans le vide.

Les yeux fixés se fermèrent.

— Non. Elle ne me pardonnerait jamais de ne pas l'avoir sauvé. Elle ne comprendrait pas.

— Elle mérite de connaître la vérité. Je t'aiderai si tu le veux.

Un nouvel espoir brilla dans ses yeux.

— Tu le ferais ? Mais je ne pourrai peut-être pas la voir avant qu'ils m'emmènent cet après-midi.

— S'ils t'emmènent, tu devras être forte, dis-je, assumant le rôle de sœur aînée.

— Je vais me tuer !

M'attendant à ses déclarations dramatiques, j'agitai mon doigt vers elle.

— Non, tu ne te suicideras pas. Tu as trop de choses à vivre, et je vais trouver un moyen… Je vais trouver un moyen, je le promets.

Le vœu glissa naturellement de mes lèvres en même temps qu'un coup sec retentissait à la porte.

Angela se figea sur place.

— Ils sont là. Ils sont déjà là pour me chercher !

— Chut ! lui ordonnai-je, me levant pour aller répondre. Essaie d'être calme.

Je ne m'étais jamais sentie aussi soulagée de toute ma vie de voir le visage rayonnant de Sir Marcus à la porte.

— Oh, Dieu merci, ce n'est que vous.

— Qui croyiez-vous que c'était ? Est-ce Angela qui pleure ?

Il avança la tête pour jeter un coup d'œil curieux dans la chambre.

— Un moment difficile ?

Je hochai la tête, en fermant la porte pour que nous puissions parler dans le couloir.

— Euh, ça va pour Angela ? Je peux faire quelque chose ?

— Tu peux le lui dire, dit Angela en soupirant derrière moi alors qu'elle ouvrait la porte. Ils le sauront tous bien assez tôt, et je ne veux pas que vous chuchotiez tous les deux dans le couloir. C'est indécent.

Recevant la permission d'entrer dans notre chambre, Sir Marcus y pénétra sur la pointe des pieds.

— Maintenant, c'est à votre tour, Mesdames, de compromettre mon honneur.

Il plongea à côté d'Angela.

— Alors, quelle est la catastrophe, ma petite?

— Elle a menti au sujet du suicide assisté de Josh, lui dis-je.

— Ha ha.

Après avoir écouté l'histoire d'Angela, Sir Marcus se mit à marcher de long en large dans la chambre pour délibérer.

— *Josh Lissot, l'amant de Lady Kate, assassine son mari violent pour la défendre. Josh Lissot, l'amant abandonné de Lady Kate, se suicide parce qu'il refuse d'affronter l'avenir. Avec un avenir éternellement sombre, il craignait son incapacité de répondre aux demandes, son incapacité de payer son loyer et une vie passée à éviter les sinistres créanciers.* Là, comment trouvez-vous ma rubrique?

— Digne du mystérieux M, répondis-je. Êtes-vous sûr que vous n'avez pas assassiné Max pour écrire sur le sujet?

— Quoi? *Moi*? Assassiner pour rédiger une rubrique? Je ne crois pas. Mais, ma chère Daphné, je crains que nous devions distraire l'inspecteur d'une enquête sur la participation d'Angela dans le crime, en allant repêcher le véritable assassin — le véritable assassin qui manque à tout le monde.

Soudain, je me souvins du piège que j'avais tendu à mon principal suspect et, maintenant, j'en redoutais le résultat.

Il n'était pas difficile de trouver le major, qui était drapé avec langueur sur un divan en train de distraire Kate, dont les jambes pendaient sur le bras du fauteuil à sa droite.

J'hésitai avant d'entrer dans la salle.

Elle riait alors qu'il cherchait à la divertir de tout le malheur et de toute la terreur de ces dernières semaines. Elle en lapait chaque parcelle.

Éprouvant du ressentiment par rapport à ma mission, je fis une entrée maladroite en m'excusant de l'intrusion.

— Oh, il n'y a pas d'intrusion, m'assura Kate. Viens donc nous rejoindre, Daphné. Angela est-elle avec toi?

— Euh, non. Elle se repose.

Elle hocha la tête tout en émettant un bâillement bien féminin. Comment réussissait-elle à garder son magnétisme dans de telles circonstances? Puis il me vint à l'esprit qu'elle et le major possédaient le même talent de maîtrise de soi. Ils étaient nés avec cette habileté. Rachael Eastley la possédait aussi, et j'ai pensé que ce pourrait être une étude de personnage intéressante pour un futur roman.

Mâchouillant ma lèvre inférieure, je demandai au major :

— Puis-je vous parler en privé, si vous avez un moment?

— Allez-y.

Kate cligna de l'œil.

— Je ne suis pas du genre à empêcher des liens comme les vôtres.

Son visage montrait un certain amusement, de sorte que je gardai mes remarques pour moi jusqu'à ce que nous soyons à l'abri des oreilles indiscrètes.

— Elle est libre maintenant, vous savez.

— Qui est libre?

Il se tenait à mes côtés, les mains dans sa poche.

— Lady Kate. Elle est adorable. Elle fera une bonne épouse pour n'importe quel homme.

— Une bonne épouse?

— Oui, Mme *Katherine* Browning... il faut lui offrir une bague, n'êtes-vous pas d'accord?

Ses yeux noirs s'arrêtèrent sur les miens.

— Étant donné que nous sommes à parler de ce sujet, qu'y a-t-il entre vous et Roderick Trevalyan?

Une couleur révélatrice me monta au visage. Oh, non, m'avait-il vu dans le jardin avec Lord Roderick? Pensait-il que nous étions ensemble? Après que lui et moi avions partagé ce baiser dans la maison?

— Si vous devez le savoir, Roderick m'a demandé en mariage et je...

Il se mit à rire.

— Vous êtes une fille incroyable — deux propositions de mariage de deux seigneurs en une année. Mes félicitations.

— Ce n'est *pas* comme cela, et vous le savez bien.

— Pas comme quoi? Nombreux sont ceux qui considéreraient qu'il s'agit d'une très grande réussite. Alors peu importe si l'une ne s'est pas réalisée? Roderick Trevalyan n'est peut-être pas aussi séduisant que Lord David Hartley, mais il est tout de même le *seigneur* d'un *château*, et c'est ce que vous voulez, n'est-ce pas?

Son sarcasme me prit au dépourvu. Au fond de mon cœur, je devais l'admettre, j'avais rêvé d'épouser le seigneur d'un château, mais ce que le Major Browning ne comprenait pas, c'est que les seigneurs de château prenaient de nombreuses apparences et pas toujours dans un sens littéral.

— Si vous choisissez ce seigneur et le château, vous avez mes plus sincères félicitations.

— Vous croyez que j'épouserais un homme simplement parce qu'il possède un château?

— C'est l'un de vos prérequis, n'est-ce pas?

Le cynisme et la jalousie coloraient son visage.

— Non, ce n'est *pas* une de mes conditions préalables. Je serais une personne affreusement superficielle si c'était le cas. De toute façon, je ne suis pas venue ici pour vous parler de cela. C'est que...

Je m'interrompis.

— Vous êtes pâle.

Il me serra la main.

— Que se passe-t-il?

Il continuait de me tenir la main. Je jetai un coup d'œil vers le sol, déplaçant mes pieds d'un côté à l'autre.

— Qu'est-ce qu'il y a?

Il me serra à nouveau la main, doucement, mais fermement.

— C'est Angela... Oh, Frederick, je crains qu'elle n'ait fait quelque chose d'épouvantable. Elle était là alors qu'il se suicidait. Elle était là sur la scène du crime.

Je lui jetai un coup d'œil, le regardant lentement digérer mes paroles.

— Quelqu'un est-il au courant à part vous et moi ?

— Sir Marcus...

— Sir Marcus ! Vous êtes allé le voir avant moi ?

Arrachant sa main, il lança un regard meurtrier devant lui.

— Vous donnez trop de crédit à cet homme. Il utilise l'information et les scandales pour en tirer profit.

— Il n'a pas besoin d'argent.

— Non, mais il a besoin de la gloire. Il en vit.

— S'il en a tant besoin, pourquoi reste-t-il anonyme ?

Il ne pouvait nier mon raisonnement.

— Que va-t-il se passer pour ma sœur ? Je ne sais pas ce qu'il faut faire. Devrais-je téléphoner à mes parents ? Angela est hors d'elle. Elle est convaincue qu'ils vont l'arrêter.

— Elle a probablement raison.

— Je crains qu'elle ne se fasse du mal, et nous en avons eu assez avec la mort par ici.

Je me méprisais de commencer à pleurer.

— Là, là.

Il m'attira dans le cercle de son bras.

— Ne vous inquiétez pas, ma chère petite.

— C'est la pitié qui l'a poussée à courir vers lui.

Je respirai dans sa poitrine chaude, voulant fermer les yeux et demeurer dans ses bras pour toujours. Je ne voulais pas affronter le jour. Je ne voulais pas affronter l'avenir de ma sœur.

CHAPITRE VINGT-SEPT

Comme le major l'avait prédit, on emmena Angela.

Je restai seule à la regarder partir, son visage pâle et tiré contre la fenêtre de la voiture alors qu'en s'éloignant elle me lançait un dernier regard. Jamais je n'avais vu Angela aussi effrayée, aussi peu sûre d'elle.

— Il faut que je voie Kate, murmurai-je, réfléchissant à la meilleure façon de lui annoncer la nouvelle.

Je la trouvai se reposant à l'extérieur, sur la terrasse, de grosses lunettes noires recouvrant ses yeux. Même au repos, elle paraissait calme et décontractée, comme une dame anglaise qui se détendait sur le pont d'un navire. Comme je m'approchais, elle tendit une main décontractée pour soulever ses lunettes de soleil, m'invitant à m'asseoir auprès d'elle dans le fauteuil à côté.

— C'est bizarre, tu sais, dit-elle, j'ai été la maîtresse de ce lieu depuis si longtemps, je ne sais pas quoi faire de moi maintenant que je dois le quitter.

Réglant le levier de ma chaise, j'eus pitié de son sourire triste.

— Je crois que j'irai en ville pendant un certain temps et que je ne prendrai pas de décisions hâtives, dit-elle, haussant les épaules. Sir Marcus me promet que je ne serai pas sans le sou, et Roderick est une âme généreuse. Il m'a offert une rente, tout comme il l'a fait pour Rachael Eastley.

Sa bouche se durcit en prononçant le nom, mais aucune amertume ne s'échappa d'elle. Je l'aimai encore plus pour cela. Elle était beaucoup plus forte qu'elle le croyait, et je le lui dis, l'admirant pour ce qu'elle avait enduré avec un époux comme Max Trevalyan.

— C'est étrange, Daphné. J'ai toujours pensé que j'étais faible de rester... faible de tout supporter, mais maintenant je prends conscience qu'il faut une résilience particulière pour survivre si longtemps dans un mariage guerrier où il n'y a pas de paix, pas de sécurité, simplement la terreur et l'incertitude au quotidien.

— Et ce n'est pas le seul problème que vous avez dû affronter, lui rappelai-je.

— Non, convint-elle. J'ai parfois pensé : si seulement c'était un ivrogne heureux, ou si seulement il ne continuait pas à abuser de tout, des femmes aux drogues aux servantes. Quelqu'un qui se mutilait et qui mutilait les autres, voilà ce qu'il était devenu. Et il aimait contrôler les autres parce qu'il était incapable de prendre le contrôle sur lui-même ou sur son esprit. Un jour, il a failli me mener au suicide. Je restais là, recroquevillée dans un coin comme un animal effrayé, ayant trop peur de bouger ou de respirer. Il ne peut y avoir pire peine qu'un tel mariage, celui qui dépouille l'âme même jusqu'à sa dernière braise.

— Tu devrais lire *The Tenant of Wildfell Hall*, lui dis-je, en souriant. C'est l'histoire de ta vie, mais la fin est heureuse, et je te prédis aussi une fin heureuse.

— Oh, tu crois?

Ses lèvres se crispèrent.

— Et comment se termine le livre?

— Je l'ai ici avec moi. Tu peux le lire. Après la terreur, Helen se rétablit et se remarie. Il y a un bout de texte qui dit : «Qu'est ce qu'un médecin prescrit? Un second mariage. Oui, un bon second mariage, c'est le triomphe de l'amour sur l'expérience.»

— J'aime bien, murmura Kate, en essuyant une larme solitaire qui coulait sur son visage. Pauvre Josh, je me fais des reproches. J'aurais dû lui dire ce jour-là qu'il n'y avait pas d'avenir pour nous, que je ne pouvais pas l'épouser. Je ne pouvais pas aller vivre dans son appartement infesté de rats, j'en étais incapable. Ce ne serait pas juste, pour lui ou pour moi, et aucun de nous n'aurait pu avoir le moindre espoir avec la pression additionnelle de devoir tenter de gagner sa vie. Tu dois penser que je suis une femme sans cœur, mais Daphné, je suis réaliste. Ma tête règne sur mon cœur.

Je l'étudiai alors que le coucher du soleil pénétrait sur la terrasse, la lumière dorée ajoutant de la chaleur à sa beauté. La perspective de déranger sa tranquillité me répugnait, mais je ne pouvais attendre plus longtemps pour lui parler de la déchéance apparente d'Angela. Si elle fut secouée par la nouvelle, elle ne le montra pas. Peut-être qu'elle était devenue insensible à la catastrophe.

— Quand elle m'en a parlé, je me suis sentie telle-ment malade ; malade que ma propre sœur ait pu assister à une telle chose et en être accusée, mais elle a essayé de l'aider. Elle est désolée, elle a été incapable de le sauver, Kate. Elle se soucie infiniment de toi.

— Oui, mais, dit-elle en rougissant, Angela — je ne sais pas comment le dire —, elle veut plus que de l'amitié.

Je levai la main pour indiquer que j'étais au courant. Que je savais et que je comprenais.

Un lourd froncement de sourcils perturba le beau front de Kate.

— Tu peux lui transmettre mon amitié.

Ce soir-là, la conversation était rare à la table du souper, alors que nous étions assis seuls avec nos pensées, nous lorgnant les uns les autres, offrant des sourires guindés et polis à travers la table.

— M. Lissot a-t-il de la famille ? entendis-je Sir Marcus demander à Kate plus tard dans le salon.

— Pas que je sache. À un moment donné, il a parlé d'un frère, mais je ne pense pas qu'ils étaient en relation tous les deux. C'était comme s'il habitait loin, peut-être en Australie ?

— On devrait faire des tentatives pour le localiser et lui apprendre la nouvelle, dit Sir Marcus.

Il offrit de se rendre dans la chambre de Josh et voir s'il pourrait trouver des informations.

Kate accepta, dégageant une clé de son trousseau et la lui remettant.

— Pauvre garçon, marmonna Sir Marcus. Je vais régler ses affaires. À mon avis, s'il y a quelque chose qui a une valeur quelconque, cela devra servir à payer ses créanciers.

— Oui.

La réponse vide sortit rapidement de Kate, comme si elle voulait mettre un terme définitif à ce sujet.

— Vous êtes très habile pour écouter.

S'approchant lentement, le major déposa un verre de xérès dans mes mains.

— Là, buvez. Cela vous aidera à dormir.

J'aurais voulu lui dire ce que j'avais fait. Une chose folle et dangereuse si mes soupçons s'avéraient exacts. Pourtant, je ne le pouvais pas. Après avoir placé la note sous la porte de mon suspect, je m'étais volontairement mise en danger et je devais seule en supporter les conséquences.

Me guidant vers un siège plus près du piano où M. Davis jouait du Bach, je demandai au major s'il avait des aspirations musicales.

— Pas du tout, répondit-il rapidement. Je suis tout à fait *de trop* dans ce domaine.

— Mais je croyais que vous étiez bon en tout?

— Votre confiance en moi vous fait honneur.

— Ce n'était pas un compliment.

S'appuyant vers l'arrière, il arqua négligemment son bras sur le dessus de la banquette. J'avalai ma salive.

Le geste n'avait pas non plus passé inaperçu aux yeux des autres dans la pièce. En train de jouer tranquillement au backgammon avec Lord Roderick, Bella sourit, et Sir Marcus me fit un clin d'œil.

— Josh a probablement beaucoup d'amis qui doivent être informés, dis-je en ressentant les effets du xérès qui tintait mes joues d'un rouge vif.

— On placera un avis dans le journal de la fin de semaine.

Réorganisant le coussin derrière mon dos pour que je puisse m'éloigner un peu du major, sans que cela soit évident, je levai un sourcil.

— C'est gentil de la part de Sir Marcus d'offrir de régler les affaires de l'homme. Il y a aussi le travail artistique de Josh. Ses sculptures pourraient avoir quelque valeur. Que leur arrivera-t-il s'il n'a pas laissé de testament ?

— Il faut trouver le frère. C'est lui qui prendra la décision.

— Et si on ne peut pas le trouver ?

— Alors je suppose que ses plus proches amis décideront ce qu'il faut faire. C'était un homme sociable mais, comme tant d'autres avant lui, l'artiste disparaît. Est-ce Byron ou quelqu'un d'autre qui a écrit à propos du penchant de l'artiste pour la vie difficile, la toxicomanie et la mort volontaire ?

— Ou la maladie, ajoutai-je. La tuberculose a emporté tellement de grands talents.

— Vous êtes une bibliothèque d'informations.

Sa voix traînante et taquine ravissait mes oreilles beaucoup plus que le récital de piano de M. Davis. Sirotant mon xérès, je me permis de profiter du moment et je sentis notamment que le regard de Roderick se posait sur moi, espérant toujours que je consente à l'épouser. Je lui avais parlé privément avant le souper, et il m'avait serré chaleureusement la main, m'offrant son aide au sujet d'Angela.

— Ils ne peuvent pas la condamner sans autre preuve, avait-il dit.

J'étais reconnaissante de constater que son intérêt pour moi n'avait pas faibli.

Il était tard quand je me retirai dans ma chambre. Les affaires d'Angela éparpillées dans la pièce me déprimèrent, et je combattis l'envie de téléphoner à mon père. Angela m'avait priée de ne pas le faire, pas encore. Elle espérait que toute la question demeure un secret entre nous, que, s'ils finissaient par la libérer, aucun membre de la famille n'ait besoin d'être mis au courant.

J'avais franchi le seuil, soupirant, ramassant quelques-uns des articles jetés, quand je remarquai l'enveloppe glissée sous la porte. Mon cœur s'agita lorsque je l'ouvris.

Mlle du Maurier,
J'accepte votre offre.

Si vous souhaitez connaître la raison pour laquelle
Max a été tué, rencontrez-moi au quai étiqueté
« Milton Heath », à huit heures demain matin.
Venez seule. Suivez ces directives à la lettre.

Ce n'était pas la première fois, mais j'étais sur le point de faire quelque chose d'immensément stupide. Inutile de dire que je dormis très peu, mon cœur martelant sourdement ma poitrine à mesure que l'aiguille des minutes sur l'horloge s'approchait de l'heure. Ouvrant la lumière à six heures trente, je cherchai et localisai ma jupe de marche, une vieille blouse, et un cardigan. Ne sachant pas quoi prendre d'autre, j'attrapai un parapluie et je glissai un coupe-papier dans la poche de ma jupe.

Descendant sur la pointe des pieds, je priai pour que Hugo soit dans la cuisine.

— Milton Heath.

Il me regarda fixement.

— Pourquoi voulez-vous y aller ?

— Je ne peux pas le dire, mais pouvez-vous me faire une faveur, Hugo ? Pouvez-vous s'il vous plaît donner ceci au major au petit déjeuner ?

Je lui remis une note.

— C'est important. S'il vous plaît, n'oubliez pas.

Je sortis précipitamment de la maison et je me dirigeai vers la plage, suivant le littoral jusqu'au quai de Milton Heath. L'air frais assaillait mes joues, et la nausée tourbillonnait dans mon estomac. Je m'étais embarquée dans l'entreprise la plus dangereuse que j'aie vécue jusqu'à présent et ma curiosité pourrait me coûter la vie.

Je pensai à un bon détective. Je pensai au major. J'imaginais que les deux n'auraient jamais couru le risque de rencontrer un assassin selon ses propres conditions.

— Ne vous retournez pas.

Me tenant au bord du précipice le long de l'ancienne rampe pourrie, je fus saisie de peur.

— Et laissez tomber votre parapluie.

J'obéis, mon cœur battant très fort alors qu'un bandeau atterrissait sur mes yeux. Je me raidis tandis que l'obscurité enveloppait ma vision, une mouette solitaire devenant mon seul lien avec le monde extérieur. Mes mains furent poussées violemment ensemble et attachées avec une corde.

— Par là. Il y a des escaliers devant vous.

Dirigée par la corde, je testai chaque planche de bois, songeant à Lady Jane Grey et à ce qu'elle avait dû ressentir en marchant les yeux bandés vers l'homme à la hache. Une peur terrible me consumait tout à coup. Si je mourais maintenant, je ne verrais jamais mon livre publié. Il est vrai que je devais *d'abord* écrire un livre, mais avais-je choisi le destin d'une artiste?

— Asseyez-vous.

Poussée vers le bas sur quelque chose de dur, je sentis que le petit bateau se balançait. Des vagues grondaient tout autour, et je priai pour que Hugo ait livré mon message. Qu'arriverait-il s'il ne le faisait pas? Je n'étais pas naïve. Après avoir organisé ce pacte avec le diable, j'avais joué avec ma vie. Et pour quoi faire? Un désir ardent de savoir *pourquoi* Max avait été assassiné.

J'avais déduit que si l'assassin avait été soupçonné par la police, ils n'auraient rien pour l'accuser, pas la moindre preuve. J'étais la seule à devoir prendre le risque.

Le trajet fut court, mais les minutes traînaient en longueur comme si c'était l'éternité, et j'étais reconnaissante d'avoir apporté mon cardigan. Vingt minutes... *vingt* minutes tambourinaient dans ma tête, et j'aurais souhaité avoir étudié la carte des îles. Je devrais vraiment prêter plus d'attention à l'étude géographique, comme disait mon père. Quelle île pourrait être si proche? Bryer? Se pourrait-il que ce soit Bryer? Ou Tresco?

Et pourquoi allions-nous sur une île? Était-ce nécessaire pour une confession? Ou nécessaire pour m'assassiner, moi, la seule personne qui avait deviné l'identité du meurtrier par le biais d'une déduction attentive de caractère, de motivation, et d'un *lapsus linguae* quelque peu gênant.

Le moteur cessa son grondement, et nous glissâmes dans la baie d'amarrage opposée. Le bateau cliqueta contre le côté, et je songeai à me jeter à la merci de la mer, mais le bon sens prévalut, car je ne serais pas allée très loin en ayant les mains et les yeux bandés, n'est-ce pas?

Un vent glacial fouetta mon cou, et je frissonnai. Je ne pouvais même pas tirer mon cardigan autour de moi puisque mes mains étaient attachées. Poussée pour me remettre sur mes pieds, je fus soulevée sur une terrasse en bois, la corde me liant à mon ravisseur. Je n'avais aucune chance de m'échapper alors que nous marchions, traversant la plage, nous dirigeant vers le haut pour atteindre une piste sablonneuse et herbeuse. Je chancelai à une ou deux reprises, et mon ravisseur me stabilisa en veillant à ce que je ne tombe pas. Enfin, il sembla que nous ayons atteint notre destination.

J'entendis les oiseaux au-dessus, et le bruit de la mer à une certaine distance. Nous étions près de la plage.

— Arrêtez.

Obligée de m'arrêter, je respirai l'odeur âcre et agréable de café.

Une porte s'ouvrit, et je fus poussée à l'intérieur de ce que j'imaginais être une sorte de hangar à bateaux. Je sentis soudain la présence de quelqu'un d'autre.

— Timas. Nous avons une autre détenue, annonça mon ravisseur.

Un grognement émana à travers la pièce. À partir du grognement, je me représentai Timas comme un vieux marin criminel sans vertus salvatrices. Qui était le premier détenu, me demandai-je.

Le bandeau couvrant mes yeux fut arraché, et je clignai des yeux à quelques reprises pour m'adapter à la lumière. Nous nous trouvions dans un hangar à bateaux, oui, un hangar à bateaux rempli de désordre, de vieilles roues de bateau, d'objets submergés extraits de l'océan, avec une cuisine minuscule, des armoires portant des conserves alimentaires rouillées et des bouteilles de whisky vides, deux ou trois pièces et deux fenêtres cassées bordées de morceaux de bois de grève. L'endroit avait une personnalité étrange, et j'avalai ma salive, ne voulant pas savoir ce qui se trouvait sous les planches à mes pieds.

Il s'avéra que Timas était plus large et plus gros que je l'avais imaginé, avec des cheveux blancs raides, une grande barbe, et des yeux pâles exorbités, bordés de rouge, qui brillèrent à mon arrivée. Ses lèvres écorchées claquèrent ensemble d'appréciation, et je me retournai finalement vers mon ravisseur.

— Vous ne touchez pas à la jeune fille, ordonna Davis. Voulez-vous un café, Daphné?

Assumant un air tout à fait naturel, comme si nous venions ici pour un pique-nique, M. Davis desserra les liens retenant mes mains. Il fronça les sourcils, tandis que je frottais la peau éraflée et rougie.

— J'en suis désolé. Hélas, c'était une précaution nécessaire, mais j'espère que vous n'avez pas trouvé le voyage trop inconfortable?

— Pourquoi?

La question sortit dans un souffle.

— Pourquoi?

— Ah, oui, pourquoi? C'est la grande question, n'est-ce pas? Vous m'avez plutôt pris au dépourvu avec votre petite note, vous savez. Vous ne faites pas un très bon maître-chanteur.

— Je n'ai pas l'intention de vous faire chanter, l'assurai-je. Je veux simplement connaître la vérité.

— La vérité, répéta-t-il. La vérité a de nombreux visages. Maintenant, que dites-vous de ce café ? C'est un matin frisquet.

Je hochai la tête.

— Ah très bien.

Il leva les épaules vers Timas.

— C'est comme le veut la dame. Nous allons au phare maintenant. Donnez-moi la clé, Timas.

Fouillant dans ses poches de pantalon, Timas sortit une grande clé de fer.

Davis se tourna vers moi.

— J'ai confiance que vous n'essaierez pas de vous enfuir.

— Comme convenu : je vous donne ma parole.

Je fus surprise de voir à quel point je semblais calme. Je ne me sentais certainement pas calme. Je songeai à courir vers le bateau et à ramer par moi-même pour quitter cette île, loin du danger et de Peter Davis.

Mais ma nature curieuse m'empêchait de m'enfuir, tout comme l'arrogance de M. Davis l'avait empêché de rejeter ma proposition. Il se croyait si immensément intelligent, tellement au-dessus de tout soupçon, qu'il *devait* savoir comment j'avais découvert sa culpabilité. Il ne pourrait se reposer avant d'apprendre quelle erreur il avait faite, quelle petite incohérence l'avait exposé. C'était le seul atout qui me restait, et je priai pour que le major m'atteigne avant que je ne me trouve en danger réel.

— Vous êtes une fille remarquable, Daphné, dit M. Davis.

Il me conduisit vers un chemin de l'île accidenté avec de longues herbes soufflées par le sable, et des fleurs mauves et blanches.

— Je suis désolé pour la corde. Mais au moins, sourit-il, je ne vous ai pas fait porter le bandeau à nouveau.

— Vous êtes d'une grande bonté.

— Ah! Un soupçon de sarcasme... Maintenant, regardez où vous mettez les pieds, conseilla-t-il d'une façon trop chevaleresque à mon goût, il y a de nombreux dangers sur l'île. Ici, c'est une partie déserte, poursuivit-il.

Il me tira sur le chemin comme s'il avait fait le voyage une centaine de fois.

— Cela vous appartient-il? Cet endroit, le phare?

— Oui.

Son hochement de tête empathique le confirma.

— C'est mon propre petit coin de paradis.

— C'est charmant, fis-je remarquer, car je ne savais que dire d'autre.

En agissant normalement, je l'encourageais à se sentir en sécurité avec moi. Sinon, il n'aurait aucunement confiance en ce que je disais ou faisais, ce qui garantissait mon incarcération. Ce que j'espérais, c'était de le convaincre de se rendre et de regagner un certain niveau de décence.

Mais mes bonnes intentions m'abandonnèrent après avoir atteint l'ancien phare défunt, l'emplacement d'une ruine solitaire.

— C'est ancien, dit Davis. À l'époque, c'était le seul phare de l'île qui a été abandonnée au XVIIe siècle.

Quand j'ai acheté cette parcelle de terre, l'ancienne ruine était comprise, mais je ne la considère pas comme un obstacle, qu'en pensez-vous, Daphné?

— Non, répondis-je.

En même temps, un corbeau poussa un cri strident au-dessus de nous, se glissant pour se percher sur la plus haute pierre déchiquetée.

— Ne craignez rien, dit Davis en souriant. Les gens de la région l'appellent la Place des corbeaux. Ce n'est pas vraiment aussi inamical que ça peut le paraître.

En dépit de la chaleur du soleil sur mon dos, je frissonnai. Une évasion était aussi éloignée que le soleil, réalisai-je, observant la petite silhouette de M. Davis. Je pouvais courir vite, mais pas suffisamment. Mon seul espoir, c'était le coupe-papier dans ma poche.

Davis se tenait à la porte avec le soleil sur son visage, souriant.

— Ça vous dit quelque chose de hasarder une hypothèse sur l'identité du détenu qui réside à l'intérieur?

Son affabilité me troublait. Feignant une nonchalance que je ne ressentais pas, j'optai pour la surprise et, poussant la clé dans la porte, Davis l'ouvrit, attendant que je passe la première.

Je plissai les yeux, ne sachant si je devais entrer. Qu'est-ce qui m'attendait? Un monstre?

J'entrai dans une pièce circulaire, à demi ouverte aux éléments et à moitié protégée d'eux. Je me tournai vers la porte avec dégoût, l'odeur me barattant l'estomac. La pièce élimée contenait peu de meubles, un petit lit humide et une table de chevet, un énorme candélabre, sa base jonchée de bougies neuves et brûlées, un tapis en peau d'ours décoloré et encore de bonne qualité... et d'une familiarité troublante. J'avais vu un tapis de ce type dans la tour de Lord Roderick.

Sentant l'intrusion, le locataire de cette prison sortit en grondant de l'ombre.

J'eus le souffle coupé.

Là, transportant une pile de livres sous son bras, il y avait Max Trevalyan.

CHAPITRE VINGT-HUIT

— Angela ! Comme c'est gentil à vous de me rendre visite.

Je le regardais fixement.

— Max ? Max, c'est vous ?

— Oui.

Il m'étreignit si fort que j'en perdis le souffle.

— Pourquoi avez-vous mis si longtemps à venir ?

Hochant la tête, il fit claquer sa langue.

— Méchante fille, mais peu importe. Prendriez-vous un peu de thé ? J'ignore s'ils ont du thé dans cet établissement.

Son front mécontent s'arrêta sur Davis.

— Du thé ? Avons-nous du thé ici ?

— Mlle Daphné a déjà refusé des rafraîchissements.

La réponse doucereuse de Davis coupa l'air de sérénité.

— Daphné ?

Max se pencha vers moi pour m'examiner, et je reculai à son odeur.

— Non, je suis sûr que c'est l'aînée, Angela.

— Non, c'est Daphné, interrompis-je, étonnée.

Max Trevalyan vivant.

Je frémis. Si Max Trevalyan était là, bien vivant, de qui donc était le corps qui gisait dans la crypte familiale ?

— Allo, Daphné.

Un Max joyeux m'étreignit de nouveau.

— C'est gentil à vous de passer me voir. Que pensez-vous de mon île ? Elle est toute à moi, vous savez. Chaque centimètre, chaque grain de sable.

Son sourire un peu penaud fit peu pour me calmer les nerfs. Il était devenu mille fois plus fou ici, seul et oublié du monde extérieur.

— Je crains que le logement ne soit pas le meilleur, mais il y a tout ce qu'il faut. Je ne voyage pas beaucoup ces temps-ci, dit-il en bâillant. Tout simplement trop fatigant. Ça ne vous dérange pas si je vais me coucher maintenant, n'est-ce pas ?

Sans attendre ma réponse, il se laissa tomber dans son lit à lattes, s'étendit, tira la couverture sur lui, et ferma les yeux.

Davis me pria de m'asseoir.

Guidée vers une alcôve près de la porte où étaient dissimulées deux chaises de bois, je lui dis :

— Vous l'avez drogué, n'est-ce pas ?

— Bravo !

Tapant dans ses mains, Davis se montra amusé.

— En fait, j'ai seulement *augmenté* sa dose. Je n'ai jamais drogué Max, et ce n'est pas moi qui lui ai présenté les vils trucs. Il se droguait, après la guerre.

— À cause de la douleur?

— Au début. Les cigares devenaient trop dispendieux, vous voyez, et il y avait un homme que nous connaissions près de la base. Il avait été médecin, un bon médecin respectable; jusqu'à ce que deux pilotes allemands assassinent sa femme et sa fille, et que les autorités soient trop occupées avec la guerre pour faire quoi que ce soit à ce sujet. Il est devenu amer, si bien qu'il s'est tourné vers un autre type de commerce.

— La vente de stupéfiants aux pilotes, terminai-je d'un ton grave.

— Et à d'autres, confirma Davis, passant un doigt froid sur ma joue. Vous seriez surprise de voir combien de *gentilles filles* sont tombées dans le piège du médecin, et ce qu'elles étaient prêtes à faire pour obtenir leur... devrions-nous dire, *dose*?

— C'étaient des victimes.

Mon regard erra vers la triste silhouette de Max Trevalyan.

— Je suppose qu'il a rapidement développé une dépendance?

— Oui, vous avez raison. Pauvre Max. Il a toujours été à la recherche de la «fuite éternelle».

— Mais comment?

— Non. Mes questions d'abord. Qu'est-ce qui vous a conduite à moi?

Je me nouai les mains. J'ignorais ce qu'il entendait faire avec moi, et la peur se frayait un chemin en ondulant le long de ma colonne vertébrale. Il ne me restait pas beaucoup de temps pour jouer ma partie. Très peu. Je devais l'encourager à parler pendant que je planifiais ma fuite.

— Il y avait pas mal de choses, commençai-je, essayant d'étirer le temps le plus possible.

L'arrogance brilla dans ses yeux.

— Très vague. Quand ai-je figuré sur votre liste de suspects ?

J'ouvris la bouche.

— Oui, je sais tout sur vous et sur Sir Marcus et sur vos petits jeux, poursuivit-il. Je sais aussi que c'est le chroniqueur le plus rapace de ce côté de l'Europe. C'est pourquoi il a été demandé à la Maison Somner.

— Mais c'est l'ami de Kate. Il n'écrirait rien qui puisse lui nuire, répondis-je.

— Non, mais je sais quelque chose que vous ignorez. Kate n'est pas aussi innocente qu'elle le paraît. Elle avait l'intention de tuer son pauvre mari. Elle et son amant. C'est pourquoi elle avait invité Sir Marcus là-bas. Elle avait besoin de quelqu'un de l'acabit et de la stature de Sir Marcus pour proclamer au monde son innocence. Elle est très intelligente, notre Katie.

— Non, c'est impossible.

Je songeais à la poignante conversation que nous avions eue à l'extérieur du musée, et à la façon dont ses yeux bleus exprimaient son innocence. *Vous me croyez, n'est-ce pas,* Daphné ? avait-elle dit.

Se tenant le menton, Davis pianota sur son visage avec ses doigts de pianiste.

— Continuez. Qu'est-ce qui vous a menée à moi? Vous avez dit : pas mal de choses. Quelles sont ces choses? Je suis très curieux de savoir.

— Le jour de la peinture.

— Le jour de la peinture?

— Oui, poursuivis-je en jacassant.

Je me demandais si je pourrais récupérer rapidement mon coupe-papier au besoin.

— Lorsque nous étions en train de peindre ce jour-là, vous avez dit : « Il y a des choses pires que la mort. » À l'époque, j'ai pensé que vous parliez en général, mais plus tard, j'en suis venue à prendre conscience qu'il y avait quelque chose de plus significatif dans vos paroles.

— Oh?

Je fis une pause.

J'avais capté toute son attention, et chaque instant me rapprochait du major.

— « Des choses pires que la mort » ne peut avoir qu'une parmi deux significations. Vous détestez la vie ou la vie vous en veut. Quelque chose d'amer couve à l'intérieur, quelque chose sur quoi vous n'avez pas de contrôle.

— Vous êtes terriblement divertissante, dit-il. Allez-y.

— Cette douleur purulente brûle et laisse échapper un désir et, quand le désir croise l'occasion, il naît un plan. Un plan qui faisait partie du désir, mais le désir est simplement de gagner. D'avoir le dessus sur Max Trevalyan, cet homme dont vous prétendiez être le meilleur ami.

Je pouvais voir que je l'avais secoué, car il serra les lèvres.

— Vous en vouliez à Max, continuai-je. Vous lui en avez toujours voulu. Il vous surpassait à l'école. Il vous surpassait par rapport aux amis. Les femmes le choisissaient plutôt que vous. Pendant la guerre, vous l'avez sauvé, mais vous lui avez donné votre médaille parce que, d'une façon assez bizarre, vous étiez obsédé par lui, essayant de lui *plaire,* de le garder satisfait et à vos côtés. Il est devenu pour vous un phare dans la vie ; vous avez nourri son comportement de folie et vous vous êtes posé dans le rôle confortable de protecteur de Kate, cette femme qui a choisi Max plutôt que vous.

Je m'arrêtai pour reprendre mon souffle et jeter un coup d'œil sur Max qui sommeillait, calme et paisible, comme un enfant dans son lit, sous sédatifs à un point outrageant, totalement inconscient de ce qui lui arrivait. Il avait été pris au piège, un oiseau choisissant volontiers sa cage, ayant oublié son ancienne vie, sa femme, son frère, et même sa maison.

— Les drogues amortissent l'esprit. Vous connaissiez la dépendance de Max. Vous lui avez présenté des médicaments plus forts et avez accru sa dépendance. Vous pensiez qu'il finirait par mourir d'une surdose et que Kate serait libre de vous épouser. Ou peut-être avez-vous cru qu'elle l'enverrait dans un asile d'aliénés ? De toute façon, elle aurait sa liberté. Mais il y avait Josh Lissot, n'est-ce pas ?

Les yeux de Davis se rétrécirent.

— Lissot. Une véritable épine dans ma chair. J'ai essayé de mettre Katie en garde, de la prévenir que leur histoire ne pouvait pas durer, mais elle a refusé de m'écouter.

— Donc, vous avez compliqué les choses pour M. Lissot en l'empêchant de recevoir ses commissions et en le ruinant financièrement… détruisant la fierté d'un homme et l'âme d'un artiste. Vous avez bien deviné qu'il se suiciderait plutôt que d'affronter la vie sans son art et sans la femme qu'il aimait. Il n'avait rien à lui offrir, plus aucune aspiration, sinon une mort dramatique.

— Merveilleux!

Davis frappa dans ses mains.

— Vous m'intriguez, Daphné. Je vous en prie, continuez.

— Mais la vraie duplicité avait commencé bien avant Josh Lissot. Quand vous avez vu que Max ne mourait pas d'une surdose, vous avez pensé à l'enlever du chemin. Vous ne pouviez pas le tuer vous-même. Vous avez pensé à embaucher quelqu'un pour le faire, mais votre conscience vous troublait. Malgré tous ses défauts, Max était tout de même votre ami; donc vous avez décidé de lui laisser la vie. J'adorerais savoir à quel moment, et comment l'idée vous est venue.

J'étais certaine que mon plaidoyer avait adouci son humeur.

— Si vous devez le savoir, c'était en marchant dans un cimetière de Londres. J'ai vu une pierre tombale. C'était écrit : INCONNU. VISAGE MÉCONNAISSABLE.

— Je vois. Et l'idée a émergé dans votre esprit de trouver un corps, de rendre son visage méconnaissable, d'habiller le corps des vêtements de Max avec son anneau, et voilà ! Max Trevalyan, un homme que personne n'aimait, avait brutalement été attaqué par l'amant de sa femme, et avait été retrouvé assassiné. Kate est toute seule et elle et ses amis ne soupçonneraient jamais le meilleur ami de Max, qui semblait être arrivé *après* l'incident du crime.

— Comment, dit-il en hochant la tête et en ricanant, avez-vous pu vous approcher d'un esprit retors comme le mien ? Êtes-vous remplie de vices cachés, Daphné du Maurier ?

Il l'avait dit comme un compliment, mais je le rejetai. Qu'on me croie brillante était une chose, qu'on me croie psychotique et associée à un esprit comme le sien n'était *pas* flatteur. Je me rappelai soudain que le major avait dit : « La seule personne qui soit exonérée dans cette affaire est M. Davis, car il n'était présent à aucun des meurtres. »

— Vous aviez le parfait alibi, continuai-je. Mais je me méfie de la perfection, et mes soupçons ont été confirmés quand je vous ai posé des questions sur votre oncle. Le plus petit clignement de vos yeux a mis mon esprit en alerte.

— Je suis stupéfait… dit lentement Davis. Quoi d'autre ?

— La porte de la terrasse. Hugo l'avait entendue s'ouvrir trois fois. À notre retour de l'île, vous êtes entré en vous cognant et vous avez dit que vous «devriez marcher plus doucement». À l'époque, je n'en ai rien pensé, mais plus tard, l'incohérence m'a harcelée. Vous êtes un homme tranquille. Votre jeu de pianiste est parfait. Précis. Stable. Oui, stable. Ce mot, ce mot-là, m'a conduite à vous. Vous étiez beaucoup trop stable. Trop prudent.

M'écoutant très attentivement, il hocha la tête, comme s'il se promettait d'être plus prudent à l'avenir.

— Je ne vois toujours pas la signification.

— Josh Lissot a réagi de la même manière... au début. Mais après un examen attentif de ses actions ce soir-là, il s'est rendu compte qu'il n'avait ouvert la porte que *deux fois* au maximum. Une autre personne l'avait ouverte une troisième fois pour alerter Hugo et incriminer Josh Lissot; puis cette personne était sortie par la porte de la cuisine. Vous étiez là à les regarder, n'est-ce pas? Vous étiez là à regarder Josh et Kate dans l'ombre... n'attendant que le moment de frapper. Vous vouliez que les amants *paraissent* coupables. C'est un détail technique auquel Fernald n'a pas réagi, pour des raisons évidentes, mais cela supposait clairement la présence d'une tierce partie — le *véritable* meurtrier, vous.

Croisant les bras, Davis sourit.

— Mais, en réalité, vous aviez le parfait alibi. Vous ne vous attendiez pas à ce que quiconque vous soupçonne. Qu'avez-vous l'intention de faire avec lui? murmurai-je en reprenant mon souffle, la voix très faible.

— Faire avec qui? Max? Oh, il est souverainement heureux ici; alors je ne vais pas le déranger. Ce serait cruel, et vous pouvez lui demander plus tard, si vous le souhaitez. Il n'a pas envie de quitter l'île.

— Mais si on le guérissait pour qu'il retrouve ses esprits...

Davis renifla.

— Il a dépassé le point de se détourner de la drogue. Si on le libère dans la société, il nuira aux autres.

— En le gardant sous surveillance, n'existe-t-il pas de dispensaire qui pourrait le prendre ? Même sous un faux nom ?

— Les cliniques sont coûteuses, et je suis certain que, si Kate était au courant, elle préférerait qu'il soit ici. Il aime être ici. Ici, il est le roi de l'île.

— Mais comment pouvez-vous penser qu'elle accepterait ce sort pour son mari si elle savait qu'il était vivant ?

Davis haussa les épaules, perplexe cette fois-ci.

— Kate n'est pas aussi innocente que vous le croyez.

— Elle ne vous acceptera pas.

— Elle *m'acceptera*. Même s'il faut un peu de temps. Elle a besoin de moi, vous voyez. Tout comme j'ai besoin d'elle.

Il avait besoin de la gagner, pensai-je. Il avait besoin de triompher de Max. Son orgueil exigeait qu'elle devienne sa femme, par tous les moyens nécessaires.

Une peur horrible se coinça dans ma gorge. M. Davis avait l'intention de me reléguer dans l'île, aussi, comme il l'avait fait avec Max. Même si j'acceptais de garder son secret, il ne me libérerait pas. Il avait prévu cette vie pour lui-même depuis trop longtemps pour me permettre, une moins que rien, de perturber son avenir. J'étais terrifiée à la pensée qu'il ait réussi.

Il me donna quelque chose à boire.

Du café, livré dans une tasse verdâtre.

— Buvez, ordonna Davis, alors que j'étais assise là, maintenant devenue une véritable prisonnière.

Je songeai à Edmond dans le *Comte de Monte-Cristo*, quand il était entré au Château d'If.

Oh, pourquoi avais-je été si stupide ? Je priai. Je priai avec ferveur et conviction. Je priai pour que le major obtienne ma note, dans laquelle je lui disais que je rencontrais Peter Davis à Milton Heath. Je priai pour qu'il arrive jusqu'à moi.

— Buvez.

Je continuai à tarder à boire le café.

— Qu'est-ce qu'il y a dedans ? demandai-je, en espérant que ma voix calme l'encourage à me répondre.

— Rien qui ressemble à la mixture de Max.

Avec un petit rire étouffé, Davis fit signe vers Max qui sommeillait en silence.

— Ne vous inquiétez pas. Il s'agit simplement d'une potion pour dormir, et vous comprenez, n'est-ce pas, Daphné, que je dois vous endormir. Je ne peux pas risquer que vous essayiez de vous enfuir, n'est-ce pas ?

— Qu'avez-vous l'intention de faire de moi ?

— Je ne sais pas encore, répondit-il honnêtement. Malgré tout, je ne suis pas un monstre, et je n'ai pas commis de meurtre.

— Josh...

— Josh a fait un mauvais choix. Je suis certain que ce ne sera pas votre cas.

Je reniflai le café sous son œil vigilant. Une potion pour dormir, avait-il dit. Fermant les yeux, je priai et je bus.

— Il y a un matelas là-bas où vous pouvez vous allonger, et des livres pour que vous lisiez. Considérez ceci comme une... résidence d'été. Max ne devrait pas vous déranger. Je prédis qu'il dormira pendant tout l'après-midi.

Davis partit, verrouillant la grande porte derrière lui.

En quelques instants, je commençai à ressentir les effets de la drogue. Étourdie, je me promenai dans la pièce, à la recherche de n'importe quel moyen d'évasion.

Il n'y avait rien.

Aucun, sauf à travers cette porte et par la seule fenêtre, que Davis avait verrouillée. Je vis un bébé corbeau voleter puis s'envoler haut dans le ciel. J'aurais voulu être cet oiseau, montant en flèche vers la liberté. Me frottant les yeux, je me laissai tomber, défaite, sur le matelas. La tête me tournait, et j'avais l'impression que tous mes membres étaient de lourdes pierres. Je m'étendis à plat et je dérivai vers un endroit inconnu, en espérant et en priant pour un miracle.

— Salut. Daphné! Daphné, réveillez-vous!

Surprise, j'ouvris les yeux pour voir le visage flou de Max au-dessus de moi, me regardant fixement.

Il me poussa du bout du doigt.

— Êtes-vous vivante? Pourquoi êtes-vous ici, dans cette pièce avec moi? Allez-vous rester?

— Je vais rester... un petit moment, réussis-je à dire, tentant de me lever.

La tête m'élançait toujours, et je posai ma main sur ma tempe lancinante.

— Allez, tête endormie!

Me mettant sur mes pieds, la main frénétique de Max me caressa le dos.

Je fis tout mon possible pour m'adapter à mon environnement. Ce que je supposais être la lumière d'une fin d'après-midi pénétrait dans la triste petite pièce, et je gémis.

— On m'a donné quelque chose d'infect à boire.

Max me regarda fixement.

— Ils font cela. Vous voulez jouer aux pirates?

— Aux pirates?

— Oui, aux pirates.

Il fronça les sourcils.

— Pete connaît le jeu. Et vous?

Je digérai cette information.

— M. Davis joue aux pirates avec vous?

— Ça lui arrive parfois, quand il est là.

Max se mordit la lèvre inférieure.

— Mais je ne l'ai pas vu depuis un moment. Il dit qu'il a été occupé. Occupé, railla-t-il, toujours occupé, occupé, occupé.

Je hochai la tête à travers l'hébétement.

— N'ayez pas peur.

Max me pinça le bras.

— Personne ne peut nous faire de mal. Nous sommes en sécurité. En sécurité et libres !

Il roula sur le sol et m'invita à l'imiter.

Je refusai.

— Vous êtes bizarre, Daphné. Êtes-vous une sinistre vieille fille ? Vous voulez jouer aux cartes ? Au bridge ? Au backgammon ? Ces jeux sont tous ici, quelque part.

Je l'aidai alors qu'il fouillait à travers une boîte. Il y avait peu de choses pour m'occuper, et je ne voulais pas rester seule avec mes pensées. J'étais piégée avec un fou.

— Y a-t-il un moyen de sortir d'ici, Max ? Je veux aller faire une promenade dans l'île.

S'arrêtant de secouer frénétiquement une boîte et mâchant une corde nouée avec ses dents, Max réfléchit.

— Timas. Vous devez lui demander. C'est lui qui apporte la nourriture. Il pourrait vous laisser aller nager. Je lui demande toujours d'aller nager, mais on ne me le permet pas.

Sa lèvre inférieure forma une moue.

— Max, vous vous souvenez de Kate ?

Ses yeux bleus perçants me brûlèrent.

— Kate ? Oh, elle. Elle est morte.

— Morte !

C'était le mensonge que lui avait refilé Davis?

— Comment est-elle morte?

— Elle est partie en mer dans le bateau et elle n'est jamais revenue.

— Elle s'est noyée?

Il hocha la tête, ses yeux tristes et mélancoliques. J'applaudis le génie de Davis. Il avait fait un lavage de cerveau à Max Trevalyan pour qu'il croie en ses histoires avec une simplicité enfantine.

— Max, votre maison ne vous manque-t-elle pas?

— Ma maison, murmura-t-il, son front se rétrécissant. Ma maison, c'est ici. Je n'ai pas d'autre maison. Ils l'ont prise.

— Qui l'a prise?

— Les hommes de la banque.

— Mais qu'en est-il de Roderick, votre frère? Que lui est-il arrivé?

— Rod est parti à Londres pour travailler. Il est occupé, aussi. C'est pourquoi il ne vient pas me rendre visite, mais il va venir un jour. Et personne ne joue mieux aux pirates que Rod.

— Vous jouiez aux pirates avec lui près de l'anse de la Maison Somner, n'est-ce pas?

Max sembla étonné.

— Voulez-vous jouer?

Pour lui plaire, je m'assis à côté de lui sur le plancher. Jeanne et moi avions l'habitude de jouer à quelque chose de semblable quand nous étions enfants, pendant nos interminables vacances sur la plage.

Max choisit le pirate Blackbeard. Je choisis le pirate Raoul.

— Il n'y a pas de pirate qui s'appelle Raoul, dit Max avec irritation.

— Il y en a un. Du moins dans mon histoire, il y en a un. Il s'agit d'un grand pirate. Aventureux et séduisant...

— Alors, parlez-moi de Raoul le pirate, exigea Max, méfiant. D'où vient-il ? Comment est-il devenu pirate ? Quels sont ses trésors ? Comment s'appelle son navire ? A-t-il navigué vers les Amériques ? Autour du Cap Horn ? Qui est son premier lieutenant ?

— Raoul le pirate était orphelin, commençai-je. Il est né d'une... pauvre servante espagnole et d'un gitan nomade. Sa mère avait dû lui donner naissance dans la forêt.

Max hocha la tête devant le sort de la pauvre servante.

— Le travail avait été ardu, et elle avait perdu beaucoup de sang. Dans un état second, elle a vu les tours d'un grand château à travers les arbres et elle a pensé que si seulement elle pouvait emmener son enfant là-bas, il aurait une meilleure vie que de passer son temps à fuir les hordes russes meurtrières.

Les yeux de Max s'arrondirent.

— Qu'est-il arrivé au bébé ?

— La dame du château l'a trouvé. Elle était très triste, car elle avait perdu son fils unique, et son cœur ne s'en était jamais remis. Alors, quand ses serviteurs lui ont apporté le bébé, elle a pris l'enfant et l'a élevé comme s'il était le sien. Son mari a accepté l'enfant, et ils ont raconté à tout le monde que Raoul était leur neveu. Ils lui ont donné la meilleure éducation, l'ont envoyé apprendre toutes sortes de choses autant à partir des livres que dans la guerre...

— Oui, oui, mais comment est-il devenu un pirate?

— Raoul n'était pas heureux. Il aspirait à la mer. Il n'avait jamais vu l'océan, il avait seulement lu sur le sujet. Sachant combien il aspirait à un voyage en mer, sa tante et son oncle ont organisé sa grande aventure sur son propre navire appelé le *Liberty*.

Max n'était pas d'accord avec le nom.

— Pourquoi le *Liberty*? Ça ne ressemble pas à un bateau pirate.

— Le *Liberty* n'est pas un bateau pirate, lui rappelai-je. Quand ils ont navigué dans l'océan Indien, ils ont été attaqués par des pirates turcs. Le *Liberty* a été capturé, et ses trésors ont été pillés. Le capitaine a pris Raoul et ses hommes, et leur ont donné un choix. Ils pouvaient le servir ou mourir. Tous, sauf un, ont choisi de vivre.

Max se frotta les yeux.

— Raoul a choisi de mourir?

— Non, mais son premier lieutenant l'a fait, l'homme envoyé par son oncle et sa tante pour s'occuper de lui. Cet homme savait que la mort l'attendait si jamais il rentrait dans le royaume sans Raoul.

Max accepta ce dénouement avec une complète sérénité.

— Et alors?

— Et puis, m'empressai-je de continuer, appréciant sa participation spontanée au récit, ils ont vogué jusqu'à Malte.

— Malte ! Pourquoi Malte ?

— Parce que l'envoyé du sultan turc faisait des affaires là-bas. Mais il ne soupçonnait pas qu'à Malte, Raoul détournerait un autre navire, prendrait la moitié de ses hommes, et se transformerait en pirate. Le seul moyen de s'échapper, c'était de passer par la côte de l'Égypte ; alors il a levé son drapeau de pirate et a inspiré la peur au sein de la populace pendant quatre ans.

— N'a-t-il jamais eu envie de rentrer chez lui ?

— Non. La vie de pirate attirait Raoul puisqu'il avait du sang gitan. Il craignait également qu'il n'y ait pas d'avenir pour lui à la maison, car son cousin était jaloux de la chance de Raoul qui devait hériter du château. Alors Raoul est devenu pirate et a pillé la mer de ses trésors, en particulier ceux des gros galions espagnols.

Souriant, Max dit qu'il aimait beaucoup le pirate Raoul, mais il commença à être frustré à force d'essayer d'allumer des bougies.

— Il fait trop sombre. Je n'aime pas ça.

En claquant des doigts, il patrouilla dans la pièce en jurant.

— Timas est en retard, et j'ai faim. Avez-vous faim, Daphné ? Il aurait déjà dû avoir apporté le repas et nous avons aussi besoin de nouvelles bougies.

La nuit tombait, et mon cœur sombra avec le dernier rayon de lumière déclinante.

— Peut-être que personne ne viendra ?

— Oh, non, me répliqua mon compagnon. Ils n'oublient jamais.

Je ne réussissais pas à partager sa confiance. Tout au long de mon histoire, j'avais tenté de garder le moral, en examinant la pièce et son contenu, à la recherche de quelque chose d'utile qui pourrait briser la porte. Cette porte était le seul moyen de sortir.

— Ne paraissez pas si sombre, dit Max en souriant. Ils viendront. Vous verrez.

— Avez-vous déjà essayé de sortir quand ils apportent de la nourriture ?

Max me regarda fixement.

— Sortir ? Pourquoi voudrais-je sortir ?

— Si le pirate Raoul venait pour vous chercher, iriez-vous ?

Un lent sourire se forma sur ses lèvres. J'interprétai la réponse comme un oui, et je me postai près de la porte.

— Je pense que quelqu'un arrive, murmurai-je, posée et tendue, serrant le coupe-papier dans ma main droite.

Mon cœur battait à tout rompre. Une jeune fille de ma force serait-elle capable d'attaquer un homme comme Timas ? Tremblante, je savais que je devais *essayer* d'attaquer.

Ce qui ressemblait à un cliquetis de clés me blessa les oreilles.

J'avalai de travers. Je pouvais entendre la respiration lourde de Timas à travers la porte. À tout moment, il insérerait la clé.

Max bondit vers la porte alors qu'elle s'ouvrait, me barrant le chemin. Se glissant sur ses genoux, il me lança un coup d'œil rayonnant alors qu'un plateau se glissait à nos pieds et que la porte se refermait sans délai.

Je fermai les yeux, anéantie. Il ne serait pas possible de s'échapper ce soir. Rejoignant Max sur le plancher, je me demandai si Davis avait drogué la nourriture. Peu probable, étant donné qu'il me croyait enfermée en toute sécurité pour la nuit avec Max.

Dans la fraîcheur de la nuit, après avoir consommé des morceaux de pain sans levain, du fromage et une ration de viande conservée, d'une sorte quelconque, la voix de Max s'éleva, à peine plus forte qu'un chuchotement :

— Daphné, dit Max, croyez-vous que Raoul le pirate nous rendra visite ?

— Je l'espère, Max, lui répondis-je, ne me permettant pas d'y croire. Je l'espère.

CHAPITRE VINGT-NEUF

Je fus réveillée par des corbeaux qui donnaient des coups de bec contre la fenêtre.

Frissonnant dans la fraîcheur du matin, je serrai encore plus la vieille couverture autour de moi et je me dirigeai vers la lumière. L'aube brossait la nuit au loin, et Max dormait par à-coups. Observant les secousses spasmodiques, je devinai que son corps aspirait à sa prochaine dose de drogue et je me préparai pour le retour de Davis.

Je n'avais aucune idée de l'heure à laquelle il venait le matin, mais j'imaginais que la routine jouait un rôle dans le maintien de l'ordre. Garder Max prisonnier et de bonne humeur convenait à Davis. Il aurait fait preuve d'une plus grande bienveillance s'il l'avait assassiné, songeai-je. Qu'est-ce qui motivait Davis à garder Max vivant ? Prenait-il plaisir à le narguer ? Ou bien la dépendance totale de Max le nourrissait-elle d'une quelconque façon démente ?

— C'est une amitié que vous ne pouvez pas comprendre, dit M. Davis après avoir emmené Timas pour assurer son entrée dans la tour. Max n'est rien sans moi. C'est grâce à moi s'il est devenu ce qu'il est.

— Un fou toxicomane ?

Davis me jeta un regard las.

— Il serait mort il y a des années si je ne l'avais pas sauvé. Sa vie m'a toujours appartenu.

Souriant, Davis administra à Max un médicament au moyen d'une aiguille.

— Cela donne du pouvoir d'avoir le contrôle complet sur une vie. J'ai planifié la disparition de Max aussi méticuleusement que j'ai planifié son succès. Il a *gagné* la médaille à cause de moi. Il a *gagné* Kate à cause de moi, mais il a abusé de son succès et il doit donc en payer le prix.

— C'est un jeu pour vous, n'est-ce pas ? Et Kate est le prix.

Son visage changea d'expression, et je levai un sourcil.

— Une partie de la valeur d'un prix perd de son éclat au fil du temps.

Ses paroles me glacèrent.

— Nous allons prendre le petit déjeuner dans la remise à bateaux pour discuter de votre avenir. Là… c'est mieux, mon petit Maxie ?

Une lueur sereine émana de mon compagnon de captivité, et mon moral tomba à zéro.

— Désolé, ma chère.

Davis me saisit les mains.

— Des précautions sont nécessaires.

— La corde me brûle les mains, me plaignis-je faiblement.

Me soulevant pour me mettre debout, Davis haussa les épaules.

— On ne peut rien y faire.

Attiré par la promesse d'un bon petit déjeuner, Max tendit brusquement les mains à Davis tout en me souriant. Mon moral tomba encore plus bas, alors que les mains de Max furent attachées avec la même corde que la mienne. Abattue, je me soumis lorsque Davis tira la corde. Les rayons de soleil me faisaient signe, et je fermai les yeux quand leur chaleur toucha mon visage.

— On y va doucement, ordonna Davis.

Je jetai un coup d'œil vers mes pieds. L'espoir m'abandonna. Le major n'avait pas dû recevoir ma note, sinon il serait ici. Il nous aurait déjà sauvés.

Un coup à mon côté me faisant tressaillir, je lançai un coup d'œil meurtrier à Max. Il avait une expression ahurie sur son visage comme s'il cherchait à comprendre pourquoi je n'étais pas heureuse. Je regardai la mer avec nostalgie.

— Raoul le pirate? murmura Max.

— Pas le temps pour les pirates aujourd'hui, Max, dit brusquement Davis.

Déçu, Max se mit à avancer en sifflant jusqu'à la remise à bateaux. Je grelottais. Le hangar paraissait étrange dans la lumière pâle alors que Timas allait préparer le petit déjeuner.

Je devais avoir l'air terrifié, car Max s'avança devant moi pour me serrer la main.

— Nous devons nous échapper, murmurai-je sans délai pendant que Davis aboyait des ordres à Timas. Raoul vient nous chercher.

— Maintenant? demanda Max, les yeux écarquillés en toute innocence.

— Oui, maintenant.

Poussée dans le hangar à bateaux, j'attendis que l'information pénètre dans son cerveau hébété par la drogue.

— Asseyez-vous, vous deux. Le petit déjeuner est en route.

— Raoul aussi est en route, dis-je, poussant Max à l'action.

Davis se tourna brusquement alors que le poing de Max le cognait au sol. Le coup était dur, mais Davis était un homme agile. Il se leva rapidement sur ses pieds, mais seulement pour recevoir le second coup de poing de Max.

— Vite, dis-je. Il faut courir.

Je n'osais pas penser à Timas. Je priai pour qu'il ne nous ait pas entendus de l'arrière de la remise, mais ce n'était qu'une question de temps avant que les gémissements de Davis l'alertent.

Sortant en courant par la porte, Max réussit à arracher la corde de ses mains en même temps que nous trébuchions vers la plage, tournant en spirale vers l'étroit sentier escarpé, ne nous souciant pas de glisser – tout ce qui importait était d'arriver en bas.

— Aucun signe du *Liberty*.

Max contemplait la scène.

— Mais attendez, je crois qu'il y a un bateau !

Je plissai les yeux dans la lumière. Je ne voyais rien, mais Max me traîna dans l'eau glacée. Sa force me surprit. Je chancelai, à bout de souffle.

— Nous devrons nager, hurla-t-il, en me tirant vers lui. Je nous porterai.

Mes pieds quittèrent le fond et je donnai un fort coup de pied. Je voulais aider, mais je n'étais pas une bonne nageuse, et mes mains étaient toujours attachées. Mon envie de m'enfuir de Davis, toutefois, me donna suffisamment de motivation, surtout quand nous entendîmes l'appel venant de l'île.

C'était Davis. En haut sur le promontoire.

— Il s'en vient, dis-je à Max.

Je lui lançai un coup d'œil, tout en pataugeant dans les eaux. Max n'avait pas menti. Il y avait un bateau. Avalant une gorgée d'eau, je n'osai pas regarder en arrière, mais j'avais entendu Davis plonger après nous après qu'il eut tiré un coup de feu.

— Vous voyez, *c'est Raoul*, le pirate ! Vos histoires se réalisent.

Riant de joie, ignorant Davis et son revolver qui s'approchait de nous, Max nous poussait vers le bateau.

Un autre coup fut tiré et Max s'affaissa, son emprise se relâchant. Baissant la tête sous l'eau alors qu'un autre coup de feu était tiré, je vis le sang qui tourbillonnait tout autour de nous, les bras de Max devenant de plus en plus mous, s'abandonnant le long de son corps alors qu'il flottait vers l'avant.

Il me tirait avec lui, et je fus saisie de terreur. Il fallait que je me libère les mains sinon j'allais couler au fond de l'océan. Donnant sans relâche des coups de pieds, j'enfonçai le nœud de la corde liant mes mains vers la poche de ma jupe où se trouvait le couteau, en espérant ne pas me poignarder. Je fis quelques pirouettes, et le désespoir assombrissait mon jugement. Mon poids me faisait glisser vers le bas, et mes jambes se fatiguaient. Où était le bateau ? Peut-être n'arriveraient-ils pas à moi assez tôt ? J'essayai de nouveau, cette fois sans me soucier si le couteau enfonçait mes mains. L'eau salée me piquait les yeux. Je ne pouvais pas voir, mais je crus sentir que la corde avait fini par céder.

Mes poumons me propulsèrent vers le haut. Crachant l'eau de mer de ma bouche, je cherchai Davis. Et il était là, sa poigne mortelle autour de la gorge de Max alors que les deux cadavres silencieux flottaient sans vie ; auparavant amis d'enfance, et maintenant compagnons dans la mort.

Je m'agitai dans l'eau, entendant le bateau qui se propulsait vers moi. Le major était à la barre avec Sir Marcus derrière lui. J'en aurais pleuré de joie et, dans ma faiblesse, mon soulagement me poussa à me débattre tandis que l'eau de mer remplissait mes poumons.

C'est tout ce dont je me souviens.

Me réveillant parmi les oreillers moelleux, confortable, au chaud, en sécurité et au sec, j'avalai le liquide chaud qu'on versait sur mes lèvres avec une cuillère.

Kate épongeait mon front tandis que le major m'administrait le médicament. Le goût était doux et fort... comme du brandy.

— Est-elle réveillée?

Sa tête se pointant par l'ouverture de la porte, Sir Marcus entra d'un pas lourd.

Je ne reconnaissais pas la chambre. Je pouvais encore goûter le sel dans ma bouche. J'avais dû m'être à moitié noyée, les yeux encore rougis et brumeux de l'expérience. Je refusai de prendre d'autres cuillérées. J'avais la tête qui tournait et qui élançait et qui me semblait plus lourde qu'un rocher.

Arrivant d'un air dégagé, Sir Marcus fit claquer une main solide sur mes épaules.

— Vous êtes une jeune fille courageuse, un peu téméraire, il faut le dire, mais une héroïne quand même.

Une héroïne. Je réussis à esquisser un pâle sourire.

— Vous avez mis du temps. J'aurais pu me noyer.

— Pas l'héroïne que je connais.

Prenant ma petite main dans la sienne, le major la caressa avec son pouce.

Je faiblis devant l'expression de tendresse dans ses yeux.

— Est-ce que Davis...?

— Est mort, oui.

Sir Marcus se percha sur le côté opposé de mon lit.

Le major répondit à ma prochaine question.

— Ils se sont tous les deux noyés. Nous avons réussi à traîner Max pour l'emmener en sécurité sur le bateau, mais Davis a coulé au fond de l'océan.

— Une fin digne d'un vilain, m'entendis-je murmurer, avant que je me souvienne de la présence de Kate dans la chambre.

— Ce n'est pas grave, m'assura sa voix douce. Il est préférable que cela se soit terminé ainsi. Max est maintenant en paix ainsi que Davis. Pauvre Peter... je n'aurais jamais pensé...

— Angela ? Est-elle au courant ?

— Rod est parti pour obtenir sa libération et te la ramener.

Elle frissonna.

— Je ne peux toujours pas croire que Peter... je ne peux pas croire tout ce qu'il a fait. C'est si pervers. Ça ne lui ressemble tellement pas.

— Le désespoir engendre des hommes dangereux, suggéra le major.

— Nom de dieu ! vous vous trompez tous !

Sir Marcus fit un geste de la main.

— L'homme est complètement fou, ça y est ! Où a-t-il pu trouver ce corps, voilà ce que je voudrais savoir.

— Il l'a acheté, expliquai-je, transmettant ce que m'avait dit Davis. Il semble qu'on puisse acheter tout ce qu'on veut dans les ruelles sombres de Londres. Pauvre miséreux malheureux, qui soit-il.

— Pas pauvre, corrigea Sir Marcus. Le type a réussi à obtenir un bel emplacement dans la crypte familiale des Trevalyan, vous ferai-je remarquer.

Il rougit en voyant Lord Roderick entrer dans la chambre, ma sœur sur ses talons.

— Oh, Daphné.

Elle lança ses bras autour de moi.

— Oh, ma petite sœur, ne fais *plus* jamais cela. Tu aurais pu te faire tuer.

— Un châtiment approprié pour une sœur, observa Sir Marcus. Mais je suis d'accord avec Daphné. J'aurais fait exactement comme elle et j'aurais ramé pour rencontrer un vilain sans visage.

— Non, vous ne l'auriez pas fait, riposta le major. Pas sans renforts. Je vous connais trop bien, mystérieux M.

Pendant que Sir Marcus réfléchissait à la vérité de cette affirmation, Lord Roderick attendait, l'homme toujours patient, l'homme qui m'avait dit qu'il m'aimait et qu'il voulait m'épouser. Je succombai soudainement à la fatigue et je tombai endormie, les derniers mots de Max s'imposant à mon esprit. « Vous voyez, c'est Raoul, le pirate ! Vos histoires *se réalisent*. »

CHAPITRE TRENTE

Très tard cette nuit-là, Angela et moi nous assîmes recroquevillées dans nos lits avec une tasse de chocolat chaud.

— C'est une bonne chose que Hugo se soit enfin souvenu de livrer ton message, commença Angela, alors que nous analysions ces vacances bizarres et meurtrières. Et c'est une bonne chose, poursuivit-elle, me taquinant doucement en poussant son coude dans le creux mon bras, que tu aies eu non pas *un,* mais *deux* vaillants héros pour venir à ta rescousse. Je frémis à l'idée de ce qui aurait pu se passer s'ils avaient tardé un instant de plus.

J'exprimai le même sentiment intense de soulagement et de joie pour avoir été ainsi secourue par mon ami Sir Marcus et par le beau et charismatique Major Browning.

Notre effervescence disparut lorsqu'Angela me confessa les heures effroyables qu'elle avait passées en prison, enfermée et sans espoir.

— Je sais exactement comment Josh a dû se sentir. Quand on est poussé à l'extrême, la mort semble être la seule solution.

— Je suis heureuse qu'on soit allé te chercher avant que tu ne t'engages dans ce terrible voyage.

Je frémis.

— Qu'est-ce que Davis aurait fait avec toi? réfléchit Angela à voix haute. Il t'aurait empoisonnée, je suppose? À moins qu'il n'ait eu envie de te garder vivante?

Je frémis de nouveau.

— Il a habilement ruiné la vie de Josh, continua Angela. Oh, mais j'ai une bonne nouvelle.

Son sourire se transforma en un petit sourire satisfait.

— M. Zoland a suspendu Fernald. Il se trouve que Zoland avait remarqué plusieurs divergences dans ses méthodes, dans ses manières et dans le récent coup de chance que Fernald disait avoir reçu d'une tante riche. Zoland est un homme pointilleux sur les détails, et Fernald n'a pas de tante. Il semble que M. Davis l'ait grassement payé pour faire arrêter Josh Lissot.

— Il avait condamné l'homme à la mort.

Ma voix avait un ton strident dans la pénombre.

— C'est dommage, réfléchit Angela, que la mer l'ait privé d'un procès, car des gens comme lui méritent d'être punis pour leur crime.

Elle baissa les yeux.

— Tu dois promettre que tu ne raconteras jamais à nos parents ce que j'ai fait, Daphné. Tu promets, n'est-ce pas, Daphné?

Nous étreignant l'une l'autre, je le lui promis.

— Tu essaies de dormir un peu maintenant. Je vais peut-être lire un moment.

— J'ai pris la liberté de réserver nos passages, dit-elle, à la porte. J'espère que jeudi n'est pas trop tôt pour toi ?

Elle voulait dire qu'elle espérait que ce n'était pas trop tôt pour Lord Roderick, mais mon cœur s'orientait vers un autre. Non, deux jours ce n'était pas trop tôt, car j'avais appris que le major avait prévu de partir le lendemain sur le même bateau que Sir Marcus.

Mais cher Roderick. Quand il viendrait dans ma chambre, je devrais lui donner ma réponse.

— Je suis désolée. Je ne peux pas vous épouser, lui dis-je. Je vous aime beaucoup trop et j'ai beaucoup trop de respect à votre endroit pour vous induire en erreur. Vous méritez une fille qui vous aime profondément et je crains de ne pas être cette fille.

Ma confession le déçut beaucoup, mais je priai pour qu'il trouve l'amour. En agissant ainsi, je gagnai l'immense gratitude de Mlle Bella Woodford.

Elle m'apporta un petit déjeuner au lit le lendemain matin. Ayant enlevé ses lunettes, elle paraissait assez jolie, et je le lui dis.

— Merci, dit-elle en rougissant.

Elle ne me remercia pas d'avoir refusé Roderick, mais c'était inutile, car son visage trahissait sa joie. La perspective de finalement devenir la maîtresse de la Maison Somner lui apportait le plus grand des plaisirs.

On exhuma le corps substitut, et Max prit sa place légitime dans la crypte familiale. Il n'y eut pas de secondes funérailles, même si une gerbe de fleurs apparut tous les matins sur sa tombe à partir de ce jour-là.

— C'est mon cadeau, murmura Lady Kate, habillée de noir, alors que j'allais lui rendre mes derniers hommages.

— Que feras-tu maintenant ?

— Bien que cela me donnerait un plaisir inégalé d'enlever Rod à Bella, je vais retourner en ville. J'ai encore des amis et une petite pension de la succession. J'ose dire — elle s'arrêta pour contempler l'horizon —, j'ose dire que je me débrouillerai très bien.

Je trouvai très difficile de voir partir Sir Marcus et le major.

— Vous devez écrire cette histoire, me suggéra solennellement Sir Marcus, en *me* plaçant comme héros. Un pirate des mers lointaines ou un épéiste séduisant. En fait, aucun des deux rôles ne m'offenserait. Sinon, vous pouvez toujours venir me voir et m'épouser, vous savez. Le mystérieux M a besoin d'une bonne épouse.

— Je peux vous en recommander une… Kate.

— Oh non.

Il semblait horrifié.

— Ce n'est pas mon genre ! Alors, qu'en dites-vous, chère Daph ? Ne me dites pas que vous vous conservez pour le séduisant major ?

Je jetai un coup d'œil vers l'endroit où le major et Kate se tenaient bras dessus, bras dessous.

— Ne l'attendez pas indéfiniment. *Je* suis toujours là, et des camarades ne devraient pas être longtemps séparés. Rendez-moi visite dans mon grand domaine, et je vous convaincrai.

— Je le ferai, lui promis-je, le regardant installer ses nombreux bagages dans la voiture.

— Je n'ai jamais vu un homme voyager avec autant de bagages, fit remarquer le major.

Kate, Angela et moi éclatâmes de rire.

Une autre voiture arriva pour prendre le major. Ses hommes étaient venus le chercher. Le devoir l'appelait, et c'était un appel dont tout homme de foi devait tenir compte.

Cependant, mon cœur défaillait. Je défaillais. Je voulais le supplier de rester. Je ne pouvais trouver un sens à mes émotions. Depuis qu'il m'avait secourue, nous n'avions pas été seuls. La tendresse de son regard n'avait pu me tromper, n'est-ce pas? Il se souciait de moi, n'est-ce pas? Nous étions plus que des amis, n'est-ce pas? J'aspirais à un moment de réconfort, à un moment de solitude, mais cela semblait impossible.

— La prochaine fois, vous ne serez pas assez folle pour passer des pactes avec le diable.

Il sourit, soulevant lentement ma main pour la porter à ses lèvres.

Étant donné que ses adieux aux autres avaient été formels et circonspects, sa façon de faire me donna un peu plus confiance.

— Et je suis heureux de constater, dit-il en baissant la voix qui devint un murmure ardent, que vous n'épouserez pas une maison. Les maisons sont agréables, mais elles ne peuvent vous garder au chaud.

Ses lèvres s'attardèrent encore sur ma main.

— Comment auriez-vous même pu le penser? murmurai-je à mon tour, le regard rempli de mes sentiments pour lui. Vous savez ce que je ressens.

Toute jovialité l'abandonna.

— J'aurais envie de vous embrasser follement, mais malheureusement, cela devra attendre.

Je me mordis la lèvre.

— Est-ce nécessaire?

— À moins, dit-il en souriant, que vous teniez à avoir Arabella Woodford comme spectatrice?

— Oh, non. Je vais attendre. Je ne veux pas tout gâcher.

Sa main caressa légèrement mon visage.

— Adieu, ma chère. Essayez de ne pas trop vous attirer d'ennuis, du moins jusqu'à ce que vous arriviez à la maison. Je viendrai vous visiter d'ici deux semaines.

Alors que nous leur faisions nos adieux de la main, la fierté, oh, détestable fierté, m'empêcha de courir après la voiture. Adoptant une attitude nonchalante, je souris quand Kate nous guida sur la terrasse pour le thé.

Il était infiniment injuste, pensais-je, d'être les derniers à partir.

CHAPITRE TRENTE ET UN

Le lendemain, je remerciai les étoiles que nous soyons demeurées sur l'île, car la journée commença par ma course rapide vers le coin le plus obscur du salon où Hugo déposait la correspondance de la Maison Somner.

La lettre d'un éditeur m'attendait.

Aux soins de la Maison Sommer, Île St. Mary's, Îles de Scilly, Cornouailles.

> *5 décembre*
> *Chère Mademoiselle du Maurier,*
> *Nous avons lu votre nouvelle avec plaisir et nous aimerions vous offrir la somme de 25 £.*
>
> *Nous souhaitons publier « Le secret de la veuve » dans notre édition du printemps. S'il vous plaît, avisez les éditeurs pour leur faire savoir si cette offre vous convient.*
> *Je vous prie d'agréer, Mademoiselle, l'expression de mes sentiments distingués,*
>
> > *M. Hubert Pruce*
> > *Punch Magazine*

Je clignai des yeux à deux reprises. Avais-je bien lu ? Était-ce une acceptation ?

— Oui !

Me lançant dans un coin de la pièce, je serrai la lettre contre ma poitrine. Oui, c'était vrai. Mon rêve devenait réalité. Et le major et Sir Marcus n'étaient même pas là pour assister à mon succès.

— *Punch Magazine !*

Bondissant sur ses pieds, Angela m'arracha la lettre.

— « Le secret de la veuve ».

Ses yeux brillaient en même temps qu'elle tapotait la lettre sur son menton.

— Je me demande qui a fourni l'inspiration pour cette histoire ? hmmm ?

Heureusement, dans l'excitation, sa question demeura sans réponse. Kate, occupée à faire des plans pour son déménagement à Londres, me félicita en m'applaudissant avec effusion, tandis qu'Arabella marmonna des remarques de félicitations.

Étant donné que celui dont les louanges m'importaient le plus se trouvait au loin, Lord Roderick combla le vide.

— Je serai le premier homme à m'abonner au *Punch Magazine.*

Il sourit de la fierté naturelle d'un collègue écrivain.

— Et j'irai moi-même le chercher au bureau de poste en disant : « Je connais l'auteure. »

Avant de quitter la Maison Somner, je visitai la bibliothèque une dernière fois.

Respirant l'odeur des vieux livres, m'arrêtant avec tristesse devant le bureau qui appartenait autrefois à Max Trevalyan, chérissant ces moments fugaces passés avec le major, Sir Marcus et Roderick Trevalyan, je retirai un sentiment de paix, un sentiment de finalité qui doit reposer à la fin de toute histoire, et cette histoire avait atteint sa fin.

La maison murmurait ses remerciements silencieux. Aucun maître dissipateur n'y demeurait pour la tourmenter, non plus que les cris effrayés de son ancienne maîtresse.

Enfin, je sentais qu'il me fallait dire au revoir à ma veuve. Arrachant une feuille de papier de mon journal, je m'assis pour composer une lettre à Rachael Eastley. Je ne mentionnai pas la nouvelle, car il s'agissait d'une première lueur pour le roman que je voulais écrire un jour sur la veuve qu'elle avait inspirée. Je lui fis mes adieux et lui offris mes condoléances au sujet de Max.

Ayant chargé mes affaires dans la voiture, et sur le point de monter sur le siège avant, je fus arrêtée par Arabella.

— Heureuse de vous avoir rencontrées, Daphné et Angela.

Elle se tenait là, inflexible et méticuleuse, beaucoup à la manière de la future Lady Trevalyan.

Je ne l'embrassai pas, mais je lui fis un sincère au revoir de la main.

Le retour à la maison sembla interminable.

Plutôt que de passer une nuit ou deux à Cornouailles et dans le Devon, comme nous l'avions initialement prévu, Angela et moi optâmes pour un trajet de retour rapide à Londres. Après des heures en train, nous avions toutes les deux besoin de nous retrouver à la maison.

Mère et Jeanne exprimèrent leur joie à notre arrivée.

— Enfin, dit Jeanne en levant les yeux au ciel, glissant sur la rampe de notre maison de Londres. Je me suis ennuyée au point d'en devenir stupide.

Mère ne tenta même pas de la réprimander pour son comportement qui ne ressemblait pas du tout à celui d'une dame. Sortant du salon, un papier à la main, elle leva les yeux sur l'horloge qui faisait tic-tac. Elle fut momentanément sous le choc, en constatant l'heure inconvenante, avant de nous accueillir dans ses bras aimants et chaleureux.

— Votre père n'est pas là, nous informa-t-elle.

Elle avait déjà commandé du thé frais et des bols de soupe, des restes du repas du soir.

— Mais j'ai reçu une lettre de lui. Il semble qu'au club, il soit tombé sur Teddy Grimshaw, ce riche Américain, et nous avons tous été invités à un mariage.

— Un mariage ? haletai-je, reconnaissant le nom. Qui est la mariée ?

Ma mère sourit, *savourant* sa nouvelle.

— Ce sera peut-être un choc pour toi, Daphné, mais c'est ton amie Ellen, Ellen Hami Hon…

Mère soupira.

much of what he had said in the *Réflexions* about the concept and the doctrine on intentionality bound up with it. In the appendix, besides elaborating on his earlier teaching, he collected many texts from St. Thomas to indicate the Thomistic character of his teaching and that of John of St. Thomas.

After reading chapter three and the first appendix, Father Roland-Gosselin penned a letter to Maritain concerning the disagreements he still had with Maritain centering on the concept. The letter was dated 31 October, 1932. It apeared in the *Bulletin thomiste*, together with Maritain's reply, in April 1933. One of Father Roland-Gosselin's criticisms repeated what he had objected to in his review of the *Réflexions*. But his other criticism focused on whether the concept was known at all in the act of knowing the object. He praised Maritain for coming closer in the *Degrés* than in the *Réflexions* to characterizing the concept as *quod intelligitur* even as it makes the object known. But he criticized him for weakening the force of that same notion from what it was in St. Thomas. While affirming that the concept was known as a similitude and not as a thing, Father Roland-Gosselin emphasized Thomas's teaching that it was indeed known even in making the object known and criticized Maritain for glossing *ipsum intelligi* and *quod intelligitur* phrases referring to the concept in St. Thomas as being formally true of the production of the mental word and not of the understanding of that same word. Besides being a forced interpretation of Thomas it just did not seem to make sense that the object would be known by being present in a mental word that was not itself known. He also criticized Maritain for mishandling a quotation from Cajetan on this same point.

Maritain replied by acknowledging his indebtedness to John of St. Thomas in both the *Réflexions* and the *Degrés* and by claiming that it was to John of St. Thomas's thesis that the mental word is known *formaliter* (by being the actualizing form of knowledge; see *Degrees*, Phelan trans., p. 394) and not *denominative* (as an object or thing, *Degrees*, p. 394) that he always referred. He felt he had emphasized this notion in the *Degrés*. On the other hand, admitting that the mental word is *intellectum in actu formaliter* (or *id quod intelligitur in actu formaliter*), Maritain hastens to add that the mental word is not properly known, within the direct (as opposed to reflexive) act of knowing, as a *quod*. He adds, with John of St. Thomas, that the mental word is never the *res cognita* or thing known. Further, Maritain points out his own twofold interpretation of texts of Thomas wherein Thomas speaks of the concept as *ipsum intelligi* or *quod intelligitur*: (1) The concept is a *quod* as what is produced by the act of understanding; (2) it is understood *formaliter* and not *denominative*. One should note immediately here that Father Roland-Gosselin had not been maintaining that the concept or mental word was understood as a thing—on this he and Maritain agree. On the other hand, Maritain will speak of the concept as a *quod intelligitur* but a *quod intelligitur formaliter*. Insofar as Roland-Gosselin affirmed the concept was a *quod intelligitur* as a pure similitude they seem to be saying the same thing. What then is the disagreement about? Is it a merely verbal one? Is it that Maritain dislikes the notion of *quod intelligitur* as applied to the *verbum* because that leads too easily, by way of a misunderstanding, to idealism?

Let us consider a text of Maritain which especially disturbed Father Roland-Gosselin. It is one in which Father Roland-Gosselin seemed to think Maritain was twisting Cajetan's nose. Here is the note from Maritain's *Degrees*:

> . . . The term *species quod* used by Fr. Simonin . . . does not seem to me quite in conformity with Thomistic terminology. At any rate, to conform to St. Thomas doctrine, the term can only signify *species quod* as the term that is produced, and not *species quod* as object known. As Cajetan's text . . . shows so clearly, there is an essential difference between *"species seu intentio ut quam intellectus intelligit (ut intentio est rei)"* and *"species seu intentio ut quod intelligitur (sc. ut objectum)."* The whole Thomistic theory of the concept could even be said to hang on this difference.
>
> If you say the object [sic concept] is a *quod*, but is not the object known, and it is a term known only "as representing the object", then you are saying exactly the same thing as I am, namely, that the concept is *quod* as product and *in quo* as known. (p. 393, n. 3, Phelan translation)

One is immediately inclined to protest at this point—if the concept is distinct enough from the act of understanding to be a *quod* as product of that act then why is it not also sufficiently distinct to be *quod* as known by that act? There seems to be an inconsistency here. And why is it all right, Father Roland-Gosselin wanted to know, to refer to the concept as *quam intellectus intelligit*, as did Cajetan, and not as *quod intelligitur*, concerning which Cajetan is not quoted as saying anything? Moreover the most obvious interpretation of a number of Thomistic texts (including *De pot.* 9.5.c and *De ver.* 4.2.3[m]) would indicate that it is Maritain who is not quite in conformity with Thomistic terminology. What is the reason? Is it simply a desire to avoid leading others into idealism? That is a clear possibility. But is the matter deeper than that? The complexity can be brought out by reference to another criticism of Maritain's theory of knowledge.

CRITICISM OF FATHER HAYEN

In his 1942 work on intentionality, André Hayen criticized the bifurcating of being in Maritain (and John of St. Thomas). Entitative being and intentional being were said to appear so distinct in Maritain as to constitute two separate and disjoined realms. Here is the criticism:

> . . . what does it mean . . . to say that intentional being is opposed to natural being, in the eyes of a metaphysician who makes his fundamental thesis the unity of the *esse analogum et transcendens*.
>
>   . . . It is surprising how rare are those among the better authors who have attempted to explain this opposition and define the analogical unity which relates the intentional being and the natural being, without confusing them. In the book we have just cited . . . Maritain himself does not seem to have understood the pertinence of the question, or, at least, does not seem to have appreciated its importance. What is more, he digs a practically impassable moat between the real and the intelligible when he distinguishes them as being two parallel orders, not two degrees of analogical perfection belonging to a single reality. (p. 16 of A. Hayen, *L'intentionnel dans la philosophie de Saint Thomas*, Paris, 1942. Cf. Georges van Riet, *Thomistic Epistemology*, translated by Gabriel Franks,

2 vol., St. Louis and London, 1963, vol. 1, pp. 334-335. Cf. the criticism of Hayen by Fr. Jean-Hervé Nicolas, "Le réalisme critique," in *Jacques Maritain: son œuvre philosophique*, Bibliothèque de la Revue Thomiste, Paris (1948?), p. 222.)

This is a serious objection to lodge against the defender of a realistic epistemology. Is it a well-founded criticism? Why would it seem to Father Hayen that Maritain had created an unbridgeable gulf or moat between knowledge and reality? Perhaps it is because whenever Maritain speaks of the coming to be of intentional being out of entitative being there is a mystery about just how it comes to be and consequently how it is really related to entitative being. Certain it is that intentional being is rooted in and arises out of entitative being in Maritain's account. He speaks of it as grafted onto or received into entitative being (*Réflexions*, p. 54). But what does the grafting? If intentional being really is being or existence it demands an efficient cause when it appears for the first time. The problem is there seems to be no efficient cause of intentional being just to the extent that Maritain is understood to sharply distinguish it from entitative being. While this seems to be a problem shared by himself and John of St. Thomas, it does not as clearly appear as a problem in St. Thomas. The reason for this; intentional being in St. Thomas seems to be nothing so much as a different way of looking at the entitative being of the concept (i.e., from the point of view of formal causality). On this view of Thomas there is no problem with the unity of entitative and intentional being; nor is there a problem with how intentional being comes into being from the entitative production of the concept or mental word. This is not ordinarily understood as Maritain's teaching but it does seem to be that of St. Thomas. An example will help matters. A straightforward and literal reading of the CG I 53 text of Thomas tells us that the production of the concept is the knowing of the object just because the concept is the similitude of the thing known. Maritain does not seem to accept such an interpretation. His reasons for apparently not doing so are excellent. So much so that if we are to try to hold to the obvious interpretation of a number of Thomistic texts to which Maritain seems to give a forced interpretation, we must take account of Maritain's reasons for adopting the interpretation he shares with John of St. Thomas. The problem is: is it a literal rendition of the Thomistic texts or an implicit idealistic reading of them to which Maritain objects?

MARITAIN'S REASONS FOR HIS DOCTRINE OF INTENTIONALITY

In the *Réflexions* (Paris, 1924, p. 54,) Maritain writes that the knower's becoming the thing known is not "by a transmutation of its own being, but within a superior genus (*genre*) of being which is as it were grafted onto its own being." Now the production of a concept by the act or operation of knowing is part of the entitative being of the knower. Maritain, following John of St. Thomas (and Scotus), characterizes it as a quality. But just because it is a producing or making and not a becoming, Maritain maintains it cannot be that in which knowing consists but only a condition of it (*Réflexions*, p. 58, cf. p. 64, and *Degrees*, pp. 113, 117). Expressing the same point in another way, he writes:

> The vital act of knowing . . . has also . . . the power of producing a term. Intelligence speaks in knowing and knows in speaking, but to produce or speak is not of itself to know, and the speaking or producing is terminated at the word formed, while knowledge is terminated at the thing. (p. 58)

In the *Degrees of Knowledge* Maritain presents another reason for the separation between these two orders of being, namely, to avoid contradicting the principle of identity.

> . . . the scandals suffered by the principle of identity can only be apparent, and it is certain that, if it is proper to the knower to be another thing than what it is, we must needs, to avoid absurdity, distinguish two ways of having existence; we have to conceive of an *esse* that is not the proper act of existing of the subject as such or of its accents . . . .

> * * *

> Another kind of existence must, then, be admitted; an existence according to which the known will be in the knower and the knower will be the known, an entirely tendential and immaterial existence, whose office is not to posit a thing outside nothingness for itself and as a subject, but, on the contrary, for another thing and as a relation. (p. 114)

To avoid contradicting the principle of identity it is necesary to posit a type of being other than that by which knower and known are each what they are in their natural being. But what kind of opposition is needed? Here we must decide between various possible interpretations.

THE PROBLEM OF INTERPRETING INTENTIONALITY IN MARITAIN

A.   Non-Categorial being

The natural being of knower and known include the ten Aristotelian categories. Is intentional being, as non-entitative being, also non-categorial being? This would be the strongest form of opposition and the one which would most clearly avoid violating the principle of identity, yet it would be the one most difficult or mysterious to understand and most subject to the criticism of Fr. Hayen. How would intentional being come to be from entitative or categorial being? How are the two related? In a text from the *Réflexions* (p. 61) Maritain seems to indicate that intentional being can occur wholly within the order of formal causality:

> it is according to intentional being that the things exist within the signs or similitudes which render them present to thought . . . within the order of formal causality such as accompanies the immateriality of knowledge the object of knowledge exists intentionally within the soul.

Now formal causality determines being but it does not produce being, and if intentional being is new and distinct from the concept produced by the act of understanding, how does it come to be? If Maritain is right in saying it occurs simply within the order of formal causality then intentional being cannot be new being received into or grafted onto the entitative being of the concept; rather it can be no more than the concept itself regarded as formally determined by the likeness of the thing known.

B. RELATIVE BEING

Let us consider another possible interpretation. Suppose the opposition between entitative and intentional being occurs within the categories of Aristotle. Suppose the opposition is simply between relation as *esse ad*, or being to or for another, and quality understood as *esse in* or being in and for oneself as a subject. There is some evidence for this interpretation. Besides the text already quoted which contrasts the two orders as (1) for itself as a subject and (2) for another as a relation, there is this note from the *Degrees*:

> Intentional existence is an immaterial and non-entitative existence, not-for-itself, but real. . . . (It) really and physically affects the species which makes known and the mind that knows. (p. 123, n. 1)

And in the appendix on the concept he writes:

> . . . we are considering the concept not in its entitative character and as accident of the soul, *secundum suum esse in*, but rather in its intentional function and as vicar of the object, *secundum suum esse ad*. (p. 388)

A few pages further on this same contrast is given between *esse in* and *esse ad* and then Maritain remarks that according to the *esse ad* of the concept, "it is a pure likeness essentially relative to that nature" which is known (p. 392).

By means of this interpretation of Maritain the two orders of being are real because both are categorial, but are opposed as the *esse in* of quality is opposed to the *esse ad* of relation. In this way one explains knowledge not as the production of the mental word or concept but as the relation of identity following on the production of the word. The relation as intentional being would be produced automatically with the production of the word, i.e., the being of the relation is produced simultaneously with the production of the mental word as likeness of the object. But there are problems here also. On this interpretation of Maritain we could not make sense of some of the ways he characterizes intentional being, nor could we avoid all the problems he wishes to avoid. Knowledge would not seem to constitute "a whole metaphysical order apart" (p. 117) as Maritain indicates. Nor could the concept itself in its intentional function be called the "object itself now made spirit and intentionally present" (p. 127); it would only be the relation of formal unity or similitude between concept and thing. There is a further problem. If we do not distinguish the *ratio* or essence of a relation from its being, then the relation is part of the proper act of existing or natural being of the subject, and we seem to violate the principle of identity (p. 114). And if we do distinguish the *ratio* or essence of a relation from its being and identify intentional being only as the *ratio* or essence (strictly within formal causality), we do not seem to violate identity, but then intentional being is no longer being or *esse* of any kind. It is no type or genus of existence at all. Further, since this relation of formal identity or similitude follows just as much on the *species impressa* as on the *species expressa* or concept there should be no need whatsoever for the operation of understanding for knowledge or knowing to occur. An unpleasant consequence.

C.   ROOTED IN THE ESSE-ESSENCE DISTINCTION (CATEGORIAL BEING YET NOT BEING OF NATURE)

One more interpretation seems possible. When Maritain distinguishes the informing or actuating function of the concept from its representative function of presenting the object it can be said that he is distinguishing the being of the concept from its form or *ratio* or essence. In this way we might argue as follows: insofar as the concept is produced or brought forth by the act of understanding it is part of the natural being of the knower and inheres in him. But insofar as the concept that is brought forth is the formal likeness of the thing known and has its specification entirely from the thing known, it determines the knower to be the known, and the production of the concept is the knower's becoming the known, because the formal specification of the cognitive act is wholly from the thing known. This interpretation of entitative and intentional being is rooted in the fact that the efficient and formal causes of the concept are from two separate sources: because the knower is the efficient cause of the concept, it is part of the natural or entitative being of the knower; because the object known is the external formal cause of the concept, the concept is the likeness of the thing known and is the reason why the thing known is said to be intentionally present in the knower—namely, because it is formally represented there. Such an interpretation would make sense out of a number of passages of Maritain, would entirely sidestep the criticism of Hayen (no gulf would be present), and would make sense out of the literal or most straightforward reading of Thomistic texts such as CG I.53. Such an interpretation seems compatible with the following text from the *Degrees*:

> . . . this intelligible content set, as object, before the mind, is vitally expressed as concept by the mind and has, as its proper existence, the act of intellection itself. . . . We now understand that it is something known precisely insofar as it makes known, and in the very act of making known. [p. 124] . . . the concept in its entitative role and as modification of the subject, and the concept in its intentional role and as formal sign, are not two distinct things. . . . These are two formal aspects, or two distinct formal values of the same thing. [p. 125] . . . The form that the intellect . . . engenders within itself . . . is truly . . . the object's pure likeness . . . or rather the object itself . . . intentionally present (not as object but as sign): because its entire specification comes from the object. [pp. 126-127]

This way of interpreting Maritain also makes sense of his statements that the concept is known in the act of knowing the object only insofar as it is the actualizing form of the understanding of the object. Apart from the act of understanding, the concept has no being whatsoever, and hence cannot possibly stand as a thing or existent being between the cognitive act and the object known. And yet Thomas, Cajetan, John of St. Thomas, and Maritain could all say, echoing Aristotle's comment in the *De memoria* (see *Degrees*, p. 394 and n. 4) that it is known *formaliter*, or simply as a form in the very act of knowing the object just because of its formal unity with the object known. In order to make sense of such a statement the concept and the act of understanding which brings it forth have to be distinguished from each other, not as one thing from another, but as form from being or essence from existence. (See *Degrees*, p. 123, n. 3 and *Existence and The Existent*, Phelan, p. 35.) By this interpretation one can also make sense of Maritain's criticism of Suarez, who is said to confuse the entitative and intentional informings of the intellect by the concept (*Degrees*, p. 404). Suarez had refused to draw the sharp distinction between the concept as inhering in the intellect as an accident, and its being a likeness (with the object being its external formal cause). Hence he maintained that its being representative of the object was just its being an accident in the intellect, and, as a result, that the concept was very deficient as a likeness of the object.

Does this interpretation of Maritain avoid the scandal of violating the principle of identity? If the formal specification of the concept is entirely from the object then the object is in the knower by being represented there. The act of conceiving is the intentional being of the thing known insofar as the known object's formal likeness determines that act of being as its essence. The object known is in the knower, however, by an act of being that is proper to or peculiar to the knower (otherwise it would not be his knowledge), yet the formal determination of his cognitive act is not his by nature in the sense that it comes with his nature. In this sense the knower becomes the known by a being that is not his by nature. The intentional being in me of the dog I am knowing is not part of my natural being in the sense that it is determined by the formal likeness of a dog—but it is part of my natural being insofar as it is natural for me to know. Another way of putting it is to say that while intentional being is in the knower, and it is natural that it be there as rooted in acts of knowing, intentional being in a sense is not rightly thought of as the being of the knower. Intentional being is always the being of what is known insofar as it exists in the knower as represented there; i.e., as Maritain had indicated, the emphasis in explaining intentional being is on formal causality. Hence Maritain's characterizing of knowing as though it were a relation can best be understood as follows: intentional being is defined relative to the thing known because of the external formal causality of the thing known. The act of knowing (though denied to fall into the Aristotelian category of act because of the common examples given of action) is not said to be a relation but a quality (*Degrees*, p. 113). And when Maritain contrasts the producing of the concept terminating only in the concept, whereas knowing as becoming the known terminates in the known, one should undertand it as follows. The act of understanding regarded only as a producing terminates only at the concept (it is not a production of an external object known), yet the producing of the concept is the knowing of the object insofar as the act of producing is none other than the act of knowing which terminates in the concept as a form so as simultaneously to terminate in the object of which the concept is a formal likeness. (See *Degrees*, p. 113, concept as *expression of act of knowing*.) Finally, when Maritain characterizes intentional being as "not the proper act of existing of the subject as such or of its accidents" we must recall that although the cognitive act is characterized as a quality (p. 113) (hence as accident of the subject) the formal determination of that accident is a likeness of a way of being not proper or natural to the knower, and, as determined by that likeness, the being of the concept can be called the being of the thing known as represented in the knower.

Yet it remains uncertain that this way of understanding Maritain, as appealing as it might be in certain ways, is the correct one. If he really means that intentional being is wholly and entirely separated from the cognitive act, and is not just a way of looking at it from the viewpoint of its being formally determined by a likeness of an external object, then this interpretation fails. If this interpretation fails, then there seem to be serious difficulties in Maritain's doctrine. If it stands, then his doctrine makes sense of literal readings of St. Thomas, as well as evading the objections of Fathers Roland-Gosselin and André Hayen.

La phénoménologie et la théorie de l'abstraction selon Jacques Maritain

LÉON CHARETTE
Université d'Ottawa

The present paper is, by intention, a preliminary essay on the ways Jacques Maritain uses the Thomistic theory of abstraction to clarify his position on E. Husserl's phenomenology, taking phenomenology both as philosophical method and as doctrine.

Following a brief introduction on the various kinds of reduction implied by phenomenology, the essay goes on to show that through the phenomenological reduction and as a form of idealism, phenomenology rests on a mistake as to the proper object of the human intellect. Then, from the point of view of method, I examine first the new definition of essence used by phenomenology, and secondly problems related to the distinction between phenomenology and science on the one hand, and between the different parts of phenomenology on the other.

The paper thus intends to show that, according to Jacques Maritain, the above difficulties are based on the use of an unclarified notion of total abstraction and on the absence of a necessary theory of formal abstraction.

Chacun peut se remettre en mémoire certaines phrases que Maritain a écrites au sujet de la phénoménologie dans ses divers ouvrages[1]. Le but restreint de la présente étude, qui demandera à être complétée par des analyses faites à partir d'autres perspectives, consiste très simplement à tenter de voir dans quelle mesure la théorie de l'abstraction selon Maritain éclaire les jugements que ce dernier porte sur la phénoménologie à la fois comme méthode et comme doctrine.

L'intention de Husserl, on le sait, était de faire de la philosophie une science rigoureuse, c'est-à-dire, une connaissance de vérités absolument in-dubitables données par l'évidence *apodictique*. C'est à partir de cette exigence qu'il énonce le principe méthodologique fondamental du « retour aux choses mêmes » et qu'il met en œuvre une série de réductions dont l'intention est précisément de permettre de dégager l'essence même des choses. Il sera suffisant ici de résumer brièvement les principales sortes de réduction sans chercher à en dénombrer toutes les formes et toute les nuances[2].

Une première sorte de réduction est d'ordre préliminaire : il est d'abord nécessaire, pour parvenir aux choses mêmes et pour éliminer tout préjugé et toute opinion d'autrui dans la considération de l'objet, de mettre entre parenthèses ou hors jeu toutes les doctrines philosophiques et l'apport de toutes les sciences. C'est le rôle de la réduction dite historique ou philosophique, qui, pourrait-on dire, purifie en quelque sorte le sujet connaissant.

Mais puisque la conscience est toujours conscience de quelque chose, à son tour, l'objet doit être purifié par la réduction eidétique qui consiste à mettre entre parenthèses tout ce qui dans l'objet est individuel et contingent, pour ne conserver du phénomène que l'essence pure conçue comme unité de sens. Cette seconde réduction vient donc s'ajouter à l'élimination préalable de toutes les sciences de la nature et de l'homme, et en un mot, de toute connaissance indirecte ou déductive qui dépasse l'évidence immédiate. Cette élimination des sciences est parfois appelée réduction scientifique. Mais la

---

1. J. MARITAIN, *Distinguer pour unir ou Les degrés du savoir* (ci-après *DS*). Desclée de Browner, Paris 1932, p. 195; *Le paysan de la Garonne*, (ci-après *PG*), Desclée de Browner, Paris 1966, pp. 152-159.
2. Voir notamment E. HUSSERL, *The Paris Lectures*, translated by Peter Koestenbaum, With an Introduction Essay, Martinus Nighoff, The Hague, 1975, pp. LVIII-LIX.

réduction eidétique, en particulier par l'élimination de tous les aspects individuels et contingents de l'objet, permet de viser l'essence pure du phénomène et de constituer la phénoménologie comme science eidétique ou science des essences.

Précisons en outre que la phénoménologie ainsi conçue ne cherche qu'à décrire son objet, non à l'expliquer. Selon les mots de J.M. Bochenski,

> La méthode phénoménologique n'est ni déductive, ni empirique. Elle consiste à montrer ce qui est donné. Elle n'explique pas par des lois et n'opère aucune déduction à partir de principes, mais elle considère immédiatement ce qui est à la portée de la conscience, l'objet[3].

Il s'agit d'une première sorte de phénoménologie, essentiellement descriptive, et c'est à l'intérieur de ce cadre initial que se situe l'usage de la technique de la « variation », qui consiste selon la brève description qu'en donne D. Christoff

> à modifier librement par l'imagination les relations dans lesquelles on se représente un objet — (et qui) doit permettre de retenir des invariants et d'atteindre ainsi l'essence[4] [...]

Vient en troisième lieu la réduction dite phénoménologique, qui consiste à mettre en suspens la croyance au monde réel, et qui est motivée, à la fois, par un approfondissement de la notion d'intentionnalité et par le souci très cartésien de ne laisser subsister que ce qui ne peut pas être mis en doute. Cette réduction fait considérer l'objet comme un pur corrélatif de la conscience et permet à l'analyse de se concentrer davantage sur les divers types de modalités intentionnelles de la conscience que sont, par exemple, la perception, l'intuition, le souvenir ou le désir.

À ce niveau, la description des essences donne lieu à l'élaboration des différentes parties de l'ontologie : ontologie formelle (également appelée logique formelle) s'il s'agit d'essences formelles telles que « l'unité et la multiplicité, la relation, l'identité, le genre et ses espèces, le tout et ses parties[5] »; ontologie matérielle s'il s'agit des différentes régions de l'être. R. Verneaux résume en ces termes :

> Les essences matérielles ont un contenu, à savoir les différents aspects ou éléments du monde. Les essences matérielles les plus générales constituent des catégories ou « régions », par exemple les notions de nature ou d'hommes, et l'étude de ces essences donne les ontologies régionales[6].

---

3. I.M. Bochenski, *La philosophie contemporaine en Europe*, Petite bibliothèque Payot, Paris, 1967, p. 114.
4. D. Christoff, *Husserl*, Éditions Seghers, 1966, pp. 24-25.
5. G. Guarvitch, *Les tendances actuelles de la philosophie allemande*, J. Vrin, Paris, 1949, pp. 39 et p. 54. E. Husserl, *Méditations cartésiennes*, (ci-après *MC*), J. Vrin, Paris, 1969, pp. 44 et p. 54.
6. R. Verneaux, *Histoire de la philosophie contemporaine*, Beauchesne et ses fils, Paris, 1960, p. 145.

En dernier lieu, la réduction transcendentale peut être considérée comme l'application de la réduction phénoménologique au sujet lui-même et à ses actes. Ce que la réduction phénoménologique ou transcendante livre alors, son *résidu*, est la conscience pure comme activité constituante ou « subjectivité transcendentale dans laquelle, écrit Husserl, se constitue toute espèce de sens et toute espèce de réalité[7] ».

C'est à ce propos qu'Edith Stein écrivait :

> À cela on peut rattacher une description de la constitution qui procède tout à l'inverse : à partir de l'ultime « révélable », la vie actuelle du moi transcendental, on exposera selon un mode progressif comment, dans cette vie actuelle, se constituent les actes et ce qui leur correspond d'objectif à des degrés divers jusqu'au monde des choses voire jusqu'à un monde d'une objectivité supérieure[8].

On a pu écrire que « les recherches constitutives forment de loin la partie la plus importante de l'œuvre de Husserl et qu'elles lui imposent un style nouveau[9] ». C'est à cette période de l'œuvre de Husserl que se rattachent notamment les études sur le temps et sur l'existence d'autrui nécessaire à l'objectivité de la pensée. Il suffira de noter ici que Husserl n'en serait pas resté au stade de l'idéalisme transcendental, et qu'après 1929, selon Ricœur, « le fait décisif est l'abandon progressif, au contact des nouvelles analyses, de l'idéalisme des *Méditations cartésiennes*[10] ».

Ce qui précède servant de préparation générale, la suite de mon propos cherchera à montrer que les diverses remarques faites par Maritain au sujet de la phénoménologie s'enracinent tant dans la thèse que l'objet propre de l'intelligence est l'être extramental, que dans la distinction de l'abstraction totale et de l'abstraction formelle; ainsi nous montrerons quels problèmes sont soulevés par là en ce qui concerne la phénoménologie.

L'aspect le plus clair de la question concerne d'abord la phénoménologie comme doctrine idéaliste. Maritain écrit dans *Les degrés du savoir* :

> Malgré les importants services qu'elle a rendus à la pensée contemporaine [...] la phénoménologie risquait dès les premiers pas l'équivoque. Rien n'est plus instructif que la façon dont vaincue à la fin par le faux « radicalisme » des principes cartésiens, elle finit aujourd'hui, fière de ses chaînes retrouvées, par revenir décidément à la tradition kantienne et par s'affirmer comme un nouvel idéalisme transcendental qui diffère certes de l'idéalisme kantien, mais en ceci qu'il refuse de « laisser ouverte la possibilité d'un monde de choses en soi, ne fut-ce qu'à titre de concept-limite[11].

Maritain revient sur la question dans *Le paysan de la Garonne* :

---

7. E. HUSSERL, *MC*, p. 53.
8. *La phénoménologie*, Journée d'études de la Société thomiste, Juvisy, 1932, Imprimé par Casterman, S.A., Tournai, Belgique, pp. 42-43.
9. R. SCHÉRER, *Husserl*, dans *Histoire de la philosophie III*, Encyclopédie de la Pléiade, 1974, p. 543.
10. E. BRÉHIER, *Histoire de la philosophie allemande*, Troisième édition avec appendice (de Husserl à Heidegger) par P. Ricœur, J. Vrin, Paris, 1967, p. 196.
11. J. MARITAIN, *DS*, pp. 202-203.

L'opération comportait une contradiction intrinsèque dont le préjugé idéaliste l'a empêché de s'apercevoir. Husserl [...] a érigé en principe la *suspension du jugement* [...] en posant, comme règle méthodologique absolument première pour l'intellect philosophant, que celui-ci est tenu [...] de mettre *entre parenthèses* tout le registre de « l'être extramental » (le pain même dont vit l'intellect!) *alors qu'il exerce l'acte de connaître*. Il faut donc séparer, par une damnable coupure, l'« objet » perçu par l'intelligence — et qu'on met à l'intérieur du connaître, — de la « chose » qu'elle perçoit — et qu'on rejette à l'extérieur du connaître [...] Dès lors l'intelligence violant la loi même de sa vie doit s'arrêter à un *objet-phénomène*, qui la divise d'avec elle-même et d'avec *ce qui est* dans la réalité[12].

Il est encore un autre problème découlant de cette méprise fondamentale concernant l'objet de l'intelligence. Maritain l'explique ainsi :

L'être extramental qu'on a commencé par mettre entre parenthèses en se défendant d'en rien affirmer ou nier se trouve [...] pratiquement nié et finalement évacué [...] sans qu'on se soit jamais demandé si cette séparation de l'objet et de la chose était possible, — omission fondamentale qui doit faire regarder le néo-cartésianisme transcendental comme un système radicalement naïf.)[13]

Toutefois ces paroles n'équivalent pas à une condamnation totale et absolue de l'entreprise phénoménologique. Elles ne touchent que la doctrine et non la méthode de description en elle-même. Deux remarques de Maritain demandent encore à être précisées pour le moment :

Nous pensons [...] que ce qu'il y a à retenir — après décantation — de la phénoménologie et des « découvertes » dont elle se fait gloire ressortit seulement à la partie réflexive et critique de la philosophie [...] le premier temps de la phénoménologie » (description des *cogitata* comme tels) présente à ce point de vue beaucoup plus d'intérêt que le second (reconstitution tout artificielle des « structures aprioriques » de la réalité universelle)[14].

Je crois qu'il faut commencer par expliciter d'abord pourquoi Maritain affirme que la « reconstitution » des « structures aprioriques » lui paraît « tout artificielle ». Car il a repris ce jugement plus en détail dans un ouvrage écrit beaucoup plus tard :

Et parce que dans cette phénoménologie, toute régulation venant de l'être ou du réel est désormais rejetée et que la pensée doit faire tout son travail en laissant le réel dans la parenthèse, sans autres repères que les aspects variables et infiniment foisonnants qu'elle trouve dans la subjectivité — subjectivité de l'opération intellectuelle elle-même [...] ou subjectivité de l'expérience de l'homme [...] — voilà la pensée livrée dans ses interprétations au régime du Vraisemblable et de l'Arbitraire [...][15]

Une large partie de la phénoménologie, au moins, est ainsi rejetée dans le domaine de l'opinion. Et il semble que, pour Maritain, la raison principale de cet état de chose réside dans l'usage par la phénoménologie d'une forme d'abstraction qui est celle de l'abstraction totale. Les répercussions de ce choix sont importantes tant pour la notion fondamentale d'essence, que pour

---

12. *Id., PG*, p. 158.
13. *Id., DS*, p. 205.
14. *Id., DS*, p. 196, note 2.
15. *Id., PG*, p. 159.

la question de la distinction des sciences et des rapports entre elles. Tels seront les deux prochains points de notre texte.

En ce qui concerne le premier point, il est bien connu que l'essence phénoménologique est beaucoup plus englobante que l'essence aristotélicienne adoptée par saint Thomas d'Aquin. Voici en quels termes Bochenski les compare :

> Essence in the phenomenological sense must be carefully distinguished from the Aristotelian *eidos*. The phenomenological concept is more comprehensive. In addition to his *eidos* Aristotle recognizes other determining properties [. . .] necessarily connected witht it. Phenomenology, on the other hand comprises everything that necessarily coheres in the phenomenon under the term "essence" which includes the Aristotelian properties. The phenomenological essence therefore excludes two kinds of factor: *Existence* [. . .] and everything *contingent*. One might call this essence the fundamental structure of the object[16].

Telle semble bien la situation à laquelle Maritain se réfère lorsqu'il écrit :

> En écartant le sujet transobjectif, on introduit dans le monde lui-même des essences et de l'« a priori » les effets propres de la matérialité, et c'est en vain qu'on essaie de ne pas traiter ce monde à la façon empiriste, comme ceux qui méconnaissent les nécessités intelligibles [...][17]

Et il ajoute ce qui suit dans une note explicative :

> Si la phénoménologie se donne essentiellement pour une analyse ou description « eidétique », c'est bien, semble-t-il pour remédier à cet inconvénient. Mais le remède reste insuffisant. En faisant varier librement, par l'imagination, l'objet des diverses fonctions intentionnelles pour ne retenir que l'*eidos* de celles-ci, on ne dégage pas devant l'esprit une nécessité de droit saisie dans une essence, on constate seulement une nécessité de fait de la vie intentionnelle, succédané de la véritable nécessité intelligible [...][18]

Maritain est encore plus explicite au sujet des rapports de cette question avec la théorie de l'abstraction lorsqu'il discute, comme à titre d'exemple, du processus par lequel on peut se faire une idée de la science en général, comme « forme-limite visée par l'esprit ».

> Il est clair que cette forme-limite ne peut être que dégagée, par l'abstraction réflexive, des diverses sciences déjà constituées parmi les hommes. Toutefois il ne s'agit pas là d'un simple résidu moyen (« totalité » statistique) dégagé par l'*abstractio totalis* ou abstraction de la généralité logique, il s'agit d'un type pur (« formalité » idéale) dégagé par l'*abstractio formalis* ou abstraction du constitutif formel[19].

Et il ajoute, au sujet des efforts de Husserl à cet égard

> C'est à un succédané de l'*abstractio formalis* (dont la notion manque à la plupart des philosophes modernes) qu'E. Husserl a recours lorsqu'il s'applique (voir *Méditations cartésiennes*, pp. 7-11) à « vivre » par sa méditation l'effort scientifique, et à saisir ainsi

---

16. J.M. BOCHENSKI, *The Methods of Contemporary Thought*, Harper Torchbooks, New York, 1968, p. 26.
17. J. MARITAIN, *DS*, pp. 206-207.
18. *Ibid.*, p. 207, note 1.
19. *Ibid.*, p. 45, note 1.

« l'intention » de la science, ce qui n'est possible en réalité que par une réflexion au moins implicite sur les sciences réellement données. D'autre part, la méthode cartésienne suivie par Husserl l'oblige à frapper provisoirement d'invalidité les sciences d'où il tire ainsi l'idée de la science[20].

On pourrait peut-être multiplier les exemples. Qu'il suffise, pour notre propos, de noter quelques-unes des expressions par lesquelles Husserl caractérise l'*eidos* de la perception dans les *Méditations cartésiennes*. Il parle d'« extension idéale », de « généralité essentielle » et déclare : « L'eidos lui-même est de l'universel vu ou visible[21] ». Ce sont toutes là des expressions qui se rapportent principalement à l'abstraction totale.

Mais, passons au deuxième point annoncé plus haut : qu'en est-il pour l'organisation de la science eidétique dans son ensemble ? Au passage déjà cité, Husserl ajoute encore :

> J'ai l'évidence d'avoir avant tout à élaborer une phénoménologie eidétique, seule forme sous laquelle se réalise — ou peut se réaliser — une science philosophique, la « philosophie première » [...]
> Il faut que j'aie recours aux universalités et nécessités essentielles grâce auxquelles le fait peut être rapporté aux fondements rationnels de sa pure possibilité, ce qui lui confère l'intelligibilité et le caractère scientifique. Ainsi la science des possibilités pures précède en soi celles des réalités et les rend possibles en tant que sciences[22].

Dans le texte qui précède, il me semble qu'on ne voit pas de façon très précise, du moins au premier examen, en quoi consiste ce type d'explication scientifique et ce recours aux universalités et nécessités essentielles. Mais la situation s'éclaircira peut-être si l'on compare différentes sciences auxquelles Husserl s'est particulièrement intéressé, à savoir, la phénoménologie et la ou les psychologies. Voici en quels termes H. Spiegelberg résume les vues de Husserl sur les trois sciences impliquées :

> Pure phenomenology is the study of the essential structure of consciousness comprising its ego-subject, its acts and its contents—hence not limited to psychological phenomena—carried out with complete suspension of existential beliefs. *Phenomenological psychology* is the study of the fundamental types of psychological phenomena in their subjective aspect only, regardless of their imbeddedness in the objective context of a psychophysical organism. *Empirical psychology* is the descriptive and genetic study of the psychical entities in all their aspects as part and parcel of the psychophysical organism; as such it forms a mere part of the study of man, i.e. of anthropology[23].

Si l'on cherche maintenant à déterminer les critères sur lesquels repose une telle classification, on peut sans doute partir du fait qu'Husserl distinguait d'abord deux sortes de sciences : les sciences des faits, fondées sur l'expérience sensible et cherchant à déceler les rapports constants entre les choses, et les sciences eidétiques dont l'objet est la vision de l'essence. Ainsi les deux

---

20. *Ibid.*, p. 145, note 1.
21. E. HUSSERL, *MC*, pp. 59-60.
22. *Ibid.*, p. 61.
23. H. SPIEGELBERG, *The Phenomenological Movement*, A Historical Introduction, Second edition, Vol. One, M. Nijhoff, La Haye, 1965, p. 152.

premières sciences ci-dessus sont des sciences eidétiques, tandis que la troisième est une science des faits, comme le serait également l'anthropologie à laquelle elle se rattache. Par ailleurs, l'objet de la psychologie phénoménologique et celui de la phénoménologie pure correspondent à des totalités ou regroupements de conditions dont la justification ne semble pas jouir d'une évidence apodictique et qui relèveraient avant tout de l'abstraction totale, puisque le mode spécifique de définir n'y est pas indiqué. On peut donc se demander si la méthode de vision de l'essence est la même dans les deux sciences. Et enfin, quelle est la portée réelle de l'objet de la phénoménologie pure (ou transcendantale) qui inclut notamment le domaine logique formel (ou ontologique formel)?

C'est sans doute à ce genre de questions que pensait Maritain dans *Les degrés du Savoir* lorsqu'il écrivait :

> En définitive, il semble que dès l'origine la phénoménologie ait procédé à une sorte d'hybridation contre nature entre l'ontologie et le logique. Il est grave pour une philosophie de ne pouvoir distinguer entre l'*ens reale* et l'*ens rationis*, elle risque de s'engager, en dépit de toutes ses protestations contre le constructivisme, dans l'élucidation d'un univers de fictions[24][...]

Maritain a fourni, dans ses *Sept leçons sur l'être*, une des raisons du jugement sévère que l'on vient de lire. Il y commente un texte de saint Thomas où ce dernier explique que le dialecticien, c'est-à-dire celui qui se sert de la logique, tout comme le métaphysicien considère toutes choses :

> Et il en est ainsi parce que l'être est double : il se dédouble en être de raison et être réel ou de nature ; et l'être de raison [...] est proprement le sujet de la logique ; or la doublure a la même ampleur que l'étoffe, « les objets intelligibles du logicien s'équiparent aux êtres de nature, du fait que tous ceux-ci tombent sous la considération de la raison. C'est pourquoi le sujet de la logique s'étend à toutes les choses dont l'être de nature peut être dit » [...] Et le dialecticien procède pour considérer les choses non pas par les causes réelles, mais « par les intentions de raison », c'est-à-dire par des êtres de raison logiques, qui sont extrinsèques à la nature des choses, *extranea a natura rerum*[25].

Saint Thomas ajoutait ailleurs dans un autre texte :

> L'universel, en tant qu'il implique le rapport d'universalité, est bien un certain principe de connaissance, du fait que le rapport d'universalité procède de l'opération abstractive de l'intelligence. Mais il n'est pas nécessaire que tout principe de connaissance soit un principe d'être, (comme le pensait Platon) car il nous arrive de connaître la cause par l'effet, et la substance par les accidents[26].

Il semblerait donc que les difficultés d'interprétation que l'on rencontre, au sujet de la nature de la phénoménologie comme science, au sujet de ses différentes parties et au sujet de ses rapports avec les autres sciences, tiendraient en grande partie pour une part à un usage sinon abusif du moins non reconnu de l'abstraction totale, et pour une autre part à l'absence d'une théorie de l'abstraction formelle. C'est ce que laissait entendre Maritain lorsqu'il traitait

---

24.   J. MARITAIN, *DS*, p. 206.
25.   *Id., Sept leçons sur l'être*, Téqui, Paris, p. 48.
26.   Saint Thomas d'AQUIN, *Somme théologique*, IaP., q. 85, a. 3, ad 4.

de la phénoménologie allemande comme réaction contre la conception positiviste de la science :

> seulement dans tout ce mouvement (de la phénoménologie allemande) on peut remarquer qu'il n'y a pas de métaphysique réductrice, capable de reconnaître les frontières de l'explication scientifique et de l'explication philosophique, de sorte qu'on risque de brouiller les objets formels et non plus précisément de sacrifier la philosophie de la nature à la science […] mais au contraire de faire de la science elle-même une philosophie de la nature[27].

On sait que pour saint Thomas d'Aquin comme pour Maritain, il y a deux sortes d'abstraction opérée par la pensée : l'abstraction totale et l'abstraction formelle[28]. Par l'abstraction totale (ou extensive) l'intelligence abstrait l'universel du particulier et vise ainsi des touts imparfaitement déterminés puisqu'elle procède dans le sens de la potentialité et de l'indétermination. Par l'abstraction formelle (ou intensive) l'intelligence abstrait une forme de la matière, elle vise les déterminations formelles des choses et procède ainsi dans le sens de l'actualité et de la déterminiation. Dans le cas de l'abstraction totale, Maritain écrit :

> Nous sommes ici au point de vue de la généralité plus ou moins grande, et cette visualisation extensive, cette abstraction du tout universel est commune à toute connaissance aussi bien à la connaissance préscientifique qu'à la connaissance scientifique qui la suppose[29].

Et il explique plus loin en ces termes :

> La science commence avec l'*abstratio formalis*; auparavant il n'y a pas de science, il ne peut y avoir que connaissance commune ou vulgaire, mais pas encore de science, pas encore de perception des nécessités intelligibles[30].

C'est donc pourquoi Maritain croit légitime de conclure, comme on l'a vu auparavant, que dans la méthode de description eidétique de la phénoménologie « on ne dégage pas devant l'esprit une nécessité de droit saisie dans son essence, on constate seulement une nécessité de fait de la vie intentionnelle, succédané de la véritable nécessité intelligible[31] ».

L'abstraction formelle, d'autre part, sert de fondement à la spécification des sciences. Saint Thomas d'Aquin résume brièvement la théorie de la façon suivante :

> Du fait qu'une chose devient intelligible en acte pour autant qu'elle est de quelque manière abstraite de la matière : c'est selon qu'ils ont diversement rapport à la matière que des objets appartiennent à diverses sciences. En outre, toute science résultant de démonstrations, et le moyen-terme d'une démonstration étant la définition, il s'ensuit que les sciences se diversifient selon les différents modes de définir[32].

---

27. J. MARITAIN, *La philosophie de la nature* (ci-après *PN*), Téqui, Paris, p. 66.
28. Saint Thomas d'AQUIN, *Somme théologique, IaP.*, q. 40, a. 3.
29. J. MARITAIN, *PN*, p. 15.
30. *Ibid.*, p. 22.
31. Voir note 28.
32. Saint Thomas d'AQUIN, *In Phys.*, I, 1.

C'est ainsi qu'on obtient les trois ordres d'abstraction qui spécifient la science de la nature : les mathématiques et la métaphysique. Maritain précise ailleurs que

> les trois degrés fondamentaux d'abstraction, qui se prennent *ex parte termini a quo* [...] ne définissent que les premières grandes déterminations du savoir spéculatif, à l'intérieur desquelles des dénivellations d'ordre spécifique peuvent se rencontrer, qui se prennent *ex parte termini ad quem* [...][33]

On voit facilement l'importance de toute cette question de l'abstraction formelle en ce qui concerne l'évaluation des sciences et l'analyse de leurs rapports. Maritain cite Cajetan pour tirer une conclusion qui peut servir d'indice :

> C'est pourquoi les objets du métaphysicien comme tels ne sont pas comparés aux objets du physicien par mode de tout universel à parties subjectives, à objets de pensée plus particuliers [...] Les objets du métaphysicien se comparent à ceux du physicien « *ut formalia ad materialia* » [...] ils sont des formes (régulatrices)[34].

Si maintenant l'on applique cette théorie à la phénoménologie, on comprend mieux pourquoi Maritain avait écrit ce que nous avons déjà cité :

> Nous pensons [...] que ce qu'il y a à retenir — après décantation — de la phénoménologie [...] ressortit seulement à la partie réflexive et critique de la philosophie[35].

Le travail de « décantation » auquel il réfère ne peut être réalisé que par une recherche systématique des déterminations formelles qui peuvent être véritablement atteintes en phénoménologie et par leur rattachement à la discipline philosophique appropriée. La tâche paraît sans doute immense, mais dans l'intérêt du dialogue philosophique, il me semble qu'elle mérite d'être entreprise.

---

33. J. MARITAIN, *DS*, p. 73 (note).
34. *Id., PN*, pp. 20-21.
35. Voir note 14.

Knowing Un-Truth and the Truth of Non-Being in Thomas Aquinas and Jacques Maritain

LAURA WESTRA
University of Toronto

Connaissance de la non-vérité et de la vérité du non-être chez Thomas d'Aquin et Jacques Maritain.

Il y a plusieurs problèmes évidents dans la manière dont nous pouvons connaître la non-vérité et la vérité du non-être selon Thomas d'Aquin. La source des difficultés réside dans la nature de la vérité, dans sa relation à l'existence et dans les conséquences qui en résultent pour la non-vérité. De même, la question du bien et du mal — pourvu que ceux-ci puissent exister et être connus — crée des problèmes parallèles, une fois que nous comprenons la signification de la vérité chez l'Aquinate, son statut transcendantal et, par conséquent, les aspects de son existence en acte et en bonté même.

En premier lieu, l'auteur explique la relation qui existe entre le « connaître » et la vérité et la non-vérité chez saint Thomas. Il montre ensuite comment la doctrine de ce dernier, lorsqu'elle est bien comprise, place les composantes privative et négative du jugement là même où Maritain le fait en suivant sa propre manière d'aborder les questions connexes de la connaissance de la non-vérité et du non-être. De fait, dans son De veritate, *saint Thomas arrive à la même conclusion en partant de la nature de la vérité comme telle, que Maritain lui-même, dans les* Approches sans entraves *(«Réflexion sur la nature blessée»), à partir de son point de vue sur la nature blessée. Les deux doctrines, semble-t-il, convergent dans une certaine mesure et s'éclairent mutuellement.*

In this paper I will attempt to show that the status of truth and that of untruth in Thomas Aquinas are widely different, and that a thorough understanding of the import of his doctrines in all their implications can best be reached by allowing the thinking of Jacques Maritain to shed light upon these matters. Maritain did not address himself specifically to the question of untruth, or even of negation, though truth is briefly discussed in the *Degrees of Knowledge*, for instance (pp. 84-90), and the related problem of evil, in the 1942 Aquinas Lecture, *St. Thomas and the Problem of Evil*. However, the best passages to consider, it seems to me, are to be found in the *Approches sans entraves* in the chapter on "La nature blessée et l'intuition de l'être," and I will devote the "Maritain" portion of this paper to a detailed examination of those texts.

Accordingly, I will start by examining the question of un-truth in St. Thomas, in the first part, and turn to Maritain, in the second. God, as First Truth, plays a cardinal role in St. Thomas's understanding of truth in all senses and at all levels. The all-inclusive pervasiveness of existence is more than just a component or concomitant of truth; rather, it is its grounding force, and I must allow this premiss to stand, as I cannot defend it within the scope of the present enterprise. In this regard, we might recall that Maritain himself, in his "Third Lecture" of the *Preface to Metaphysics*, clearly states: "Thomism, as I have already observed, merits the appellation of an existential philosophy, and this already in the speculative order, is what concerns the speculative portion of philosophy" (Maritain, p. 61). However, when we consider the import of truth, we must, perforce, think about its counterpart, "un-truth," which—as we shall see—will prove to be a better appellation than "falsity," given the Thomistic understanding of the notion. The first question that arises in this context is, how can Aquinas ground all truth in

God in various manners, and still allow that what is false or erroneous exists in reality? If I say, "It is true that Unicorns do not exist," I am asserting a "truth," but the "truth" I refer to, in turn, refers to an entity which does not have *real* existence, thus to something to which existence in reality does not accrue.

And how can a non-existing entity, thus something for which affirmation of existence would be a falsehood, be grounded in the Perfect, Absolute Truth of God? Similarly, if I affirm that a man is blind, I refer to the lack of a property due to his nature, even if I affirm what is true (that is, the man I speak of is truly blind). Once again, how can something which does not exist in reality (i.e. sight, which is lacking in this case) really exist, and be grounded in the absolute Actuality of Existence, which is without any qualification whatsoever? What is then the role of the divine intellect in these cases, and—conversely—how is our *own* intellect capable of truthfully formulating its own affirmations, when they concern this sort of negative "truths"?

In order to be able to answer these and other related questions, we will need to start by examining the notion of "negation" in St. Thomas, both in its meaning and in its function. We will also need to refer to the role of negation in regard to God, so that its relation to the divine intellect, and finally to our own intellect, may become clearer. What is the place of negation in St. Thomas's thinking in regard to truth? In the First Lectio of the *Peri Hermeneias*, Aquinas explains what a noun and a verb are, then proceeds to set out what are "negation" and "affirmation": they are subjective parts of our speech, in the scholastic sense. They are species, to which the genus "enunciation" is prior. In that sense each constitutes something "whole" in itself, not comparable to either "noun" or "verb," as species of "oratio." St. Thomas explains here, without disagreement, Aristotle's thinking. If we consider the role of negation in enunciation, its nature contains division, and it seems clear that it ought to be considered prior to affirmation, since division is closer to the *parts* of speech, from which we must start in order to arrive at the totality which enunciation is. If we consider affirmation instead, and its greater resemblance to composition rather than division, its similarity lies in the direction of the whole (totum), that is, the totality of parts instead, and thus it cannot be taken as prior. Therefore, in those things in which there can be both being and non-being, non-being, "which signifies negation," is prior to being, which signifies affirmation. These remarks clearly apply in Aristotelian terms to "being" as the truth of propositions, not to "being" as the substance of things.

Negation and affirmation are both species which can be subsumed on the same level under the genus "enunciation," they are "naturally co-ordinate," and thus neither may precede the other:

> Sed tamen, quia sunt species ex aequo dividentes genus, sunt simul natura; unde non refert quod eorum praeponatur. (*Peri Herm.* 1.10; Leon. Ed. p. 10)

This very brief excursion into St. Thomas's logical thinking on negation allows us to make several points which will prove very important for our understanding of his doctrine of un-truth and non-being. The first point that emerges is that negation is clearly equated to non-being. The second is that negation is not a concept which is *logically* inferior to affirmation.

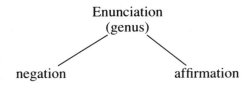

Enunciation
(genus)

negation   affirmation

Finally—and this will turn out to have somewhat momentous implications, as we shall see—St. Thomas explicitly says (quoting Aristotle):

> . . . in iis quae possunt esse et non-esse, prius est *non-esse*, quod significat negatio, quam *esse*, quod significat affirmatio. (Ibid.)

What seems significant to me is that St. Thomas does not quote here a *general* statement about negation and non-being, but rather qualifies his words by saying "in those things which may or may not be," clearly allowing a prior signification and import to negation and non-being, from the point of view of *creatures*. The first point is essential to his doctrine about un-truth and the truth of non-being. The second point separates negation and non-being in their *logical* respective functions, from their place and role in general terms. The third point will return to the forefront when we discuss the role of negation in our knowledge of God and the Transcendentals.

However, in order to hold on to that primacy of existence which we must pursue scrupulously, in keeping with St. Thomas's thinking, what is the relation between such logical and formal assertions, and the *real* import of negation and non-being? Aquinas leaves us in no doubt in regard to the function of propositions and expressions:

> . . . voces significant intellectus conceptiones immediate, et eis mediantibus res. (*Peri Herm.*, Lib. 1.1.2.6)

Aquinas therefore envisions the following progression: actual real things causing a concept in our intellect, and—when composed or conjoined with the existential temporality of a verb—giving rise to a judgment, thus to truth or falsity ("Cognoscere autem . . . nihil est quam iudicare ita esse in re vel non esse: quod est componere et dividere . . ."; *Peri Herm.* 1.3.9). The judgement in turn signifies a voiced proposition (called indifferently by Aquinas "oratio" or "enunciatio"). These are therefore entirely secondary and dependent upon the judgement of being and non-being, or the vocally unexpressed affirmation and negation and—mediately—dependent upon the real actuality of things.

The position of negation in regard to actuality can be appreciated even in the consideration of the relation between Being and the other Transcendentals, thus, initially, in the "relation" between Being Itself and Truth. Division and thus differentiation are the natural concomitants, and in fact, the appropriate aspects of negation. Even as we affirm *Truth,* we deny that "being" is the only aspect implied at that point: as we focus upon the former, we differentiate it from the latter. They are not two separate entities, thus there is no negation of the real existence of the second (Truth). Nevertheless, they are different aspects of one absolute reality, so that the affirmation of one entails to some degree the division from, thus the negation of, the other.[1] If we leave, for the time being, the consideration of the Actus Essendi and First Truth, and negativity and division as their link and conjunction, and we turn instead to truth and being in general, the same point will apply: as soon as we start to differentiate, we divide (one aspect of one entity from another), and we negate. And, as we have seen above, on the basis of St. Thomas's reporting of Aristotle, it is here that negation is prior, as division is required before composition, in our "enunciatio." St. Thomas, however, denies *either* priority, when he expresses his own thinking. Therefore when Aquinas speaks of the priority of negation in logic, he is basing his assertion on the order in which the two notions appear in the Aristotelian text.

With these brief remarks, I hope to have placed negation to some degree in a Thomistic context, and shown its relation to non-being, as regards the problem of truth. Let us now turn to a consideration of the "nature" and the role of the latter. The first point to note is one on which all of Aquinas' thinking in this regard will be based: non-being has no "nature" of its own. There are two objects which can be found "outside the soul" ("Extra anumam"), St. Thomas affirms: one is the "thing itself," the other, "its negations and privations." However, unlike the case of logical and propositional affirmation/ negation, which—as we saw—were two species of *one* genus, neither of which was (in a logical context) *intrinsically* prior, or better, we *now* have a crucial difference between "being" (the thing) and "non-being" (its privations and negations): the thing has a Nature or essence, which is conformed to the divine intellect, as artifact is conformed to the artist's conception of it. Moreover, the thing's essence is so designed as to be capable of being known, through the relation obtaining between such essences and our intellect.

But what is non-being like? St. Thomas is quite explicit on the subject:

---

1. However, neither his placing of negation just after Being, nor the almost phenomenological approach he sometimes displays, should mislead the reader into the perceiving of a Hegelian "echo." The *Science of Logic*'s opening paragraph linking "being" and "nothing" leads to a very different conclusion. While in St. Thomas Being is captured by the intellect in the judgement, and its truth is a real actuality, based on Actuality existing eternally, quite aside from the perceiving and judging intellect, in Hegel instead the movement from being to nothing is intellectual, rational, human, thus—in Thomistic terms—at best eviternal, and perhaps potential, rather than actual reality.

> . . . sed non-ens extra animam consideratum neque habet aliquid unde intellectui divino coaequatur, neque unde cognitionem sui faciat intellectu nostro, unde quod intellectui cuicumque aequatur non est in ipso non-ente sed ex ipso intellectu qui rationem non-entis accipit in se ipso. (*De Ver.* 1.5. *ad* 2m)

Therefore we must acknowledge that while, logically, there is no "prior" and "posterior," strictly speaking, between affirmation (being) and negation (non-being), the situation is entirely different when *actual reality* is considered. It is now clear that positive, affirmative being is not only *prior*, but also different, from the viewpoint of existence, from non-being, as the latter not only has no nature proper to itself, but also no independent intelligible nature, so that it can only be understood in relation to the other, i.e., to being.

It appears that the founding (though not "constructive") role of the intellect, as deployed in the truth relation, is equally in evidence in regard to non-being; this is certainly clear when the truth of non-being is under discussion:

> Cum dicitur ergo "veritatem non esse est verum" cum veritas quae hic significatur sit de non ente, *nihil* habet nisi in intellectu . . . (*De Ver.* 1.5. *ad* 2m: 288-290) (my italics)

Yet we must resist the temptation to read too much "intellectualism" (in the sense of too much emphasis on the constitutive powers of the intellect) into St. Thomas's position: non-being, as its truth, is still firmly grounded, in fact absolutely *dependent* both for its "being" and for its "being known," upon real, actual being. Nor is such a "relational," dependent "existence" confined only to non-being. We can best understand it if we start from the general aspect of "relatedness." When we speak of something having a relation to something else, we do not see it add anything positive to either of the entities it relates to one another, because the relation does not predicate *something*, it predicates *towards (ad) something:*

> Cum omnia alia genera, in quantum huiusmodi, aliquid ponant in rerum natura: quantitas enim, ex hoc ipso quod quantitas est, aliquid dicit; sola relatio, non habet ex hoc quod est huiusmodi quod aliquid ponat in rerum natura; quia non predicat aliquid, sed *ad* aliquid. Unde quaedam inveniuntur relationes quae nihil rerum natura ponunt, sed in ratione tantum. (*De Ver.* 1.5. *ad* 16)

As Krempel puts it:

> Elle (la relation) dit simplement: rapport . . ., ad, vers quelque chose . . .; son caractère propre ne l'oblige pas à apporter au sujet un surcroît d'être.[2]

In fact, this lack of real existential import (in the sense that it does not exist in and of itself) in both falsity (non-truth) and non-being, needs to be stressed so that it may be clearly understood especially in its obvious connection to St. Thomas's thinking on the Good (of which more below). However, while non-truth and non-being are closely connected and regarded in many passages

---

2.   A. Krempel, *La doctrine de la relation chez Saint Thomas*, Paris, Vrin, 1952, p. 325. All aspects of relations are in fact discussed in meticulous detail in this extremely rich and exhaustive study.

we have considered, there is at least one aspect of St. Thomas's doctrine in which the identification of the two is entirely inappropriate.

What follows directly upon Being is One, followed in turn by the True and the Good. Now, while the last two concepts are not only closely related, but also appear to bear a similar relation to the "non-true" and the "non-good" (these inelegant appellations are adopted in place of the expressions "false" and "evil," which tend to suggest an *essential content*, or a separate nature, for both), "unum" presents a different case altogether. "Unum," St. Thomas affirms, adds "negation" to Being:

> Sic ergo supra ens, quis est prima conceptio intellectus, unum addit id quod est rationis tantum, scilicet negationem: dicitur enim unum quasi ens indivisum. Sed Verum et Bonum positive dicuntur; unde non possunt addere nisi relationem quae sit in ratione tantum. (*De ver.* 1.21.1 *resp.*)

Something is added, which is "only in the intellect" ("ratione tantum"): it is a negation of real existence, but in this case, it can no longer be simply "non-being" (as it has mental existence). In the body of the responsio Aquinas had shown that "good" itself did not add anything real, essential or separate in any way to Being as such: it was entirely a question of *our* consideration, and what our varied standpoints could add; thus the good is clearly confined to intellectual import, that is, it is a being of reason ("ens rationis"). But such a being of reason, though it remains within the ambit of our intellect, is not an unreal or merely imagined addition. It is a "reality" which—as it cannot *add* anything actual to perfect actuality—can only be understood as a deepened understanding on our part, allowing us to glimpse yet another aspect of that absolute perfection, in this case, the import of absolute desirability, or its existential aspect as "the Good." In such perfection, non-being has no place, just as defects and imperfections also have none. As Maritain puts it,

> Hence each of these transcendentals is being itself apprehended under a particular aspect. . . . They are, so to speak, a reduplication of being for and in our mind.[3]

Perhaps it is in this manner that St. Thomas once again shows how the completeness and far reach of his doctrines offer an understanding of the cardinal role of negation that other thinkers, even those who actually depend upon negation for their philosophies, cannot equal. Why does the negative deepen our grasp of the affirmative? Many thinkers in modern times are well aware of the importance of negation, but being unable or unwilling to *situate* human beings in their true context, that is, as *created* beings, wholly and absolutely dependent upon Uncreated Reality for their being and the nature of their understanding, they cannot offer the *why*, but only the basic facts of the powerful role and nature of negation.

It is only because our nature *is what it is*, that we are dependent upon negation for a better, deeper understanding, through the use of that rational

---

3. J. Maritain, in *A Preface to Metaphysics: Seven Lectures on Being*, "Fourth Lecture," New York, Sheed and Ward, 1948, p. 67.

(i.e., of "ratio"), serial, thus *divisive* way of thinking, which is most appropriate to creatures.[4] We are *in* created being, we tend *to* uncreated being, naturally. And it is only through the negative that we can approach rationally that which we "know" in some sense, and in another way, through inclination. On the other hand, the truth relation as it is found and founded in God's intellect, has no need of movement, parts, rational, divisive, therefore negative procedures, in order to know anything. It is instead whole, a-temporal, totally encompasing. Negation is only needed in our case: it is a human device, necessitated by and arising from the human condition.

Finally, in a similar vein, St. Thomas asserts that evil is not "something" ("non est aliquid"). Moreover, it is impossible that it should be something ("Hoc autem impossible est esse aliquid" (*De Malo*, 1.1 *resp.*). It is simply ". . . privatio alicuius particularis boni . . . " (*De Malo*, ibid.): exactly like un-truth, not-good has no nature, it is no-thing. It is intrinsically lacking from the extrinsic point of view, that is, from the point of view of the intellect. As the latter can know and define properly a thing from the quiddity which is apprehended in the cognitive act, it follows that what has no quiddity cannot be known *in itself*, it can only be known through another quiddity. The evil action can only be known through a consideration of the good action it is *not* (at least as known *qua* evil); and the un-truth, through the truth it would have been, had the privation not occurred.

What is common to both cases is their lack of "substantial" being: neither can stand on its own and therefore, neither is such that it can be known without recourse to the substantial (positive, actual) entity from which their intelligibility, like their very being, derives. When negation is applied to First Truth, this is obviously not the case, as no privation is intrinsic then, and it is only *our* limitation, *our* lack of intellectuality (as "intellectus"), thus of ability to comprehend and appreciate what infinitely exceeds our grasp, that requires us to negate. In this manner, even the powerful role of negation, its status *right below* that of Being (as in-division, thus Unity) points once again to privation, lack, or the absence of a good. The pivotal difference from the case of non-being is that privation, lack, and absence are all to be understood as *reflexive notions*, bending back upon his own thinking processes the would-be-knower, and his own limited condition, or his nature as it is, in "statu viae."

In fact, the very *relational* nature of truth, when based upon our intellect, displays the very same "weakness" (Krempel, for instance, terms it "la débilité des relations").[5] I will cite at random, for further confirmation of this point: "Ens minimum, scilicet relatio" (*Sent.* 1.26.2.2); "Relativum

---

4. Cf. St. Thomas, *In Boethius De Trinitate*, questions Five and Six, trans. Fr. Maurer; see also my "Ratio e intellectus in San Tommaso d'Aquino," *Atti del Congresso di Metafisica e Scienze dell'Uomo*, Roma, 1982.

5. Krempel, *La doctrine*, p. 332; cf. Aristotle, *Categories*.

habet esse debilissimum" (*De Ver*. 27.4). This weakness is displayed in two ways. Its *concept* shows that it can only be understood in regard to something other than itself, therefore, that it is dependent upon an exterior entity for its intelligibility. Moreover, its "weakness" persists equally in its very being, as even in that, as in its conceptual existence, it requires necessarily another entity, exterior to itself.[6] This "weakness," however, is limited only to created being, and does not touch uncreated being, except insofar as *our* comprehension of its "relations" is concerned:

> Relatio realiter substantiae adveniens, et postremum et imperfectissimum esse habet . . . Imperfectissimus autem, quia proprie relationis ratio consistit in eo quod est ad alterum (terminum) unde esse eius proprium quod substantiae superaddit non solum dependat ab esse substantiae, sed etiam ab esse alicuius exterioris (termini). (*Contra Gentiles* 4.14)

Now this aspect of our nature and its effect on our cognitional abilities is discussed in some detail in one of Maritain's most profound works. He asserts that St. Thomas's point of views is—in a sense—moral, that is, he sees moral error, or original sin, as the basis for the limitations of our nature. Yet he states:

> Ma la nostra presente prospettiva non e' la prospettiva morale, o della inclinazione al peccato, e' une prospettiva speculativa in cui e la ferita inflitta all'intelligenza che ci occupa.[7]

And it is this "wound" that renders intelligence incapable to some degree, impotent and limited, in her "thrust towards truth" ("nel suo slancio verso il vero"). Clearly St. Thomas means the "wound" to be primarily invalidating in regard to moral actions, rather than to intellectual ones; yet—it cannot be denied—this original, primordial "wound" affects us insofar as our intellective capacities are concerned as well:

> In quantum ergo ratio destituitur suo ordine ad verum, est vulnus ignorantiae . . . . (1.2.85.3)

Thus, it is because of this wound that truth is kept *Summa Theologica* its fullness, though man's inclination in that direction remains. In the speculative order, human reason is mainly hindered in its thrust towards the highest truths, which are the most difficult for it to grasp. And this is far more than the observation that a "losing oneself" in pleasure or other wordly things will detract from one's philosophical thrust, or from that activity which follows upon the fact that "All men naturally desire knowledge."[8] Rather, his point is that man's basic constitution, and very nature, will affect to some *inescapable* degree his ability to follow his natural desire, to its equally *inescapable* End. Even the greatest of philosophers are affected, Maritain notes,[9] thus it is

---

6. Krempel, *La doctrine*, p. 389.

7. J. Maritain, *Approches sans entraves*, "Riflessioni sulla natura ferita," p. 11; cf. St. Thomas S.T. Ia, IIae, q.109, a.2.

8. Aristotle, *Metaphysics*, I.1.980.a22.

9. J. Maritain, "Riflessioni sulla natura ferita," p. 13.

indeed *more* than just the moral order which is at stake: it is the speculative order itself, which is not allowed to flourish fully, because of the defects inherent in our humanity.

Maritain believes that it will be sufficient to "transport" St. Thomas's thinking in regard to the *good* (in that respect), to that of the *true*, so that once his moral thinking on the question of man's natural deficiency is understood, then man's *speculative* failures—according to St. Thomas—will fall into place as well. Maritain starts his insightful discussion of the problems involved in being human, by citing St. Thomas:

> Respondeo dicendum quod bonum naturae humanae potest tripliciter dici. Primo ipsa principia naturae, ex quibus natura constituitur, et proprietates ex his causatae, sicut potentiae animae et alia huiusmodi. Secundo, quia homo a natura habet inclinationem ad virturem . . ., ipsa inclinatio ad virtutem est quoddam bonum naturae. Tertio modo potest dici bonum naturae donum originalis justiciae, quod fuit primo homine collatum toti humanae naturae. (*Summa Theologica* Ia-IIae, q. 85, a.1)

He then proceeds by inverting the order of St. Thomas's discussion, thus turning his attention first to a consideration of the import of justice. As St. Thomas himself puts it, man's reason, under that aspect, contains ("continebat") or regulates the soul's other powers, while at the same time it is perfected under God's control ("a Deo perficiebatur ei subjecta": ibid. q. 85, a.3). This, of course, is a reference to grace, which was originally man's, as a gift of nature, but is no longer such, as it has been totally taken away ("totaliter oblatum") through original sin. [10]

Another "bonum naturae" is man's natural inclination to virtue. This is also somewhat affected by the loss of "justice"; man's inclination is no longer clearly and directly directed towards virtue and the good, as a certain disorder ensues from the loss just discussed. In this consists that "wounded nature" we are attempting to elucidate. One must understand, however, that the "inclination to virtue" is not totally lost: man's nature is *radically* so inclined—at least to some degree—or there could be no remorse in sinners, for instance; in a similar manner, even in a blind man, the *radical disposition* to sight remains, so that miracles *can* occur, and hope must persist. There is therefore a basic difference among the three aspects of the "bonum naturae" which original sin has taken away: they are not all three affected in the same degree.

We come now to our main quest, that is, the "bonum naturae" as "ipsa principia naturae." Maritain shows that our powers *as such* are not affected in their essential constitution or being. Grace is a supernatural gift, and its loss neither diminishes nor effects substantially the natural gifts which comprise our nature. But it would be erroneous to understand the lack of a radical effect to our nature as no effect at all. Now, it seems to me that St. Thomas does

---

10.   This whole discussion can be found in J. Maritain, *ibid.*, pp. 13-14; cf. pp. 14-23 and passim.

not offer an epistemology suitable to Adam's specific state (i.e., as pre-original sin), in regard to his knowing powers.

Thus perhaps we cannot be certain about his thinking on the question. What *is* clear, at any rate, is that, whatever the difference might be between the way Adam could understand and the way we do, *our* way bears little resemblance to that of the angels, about whom Aquinas has much more to say instead. His doctrine emerges from his discussion of the difference between the two aspects of our faculty, through which we understand in different manners, through the "amphibian" nature we possess: we are *essentially* of this world, and the noetic aspect of "ratio" is the one which is principally human, as it moves laboriously from point to point, serially, in time.

We are also, however, destined to live beyond this earth-bound state: "status viae" is *not* our ultimate destiny. That is why "intellectus," or our intellectual way of knowing, comes into play. Through that aspect of our faculty, we know all at once, suddenly, in a manner totally unlike the laborious, deductive way of "ratio." In "intellectus" we know in a way most like the angels.[11] As long as we are not angels, our way of knowing is, perforce, "mixed." In other words, while it is not totally lacking in more than simply human characteristics, it is, nevertheless, basically and inescapably human.

Our faculty of intellection is thus, in a sense, wounded, though in another, it is not. A "wound" implies something that may, and in fact most often will, heal. Our intellectual imperfection cannot and will not "heal," or change, at least in this life, although outside circumstances or inner contingencies may aggravate our "condition," that is, cause us not to exercise our intuition, or purely intellectual capacity, in a way appropriate to our present state.

As far as the philosopher is concerned, Maritain traces various connections between specific aspects of his intellectual capacities and the problems that may arise and hold back the best possible development of these capacities. He offers these not as a hard and fast argument, but rather as what he terms "working hypotheses," intending to trace at least a small illuminating step, in his quest for the "heights of metaphysics."[12] His analysis suggests an analogy, though not an identity, to the four cardinal virtues. Prudence—he says—which is reason, appears to correspond to "rational solidity," and the supreme ability to organize concepts. "Justice" corresponds to the "rightness" of the word, a sort of honest truthfulness that echoes St. Anselm and his thinking on truth. "Temperance" suggests a certain cleanness and purity of thinking; and, finally, the virtue of "strength"—which seems to me to be the best, philosophically, because of being closest to the Absolute Power of Existence in Act—confers a similar quality to the intellect: a special courage

---

11. St. Thomas, *In Boethius De Trinitate*, questions Five and Six; cf. my forthcoming article in *Ancient and Mediaeval Epistemologies*, S.U.N.Y. Press, entitled "Knowing Truth in St. Thomas Aquinas, *De Veritate* I.2."
12. J. Maritain, "Riflessioni sulla natura ferita," p. 18.

to its questing look, which will make a philosopher strongly intuitive and innovative in his work.[13]

To bolster to some degree Maritain's insight, we might do well to recall the Greek understanding of *nous* in this regard, and the Aristotelian (also later, in a different way, the Plotinian) notion of what is divine within us, whereby that which is akin (συγγενής) to something else (that is to that which transcends the human) is in a closer and immediate rapport with it. Then perhaps it is precisely this quality of "vitality" that may facilitate the thrust towards truth, metaphysical entities, and existence itself (which for Maritain, for instance, is known *first* through the intuitive judgement, rather than through conceptualization).

However, the limited reach even this "best" capacity can muster is clearly in evidence in man's grasp of un-truth, the truth of non-being and even in his tentative quest for knowledge of First Truth. Negativity is involved in all these, and negation as such is peculiarly appropriate to man's approach, just as "ratio," which—as we have seen—moves serially point by point, thus using parts and division (thus negation—in Thomistic terms), was deemed to be particularly appropriate to man in "statu viae." We are not angels. We cannot move surely, directly, without laboriousness or temporal delays, to our quest. Our understanding goes out to the *objects* of such understanding, but it can only do so in the mode of the being whose understanding it is, in the manner of the capacity we possess, the various aspects of which Jacques Maritain had so incisively detailed for us. Finally, it can only do so in the way permitted by a nature which is indeed "meant" to do so, but which is, nevertheless, radically "wounded."

No one could claim that Maritain is only an exegete of St. Thomas. No one could even hazard the opinion that the two are in close rapport on *all* doctrinal questions. But—it seems to me—to understand the depth of St. Thomas's doctrine of un-truth, the truth of non-being and the import of negation in general, within his thinking, one can do no better than to read the beautiful pages in which Maritain speaks of "La nature blessée et l'intuition de l'être."

Yet another question of great importance may be raised at this stage. The notion of a "wounded nature," while entirely appropriate to clarify and support the matters under discussion, is nevertheless *not* an entirely philosophical notion: it would appear, prima facie, that we must turn to theology and faith, to answer a question we do not seem to have a purely philosophical answer to. Does this constitute a failure on our part, or—at any rate—a philosophical "cop-out"? It seems to me that this is not the case. Any thinker is entitled to evolve a coherent, cohesive philosophy, and there is nothing un-philosophical about evolving it successfully around *one* First Principle, which then becomes the basic, grounding factor, the conditio sine qua non of the whole doctrine.

---

13. *Ibid.*, p. 19.

One need not look to Christian thinkers exclusively for such a "modus operandi." For instance, the philosophy of Plotinus, grounded upon his notion of the One, bears these characteristics, without suffering from "religious obligations" of any sort. In the "Fourth Lecture" in the *Preface to Metaphysics*, Maritain spells out his thinking on the question of the relation of metaphysics to religion. The two are by no means as extensive, but:

> Metaphysics, the supreme human science, possesses a characteristic in common with the gospels. What is most precious and most Divine is hidden under what seems most commonplace. So it is with the Catholic Religion in general. . . . For the little word "is," the commonest of all words, used every moment, everywhere, offers us, though concealed and well concealed, the mystery of being as such. (*A Preface to Metaphysics*, p. 89)

Thomas Aquinas has a philosophy which is clearly grounded upon the Act of Existence. It should not be surprising, therefore, if the Act of Existence and his relation to the rest of the Universe, based upon his "nature," as well as ours, forms an integral part of Aquinas' thinking, such that our noetic faculties and their operations can neither be explained nor understood, without recourse to this ultimate Real Existence, in all its implications. And the same, of course, may be said about Jacques Maritain.

III
Théologie et spiritualité
Theology and Spirituality

Pour une Église
de la conviction.
La contribution de Maritain
à l'ecclésiologie

JEAN-MARIE TILLARD, O.P.
Collège dominicain de philosophie
et de théologie d'Ottawa

Theologians sometimes question Maritain's contribution to ecclesiology. Perhaps his complex relationship with Journet resulted in his following Journet more than is generally admitted. No matter how correct this judgment is, Maritain brings to the theology of the Church a new and extremely profound insight with his perception of the link between truth and compassion. For him, the Church must experience a constant tension between strongly witnessing to the truth that comes from God, without making any concession, and showing a profound understanding of the human condition, a real tenderness for all of us, sinners and weak.

This insight permeates Maritain's philosophical and theological works proper, including the last pages of Le paysan de la Garonne. *There, he reminds us that the truth spoken of in the Gospel is not confined to a "speculative conviction" which aims at translating, defending and spreading it. Because it is a doctrine of salvation, the Gospel always tries finally to re-create man in its own truth and in its own authenticity. Through letting himself be grasped by the truth of God, man builds up himself in his own truth.*

An illustration of this Maritainian insight is found in his correspondence with Julien Green. The two authors discuss this intimate link of truth with tenderness, and Maritain gradually reveals the whole amplitude of Truth. It is not only Truth which defines God and which his Word acquaints us with. Nor is it just the person's identification. It is also man's clear-sighted recognition of the human condition, without contrived examination in the light of reason. Thus Truth acquires a dimension disregarded by the philosopher: it becomes a loud-proclaimed confession from flesh and spirit recognizing themselves as they are.

God's Church is destined to live by, to witness to, and to permeate human history with such a truth. The only way for the Church to perform these tasks is to exhaust the resources of tenderness.

Plusieurs pages dures et manifestement injustes du *Paysan de la Garonne*[1], suivies d'un livre trop inégal[2] sur l'Église comme « personne », ont créé l'impression que Jacques Maritain avait fort peu légué à la réflexion ecclésiologique. Il y a quelques semaines, alors que pendant un colloque de théologiens nous faisions allusion à la préparation de cette communication, l'un des participants (auteur réputé et jouissant d'un grand prestige) commentait, avec un sourire : « il vous faudra beaucoup d'imagination, car Maritain nous a plus gênés qu'aidés en ce domaine ».

---

1. J, MARITAIN, *Le paysan de la Garonne; un vieux laïc s'interroge à propos du temps présent*, Desclée de Brouwer, Paris 1966. Voir surtout les pp. 14-47, 85-97, 140-141.

2. *Id., De l'Église du Christ; la personne de l'Église et son personnel*, Desclée de Brouwer, Paris 1970. Voir sur ce sujet les remarques de Y. CONGAR, « La personne Église », dans *RT* 79, 1971, pp. 613-640.

C'est ce jugement — juste et fondé si l'on s'en tient aux considérations systématiques de Maritain sur l'être de l'Église — que nous voudrions nuancer. D'ailleurs, ces réflexions explicitement ecclésiologiques ne représentent pas pour l'essentiel une pensée entièrement personnelle. À maintes reprises, Maritain lui-même a avoué combien à ce registre il dépendait du cardinal Journet[3], gêné et s'excusant dès qu'il lui arrivait de s'écarter de la pensée de « son maître »[4]. Son intuition propre se déploie ailleurs. À une relecture de ses œuvres mettant entre parenthèses ses digressions ou ses arrêts sur l'institution ecclésiale comme telle ou la manifestation visible de l'Église révèle combien il a vécu d'une perception profonde de la *res Ecclesiae*, entendons de la réalité intérieure de grâce qui fait l'Église. Là, il s'avoue, modestement, le disciple de Raïssa[5], mais il est clair que l'intuition maîtresse vient aussi, sinon surtout, de lui. Et elle est riche.

Dans le sillage d'Augustin, de Thomas d'Aquin (l'inspirateur de sa pensée), de Blaise Pascal, de Léon Bloy (qui le conduit au Christ en même temps que Raïssa), Maritain a une vision saisissante de la nature de la grâce qui non seulement habite mais construit et anime l'Église de Dieu. Il la conçoit comme le nœud d'une rigoureuse fidélité à la vérité et d'une tendresse sans limite. Cette intuition perce déjà dans les quelques lignes où il relate sa première rencontre et celle de Raïssa avec Léon Bloy :

> Ce qu'il leur découvrait ne peut se raconter : la tendresse de la fraternité chrétienne et cette espèce de tremblement de miséricorde et de crainte qui saisit en face d'une âme, une âme marquée de l'amour de Dieu. Bloy nous apparaissait tout le contraire des autres hommes, qui cachent des manquements graves aux choses de l'esprit, et tant de crimes invisibles, sous le badigeonnage soigneusement entretenu des vertus de sociabilité. Au lieu d'être un sépulcre blanchi comme les pharisiens de tous les temps, c'était une cathédrale calcinée, noircie. Le blanc était au dedans, au creux du tabernacle. D'avoir franchi le seuil de sa maison, toutes les valeurs étaient déplacées, comme par un déclic invisible. On savait, ou on devinait, *qu'il n'y a qu'une tristesse, c'est de ne pas être des saints.* Et tout le reste devenait crépusculaire[6].

Notons immédiatement que *tendresse* désignera toujours pour lui le versant miséricordieux de la grâce. Regard non de condamnation mais de douceur de Jésus sur la femme adultère... Maritain emploie ce mot de préférence à miséricorde, à compassion, à amour. Sans doute parce qu'il est plus large (il inclut les autres), mais surtout parce qu'il est plus riche d'évocation humaine. Par cet emploi, il sauvegarde la dimension incarnée de la grâce, dont précisément Bloy lui a fait pressentir le secret. D'emblée il perçoit le mystère chrétien comme habité par la tendresse de Dieu.

---

3. Ainsi *De l'Église du Christ*, p. 25.
4. *Ibid.*
5. Ainsi *Le paysan de la Garonne*, pp. 286, 337, 363 ; *Carnet de notes*, Desclée de Brouwer, Paris 1964, 11 ; *Julien Green, Jacques Maritain, Une grande amitié : correspondance (1926-1972)*, Paris 1979, p. 148 sqq.
6. J. MARITAIN, *Quelques pages sur Léon Bloy*, Paris, 1927, p. 47.

Il n'a guère changé dans *Le paysan de la Garonne*, là où pourtant son ironie devenue souvent agressive aurait dû se méfier de la tendresse : « Je disais jadis à Jean Cocteau : *il faut avoir l'esprit dur et le cœur doux. Et /j'ajoutais/ mélancoliquement que le monde est plein de cœurs secs à l'esprit mou*[7] ». Il parle alors de la situation « plus qu'inconfortable » que crée la double fidélité et à la compassion ou douceur chrétienne et à la loyauté face aux impératifs de la Vérité. Le cœur de tout membre du Christ conscient de sa vocation se trouve déchiré « principalement à cause de cette *misericordia* et de cette *veritas* qui demandent à se rencontrer et à s'embrasser, — où[8]? ». Ce « où? », voilà la question qui ne cesse de hanter l'Église comme telle sur cette terre, la tiraillant entre une intense « tendresse » (un mot auquel Maritain garde toutes ses résonances affectives) pour les humains mis sur son chemin et une volonté ferme de ne rien trahir de l'exigence de la vérité. Déchirement entre le cœur (au sens de Pascal) et l'esprit doté de la lumière de la foi (au sens de Thomas d'Aquin), qui fait la souffrance de l'Église pérégrinante et l'associe au tourment du Sauveur.

La *Veritas* représente le but à atteindre, la visée dont il ne faut jamais s'écarter; la *misericordia* (qu'inclut la tendresse) est le climat tout à la fois de compréhension profonde et de compassion où s'insère, mais sans s'y noyer, cette poursuite. À tous les plans, en effet, vaut ce que Maritain affirme de la solidarité avec les non-croyants dans l'action : impossible, devant Dieu, de « méconnaître les droits imprescriptibles [...] de *la vérité elle-même* ». Tout converge vers elle :

> il pourrait arriver que [...] nous soyons tentés, soit de négliger ou oublier nos convictions spéculatives parce qu'elles sont en opposition entre elles, soit d'atténuer, dissimuler ou camoufler leur opposition en faisant s'embrasser le oui et le non — et en mentant à ce qui est — pour les beaux yeux de la fraternité humaine. Ce ne serait pas seulement jeter aux chiens la vérité, mais jeter aussi aux chiens la dignité humaine, et notre suprême raison d'être. Plus nous fraternisons dans l'ordre des principes pratiques et de l'action à conduire en commun, plus nous devons durcir les arêtes des convictions qui nous opposent les uns aux autres dans l'ordre spéculatif, et sur le plan de la vérité, première servie[9].

Mais cela est coûteux.

La grâce dont vit l'Église, c'est-à-dire celle qui la bâtit en la faisant sa bénéficiaire mais qu'elle a mission de rayonner au plus profond du monde, consiste en cette alliance difficile — mais portée par Dieu — de tendresse toujours pardonnante et toujours accueillante, parce qu'elle regarde à la faiblesse de la condition humaine, et d'ardeur jamais défaillante pour la vérité qu'elle reçoit de Dieu et dont le triomphe est le vrai bien de la personne. En des

---

7. J. Maritain, *Le paysan de la Garonne*, p. 122.
8. *Ibid.*, pp. 122-123. Pourquoi faut-il qu'après deux si belles pages, il ajoute trois lignes méchantes sur « pas mal de nos frères chrétiens, ravis de pouvoir enfin frotter leur museau, en frétillant d'enthousiasme, contre le museau de tous les fils d'Adam? »
9. *Ibid.*, p. 108.

pages où Green lira « un mystère terrible[10] », Maritain n'hésitera pas à écrire vers la fin de sa vie que si cette coexistence de tendresse et de vérité apporte avec elle la souffrance, c'est qu'elle fait entrer dans la souffrance même de Dieu[11]. Il rejoignait ainsi l'ultime méditation d'un autre grand témoin de l'Évangile en notre temps, Dietrich Bonhoeffer[12]. Car « on ne peut pas aimer Jésus sans vouloir entrer dans son œuvre[13]». Or celle-ci a pour but que l'homme soit libéré de la misère et de la servitude de son état de pécheur que Dieu en sa tendresse regarde avec *compassion*, mais en s'ouvrant à la vérité. En effet, parce que Dieu respecte l'homme, il ne se contente pas de « quelque geste de royale amnistie[14] », il veut qu'il devienne ce qu'il est appelé à être, qu'il retrouve sa propre vérité dont le Christ Jésus lui dit la nature. Car la vérité dont parle l'Évangile ne se réduit nullement à la « conviction spéculative » qui la traduit, la défend, la répand. Parce que l'Évangile est « doctrine de Salut », sa vérité entend toujours aboutir à la recréation de l'humain dans *sa* vérité, *son* authenticité. En se laissant saisir par la vérité de Dieu, l'homme *se* construit en *sa* propre vérité.

Alors qu'il écrivait *Questions de conscience*, en quelques lignes qui nous paraissent l'un des passages les plus originaux de son œuvre, Maritain avait déjà compris que cela s'appliquait à la mission universelle de l'Église au sein des problèmes historiques. Il réagissait, de façon nuancée, devant la vision quelque peu pélagienne qui veut que l'humain ait charge de protéger le divin. Il affirmait donc :

> [...] Il appartient aux choses divines de protéger les choses humaines, de les vivifier. Qu'on laisse Dieu faire! Qu'on lui fasse confiance! Plutôt que de dresser des murailles et de se retrancher derrière des ouvrages fortifiés, que les chrétiens se répandent dans les campagnes humaines, qu'ils aillent au plus profond du monde, comptant sur la force de Dieu qui est la force de l'amour et de la vérité[15].

Rendre présente au monde la *vérité* qui vient de Dieu constitue le foyer de la mission de l'Église. Mais cette mission ne vient pas seulement de l'intelligence. Elle passe par le cœur. Elle coïncide avec l'authentique tendresse par l'humanité, puisqu'elle revient à lui offrir le moyen de devenir *vraie* humanité, ce qui répond à son *vrai* bien. Ici, les deux sens du mot *vérité* se conjuguent dans l'étreinte de la tendresse.

On l'aura deviné, l'exigence chrétienne se cache là. Elle est au cœur de la *res Ecclesiae*. Il s'agit d'avoir une tendresse (donc une compassion,

---

10. *Julien Green, Jacques Maritain, Une grande amitié : correspondance (1926-1972)*, pp. 186-187. Voir *Journal* IX, éd. La Pléiade, t. 5, pp. 429, 491, 618.
11. *Approches sans entraves*, p. 315.
12. « L'homme est appelé à souffrir avec Dieu de la souffrance que le monde sans Dieu inflige à Dieu » (*Résistance et soumission*, trad. fr., Genève 1963, p. 166). La perspective ne rejoint pas celle de J. MOLTMANN.
13. J. MARITAIN, *Le paysan de la Garonne*, p. 355.
14. *Ibid.*, p. 356.
15. *Id.*, *Questions de conscience*, Paris 1938, p. 269.

une miséricorde) à ce point profonde et en communion avec celle de Dieu qu'elle ne s'arrête pas à l'excuse, au coup d'éponge, mais aille jusqu'à la recréation dans la Vérité. Elle est dynamisme conduisant au don de vérité. Rigueur de l'esprit pénétrant la toute évangélique « faiblesse » du cœur; impératif de la foi illuminant la « tendresse » chrétienne de la charité; sursaut de la vérité redressant la « pente instinctive » du consentement à la condition humaine. La conviction de Maritain est nette : il n'existe de *res Ecclesiae* que là où « tendresse » et ardeur pour la vérité, « faiblesse » et rigueur, « consentement » et sursaut coexistent, mais dans l'ordination interne que nous avons évoquée. On tombe, autrement, dans la tentation de ceux qu'il appelle (avec quelque amertume) soit les Moutons de Panurge péchant par excès de consentement, soit les Ruminants de la Sainte Alliance péchant par excès de sursaut [16].

Bref, une passion de vérité sans tendresse — en donnant à ce terme le sens que lui donne Maritain, à l'écoute de la bible (qui parle de *Rahamim*) et de Léon Bloy — n'a rien d'évangélique. Un a-priori de tendresse sans angoisse de vérité — au sens que Maritain a appris de Thomas d'Aquin, et où se mêlent l'*aletheia* grecque et la *emeth* biblique — n'est pas plus évangélique. Si, ainsi que le redit *Le paysan de la Garonne* recopiant un de ses vieux textes extrait des *Frontières de la poésie*, dans le péché le chrétien sait que « sont cachées la justice et la compassion de Dieu [17] », son amour de Dieu et sa tendresse pour le pécheur lui demandent d'arracher ce qui cause à la fois la souffrance de Dieu et la douleur de l'homme, en conduisant celui-ci à sa vérité, à son *Amen*. L'être de l'Église consiste inséparablement dans la communion (passive et active) à la « faiblesse » de la tendresse et dans l'engagement inflexible pour la vérité qu'appelle cette tendresse de Dieu : « Je ne te condamne pas, mais [...] ne pèche plus. »

La contemplation, sur laquelle Maritain ne cesse de revenir, tient de là sa place privilégiée dans la *res Ecclesiae*. Sans contemplation, l'Église de Dieu se muerait en une masse égoïste et amorphe. Ici, il est vrai, la pensée et la vie de Raïssa ont été l'inspiration principale [18]. Dans l'Église, existent une « contemplation masquée » et une « contemplation ouverte [19] ». En outre, « vie mystique » n'est pas synonyme de « vie contemplative [20] ». Pourtant, la contemplation est tout entière décrite dans l'intraduisible expression *pati divina* [21]. Elle est le point de contact vivant de la chair de l'Église avec l'émotion du cœur de Dieu. C'est pourquoi tout dépend d'elle.

Maritain qui, rivé (en disciple) aux catégories du cardinal Journet, ne connaît ni le vocabulaire ni les perspectives de l'ecclésiologie de communion,

---

16. *Id.*, *Le paysan de la Garonne*, pp. 45-47.
17. *Ibid.*, p. 351.
18. Ainsi *ibid.*, p. 286; *Id.*, *Carnet de notes*, p. 323.
19. *Carnet de notes*, p. 321.
20. *Ibid.*, p. 320.
21. *Le paysan de la Garonne*, p. 318.

met pourtant ainsi en relief une des composantes les plus capitales de celle-ci. Si l'Église de Dieu est κοινωνια, communion (dans l'Esprit) de tous ceux et celles que le Christ a saisis, cette communion n'a radicalement rien d'une fraternité de « ravis », close sur elle-même, et où la mission viendrait se greffer comme de l'extérieur. Elle est communion au déchirement que créent déjà en Dieu (qui le révèle dans le Fils) les jeux de la tendresse toujours faible devant la souffrance humaine, et de la vérité toujours impérative puisqu'elle ne consent pas à ce que l'homme n'atteigne jamais sa vraie fin. Fraternité, donc, soudée par la communion à la blessure que le drame de l'humanité cause en Dieu même, nourrie de contemplation.

La mission de l'Église est d'actualiser dans l'histoire comme telle et dans les relations personnelles cette *communio* de la tendresse et de la vérité qui a pour nom bien réaliste et pour lieu bien concret la Croix du Golgotha. Par elle, le baiser de *misericordia* et *veritas* doit durer « jusqu'à la fin du monde ». Pures images et façon de parler poétique donc pré-critique? Non! proteste Maritain. D'ailleurs, la poésie dit souvent mieux Dieu que la langue savante.

De ce que Maritain exprime ainsi de la *res Ecclesiae*, avec le style et la manière propres au genre littéraire des œuvres d'où nous avons extrait les textes cités ou commentés, on en trouve une illustration concrète, touchante et extrêmement profonde, dans sa correspondance avec Julien Green[22]. Livre merveilleux, précédé d'une introduction de Green qui trace de Maritain le portrait suivant, illustrant ce que nous avons jusqu'ici développé :

> Ce catholique aux manières si douces se montrait d'une intransigeance totale dès qu'il s'agissait de l'intégrité de la foi. Je le voyais alors comme un guerrier en armure et, non sans regimber intérieurement, j'admirais malgré moi ce chevalier de l'absolu, hors d'atteinte, me semblait-il, des passions humaines. Cette impression était très forte. Je ne m'expliquais pas autrement, moi qui me sentais si vulnérable, la luminosité de son regard et l'ineffable rayonnement de sa présence [...]
> Je me trouvais devant un de ces hommes qui font l'effet d'être venus d'ailleurs. Cela tenait à ce qu'il n'hésitait pas à m'entretenir d'emblée de Dieu, des rapports de notre âme avec lui et du respect qu'il avait pour elle et pour sa mystérieuse liberté. *Jamais on ne m'avait tenu un langage d'une autorité aussi pleine de mansuétude et, pourquoi ne pas le dire, aussi pleine d'amour. C'était là le don qui faisait de lui un être à mes yeux unique* [...] Très simplement, quand il était là, j'étais sauvé. À travers les années d'une jeunesse en proie aux tourments habituels, il maintenait en moi l'indispensable espérance [...]
> Cela dit, ne serait-ce pas trahir l'image que je m'efforce de laisser de lui en insistant sur sa douceur? Pour reprendre les catégories d'autrefois, sa place était parmi les irascibles. Dans l'azur de ses prunelles, je voyais parfois monter la colère à la seule mention de certaines injustices, et on le sentait tout prêt à se battre [...] Sa parole pouvait être accablante, l'ange devenu furieux. Ce doux était parmi les violents qui emportent le ciel[23].

---

22. *Julien Green et Jacques Maritain, Une grande amitié : correspondance (1926-1972).*
23. *Ibid.*, pp. 6-7. Voir aussi *ibid.*, p. 194 (lettre 206).

Maritain ne tient-il pas cet ascendant du fait même qui rayonne de lui d'une façon éminente la *res Ecclesiae*?

La correspondance Green-Maritain se trouve imprégnée de part en part d'une intense tendresse. Elle s'exprime sans ambage. Maritain surtout laisse parler son cœur : « très cher Julien[24] », « Julien et Anne très chers[25] », « cher, très cher Julien[26] », puis bientôt « Julien, mon bien-aimé Julien[27] », et dans la dernière lettre « Julien, très aimé[28] ». Il avoue : « la profondeur de ma tendresse pour vous ne se mesure pas [...] ah oui, tout est grâce. Et la pitié de Dieu nous enveloppe tous[29] », « je vous embrasse avec une profonde tendresse[30] », « vous êtes le plus aimé [...] je vous aime d'une manière unique et sans bornes[31] ». Green répond, avec des mots plus retenus sans doute mais tout autant affectueux[32]. Et pourtant, pas l'ombre d'une équivoque. Tout ici est cristallin, de cette pureté que la grâce infuse aux expériences les plus humaines et les plus vraies[33]. Plus nous lisons cette correspondance, plus elle nous apparaît comme un hommage à la grâce, trop méconnu peut-être, même des amis et des disciples de Maritain. Elle est un chapitre merveilleux de l'histoire de la tendresse transfigurée par la foi.

Il est vrai que pour apprécier vraiment, en la savourant, cette correspondance il faut fréquenter longuement l'autre, l'interlocuteur Julien Green. En effet, dans ces lettres — qui n'ont rien d'un échange de potins littéraires ou de dissertations *philosophantes* et complaisantes — Maritain livre ce que l'amitié lui fait percevoir de non dit dans l'œuvre de Green et Green livre ce que l'amitié lui fait percevoir de non dit dans l'œuvre de Maritain. Dialogue de deux pensées d'une grande noblesse, de deux esprits touchés par la grâce, de deux vies saisies par Dieu. Les paroles de Maritain ont ainsi pour occasion et souvent pour inspiration la rude bataille de la loyauté envers Dieu qui domine la vie de Green. Or, pour un croyant, plusieurs pages du *Journal* ou de l'*Autobiographie* apparaissent comme l'un des commentaires les plus réalistes des pages de feu d'Augustin et de Pascal sur la puissance et la fidélité de la grâce labourant sans répit mais patiemment le cœur humain englué dans son péché[34]. Les lisant avec sa foi et son cœur, Maritain y découvre l'illustration

---

24. *Ibid.*, pp. 64, 58, 72, 74, 120, 172 sqq.
25. *Ibid.*, pp. 135, 161 sqq.
26. *Ibid.*, pp. 140, 169, 182, 183, 184 sqq.
27. *Ibid.*, pp. 153, 174, 177, 180, 194, 198, 200, 203.
28. *Ibid.*, p. 157.
29. *Ibid.*, p. 211.
30. *Ibid.*, pp. 153-154.
31. *Ibid.*, p. 191; voir 202.
32. *Ibid.*, p. 203.
33. Ainsi *ibid.*, pp. 151, 162, 167, 174, 191, 200, 220.
34. Voir J. GREEN, *Journal X*, p. 131, qui le confirme. Pourquoi a-t-il fallu que quelques lignes d'un écrivain viennent souiller d'un pouce de graisse une page si belle de la littérature spirituelle, en insinuant ce qui n'est pas?

sur le vif de sa vision de l'être-chrétien. Il nous donne ainsi l'exégèse de son intuition de la *res Ecclesiae*.

On ne s'étonnera pas que dans l'expérience spirituelle de Green, ce soit surtout la fidélité à la vérité qui frappe Maritain. « Sur vous est la bénédiction de la Vérité », lui écrit-il en 1967, de Toulouse où il vit chez les Petits Frères de Jésus depuis la mort de Raïssa. Il souligne le mot *Vérité*[35]. Typique nous paraît le texte destiné à un cahier de la *Renaissance de Fleury* et qu'il communique à Green pour que ce dernier puisse suggérer des corrections. Il faut en citer quelques extraits. Ils nous révèlent ce qu'il entend par vérité :

> J'ai pour Julien Green une admiration hors pair [...] Le fait n'est pas dû seulement à la poésie exceptionnellement profonde qui habite Julien Green, et à sa parfaite rigueur en tout ce qui concerne les exigences de l'art. Je crois que le secret de sa grandeur est une absolue *fidélité au vrai*[36], qui occupe toute l'âme et règne à tous les degrés du monde intérieur [...]
> C'est pourquoi le *Journal* est pour lui le complément naturel et indispensable du Roman. L'un et l'autre nous introduisent au cœur du mystère de l'être humain.
> Ses personnages sont, comme pour tout grand poète, une face de lui-même, et cela avec une telle vérité qu'il nous font pressentir l'indicible communion de tous les hommes, dans les profondeurs insondables de leur nature et sa nuit misérable et sacrée : ténèbres semées d'étoiles.
>
> Entièrement différent en cela de Baudelaire, avec lequel pourtant les cruautés de la royale poésie créent en lui certaines affinités [...] l'irréductible primat du vouloir de la vérité fait qu'en Julien Green chacun des attraits dont l'empire s'étend sur l'homme reste strictement à sa place et à son rang, sans jamais la moindre illusionnante mixture ni le moindre trompeur empiétement [...] L'invincible fidélité à la vérité a toujours laissé intacte chez lui une invincible fidélité à l'esprit [...] Même à l'époque où il a failli quitter la foi de son enfance, Dieu ne l'a jamais quitté. L'ange de la Vérité s'est toujours tenu près de lui. [...] Il suffit de lire la nouvelle édition des *Années faciles* pour comprendre qu'en réalité la vie humaine aspire à en être délivrée (de l'expérience du plaisir et de la liberté du désir) par un amour infiniment plus grand, et pour entrevoir comment de cette expérience elle-même le Dieu d'amour peut tirer parti, quand le cœur est pur et veut par-dessus tout *la vérité*[37].

Ces lignes rejoignent le jugement porté, vingt ans plus tôt, sur le roman *Moïra* et le cinquième tome du *Journal*[38]. Voilà que Maritain donne à la vérité toute son ampleur. Elle n'est pas simplement cette *Vérité* qui définit Dieu lui-même et dont fait part sa Parole. Elle n'est pas non plus uniquement l'adéquation de la personne à son authentique nature, l'harmonie entre ses actes et ce qu'elle est appelée à être. Elle est aussi lucidité, reconnaissance par l'homme de sa « véritable » situation, et par là pauvreté, « regard d'une raison sans connivence[39] ». Comment ne pas penser ici à un autre ami de Maritain, le Rouault du *Miserere*?

---

35. *Julien Green, Jacques Maritain, Une grande amitié : correspondance (1926-1972)*, p. 182.
36. C'est lui qui souligne.
37. *Ibid.*, pp. 195-197.
38. *Ibid.*, pp. 100-101.
39. *Ibid.*, p. 100.

Pour le croyant, la notion de vérité se nimbe ainsi d'une dimension que le philosophe ne soulignait guère : elle est aussi cri, confession montant de la chair et de l'esprit s'avouant « tels qu'ils sont ». Non pas pureté froide du concept étreignant la réalité sans la fausser mais, sous la lumière de Dieu, saisie réaliste de la créature « telle qu'elle est ». Pour Maritain, les mots d'humilité, de pauvreté spirituelle, de simplicité, voire de contrition, ne sont que des harmoniques de cette vérité. On comprend alors qu'il fasse de celle-ci l'assise de l'existence humaine réconciliée. Vivre sous « la bénédiction de la Vérité » c'est, en toute transparence à la Parole de Vérité, d'une part se juger sans illusion et sans excuses, d'autre part s'ouvrir à Dieu pour que le cœur et la vie deviennent « ce qu'ils ont à être ». Si la foi est au centre du mystère de l'Église, c'est parce qu'accueillant la Parole de Vérité celui qui croit entre (toujours porté par la tendresse de Dieu) sur le chemin d'un « oui » dit, devant Dieu, et à «ce qu'il est» et à «ce qu'il est destiné à être». La foi ne se contente donc pas de faire connaître *la* Vérité, elle mène aussi le croyant à « se faire » dans *sa vérité*. De là sa force. Maritain se méfie de l'apologétisme et, comme le note Green, refuse le genre édifiant[40]. Il mise sur la puissance invincible du vrai. Après la lecture *du Bel Aujourd'hui*, il confie :

> ce qui me frappe surtout, c'est que sans nulle intention apologétique (de cela vous avez été merveilleusement préservé) et par le seul énoncé de ce qui est et de ce qui se passe en vous, vous rendez témoignage à la foi, et portez dans beaucoup d'âmes le trouble de Dieu, et sa lumière[41].

S'il perçoit dans la vie de Green cet hommage à la vérité, qui à ses yeux inscrit l'écrivain au cœur même du mystère de l'Église, il y voit aussi la marque constante de la tendresse de Dieu. Il ne peut qu'acquiescer aux remarques de son ami qui écrit : « il y a dans l'amour de Dieu une tendresse que les jeunes gens ne connaissent pas toujours[42] », « l'humanité sera sauvée malgré elle[43] » à cause de cette tendresse.

Il a lu, il est vrai, dans le sixième tome du *Journal*, un paragraphe qui le peine. Green disait, décrivant une rapide intuition du bonheur qui l'a habité quelques heures :

> Je crois que si tous les hommes vivaient selon l'Évangile, ils éprouveraient ce que j'essaie de décrire. Sécurité profonde, absolue : la mort n'existe plus, il n'y a plus que l'amour. Tout cela dans une douceur ineffable. Étrange que cela ne dépende pas de l'état de grâce, puisque tout me crie que je n'y suis pas[44].

Maritain rétorque, piqué au vif : « est-ce que nous pouvons jamais savoir quelque chose de cela? Et est-ce que nous pouvons avoir l'air d'accepter cela,

---

40. *Ibid.*, p. 213.
41. *Ibid.*, p. 111 (à comparer avec *Le paysan de la Garonne*, p. 245).
42. *Ibid.*, p. 113.
43. *Ibid.*, p. 110.
44. J. GREEN, *Journal VI*, éd. La Pléiade, t. 4, p. 1178.

même un instant[45]? » Une telle pensée portait atteinte à ce qu'il considérait comme la certitude essentielle, la conviction fondamentale : l'incessante poursuite de l'homme par la tendresse de Dieu, jusqu'à ce qu'il se laisse saisir par la vérité. De la vie de toute personne droite vaut ce que le roman *Le Malfaiteur* met si bien en œuvre : « ce qui n'est pas dit ou est à peine dit, et dont la présence invisible est si pesante, y importe plus que ce qui y est dit[46] ». Là se cache le Dieu qui attend. La grâce veut ce non dit de la tendresse.

D'ailleurs, Maritain représente dans la vie de Green, toute tourmentée, comme le relais de cette présence en attente de la tendresse de Dieu. Green l'avoue, dans un article pour le journal *Le Monde* :

> Maritain, lui, ne paraissait que de loin en loin dans ma vie, comme une sorte d'ombre lumineuse. J'avais pour lui une affection que troublait seul ce qu'il ne me reprochait jamais à savoir mon éloignement de l'Église. Il ne me prêchait pas, ce dont je lui savais gré [...] Maritain n'avait rien d'un convertisseur. Sa présence suffisait à dire l'essentiel, car dans ce « bleu regard » qui ne mentait pas habitait la foi dont je reconnaissais le langage. Ce qu'il croyait, il l'était des pieds à la tête. [...] Plus que de longs discours, sa réserve me faisait réfléchir. Elle venait aussi bien d'une courtoisie sans défaut que du respect infini qu'il avait de la liberté des âmes. Un jour seulement, il se risque à me dire, à propos du *Visionnaire* : « vous étiez fait pour la vie mystique ». Et ce fut tout, mais quelle pierre il jetait dans l'abîme [...][47].

Et Maritain, le « frère aîné tout plein de la tendresse de Dieu[48] » de décrire celle-ci en des images originales, suscitées par la lecture de *Terre lointaine* :

> Toutes ces choses dont vous avez si actuellement souffert, on dirait que c'est un léger voile qu'il a placé devant vos yeux, avec une espèce de tendresse un peu ironique, pour faire à votre insu son travail au fond de votre âme, un travail merveilleux, et vous mener là où depuis toujours il a voulu. Béni soit-il[49].

L'expression « tendresse ironique » plaira à Green qui la commentera :

> La tendresse ironique, c'est cela. Le sourire de Dieu, on n'en parle jamais, on n'ose pas, on voudrait que nous le regardions avec des yeux d'esclaves, alors que nous sommes ses enfants bien-aimés[50].

Cette gêne, dirait Maritain, relève « de la trop grande transparence des choses divines qui les rend ténèbres à nos yeux de hiboux[51] ».

Mystère de la tendresse. Elle enserre une exigence de vérité rude et incessante, face à laquelle nul homme n'a le droit de démissionner puisqu'elle est le vouloir profond de Dieu. Mais en cela même c'est elle qui triomphe. Green a relevé les dernières lignes du chapitre sur *l'instant de la mort* dans *Amour et amitié*, longue note du *Carnet de notes* de Maritain :

45. *Julien Green, Jacques Maritain, Une grande amitié : correspondance (1926-1972)*, p. 105.
46. *Ibid.*, p. 109.
47. *Ibid.*, p. 194.
48. *Ibid.*, p. 200.
49. *Ibid.*, p. 169.
50. *Ibid.*, p. 170.
51. *Ibid.*, p. 50.

> Nous savons [...] qu'en un suprême sursaut de charité (une âme qui vit dans le mal) pourra être sauvée à ce dernier instant, bien plus, qu'elle pourra rejoindre immédiatement Jésus. *Hodie mecum eris in paradiso*[52].

Le *paysan de la Garonne* ne changera pas d'opinion :

> pour voir aussi loin que lui (Jésus) dans l'âme pécheresse, il faudrait l'aimer avec autant de tendresse et de pureté. Quand on rencontre un pécheur on doit être saisi d'un grand respect, comme devant un condamné à mort — qui peut revivre et avoir au paradis, auprès de Jésus, une meilleure place que nous[53].

Et Green de réagir :

> Cette quadruple et magistrale affirmation sur le salut de chacun de nous est faite avec une autorité en quelque sorte angélique. Vraiment, on a le sentiment que vous ouvrez les portes du Paradis à des âmes qui perdaient l'espoir d'y entrer jamais, parce que c'était trop difficile. Et que cela soit difficile, je ne cesserai jamais de le croire, mais si j'étais théologien, j'aimerais mieux me ranger du côté des miséricordieux, comme vous, que de celui des rigoristes qui ont tellement assombri la religion[54].

Telle est la conviction chrétienne : la tendresse de Dieu triomphe dès que le cœur humain s'entr'ouvre à la vérité. Elle est tendresse de vérité.

Revenons au mystère de l'Église comme telle de la *res Ecclesiae*. De l'œuvre de Maritain — non seulement de ses ouvrages spéculatifs mais aussi de sa correspondance d'amitié avec Green — émerge une vision non seulement profondément biblique, mais extrêmement riche de la conviction qui sous-tend et guide toute la vie ecclésiale. Avec lui, on échappe au simplisme des oppositions entre orthodoxie et orthopraxie, doctrine et générosité qui dominent la recherche (aussi bien catholique que protestante) des dernières années. Ne sont-elles pas étrangères à la mentalité biblique et à la tradition apostolique qui fut le creuset où l'Église s'est donnée la conscience de sa propre nature ?

À l'école de l'expérience mystique de Raïssa mais surtout de sa propre intimité avec le Dieu de Jésus Christ, Maritain, nous semble-t-il, retrouve les deux authentiques coordonnées du mystère de la *res Ecclesiae* et surtout leur point de rencontre : vérité *mais en toute son ampleur* (Vérité de Dieu et de sa Parole, vérité du regard de l'homme sur lui-même et son drame, vérité dans laquelle chacun doit « se faire ») et tendresse *mais en toute sa profondeur* (tendresse de Dieu n'ayant pourtant de cesse qu'elle ait conduit l'homme à sa vérité, tendresse du chrétien portant sur les autres un reflet du regard tout à la fois compatissant et impératif de Dieu). À l'option exclusive pour vérité ou efficacité qu'il dénonce trop vertement, avec des mots trop caustiques[55], il substitue ainsi l'intégration (sous le dynamisme de la tendresse) de tous les éléments de la vie évangélique dans la vérité. Mais celle-ci est prise à la

---

52. J. MARITAIN, *Carnet de notes*, pp. 319-320.
53. *Id.*, *Le paysan de la Garonne*, p. 351.
54. *Julien Green, Jacques Maritain, Une grande amitié : correspondance (1926-1972)*, p. 147.
55. Ainsi *Le paysan de la Garonne*, pp. 137-141.

fois au sens médiéval — qui l'incite à voir dans la grâce une « libération de l'intelligence[56] » — et au sens biblique (et mystique) d'authenticité, d'adéquation entre la personne, sa vocation et son achèvement. Le nerf de l'efficacité est à chercher à l'intérieur de la quête de vérité et non parallèlement à elle. Et le vieux philosophe d'écrire :

> Le jour où l'efficacité prévaudrait sur la vérité n'arrivera jamais pour l'Église, car ce jour-là les portes de l'enfer auraient prévalu sur elle[57].

Phrase rude. Elle nous paraît pourtant d'une grande lucidité. L'efficacité de l'Église et donc de tout chrétien ne s'enracine pas ailleurs que dans l'alliance évangélique de tendresse et de vérité face à la misère humaine des cœurs, des corps, des sociétés. Elle est communion à ce que Léon Bloy avait si bien perçu de l'option de Dieu pour les pauvres. C'est d'ailleurs pourquoi elle ne saurait cesser de se nourrir de contemplation. Car elle vise non l'inconnu mais l'accomplissement de ce que, dans la vérité de sa Parole, Dieu a révélé de l'authentique fin de la créature faite « à son image et ressemblance ». Cette fin appelle — et Maritain n'a jamais cessé d'y tenir — l'engagement des chrétiens contre « l'universelle souffrance » qui vient du Mal, car « les choses comme elles sont ne sont pas tolérables[58] ». Il faut les changer :

> Dans la réalité de l'existence, le monde est infecté de mensonge et d'injustice et de méchanceté et de détresse et de misère, la création a été gâchée par le péché à un tel point que dans le fond de son âme le saint refuse de l'accepter comme elle est[59].

Ce refus est une réaction et de tendresse devant les victimes de « l'état du monde » et de vérité devant « ce que devrait être la réalité du monde ». Cependant, l'Église ne peut pas concentrer dans l'action pour le monde toutes ses énergies. La tendresse et la vérité ont aussi d'autres impératifs. Elles poussent à l'engagement mais pour un but qui transcende l'action, même la plus généreuse.

Exigence, tel est le mot qui convient, au terme de cette étude, pour caractériser la réponse humaine à la grâce et, par conséquent, la mission de l'Église telle que Maritain la perçoit. Mais on aura compris que cette exigence n'a rien d'un volontarisme (que Maritain déteste) ni d'un dogmatisme (qu'il condamne parce qu'il y voit un manque de confiance en l'intelligence). Il s'agit de la mission — communion à celle du Christ — d'aller jusqu'au bout de la tendresse, au point que, l'homme ayant accédé à *sa* vérité, le cœur de Dieu soit comblé.

La vision est celle de Léon Bloy, relue à l'école de Thomas d'Aquin. Étrange rencontre ! Pourtant de la fécondation mutuelle de ces deux pensées, si différentes, vient sa richesse. L'Église est appelée à réaliser sur la trame

---

56. *Ibid.*, p. 127 (titre du chapitre).
57. *Ibid.*, p. 141.
58. *Ibid.*, p. 91.
59. *Ibid.*, pp. 91-92.

de l'histoire, une « communion » que l'on peut décrire doublement. Dans la ligne de Bloy, on la conçoit surtout comme présence de la tendresse d'une fraternité (puisée dans la contemplation de l'Incarnation) désireuse de conduire les humains, quoiqu'il en coûte, à leur vérité, leur vraie fin. Dans la ligne de Thomas d'Aquin, on la voit surtout comme servante de la vérité (dont le secret est appris de Dieu) qui ne peut rejoindre l'esprit et le cœur humains, pour les transformer, que sur le chemin d'une patiente et coûteuse tendresse. Mais ces deux descriptions disent en fait, la même chose. Elles équivalent aux deux lectures traditionnelles du ministère de Jésus, celle qui table surtout sur sa bonté pour les petits et les pauvres, celle qui va d'emblée à son annonce de la Parole. L'importance est que Maritain ait montré pourquoi on ne saurait ni les opposer, ni les séparer. L'exigence chrétienne est à leur croisée.

Ne pourrait-on mieux achever ce travail qu'en citant quelques lignes de Julien Green ?

Aujourd'hui Jacques Maritain déjeune avec nous. Âgé, mais plein de lumière, les yeux bleu pâle, la parole nette et intelligente. Il me parle d'un abbé assez mécontent de lui, Maritain, à cause de ce qu'il a écrit sur le drame de la création, qui est le drame de Dieu, et de la douleur du ciel qui est une douleur que nous ne pouvons concevoir. Une joie-douleur ? Les saints ont grandement souffert, mais leur bonheur passait le langage humain[60].

Et plus haut,

Jacques m'a parlé alors de la douleur au Paradis [...] Il se demande [...] s'il n'y a pas aussi un élément de douleur au Paradis, douleur qui ne prendra fin qu'à la résurrection générale[61].

Douleur de la rencontre en Dieu, de la tendresse et de la vérité. Elle éclaire l'Incarnation. Elle domine la mission de l'Église. L'Église est appelée à vivre de la conviction que l'Évangile exige d'aller au bout et de l'une et de l'autre. Une telle conviction pourrait, seule, changer la face de la terre. Telle est l'intuition précieuse de Maritain sur la *res ecclesiae*.

---

60. J. GREEN, *Journal IX*, éd. La Pléiade, t. 5, p. 618.
61. *Ibid.*, p. 429.

Maritain's Philosophy of Spirituality

RONALD LANE
College of St. Benedict
St. Joseph, Minnesota

En 1947, Étienne Gilson déclarait que Gabriel Marcel avait élaboré la philosophie la plus avancée de la spiritualité. Mais il y a des raisons de penser que Jacques Maritain était aussi un philosophe de la spiritualité, préoccupé de parler philosophiquement de la possibilité et de la réalité de l'union béatifiante de Dieu et de l'être humain. La philosophie de la spiritualité de Maritain est manifeste dans son traitement de l'expérience naturelle et surnaturelle.

En ce qui concerne l'expérience naturelle : la philosophie de la spiritualité de Maritain ressort de sa synthèse métaphysique de l'être et de l'amour, car dans l'ontologie de Maritain l'Être qui ne peut pas ne pas être est l'Amour parfait et le Bien parfait et est le terme de l'existence humaine. Peu se sont attachés à la fois au ciel et à la terre aussi bien que Jacques Maritain, et cette envergure de pensée, cet intérêt analogique pour le fini et l'Infini, sont présents dans toute l'œuvre de Maritain; et non seulement dans sa métaphysique, où il accorde la plus grande importance aux transcendantaux et aux noms divins, mais aussi dans son épistémologie, son éthique, son esthétique et sa politique. La philosophie de la spiritualité de Maritain a un caractère intellectualiste objectif; cependant Maritain est un philosophe religieux poétique qui ne peut éviter des expressions éloquentes et spirituellement émouvantes, en particulier lorsqu'il tourne son attention vers la Beauté ultime qui est l'Amour. Maritain cherche à dire d'une manière convaincante, avec beauté et avec amour, que — pour exprimer la chose dans les termes les plus simples — la vie a en fin de compte une signification, que nous sommes portés par l'amour et que la beauté à laquelle nous aspirons, c'est en Dieu qu'elle se trouve.

En ce qui concerne l'expérience surnaturelle : la philosophie de la spiritualité de Maritain a été nourrie par l'Église catholique, par son dogme et sa sainteté qu'il aimait également; elle a été nourrie par sa dévotion envers les grands saints de l'histoire et les spirituels éminents de notre époque. Cependant il est essentiel de comprendre que la raison philosophique *de Maritain a exploré les affirmations et les expériences les plus profondes de la foi : les témoignages de saint Jean de la Croix et même la nature de la conscience du Seigneur Incarné.*

Parmi les éléments qui viennent d'être soulignés, nous pouvons voir les linéaments de la pensée de Maritain en matière de philosophie de la spiritualité, pensée que les disciples intellectuels de Maritain ont la mission d'expliciter. Dans toute formulation d'une authentique philosophie de la spiritualité selon les lignes de pensée maritainienne et thomiste, l'auteur de cette communication propose que les philosophes de la spiritualité réalisent une synthèse philosophique à partir d'en bas et à partir d'en haut, c'est-à-dire, qu'ils associent dans leur philosophie de la spiritualité leurs réflexions sur nos périodes de sécheresse absolue et leurs méditations sur la personne céleste et terrestre de notre modèle le Seigneur Jésus-Christ. Aucun philosophe de la spiritualité, chrétien ou non-chrétien, ne devrait négliger ses nuits sombres dans sa pensée philosophique, mais il devrait noter, dans ses écrits et son enseignement, les implications de ces souffrances dans sa philosophie.

Les périodes vides de signification, de sentiment d'absence de Dieu, doivent faire l'objet d'un traitement philosophique honnête, ouvert et complet. Bien que Maritain ait souvent dit que les expériences spirituelles d'un philosophe — comme l'angoisse — n'ont pas de place dans sa philosophie comme telle, il semblerait qu'il y a une manière non-kierkegaardienne mais maritainienne de réfléchir philosophiquement sur ses souffrances : les accepter et continuer d'accepter tout ce qui est. L'acceptation de la réalité est un présupposé de l'acte philosophique. L'étape suivante est la réflexion — dès qu'elle est possible — sur ces expériences et cette réalité acceptées. Cette réflexion est la philosophie.

Jacques Maritain a souvent dit que le thomisme est la philosophie naturelle de l'esprit humain. À la lumière de cette assertion, le philosophe chrétien de la spiritualité peut être amené à se demander si Jésus a philosophé comme saint Thomas l'a fait. En tout cas, si de fait Jésus a philosophé, le penseur chrétien devrait alors se faire l'émule de la philosophie de Jésus. Mais s'il y a eu philosophie chez Jésus, elle n'a jamais fait obstacle au facteur plus important de son amour pour le Père et de son union avec Lui. Elle n'a jamais empêché son union consciente avec le Père et sa vie de charité fraternelle. Peut-être Jésus n'a-t-il jamais exprimé l'être séparément de l'amour parce qu'il n'a jamais vu l'être séparément de l'amour, donnant par là raison au philosophe chrétien de la spiritualité qui veut philosopher davantage comme son modèle et Seigneur et garder toujours présente à son esprit la relation entre l'être et l'amour. Et comme Jésus, le philosophe chrétien doit toujours être prêt à renoncer à l'acte explicite de philosopher et être disposé à rester, pour des périodes plus ou moins longues, selon la volonté de Dieu, sur le plan purement surnaturel de son intelligence.

In 1947 Étienne Gilson said that Gabriel Marcel had produced the "foremost philosophy of the spiritual life."[1] But there is reason to think that Jacques Maritain was also a philosopher of spirituality—and in the full sense, that his philosophy supported and expressed his spiritual life.

I do not know that we can find the term "philosophy of spirituality" anywhere in Maritain's writing; but he may have in fact exercised a philosophy

---

1. *Existentialism chrétien: Gabriel Marcel*, introduction by Étienne Gilson, text by Delhomme, Troisfontaines, Colin, Dubois-Dumée, and Marcel; Librairie Plon, Paris, 1947, p. 8.

of spirituality. And if this is so, it might behoove followers of and fellow-travelers with Maritain to make more explicit a Maritainian—and Thomistic—philosophy of the spiritual life.

In attempting to contribute to this project I shall draw attention to a few philosophy of spirituality features in Maritain's thought and to some spiritual influences on that philosophy and that philosopher. Also, I shall offer some suggestions about crucial elements that, in my opinion, ought to be explicitly present in any authentic philosophy of spirituality.

Since admittedly we have no conventional field called "philosophy of spirituality," I suggest that such a discipline might have as its formal object *the possibility and actuality of the beatifying union of God and the human being*. Maritain implied such a notion as this, and gave a sort of focus to philosophy of spirituality when he said such things as "the individual history of each human being consists in the last analysis of the dialog between the eternal divine personality and our created persons; it is a love affair between God and man,"[2] and "My happiness, which I naturally desire, which I cannot help desiring . . . finally consists in the vision of God."[3] I would say that philosophy of spirituality is *philosophy* thinking about that love affair, that desire, that happiness, and that vision.

I hold with Maritain that the distinction between the natural and the supernatural orders of experience and reality is perennial and essential. Whether its concern be with natural or supernatural experience, philosophy of spirituality seeks all the rational meaning possible to understand the spiritual life. Maritain was profoundly concerned, as a philosopher, with both of these areas. I would like to note three of the characteristics of Maritain's philosophy of spirituality in its *natural* references.

1. *Maritain's philosophy of spirituality is a synthesis of Being and love.* In Maritain's ontology the Being that cannot not be is also perfect Love and Perfect Good. Man's capacity and inclination to love is rooted in that perfectly loving Being. Man is able to love because Being Itself is essentially love and generosity; any personal finite participation in that Being will share in Being's tendency to love. The perfect actualization of human love is to be found in loving the perfect Good. Man is called to love all good non-necessary beings, but, above all, to love the necessary and self-subsistent Being. When man loves God, he does the very best thing be can do. And human happiness consists most of all in being caught up in that Love which God is, though the truest human motive transcends a concern for personal happiness: "It is for love of the subsistent Good, loved more than all things, more than the human subject itself and more than his own happiness, it is for the love of

---

2. *Moral Philosophy*, by Jacques Maritain, trans. Joseph W. Evans *et al.*, Charles Scribner's Sons, New York, 1964, p. 73.
3. *Ibid.*, p. 78.

the absolute ultimate End that man desires the beatitude in which his own being is divinely perfect."[4]

2. *Maritain's philosophy of spirituality is a philosophy of the transcendentals and the Divine Names.* Being, and the other transcendental, analogical concepts—the good, the true, the one, the beautiful—quite properly afford a central instrument for philosophy of spirituality. Few men have held on to both heaven and earth as well as Jacques Maritain. True philosopher of spirituality that he was, no matter what issue in the human and worldly order he was focused on, he never lost awareness of the Divine. In every area of his philosophical work, Maritain is constantly aware of the transcendent as well as the finite reference. Everywhere he sees the implications of the infinite, even in all beings in the cosmos, which "has its ultimate reason in the transcendent finality by virtue of which He Who is the self-subsisting Being is desired and loved by every being more than itself."[5]

And so on throughout his work. Whether in *The Range of Reason* he is describing the immanent dialectic of the first act of freedom, in which the goodwilled person intellectually, even if darkly, is in contact with God; or whether in *A Preface to Metaphysics* Maritain emphasizes an objective intellectual existentialism and the relationship of the acts of existence in fragile second being with the Act of Existence that is the Living God; or whether in his *Moral Philosophy* Maritain defends a natural law ethics that judges the nihilism of some Oriental approaches to the absolute, the Law without Sinai in Kant, the world immanentism of Marx, or Dewey, or Sartre, and shows the way in which a realist philosophy supports a life of love directed towards human persons and towards the Ultimate Personal Dimension of life that is God; or whether in *Creative Intuition in Art and Poetry* he is describing the free creativity of the poet as aiming—whether he knows it or not—at some participation in the Divine Beauty; or whether, in his politics, in *Integral Humanism*, while affirming no detestation of the earth, no degradation of the human, the rational, and the bodily, he says that a true polity affords the development and free flowering of human riches seeking the divine—in all of these areas Maritain attends both to the created order and to the transcendent term of life and thought.

3. *Maritain's objective intellectualist philosophy of spirituality is a poetic religious philosophy.* While Maritain always refused to treat subjectivity *as* subjectivity in philosophy (in the manner, say of Marcel or Blondel)—a 'subjective flavor' appears, I think quite properly, in Maritain's philosophy of the transcendentals, particularly with regard to the good and the beautiful.

I suggest that a mark of the philosopher of spirituality is a deep *eros* for the good and the beautiful as well as the true—let us say for mysticism

---

4. *Ibid.*, p. 77.
5. *The Range of Reason*, by Jacques Maritain, Charles Scribner's Sons, New York, 1942, p. 35.

and poetry as well as philosophy; or better, for the mystical and poetic as well as the philosophical domain of experience. Maritain's poetic gifts and mystical life—his involvement with the beautiful and the good and holy—were stimulative of the depth and breadth of his philosophical interests.

In his philosophical work we see Maritain concerned with the good and the beautiful almost as much as he is with the true. And this not only in the sense that he loved poetry and wrote about it, and read the mystics, and wrote about them, but also in the more fundamental sense that he was a poetic religious philosopher who could not avoid expressions that are eloquent and spiritually moving, especially when he directs his inquiry to the Ultimate Beauty which is Love. Maritain sought to say in a cogent, beautiful, and loving way that—that to put it in its simplest terms—life is ultimately meaningful, we are supported by love, and the beauty we long for is present in God.

I believe that the chief source of the romanticism in Maritain's prose was his sense of the Divine Beauty, whose lineaments and reflections in the realm of both created and uncreated being he felt called to describe more with philosophical concepts than with poetic imagery. But in Maritain's philosophical calling to the life of truth he felt a simultaneous calling to the beautiful and the good. As I say, he expressed a poetic religious philosophy—and, after all, that is still a philosophy, it is not poetry or religion. And through such, Maritain sought to lead his readers and students to God. Perhaps he realized that truth alone is not enough to lead man to God—that beauty and goodness are needed too.

Let us turn now to Maritain's philosophy of spirituality in its *supernatural* references. Here we must consider his life as a Catholic and his *thought* about Catholic experience. Maritain derived much of his intellectual passion from his faith in the Catholic Church. His philosophy of spirituality rests, on the one hand and directly, upon the natural exigency of his human spirit and the evidences of his philosophical reason and, on the other hand and indirectly, upon his faith in the Catholic Church and the testimony of its greatest figures, the saints. Maritain's philosophy of spirituality was fed by the Church, by its dogma and its sanctity, both of which he loved. It was fed by the holiness of God and his saints, and the truth-telling of an infallible Church.

For seventy years Maritain gave tireless expression to his love of the Church and his fidelity to the magisterium. The cranky old peasant of the Garonne will not diverge an iota from the orthodox Church. One may wonder if orthodoxy is not key in Maritain's philosophy of spirituality and in the fullest and truest philosophy of spirituality. That is, if it is the case that the Church is God's word in this world, and if even though personal faith in the mystery of God is primary in faith itself, it remains true that one cannot do without propositional faith as well, without intellectual utterances of faith, without communicable and public assertions of revelation, in a word, without dogma, then we might see that philosophy of spirituality—which is itself intellectualizing the mystery of life and death—will, at some remove, depend on *the* 'problematizing of the mystery' which is the teaching Church.

Though we can speak of Maritain's faith being a nourishing source of his philosophy of spirituality, it is also essential to see that his *philosophical reason* explored the deepest affirmations and experiences of faith. Maritain said in *The Degrees of Knowledge*, "Everything human is of interest to the philosopher. It is eminently fitting, then, for him to meditate on that which is at the very heart of the human realm: mystical life and holiness."[6] Such a philosophical meditation on holiness is brilliantly manifest in Maritain's late work *On the Grace and Humanity of Jesus*. In this book Maritain's love of Christ shows an exquisite sensitivity speculating on the hypostatic union, in which all the power and arsenal of his philosophical tools are put to work in discerning the nature of the Incarnate Lord and His consciousness. Here indeed is work for a philosopher of spirituality! And recall that Maritain said he wrote this work *not* as a theologian but *as* a philosopher.[7]

Jacques Maritain's philosophy of the spiritual life was also fed by the intelligible dimensions of divine grace exhibited in the life and doctrine of great spiritual figures. Maritain lived with two persons whom he called saints. He loved the saints of history and had friendships with saints and famous spiritual persons of our time: one thinks of his love of St. Paul, St. John of the Cross, and St. Thomas Aquinas, and his friendship with Leon Bloy, Thomas Merton, and Father Gerald Phelan. One senses that in his dealing with men like Merton and Bloy and Phelan, Maritain especially respected in them their virtue, their calling, their spiritual desires and interest. He had a great respect for the man of God whom he saw involved in a higher calling than constituted his own philosophical activity and vocation. And he was fond of fellow philosophers who were also men of deep spirituality. One supposes that in his discourses with such people he sought to understand the spiritual and grace-ful life with which they were involved, to learn from it, to receive oblique light thereby on his more metaphysical and conceptual concerns; and that sometimes what he communicated in philosophy was what he had learned in a spiritual way from devout friends.

Part of Maritain's philosophy of spirituality consists in a defense of the saints—of their lives, and of their *knowing*. Nowhere are these conditions of admiration and analysis of the saints so perfectly met as in Maritain's several treatments of the supreme mystical doctor, St. John of the Cross. Maritain is enthralled by John's relentless denial of every merely human consolation and conception and his pure description of mystical knowledge through connaturality, a connaturality of love and suffering. Maritain's "philosophy of being and of the analogicity of being"[8] was quite consciously used in the defense of supraconceptual wisdom. When he approvingly quotes John on

---

6. *The Degrees of Knowledge*, by Jacques Maritain, trans. from the 4th French edition by G.B. Phelan *et al.*, Charles Scribner's Sons, New York, 1959, p. 288.
7. *On the Grace and Humanity of Jesus*, by Jacques Maritain, trans. Joseph W. Evans, Herder and Herder, New York, 1969, p. 11.
8. *Moral Philosophy*, p. x.

the mystical marriage and how the soul in ecstatic communion with God retains its natural identity, though it begins to know with the Divine Mind and to love with the Divine Will, then he is most intent upon bringing philosophical distinctions about substance and accident, act and potentiality, etc., into play to explain—insofar as philosophical terms allow—a theistic union which is not a pantheistic identification.

Having offered a few ideas about some components in Jacques Maritain's philosophy of spirituality, I should like to turn, briefly, to two factors that, in my opinion, would have to be included in the fullest philosophy of spirituality.

Maritain has spoken, in his greatest book, of distinguishing in order to unite. Perhaps for those who are *not* monists or pantheists in philosophy and who *are* Trinitarian in religion it is also proper to speak of uniting in order to distinguish. In what is to follow I shall make some further proposals about philosophy of spirituality, urging that we integrate our philosophical work from 'below' and from 'above'—that is, that we include in our philosophy of spirituality reflections both on our periods of hellish devastations and on the earthly-heavenly person and model of our Lord Jesus Christ. The former factor is appropriate to all philosophers of spirituality, whether of formal religious denomination or not; the latter factor is relevant to all Christian philosophers of spirituality.

Philosophy of spirituality reflects on the possibilities of personal and intellectual, foundational and final rest and peace in human life. But it must also speak of the dark nights—of suffering, anguish, doubts, of all that disturbs our peace. It is a fact that we human beings sometimes fell lost, threatened, destitute, ultimately insecure. Philosophers and philosophy teachers are not preserved from such experiences. The crosses of our lives need to be in our work as philosophers and teachers of philosophy. The philosopher needs to be open and even appropriately confessional about the path of his spiritual trajectory with its lights and nights, wary of the serene absolutism that one sometimes finds in philosophical journals and philosophical conventions, not excluding Thomistic ones.

An authentic philosophy of spirituality is open to the dark nights and the immediate implications of these in one's intellectual life, reasonings, attestations, and teaching. One shortcoming I find in myself and other teachers of philosophy is the tendency to deny the doubts and difficulties in one's philosophy and one's presentation of that philosophy in view of one's reputation and the expectations of colleagues and students. But of course we do no service to objective truth in being subjectively untruthful—the hardest fact for the teacher, or the preacher, to learn! No doubt we *ideally* require a definitive, certain, and secure base in our thinking and in our teaching. But, in fact, one of the experiences of the spiritual life is precisely that at certain points the rug is pulled out from under one, and one as if he or she is standing on nothing.

Now, the religious person, and the theistic philosopher, holds that he stands on or in God. But we have a perpetual temptation to think we stand on something else as absolute. Philosophers of spirituality—even more, Christian philosophers of spirituality—have to learn to stand upon God. All of the security of our texts (that we stand upon), and our privileged and precious ideas, our pet schemas, our scholarship, have to undergo the ascesis of yielding first place, so that we may stand upon God. *This is what a philosophy of spirituality does: it stands upon God* and—alas—the felt absence as well as the presence of God.

I am not simply saying that spirituality stands upon God. That it does, and that is generally recognized. When I say that the philosophy of spirituality stands upon God, I mean that both our inarticulate spirit *and* our articulating intellect stand upon God.

Reason finds intelligibility in the essence of sensible natures; but reason seeks *ultimate* intelligibility, because reason, and reason's spirit, can rest only in the ultimate and absolute. The philosopher rests more directly on the finite; the spiritual person on the infinite and the experience of the infinite; and the philosopher of spirituality seeks intellectual evidence of what the mysterious depths of mind, heart, and soul both long for and have found concerning the infinite.

Now, as we well know, Maritain says that the spiritual experiences— as the anguish—of a philosopher have no place in his philosophy as such. Thus, in *Existence and the Existent*, he says:

> It is non-sense to think of making the bearing or posture of Jacob in the night of his combat with the angel the attitude of metaphysics . . . . It is non-sense to think of making the bearing or posture of Minerva in her search for causes the attitude of faith . . . . We do not philosophise in the posture of dramatic singularity; we do not save our souls in the posture of theoretical universality and detachment from self for the purpose of knowing.[9]

I agree with Maritain that we must not confuse the order of intelligible necessities, known in abstraction, with unique, personal, connatural experience. *But*, the philosopher who experiences an agony—even an agony of doubt about the ultimate meaning of life—must philosophize sooner or later (and the sooner the better) about that agony. One does not have to be a Kierkegaardian to philosophize about one's own suffering. I think there may be a Maritainian— and Thomistic—way of philosophically reflecting on one's crosses; one that will not deny the sometimes felt experience of radical doubt. The first step in a Maritainian—and I would say intelligent human—way of reacting philosophically to experiences of devastation, including meaning-devastation, is *to accept them, and continue to accept all that is. The acceptance* of reality is a pre-condition for the philosophical act. The next step would be to reflect— as soon as we can—on those experiences and that reality accepted. That reflection is philosophy.

---

9. *Existence and the Existent*, by Jacques Maritain, trans. Galantiere and Phelan, Doubleday, Image Books Edition, New York, 1956, p. 131.

I conclude these remarks about philosophy of spirituality, and Maritain's philosophy of spirituality, with what will seem a very queer question indeed: was Jesus a Thomist? Correlative with this is another question: did Maritain— and St. Thomas—philosophize as Jesus might have?

Asking whether Jesus was a Thomist is really like asking the question (one which Maritain always answered in the affirmative): is Thomism the natural philosophy of the human mind? If there *is* a universally proper human intentionality of being, then whether one is a first-century Semite, a thirteenth-century Italian, or a twentieth-century European or American or Aborigine is a secondary consideration about how one thinks or should think. Is it not sensible to suppose that Jesus had a natural, rational, ultimate understanding of life, and that the relationships of reason and faith in His human intelligence— as in ours—involved an ontological priority to reason? If Jesus did in some way philosophize, then a great task of the Christian philosopher would be to elucidate, insofar as possible, Jesus' philosophy. Clearly, then, my odd question about Jesus and philosophy might be reversed, and we could ask, with infinitely greater appropriateness, is *our* philosophy like that of Jesus? Were St. Thomas, and Maritain, Jesus-philosophers? I will not not attempt here to speak of the possible characteristics of Jesus' philosophy, beyond suggesting that in Him philosophy was more integratively involved with the good, the true, and the beautiful than is characteristic even of Maritain's philosophy, that his philosophy was more concrete than Maritain's and that it was more immediately divinely resonant.

In any case, one thing is certain: in Jesus philosophy never intervened with the greater factor of a faithful union with the Father. In Jesus the natural knowing and order that is philosophy was always subservient to loving and to dwelling with the Father. It never impeded his realization of the Father and his life of fraternal charity. Perhaps Jesus never expressed being separate from love, because he never *saw* being separate from love—giving the Christian philosopher of spirituality who wants to philosophize more like his model and Lord reason to keep constantly before his mind the relationship of being and love.

It is proper for the Christian philosopher of spirituality to seek a rational, metaphysical meaning in the assertions and experiences of Christianity, and proper also to reflect on those intellectual conditions that are necessarily precedent to the operations of Christian faith. But what he must not do is resist the process of the deepening of his faith-life in God. This is what Jesus dit not do. At certain moments this deepening of faith might require that one be willing to give up reason in its natural activity for the faithful realization of the Divine light and Life. The Christian philosopher must always be willing to give up philosophy explicitly and be willing to dwell—for briefer or longer periods—as God wishes him to, on the purely supernatural plane of his intelligence.

*   *   *

In both the darkness of emptiness and pain, and the darkness of fullness and faith and God's luminosity, philosophical reason may be wounded and die, or sleep. But after those horrible or gladsome nights, when one awakes, or is re-born, to ordinary day, and one begins to philosophize again, *then* one *must* philosophize with respect to those experiences. Either you are philosophically silent then, altogether silent, or, if you speak, you speak in some way of those experiences. Both of these kinds of experiences tend to be neglected in philosophy; yet they are essential parts of the philosophy of spirituality. Though your Christian philosophy of spirituality be as dry as Aquinas' commentaries on Aristotle' it still must deal, in some way, with our experience of Christ and the Father, *and* with the crosses of our lives.

Jacques Maritain, interprète de Jean de la Croix

RENÉ CHAMPAGNE, S.J.
Université de Sudbury

Did Frederico Ruiz Salvador rightly criticize Jacques Maritain for having emphasized the "practitioner" aspect at the expense of the theological and mystical values in his interpretation of St. John of the Cross?
1) One cannot deny that John of the Cross was a "practitioner" of contemplation, nor that in his works there can be found—in Maritain's sense—a "practically practical science" of contemplation. John of the Cross points out in his writings the main laws of the way leading to God and gives advice and general counsel to those who follow this way.

*2)   Though bringing out this "practical" aspect in the philosophy
of St. John, Maritain does not exclude the theological and mystical
aspect, nor the aspect of mystical theology.*

*3)   Leaving aside the poems of John of the Cross and confining
himself to the commentaries, Maritain did not grasp the specific
literary genre of his work. This is what Ruiz Salvador rightly
blames Maritain for. Overlooking the poet, he overlooked John
of the Cross as a great mystic.*

*One may ask what motives prompted Maritain to neglect
the significance of the poems. A very important one is obviously
his concern with integrating St. John's philosophy within the
Thomistic epistemological scheme.*

« Enfin Baruzi vint ! », aurait-on pu s'exlamer en 1924 lors de la parution
de l'important ouvrage *Saint Jean de la Croix et le problème de l'expérience
mystique*[1], qui octroyait ses lettres de créance à la pensée sanjuaniste auprès
du monde universitaire. Mais il n'y eut pas que des éloges pour l'interprétation
si pénétrante et si honnête qu'elle fût, que donnait Jean Baruzi de la pensée
de Jean de la Croix. Quelques années après la réédition de l'œuvre de Baruzi,
Jacques Maritain, dans *Distinguer pour unir* ou *Les degrés du savoir*[2] — un
« livre d'une rare densité », comme l'exprimait à l'époque L. Noël[3], reprochait
vivement à son auteur d'avoir été « conduit à défigurer tragiquement le héros
mystique dont il avait entrepris de retracer le drame intérieur ». Il s'indignait
de voir son ami — « mon cher Baruzi », écrivait-il — faire de Jean de la
Croix « je ne sais quel géant manqué de la métaphysique à venir » qui aurait
avant tout visé à se procurer, par un dépouillement où l'esprit de l'homme
ferait tout le travail, « une compréhension intellectuelle de Dieu de moins en
moins grossière[4] », l'amenant en quelque sorte au-delà du christianisme. Il
proposait lui-même sa propre interprétation de Jean de la Croix et voyait en
lui, selon une formule souvent citée, un « praticien de la contemplation[5] ».

Jacques Maritain n'échappera pas lui non plus aux critiques, si lentes
qu'elles aient été à se formuler, pour peu que notre information soit juste.

---

1. BARUZI, *Saint Jean de la Croix et l'expérience mystique*, Paris, Alcan, 2ᵉ édition, 1929.
2. J. MARITAIN, *Distinguer pour unir ou les degrés du savoir*, Paris, Desclée de Brouwer,
1932. Nous utilisons la 6ᵉ édition (1958) désignée ici par DS.
3. Voir le *Bulletin thomiste*, Avril-juin, 1933, pp. 823-834.
4. *DS*, p. 18. Maritain fait quelques allusions à Baruzi dans sa *Préface* à la biographie de
saint Jean de la Croix du P. Bruno de J.-M., Desclée de Brouwer, 1929. Baruzi jugera ces
allusions « dénuées de la sérénité critique [...] inséparable de toute discussion féconde » (voir
la 2ᵉ édition de son livre, p. 727).
5. *DS*, chapitre VIII, pp. 615-697. Ce chapitre avait d'abord été publié dans *Études carmélitaines*
16 (1931), pp. 61-109.

Georges Morel, en 1960-1961, dans un travail magistral, qui par l'ampleur de ses perspectives peut être comparé à celui de Baruzi, attaquait certains points de l'interprétation sanjuaniste de Maritain[6]. Ce n'est pas aux critiques de Morel que nous voulons nous arrêter directement ici, mais bien à celles du carme espagnol Federico Ruiz Salvador, formulées en 1968 dans son introduction à Jean de la Croix et reprises tout récemment dans une édition des *Obras completas*[7]. Nous avons voulu vérifier si le philosophe français qui nous réunit aujourd'hui méritait les critiques dont il était l'objet. Dans une première partie, nous dégagerons d'abord les grandes lignes de la critique du père Ruiz Salvador; nous verrons ensuite comment se présente la position de Maritain. Il nous sera alors possible de porter un jugement sur ces critiques.

I.   LA CRITIQUE DE FEDERICO RUIZ SALVADOR

Aux yeux de Ruiz Salvador, deux traits caractérisent essentiellement le système sanjuaniste : la théologie et le mysticisme[8]. Comme théologien, Jean de la Croix s'arrête à des données importantes de la Révélation pour les analyser en elles-mêmes, comme l'inhabitation de la Trinité, l'union à Dieu, les vertus théologales, la rédemption, etc. Le fait qu'il n'utilise pas un langage technique ainsi que les définitions d'école n'offre pas un critère qui doive le disqualifier comme théologien. Qu'est-ce qu'un véritable théologien si ce n'est un croyant capable d'explorer la réalité divine et le mystère de Dieu pénétrant l'histoire humaine, capable aussi de présenter aux autres cette réalité et ce mystère, quels que soient les moyens utilisés pour cette présentation? Jean de la Croix, dans ces perspectives, est un théologien, un grand théologien, peut-être même le plus vigoureux et le plus original de langue espagnole[9]. Qu'il emploie un langage lyrique et symbolique, cela n'infirme pas sa grande richesse théologique.

Il est aussi un mystique, ce qui lui permet de parler du mystère divin avec de grandes lumières et de nous transmettre le contenu d'une expérience[10]. Les poèmes qu'il a composés sont pour nous le moyen privilégié de participer à son expérience mystique, comme ils le furent pour lui de l'exprimer. Jean de la Croix attend du lecteur des commentaires de ses poèmes, qu'il revienne constamment à ceux-ci comme à leur source[11]. Le mystique ne vient pas

---

6.   G. MOREL, *Le sens de l'existence selon saint Jean de la Croix*, I *Problématique* II *Logique* III *Symbolique*, Paris, Aubier, 1960-1961.

7.   F.R. SALVADOR, *Introducción a san Juan de la Cruz*. Madrid, BAC, 1968; *San Juan de la Cruz, Obraz completas*, 2a edición, Madrid, Editorial de Espiritualidad, 1980. Pour les critiques de Maritain, voir *Introducción* [...], pp. 287-292 et *Obras completas*, pp. 28-35.

8.   « Dos cualidades hemos hallado que caracterizan esencialmente el sistema sanjuanista : teología y misticismo » (Voir F.R. Salvador, *Introducción* [...], p. 287.)

9.   « *En ese sentido, Juan de Cruz no solo es teólogo, sino tal vez el teólogo más vigoroso y original que hemos tenido en lengua española.* » (Voir *Obras completas*, pp. 33-34.)

10.   F.R. SALVADOR, *Introducción* [...], p. 287.

11.   *Ibid.*, p. 285.

contredire le théologien. La perception mystique donne une plénitude et une lumière spéciales à la réflexion théologique ; la théologie donne « contenido y perspicacia mental a su misticismo[12] ». Les écrits sanjuanistes contiennent beaucoup de pages donnant des avis et des conseils, mais ces avis et ces conseils sont toujours mis en relation avec l'expérience mystique dont ils veulent assurer l'authenticité[13].

C'est justement ces deux qualités essentielles de théologien et de mystique que Jacques Maritain, selon le Père Ruiz Salvador, met dans l'ombre lorsqu'il donne à Jean de la Croix le titre de « praticien de la contemplation ». Qualification qui à l'époque de la parution des *Degrés du savoir* était d'autant plus regrettable qu'elle apportait sa caution scientifique à une longue tradition qui se limitait à ne voir dans Jean de la Croix qu'un guide dans les voies spirituelles. Maritain appauvrit ainsi lamentablement le message sanjuaniste. Jean de la Croix, c'est avant tout pour lui un directeur spirituel dont les affirmations ont bien une portée pédagogique mais non pas ontologique[14]. Il a peu à nous dire sur les expériences mystiques qu'il considère ineffables. Il n'élabore pas de théologie, car il poursuit un but pratique : guider les autres vers Dieu. L'expression « praticien de la contemplation » est tout à fait inadéquate en ce qu'elle lui nie toute profondeur et valeur objectives et restreint le champ du magistère sanjuaniste à celui de la prière[15].

Pour Ruiz Salvador, Jacques Maritain n'a pas saisi le genre littéraire spécifique de l'œuvre sanjuaniste, à l'égard de laquelle on n'est pas justifié d'établir une distinction entre le caractère théologique et la visée pédagogique, de même que les Évangiles et les Épîtres pauliniennes sont éminemment pastorales sans rien perdre de leur richesse théologique[16]. À la notion restrictive de « directeur spirituel », il faut opposer celle de *mystagogue* qui reflète davantage ce que fut Jean de la Croix dans sa vie et ce qu'il est toujours dans ses écrits. Le *mystagogue*, c'est celui qui a fait l'expérience de Dieu et de son mystère et accompagne dans son chemin celui qui à son tour fait cette expérience. Accompagner ne consiste pas alors à donner des normes pratiques de conduite, mais à proposer le mystère de Dieu et de sa communion avec l'homme. L'art du *mystagogue* consiste à savoir transmettre non sa propre expérience, mais, grâce à celle-ci, le mystère du Dieu qui se révèle[17].

Pour élucider le genre littéraire de l'œuvre sanjuaniste, Ruiz Salvador tire habilement profit du débat soulevé lors de la parution du livre de Georges Morel, mentionné plus haut. Contre Georges Morel, attentif à donner une valeur ontologique à la pensée de Jean de la Croix et réclamant le dépassement

---

12. *Ibid.*, p. 286.
13. *Obras completas*, p. 31.
14. « *San Juan de la Cruz es un* director espiritual *que da a sus afirmaciones alcance pedagógico, no ontológico.* » (Voir F.R. Salvador, *Introducción* [...], p. 289.)
15. *Ibid.*, p. 290.
16. *Ibid.*, p. 280.
17. *Obras completas*, p. 31.

des points de vue et des formes de langage, le Père Henri Bouillard réclamait que l'on ramenât Jean de la Croix à une juste évaluation, celle du directeur spirituel[18]. Ruiz Salvador trouve un allié de choix dans la personne de J.-M. Le Blond, S.J., qui prit alors position pour Morel contre Bouillard dont l'interprétation de Jean de la Croix ressemble à celle de Maritain[19]. Le Blond reprochait lui aussi à Bouillard de laisser dans l'ombre le témoignage proprement mystique et l'invitait à sortir de la perspective étroite du genre « direction spirituelle ». Il estimait que l'oubli des poèmes, comme moyen d'expression privilégié pour Jean de la Croix, conduisait à méconnaître le caractère mystique de toute son œuvre. Pour Le Blond — et Ruiz Salvador se rallie d'emblée à cette interprétation — Jean de la Croix est d'abord un témoin du divin, celui qui dévoile et manifeste une réalité; en second lieu et conséquemment, il donne des avis et des conseils[20].

II.   MARITAIN ET SON INTERPRÉTATION DE JEAN DE LA CROIX

Nous devons maintenant nous tourner vers Jacques Maritain lui-même et le laisser s'exprimer sur Jean de la Croix. Nous laissons délibérément de côté le rôle important que ce dernier a pu jouer dans la vie spirituelle de Jacques (et de Raïssa) Maritain, comme le montrent certains écrits intimes. Ce qui nous intéresse, c'est de voir comment il définit l'œuvre sanjuaniste en tant que théoricien du savoir humain. Nous nous inspirons avant tout, pour ne pas dire exclusivement, des *Degrés du savoir*[21].

A.   LA GRILLE D'INTERPRÉTATION

Il importe de souligner d'entrée de jeu que le titre de « praticien de la contemplation » est donné à Jean de la Croix dans un chapitre des *Degrés du savoir* où il entend le situer par rapport à Thomas d'Aquin. Le situer, non point à partir d'études historiques sur les influences subies, mais bien à partir de la confrontation objective des doctrines. Le succès de cette confrontation repose, à son avis, sur « la notion de science pratique[22] ». Et en ce qui nous

---

18.   H. BOUILLARD, « Mystique, métaphysique et foi chrétienne », *Recherches de science religieuse* 50 (1962) pp. 30-88; « La *sagesse mystique* selon saint Jean de la Croix », *Ibid.*, n° 50 (1962) pp. 481-529.

19.   J.M. LEBLOND, « Mystique et théologie chez saint Jean de la Croix », *Recherches de science religieuse* n° 51 (1963) pp. 196-239.

20.   F.R. SALVADOR, *Introducción* [...], pp. 291-292.

21.   A *DS*, il faut ajouter BRUNO DE J.-M., *Saint Jean de la Croix*, Paris, Desclée de Brouwer, 1961, Préface de Jacques Maritain, pp. 11-28.

22.   M.-M. LABOURDETTE, O.P., écrit que l'un des domaines où, à son avis, la pensée de Maritain « a été le plus profondément rénovatrice est celui de la connaissance pratique. Il en a commencé l'exploration dès le début de sa carrière philosophique par un livre qui reste fondamental : *Art et scolastique*, auquel sont venus s'ajouter successivement *Frontière de la poésie* et *Situation de la poésie* ». Il mentionne aussi que « trois grands ordres de question » ont nourri sa réflexion

touche, c'est manifestement cette notion qu'il nous faut approfondir. Elle commande l'interprétation que donne Maritain de Jean de la Croix et se trouve ainsi à l'origine des critiques que cette interprétation a provoquées.

Voici d'abord pour orienter les lignes qui vont suivre le tableau que présente Maritain dans l'« annexe VII » des *Degrés du savoir*, consacrée à donner des éclaircissements généraux sur le spéculatif et le pratique[23]. Ce tableau nous fait voir comment la connaissance se divise en deux types — spéculatif et pratique[24] : selon la fin poursuivie, d'une part, le connaître comme tel ; d'autre part, l'action, que cete action soit transitive ou immanente, pour reprendre des distinctions familières aux thomistes. La connaissance pratique, qui se rapproche de plus en plus de l'acte concret et singulier à accomplir, se subdivise en savoir *spéculativement pratique* et savoir *pratiquement pratique*. Au niveau même de l'acte singulier, c'est la prudence qui intervient.

	FIN	OBJET	MODE	SCIENCE	EXEMPLES	
Connaître	pour connaître	de pure spéculation	spéculatif	spéculative	Philosophie spéculative	
	pour diriger de loin l'action	d'opération	(quant à la structure des notions)	spéculativement pratique	Philosophie morale	Médecine théorique
Pour Agir	pour diriger de près l'action		pratique	pratiquement pratique	Sciences morales pratiques	Médecine pratique
	pour diriger immédiatement l'action		(au suprême degré)		Prudence	

Dans *Science et sagesse*, Maritain, répondant à des critiques formulées contre cette subdivision de la connaissance pratique, précisera que c'est « par le mode de définir et de conceptualiser, par la façon typique de construire les

---

sur la question de la connaissance morale : « le problème posé aux théoriciens de la science par l'œuvre de saint Jean de la Croix », les débats sur la notion de philosophie chrétienne, les problèmes de la philosophie politique. (« Connaissance pratique et savoir moral », pp. 142-179, texte tiré de *Maritain. Son œuvre philosophique, Revue thomiste* XLVIII, n° 12, 1948.)
23.   *DS*, « annexe VII », pp. 901-918. Le tableau se trouve à la page 907.
24.   Pour la distinction du spéculatif et du pratique, Maritain invite à se reporter aux textes suivants : SAINT-THOMAS, *in Metaph.*, lib. II, lect. 2 ; *in Ethic.*, lib I, lect. 1 et 3 ; *in Polit.*, lib. I, lect. 1 ; *Sum. theol.*, I, 1.4 ; *in Boet. de Trin.*, q. 5, a. 1 ; *in Post. Anal.*, lect. 1 ; *in* III, *de Anima*, lect. 15 ; *Sum theol.*, I, 14, 16 ; *De Verit.*, 2, 8 ; 3, 3. Jean de SAINT-THOMAS, *Log.*, II P., q. 1, a. 4 ; *Curs. theol.*, t. I, I, P., q. 1, disp. 2, a. 10.

concepts » que diffèrent ces savoirs pratiques[25]. Il nous faut voir plus en détail en quoi diffèrent le savoir spéculativement pratique et le savoir pratiquement pratique.

1. *Le savoir spéculativement pratique*

Un tel savoir est dit pratique en tant qu'il a pour objet une action, un opérable en tant que tel. La raison formelle sous laquelle il atteint son objet diffère de celle que l'on trouve dans le savoir purement spéculatif. L'intelligence qui de soi est spéculative devient, dans un tel savoir, pratique. Elle donne au connaître une nouvelle finalité, celle d'éclairer l'action pour la diriger, même si c'est de loin. Pratique par son objet, par sa loi d'argumentation dirigée vers la synthèse concrète de l'action, par le contexte selon lequel il organise ses matériaux, ce savoir demeure foncièrement spéculatif. Comme le dit Maritain, il demeure, « quant à l'équipement général ou fondamental de la connaissance, *de mode spéculatif ou explicatif*, et envisage l'univers lui-même de l'agir et des valeurs opératoires au point de vue des raisons d'être et des structures intelligibles qui lui sont immanentes[26] ». En d'autres mots, ce savoir utilise « un outillage conceptuel, des modes de définir et de juger typiquement spéculatifs ». La vérité du jugement consiste formellement dans le connaître, « dans le *connaître* comme fondement du *diriger*[27] ».

Dans le tableau reproduit plus haut, Maritain donne comme exemples de savoir spéculativement pratique la philosophie morale et la médecine théorique. Ailleurs, il mentionne l'économie, la politique, la théologie morale et, pour nous rapprocher de notre sujet, la théologie mystique, telle qu'on la trouve chez Thomas d'Aquin, « savoir de mode doctrinal et explicatif[28] ».

2. *Le savoir pratiquement pratique*

Dans les *Degrés du savoir*, Maritain pose la question suivante : « Entre la prudence et le savoir spéculativement pratique n'y a-t-il pas une zone de connaissance intermédiaire[29] ? » La réponse pour lui ne fait point de doute et elle repose sur une explication des principes de l'Aquinate :

> Oui, répondrons-nous en explicitant les principes de saint Thomas, c'est la science pratique au sens étroit du mot, disons le savoir pratiquement pratique. C'est encore une science, parce que, si elle est beaucoup plus particularisée que la théologie morale ou l'éthique, si elle considère le détail des cas, c'est encore cependant en brassant, comme son objet

---

25. J. Maritain, *Science et sagesse*, Paris, Labergerie, 1935, p. 229.
26. *DS*, pp. 619-620.
27. *DS*, p. 902.
28. *DS*, p. 622. Labourdette montre, dans l'article mentionné plus haut (pp. 162-164), le caractère « spéculativement pratique » de la *Secunda Pars*. On peut trouver dans ce même article des considérations très éclairantes sur la façon dont s'est progressivement constitué à partir du savoir théologique un savoir pratique, fait de constatations etr de règles générales à l'usage des âmes s'adonnant à la vie parfaite.
29. *DS*, 623.

propre, de l'universel et des raisons d'être. Mais elle procède, quant à l'équipement fondamental lui-même de la connaissance, ou à la structure même des notions et définitions, suivant un tout autre monde que l'éthique ou la théologie morale. La méthode elle-même du savoir s'est renversée, le mode entier du savoir est ici pratique. Qu'est-ce à dire ? Cela signifie qu'à présent il ne s'agit plus d'expliquer, de résoudre une vérité, même pratique, dans ses raisons et ses principes. Il s'agit de préparer l'action et d'en assigner les règles prochaines. Et comme l'action est une chose concrète, qui doit être pensée dans sa concrétion même avant d'être posée dans l'être, la connaissance maintenant, au lieu d'analyser, compose, je dis quant à la façon même dont s'établit entre elle et l'objet la relation de vérité. Elle rassemble tout ce qui est déjà su, toutes les explications, principes et raisons d'être, mais pour organiser tout cela selon des points de vue nouveaux, qui correspondent aux exigences de la position de l'acte concret, et qui sont fournis directement par l'expérience, dont le rôle est ici primordial[30].

Plus loin, le philosophe soulignera que les sciences pratiquement pratiques font un usage des concepts différent des sciences spéculatives ou spéculativement pratiques « non seulement quant aux finalités déterminantes et quant à la manière de procéder dans le discours, mais quant à la manière dont les concepts eux-mêmes sont élaborés et refondus, signifient le réel [...] » Dans les unes, il s'agit d'analyser le réel selon ses éléments ontologiques ou empiriologiques, dans les autres, de « composer les moyens dynamiques par lesquels l'action doit venir à l'existence ». Aussi « dans ces deux ordres de science des concepts de même nom... se rapporteront au réel de façon différente[31] ». La notion de « science strictement pratique » a été développée par saint Thomas dans la ligne du *factibile* ou du *faire* artistique, mais son extension au domaine de l'agir humain, « nécessaire pour respecter les nuances du réel, est tout à fait conforme aux principes et à l'esprit de sa doctrine[32] ».

Pour Maritain, à côté du savoir théorique que présente, par exemple, dans le domaine moral, la *Secunda Pars*, il existe aussi « une science du praticien » qu'on ne peut confondre avec un savoir de mode spéculatif et dont la dignité et l'importance sont grandes dans la culture humaine. Il n'est pas seulement question ici de la science qui préside à certains métiers, comme ceux d'ingénieur, de médecin, d'architecte, mais aussi de la connaissance de l'homme. À cet égard, chez un Confucius, par exemple, c'est beaucoup plus une science du praticien qu'une science du philosophe que nous rencontrons.

---

30. *DS*, p. 624. Dans *Science et sagesse*, Maritain traite des « sciences morales pratiquement pratiques », pp. 228-240. Le livre contient une « annexe » sur « le savoir pratiquement pratique » (pp. 370-374) dans laquelle il répond au père J.-M. Ramirez qui, dans son article « Sur l'organisation du savoir moral », *Bulletin thomiste*, avril-juin 1935 (pp. 423-432), avait contesté l'existence de la science « pratiquement pratique ». Th. Deman, O.P., tout en rejetant la notion de science « pratiquement pratique », saisit admirablement le point de vue de Maritain lorsqu'il écrit que celui-ci accorde un statut scientifique à « cet ensemble de connaissances que nous fournissent tant de praticiens, tant de contemplatifs, d'écrivains moralistes, trop concrètes pour appartenir à une science morale d'allure spéculative, assez dégagées du singulier cependant pour n'appartenir point au seul jeu de la stricte prudence ». (Voir « Sur l'organisation du savoir moral », *Revue des sciences philosophiques et théologiques*, 1934, pp. 258-280).

31. *DS*, pp. 647, 648 et 914.

32. *DS*, p. 915.

Il en est de même avec ces « grands intuitifs » que furent Montaigne, Pascal, Nietzsche, Shakespeare, entre autres, dont il faut dire qu'ils ne furent pas à proprement parler des philosophes ou des moralistes, mais « des praticiens de la science des mœurs ». Ils drainent des richesses psychologiques admirables « dans un savoir qui est le savoir pratiquement pratique de l'action humaine[33] ».

B.   JEAN DE LA CROIX,
PRATICIEN DE LA CONTEMPLATION

Nous sommes maintenant en mesure de comprendre le titre de « praticien de la contemplation » que donne Maritain à Jean de la Croix. Pour l'auteur des *Degrés du savoir*, ce qui caractérise Jean de la Croix et le situe par rapport à Thomas d'Aquin, c'est d'être un maître dans la science pratique de la contemplation. « Il faut comprendre, écrit Maritain, qu'au regard de cette action par excellence qu'est la passion des choses divines et l'union contemplative avec Dieu, il n'y a pas seulement une science spéculativement pratique qu'est la science du théologien. Il y a aussi une science pratiquement pratique, qui ne s'occupe pas tellement de nous dire ce qu'est la perfection que de nous y conduire, qui est la science du maître de spiritualité, du praticien de l'âme, de l'artisan de sainteté, de celui qui se penche vers nos misérables cœurs qu'il veut à tout prix mener à leur suprême joie[34] ». Si, dans ses poèmes, Jean de la Croix chante et dit, pour autant que cela est possible, l'expérience mystique qu'il a vécue, dans les commentaires à ses poèmes, par ailleurs, il instruit, il déploie une science pratique « laquelle procède en composant les notions prochainement régulatrices de l'action concrète ». Maritain n'hésite pas à dire que le théoricien des sciences « ne peut trouver nulle part un exemple aussi parfait de science pratique ». « Car le savoir pratiquement pratique est sous la dépendance du savoir spéculativement pratique, la science pratique de la contemplation est sous la dépendance de la théologie morale ». Jean de la Croix n'était pas seulement un grand contemplatif, mais aussi « un bon théologien »[35].

Que la doctrine de Jean de la Croix soit de « caractère proprement et essentiellement pratique », Maritain se contente de l'établir à partir de deux exemples « particulièrement significatifs » : le vocabulaire sanjuaniste et la doctrine du vide.

Le « vocabulaire conceptuel » de Jean de la Croix se réfère à une science pratique. Il ne vise pas à exprimer le réel dans sa valeur nue d'abstraction et d'intelligibilité, mais bien « les moyens, les moments dynamiques, par lesquels

---

33. *DS*, pp. 626-627. Maritain rapproche aussi Jean de la Croix d'Alphonse de Liguori (Voir *DS*, p. 915). Il dit de ce dernier (dans *Science et sagesse*, p. 239), qu'il propose un enseignement moral autre que le champ de la prudence, « un ensemble intelligiblement agencé d'énoncés valables en général, même quand ils concernent des cas particuliers ».
34. *DS*, p. 628.
35. *DS*, p. 629.

l'action doit venir à l'existence ». Il se réfère aussi à une expérience mystique ineffable qu'il s'agit de faire deviner « comme en la touchant sans la voir », de rendre sensible. L'hyperbole et le symbole ont leur place dans ce langage. Ce « vocabulaire conceptuel », il faut l'aborder en se rappelant que si les formules d'un écrivain mystique ou d'un docteur pratique peuvent être « prégnantes de valeurs spéculatives », on ne saurait juger de leur « valeur ontologique » qu'en tenant compte des modifications qu'il leur faut subir lorsqu'ils sont traduits dans le registre ontologique[36].

C'est ainsi, par exemple, que le mystique espagnol décrit la contemplation comme un *non-agir* quand Thomas d'Aquin la décrit comme *l'activité la plus haute*. Il n'y a point là de désaccord. Pour le mystique, la suspension de toute activité de *mode humain* apparaît comme une absence d'activité, non pas au sens ontologique mais psychologique et pratique; pour celui qui se place au niveau ontologique, il n'est pas d'activité plus haute que d'adhérer vitalement à Dieu dans la contemplation infuse[37]. Il en est de même lorsque Jean de la Croix décrit l'âme comme expérimentant dans sa substance même, par opposition à ses facultés, les « touches » divines. Il ne s'exprime pas alors en philosophe. Il vise à montrer le degré d'intériorité des opérations divines et le mot *substance* « a chez lui un sens tout expérimental et concret[38] ».

Maritain s'arrête longuement à l'usage que fit Jean de la Croix de la division « augustinienne » des facultés en *entendement*, *mémoire* et *volonté*. Si la division bipartite en *intelligence* et en *volonté* est, à son avis, « seule conforme au réel », la division tripartite s'impose au niveau d'une analyse pratique, plus attentive à distinguer les puissances selon les principaux modes concrets d'activité du sujet par rapport à ses fins que selon leurs articulations ontologiques. L'idée sanjuaniste de subjecter l'espérance théologale dans la mémoire, et non pas dans la volonté, comme saint Thomas, serait elle aussi « manifestement indéfendable » pour qui se placerait au plan de l'analyse ontologique de la théologie scolastique. Mais pour le « praticien des choses de l'esprit » elle est très féconde[39].

La doctrine du vide nous conduit « au point crucial de l'apparente antinomie entre le langage *ontologique* de la théologie et le langage *pratique* et *mystique* d'un saint Jean de la Croix ou de l'*Imitation* ». Une thèse centrale du message sanjuaniste, c'est bien que la créature doit renoncer à toutes ses opérations propres et faire le vide en elle pour s'unir à Dieu. Il est difficile, avec une telle thèse, de ne pas conclure que la grâce détruit la nature, bien loin de l'achever. Une telle antinomie ne peut se résoudre, pour Maritain, qu'en voyant le « point de vue » de l'auteur de la *Montée du Carmel*, qui

---

36. *DS*, pp. 647-649.
37. *DS*, pp. 649-653. Sur ce point, voir aussi Raïssa et Jacques Maritain, *De la vie d'oraison*, Rouart, 1925, note III.
38. *DS*, p. 651.
39. *DS*, pp. 655-658. Pour l'opinion de Morel sur ce sujet, voir *Le sens de l'existence* [...], II, 28ss.

est celui de la propriété de nous-même dans l'usage libre de notre activité et non pas celui de « la structure de notre substance ». Jean de la Croix réclame l'expropriation de soi, une sorte de mort à vrai dire, non pas ontologique, mais mystique qui transforme et spiritualise. C'est un certain usage de la liberté et des puissances qui doit disparaître pour « un usage meilleur et plus divin ».

Avec cette doctrine du vide, on peut voir, estime Jacques Maritain, comment « s'accordent, tout en parlant un langage différent, et en apparence opposé, la science spéculative et la science pratique des réalités chrétiennes[40] ».

Nous avons essayé dans cette deuxième section de dégager la nature de cette science pratiquement pratique de la contemplation qui, selon Maritain, définit ce qu'il y a de typique dans le sanjuanisme, ou, en d'autres mots, établit le type épistémologique auquel appartient Jean de la Croix. Il est trop manifeste pour qu'il soit nécessaire de le souligner que l'auteur des *Degrés du savoir* met au premier plan l'aspect « praticien » chez Jean de la Croix. Toute la question est maintenant de juger si le fait de privilégier le « pratique » ou le « praticien » entraîne, en ce qui touche l'interprétation de Jean de la Croix, la disparition des traits sanjuanistes que Frederico Ruiz Salvador a raison de penser qu'ils ne peuvent être délaissés. Il nous serait déjà possible, à partir de cette notion de science pratique, de procéder à une certaine évaluation des critiques adressées à Maritain. Afin d'évaluer plus dignement ces critiques, nous serons amenés, en les abordant dans notre troisième section, à donner certains développements ultérieurs sur la façon dont Maritain comprend chez Jean de la Croix cette notion de science pratiquement pratique.

III. ÉVALUATION DES CRITIQUES ADRESSÉES À MARITAIN

Nous voici maintenant parvenus à l'étape la plus difficile et la plus délicate de cet exposé : évaluer les critiques qu'a provoquées l'interprétation de Maritain. Ces critiques, pour peu qu'elles contestent une interprétation, reposent elles-mêmes sur une interprétation. Et celui qui se risque à les apprécier doit lui-même prendre position. Notre évaluation se déploiera à partir de trois thèmes : thomisme et sanjuanisme, mystique et théologie, poèmes et commentaires.

A. THOMISME ET SANJUANISME

Le qualificatif si contesté de «praticien de la contemplation» figure dans le titre d'un chapitre des *Degrés du savoir* où Maritain étudie les relations « entre le Docteur de la Lumière et le Docteur de la Nuit[41] ». Tout au long du chapitre, l'auteur essaie de situer l'un par rapport à l'autre Thomas d'Aquin

---

40. *DS*, pp. 663-664.
41. *DS*, p. 617.

et Jean de la Croix; il s'efforce de montrer leur accord essentiel malgré les points de vue différents qui définissent leur identité propre. «Nous tenons, écrit-il, saint Jean de la Croix pour le grand Docteur de ce suprême savoir incommunicable (la contemplation infuse), comme saint Thomas d'Aquin pour le grand Docteur du suprême savoir communicable[42]». Plus loin il précisera sa pensée en disant de Thomas d'Aquin qu'il est « le Docteur par excellence de la science *spéculativement* pratique de la contemplation et de l'union de Dieu » et de Jean de la Croix qu'il est « le Docteur par excellence de la science *pratiquement* pratique de la contemplation et de l'union à Dieu[43] ».

Dans sa *Préface* à la biographie de Jean de la Croix du père Bruno de J.-M., Maritain soulignait aussi l'accord essentiel qui règne entre les deux docteurs, malgré les points de vue différents où ils se situent, celui de la science spéculative et celui de la science pratique. Il notait qu'en « tout ce qu'il y a de plus fondamental et de plus essentiel, c'est une parfaite unité qui se révèle entre la doctrine de saint Jean de la Croix et celle de Thomas d'Aquin[44] ». Les principes de savoir spéculatifs présents dans Jean de la Croix ont « leur système naturel de référence » dans le thomisme, ce qui ne peut surprendre, car ce dernier doit beaucoup au thomisme de par sa formation intellectuelle et la structure philosophique et théologique de sa pensée ». Jean de la Croix, « disciple de la meilleure tradition scolastique en théologie », confirme la doctrine de saint Thomas, non comme un commentateur, « mais à la manière d'un témoin[45] ».

Ce n'est pas le lieu d'explorer ici le problème souvent discuté des relations entre le thomisme et le sanjuanisme[46]. Maritain lui-même n'apporte pas sur ce sujet toute la clarté souhaitée. Tantôt il souligne l'éclectisme doctrinal de Jean de la Croix, tantôt, l'empreinte thomiste dans sa formation, comme on vient de le voir. Ne s'efforce-t-il pas de résoudre les antinomies existantes entre les deux auteurs, antinomies qui témoignent tout de même de profondes divergences? Ce qu'on ne peut pas cependant négliger de voir, c'est que la démarche « harmoniciste[47] » de Maritain, son effort pour situer Jean de la Croix par rapport à Thomas d'Aquin et de montrer son accord essentiel avec lui, n'est pas sans affecter son interprétation du sanjuanisme. Certes Thomas d'Aquin et Jean de la Croix sont-ils après le Christ deux maîtres à suivre — et heureux qui les choisit! — chacun pour sa valeur propre, l'un, comme maître du « suprême savoir communicable », l'autre, comme

---

42. *DS*, p. 616.
43. *DS*, pp. 632-633.
44. *Préface*, p. 26. C'est aussi l'idée du P. Garrigou-Lagrange dans son livre *L'amour de Dieu et la croix de Jésus*. Juvisy, Cerf, 1929, *Intr.*
45. *Préface*, p. 25.
46. Jean Orcibal écrit que « si saint Jean de la Croix est aristotélicien dans le domaine de la philosophie naturelle, il est plus augustinien que thomiste quand il traite des réalités supérieures » (*Saint Jean de la Croix et les mystiques rhéno-flamands*. DDB, 1966, p. 208).
47. Georges Morel écrit, non sans impatience, que pour Maritain « il n'est pas possible que le Maître mystique soit en désaccord avec l'enseignement traditionnel » (II, p. 270).

celui du « suprême savoir incommunicable ». Mais, c'est de la grille thomiste dont se sert Maritain pour analyser et définir le sanjuanisme. Cette grille répartit les savoirs d'une façon systématique et à sa façon. Elle intègre le discours mystique dans un champ déjà balisé et quadrillé, dans une « topique transcendantale[48] ». Il peut sembler que le discours sanjuaniste soit accueilli dans son identité propre. Mais en est-il vraiment ainsi? Dans la répartition des champs du savoir, la doctrine de Jean de la Croix trouve une place déjà toute désignée pour elle, aux côtés de la science morale pratique et de la médecine pratique, ce qui risque de stupéfier. Toute désignée, car « le savoir pratiquement pratique est sous la dépendance du savoir spéculativement pratique, la science pratique de la contemplation est sous la dépendance de la théologie morale[49] ».

Le carme Ruiz Salvador a raison de souligner qu'avec l'interprétation de Maritain, la question du genre littéraire du sanjuanisme est en cause. C'est une autre façon de se demander si la grille thomiste si chère au philosophe français est suffisamment souple pour analyser, dans ce qu'il a de spécifique, le discours d'un Jean de la Croix. Cette grille thomiste appliquée à Jean de la Croix ne conserve, à notre avis, sa pertinence que si dans le corpus sanjuaniste on met à distance les poèmes et leurs commentaires, comme le fait Maritain. Les expressions « praticien de la contemplation », « science pratiquement pratique de la contemplation » ne sont pas des plus heureuses. Elles évoquent bien à première vue le guide prodiguant des conseils ou le manuel d'opérations. Elles apparaîtraient à coup sûr dérisoires si on songeait à les appliquer au grand poète que fut Jean de la Croix et aux poèmes qui sortirent de sa plume. Ce n'est que par rapport aux commentaires des poèmes qu'elles conservent quelque sens.

B. MYSTIQUE ET THÉOLOGIE

Laissant provisoirement de côté le délicat problème du genre littéraire propre à Jean de la Croix, nous aborderons tout de suite la critique selon laquelle Maritain, en présentant Jean de la Croix comme un « praticien de la contemplation », aurait négligé les aspects théologique et mystique de son œuvre.

Maritain, il est vrai, ne voit pas dans Jean de la Croix un maître dans la « science du virtuellement révélé, procédant par mode spéculatif[50] », ce qui pour lui définit la théologie au sens strict. Ruiz Salvador en conviendra bien lui aussi qui a une toute autre notion de la théologie, comme nous l'avons vu dans notre première section. Maritain est-il pour autant insensible à la richesse théologique du mystique espagnol? Il nous faut voir ce qu'il y a derrière les expressions de « praticien » et de « science pratiquement pratique ».

---

48. *DS*, p. 626.
49. *DS*, p. 629.
50. *DS*, p. 492, 630.

Il est clair que pour lui le « praticien » n'est pas sans relations avec le théologien, ni le « pratique », avec la doctrine théologique. Avant de scruter la « praticité » du message sanjuaniste, il conviendrait, écrit-il, d'en montrer « les présupposés théologiques », car « le savoir pratiquement pratique présuppose le savoir spéculativement pratique[51] ». Il y a pour lui deux présupposés à la doctrine sanjuaniste : le sens de la vie humaine — la participation à la vie divine — et la nature de la foi. La science pratique de la contemplation lui apparaît comme « un développement particulier de l'habitus théologique ».

Les pages que consacre Maritain à définir la nature de la contemplation mystique chez Jean de la Croix dégagent une doctrine très profonde et très riche[52]. La doctrine spirituelle de Jean de la Croix « apparaît plus qu'aucune autre comme une explication pratique de la théorie des dons ». Cette richesse doctrinale est aussi explicitée dans le chapitre « Todo y Nada » des *Degrés du savoir*[53]. À lire les pages que consacre Maritain à la nature de la contemplation sanjuaniste, on est surpris de voir que Ruiz Salvador y voit une réduction de celle-ci à la prière. Car Maritain donne un contenu mystique très ample à la contemplation telle qu'il la discerne chez saint Jean[54].

Comment penser que Maritain ait une piètre idée de Jean de la Croix comme théologien quand on le voit s'efforcer d'établir un accord substantiel entre lui et Thomas d'Aquin ? Comment supposer aussi qu'il néglige le théologien mystique quand il le présente comme le maître du savoir incommunicable et un guide vers l'union mystique ?

Si Maritain, lorsqu'il présente Jean de la Croix comme un « praticien de la contemplation », n'a pas négligé le théologien mystique, n'aurait-il pas toutefois mis dans l'ombre le mystique, comme le lui reproche Ruiz Salvador ? C'est là une question qu'il nous faut maintenant considérer. Et elle nous ramènera au problème du genre littéraire de l'œuvre sanjuaniste.

C.   Poèmes et commentaires

Jean de la Croix a écrit des poèmes dont « quelques-uns des plus émouvants et des plus beaux poèmes du monde[55] ». Ce qui surprend, c'est que, prenant la plume à cause de la grande nécessité où se trouvent plusieurs âmes[56], il

---

51. *DS*, p. 633, « However, the teaching of the *practitioner* is no way pragmatic ; it is saturated with speculative values, and in order to be rightly understood, it must be theologically interpreted. To wish to explain Christian mysticism without having resource to the lights of Christian theology is at least as imprudent as to treat of modern physics without a sufficient mathematical inquiry [...] » (Henry Bars. «Maritain's Contributions to an Understanding of Mystical Experience» (dans *Jacques Maritain. The Man and his Achievement*, Sheed and Ward, New York, 1963, p. 115.)
52. *DS*, pp. 668-689.
53. *DS*, pp. 701-715.
54. *DS*, pp. 668-697.
55. P. DARMANGEAT, *Trois poèmes majeurs de saint Jean de la Croix*, Ports de France, Paris, 1947, Préface, p. 35.
56. Voir le Prologue de la *Montée du Carmel*.

ait décidé de commenter certains de ses poèmes. Nous nous trouvons ainsi devant une méthode d'une singulière originalité dont Louis Cognet souligne, dans les pages lumineuses qu'il consacre à Jean de la Croix dans son *Histoire de la spiritualité chrétienne*, qu'elle ne semble pas avoir d'antécédents[57]. À l'entrée de tous ses grands traités, Jean de la Croix nous accueille avec un poème. Lui dont les contemporains se plaisent à souligner l'extrême réserve et qui dans ses commentaires laisse à peine affleurer le moi, comment expliquer qu'il ait placé dans une telle clarté des poèmes qui veulent transcrire une expérience mystique personnelle? Le grand poète qu'il était aurait-il alors cédé à quelque soif d'exhibition? Le guide mystique aurait-il voulu faire état des parchemins qui l'habilitaient à diriger les autres? Nous avons à nous interroger sur la signification de ce fait singulier qu'est la présence de ces poèmes. Il nous est interdit de les négliger, comme fait Maritain, au profit des commentaires. Ce serait alors mutiler l'œuvre de Jean de la Croix.

Si le timide Jean de la Croix a décidé de faire figurer un poème dans toute sa perfection formelle au début de ses commentaires, ce n'est point par vanité. Bien loin de là! Il nous faut renverser les perspectives. Le poète, c'est aussi le mystique. Le poème veut dire les grandes choses qu'a vécues le mystique. Certes porte-t-il une confidence, certes est-il, pour une part, autobiographique et laisse-t-il transparaître un sujet. Mais ce sujet disparaît devant l'immensité d'une autre Présence, celle du Dieu vivant. Le poème est un hommage au « querido », au Bien-Aimé. Il chante une bienheureuse aventure qui est bien plus celle d'avoir été trouvé par Dieu que de l'avoir trouvé. Il signifie que le commentateur est monté ou fut attiré sur la montagne du Carmel. Il en a respiré le parfum des fleurs, écouté la « musique silencieuse » et goûté la « solitude sonore ». Le poème se présente comme une médiation entre le niveau expérientiel du mystique et le niveau didactique proprement dit qui est celui du commentateur[58]. Au lecteur du commentaire, il rappelle que la Réalité absolue dont le mystique a fait l'expérience est davantage enclose, si l'on peut dire, dans le poème ou encore que le niveau poétique reflète davantage l'expérience mystique. Le poème, c'est « la source qui coule et court, même si c'est de nuit [...] »

S'en tenir aux seuls commentaires des poèmes, ou les privilégier, pour interpréter Jean de la Croix, c'est négliger ce qu'il y a de typique chez lui. De même que Maritain trouvait « un sujet d'étonnement et de douleur » dans l'image que traçait Baruzi de Jean de la Croix, celui qui s'est brûlé à l'incandescente poésie sanjuaniste ne pourra que s'étonner et s'attrister à son tour devant le sort qui est fait à cette poésie. Décrire Jean de la Croix comme un « praticien de la contemplation » ou sa doctrine comme « la science pratiquement pratique de la contemplation », ce n'est faire justice ni à sa personnalité ni

---

57. *Histoire de la spiritualité chrétienne* III *La spiritualité moderne*, Aubier, 1966, p. 115.
58. Un moine bénédictin, *Saint Jean de la Croix ou l'heureuse aventure*, Le Centurion, 1981 (voir l'excellent chapitre *Poésie et langage*, pp. 31-42).

à son œuvre. À cet égard, le titre *mystagogue* que suggère le Père Federico Ruiz Salvador nous apparaît beaucoup plus fidèle. Il rend compte en les unifiant des différents aspects de la personnalité et de l'œuvre de Jean de la Croix.

*   *   *

Nous nous demandions, au début de cette brève étude, si Jacques Maritain méritait les critiques formulées contre lui par Federico Ruiz Salvador. Il est clair qu'on ne peut approuver ou rejeter en bloc ces critiques et que des distinctions s'imposent.

Il est difficile de nier qu'il existe chez Jean de la Croix un « praticien de la contemplation » et qu'on trouve dans ses œuvres une « science pratiquement pratique » — au sens maritainien — de la contemplation. Jean de la Croix dégage dans ses écrits les grandes lois du chemin qui mène vers Dieu et donne des avis et des conseils généraux à qui s'engage dans ce chemin. Aussi Maritain a-t-il raison de dégager cet aspect. En dégageant cet aspect « pratique » de l'œuvre sanjuaniste, Maritain n'exclut pas l'aspect théologique et mystique, ou celui de la théologie mystique.

Laissant dans l'ombre les poèmes de Jean de la Croix et privilégiant les commentaires, Maritain n'a pas saisi le genre littéraire spécifique de son œuvre, comme le lui reproche Ruiz Salvador. Négligeant le poète, il a négligé le grand mystique que fut Jean de la Croix lui-même.

On peut s'interroger sur les facteurs qui ont poussé Maritain à négliger l'importance des poèmes. Sa préoccupation d'intégrer le sanjuanisme dans le champ épistémologique thomiste en est certainement un très important.

IV
Philosophie de l'art
Philosophy of Art

The Principal Implications of Maritain's Distinction Between "Free" and "Subservient" Art, from the Point of View of the Speculative Literary Critic

PAUL J. MARCOTTE
University of Ottawa

Cette communication scrute la distinction que fait Maritain entre l'art « libre » et l'art « utile », en signale et en discute les principales implications et s'attache à en montrer la signification comme justification philosophique de quelques-unes des critiques consignées par les nouveaux critiques, notamment T.S. Eliot.

Il y a dans les écrits de Maritain, dit-on, une théorie très développée des beaux-arts qui, entre autres choses, explique la genèse d'un poème, corrige les conceptions fautives concernant la cause finale *de la littérature et justifie l'activité essentielle déployée par les écrivains « imaginatifs » d'une manière et à un degré qu'on ne rencontre pas souvent dans les écrits des grands critiques qui l'ont précédé.*

En fait, les principales implications de la distinction que Maritain fait entre l'art « libre » et l'art « utile » sont considérées comme la source des réponses définitives aux questions que les critiques littéraires spéculatifs ont débattues pendant des siècles sans aboutir à aucune conclusion. La genèse d'un poème qu'on peut tirer de ses écrits est représentée par un diagramme ; la cause finale *de la littérature de sa pensée est exposée avec vigueur ; enfin, la justification définitive de la littérature imaginative qui ressort de ses vues est proposée avec assurance.*

Ce que cette communication déplore néanmoins, c'est que les théoriciens littéraires qui sont venus après Eliot n'aient presque rien appris de l'esthétique et de la poétique de Jacques Maritain.

1. THE PROLOGUE

New Criticism is not dead—it is simply waiting for Godot; and, in truth, it has been waiting for Godot for a very long time.

When John Crowe Ransom published *The New Criticism* in 1941, he inadvertently gave birth to a myth that no serious scholar regarded as particularly pernicious until proponents of "The Newest Criticisms" were discovered fanatically attacking a critical heresy that was certainly never embraced by men like T. S. Eliot. Ironically, the "ontological critic" Ransom was unsuccessfully seeking among the critics then current was being simultaneously—though perhaps unconsciously—sought by some of the very men he was respectfully evaluating—William Empson, I. A. Richards, Yvor Winters, and, of course, Eliot himself.

In view of the formulation that has been imposed upon Eliot's critical thinking by the Rymers and Cibbers who now occupy the mansion he once graced, it is perhaps impertinent to recall that Eliot expressed a point of view that was shared by a great many of his contemporaries, in a book tellingly entitled *The Use of Poetry and the Use of Criticism*: "The extreme of theorising about the nature of poetry, the essence of poetry if there is any, belongs to the study of aesthetics [not linguistics, in any of its myriad masquerades] and is no concern of the poet or of a critic with my limited qualifications."[1] The actual direction in which Eliot's thinking was moving—and indeed the thinking of a number of other people who are now pejoratively classed with him as New Critics—is even more clearly indicated by what he goes on to say: "Whether the self-consciousness involved in aesthetics and psychology does not risk violating the frontier of consciousness, is a question which I need not raise here; it is perhaps only my private eccentricity to believe that such researches are perilous if not guided by sound theology."[2]

As early as 1919, in what is assuredly his most widely read critical essay, Eliot makes a tripartite distinction that is in many ways as important as Coleridge's: "There are many people who appreciate the expression of sincere emotion in verse, and there is a smaller number of people who can appreciate technical excellence. But very few know when there is an expression of *significant* emotion, emotion which has its life in the poem and not in the history of the poet."[3] When Eliot goes on to state explicitly that "The emotion of art is impersonal" and that "the poet cannot reach this impersonality without surrendering himself wholly to the work to be done,"[4] people who are members-in-good-standing of the "Me-Generation" imagine that Eliot is predicating the "complete formal and semantic autonomy of the poem."[5] It is only natural that people who regard themselves as "the measure of all things" should react violently to a theory that appears to exalt the poem at the expense of its author or of its experiencer (more particularly of its experiencer), for such egocentric people tend to believe that the prosperity of a poem lies in the originality, inventiveness, and creativity of the mind of its most imaginatively uninhibited readers.

Indeed, Geoffrey Hartman, a nonpareil among imaginatively uninhibited readers, has the temerity to inform the world that he and his associates have had a responsibility thrust upon them, that they meet this responsibility by breathing the quality of "authoritativeness" into works that just happen to have what is required to sustain them, and, alas and alack, that they sometimes find this very special responsibility to be burdensome. And, in a tone which suggests that he is serious about what he is saying, Professor Hartman goes on to spell out how the critical alchemy operates which enables him to transform "non-authoritative" into "authoritative" works. The method is really quite simple once he takes the trouble to explain it: the critic is able to render a work that has sustained him "authoritative" by sustaining it; a work is sustained

1. T.S. Eliot, *The Use of Poetry and the Use of Criticism* (London: Faber and Faber Limited, 1933), pp. 149-150.

2. *Ibid.*, p. 150.

3. T.S. Eliot, "Tradition and the Individual Talent," in *Selected Essays* (London: Faber and Faber Limited, 1932), p. 22.

4. *Ibid.*, p. 22.

5. Philip Hearth, "The New Criticism and Eighteenth-Century Poetry," *Critical Inquiry*, 7 (1981), 529.

by a critic of his stature writing about it; and, believe it or not, the "critical" work which he produces is itself rendered "authoritative" when some critic—presumably some critic like himself—is sustained by it and is moved to sustain it. Here is how Hartman himself puts it—and his words must not be dismissed as gobbledegook: "Reading at its closest leads to the counter-fabrication of writing . . . . We cannot gain real insight into an artist or ourselves by pure contemplation, only by the complication that making *(poiesis)* enables."[6]

Although the silent majority of North American college and university teachers of English and literary criticism are appalled by the shameless arrogance, intellectual vacuity, and professional incest which appear to characterize "critical approaches" such as Hartman's, most labor day in and day out, almost surreptitiously, to elucidate works of art and to correct taste, without feeling the need to explicitly proclaim their conviction that these objectives are the ends in view which criticism must always profess.[7] Of course, it is not difficult to understand the motives which prevent so many of Hartman's opponents from speaking out against what Peter Shaw, with more than a little justification, has so aptly denominated "degenerate criticism";[8] in truth, the stranglehold which a relatively small number of very self-satisfied critics have obtained within universities, professional organizations, and editorial boards explains the intimidation that a shockingly large number of far less pretentious professors of literature are currently experiencing. Perhaps this is the reason so many of them are still waiting for Godot.

Briefly stated, what is happening is that Pater's celebrated "hard, gemlike flame," which had very nearly been extinguished by the New Critics, is being fanned by the spirit of a generation that instinctively loathes what Wimsatt and Beardsley[9] have to say about critics who are more interested in the effects works of art produce upon *them* than they are in the works per se; in other words, what is still being regarded as the "affective fallacy" by critics who expect to find *significant* emotion in works of art is concurrently the *modus operandi* being practiced by critics who expect to find emotions that are personal, interesting, and remarkable in the works they are prompted to make by the responses reading produces in their conscious or unconscious selves. Although the difference between the neo-classicism of Eliot and the neo-romanticism of Hartman is radical, there is an analogy between their respective positions that is discernible to New Critics who are not too bitter to see it: both Eliot and Hartman are ignorant of the principal implications of the distinction which exists between "free" and "subservient" art.

---

6. Geoffrey Hartman, *Criticism in the Wilderness: The Study of Literature Today* (New Haven: Yale Univ. Press, 1980), p. 53.
7. Eliot, *Selected Essays*, p. 24.
8. Peter Shaw, "Degenerate Criticism," *Harper's*, Oct. 1979, pp. 93-99.
9. See W. K. Wimsatt, Jr., and Monroe C. Beardsley, "The Affective Fallacy," in *The Verbal Icon* (n.p.: Univ. of Kentucky Press, 1954), pp. 20-39.

2.   ENTER JACQUES MARITAIN

Jacques Maritain reminds us that "The Schoolmen composed no special treatise with the title 'Philosophy of Art,'" that "There is nevertheless a far-reaching theory of Art to be found in their writings,"[10] and that "the Ancients dealt with the virtue of Art considered in itself and all its relations, not in any particular one of its kinds."[11] Although these statements reflect his perspicacity as a scholar, they also reflect Maritain's humility as a man.

I make this point because such statements do not always properly prepare Maritain's readers to look for the far-reaching theory of fine art that is to be found in his writings: a theory of fine art which, among other things, explains the genesis of a poem, corrects misconceptions concerning the *final* cause of literature, and vindicates the essential activity performed by imaginative writers in a manner and to a degree that are not encountered in the writings of the great critics who were his masters. Indeed, I am convinced that some of the principal implications of the distinction which Maritain makes between "free" and "subservient" art provide definitive answers to questions which speculative literary critics have inconclusively debated for centuries and which currently fashionable critics are not debating at all.

Of course, I am not suggesting that members of the "hermeneutical Mafia," who coevally dominate the discipline to which I belong, are on the verge of acknowledging the validity of the distinction which Maritain makes between "free" and "subservient" art; on the contrary, I am convinced that Geoffrey Hartman and his "de-constructive" cohorts will go on obviating the difference between the text of a poem and the commentaries that are supposedly calculated to "elucidate" it, at least until a significant number of literary critics and teachers of literature are somehow persuaded that the metaphysical speculations of Jacques Maritain are a natural sequel to the perceptive observations of T. S. Eliot. When enough of these people become as convinced as I am that Maritain is the "ontological critic" for whom John Crowe Ransom was searching, the species of criticism that is so terribly fashionable just now will appear—I have no doubt—to have been nothing more nor less than an excessively romantic interlude—one more watershed in the history of literary criticism.

3.   THE DIALOGUE

Jacques Maritain tells us that the essential difference between the useful arts and fine art, between the commentaries that elucidate a poem and the text of that poem for example, is the difference that exists between the "primary rule" which governs the activity performed by each kind of artist.

---

10.   Jacques Maritain, *Art and Scholasticism*, trans. J. F. Scanlan (New York: Charles Scribner's Sons, n.d.), p. 1.
11.   *Ibid.*, p. 15.

In the following sentences, he recapitulates much of what he has to say about this important distinction:

> In speaking of the useful arts, we have observed that however important and necessary the secondary, more and more refined rules discovered by the craftsman may be, his primary obligation is to the primary rule, which is, in his case, the satisfying of a certain need, toward which, from the very start, his will basically tends . . . .
>
> Now what is this primary rule in the case of the fine arts? I have said that in this case the appetite, together with the intellect, basically tends to the release of the pure creativity of the spirit, in its longing for beauty. Consequently, the primary rule is the vital actuation or determination through which this free creativity of the spirit expresses itself first and foremost—and to which therefore, the mind and the hand of the artist must first of all be loyal. [12]

The Three Voices of Poetry is an essay that obviously satisfies the exigencies of Maritain's definition of the useful arts; in it, T.S. Eliot is struggling—and I think *struggling* is the correct word—to explain the relationship which exists between a poem and its origins. The words he uses and the order he imposes upon them are consequently determined by his need to have other people understand his views on the subject he is treating. The fact that this essay was written by a man who possesses an imagination that is in no essential way inferior to Coleridge's, or that it was written in good prose by a master craftsman, does not—or, at least, should not—temp anyone to regard it as fine art.

The Three Voices of Poetry contains statements concerning the origin of a poem which help to elucidate Maritain's conception of fine art. In this essay, Eliot points out quite astutely, for instance, that the poet "does not know what he has to say until he has said it; and [that] in the effort to say it he is not concerned with making other people understand anything." [13] He goes on to describe how a poet responds to the influence of the "primary rule" of the species of art he practices:

> He [the poet] is not concerned, at this stage, with other people at all: only with finding the right words or, anyhow, the least wrong words. He is not concerned whether anybody else will ever listen to them or not, or whether anybody else will ever understand them if he does. He is oppressed by a burden which he must bring to birth in order to obtain relief. Or, to change the figure of speech, he is haunted by a demon, a demon against which he feels powerless, because in its first manifestation it has no face, no name, nothing; and the words, the poem he makes, are a kind of form of exorcism of this demon. In other words again, he is going to all that trouble, not in order to communicate with anyone, but to gain relief from acute discomfort; and when the words are finally arranged in the right way—or in what he comes to accept as the best arrangement he can find—he may experience a moment of exhaustion, of appeasement, of absolution, and of something very near annihilation, which is in itself indescribable. [14]

---

12.   Jacques Maritain, *Creative Intuition in Art and Poetry* (New York: Pantheon Books Inc., 1953), p. 59.

13.   T.S. Eliot, *The Three Voices of Poetry* (New York: Cambridge University Press, 1954), p. 29.

14.   *Ibid.*, pp. 29-30.

Indeed, in his way, Eliot is attempting to define the "primary rule" with which the fine artist starts:

[it] is nothing so definite as an emotion, in any ordinary sense; it is still more certainly not an idea; it is—to adapt two lines of Beddoes to a different meaning—a bodiless childful of life in the gloom Crying with frog voice, "what shall I be?"[15]

A "bodiless childful of life in the gloom/Crying with frog voice, 'what shall I be?'" This is perhaps the closest Eliot—or, for that matter, any English, speculative literary critic—is able to come to two concepts which are clearly implied by Maritain's distinction between the useful arts and fine art. Of course, the "gloom" and the "bodiless childful of life" correspond respectively with the "spiritual unconscious of the soul" and the "creative intuition." The "spiritual unconscious of the soul"—what Maritain sometimes terms "the preconscious"—is the source of an activity that "is *principally* unconscious, but the point of which emerges into consciousness."[16] It is "the single root of the soul's powers";[17] and, in Maritain's view, "everything depends, in the issue we are discussing, on the recognition of the existence of a spiritual unconscious,"[18] an existence which he insists is implied by the doctrines of the Schoolmen.[19] "Creative intuition," the "bodiless childful of life," is "an obscure grasping of his own Self and of things in a knowledge through union or through connaturality which is born in the spiritual unconscious, and which fructifies only in the work."[20] Indeed, Maritain explicitly stresses the fact that "creative intuition" *is* "the primary rule to which, in the case of the fine arts, the whole fidelity, obedience, and heedfulness of the artist must be committed."[21]

What has been said thus far by Maritain and by Eliot implies that there are two *selves*, two personalities, in every human being. "This distinction," according to Maritain, "has something to do with the metaphysical distinction between the human person *as person* and the human person *as individual*."[22] The fine artist makes in order to express the personality he possesses *as person*; the useful artist makes in order to satisfy a need that is generated by the personality he possesses as material individual or as self-centered ego. The fine artist therefore has only one essential motive for making and that is to express a personality that is common to all human beings, that was itself made in the Image and Likeness of God by a Perfect Maker, and that is perhaps unknowable in any other way. The useful artist, on the contrary, can have a thousand different motives for making. The "Impersonal theory of

---

15. *Ibid.*, p. 28.
16. Maritain, *Creative Intuition*, p. 91.
17. *Ibid.*, p. 111.
18. *Ibid.*, p. 91.
19. *Ibid.*, p. 96.
20. *Ibid.*, p. 115.
21. *Ibid.*, p. 60.
22. *Ibid.*, p. 141.

poetry'' which Eliot is attempting to articulate reflects how closely his thinking parallels Maritain's:

> The point of view which I am struggling to attack is perhaps related to the metaphysical theory of the substantial unity of the soul: for my meaning is, that the poet has, not a "personality" to express, but a particular medium, which is only a medium and not a personality, in which impressions and experiences combine in peculiar and unexpected ways.[23]

Of course, Eliot's attempt to define "the process of depersonalization" also reflects how much philosophical sophistication separates his system of poetics and aesthetics from Maritain's.

Certainly, the superior metaphysical perspicacity of Maritain continues to be manifested as he goes on to explain that

> There are two kinds of unconscious, two great domains of psychological activity screened from the grasp of consciousness: the preconscious of the spirit in its living springs, and the unconscious of blood and flesh, instincts, tendencies, complexes, repressed images and desires, traumatic memories as constituting a closed or autonomous dynamic whole.[24]

These two kinds of unconscious activity, the *spiritual* or *musical* unconscious and the *automatic*, *deaf*, or *Freudian* unconscious, according to Maritain, "are in intimate connection and ceaseless communication with one another."[25] Indeed, when the fine artist functions as fine artist, both the *spiritual* unconscious and the *automatic* unconscious operate; as a matter of fact, in Maritain's opinion, the *spiritual* unconscious never operates without the other—"except [perhaps] in some rare instances of supreme spiritual purification."[26]

During the twenties, thirties, and forties, the movement in speculative literary criticism was unmistakably in the direction of the unconscious. Eliot, for example, insightfully points out that "the bad poet is usually unconscious where he ought to be conscious, and conscious where he ought to be unconscious."[27] Although Eliot, as we have already noted, *unequivocally* tells us that *significant* emotion is "emotion which has its life in the poem and not in the history of the poet"[28] and that the progress of a fine artist is "a continual self-sacrifice, a continual extinction of personality,"[29] his determination to halt his investigation at the frontier of metaphysics or mysticism[30] prevented him from distinguishing the *spiritual* unconscious from the *automatic* unconscious; consequently, it was left for Maritain, the metaphysician, to explain that

---

23. Eliot, *Selected Essays*, pp. 19-20.
24. Maritain, *Creative Intuition*, pp. 91-92.
25. *Ibid.*, p. 92.
26. *Ibid.*, p. 92. The "rare instances of supreme spiritual purification" to which Maritain is referring are undoubtedly mystical experiences.
27. Eliot, *Selected Essays*, p. 21.
28. *Ibid.*, p. 22.
29. *Ibid.*, p. 17.
30. *Ibid.*, p. 21.

the content of poetic intuition is both the reality of the things of the world and the subjectivity of the poet, both obscurely conveyed through an intentional or spiritualized emotion. The soul is known in the experience of the world and the world is known in the experience of the soul, through a knowledge which does not know itself. For such knowledge knows, not in order to know, but in order to produce. It is toward creation that it tends.[31]

And, if the activity is successful, the fine artifact that is produced is a new *thing* of beauty which ontologically expresses the "poetic intuition" that originally manifested its tendency towards actuation by providing its host with a conscious and compelling—but not absolutely irresistible—need to make. When a man who possesses manual dexterity (craft), which, according to Maritain, "is no part of art, but merely a material and extrinsic condition,"[32] willingly tolerates and consciously collaborates with the *practical intellect*, "it necessarily follows that Art as such . . . never makes a mistake and involves an *infallible correctness*."[33] "Art is [therefore] before all intellectual and its activity consists in impressing an idea [in fine art, an 'artistic ideal'[34]] upon a matter."[35] An "artistic ideal," it is important to remember, is a mental representation which a fine artist makes for himself out of elements (altered or not) that his imagination supplies to his consciousness and arranges in a manner that enables him to obtain an indirect grasp of his own person *as person* (and not *as individual*) and of things in a knowledge through union or through connaturality which was born in the spiritual unconscious, but

---

31. Maritain, *Creative Intuition*, p. 124.
32. Maritain, *Art*, p. 11.
33. *Ibid.*, p. 10.
34. "We mean by 'ideal' a mental representation which the man makes for himself of a work to be executed, of an end to be attained, before the actual execution of the work or the setting out to accomplish the end" (Maurice De Wulf, *Art and Beauty*, trans. Sister Mary Gonzaga Udell [London: B. Herder Book Co., 1950], p. 20). De Wulf also tells us that "The ideal is the exemplary cause which directs the action of the efficient cause endowed with intelligence" (p. 21, n. 3). Although these comments are important (and up to a point quite true), I believe that they convey an impression of what happens during the creative process that is false; at least, in my opinion, they fail to make an important point clear; at the very least, they leave an essential aspect of the peculiar relationship that exists between the "artistic ideal" and the artifact unarticulated: What actually happens is that the imagination, working under the direction of the practical intellect causes an image—which is not an "artistic ideal," but only one element of an "artistic ideal"—to come into the consciousness of the poet. By virtue of the craft which the poet possesses, he expresses that image, that element of the "artistic ideal," in words. When craft accomplishes its task, another image comes to consciousness and craft expresses that element of the "artistic ideal" in words. The process continues until all the elements which comprise the "artistic ideal" have come to consciousness one by one and have been expressed in words one by one. Of course, arrangement and rearrangement of these elements is often required. This explains the deletions and revisions that commonly appear in manuscripts. An understanding of the interplay that takes place between the "artistic ideal" and the artifact explains how it is possible to say that an "artistic ideal" is the *exemplary* cause of a poem and still maintain with Eliot that a poet "does not know what he has to say until he has said it." Indeed, it helps to bear in mind that the whole is greater than the sum of its parts.
35. Maritain, *Art*, p. 8.

which fructifies in a construct that is the *exemplary* cause of the fine artifact—and not in the fine artifact itself, which Maritain *sometimes* perspicaciously regarded as nothing more and nothing less than "divine doodlings." As we ponder Maritain's justification for regarding pieces of literature as "divine doodlings," an extraordinarily shrewd conclusion formulated by I. A. Richards—"It is never what a poem *says* which matters, but what it *is*"[36]—comes to mind.

What Eliot, the *poet*-critic, has to say about "objective correlatives," in his discussion of Shakespeare's *Hamlet*—at least, when it is read in the light of what Maritain, the metaphysician, has to say concerning the *non-conceptualizable* nature of "poetic intuitions"—helps us to understand the relationship which exists between "poetic intuitions" and "artistic ideals":

> The only way of expressing emotion [*significant* emotion, "emotion which has its life in the poem and not in the history of the poet"] in the form of art is by finding an 'objective correlative'; in other words, a set of objects, a situation, a chain of events which shall be the formula of that *particular* emotion; such that when the external facts, which must terminate in sensory experience, are given, the emotion is immediately evoked.[37]

In a fine piece of critical writing, John Dover Wilson explains what happens in *Hamlet*. The chain of events which Eliot invites us to regard as a formula for what Maritain denominates a "poetic intuition," is, as a result of Wilson's work, significantly elucidated;[38] consequently, more people are able to experience the formula for the "poetic intuition" Shakespeare had to express; and, because more people are able to experience this formula, more people are

---

36.   I. A. Richards, *Science and Poetry* (New York: Norton, 1926), pp. 34-35. The distinction between an *idea* and an "artistic ideal" is important. In truth, the anecdote Maritain tells about "poor Eckermann" asking "his wonderful Goethe what was the *idea* he had endeavored to embody in *Faust*" and his seeming commendation of Goethe's response, "As if I knew, . . . as if I myself could tell! *From Heaven, through Earth, down to Hell*, there's an explanation, if you want one: but that is not the idea, that's the development of the action" (*Creative Intuition*, pp. 136-137), causes one to concede that Maritain the metaphysician may have insufficiently stressed what Richards the scientist certainly overemphasized when, for didactic reasons, he exaggeratedly proclaimed that "It is never what a poem *says* which matters, but what it *is*." In spite of his desire to underscore the truth that what a poem *says* matters less than what a poem *is*, I. A. Richards knew very well that what a poem *says* matters and that it is by means of what a poem *says* that those people who are capable of experiencing poetry *as poetry* come to know what a poem *is*. (Maritain, I believe, implies pretty much the same thing when, for example, he diagrammatically expresses the difference between the "Logical organization required to signify definite things" and the "Irrational organization depending only on trans-reality to be signified" [*Ibid.*, pp. 319-320].) Consequently, it is clear that even the most articulate experiencer of *Faust* cannot express the "idea"—although he may be able to elucidate the "artistic ideal"—which Goethe endeavored to embody in his masterpiece because the essential function of the fine artist is to express something that is in itself *non-conceptualizable*.
37.   Eliot, *Selected Essays*, p. 145.
38.   The reader may wish to look at Professor Wilson's *What Happens in Hamlet* (Cambridge: Cambridge Univ. Press, 1964). Wilson's work certainly illustrates how a good critic goes about elucidating a work of art.

able to achieve an obscure grasp of their own Selves *as persons*—not *as individuals*—and of things, in a knowledge through union or through connaturality, a knowledge which was born in Shakespeare's spiritual unconscious and which *(for his readers)* fructified in the *formal* cause of *Hamlet*, a *formal* cause which they are able to see in the proportioned parts of the matter (words) out of which *Hamlet* is made.

Since beauty is the *"splendour of form shining on the proportioned parts of matter,"*[39] aesthetic pleasure is experienced by those readers of *Hamlet* who grasp the formula which expresses the "poetic intuition" that was the "primary rule" in accordance with which the mind (art) and the hand (craft) of Shakespeare operated. Of course, when "creative intuitions" are actuated, fine artifacts—in the vast majority of cases—are produced; and, even though fine artists do not directly aim at the production of beautiful objects, if they do their work well, if they manage to shape some matter so that they can see form (an "artistic ideal" externalized) shining on its proportioned parts, they experience aesthetic pleasure and consequently know that they have made a new thing of beauty. What Eliot and I are trying to say, Maritain expresses with a precision and a succinctness that is inimitable: "For poetry there is no goal, no specifying end. But there is an *end beyond*. Beauty is the necessary *correlative* and *end beyond any end* of poetry."[40]

4. THE COMMENTARY

I have stated the conviction that there is a far-reaching theory of fine art to be found in Maritain's writings which "explains the genesis of a poem, corrects misconceptions concerning the *final* cause of literature, and vindicates the essential activity performed by imaginative writers." I proclaimed this conviction not only because it is a conviction but also because I wanted to say something that would catch and sustain your attention. Of course, I realized that, within the bounds of this paper, it would be impossible to supply verbal answers to three questions—How do poems come about? What is the *final* cause of poetry? and What is the ultimate value of poetry?—that have perplexed speculative literary critics for centuries. However, I had a plan. I thought that you might be persuaded not to charge me with "false advertising," if I managed to gratify the expectations I had created—at least, to a degree— by making use of a device. Naturally, I intended to remind you that Maritain himself often made use of the tool that I am about to employ. Consequently, it is with a considerable measure of malice aforethought that I now invite you to examine a diagram.

My diagram refers to the genesis of a poem and, in less detail, to the process by which poems are experienced.

---

39. Maritain, *Art*, p. 20.
40. Maritain, *Creative Intuition*, p. 170.

MARITAIN'S THEORY OF "FINE" ART: IMPLICATIONS

MIND OF THE FINE ARTIST

Conscious

Automatic Unconscious

Spiritual Unconscious

Images
Complexes
Tendencies
Desires
Memories
Instincts
Memory

CLASH
Phantasm
Reaction
Perceived
Experienced

Central Sense

Poetic Intuition

))))) Activity of the
Practical Intellect /))) A R T
/ IMAGINATION

ARTISTIC IDEAL

Particular
General
Experience

Internal Senses

External Senses

THE WORLD OF REALITY

ℓ Some thing or things

A FINE ARTIFACT

* C R A F T *
(Manual Dexterity)
Aesthetic Pleasure [Creative]

MADE OF WORDS
(A new thing of BEAUTY)

THE ARTIOLOGICAL ORDER

MIND OF THE EXPERIENCER

Conscious

Automatic Unconscious

Spiritual Unconscious

Memories
Instincts
Images
Desires
Complexes
Tendencies
Memory
Imagination

Particular
General
Experience

Internal Senses

Central Sense

POETIC KNOWLEDGE

THE READING PROCESS

Aesthetic Pleasure [Experiencial]

External Senses

It also refers to the theory of fine art that may be inferred from Maritain's books, particularly *Creative Intuition in Art and Poetry* and *The Situation of Poetry*. It represents an explanation of how "poetic intuitions" are engendered in the "spiritual unconscious of the soul"; it shows the genesis of the "artistic ideal," and it exhibits the relationships which exist between the "poetic intuition" and the "artistic ideal, between the "artistic ideal" and the fine artifact, and between the fine artifact and the poetic knowledge which is obtained by people who experience fine artifacts as fine artifacts. Less obviously, it suggests—or, at least, it was intended to suggest—that the special kind of knowledge which is acquired by people who experience fine artifacts is the same as that acquired by people who make fine artifacts and that the aesthetic pleasure which each of these kinds of people experiences is caused by their successful perception of the splendor of a form (an "artistic ideal") shining on the proportioned parts of a matter (words).

(Incidentally, it will be noticed by scholars who are familiar with Maritain's diagrams depicting the difference which he believes to exist between "classical poetry" and "modern poetry," that my diagram does not show the passage of "creative intuition" through "concepts existing under the regime of the logos."[41] This omission is neither an oversight nor an attempt to insinuate that "modern poetry," which "is not bound to pass through reason-dominated concepts"[42] in its search for expression, is somehow more properly poetry than "classical poetry"; on the contrary, my omission is due either to a misunderstanding of Maritain's meaning of "reason-dominated concepts" or to my disagreement about the degree of conscious activity he seems to believe can be involved in the making of an "artistic ideal." Actually, my omission is probably motivated by the emphasis I believe should be placed on the "unconscious of blood and flesh" as the more or less exclusive source of "objective correlatives" that have artistic integrity. Of course, I realize that such emphasis *may* serve the exigencies of pedagogy more efficaciously than it serves the requirements of philosophical perspicacity. However, the fate that has overtaken the reputation of more than one eighteenth-century English "poet" prompts me to direct your attention to a point which I believe is important.)

Before concluding, I must concede that my diagram is calculated to afford little approbation to critical theories which state or imply that *the* "primary rule" of poetry is to teach this or that lesson delightfully, to hold a mirror up to reality, to present a criticism of life, to verbalize "What oft' was thought, but ne'er so well express'd," or to perform any of the serviceable chores which this or that poem, poet, or school of poetry has obviously performed. On the contrary, my diagram is intended to exhibit the truth of three conclusions concerning the *final* cause of literature: first, that all such

41. *Ibid.*, p. 319.
42. *Ibid.*, p. 320.

objectives as those just catalogued are accidental—not essential—ends of
literature; second, that the achievement of accidental objectives is inevitable
because words (the *material* cause of literature) must, by their very nature,
always *say* something; and third, that what the words, out of which a piece
of literature is made, *say*, is both a *sign* that necessarily represents reality
and a *formula* through which *significant* emotion (Eliot's term) or "poetic
intuition" (Maritain's term) is expressed. The *final* cause of literature implied
by my diagram is, therefore, *the need to make an "artistic ideal" that is
experienced by people who have had a "poetic intuition" engendered in the
"spiritual unconscious" of their beings*. From my point of view as a speculative
literary critic, this implication of the distinction which Maritain makes between
"free" and "subservient" art is both important and exciting; however, from
my point of view as a man, what is even more important and more exciting
is the vindication of imaginative writing in particular and of fine art in general
which necessarily follows from the realization that such human activities are
the only ones—aside from mystical experience—that enable a rational animal
to acquire knowledge of his personality *as person*, of his non-idiosyncratic
and non-individuated Self, and of that precious "part" of himself that was
made in the Image and Likeness of God by a Perfect Maker.

5.   THE EPILOGUE

Understandably, the implications of the distinction which Jacques Maritain
makes between the useful arts and fine art has very little appeal for the
Hartmans and Blooms who obviously lack the humility to confine their activities
to those which properly belong to the critic and who lack the talent to perform
those activities which properly belong to the imaginative writer; consequently,
the Millers and Derridas of the academic world have expended a very large
quantity of printer's ink in a more or less conscious effort to obliterate the
boundary that separates the realm of criticism from the realm of literature.
Indeed, it seems to me that the disciples of de Man—actually it matters very
little which of the five "godfathers" of "degenerate criticism" they serve—
are going about, with the enthusiasm of religious fanatics, shamelessly muddying
the waters of aesthetics and poetics and that it is therefore time for the
proponents of New Criticism, many of whom are only as defunct as the
"blueeyed boy" of whom E.E. Cummings writes, to stop sitting about de-
populated seminar rooms, twiddling their intellectual thumbs, and waiting for
Godot to arrive. I think he has already arrived, was not generally recognized
as the "ontological critic" John Crowe Ransom was seeking, and quietly
departed. If every cloud must have a silver lining, I believe posterity will
come to regard Maritain's theory of fine art as the silver which lines the cloud
of confusion currently engulfing literary criticism.

The Aesthetics of Jacques Maritain: A Retrospective and Prospective Assessment

MARY CARMEN ROSE
Goucher College, Baltimore

Cet étude traite des théories esthétiques exposées par Jacques Maritain dans son ouvrage L'Intuition créatrice en art et en poésie. *Cette restriction est légitime puisque cet ouvrage s'est imposé comme l'expression par excellence de l'esthétique de Maritain au cours des trois dernières décennies et aussi parce qu'il constitue un ensemble achevé de considérations philosophiques sur l'art et la beauté. En examinant l'ouvrage de manière rétrospective, l'auteur fera remarquer que Maritain était en avance sur son temps en faisant de certains textes relatifs à l'esthétique chinoise et à l'esthétique indienne l'objet de ses réflexions. De plus, son ouvrage combine des éléments de l'esthétique vue d'en haut et de l'esthétique vue d'en bas, dépassant ces deux méthodes d'investigation dans le domaine de l'esthétique de manière à retenir les points forts de chacune et d'en écarter les faiblesses.*

*L'auteur constate également d'une manière rétrospective que durant une certaine période de temps (du début des années 1950 jusqu'à aujourd'hui), alors que l'esthétique américaine et européenne s'était à peu près vidée par suite de l'intérêt exclusif qu'elle attachait d'abord à l'analyse philosophique en esthétique et ensuite à l'investigation phénoménologique de cette dernière, l'*Intuition créatrice *a gardé vivantes, pour le bénéfice de ceux qui étaient désireux d'y répondre, plusieurs questions esthétiques traditionnelles d'importance primordiale. Si on le considère de manière* prospective, *l'*Intuition créatrice *a évidemment besoin d'éclaircissements et de développements. Ainsi, on ne voit pas clairement comment une esthétique fondée sur des conceptions néothomistes de la réalité et de la vérité se rattache à l'*Intuition créatrice. *Le dépassement de l'esthétique vue d'en haut et de l'esthétique vue d'en bas promis par Maritain demeure obscur et incomplet.*

*Doit-on rejeter l'appréciation indienne et l'appréciation chinoise de la beauté naturelle, parce qu'elles ne sont pas le produit de l'intuition créatrice associée à une spiritualité chrétienne thomiste? Pour ne considérer qu'un exemple de question traditionnelle d'esthétique que Maritain rappelle, il faut se demander ce que Maritain entend bien dire au sujet des relations entre la vérité, la bonté et la beauté? Enfin, l'élimination des obscurités et des carences de l'*Intuition créatrice *serait bénéfique pour l'esthétique, mais aussi pour beaucoup d'autres aspects de l'investigation philosophique. Ce travail pose un important défi à la créativité philosophique actuelle.*

THESIS

The following is a retrospective and prospective examination of Maritain's *Creative Intuition in Art and Poetry* (hereafter CI). Retrospectively I attempt to demonstrate and assess its import for Western aesthetics of the past three decades. Prospectively I attempt to indicate its possible usefulness in present and future work in aesthetics. Also, I will touch briefly upon the implications of this usefulness for the philosophical enterprise in general. There is justification for basing this inquiry into Maritain's aesthetics on only this work. CI has been continuously in print, and some teachers and students of the visual arts, literature, and aesthetics, as well as of other aspects of philosophy, have drawn attention to it as either supporting their own views or as exemplifying positions they wish to reject. If one wishes to become acquainted with Maritain's aesthetics one must become acquainted with CI; on the other hand, one would very likely get a somewhat different view of Maritain's aesthetics if one read all that he had written on this subject. This last is particularly important because he frequently leaves an aspect of his thought ambiguous in one context and develops it more thoroughly in another. His treatment of the Freudian unconscious in CI, to which I shall refer below, is a clear example of this. These observations, however, do not vitiate my project in this essay. CI by itself presents a position which admirably serves the purpose of the study I wish to do here.

Concerning the retrospective import of CI my thesis is that, despite its having been widely read, it has not had the import for Western twentieth-century aesthetics that it merits. I illustrate this with (1) Maritain's encompassing some Eastern aesthetics in his reflections; (2) his implicit combining the aesthetics-from-above and the aesthetics-from-below approach to aesthetic inquiry; and (3) his making central in his aesthetic theory certain traditional questions of aesthetics which, for a variety of reasons, have been ignored or rejected by twentieth-century aestheticians. I illustrate the prospective import of CI by suggesting the value of developing and moving beyond these three aspects of CI.

CI CONSIDERED RETROSPECTIVELY

1. Maritain's attention to Chinese and Indian aesthetics in Chapter I of CI places his work in the vanguard of mid- and late twentieth-century aesthetics in respect to the interest in Eastern thought. In the early 1950s when Maritain wrote the lectures which comprise CI, the interest in a world philosophical community had only begun to develop in philosophical circles. Yet, Maritain presents his Christian Aristotelian, and hence distinctly Western, aesthetics along with a comparing and contrasting of neo-Thomist aesthetics with selected aspects of Eastern aesthetics.[1] Moreover, it is now possible to appreciate the wisdom of the way Maritain carried out this pioneering effort. For at the present time, of course, there are many instances of the incorporation of some aspects of Eastern views of art, the artist, and beauty into Western aesthetic inquiry. Many, if not most, of these, however, view Western aesthetics from a perspective which derives from the assumed superiority of Eastern aesthetics and the willingness to reinterpret Western aesthetics in terms of whatever aspects of Eastern aesthetics the thinker finds fruitful in his artistic

---

1. Jacques Maritain, *Creative Intuition in Art and Poetry* (New York, N.Y.: New American Library, 1955; original copyright date: 1953), Chapter I: 5-8.

creativity or his interpretation of that of others.[2] Among these mid- and late twentieth-century aestheticians, however, Maritain is unique because of his maintaining the distinctive value of both Eastern and Western aesthetics and his clear recognition that Western aesthetics is irreducibly distinct in content from that of the East.

2.   In 1876 Gustav Theodor Fechner introduced into Western aesthetics the notions of ''aesthetics-from-above'' and ''aesthetics-from-below,'' which he intended to be interpreted as follows. In aesthetics-from-above, aesthetic inquiry moves ''downward'' from the fundamental principles of a particular metaphysical position or the conclusions generated by them to additional conclusions pertaining to aesthetic values, experiences, criteria for assessing artistic creativity, etc. In aesthetics-from-below, aesthetic inquiry starts from observations and interpretations of the aesthetic experiences and preferences of individuals and ''rises cautiously and gradually to generalizations'' concerning these topics.[3] A corollary is that aesthetics-from-below need not aim at a view encompassing reality, man, and the nature of beauty. Clearly both views of aesthetic inquiry have weaknesses as well as strengths. Thus, aesthetics-from-above limits its questions and concepts concerning aesthetics, and hence its conclusions, to those which arise within the framework of a specific metaphysical position and mode of pursuing metaphysical inquiry. Such aesthetic inquiry is not open to sympathetic study and appropriation of aesthetic particulars which owe their existence to the fact that some persons have accepted alternative metaphysical positions, views of man, and epistemologies. On the other hand, the inquiry into aesthetics worked out within the aesthetics-from-above approach supports and illumines its conclusions concerning ideal aesthetic preferences and practices as only a metaphysically based aesthetics can. Because aesthetics-from-below eschews all metaphysically based perspectives and experiences concerning aesthetic particulars, it is ideally open to all the facts of aesthetic experiences. Yet a weakness of this approach is that it may miss altogether the important roles that metaphysical commitment plays in formation of the individual's aesthetic tastes, interpretations of aesthetic creativity, and convictions concerning the importance of aesthetic experience and of the roles of the artist and artistic creativity.

CI is an instance of aesthetics-from-above, Maritain having worked out his aesthetics consistently with his commitment to neo-Thomism. CI also, however, includes many elements which exemplify aesthetics-from-below— eg., Maritain's willingness to encompass Chinese and Indian aesthetics in his reflection even though these are not informed by neo-Thomist metaphysics. By virtue of this feature of CI Maritain has taken some steps beyond the limitations of both aesthetics-from-above and aesthetics-from-below toward

2.   Examples are Jose Arguelles, *The Transformative Vision* (Berkeley, CA.: Shambhala, 1975) and Frederick Franck, *The Zen of Seeing* (New York, N.Y.: Vintage Books, 1973).

3.   Katharine Everett Gilbert and Helmut Kuhn, *A History of Esthetics* (Bloomington, Ind.: Indiana University Press, 1954), Chapter VXIII.

a third position which, appropriately developed, could maintain the strength of both positions and, perhaps, overcome the weaknesses of both. For Maritain works out an aesthetics in terms of his metaphysical preferences and religious faith but illustrates and verifies his aesthetic conclusions through his emphasis on selected facts of aesthetic experience and artistic creativity. As I will indicate below, however, the step of combining the strengths of the two approaches to aesthetic inquiry is incomplete in CI because Maritain does not systematically inquire whether his aesthetics, his neo-Thomistic metaphysics, and his version of the Christian interpretation of the history of aesthetics and artistic creativity are revealed as in requiring any modification when viewed in the light of such aesthetic facts as he considers.

     3.   Not the least value of CI lies in the fact that in it Maritain gives considerable attention to traditional aesthetic questions—e.g., What is beauty? What is artistic creativity? What is the relation between beauty and reality? What is the role in aesthetic theory of the beauty of nature and how is the latter related to the beauty of artistic creativity? For many years, under the dominance of analytic philosophy, these questions were totally ignored by aestheticians. They were not accepted as the legitimate concerns of philosophical analysis, but neither were they clearly assigned to any extraphilosophical area of inquiry.[4] The unfortunate ignoring of the foregoing questions has not been sufficiently improved with the introduction of phenomenological inquiry into aesthetics. To be sure, this inquiry has drawn attention once more to aesthetic experience, thus supplementing the analytic exclusive concern with language. Nonetheless, phenomenological observations and interpretations of aesthetic experience are, in general, interpreted in terms of the phenomenologist's personal metaphysical, ontological, epistemological, and axiological predilections.[5] There is, furthermore, little in phenomenological work as it is at present practised to ensure that this work will aim at discerning the de facto content of what is observed.

CI CONSIDERED PROSPECTIVELY

     Because CI encompasses some aspects of Western aesthetics, some aspects of the strength of aesthetics-from-above and aesthetics-from-below, and traditionally central aesthetic issues, this volume merits careful study on the part not only of present-day aestheticians, but also of those who work in other aspects of philosophy. American, British, and continental aesthetics stand in need of precisely these features, and CI provides a promising basis and milieu for renewed investigation of them, while such investigation will

---

    4.   Mary Carmen Rose, "Linguistic Analysis and Aesthetic Inquiry: A Critique," *Southern Journal of Philosophy*, Spring, 1971.

    5.   For an illustration of the strengths and weaknesses of the present use of phenomenology in aesthetics see Mikel Dufrenne, *The Phenomenology of Aesthetic Experience*, trans. Ed. S. Casey and Albert A. Anderson (Evanston, Ill.: Northwestern Univ. Press, 1974).

benefit the philosophical enterprise in general. In order that Maritain's thought in these areas can be maximally effective, however, CI requires some correction and development.

First, I find some stylistic and epistemological problems with CI. I call attention to these less by way of criticism of Maritain's expression and thought than to emphasize their historical importance. By the early fifties (when CI was published) American and British philosophers, under the dominance of linguistic analysis, had achieved self-consciousness about clarity of expression and cogency of argument. These were the avowed aims of the language analysts, although it is now generally agreed that the clarity was achieved by the omission of much relevant material which the accepted instruments of analysis could not clarify, and the cogent arguments were derived from arbitrary, undefended premisses. Nonetheless, the interest in clarity and cogency, freed from at least some of the general inadequacies of the philosophical position from which that interest derived, has had a beneficial effect within American and British philosophical work. It is illuminating to contrast philosophical thought which has been directly influenced by the goals of analytic philosophy with mid-twentieth-century continental philosophy which has not been so influenced. CI is an instance of the latter. Before illustrating this point with examples drawn from CI, I hasten to add that many of the deficiencies of analytic philosophy have been corrected by the importing into American and British thought of German phenomenology and French existentialism. And although CI is rooted in neither of these traditions, yet like both phenomenology and existentialism it redirects philosophical attention to the de facto wealth of human experience and concerns, much of the philosophical import of which analytic philosophy ignored.

Although, as I have indicated, Maritain does twentieth-century aesthetics a great service in introducing the question of the effects of the artist's spirituality in his art, it never becomes clear in CI what these effects are or how such effects ideally will influence the critics' judgment of the value of the artist's work. Thus, Maritain quotes with explicit approval Oscar Wilde's "The fact of a man being a poisoner is nothing against his prose."[6] Yet, the remainder of CI does not lack assertions that the development of the poetic gift is correlated with the holistic spiritual development of the artist.[7] Again, Maritain emphasizes the distinction between the Freudian unconscious and what he calls the *preconscious*, which is the all-important instrument of the creative intuition of the artist.[8] Yet his treatment of the relations between them is ambiguous. On the other hand, the exact nature of the relation between them is of no little importance because he takes creative intuition to be unerring

---

6. *Op. cit.*, p. 36.
7. A prime example of this is Maritain's praise of "Dante's innocence," as in CI, Chapter IX: 264.
8. *Op. cit.*, Chapter III.

in its discernment.[9] Is it still unerring, however, if, as often appears to be the case in artistic creativity, it is influenced by the content of the Freudian unconscious? In his diagram of the structure of the human mind and in his initial verbalization of this structure, Maritain seems to be isolating them from each other.[10] Yet in another place he admits that there is interplay between them; and he introduces examples and studies of artistic creativity which imply such interplay.[11]

Finally, by the late forties, when probably Maritain was formulating his neo-Thomist aesthetics, the possibilities of man's perception of objective truth had been challenged by the neo-skepticism of Santayana, the analytic work of Wittgenstein, and the phenomenology of Heidegger. Hence, Maritain's declaration that the illuminative and speculative functions of the intellect are in touch with and discerning of objective truth already needed defense at the time of the writing of CI and is still in need of defense at the present time. Currently, however, the fact that Maritain's work ignores rather than answers the numerous incisive criticisms of the concepts and presuppositions of neo-Thomist epistemology vitiates the usefulness of CI in many philosophical circles. These remarks can serve as a partial basis for prospective assessment and development of CI.

1. Maritain's efforts to combine the strengths of aesthetics-from-above and aesthetics-from-below, novel as it was in his day and wise as, ideally, it will be seen in our day, must also, as I have suggested, be recognized as in need of further development. This development must build on assessment of the metaphysical, ontological, epistemological, and axiological dimensions of his twentieth-century Christian Aristotelianism. In this connection it is important to note not only the desirability but also the necessity of answering the diverse antimetaphysical and relativistic epistemological positions which have dominated philosophy since the third decade of this century. This development will also, however, seek to examine CI systematically and thoroughly in relation to the conclusions and suggestions of three additional areas of inquiry: alternative Western views of man, reality, and truth; Eastern views of these topics; and scientific conclusions which are relevant to aesthetic inquiry at the present time.

There is need at the present time to recover awareness of the advantages of the aesthetics-from-above approach to aesthetic inquiry. For such inquiry is free of the metaphysical agnosticism and epistemological relativism which, sometimes implicitly and sometimes explicitly, has marked most twentieth-century aesthetics. Ideally, any instance of aesthetics-from-above will emphasize its metaphysical basis and its non-relativistic view of truth. Maritain does this, as is seen in his awareness of the fact that Chinese and Indian aesthetics

---

9. *Ibid.*, Chapter IV, *passim.*
10. *Ibid.*, p. 77.
11. *Ibid.*, p. 78.

are based in views of reality which are assumed to be objectively true. In respect to the aesthetics-from-below aspect of CI, it is important to note that the very concept of a neo-Thomist aesthetics implies a desire on the part of the neo-Thomist thinker to incorporate into his view such aesthetic principles, particulars, and insights as have been achieved since the thirteenth century— i.e., to incorporate an aesthetics-from-below approach into his inquiry. While Maritain is faithful to some aspects of this challenge, there is not in CI sufficient attempt to ascertain whether in post-thirteenth-century aesthetics there are insights and data which if introduced into neo-Thomist aesthetics would enrich it. I will illustrate this point with Maritain's treatment of aesthetic properties.

Beauty is the only aesthetic property which Maritain gives an important role in his aesthetics. If, however, we contrast beauty as Maritain interprets it with the sublime, which traditionally means features of the aesthetic object which the imagination and intellect of the observer cannot completely illumine or encompass, then beauty may be said to be present in so far as there is no such incommensurability between aesthetic objects and the observer's capacities. When Maritain calls attention to the sublime, he declares but does not argue that it is "defective in aesthetic value."[12] I suggest, however, that for some aesthetic views the sublime is not defective. Thus, Western aestheticians have had an opportunity to learn from modern science that man is surrounded by the mysteries of nature, by the not yet known, by that which lies beyond the power of the sense and imagination to grasp. Maritain writes of the dynamics of the inwardness of matter, which by the 1940s had become widely accepted and emphasized by Western philosophers. In this connection it is fruitful to recall Kant's emphasis on the dynamic sublime as well as on the mathematical sublime. Then, too, the sublime is important within Chinese and Indian art. One thinks of the Zen Buddhist interest in the inwardness of birds and even rooks which are not interpreted in anthropomorphic terms; the sense of immeasurable mystery in the Tao which is a favorite theme in much Chinese art; the Hindu dance and the dancing Shiva which symbolize the coming forth and the play of the cosmos; and the Theravadin representation of the inscrutable face of the Buddha. A fortiori this interest in the sublime pertains to the Christian artist who, whatever his medium, may wish to express the sublimity— i.e., the immeasurable mystery, grandeur, and majesty—of God.

2.   The incompleteness of the aesthetics-from-below inquiry of CI is also an incompleteness of what I will call its *philosophical ecumenism*. The latter is the intent to become acquainted as far as possible with philosophical positions of both East and West; the desire to comprehend these positions as they are in themselves rather than the willingness to interpret them from the perspective of one's own philosophical stance; and the willingness to enrich one's own philosophical inquiry with elements drawn from Western as well

---

12.   *Ibid.*, p. 6.

as Eastern views other than one's own. Maritain does, indeed, take some steps toward the development of philosophical ecumenism—for example, he points out the differences between Chinese and Indian drawings of animals and makes positive judgments about both.[13]

Nonetheless there is in CI an obvious, fundamental unwillingness to appreciate the productivity of the Chinese and Indian artist. Thus, Oriental art is denigrated because "it turns away from Man to look for the sacred things meant by Things and the sacred faces mirrored in the world—a mythical universe which is extraneous to Man . . . ."[14] Again, the "richly beautiful" Indian art "does not seek after beauty."[15] What, however, of Maritain's view that the creative intuition of the artist is unerring? If this statement does not pertain to the Oriental artist, then the spirituality of the Western artist is essential to his development as artist, even though this conclusion is not explicit in CI. If the statement does pertain to the Oriental artist, then the latter provides distinctive contributions to the understanding of the creative intuition of the artist and discerns distinctive aspects of the beauty inherent in things. Again, is it wise to denigrate the Oriental artist because he is intent on things rather than man?[16] If the creative intuition of the artist is unerring, might it not be prized (as indeed it is in Zen Buddhist aesthetics) as illumining nature?

3. Even though CI gives traditional issues of aesthetics central importance, it is in need of clarification concerning the present import of some of these issues. I will illustrate this point with reference to the puzzling features of the views expressed in CI concerning the interdependence of beauty and truth, on the one hand, and beauty and goodness, on the other. Perhaps so far as Western thought is concerned, this issue arises with Diotima's question "Is not the good also the beautiful?" and in the discussion between Diotima and Socrates in which beauty and goodness are seen as unmistakably grounded in truth.[17] At any rate, Plato's view of the interrelatedness of truth, goodness, and beauty recurs in Western thought from Plato's time until the present, although beginning with Hume's challenges of this view many—perhaps most—Western aesthetics have rejected it.[18] The view that truth, goodness, and beauty are interdependent has two dimensions, both of which may be examined in respect to CI.

First, there is the metaphysical and ontological dimension of this issue which appears only in respect to the view, based on a traditional metaphysics,

13. *Ibid.*, p. 15.
14. *Ibid.*, p. 11.
15. *Ibid.*, p. 13.
16. *Ibid.*, Chapter 1: 5-7.
17. "Symposium," in *The Dialogues of Plato*, trans. B. Jowett (New York, N.Y.: Random House, 1937), 199-204.
18. Mary Carmen Rose, "The Importance of Hume in Western Aesthetics," *British Journal of Aesthetics*, Summer, 1976.

which declares that there is truth apart from human finding of and interest in it. Clearly this is relevant to CI. For creative intuition discerns objective truth and its correlative beauty in things, and what is found lies beyond concepts and language. We may conclude, moreover, that in the first place what creative intuition finds is also good, for ideally the artist is fully committed to that finding and to the expression of it. And in the second place this objective truth and its beauty are good because they are fundamental aspects of creation and what God has made is good. What, however, of the beauty and the correlative truth of the beauty of directly observed aspects of nature, particularly of those which have been modified by man in accordance with human goals? And what of the truth and correlative beauty of areas of nature now illumined and conceptualized by scientific inquiry? These topics are undeveloped within CI. They present, however, challenges for current inquiry in aesthetics. In drawing our attention to them (as few aesthetics treatises written in the twentieth century have done) CI performs an important role.

Also, questions concerning the interdependence of truth, goodness, and beauty arise in respect to those questions pertaining to the relation of the commitment to truth, goodness, and beauty in the concerns of the artist. Maritain declares that the artist is free to do what he will: "The Sons of God are under no law."[19] Surely, however, these Sons are faithful to what truth they have discerned, including the truth that goodness involves service to truth, to other persons, and to the community. Is the artist then free to serve nothing but his art? Because Maritain asserts that the artist is thus free, a dilemma appears at the heart of CI. If the artist does not serve truth and goodness as well as beauty, then his spirituality (as viewed by the Christian) is less than the spirituality of those who are not artists but who are faithful to what truth and goodness they have discerned. If the artist ideally serves not only beauty but also truth and goodness, then CI fails to make explicit a centrally important point and so leaves the door open to the possible loss of a most important insight.

Nonetheless, as one who for three decades of teaching and studying aesthetics has been frustrated in an intellectual milieu that has forgotten the question of the possible interdependence of truth, goodness, and beauty, I am grateful to Maritain for providing a situation in which this issue may once more be raised in philosophical circles. I have, moreover, touched upon only Maritain's aesthetics and only a part of that. The suggested development of CI, however, will require philosophical creativity in epistemology, metaphysics, and axiology, and hence can become a basis for development within virtually all areas of philosophy. It will also require new historical studies and reconsideration of traditional Western views which have been ignored for generations, and the attention to non-Western thought which alone can make world philosophy a reality.

---

19. This is especially clear in Maritain's emphasis on the free creativity of the post—e.g., CI, Chapter V: 4-5.

Poetic Contemplation: An Undeveloped Aspect of Maritain's Epistemology

JOHN G. TRAPANI, JR.
Walsh College
Canton, Ohio

Dans les écrits de Maritain sur la philosophie de l'art, on peut discerner un développement historique de certaines notions clés. Cette communication présentera les résultats d'une investigation historique des changements que Maritain a apportés aux notions de « poésie » et de « connaissance poétique ». La conclusion de ce travail de recherche est qu'il y a un aspect non développé de son épistémologie qui découle légitimement de ses idées.

La communication se divise en trois sections qui correspondent en gros, pourrait-on dire, aux trois périodes du développement de la pensée de Maritain. Dans la première section (la première période), on fait remarquer que la notion de « connaissance poétique » est tout simplement absente tandis que celle de « poésie » y fait une apparition tardive. De plus, les premiers écrits de Maritain contiennent certains développements remarquables sur la perception du beau. Les principales conclusions que l'on peut tirer de cette période, en s'appuyant sur l'examen des textes, sont les suivantes : la première notion de poésie comporte une dimension à la fois cognitive et créative, tandis que l'étude de la perception du beau laisse supposer un mode de connaissance dont la description évoque la dimension cognitive de la poésie.

Dans la seconde section (seconde période) apparaît la notion de connaissance poétique, et l'attention de Maritain se porte principalement sur la manière dont cette connaissance fonctionne de façon créative. L'aspect cognitif de la poésie et la caractéristique connaissance/jouissance de cette connaissance que constitue la perception de la beauté — sauf un certain nombre d'exceptions importantes — cessent d'être pris en considération. Les exceptions sont importantes cependant, parce qu'elles impliquent une certaine fusion de l'aspect cognitif de la poésie et de la connaissance/ jouissance dans la perception de la beauté.

Dans la troisième et dernière section (troisième période), la dimension cognitive de la poésie réapparaît d'une manière qui évoque maintenant une nouvelle affinité : d'une part, entre l'aspect cognitif de la poésie et l'usage du terme même de « poésie » et, d'autre part, entre l'aspect créatif de la poésie et l'usage du terme « connaissance poétique ». Ces associations sont renforcées par de nouvelles études de Maritain sur la perception du beau et la relation intime entre la poésie et la beauté que le philosophe y établit. L'auteur conclut que ces affinités permettent de supposer que cet usage impropre mais analogique du terme poésie pourrait se faire sous une forme adjective pour qualifier la contemplation naturelle qui se rattache à la perception du beau, puisqu'elle consiste en une jouissance intuitive.

1. THE PERCEPTION OF BEAUTY
AND THE FIRST BEGINNINGS OF "POETRY"

Maritain's published books in the area of Aesthetics span a forty-year period, from the publication of the first edition of *Art et scholastique* in 1920, to *The Responsibility of the Artist* in 1960. Of the six works which fall into this category of books devoted exclusively to Aesthetics, only one, *Art and Scholasticism*, was edited and published more than once. Although it is true that in the English edition of *Frontières de la poésie et autres essais* (published as *Art and Poetry*) Maritain did write a new preface, yet the fact remains that only *Art and Scholasticism* received revisions and additions in later editions. The work was first published in 1920, then revised and published again in 1927 when it appeared along with Maritain's essay "The Frontiers of Poetry." It was revised and published a third and final time in 1935, this time without the addition of the previously accompanying essay, which was then being published in French under its own name, along with "Autres essais." The most recent English translation by Joseph Evans contains *Art and Scholasticism* reunited with "The Frontiers of Poetry" and titled in equal prominence, as Professor Maritain had desired. Thus it is that the third and final edition available especially to English readers dates from 1935, and in its final form, it obscures the developmental shifts and additions which had occured in the two earlier editions.

The most striking thing which appears upon a return to the original 1920 edition of *Art et scholastique* is that the terms "Poetry" and "Poetic Knowledge," terms so essential to Maritain's Aesthetic, are nowhere to be found. As Maritain himself says, "In my book *Art and Scholasticism* I intended to consider the essentials of art rather than the nature of poetry. Later on it was this mysterious nature that I became more and more eager to scrutinize."[1]

With the exception of the chapter "Art and Beauty," the major thrust of Maritain's attention in *Art and Scholasticism* is in the direction of that intellectual virtue of the practical intellect which properly concerns the order of making and the good of the work produced. This of course is "Art" in its proper, traditional, and generic use—*Recta ratio factibilium* ("art is the undeviating determination of works to be made"[2])—and as such situates our epistemological attention clearly on the activity of the creative or work-producing *artifex* or maker. Maritain's interest in this regard not only remains unchanged in the many years of philosophical reflection which follow, but in fact, with the introduction of the notions of Poetry and Poetic Knowledge, this trend may be said to intensify. Hence, the Aesthetics which is associated with Maritain's name most properly deserves to be called "Philosophy of Art," since it concentrates upon that mode of knowing unique and proper to the artist as such.

The only context for a discussion on a mode of knowing that is unique and proper to what may be called "Aesthetic Experience" occurs within Maritain's remarks concerning the perception of Beauty. Proportionately, when measured against his writings on the subject of creative knowledge, the

---

1. Jacques Maritain, *Art and Poetry* (New York: Philosophical Library, 1943).
2. Jacques Maritain, *Art and Scholasticism* (New York: Charles Scribner's Sons, 1962), pp. 8-9.

passages concerning properly aesthetic knowledge or perception are few. Chronologically, the first of such discussions occurs in the chapter "Art and Beauty" just noted. The treatment which it receives in the text of the 1920 edition appears to direct its energy towards the affirmation of the analogous application of Thomas's phrase that the beautiful is *id quod visum placet*. Just as the novelty of Maritain's theory of art consisted in re-establishing and re-affirming its intellectual character, so too can the same assertion and re-affirmation of the intellectual character of the perception of Beauty be discerned. Little, if any, attention is placed upon distinguishing between the perception of Beauty in any genuine aesthetic experience, and the relationship between Beauty and the artist in his work-making activity, however. In his discussion on Beauty, the context shifts freely from the former perspective to the latter.[3]

The ideas advanced in the 1920 edition represent a sort of foundational primer for the basic, essential principles of a Theory of Art, reconstructed by Maritain upon the wisdom of the Schoolmen. As we have seen, this early work lays the ground for two different sorts of investigation: the first, in his theory of art, concerns the knowledge proper to the artist; the second, in his theory of the perception of Beauty, concerns the knowledge proper to aesthetic experience—though this latter is frequently obscured since Maritain's discussion *also* involves the relationship between the artist and Beauty.

These two lines of inquiry are still discernible in 1927 with the second edition of *Art and Scholasticism*, published along with the essay "The Frontiers of Poetry." As may be surmised from the title, the notion of Poetry makes its appearance in this essay, receiving its first explanation there.[4]

The model which Maritain employs in the presentation of his ideas concerning Poetry derives from his reflection on the First Poet. For "just as God makes created participations of His essence to exist outside Himself, so the artist puts himself—not what he sees, but what he is—into what he makes."[5] The nature of the human poet, however, is a nature that is both formative and formed, and as such, is distinguishable from the Divine nature which is purely formative. This two-fold activity plays a significant role in Maritain's early definition of Poetry: "This divination of the spiritual in the things of sense, and which expresses itself in the things of sense, is precisely what we call *Poetry*."[6]

A number of things are noteworthy in this early expression of Poetry: first, it predates the notion of Poetic Knowledge—this latter notion is nowhere

---

3. The opening section of the chapter clearly focuses upon the perception of Beauty (cf. *ibid.*, pp. 23-32); while the remaining pages shift almost unnoticeably into a discussion of *Art* and Beauty (pp. 33-37).

4. Although Maritain *uses* the word "Poetry" on earlier occasions (for example in his letters to Jean Cocteau), the treatment appearing in "The Frontiers of Poetry" represents his first articulation of the meaning which he assigns to the term.

5. Jacques Maritain, "The Frontiers of Poetry," *Art and Scholasticism*, p. 126.

6. *Ibid.*, p. 128.

to be found in Maritain's writings from this period; second, there is a clear indication of Poetry's dual character—it is cognitive, in "the divination of the spiritual in the things of sense," and it is creative in that it "expresses itself in the things of sense"; thirdly, while it would appear as if Maritain is referring to an activity which is exclusive to the artist (or Poet) as such, other passages occur in the same context which reflect a drift across the line that distinguishes the knowledge of creative activity from the knowledge of cognitive, aesthetic delight. Maritain says:

> Poetry thus understood is clearly no longer the privilege of poets. It forces every lock, lies in wait for you where you least expect it. You can receive the little shock by which it makes its presence known, which suddenly makes the distances recede and unfurls the horizon of the heart, as much when looking at any ordinary thing or cardboard cutout . . . as when contemplating a masterpiece.[7]

Since Maritain is otherwise consistent throughout his essay on the nature of Poetry as "the heaven of working reason" which, as the spiritual soul of art, inclines of necessity toward the production of a work, this ambiguity of its cognitive as well as creative dimension would appear at best as an isolated and attractive titillation were it not for the appearance, new to the 1927 edition of *Art and Scholasticism*, of a lengthy footnote which serves as a gloss to Maritain's own earlier discussion of the perception of Beauty.

Just as Poetry contained a "divination of the spiritual in the things of sense," so too ". . . in the perception of the beautiful the intellect is, through the means of the sensible intuition itself, placed in the presence of a radiant intelligibility . . . which insofar as it produces the joy of the beautiful cannot be disengaged or separated from its sense matrix and consequently does not procure an intellectual knowledge expressible in a concept."[8] A curious similarity suggests itself between this passage and Poetry. Both of these forms of knowledge involve a certain divination, or connatural knowledge which occurs by means of "intelligentiated sense," and which is incapable of receiving any articulated expression in rational concepts. In the case of Poetry, however, the knowing is ordered toward the making of a work, while in the perception of Beauty, the ". . . intellect enjoys a presence . . . which gives rise in the heart to aesthetic joy." The "perception of the beautiful is accompanied by that curious feeling of intellectual fullness through which we seem to be swollen with a superior knowledge of the object contemplated, and which nevertheless leaves us powerless to express it and to possess it by our ideas . . . ." Maritain concludes that this aesthetic or, as he says, "artistic contemplation affects the heart with a joy that is above all intellectual . . . ."[9]

Thus we may safely conclude on the basis of textual examination that, by 1927, the development of Maritain's thought had taken him to: (1) the

---

7. *Ibid.*, p. 129.
8. *Ibid.*, in footnote 56, p. 164.
9. *Ibid.*

introduction of the notion of Poetry, which notion is explained in a major essay bearing its name; (2) the first beginnings of two discernible "moments," the one cognitive or formative of *the artist*, the other creative or formative of *the work*; (3) an expanded discussion of the perception of Beauty, a mode of knowledge ordered not toward the production of a work but toward the satisfying of a natural appetite of the intellect, the goal or repose of which is called joy or delight.[10] By contrast with the attention which the notion of Poetry receives, this unique mode of nonconceptual knowing proper to aesthetic perception or aesthetic experience remains faint.

2. POETRY AGAIN, AND ENTER POETIC KNOWLEDGE

The notion of Poetic Knowledge first appears in an essay published by Maritain in *Nouvelle·revue française* in May of 1935, entitled "La clef de chants" ("The Freedom of Song"). This same essay also appeared in *Frontières de la poésie et autres essais* published that same year. In it, true and consistent with his earlier approaches to the question of creative knowledge, Maritain once again situates his discussion within the context of the "astonishing correspondence of divine things."[11] Poetic Knowledge (also referred to in this early essay as "the creative idea") now assumes for itself the attributes ascribed in 1927 to Poetry, with the emphasis placed upon the force of its creative inclination. Thus it is, Maritain tells us specifically, that the discussion in this essay presupposes the earlier essay "The Frontiers of Poetry," and as such, it suggests that the development of his thought has moved away from the former dualism of Poetry toward a concentration upon the analogy which exists between speculative knowledge and the term of its activity in the production of a mental word or concept, and this creative, poetic knowledge with its termination in the production of a work. Maritain says:

> The creative idea expresses itself finally in matter, as the speculative intuition of the philosopher does in the concept or mental word. And in truth these are analogous: to perform the inner word in the mind, and the work of art in matter.[12]

And again, later:

> . . . thus knowledge by affective connaturality, knowledge by resonance in subjectivity, is by nature a poetic knowledge, tending of itself to a work of sounds or colors, of forms or words.[13]

This notion of Poetic Knowledge which receives its first (and virtually sole) reference in the passage just indicated becomes the subject of an essay

---

10. *Ibid.*, p. 167.
11. Jacques Maritain, *Art and Poetry* (New York: Philosophical Library, 1943), p. 80.
12. *Ibid.*, pp. 80-81.
13. *Ibid.*, pp. 89-90.

bearing its name and written by Maritain only two years later, in 1937. But before leaving this 1935 essay, one additional fact deserves mention.

As observed, the notion of creative or Poetic Knowledge comes to represent the ideas expressed earlier by the notion of Poetry. What then has become of Poetry in the essay under discussion?

Just as the notion of Poetry preceded the notion of Poetic Knowledge in *chronological* development, we also discern in "The Freedom of Song" the first beginnings of Poetry's priority in the *ontological* order—Poetry, while in some measure the same as Poetic Knowledge, is also expressed as being somehow superior to it, as possessing a certain transcendence.

> All works of are made of body, soul and spirit. I call *body*, the language of the work, its discourse, the whole of its technical means; *soul*, the operative idea . . .; and *spirit*, the poetry.[14]

In the essay which Maritain composed for the Deuxième Congrès International d'Esthétique et de Science de l'Art in 1937, an essay entitled "De la connaissance poétique" ("Concerning Poetic Knowledge"),[15] this element of the transcendence of Poetry temporarily recedes into the background, thus reflecting Maritain's sole preoccupation with exploring and articulating the *proper* nature of Poetic Knowledge, and its aberrant and deviant form as symbolized by the experience of Rimbaud, and later, by the Surrealist Poets. As manifested in *The Situation of Poetry*, Maritain is intent on stressing the necessary connection which exists between Poetic Knowledge and its natural ordination toward a work: "poetic knowledge, which is at the minimum of knowledge but at the maximum of germinative virtuality . . . will only be completely objectified in the work . . ." and although there can be a poetic experience without a poem, ". . . there is no poetic experience without the secret germ of a poem, however tiny it be."[16] This is a point about which there can be no debate: "poetic knowledge is a knowledge *by affective connaturality* of the *operative* type . . . ."[17]

It is well to note at this point that, despite the fact that the discussions of Beauty and the perception of Beauty have all dropped out of consideration during this period, and despite the fact that the nature of Poetic Knowledge is now the dominant focus of Maritain's attention, there are nonetheless certain passages which sustain the aforesaid ambiguity. On one occasion, Maritain is unequivocally clear: "It is of the essence of poetry to be in the operative line . . ."[18]—thus implying the intimate relationship between Poetry and Poetic Knowledge. On another occasion, however, Poetry is described as

---

14. *Ibid.*, p. 99.
15. Jacques and Raïssa Maritain, *The Situation of Poetry* (New York: Philosophical Library, 1955).
16. *Ibid.*, p. 34; cf. also pp. 73-75.
17. *Ibid.*, p. 64.
18. *Ibid.*, p. 52.

something ". . . which is not the peculiar privilege of poets, nor even of other artists—it can also be found in a boy who knows only how to look and to say *ah, ah, ah*, like Jeremiah . . . ."[19]—thus implying a kind of knowledge which is not ordered to the production of a work, but rather is remininiscent of that knowing/delighting which is recalled from the 1927 discussion of aesthetic or artistic contemplation.

3. THE PERCEPTION OF BEAUTY AGAIN, AND ENTER (CONJECTURALLY) POETIC CONTEMPLATION

We have now reached the point in our chronological reflections where we are ready to consider Maritain's major work in Aesthetics, *Creative Intuition In Art and Poetry*,[20] which dates from 1953. As a summary up to this point, let us recall the following conclusions: (1) from the period c. 1920: no Poetry or Poetic Knowledge; focus of attention upon Art (as creative knowledge), with his remarks on Beauty (as aesthetic knowledge) present in a lesser degree; (2) from the period c. 1927: though no Poetic Knowledge, enter Poetry, expressed in its cognitive as well as creative aspect, with emphasis on the latter; reflections on the perception of Beauty again present and, despite the new insights advanced, the depth and length of the discussion occurs in a proportionately lesser degree once more; (3) from the period c. 1935-1938: enter Poetic Knowledge as virtually the same in meaning as Poetry itself, with only slight indication of the ontological priority of Poetry; exit discussions on Beauty or the perception of Beauty.

In the period or work we are now about to consider, two points will be established: first, with the definition of Poetry being given as "that intercommunication between the inner being of things and the inner being of the human Self which is a kind of divination,"[21] we will show that the special emphasis given to the cognitive function of Poetry supports the impression of its ontological priority over Poetic Knowledge; second, through the kinship which Maritain establishes between Beauty and Poetry, it is possible to conjecture about the epistemological implications which result when these various insights are integrated into a new and cohesive explanation of aesthetic Experience.

Creative Intuition In Art and Poetry. Despite some passages "borrowed" from his own earlier writings, *Creative Intuition in Art and Poetry* does contain a good number of significant new advances concerning Maritain's Aesthetics. As one might suspect, it is those perennial Thomistic principles which serve once again as the foundation for his new ideas. Some of these ideas are brand new, as for example his ascription of Poetry and Poetic Inspiration to the

---

19. *Ibid.*, p. 44.
20. Jacques Maritain, *Creative Intuition in Art and Poetry* (New York, New York: Pantheon Books, Inc., 1953).
21. *Ibid.*, p. 3.

Spiritual Unconscious of the Intellect;[22] some of these ideas provide careful and detailed explanation of germs explicitly found in some of his earlier writings, as for example his development of spiritualized or intentional emotion as the *form* of Poetic Intuition;[23] and some of these ideas offer a careful and detailed explanation of germs only implicit in his earlier works. Such is the case with his distinction between what he calls "Poetic Intuition as Cognitive" and "Poetic Intuition as Creative."[24]

This two-fold nature of Poetry and Poetic Knowledge concerning their cognitive and creative aspects has been consistently noted. The "moments" contained in this duality are now given individual treatment, though Maritain reminds his readers that these are but distinguishable moments in the unified essence of Poetry. When contrasted with that recent definition of Poetry just cited, however, there appears to be a kind of natural affinity and synonymity between the meaning of the notions "Poetry" and "Poetic Intuition As Cognitive." Strictly speaking, of course, this affinity is merely an association in the mind, and not, according to Maritain's strict intention, any kind of separation occurring in reality—Poetry in its full essence is always understood by Maritain as possessing a creative orientation. It is merely by virtue of those passages which, in a certain context only, isolate the cognitive aspect of Poetry, and make it appear *as if* it possessed an autonomy of its own. This idea becomes reinforced as Maritain once again takes up the discussion of the perception of Beauty, contrasting it for the first time in its relation to Poetry itself.

After covering ground on the philosophical notion of Beauty which advances us little beyond his earlier discussion, Maritain then braves new terrain by tackling "a particularly delicate issue, namely the relation between poetry and beauty." It is a region that is "perilous and the vocabulary inadequate."[25]

Contrary to the notion of Art, where "the cognitive function of the intellect is entirely subordinate to its creative function" and where Art has an object, namely "the work to be made," Poetry has for its cognitive function "poetic intuition" while its creative spirit is a "free creativity"—"Poetry, as distinct from art, has no object. I mean to say that in the case of poetry, there is nothing to which the creativity of the spirit tends so as to be *specified* and *formed* . . . ." "In poetry, there is only the urge to give expression to that knowledge which is poetic intuition . . . ."[26]

This "urge to give expression" appears then to strike a delicate balance between the cognitive and creative aspects of Poetic Intuition—it seems to place Poetry in a position of neutrality by idling its engines. On the one hand, the creative force is preserved since there is always the *urge* toward expression,

---

22. Cf. *ibid.*, pp. 98-100.
23. Cf. *ibid.*, pp. 118-125.
24. Cf. *ibid.*, pp. 125-141.
25. *Ibid.*, pp. 167-168.
26. *Ibid.*, pp. 168-170.

while on the other hand its uniquely cognitive function, indicated by those passages which talk about the Poet without a poem, is also preserved should it be the case that the *urge* is not forceful enough to impel creative activity.

Maritain goes on however to link this "free creativity of the intellect" which "cannot help tending, by virtue of an implied necessity," with the intellect's "ultimate exultation," toward that which causes its "pleasure and delight." This of course is Beauty which is introduced, not as the *object* of Poetry, but as its "transcendental correlative"—as the *"end beyond any end* of Poetry." Poetry and Beauty are on "terms of coequality and connaturality." "Poetry cannot do without beauty . . . because poetry is in love with beauty, and beauty in love with poetry."[27]

Not surprisingly then, Maritain introduces the whole discussion of the relation of Poetry and Beauty within the context of the creativity of the spirit and the relation of Poetry to Art—"poetry transcends art while being committed to it."[28] When contrasted with the earlier philosophical analysis of Beauty, we can observe the way in which Maritain has, just as in the 1920 edition of *Art and Scholasticism*, once again shifted his perspective—from the perception of Beauty as an object of aesthetic contemplation, to Beauty as the end beyond the end of the free creativity of the spirit.

Any expanded discussion of the perception of Beauty would thus now need to take cognizance of that natural kinship which exists between it and Poetry—*at least in relation to those characteristics which are descriptive of Poetry's cognitive dimension.* Thus, while there can be no real autonomy for "Poetic Intuition as Cognitive" in the strict sense, nonetheless, a reasonable case can be made, through the force of that natural bond which exists between Poetry and Beauty, for a kind of non-conceptual, affective, connatural mode of knowledge which terminates not in a work-to-be-made but in a presence-to-be-enjoyed. Given the "transcendental" relation of Poetry and Beauty, it would appear as if the early 1927 language of "aesthetic or artistic contemplation" is neither sufficient nor desirable, since it cannot convey the deep and profound sense of intuitive knowing—"that intercommunication between the inner being of things and the inner being of the human Self"—so profuse in all of Maritain's discussions on the cognitive dimension of Poetry. On this ground alone we may conjecture that this improper yet analogous use of the term Poetry may be applied adjectivally to that mode of natural contemplation which concerns the perception of Beauty. reposing as it does in intuitive delight. Enter Poetic Contemplation.

---

27. *Ibid.*, pp. 170-173.
28. *Ibid.*, pp. 172-173.

V
Philosophie de l'éducation
Philosophy of Education

Le personnalisme pédagogique*

PIERO VIOTTO
Université Catholique du Sacré-Cœur, Milan

Unlike pedagogical functionalism, critical realism constitutes the theoretical presupposition of the personalist pedagogy I intend to define. It implies the recognition of the transcendent value of the human person, as a being of communion open to others and to God. It implies also the primacy of the intellect as a faculty of being, and the importance of philosophy as a foundation of the education of the "rational animal."

Each man is a value and must be treated as an "end" by his fellow men; but he really becomes what he is when he realizes through education his person in his "personality." Education

---

* Le texte français a été traduit de l'italien par Jean-François Nothomb.

consists in providing the best possible conditions to each human being, enabling him to realize his personality, i.e., to act with "subjectivity" in objectivity, with independence in the condition of dependence, with freedom in the natural order.

Education results from a dialogue between the educator and the person to be educated; in this dialogue, the educator is a guide, who personalizes the educative without appropriating it for himself.

Personalism unites subjectivity and objectivity, research and truth, freedom and values in the consciousness of the one who is being educated, and who is situated in relation with God in whom the objective values are realized and of whom the educators are the witnesses. The personal and balanced integration of all the aspects of personality in the coherence of one's own convictions, in the acknowledgment of objective values, in the social participation and in the availability to dialogue with God represents the maturity of human development, the adult stage of the "human condition."

In a pluralist society, a personalist pedagogy recognizes in education fostering mutual understanding and collaboration the only authentically democratic method of educating the personal conscience in the respect for the objectivity of truth and of moral law, along with a convergent loyalty to truth and to social solidarity.

C'est le réalisme critique de la philosophie de saint Thomas qui constitue le présupposé théorique d'une pédagogie personnaliste, parce qu'il considère la personne humaine comme le sujet permanent des processus de la connaissance de la réalité, de participatioin sociale et de fruition de la beauté, face à l'Absolu dans l'être duquel la vérité, le bien et la beauté s'identifient et se personnalisent parfaitement. L'être est connaissable, mais ne s'identifie pas dans la connaissance, il est aimable mais ne s'identifie pas dans la praxis, il est désirable dans sa beauté mais ne s'identifie pas dans l'intuition créatrice, parce qu'il transcende les processus cognitifs de la science, les processus de comportement de la prudence et les processus opératifs de l'art.

Le fonctionnalisme pédagogique pour lequel l'éducation est pure praxis, que ce soit dans sa version américaine ou européenne ou dans sa version soviétique ou chinoise, ne peut servir de fondement à une solide philosophie de l'éducation; et cela justement parce qu'elle n'est pas un processus qui possède sa fin en soi, sans cause et sans but, mais l'intelligence du rapport de la personne humaine avec les choses et ses relations avec les autres personnes — en tant que capacité de transcender les rapports avec la nature et les relations avec la société —, parce que l'homme dans son auto-conscience est un univers en lui-même, supérieur à la nature cosmique, voué à la communion sociale et ouvert à la béatitude divine.

Dans le primat du spirituel, pour lequel l'éducation n'est pas adaptation naturaliste ou sociale, mais qualification personnelle face à la Valeur et aux valeurs, le thomisme affirme le primat de l'intelligence parce que l'homme transcende la nature et la société par le moyen de la connaissance des « signes » du langage et des « normes » du comportement, pour atteindre à une certaine intelligence de la réalité de Dieu. La capacité de connaître l'être est le fondement de l'éducation de l'homme « animal raisonnable » et uniquement la « philosophie » permet à l'homme de se connaître et de se posséder, donc de réaliser sa vocation à exister comme personne. La psychologie, la sociologie, l'anthropologie culturelle sont des « sciences phénoménologiques », descriptives du comportement humain qui se manifeste; elles « expliquent » mais sont incapables de « justifier » le comportement humain dans son intériorité, qui implique la liberté et la référence aux valeurs. Pour connaître l'homme dans sa réalité essentielle, au-delà du comportement psychologique et des situations sociologiques, il est nécessaire d'interpeller la philosophie et la théologie, qui au niveau du raisonnement humain et de la révélation divine, scrutent la nature humaine dans les profondeurs de son être. Seules ces « sciences déontologiques » normatives sont capables de juger l'homme dans sa réalité définitive et dans son destin ultime. C'est sur ces fondements philosophico-théologiques que le personnalisme chrétien considère l'homme comme un animal raisonnable, une personne sociale et une créature divine[1].

La personne humaine est au plus bas niveau dans la hiérarchie des êtres spirituels, et la « personne » n'est pas épuisée par la personne humaine; c'est pourquoi, comme le dit Maritain, l'homme est animé par une double aspiration à être personne. En fait certaines aspirations de la personne sont connaturelles à l'homme. Elles concernent la personne humaine en tant que celle-ci possède une nature spécifique déterminée. D'autres aspirations sont transnaturelles; elles sont liées à la personne humaine en tant qu'elle est personne et participe, selon son degré imparfait, à la perfection transcendantale de la personnalité, qui ne se réalise pleinement et de manière absolue uniquement qu'en Dieu, qui est l'Acte pur[2]. Les aspirations connaturelles se réalisent dans l'histoire grâce au rôle de l'homme, de la culture et de la politique; tandis que les aspirations transnaturelles se réalisent uniquement par l'action de Dieu et les activités de la religion, à travers la grâce, les vertus théologales et les dons du Saint Esprit. En tant que personne humaine, la personne dans l'homme est « complètement » personne; mais en Dieu et uniquement elle devient personne « en plénitude ». Et l'homme pour participer à cette plénitude a besoin d'être élevé surnaturellement par la révélation et par la rédemption,

---

1. Voir P. VIOTTO, *L'epistemologia pedagogica in J. Maritain*, in « Pelagogia e Vita », Brescia, Giugno-luglio, 1976, n° 5, pp. 489-499.

2. J. MARITAIN, *De Bergson à Thomas d'Aquin*, Paris, Hartmann 1947, p. 145.

que Dieu a offertes à l'humanité au commencement de l'histoire, et que l'homme a refusées par le péché originel, se prétendant auto-suffisant et érigeant sa propre loi. Le Christ a renouvelé la rédemption pour tous les hommes, confiant à l'Église la tâche de prolonger son œuvre dans le monde. Dans la personne du Christ, l'humanité et la divinité se sont unies et la personne de l'Église étend le salut à chaque homme par le moyen de l'évangélisation[3].

La « condition humaine » de l'homme, animal raisonnable, individu subordonné à la société, créature pécheresse, est une condition contradictoire et inacceptable. L'intelligence incarnée arrive avec difficulté à connaître les réalités intelligibles, parce qu'elle n'est capable de connaître l'universel intelligible qu'à travers le particulier sensible et doit passer nécessairement à travers la perception sensorielle; et à cause des conséquences de la faute originelle, l'imagination prévaut sur la rationnalité et induit à l'erreur. Comme individu singulier, la personne sociale doit entièrement se soumettre à la société jusqu'au sacrifice de la vie pour le bien commun. Les aspirations humaines à la réalisation de la personne demeurent insatisfaites, parce que l'homme ne peut se contenter du seul humain et ne peut par ses propres moyens atteindre le divin. La personne humaine ne peut accepter cette situation, mais ne peut pas non plus la refuser; l'accepter serait une abdication et un naufrage et la refuser une illusion et une rébellion inutile. Elle peut seulement la transcender en acceptant l'aide de Dieu qui rachète la « peine de vivre » et réalise les aspirations profondes de la personne[4].

1. NATURE, CULTURE ET LIBERTÉ

L'homme ne naît pas libre, mais il est libre de se libérer; il ne naît pas être social, mais peut le devenir grâce à l'éducation; il ne naît pas avec la science, l'art et la prudence, mais grâce à l'étude, l'exercice et l'effort il conquiert la vérité, la beauté et le bien. Nous sommes perpétuellement placés entre deux « je »; un « je » qui nous est donné par l'hérédité biologique, par la culture sociale et par la providence divine, et un « je » que nous nous donnons à nous-mêmes en utilisant l'évolution biologique, le patrimoine culturel et les dons spirituels, passant donc du « posséder » une personne à « être » une personnalité. Chaque homme représente une valeur et possède une dignité ontologique, parce qu'il est une personne, et c'est pourquoi il doit toujours être traité comme « fin » et jamais comme « moyen » par les autres hommes. Et par rapport à lui-même, il ne devient réellement une valeur que s'il réalise sa personne dans la personnalité.

---

3. Voir H. CLÉRISSAC, *Le mystère de l'Église*, Paris, Éd. du Cerf, 1918; Ch. Journet, *l'Église du Verbe Incarné*, Paris, Desclée de Brouwer, 1951; J. Maritain, *De l'Église du Christ. La personne de l'Église et son personnel*, Paris Desclée de Brouwer, 1970.

4. Voir J. MARITAIN, *La philosophie morale. Examen historique et critique des grands systèmes*, Paris, Gallimard 1960.

La personnalité est donc la dynamique de son perfectionnement, et l'éducation consiste à mettre celui qui la reçoit dans les conditions et dans les dispositions les meilleures pour réaliser, sans se lasser, sa propre personnalité, apprenant à vivre sa subjectivité personnelle au sein de la réalité naturelle, sociale et religieuse, sans illusions et sans désespoir; acceptant d'être soi-même avec toutes les limites de la condition humaine, sans avoir la prétention d'être uniquement « sujet » au-delà de toutes limitations ou de s'abandonner à être seulement « objet », subissant d'une manière conformiste sa propre situation. Une éducation trop directive réduit l'homme à rester un objet et à s'abandonner à la tradition; une éducation trop libertaire porte l'homme à se prendre pour un sujet original sans aucun lieu social. Tandis qu'une éducation équilibrée, cherchant à faire découvrir activement par l'expérience de ses propres limites la réalité de la condition humaine, aide celui qui la reçoit à se réaliser dans sa liberté et à éviter de se confondre à la « masse conformiste » ou de devenir un « personnage », qui n'est qu'une caricature de la personnalité. Être capable de se comporter avec subjectivité dans l'objectivité, avec in-dépendance dans la dépendance, avec liberté dans l'ordre naturel, social et culturel, est le signe d'une personnalité qui a atteint sa maturité.

Mais ne confondons pas la liberté de choix — ou le libre arbitre — avec l'autonomie. La première est une liberté psychologique, un point de départ nécessaire; la seconde est la liberté morale, la propre fin de la liberté de choix et de l'éducation. Le « libre arbitre » ou la capacité de pouvoir choisir n'est pas une fin en soi, comme le prétend le laïcisme libéral, mais uniquement la condition pour pouvoir exercer librement la liberté morale en choisissant le bien selon la conscience. Le personnalisme considère les deux libertés, celle de pouvoir choisir et celle de choisir le bien, nécessaires au processus éducatif, parce que tout ce qui s'obtient de l'éducation sans son « consentement » et son « concours » n'a rien d'éducatif. Car il s'agit d'éduquer la liberté elle-même. La possibilité de choisir entre le bien et le mal est seulement la possibilité de la liberté; la liberté authentique consiste dans le choix du bien, dans la réalisation morale de la liberté de choix. On pourrait dire que la liberté morale est la « liberté en acte ». L'éducateur aide celui qui reçoit l'éducation à découvrir un critère de choix afin d'exercer de manière juste sa liberté. Pour le personnalisme, il n'y a pas incompatibilité entre liberté et vérité, parce qu'il est indispensable d'avoir une vérité à laquelle se référer pour choisir.

L'éducation s'établit dans un rapport à deux pôles, un rapport inter-personnel, dans le dialogue entre l'éduqué et l'éducateur. Il ne s'agit donc pas d'un processus d'auto-éducation, comme le voudrait le libéralisme, ni d'une hétéro-éducation collective, comme le prétend le socialisme. Il s'agit d'une « collaboration » entre deux personnes, selon la disponibilité de celui qui reçoit l'éducation et l'intentionnalité de l'éducateur. Entre l'éduqué et l'éducateur se trouve une « troisième réalité » qui motive la relation éducative; les hommes de culture libérale et rationaliste l'appellent la rationalité, les socialistes la solidarité et les chrétiens la religiosité. Maritain observe qu'il

« est digne de faire noter que les hommes ne communiquent entre eux réellement qu'à travers l'être ou une de ses propriétés. Si les hommes restent uniquement au niveau de leurs besoins sensibles ou de leur « je » sentimental, ils réussiront à avoir entre eux une belle conversation, mais ils ne se comprendront jamais profondément. Dans ce cas, ils s'observent sans se voir, chacun enfermé dans son infinie solitude, même si le travail et les passions les unissent fortement entre eux. Mais quand ils sont en contact grâce au bien et à l'Amour, comme les saints, ou par le vrai, comme un Aristote, ou avec le beau, comme un Dante, un Bach ou un Giotto, alors dans ce cas le contact est fait et les âmes entrent en communication[5]. Ces valeurs qui donnent leur motif au rapport d'éducation ne dépendent pas de l'éducateur, elles valent par elles-mêmes, et c'est à elles que l'éducateur doit être fidèle ; elles sont la vérité, la beauté et le bien qui ne se réalisent en plénitude qu'en Dieu. Dans ce sens l'unique authentique éducateur est Dieu, et il ne faut pas oublier la recommandation de l'Évangile qui nous invite à ne pas nous faire appeler « maître », parce qu'il n'y a qu'un unique maître, Notre Père qui est dans les cieux. Tout éducateur, qu'ils s'agissent des parents dans la famille, du professeur à l'école, de l'animateur culturel dans les quartiers et les groupes, doit « personnaliser » le rapport éducatif, sans se « l'approprier à soi », parce que son rôle consiste non pas à « guider » celui qui reçoit l'éducation, mais à l'« accompagner » pour l'aider à rencontrer Dieu dans la personne du Christ, à travers la personne de l'Église[6].

2.   FORMES ET CONTENUS DE L'APPRENTISSAGE ÉDUCATIF

Selon le personnalisme chrétien, on peut parler d'apprentissage éducatif lorsque celui-ci mène tous les comportements humains à leur objet et à leur but. Il ne s'agit pas seulement d'exercer l'intelligence, la volonté et l'intuition créatrice, mais bien de satisfaire l'intelligence par la compréhension de la vérité, la volonté par l'habitude du bien et l'intuition poétique par la contemplation de la beauté. Le personnalisme entend unir subjectivité et objectivité, recherche et vérité, liberté et valeurs dans la conscience de celui qui reçoit l'éducation et qui est mis en face de la personne de Dieu, dans lequel les valeurs objectives se réalisent et de qui les éducateurs sont les témoins. Dans cette perspective, ce ne sont pas les valeurs en soi qui sont la fin de l'*éducation*, mais la personne de celui qui reçoit l'éducation qui doit réaliser sa personnalité ; c'est pour cela que la fin de l'éducation ne peut pas être le caractère parce qu'alors on confondrait éducation et morale, ni la sociabilité parce qu'on confondrait dans ce cas éducation et politique, ni la religiosité parce qu'on confondrait alors éducation et religion. La fin de l'éducation est la personne humaine qui se

---

5.   J. MARITAIN, *Art et scholastique*, Paris, Desclée de Brouwer 1965, pp. 56-57.
6.   Voir, Fr. DE HOVRE, *Le Catholicisme, ses pédagogues, sa pédagogie*, Bruxelles, De Witt, 1930.

fait face à elle-même, aux autres hommes et à Dieu dans la vérité et dans l'amour. Il est encore nécessaire de distinguer le « contenu » de l'apprentissage qui se codifie et s'objective dans les traditions culturelles, dans les bibliothèques, dans les musées et dans les lois d'un peuple, de la « forme » de l'apprentissage qui consiste dans la méthode par laquelle ces valeurs culturelles sont assumées et dans le rapport éducatif entre l'éduqué et les éducateurs. L'éducation n'est pas la transmission d'un savoir, mais la communion à une expérience culturelle et sa communication; elle n'est pas la subordination à une norme, mais une expérience morale. C'est ainsi que le « langage », en tant que moyen de relation entre la personne de celui qui reçoit l'éducation et celle de l'éducateur, et la « morale » comme réalisation de la relation entre la personne de l'éduqué et celle du Créateur, ne sont pas les « contenus » de l'apprentissage, mais les « formes » du processus éducatif. Les « signes » du langage et les « normes » de la morale sont les modes par lesquels les personnes qui partagent les valeurs culturelles de la science, de l'art et de la prudence communiquent entre elles[7].

Tous les contenus culturels sont moyens de communication dans le rapport éducatif à travers le langage seulement qui représente le mode gestuel, mimique, graphique, verbal ou ironique par lesquels les deux protagonistes du processus éducatif entrent en rapport. Déjà saint Augustin le faisait remarquer, aucun ne peut enseigner sans des « signes », mais rien ne s'apprend par les seuls « signes », lorsque ceux-ci ne possèdent aucune résonance dans la conscience soit de l'éducateur ou soit de celui qui reçoit l'éducation. Les « signes » sont les moyens par lesquels on connaît la vérité, grâce auxquels on apprécie la beauté, on pratique la prudence; mais ils ne représentent pas ce que l'on connaît, ce que l'on apprécie ou ce que l'on pratique. Dans le rapport éducatif, la méthode consiste à être conscient du signifié des signes qui sont utilisés, et c'est pourquoi l'éducateur doit trouver des « signes » qui soient « significatifs » de ce qu'il veut enseigner et qui possèdent un « sens » pour la personne qui doit les apprendre.

Le langage n'est pas une fin en soi, mais est pour la personne une médiation entre elle, la réalité et la société; il est à la fois expression et communication. Il est expression de la propre intériorité à travers les signes que sont les paroles, les gestes et les mouvements, et en même temps communication sociale parce que ces signes doivent être compris des autres interlocuteurs. Celui qui de façon idéaliste comprend le langage seulement comme « expression », comme par exemple, dans la tradition de Benedetto Croce, ou seulement comme « communication », comme dans la tradition marxiste, ignore la réalité du langage qui est à la fois intériorité et extériorité, individualité et sociabilité, sentiment et communication. De même les « normes » du comportement ne sont pas des « contenus » de l'apprentissage, mais des « formes » par lesquelles la personne réalise la personnalité, entrant en relation

---

7. Voir P. Viotto, *Pedagogia della secuola di base*, Milano, Vita e pensiero, 1978, pp. 35-39.

avec elle-même, avec la société et avec la divinité. L'éducation ne consiste pas seulement dans un simple accroissement biologique ou dans un développement psychologique, mais s'exprime dans le perfectionnement du devenir de la personne, en confrontant le réel avec l'idéal, l'être avec le devoir-être, s'améliorant soi-même par raport aux valeurs et se réalisant comme valeur. C'est pourquoi les normes morales sont constitutives de l'acte éducatif. Tout ce qui se passe dans celui qui reçoit l'éducation sans perfectionner son comportement, n'est qu'un pur exercice et n'a rien à voir avec l'éducation. Pour qu'il y ait éducation, il faut qu'il y ait un perfectionnement moral et la réalisation d'une amélioration du comportement de la personne[8].

L'intégration de la personnalité dans l'équilibre dynamique de ses aspects les plus multiformes, dans la cohérence avec ses propres convictions, dans la reconnaissance des valeurs objectives, dans la participation sociale et dans la disponibilité au dialogue avec Dieu, représente la maturité du développement humain, donc l'état adulte de la « condition humaine ». La participation au groupe promeut la « conscience sociale », grâce à laquelle l'individu comprend et accepte la nécessité de se comporter « selon la loi », adaptant son comportement à l'autorité du groupe. La norme est connue dans son objectivité, mais comme lien externe imposé par une autorité à la conscience subjective, et chaque infraction à la loi s'accompagne d'un « sentiment de honte », du fait d'avoir offensé le groupe auquel on appartient et dont on ne mérite plus l'estime parce que sa respectabilité est perdue. Nous atteignons là déjà un niveau supérieur à celui de la morale du « super-ego », déterminée par les conditionnements physio-psychiques et caractéristiques des tous premiers pas de la conscience morale, dans lesquels l'instinct vital se heurte contre les prescriptions du milieu ambiant en cherchant la satisfaction de ses besoins. En réalité, pourtant, il s'agit toujours d'un comportement éthéronomique, purement légal et conformiste, en relation avec les conditionnements sociaux du milieu. Il y a là le sens du devoir, mais celui-ci est saisi et pratiqué dans la conventionalité des traditions du groupe et non reconnu et respecté pour son obligation intrinsèque.

Avec la « conscience morale » on passe de l'« hétéronomie » à l'« autonomie », du « vivre selon la loi » à « vivre pour la loi », ce qui a comme conséquence que chaque infraction à la norme ne comporte pas seulement un « sentiment de honte » vis-à-vis des autres, mais un « sentiment de faute vis-à-vis de soi-même ». La philosophie de Kant dans son fondement rationnel a reconnu ce moment comme celui de « l'impératif catégorique », en allant jusqu'à affirmer l'autonomie absolue de la conscience. Cette autonomie de la conscience ne peut être comprise comme une fin en soi dans le sens kantien, parce qu'en réalité le « je » ne peut commander lui-même et être un législateur absolu, car la personne humaine n'est pas autosuffisante. La conscience morale est la règle prochaine du comportement humain, mais non la règle

---

8.   Voir E. GIAMMANCHERI et M. PERETTI, *L'educazione morale*, Brescia, La Scuola, 1977.

définitive et absolue; la conscience humaine est une « norme normative » parce que si la conscience subjective ne reconnaît pas une loi, cette loi n'existe pas pour elle; mais d'autre part, elle n'est pas loi « parce que » la conscience autonome la reconnaît, mais elle est loi parce qu'elle est juste en elle-même. Dans ce sens le rapport éducatif est toujours une relation à trois, car tant celui qui reçoit l'éducation que l'éducateur entre eux à travers une « norme » ou une « valeur » qui transcende et fonde leur relation. De même que pour la maturation de la personnalité il faut inclure la conscience sociale dans la conscience morale, tout en conservant les distinctions nécessaires entre l'ordre politique extérieur (la légalité) et l'ordre moral (la moralité), ainsi il faut inclure la conscience morale dans la conscience religieuse, passant de la loi objective et rationnelle à la personne du Législateur qui transcende et fonde la loi.

Pour être réellement libre, il faut se porter « au-delà de la loi » et accomplir par amour — et non plus seulement par devoir — ce que la conscience reconnaît comme « norme » et réfère à la personne de Dieu. Ce qui fait que la loi perd son objectivité rationnelle pour se muer en dialogue continu entre la personne de celui qui est éduqué et la personne du maître intérieur, au-delà des conditionnements sociaux et des intérêts individuels. L'offense à la norme considérée comme « commandement de Dieu » devient une offense à la personne du Législateur, un « péché » et non plus seulement une « faute ». L'éducation morale ne consistera plus alors en un effort surhumain pour rester fidèle à une loi abstraite, mais en l'acceptation d'une libération intérieure qui se fait par l'œuvre de la grâce de Dieu, la reconnaissance de ses péchés et la réconciliation avec le Père et les frères dans la communauté ecclésiale.

3. ÉDUCATION À LA COMPRÉHENSION ET À LA COLLABORATION

Le personnalisme pédagogique reconnaît une pluralité de structures éducatives, parce que les compétences spécifiques des divers groupes sociaux sont différentes et complémentaires. Mais au-delà du pluralisme vertical, dans lequel famille, école, État et Église ont des rôles divers dans une société caractérisée par des divergences d'opinion et des convictions multiformes, il faut également considérer pédagogiquement le pluralisme horizontal qui dérive de l'existence de différentes confessions religieuses, de diverses formations politiques et de diverses structures scolaires et récréatives, sans nier l'objectivité de la vérité et sans tomber dans le relativisme philosophique et dans le scepticisme pédagogique. L'œcuménisme ecclésial, le pluralisme culturel et la démocratie politique se fondent sur le respect de la personne et sur la liberté de la conscience; mais la valeur de la personne se fonde sur la vérité et la liberté de la personne, sur la loi morale garantie par le droit naturel. La science, la philosophie et la religion n'auraient ni sens ni valeur dans une société qui ne reconnaîtrait pas la possibilité de connaître la vérité et le droit de professer ses propres convictions. Si la démocratie présuppose le relativisme, l'éducation se réduira à un entraînement sans but, parce qu'il n'y aurait ni vérité à connaître, ni droit à respecter, mais seulement des opinions individuelles et des conventions sociales à accepter formellement. La relation entre vérité, liberté de conscience et société politique constitue un rapport très complexe et articulé, parce qu'il faut reconnaître, d'une part, aux divers sujets la liberté de recherche et d'enseignement et, d'autre part affirmer l'objectivité de la science, de la philosophie et de la religion selon les résultats atteints par l'expérience, par la démonstration et par la révélation. Le personnalisme reconnaît un « pluralisme méthodologique », c'est-à-dire la liberté dans la recherche, ce qui comporte en conséquence un « pluralisme de fait » pour les diverses conclusions subjectives des chercheurs; mais non pas un « pluralisme idéologique », un « pluralisme de droit » comme si toutes les croyances sont bonnes et se valent, toutes les philosophies sont valides et toutes les théories scientifiques acceptables. Il s'agit d'une question de justice et de respect pour la vérité[9].

La fin de l'éducation consiste dans la capacité de se comporter comme subjectivité consciente et intentionnelle dans le respect de l'objectivité réelle, selon la nature, la société et la divinité. L'erreur des absolutistes dérive du fait qu'ils ne reconnaissent que l'objectivité comme élément unique de discrimination, d'où ils prétendent qu'on ne peut laisser d'espace à l'erreur, allant jusqu'à nier la subjectivité de la conscience; l'erreur des relativistes dérive du fait qu'ils ne reconnaissent que la subjectivité comme élément déterminant les relations culturelles, sociales et religieuses, ils vont jusqu'à nier l'objectivité de la vérité et de la loi morales. Les uns sont disposés à utiliser la force de la coercition pour imposer ce qu'ils considèrent comme le bien; les autres font du doute permanent la base de la tolérance de toutes les positions idéologiques possibles, même les plus contradictoires et qui détruisent le bien commun. Une pédagogie personnaliste reconnaît dans l'éducation à la compréhension et à la collaboration réciproque, l'unique méthode authentiquement démocratique susceptible de convaincre la conscience et de respecter l'objectivité de la vérité et de la loi morale, dans un esprit de loyauté vis-à-vis de la vérité et de solidarité sociale. Pour le thomisme, c'est justement l'amour pour la vérité qui constitue la base du respect de la personne; et c'est la vertu d'humilité face à la vérité qui doit être cultivée chez les jeunes pour éviter le fanatisme et le scepticisme, humilité face à cette vérité encore inconnue et face aux autres hommes qui sont unis dans la recherche de cette même vérité. Ce n'est pas le scepticisme mais bien l'humilité qui pousse à reconnaître ses propres limites et les raisons des autres; le scepticisme pousse à la présomption et à l'ironie; il divise les hommes au lieu de les unir.

Le réalisme peut donner son fondement à un personnalisme pédagogique et à une politique démocratique, parce que l'être est le fondement du connaître et de l'agir, grâce à quoi la personne doit reconnaître l'objectivité du vrai,

---

9.   Voir J. MARITAIN, *Le philosophe dans la cité*, Paris, Alsatia, 1960.

du beau et du bien, qui en Dieu seul se réalisent en plénitude. L'homme, qui est un être contingent, parvient ainsi à entrer en dialogue avec Dieu, l'être nécessaire. La réalisation totale de l'existence humaine est seulement possible en transcendant la condition humaine, c'est-à-dire en acceptant l'aide intérieure de Dieu. Le personnalisme chrétien, allant au-delà de l'individualisme de l'humanisme libéral-bourgeois et du collectivisme socialo-marxiste, peut assurer le fondement d'un « humanisme intégral[10] ».

Le processus éducatif ne se réduit donc pas à une « adaptation naturaliste » en vue d'obtenir la plus grande efficacité fonctionnelle de l'individu, ni à un « conditionnement social » en vue de garantir la participation aux différents groupes économiques et politiques, mais il se définit comme « processus de personnalisation », comme réalisation de l'humanité par l'intermédiaire d'une culture désintéressée intégrant les valeurs de la science, de l'art et de la religion.

Les conquêtes technologiques des méthodologies éducatives et les succès politiques des structures éducatives n'ont de valeur éducative que lorsqu'elles promeuvent le développement humain de chaque homme qui est éduqué. Il faut donc fonder l'expérience éducative sur les bases d'une philosophie de l'éducation sûre, au-delà de tout psychologisme et de tout sociologisme, parce que c'est la vérité qui promeut la libération de l'homme et parce que la culture humaniste présuppose l'intelligibilité de l'être[11].

---

10. Voir C. Scurati et P. Viotto, *La pedagogia oggi*, Fossano, Esperienze, 1975.
11. Voir J. Maritain, *Pour une philosophie de l'éducation*, Paris, Fayard, 1969.

L'actualité de la pédagogie de Jacques Maritain

MARK GOLDSTEIN
Université d'Ottawa

This topic was chosen for reasons pertaining both to emotions and to educational orientation.

This dissertation intends to present, even if this may seem somewhat paradoxical, the actuality of J.M.'s pedagogy as an aspect always of immediate actuality within the framework of perennial education, the Thomist education, loved with such abandon by J.M.

Within the limits of what is possible, the ontological and epistemological affiliations of J.M.'s educational Thomism are sketched, to establish the educational orientation of this great philosopher and the way in which it integrates his great work.

*The foundation as well as the organisation of the ideas of
J.M. underline the eternal principles of the school of thought of
traditional education, inspired by the* love of humanity, *passing
through the ineluctable conditions of the system and ending with
an administrative formula, whose global value is equalled only
by its generosity. And, with all this, J.M. remains in touch with
both social evolution and the destructive shadow of totalitarian
evil.*

*Finally, the universal remedy of all difficulties will be found
in a strengthening of the spiritual life of the youth, as a consequence
of intensifying liturgical life on our campuses.*

> *Gratia perficit naturam*
> Saint Thomas d'Aquin

Il y a deux sortes de raisons qui pourraient expliquer le choix de ce
sujet, et ceci d'autant plus qu'il est fait librement, dans un pays privilégié,
tel que le Canada. Tout d'abord il y a l'émotion suscitée par cette grande
personnalité que l'on célèbre ici aujourd'hui et, deuxièmement, il y a le fait
fondamental que la civilisation chrétienne est la seule jusqu'à maintenant à
contribuer *globalement* à un Weltanschauung compréhensif; car, si l'éducation
est intimement attachée à la vie quotidienne tout changement ayant trait aux
fins les plus significatives de la vie devrait sans doute aucun influencer profondément le but de l'Éducation.

Évidemment, le christianisme a ajouté ses valeurs fondamentales au but
de l'éducation et, dans ce contexte, il ne serait pas superflu de nous rappeler
les mots de A.E. Taylor, qui, en comparant l'éducation ancienne à l'éducation
de style chrétien, trouvait que, pour les Grecs, la vie de l'homme se situait
un peu plus haut que celle des animaux, tandis que pour les Chrétiens le statut
de l'homme était inférieur seulement à celui des anges. Évidemment, non
seulement y a-t-il une différence énorme entre les deux points de vue, mais
aussi la question que cela suscite est celle d'une réconciliation possible; et
saint Thomas d'Aquin y croyait.

Dans le domaine des écoles de pensée en éducation il y a toujours eu
des orientations traditionnalistes, idéalistes, libéralo-chrétiennes à la rigueur,
tout cela donnant l'édifice monumental de l'éducation jusqu'à notre époque,
car, historiquement, les autres orientations semblent avoir échoué.

Dans le cadre de notre allocution, nous avons cru bon de nous concentrer
exclusivement sur les idées pédagogiques de J. Maritain, qu'il appelait lui-
même[1] « des vues Thomistes en éducation », et, pour commencer, il soulignait

---

1. J. MARITAIN, «Thomist Views on Education», in *Modern Philosophies of Education*, the
54th Yearbook of the National Society for the Study of Education, Part I, Ed. N.B. Henry,

la grande opposition du thomisme au pragmatisme philosophico-pédagogique, auquel fait appel, de nos jours, toute pédagogie « active », pour justifier son existence.

Il serait bon, avant de passer en revue les « vues » de Maritain, d'en définir les lignes de force ontologiques et épistémologiques. Ces lignes de force contiennent le thomisme, comme Maritain aimait l'appeler, ou bien le « néo-thomisme », appellation qui, effectivement, confirme la grande synthèse thomiste, en constitue une mise à jour et en démontre la perennité de la pensée en éducation.

Le néo-thomisme c'est « le monde de l'être[2] », le monde de l'existence. En effet, saint Thomas s'attaque aux notions de *potentialité* et d'*actualité* pour promouvoir une synthèse inédite, moderne qui rayonne aussi vivement à l'heure qu'il est qu'au jour où elle a été créée.

Pour Aristote toute chose représentait l'union de *la forme* et de *la matière*, ce qui menait à une identité absolue. C'est ce qui a été nommé *essence* par le philosophe grec. C'est cette essence, cette *quiddité* qui formait le fondement de sa métaphysique. Par rapport aux « idées » platoniciennes, nous voilà confrontés à un monde que l'on pourrait comprendre par la voie de la raison. Plus tard, quand l'idée de Dieu devint un acquis, la vision de saint Augustin semblait une vision suffisante pour le monde chrétien. Mais plus la métaphysique dépourvue de divinité d'un Aristote semblait fasciner l'esprit occidental, plus l'on comprenait la nécessité d'une réconciliation des idées aristotéliciennes et de l'Église. La tâche d'effectuer ce rapprochement revint à saint Thomas.

À l'essence plutôt amorphe d'Aristote — car l'essence n'est que potentialité sans existence et est alors synonyme d'actualité —, saint Thomas ajoute l'idée d'être. C'est dans ce contexte que l'homme est inférieur aux anges, privilégiés par leur absence d'existence corporelle et inférieurs à leur tour au « pur être » qui est l'expression absolue du principe de l'existence; c'est l'essence de cet *ÊTRE D'EXISTER*. Alors seulement *DIEU ET ÊTRE se confondent*, car Dieu est l'origine et l'union de toute *quiddité* et de tout *être*. C'est pourquoi Moïse, en posant la question à l'Éternel[3] obtient la réponse : *Je suis celui qui suis*, une réponse qui établit un parallélisme étonnant entre Moïse et saint Thomas : d'un côté la révélation, de l'autre le couronnement d'un intellect unique.

Chicago, Distr. U. of Chicago Press, Ill, 1955, chap. III pp. 57-59; ou bien « Vues thomistes sur l'éducation », *ibid.*, pp. 147-188 et J. MARITAIN, *Pour une philosophie de l'éducation*, Paris, A. Fayard, 1959.

2.   V.C. MORRIS : *Philosophy and the American School*, Boston, Houghton Mifflin Co., 1961, p. 57.

3.   La Sainte Bible, Genève, par L. Segond, éd. La Maison de la Bible, 1963, Exode 2, 3, p. 53.

Les plus importants concepts dans l'ontologie thomiste, concernant les implications pédagogiques, sont les principes de la potentialité et de l'actualité, ce qui nous donne la quintessence de l'idée téléologique.

Les idées téléologiques ont marqué toutes les religions, des plus primitives jusqu'aux nôtres, les plus avancées. Cependant le thomisme (néo-thomisme) nous paraît particulièrement important puisqu'il vise à *la synthèse suprême*.

Si l'on veut passer au point de vue épistémologique du thomisme, nous constatons que, par son caractère éminemment organique, il nous oblige à établir le *nexus potentialité — actualité* comme point de départ. Une fois ce fondement ontologique établi, l'épistémologie qui en est dérivée nous oblige à reconnaître que la réalité découlant de ce schéma a un caractère logique et, par conséquent, que la réalité est telle quelle *nécessairement*. Pour ainsi dire, nous sommes fixés sur la longueur d'onde de la réalité suprême.

Selon le thomiste (ou plutôt néo-thomiste) notre esprit tend naturellement à *connaître*, c'est-à-dire que notre intellect peut *PERCEVOIR LA VÉRITÉ* par lui-même et en soi-même. Pratiquement l'intellect a l'*intuition* de la vérité. Pour préciser le concept de l'intuition[4], il faudra souligner l'existence des deux sortes de vérité aristotéliciennes : la vérité *évidente* ou synthétique et la vérité analytique ou *évidente en elle-même*. Le premier genre de vérité a besoin de preuves, mesurables, s'il en faut, tandis qu'une assertion du genre : « Si deux quantités sont égales avec une troisième, elles sont réciproquement égales », implique que ce Prédicat n'a pas besoin d'être testé, car j'ai l'intuition qu'il est vrai, par le truchement de mon intellect. Le thomisme postule qu'à la base de cette connaissance se situe la perception sensorielle. De toute manière, ce qui établit la caractéristique vitale de l'intuition par l'intellect c'est que « *la vérité est une perception immédiate de l'intellect*[5] ». La vérité analytique et la connaissance intuitive, voilà les véhicules qui vont nous permettre d'atteindre le monde exclusif des vérités que le thomisme appelle « *les premiers principes*[6] ».

Un des exemples les plus significatifs dans cet ordre d'idées serait l'énoncé : *toute chose a une cause*. Aristote considérait qu'à force de connaître quelque chose, on en connaissait les causes, et c'est ainsi qu'il concevait, selon une séquence d'une modernité surprenante, car nous pensons de cette manière actuellement, les quatre genres distincts de causes :

1. La cause matérielle :   la matière
2. La cause formelle :   la forme
3. La cause efficiente :   le créateur
4. La cause finale :   le but

---

4. B. LONERGAN, S.J., *Insight*, N.Y., Philosophical Library 1973, pp. 406-407.
5. V.C. MORRIS, *op. cit.*, p. 15.
6. *Ibid.*, p. 150.

Une fois arrivé à la conception de la *fin*, de la *finalité* si l'on veut, ce qui suit est un *saut de l'intellect* dans le domaine de la perception intuitive, ce qui engendre une satisfaction épistémologique chez l'homme. En ce qui concerne le thomiste laïque, on pourrait assumer l'identité des vues aristo-télicienne et thomiste. Quant à l'Église, elle peut répondre effectivement à la question de la finalité de notre vie, en faisant valoir que l'on vit pour reconquérir la vie de Grâce que nous avons perdue à cause du péché d'Adam[7].

Comme nous l'avons déjà affirmé, il y a parfaite coïncidence entre la révélation mosaïque de Dieu et Sa connaissance par l'illumination de l'intellect que le thomiste propose. Ce n'est rien de moins qu'un miracle de contempler cette vérité qui est démontrée deux fois dans un intervalle de deux millénaires : la première par la révélation, la deuxième par la démarche de l'esprit humain.

Par la force de notre progression, nous voilà arrivés au moment où il nous faudra dire quelques mots sur la manière de *connaître* et de *se comporter intelligemment* de l'homme. Pour des raisons de temps et d'espace, nous allons nous limiter à la seule présentation de la pédagogie thomiste (néo-thomiste).

Le propos le plus vital est que *l'intuition conduit à la vérité finale*. Il s'ensuit que la pédagogie thomiste se centre sur des méthodes destinées à développer cette faculté suprême de l'homme. *Mens sana in corpore sano* se réalise dans l'idée que l'esprit a besoin d'une gymnastique, qui est une *discipline formelle* — non rigide —, au sens aristotélicien du terme, c'est-à-dire une *discipline dans les formes de la pensée*. Par conséquent, la préférence du thomiste va vers les disciplines de caractère *formel*. L'esprit se dirige donc naturellement vers les mathématiques (domaine exempt d'irrégularité) et les langues (sujet doué de structures formelles). Quant à la mémoire, une autre faculté importante, elle doit aussi s'exercer. Finalement la *volonté*, la force de caractère nécessaire pour vaincre les difficultés de l'apprentissage, ce qui demande une constance remarquable, est l'exercice par lequel la fin viendra couronner l'œuvre.

Évidemment aussi, le thomiste inclut dans son programme d'études une quantité appréciable de matériel religieux et rituel, car il devient impératif d'inviter la vérité spirituelle, ce qui coïncide avec toute tentative dans le domaine de l'intuition. Cependant, puisque l'intuition doit être précédée par le développement intellectuel, nous devons comprendre que, si les circonstances sont favorables, ce « *développement va culminer en pouvoirs intuitifs*[8] ».

Ayant précisé les approches ontologiques et épistémologiques du tho-misme, constituant le fondement et la pérennité et du grand édifice de l'Église et de sa pédagogie, passons à une analyse des vues pédagogiques de Maritain.

---

7. Évidemment, l'idée de finalité aristotélicienne est inférieure et peu satisfaisante, par comparaison à l'idée thomiste, car le philosophe grec envisage comme but final de l'homme seulement le développement de sa rationnalité.

8. V.C. Morris, *op. cit.*, p. 196.

Pour Maritain, « *l'Éducation est un art, et un art particulièrement difficile*[9] » ; et plus loin : « *L'Éducation est un art moral ou plutôt une sagesse pratique en laquelle un art déterminé est incorporé*[10] ».

Si cet art vital pour le bien-être humain est tellement difficile, c'est à cause de certaines erreurs que l'homme commet. Notre grand maître Maritain nous donne une liste des erreurs contre lesquelles l'éducation doit se garder, au moment de l'établissement de *ses fins* :

1. Première erreur : la méconnaissance des fins ;
2. seconde erreur : idées fausses concernant la fin ;
3. troisième erreur : le pragmatisme ;
4. quatrième erreur : le sociologisme ;
5. cinquième erreur : l'intellectualisme ;
6. sixième erreur : le volontarisme (confondant quelquefois l'équipement technique avec l'intelligence) ;
7. septième erreur : *tout peut être appris* est un paradoxe pitoyable de certains éducateurs modernes[11], ainsi qu'une déformation matérialiste, spécifiquement américaine.

Ici Jacques Maritain passe au *dynamisme de l'éducation* :

1. *Les facteurs dynamiques*
a. L'esprit de l'élève et l'art du maître : *ars cooperativa naturae* ;
b. certains principes de l'école active sont acceptables, car l'agent principal de l'éducation est *le principe interne d'activité*, le dynamisme intérieur de la nature et de l'esprit ;
c. la vraie libération de la personnalité ; « l'homme tout entier est à la fois individu et personne : il est une « personne » en raison de la substance spirituelle de son âme, et il est un « individu » en raison de ce principe de diversification non spécifique qu'est la matière et qui rend les membres d'une même espèce différents les uns des autres[12] ».
2. *Les dispositions fondamentales à favoriser*
a. L'amour de la vérité, du bien et de la justice, et même l'amour des exploits héroïques ;
b. simplicité et ouverture à l'égard de l'existence ;
c. à l'égard du travail : le sens de l'ouvrage bien fait ;
d. à l'égard d'autrui : le sens de la coopération.
3. *Les normes fondamentales de l'éducation*
a. La tâche du maître est une tâche de libération : libérer les bonnes énergies est le meilleur moyen de réprimer les mauvaises ;

---

9.   J. MARITAIN, *L'Éducation à la croisée des chemins*, Paris, A. Fayard, 1959, p. 19.
10. *Ibid.*, p. 19.
11. Voir les propos dans ce sens d'universitaires connus, tels que : R. Tyler, B.S. Bloom, et alii.
12. J. MARITAIN, *Pour une philosophie de l'éducation*, A. Fayard, Paris, 1959, p. 52.

b.   se soucier du *dedans* et de l'intériorisation de l'influence éducative (point de vue qui va à l'encontre de toute tendance empiriste).
c.   la libération du pouvoir intuitif, c'est-à-dire faire ce qui « éveille et libère les *aspirations* de la nature spirituelle en nous[13] » ;
d.   l'œuvre entière de l'éducation doit tendre à *unifier*, non à disperser ; « elle doit constamment s'efforcer d'assurer et de nourrir l'unité intérieure de l'homme[14] ». Le but de ce processus est *la sagesse*, c'est-à-dire « cette connaissance qui pénètre et embrasse les choses en visant des vues intelligibles les plus profondes et les plus unifiées[15] », réaliser une « musique » de l'esprit, comme disait Platon ;
e.   l'enseignement doit libérer l'intelligence au lieu de la charger ; « en d'autres termes, que l'enseignement aboutisse à la libération de l'esprit par la maîtrise de la raison sur les choses apprises[16] ». Une connaissance doit être « de l'espèce la plus digne », comme disait Herbart. Aussi faudra-t-il comprendre la futilité des idées des termes « valeur de connaissance » et « valeur d'exercice » (mental training and training value) établis par Locke, car cette opposition « vient d'une ignorance de ce qu'est la connaissance, et de la supposition que la connaissance est l'accumulation de matériaux dans un sac, et non pas l'action la plus vitale par le moyen de laquelle les choses sont spiritualisées afin de ne plus faire qu'un avec l'esprit[17] » ;
f.   la structure interne du programme d'études ; c'est ici que l'on trouverait une possibilité utile pour la « valeur d'exercice », dans les matières dont la valeur principale (non la seule valeur) est valeur d'exercice, comme par exemple la catégorie du jeu, non seulement les sports et la culture physique, mais aussi le travail manuel et artisanal et la dextérité dans les choses mécaniques.

Jacques Maritain propose comme formule du « curriculum » les humanités et une éducation libérale, dans le respect affectueux des règles de la psycho-pédagogie du développement pour que l'apprenant puisse se nourrir intellec-tuellement, par exemple, des résultats de l'effort du savant ou du poète. Aussi, faudra-t-il ne pas faire violence à l'esprit de l'apprenant par une spécialisation prématurée.

Sur le plan pédagogique général, Maritain propose que l'on organise le Programme de manière à permettre à une jeune personne de faire ses études pré-universitaires (undergraduate studies) entre la seizième et la dix-neuvième année. Ainsi, l'étudiant pourrait faire le tour de l'univers des arts libéraux :

---

13.   *Ibid.*, p. 62.
14.   *Ibid.*, p. 65.
15.   *Ibid.*, p. 68.
16.   *Ibid.*, p. 69.
17.   *Ibid.*, p. 72.

1. L'année *de Mathématiques et de Poésie*, comprenant : Les mathématiques; la poésie; les langues étrangères et l'histoire de la civilisation;
2. l'année *des Sciences naturelles et des Beaux-Arts*, comprenant : la physique et les sciences naturelles; les beaux-arts, les mathématiques, la littérature et la poésie; l'histoire des sciences;
3. l'année *de Philosophie*, comprenant : la philosophie (la métaphysique, la philosophie de la nature, l'épistémologie et la psychologie); la physique et les sciences naturelles; les mathématiques, la littérature, la poésie, les beaux-arts;
4. l'année *de Philosophie morale et politique*, comprenant : l'éthique et la philosophie politique et sociale; les sciences physiques et naturelles; les mathématiques, la littérature, la poésie, les beaux-arts, l'histoire de la civilisation et l'histoire des sciences.

Tout ce contenu doit être inspiré du sentiment des valeurs éternelles et dominé par l'amour de l'homme : *caritas humanis generis*.

Encore et en dernière analyse, puisqu'il faut mettre les jeunes « en possession des fondements de la sagesse[18] » car personne ne peut se passer de la philosophie, il faudra couronner les cours pré-universitaires par l'étude de la philosophie et de la théologie. Maritain, le converti illuminé, précise que les solutions pratiques du programme verraient à ce que l'enseignement théologique soit donné, conformément à la diversité des croyances, par des professeurs appartenant aux principales confessions religieuses, chacun s'adressant aux étudiants de sa confession.

Quant à l'Université, Maritain est en accord avec l'idée d'une institution qui « devrait enseigner la connaissance universelle[19] ». Il y aurait ainsi quatre ordres de sujets :

1. Le domaine des arts utiles et des sciences appliquées et l'enseignement technique supérieur (sciences administratives, arts et métiers, chimie appliquée, commerce, finances, etc.);
2. les sciences pratiques (la médecine, la psychiatrie, l'hygiène publique, le droit, les sciences économiques et politiques, l'éducation, etc.) couvrant certains champs spécialisés;
3. le domaine des sciences spéculatives et des beaux-arts (ce qui comprend les arts libéraux proprement dits tels que : les mathématiques, la biologie, la psychologie, l'éthiologie, la préhistoire, l'archéologie, l'histoire, les langues et les littératures modernes et anciennes, la linguistique, la musique et les beaux-arts);
4. le centre le plus élevé de « leadership », permettant l'évolution —
à l'intérieur de l'architecture de l'enseignement — des sciences à la

---

18. *Ibid.*, p. 94.
19. *Ibid.*, p. 99 (Maritain cite le Cardinal J.H. Newman, voir *On the Scope and Nature of University Education*, Preface and Discourse I).

sagesse : la philosophie de la nature, la métaphysique et l'épistémologie, la philosophie morale, sociale et politique, la philosophie de la culture et de l'histoire, la théologie et l'histoire des religions.

Dans cette université idéale, il n'y aurait pas de Facultés mais des *Instituts*, chacun avec son organisation particulière mais organiquement relié aux autres. Voilà une prise de conscience très précoce de l'idée d'interdisciplinarité.

Pour établir une « consommation » organique des besoins éducatifs dispensés par le système d'éducation de Maritain, il devient vital pour tous de s'éloigner de l'idée cartésienne qui considérait la foi comme une simple obéissance et reconnaître qu'il serait invraisemblable que Dieu ait parlé, pour ne rien dire à l'intelligence. À ce point de vue, le cardinal Newman avait raison d'affirmer que si une université professe que c'est son devoir scientifique d'exclure la théologie de son programme d'études, *une telle institution trahit cela même qu'elle professe servir, s'il y a un Dieu*[20]. Quant à ceux qui ne partagent pas ces sentiments envers la théologie, ils profiteraient quand même grandement de leur instruction théologique.

Pour ce qui est des grandes lignes de l'éducation dans « la présente crise de la civilisation », notre grand philosophe nous montre « comment remédier à la perversion mentale de *l'éducation par la mort*[21] » initiée par les nazis allemands et les adeptes nihilistes de tous les courants totalitaires. Cela ne sera fait que par la *prévention* de ces tendances au moyen de cures psychologiques, quelques-unes plus rigoureuses (à l'instar du cas des Allemands où on aurait dû empêcher les éléments moralement douteux d'occuper des postes de direction dans l'ordre politique ou éducationnel), d'autres plus normalement constructives, comme, par exemple, des campagnes éducatives tablant sur le potentiel de réadaptation des esprits corrompus. Et plus loin, avec cet esprit réaliste qui ne le quittait jamais, Maritain de dire « il va de soi que l'œuvre positive d'éducation dont nous parlons n'intéresse pas seulement le relèvement moral de l'Allemagne. Le *monde entier y est intéressé. Et tous les hommes de bonne volonté devraient y participer*[22] », car c'est de cette façon que l'on pourra entreprendre le renouvellement de *l'esprit* de l'éducation dans les pays démocratiques.

Il serait bon ici de conclure, en soulignant quelques aspects typiques de l'éducation chrétienne, car c'est l'éducation chrétienne qui constitue le fondement indestructible de l'édifice éducatif préconisé par Maritain. Ainsi, la première chose à faire sera de préciser quelle est l'idée chrétienne de l'homme. Si l'on veut ne pas être trop détaillé, allons puiser chez Thomas d'Aquin qui va jusqu'à proposer que,

---

20. *Ibid.*, p. 105 (Maritain cite à nouveau le Cardinal J.H. Newman, voir *On the Scope and Nature of University Education*).
21. *Ibid.*, p. 127.
22. *Ibid.*, pp. 133-134.

dans son état de séparation d'avec le corps, l'âme est sans doute une substance, mais qu'en elle la nature humaine reste incomplète — en sorte que l'âme humaine ne constitue pas une personne. *Tout cela signifie que l'âme et le corps forment un seul composé substantiel* [...] Le christianisme souligne le fait que l'homme est aussi bien chair qu'esprit (et que l'homme est) être naturel *et* surnaturel, portant en lui les blessures d'Adam et les blessures sacrées du Rédempteur[23].

Il s'ensuit que l'éducation chrétienne, tout en développant autant que possible « les énergies et les vertus naturelles, *compte plus sur la Grâce que sur la nature* ». « L'éducation chrétienne ne sépare pas l'amour divin de l'amour fraternel[24] ». Évidemment ici, il s'agit d'un processus qui doit *durer toute la vie*. Les exigences de l'éducation chrétienne doivent alors porter sur

1.   Les exigences de toute éducation authentique visant à aider un enfant d'homme à atteindre sa perfection d'homme;
2.   le programme scolaire, dont le contenu serait pertinent à la culture chrétienne tout d'abord, et à la culture générale en second lieu (tout autre élargissement nécessaire aurait lieu sous l'égide du christianisme);
3.   le *mode* suivant lequel une âme et son esprit peuvent agir et illuminer l'âme et l'esprit d'un autre être humain;
4.   le développement de l'intelligence chrétienne, un style intellectuel plus spontané que celui centré sur l'érudition, et qui trouverait ses sources dans l'étude de la philosophie et de la théologie;
5.   une formation théologique « mise spécialement en contact avec les problèmes soulevés par la science contemporaine[25] ».

Comment donc fortifier la vie spirituelle? Le grand philosophe a la solution : intégrer la théologie à la philosophie, tout comme la formation religieuse des jeunes devrait « s'intégrer à l'activité mentale générale des étudiants » et à leurs intérêts intellectuels. Tout aussi évidemment, il faudra se rendre compte que ces *desiderata* ne sauraient se réaliser que par *une intensification de la vie liturgique* dans nos campus.

Pour mettre le point final à toutes ces considérations il nous faudra, encore une fois, faire appel à la profonde sagesse de Maritain, et constater, en parfait accord avec lui, que, dans la présente culture, « le premier service que la religion peut attendre de l'école, c'est *que l'école restaure dans les étudiants l'intégrité de la raison, de la raison naturelle*[26] ».

Une fois cette raison rétablie, sera-t-elle capable de réaliser ses pleines dimensions sans l'équilibre de la foi et de l'inspiration religieuse? La réponse de Maritain est plutôt négative, car la guérison de la civilisation humaine et son salut « dépendent d'un complexe de causes qui, selon le mot d'Aristote, s'engendrent les unes les autres : *Causae ad invicem sunt causae*[27] ».

---

23.   *Ibid.*, pp. 189-192.
24.   *Ibid.*
25.   *Ibid.*, p. 201.
26.   J. MARITAIN, *Vues thomistes sur l'éducation*, Paris, A. Fayard, 1959, p. 187.
27.   *Ibid.*, p. 188.

Aujourd'hui, ce rare esprit qui est celui de Maritain et dont on ne peut présenter la grandeur et la pérennité qu'avec le frisson et de l'admiration et de l'urgence, nous indique une ferme solution de continuité ; car « *le problème le plus crucial auquel notre système éducationnel a affaire n'est pas un problème d'éducation, mais un problème de civilisation*[28] ».

---

28. *Ibid.*

Universal Liberal Education: The Cultivation of Natural Intelligence

PIERRE D. LAMBERT
Boston College

L'éducation moderne axée dans une large mesure sur les études professionnelles dites pratiques accorde relativement peu d'attention à la question de l'éducation libérale, concept souvent associé à la recherche de loisirs des classes privilégiées d'une autre époque. Proposer par conséquent non seulement une discussion de l'éducation libérale mais la possibilité d'en étendre les bienfaits à tous semble absurde à plusieurs. Cependant, Maritain préconise avec force l'éducation libérale universelle, en laquelle il perçoit qu'elle est la seule qui convienne à l'être humain à la lumière de la fraternité universelle : l'« égalité fondamentale de

*tous les hommes devant Dieu ». La possibilité de mettre sa re-
commandation en pratique dépend de la légitimité de la distinction
qu'il fait entre la connaissance au niveau de l'intelligence naturelle
et la connaissance au niveau des vertus intellectuelles. Au premier
niveau, une sorte de connaissance universelle est possible, laquelle,
bien qu'inférieure à la connaissance parfaite, technique ou scientifique, apporte à chacun une certaine mesure de compréhension
et d'appréciation des principaux domaines de l'art et de la science.
Au niveau des vertus intellectuelles, la connaissance plus parfaite
qu'est la connaissance spécialisée requise de l'expert est à la
portée du professionnel. Maritain propose des exemples tirés de
la physique et de la musique pour illustrer la différence entre la
connaissance appropriée à l'amateur et la connaissance réservée
au professionnel, exemples qui suggèrent ce qui pourrait être fait
dans d'autres disciplines.*

*Bien que la terminologie employée par Maritain ne soit pas
d'usage courant, sa théorie de l'éducation libérale peut trouver
des appuis dans la littérature contemporaine. Des philosophes
qui ne sont pas d'accord avec les fondements métaphysiques thomistes de l'éducation libérale universelle exigent que des moyens
significatifs soient mis en œuvre pour présenter la science aux
non savants et la philosophie aux non philosophes, moyens fondés
sur des distinctions épistémologiques qui ressemblent d'une manière
frappante aux distinctions du même ordre faites par Maritain.*

*Les problèmes que pose la mise en œuvre du plan de Maritain
semblent plutôt pratiques que théoriques. La recherche attentive
d'une solution à ces problèmes ferait avancer grandement la réalisation du rêve de l'éducation libérale universelle de Maritain.*

In some intellectual circles, a discussion of liberal education is probably
regarded as singularly inappropriate in a time of mounting social, economic,
and political crises threatening the very existence of contemporary civilization.
The very term "liberal education" has vanished from the vocabulary of those
who see it as a relic of a much earlier and quite different cultural era, one in
which a select few enjoyed the extensive leisure time required for the pursuit
of the seven, or however many, liberal arts. This association of a liberal
education with a socio-economically privileged elite has undoubtedly seriously
restricted the discussion of the relevance of such education for modern times,
let alone a consideration of the feasibility of extending its provisions and
benefits. For those who have forsaken the term, indeed the concept, the word
connotes the impractical, an education removed from the ever-present and

indeed pressing problems of life in the late decades of the twentieth century. It becomes an anachronism, an idea whose time has passed, the spirit of which may survive at best in something called but not always clearly defined as general education. To propose, therefore, not only a discussion of "liberal education", but the possibility of extending its benefits to all, may seem to border on the absurd to those who, in addition to their general pessimism over civilization's future, are stunned by the fact that a very substantial percentage of the world's population is basically illiterate, and a growing number are said to be functionally illiterate, even in supposedly advanced cultures. Yet, Jacques Maritain could and did argue forcefully on behalf of universal liberal education. He did so because of his conviction that such an education was the *only* one befitting a human being, and he did so in the light of a vital distinction he made between two "states for intelligence" as he called them, or what we may call levels, or indeed, in a sense, kinds of knowledge. Before considering the latter point, the main thrust of this paper, let us dwell briefly on the rationale for universal liberal education according to Jacques Maritain.

Among the many definitions and descriptions of liberal education penned over the years, one would be hard pressed to find a more poetically inspiring one than the following: "There is no other foundation for the educational task," wrote Maritain, "than the eternal saying: It is truth which sets man free. It appears, by the same token, that education is fully human education only when it is liberal education, preparing the youth to exercise his power to think in a genuinely free and liberating manner—that is to say when it equips him for truth and makes him capable of judging according to the worth of evidence, of enjoying truth and beauty for their own sake, and of advancing, when he has become a man, toward wisdom and some understanding of those things which bring to him intimations of immortality."[1]

A lofty ideal, nobly expressed! Possibly, advancing toward wisdom and intimations of immortality may seem beyond the grasp of even the most idealistic among us. Yet, the passage includes notions common to most statements of the objectives of a liberal education: knowledge, true knowledge as the source of freedom, knowledge acquired through the liberating power to think, to weigh the value of evidence, and, of course, the capacity to enjoy truth and beauty. These notions, however expressed, are indeed not uncommon views of the characteristics derived from a liberal education. But what may be less common, and consequently more debatable, is the view that these qualities may be acquired by all, indeed must be, if all men and women are to be truly human—the view that "education is fully human education only when it is liberal education." Maritain recalls the long-standing opposition

---

1. Jacques Maritain, "Thomist Views on Education," in Nelson B. Henry, editor, *Modern Philosophies and Education*, 54th Yearbook, National Society for the Study of Education (Chicago: University of Chicago Press, 1955), p. 60.

to this view, opposition based on traditionally accepted social stratification which distinguished clearly between free men and slaves, or workers, granting the former opportunity for genuine freedom while condemning the latter to an inferior, qualitatively different kind of life. Against this social dichotomy, the philosopher offers the support not only of natural law but of the Christian understanding of human dignity. Maritain wrote as follows:

> The notion of liberal education for all is, in my opinion, one of those concepts which are in themselves close to the requirements of natural law, and appear obviously valid once we think them over, but which were long repressed, so to speak, or prevented from being uttered in consciousness, because social conditions and social prejudice, condemning the greater number of men to a kind of enslaved life, made such concepts impracticable, which is as much as to say unthinkable. This concept of liberal education for all is a late fructification of a Christian principle, it is intimately related to the Christian idea of the spiritual dignity of man and the basic equality of all men before God. [2]

While underlining the Christian foundation of the principle of human dignity and equality, one might note that Maritain acknowledges it to be a "late fructification" of a Christian principle, one, for that matter, still not given the widest recognition in so-called Christian cultures. It is undoubtedly true that, historically, the social and therefore the educational order in Western society has been inspired more by the views of Plato than those of Christ. The full realization of the implications of the Christian principle of human dignity and equality has clearly not occurred, even in those cultures considered, at least nominally, Christian. In any case, whether or not the idea has fructified, its seed, according to Maritain, is to be found in the essence of Christianity. Universal liberal education is based on universal brotherhood—the "basic equality of all men before God." If one accepts the latter as a principle, it should follow that one accepts the former. However, it is patently clear that liberal education has never been conceived, let alone implemented, in universal terms. The reason for this may be found at the basic philosophical level just discussed—the foundation for notions of dignity and equality—or it may well be related to the practicability, the feasibility, of devising a plan to universalize liberal education, a possibility which brings us to the major point of this presentation.

Maritain, as mentioned earlier, offered a vital distinction between two "states for intelligence," or, if properly understood, levels or kinds of knowledge. The first he called knowledge at the level of natural intelligence, the second, knowledge at the level of intellectual virtues. According to this distinction, a kind of "universal knowledge" is possible at the level of natural intelligence, a knowledge which is less than perfect, technical, scientific, but which is nonetheless adequate to the development of understanding, appreciation, "right opinion" in Platonic language. At this level, applicable to high school and college years, one would study the arts and sciences not with a view to

---

2. Jacques Maritain, "On Some Typical Aspects of Christian Education," in Edmund Fuller, editor, *The Christian Idea of Education* (New Haven: Yale University Press, 1957), p. 191.

becoming an artist or a scientist, but toward an understanding and appreciation of the efforts of artists and scientists. The objective, wrote Maritain, "is less the acquisition of science itself or art itself than the grasp of their *meaning* and the comprehension of the truth and beauty they yield."[3] The study of physics or chemistry would accordingly be directed toward the understanding of the methods and achievements of these sciences, and not toward the education of future physicists and chemists. The appreciation and enjoyment of music would be the goal of the majority not interested, at least at that level, in becoming musicians or musicologists. Knowledge at the level of natural intelligence is knowledge for the amateur, and not for the professional. At a higher, distinctively different level, "intelligence as scientifically formed and equipped," or "intelligence perfected by the intellectual virtues," one may pursue graduate studies in a given professional area.

There would seem to be no great mystery about the distinction Maritain offers, or its implications for the curriculum and methods of teaching at the secondary and higher levels of education. Surely the knowledge which is suited to the needs of the amateur is not the same as that which is required of the professional. Yet the distinction is often obscured if not ignored in practice. Surely one may understand and appreciate the meaning of physics, its content, its methods, something of its accomplishments, at both the theoretical and practical levels, without a detailed acquaintance with its subject matter or intensive experimental work in the laboratory. For the amateur, the focus is on understanding and appreciation, not expertise. This is not to say that understanding and appreciation of a discipline do not depend on a measure of knowledge of the matter represented by that discipline, but it is to say that the knowledge in question is of a different kind, pursued to a different degree of intensity, short of the depth expected of the specialist. As Maritain put it, "It is less a question of sharing in the very activity of the scientist or the poet than of nourishing oneself intellectually on the results of their achievement."[4]

As for physics, so indeed for music—one might suggest, even more so. Even with the best of pedagogic efforts, it may be supposed that the "truth and beauty" expressed in physics will elude many who will readily discover such qualities in music, the latter more likely to become a vital dimension of one's life than the former. To understand, to appreciate, really to enjoy, for example, a symphony by Brahms, a partita by Bach, it may be helpful to know something of the historical and cultural milieu in which the music was written, perhaps something of the composer's life. But to know, for instance, that Brahms' third symphony is in F, and is listed as Opus 90, or that the first two sections of Bach's Partita Number One are called "Praeludium" and "Allemande" may not be essential. Yet, the forced memorization

3. Jacques Maritain, *Education at the Crossroads* (New Haven: Yale University Press, 1943), p. 63.
4. *Ibid.*

of myriad technical details in music as in art has certainly had the opposite of the intended effect in so-called music or art appreciation courses. In the same vein, one may develop an understanding of major historical themes— the evolution of democracy, the role of political ambition in national affairs, the impact of economic cycles—without committing to memory, as Herbert Spencer once put it, "the births, deaths, and marriages of kings and other like historic trivialities."

Examples could be cited from any discipline to illustrate the nature of knowledge at the level of natural intelligence, the non-technical, non-specialized knowledge which makes for understanding and appreciation. It must be pointed out, however, that the knowledge intended is not to be thought of as superficial, as merely a watered-down version of the knowledge given specialized experts. As Maritain wrote, "Still less is it a question of developing one's own mental skill and taste in the fashion of the dilettante by gaining a superficial outlook on scientific or artistic procedures or the ways and means, the grammar, logic, methodology thereof."[5] Knowledge at the level of natural intelligence is perhaps of a different kind, of a different intensity, but it must not be thought of as inferior to knowledge at the level of intellectual virtues. A misunderstanding here may account for the common failure to appreciate the meaning and significance of the distinction. It may also account for the not uncommon reluctance on the part of teachers to acknowledge the fact that teaching the non-professional, the non-specialist, calls for some modification in content and method. The perennial complaint is heard that teachers cater to the specialist, or future specialist. Physics I is expected to lead to Physics II. The promising undergraduate is supposed to become the dedicated graduate student. The liberal education of the many is thus sacrificed to the premature specialization of the few. This practice, if it is as common as reports suggest, works against the theory of universal liberal education advocated by Jacques Maritain.

In 1943, Yale University Press published Maritain's lectures entitled *Education at the Crossroads*. In 1955, Maritain further expressed his educational ideas, notably on liberal education, in an eloquent essay for the National Society for the Study of Education. Two years later, still further elaboration was contained in a lecture called "On Some Typical Aspects of Christian Education," part of a symposium on *The Christian Idea of Education*. In this essay, Maritain develops the implications of his theory, perhaps at the time somewhat more sensitive to problems attending the attempt to devise a workable system of universal liberal education. To compensate for the enlargement of the curriculum, he writes,

> . . . the manner of teaching and the quantitative, material weight of the curriculum as regards each of the disciplines in question would be made less heavy: for any effort to cram the mind of the student with facts and figures, and with the so-called integrity of the subject matter, by dint of useless memorization or shallow or piecemeal information, would be definitely given up; and the great thing would be to develop in the young person

---

5. *Ibid.*

genuine understanding of, and active participation in, the truth of the matter, and those
primordial intuitions through which what is essentially illuminating as to the basic verities
of each discipline learned is definitely and unshakably possessed.[6]

Maritain's words suggest familiarity with only too common practice,
and the source of numerous student complaints when he writes of cramming
the mind with facts and figures and useless memorization of meaningless
information. These are indeed not the ends of a liberalizing education; their
pursuit in fact frustrates their attainment. These ends are rather concerned
with, as Maritain puts it, genuine understanding of and active participation
in the truth of the matter, purposes which call for methods other than cramming
and memorization. One cannot too strongly make this point in assessing the
value of Maritain's proposal, and comparing it with past and current practice.

In this context, the philosopher offers two examples of courses which
might achieve the intended results. In philosophy there would be two courses:
one, "a course in the relatively few basic philosophical problems, as viewed
and illumined in the perspective of Christian philosophy and as related to the
most pressing questions with which the age is concerned," the other, "a
course in the history of philosophy, intent on bringing out the central intuition
in which every great system originates and the more often than not wrong
conceptualization which makes these systems irreducibly antagonistic."[7] Similarly, in theology, course work would be offered which "should be especially
connected with the problems raised by contemporary science, by the great
social movements and conflicts of our age, and by anthropology, comparative
religion, and the philosophy of culture."[8] The latter is a far cry indeed from
the work in religion or theology to which many of my generation were
exposed, and, I suspect, many whose formal education is of more recent
vintage.

In 1957, Maritain develops an idea advanced earlier concerning what
he called "schools of oriented humanities." This plan would attempt to solve
one of the most perplexing of perennial problems in educational theory: the
relationship which would exist between the liberal and the professional. Traditionally, solutions have ranged from the complete separation of the two,
setting up a dichotomy and at least the appearance of an antagonistic relationship,
to an early, probably premature integration of the liberal and the professional,
which more often than not has tended to subordinate the former to the latter,
indeed to promote the pursuit of shallow and piecemeal information condemned
by Maritain. According to his plan, the college would be divided into a number
of fields of concentration or fields of primary interest, "all of which would
be dedicated to basic liberal education, but each of which would be concerned
with preparatory study in a particular field of activity, thus dealing with the

---

6. Maritain, "On Some Typical Aspects," p. 183.
7. *Ibid.*
8. *Ibid.*, p. 184.

beginnings and first development of a given intellectual virtue or a given intellectual skill."[9] The point to be underlined here is that "basic liberal education rather than this preparatory study would be the primary aim"[10] in such schools, departments, fields of concentration, or whatever one wishes to call them. But while this priority would be clear and uncompromising, the liberal education there pursued would be geared to some extent, would have an eye, as it were, toward the professional field eventually to be entered by the student. The liberal arts would be no less liberalizing if they were related in selection of topics, in point of view, in the discussions of implications to the ultimate area of specialization, essentially to be pursued at the graduate rather than the undergraduate level. As Maritain put it, in order to make liberal education "fully efficacious," the matter and manner of presentation "would take into consideration the particular intellectual virtue, or the particular intellectual skill to be developed in the future scientist or businessman, artist, doctor, newspaperman, teacher, lawyer, or specialist in government."[11] Hence the term, "schools of oriented humanities."

In his address published in 1957, Maritain appears to be making a rather broad concession in the interest of implementing his philosophy of universal education. Again, sensitive perhaps to the failure of traditional disciplines traditionally taught to arouse responses from high school and college students, he suggests that for some (possibly a small minority? perhaps a majority?) the humanities could be presented through what he calls "informal and unsystematic learning." The force of this suggestion is best illustrated through the example he offers, the study of (some might say, of all things) gardening. While efforts would be formally focused on the attainment of horticultural skills, a very practical goal, the activity would offer, says Maritain, "every opportunity to give students, by way of digressions or comments, a most fruitful and unsystematic teaching in botany and biology, not to speak of economics, the history of architecture, the history of civilization, etc."[12] One can imagine the more conservative classical humanist raising at least one eyebrow at the thought that someone might enter the sacrosanct territory of the liberal arts through the garden gate. Even the more liberally inclined, recalling that gardening has long been thought of by many promoters of so-called alternative curricula as an integral part of anyone's general education, a skill productive of ends beyond the ability successfully to grow flowers and vegetables, may wonder at the likelihood that, even under the best of conditions, gardening should adequately arouse interest in, and develop understandings and appreciations of, such areas as economics or biology, let alone the history of civilization. Yet, given proper conditions, including probably an unusually

---

9.   Maritain, "Thomist Views . . . ," p. 81.
10. *Ibid.*
11. *Ibid.*
12. Maritain, "On Some Typical Aspects," p. 198.

qualified teacher, may not the outcomes suggested by Maritain indeed be realized, at least to some extent? Certainly for some, the attempt would be more productive than a stubborn reliance on classroom-centered, textbook-oriented instruction in the arts and sciences. Anyone who has encountered student resistance if not boredom or apathy to traditional approaches (and who has not?) cannot help, it seems to me, but give Maritain's proposal some consideration. To give such consideration, however, is not to minimize the problems related to such an "informal" approach to so vital an issue. The successful implementation of this plan would obviously call for a teacher at once liberally educated and a master gardener, or master of whatever skill area might be used as a basis for such informal liberal education.

A consideration of the validity of Maritain's plan for universal liberal education cannot help but inquire into sources of support for this plan from other philosophical viewpoints. The fact is that the ideas expressed by Maritain are not uncommonly found in contemporary philosophical literature, although they are usually expressed in different terms and are based on metaphysical foundations other than those of the Thomist. The late Charles Frankel, whose philosophical roots were certainly different from those of Maritain, offers a theory of the place of science in a general or liberal education which closely approximates the point made by Maritain concerning knowledge at the level of natural intelligence. The purpose of the study of science, writes Frankel, "is not to produce more physicists, chemists, doctors, and engineers . . . . This purpose is to give the nonscientist the ability to *imagine* science, to appreciate its character as a discipline of the human mind. To accomplish this," he continues,

> some firsthand exposure to a science, and probably to more than one science, is surely necessary. But it is not necessary that the individual master a mass of details. The problem is to take him through some representative histories of scientific achievement, to show the gross questions that provoked inquiry, the steps by which the questions were refined, the role played by an organizing theory, the stages by which the theory was confirmed, the difference that the theory makes for the questions men subsequently ask. The object of such a process is to bring out the logic that is in the sciences, the choices that produce a scientific belief, the standards that justify its acceptance. In short, the object is not to provide scientific information as such, but to bring science within the domain of the humanities, to reveal it as a product of the human mind and a mirror through which men can come to a better understanding and assessment of the way that mind works.[13]

Frankel's stated purpose, to help the nonscientist imagine and appreciate science by understanding the steps in the scientist's experimental process, thereby bringing science into the humanities, seems but another expression of the view offered by Maritain.

In a similar vein, British philosopher P.H. Hirst, commenting on the nature of a liberal education, writes, "Though its aim is comprehensive it is not after the acquisition of encyclopedic information. Nor is it after the

---

13.   Charles Frankel, *The Democratic Prospect* (New York: Harper and Row, 1962), p. 92.

specialist knowledge of the person fully trained in all the particular details of a branch of knowledge.'' Lest there be a misunderstanding that this theory implies giving the student superficial knowledge, ''in the fashion of the dilettante'' as Maritain put it, Hirst continues:

> This is not to assert that 'critical appreciation' in any form of knowledge can be adequately achieved without some development of the understanding of the specialist or technician. Nor is it to imply that this understanding in the sciences, the arts or moral issues can be had without participation in many relevant creative and practical pursuits . . . . But it is to say that the aim of the study of a discipline in liberal education is not that of its study in a specialist or technical course. The first is concerned with developing a person's ways of understanding experience, the others are concerned with mastering the details of knowledge, how it is established, and the use of it in other enterprises, particularly those of a practical nature. It is of course perfectly possible for a course in physics, for example, to be devoted to a double purpose if it is deliberately so designed. It may provide both a specialist knowledge of the subject and at the same time a genuine introduction to the form of scientific knowledge. But the two purposes are quite distinct and there is no reason to suppose that by aiming at one the other can automatically be achieved as well.[14]

This last point is well taken. The two purposes *may* coincide, they may indeed overlap, share common characteristics in matter and method, but they should not be confused. They are distinct purposes, the achieving of one in no way a guarantee of the satisfaction of the other.

If the distinction and its implications are clear, as they seem to be, why then are they not honored in high school and, particularly, college courses, as common experience seems to confirm? A complete analysis of this issue would call for another paper. But, among the many factors possibly responsible, one may be cited, perhaps ultimately the single highest wall in the way of achieving universal liberal education: that factor is the attitude of teachers of the various disciplines, an attitude whereby professors guard the integrity of their respective disciplines against what they perceive to be attempts to dilute, or diminish, or in any way detract from such disciplines. There seems to be a kind of academic territorial imperative whereby the sanctity, the integrity of the disciplines as defined by their practicing professionals are accorded an intrinsic value which may well be preserved at the expense of the students whom these disciplines are meant to serve. The professor of physics or chemistry or mathematics, or whatever, as mentioned earlier, caters to the students majoring in the subject, the more promising students, the potential graduate students. The elementary level is intended to lead to the intermediate, the intermediate to the advanced. This arrangement works to the advantage of the minority of students concentrating in a given area, but to the disadvantage of the majority seeking some knowledge, some understanding, some appreciation at the level of natural intelligence. As long as this professional attitude persists,

---

14. P.H. Hirst, ''Liberal Education and the Nature of Knowledge,'' in R.F. Dearden, P.H. Hirst, and R.S. Peters, editors, *Education and the Development of Reason* (London: Routledge and Kegan Paul, 1972), p. 409.

Maritain's dream of universal liberal education has little chance of becoming reality. Happily, however, the attitude just described is not without exception. Some colleges and universities have taken steps to offer the non-major, the one pursuing a liberal education, meaningful courses taught by professors dedicated to that ideal. Among such programs, one is reminded of Columbia University's attempt to offer not two but four course tracks, for instance, in physics, each one geared to the expectations of a particular type of student. The first of these, as Daniel Bell described it,[15] was called "Physics for Poets" in the college vernacular. It was established as a two-term course for non-science majors, without laboratory work. Not intended as a survey of the subject, the purpose was to develop an understanding of the role of experiment and the nature of theory in physics. A course with a similar purpose at Boston College is called "Physics for the Curious." There are, to be sure, such programs designed for the non-specialist. Yet, resistance to broadening curricular offerings persists, one may suppose, for financial if not for philosophical reasons. Such resistance was noted over fifty years ago by Max McConn, author of one of the more biting critiques of the undergraduate college of that time, and perhaps, of any time. When a non-major student comes to the department of chemistry for instruction, McConn observed,

> the course it gives him is one directed actually for men who intend to go on with further work in chemistry, to concentrate or major in chemistry, perhaps ultimately to undertake graduate work in chemistry. The chemist ordinarily has little interest in, or patience with, the student who is majoring in English or history or philosophy or music, and who will never, so far as the college goes, learn anything about any natural science except what he gets in that one course: chemistry is chemistry, and it must be taught to all as it is taught to chemists; let the others take it or leave it.[16]

While one can understand, albeit reluctantly, the practical problems which attend the implementation of a two-track, let alone three-or four-track program of courses at the secondary and higher levels, one may still wonder whether the failure to establish such curricular options has not been due as much to a lack of a philosophical commitment to such programs as to problems of financial support, personnel assignment, or scheduling. At least my reading of the literature would so conclude.

Maritain's vision of universal liberal education remains today just that, a vision, a dream, but one based on an unalterable conviction of the dignity of all men and women, a dignity entitling them to the best that education can offer, the education that sets man (and woman) free, the only education which is fully human education. Man's "nature as such," wrote Maritain, "his place and value in the cosmos, his dignity, rights, and aspirations as a person, and his destiny do not change."[17] The dream is perhaps further from realization

15. Daniel Bell, *The Reforming of General Education* (Garden City: Anchor Books, Doubleday and Company, 1968), pp. 206-7.
16. Max McConn, *College or Kindergarten?* (New York: The New Republic, 1928), p. 120.
17. Maritain, "Thomist Views . . . ," p. 64.

today than ever, given the financial and indeed philosophical conditions of our times. But for those who share the noble and inspiring view of humanity so eloquently expressed by Jacques Maritain, it is hoped that the vision, the dream will always remain there as a challenge, as an unchanging goal. As the eminent Thomist wrote, ". . . in a somewhat distant future liberal education will . . . permeate the whole of education, whether young people are prepared for manual or for intellectual vocations. In other words popular education must become liberal, and liberal education must become popular."[18]

---

18. Maritain, "On Some Typical Aspects," p. 195.

VI
Philosophie sociale et politique
Social and Political Philosophy

La philosophie politique
de Jacques Maritain

ÉTIENNE BORNE
Directeur de *France Forum*, Paris

Jacques Maritain's political philosophy is philosophy, *not
a kind of political* science. *It aims at raising problems of finality
and essence within the perspective of humanism and personalistic
humanism. Its major statement is "The Instrumentality of the
State," which offers a radical criticism of the concept of sovereignty.
Sovereignty can be given only a limited and relative meaning.
The democratic state, unlike the totalitarian states which make
the person a kind of matter or use him as a means, is the only
genuinely legal state because it acknowledges that its power is
bound by respect for human rights, and especially the fundamental
right to be governed by rulers who are freely elected. It also*

shows respect for freedom of thought and for the citizens' political and spiritual choices which are always diverse. Democracy is necessarily pluralistic since it discards constraint as a means of achieving unanimity of minds. In order to prevent the clash of differences from resulting in the dissolution of the body politic, Jacques Maritain proposes that a "democratic charter" be worked out and implemented. Such a charter would spell out a "secular, temporal, and purely practical faith" which could be independent of the theoretical justifications afforded to it by the members of the body politic according to their own connections. Finally, Jacques Maritain's political philosophy aims at being not only compatible with Christianity but vitally Christian, and sets out to reactivate within modern political culture the Augustinian approaches to the legitimacy of man's power over man, and the Thomistic theses on the specificity of the "common good."

I discuss the genesis of this political philosophy, which cannot be fully understood without reference to Pius XI's condemnation of the "Action française" school, and the Christian and democratic resistance to totalitarian undertakings. The young Jacques Maritain was not yet the Christian philosopher of democracy he became later on.

In his last years. Maritain, who had never been too optimistic about the course of a world in which the tares of the evangelic parable will grow up with the wheat until the end of time, had given up hope of a Christian politic, and was very critical of the machinery of great political parties. He trusted only small, vitally Christian groups, the germinal cells of another society. These he had labelled "prophetic minorities" in L'homme et l'État.

Finally, I bring out the structures of Jacques Maritain's political philosophy. For him politics is the trial of personalism. Reference to the person as an absolute, which is the major structure of such a system, perhaps runs the risk of destroying instead of supporting it. Personalism is the double rejection of both liberal individualism and totalitarian collectivism. But can personalism ensure community life? The Thomistic doctrine of the "common good" answers the question only through a thorough alteration of the very idea. According to Jacques Maritain, the common good is no longer that of the nation, but that of the whole civilized society. Another problem lies in the sort of Christianity that inspires Maritain's philosophy of democracy. Are human values stemming from Christianity sufficient to ensure the necessary temporal con-

sensus in a democracy without a Christian revitalization, or even
without some kind of catholic integralism? The pluralism of Christian
political philosophies might also lead to conflict.

However, even though not all of his theses are commonly
agreed upon, it is almost impossible to tackle the questions of
political philosophy without resorting to ideas stemming from
Jacques Maritain who, in his life and thought, exemplified the
most exacting rigour and the most universal generosity.

Devant une assemblée comme la vôtre, il serait inconvenant que j'emploie ce qui m'est donné de temps à exposer dans toute son ampleur la philosophie politique de Jacques Maritain. Ce serait redire assez inutilement ce que vous savez tous. Aussi me contenterais-je de rappeler brièvement les temps forts et les affirmations majeures d'une pensée qui n'est entrée en politique que pour servir des intérêts supérieurs à la politique elle-même. Et je m'efforcerai surtout de mettre en lumière les interrogations, voire les difficultés que soulève cette philosophie politique. Car une grande pensée est dérangeante et vaut autant par les questions qu'elle pose que par les vérités qu'elle annonce.

Première affirmation : la philosophie politique de Maritain est une philosophie et non pas un savoir de science politique. Non pas que cette philosophie récuse de ce côté coopération et ouverture. Les sciences politiques peuvent apporter à la philosophie politique de précieux matériaux, être incitatives de sa recherche, mais ne sauraient en aucune manière la remplacer ou en tenir lieu. Tout simplement parce que les sciences politiques s'occupent de l'*existentiel* tel qu'il se déploie dans la succession des faits historiques ou dans la vie des sociétés, tandis que la philosophie politique s'attache à *l'essentiel* et aux finalités, car il ne saurait y avoir de *sens* que par référence à *l'essence* : quelles sont le sens et la fin de l'évolution historique, quelles sont l'essence et le sens de ce pouvoir politique que, dans une société organisée, quelques hommes exercent sur les autres hommes ? Si savantes que soient les sciences politiques sur les activités politiques, elles ne peuvent nous éclairer sur la nature ou l'essence en tant que telle du politique.

Et comme toute politique renvoie à un sujet humain qui en est le principe, une philosophie politique serait aveugle sur le sens ou l'essence du politique si elle n'avait pas été capable comme philosophie de dévoiler la vérité de l'homme. Qu'il y ait en dépit des diversités culturelles qui sont innombrables et des différences individuelles qui vont à l'infini, une vérité, c'est-à-dire une essence de l'homme, tel est l'axiome premier, et fondateur d'une philosophie politique. Et cette essence n'est pas une abstraction vide. L'homme, selon Maritain, est une personne, c'est-à-dire non pas seulement un fragment de la nature ou un élément du monde, un individu dans une espèce ou une partie combien fugitive et limitée au-dedans d'une totalité sociale, mais une personne qui est elle-même un tout et dont la vocation — l'essence se confondant avec le sens — porte au-delà de tous les horizons terrestres et mondains. D'où suivra ce corollaire d'immense importance politique, selon lequel la société est pour la personne et non la personne pour la société.

En un mot la philosophie politique de Maritain est une philosophie dans le plein sens du mot et cette philosophie est un humanisme et un humanisme personnaliste.

Une philosophie doit proposer une théorie du pouvoir politique, et donc des rapports entre le corps politique et l'État. La deuxième affirmation majeure de Maritain, et elle va être particulièrement rigoureuse et sera celle de l'« instrumentalité de l'État » : au service du corps politique dont il est une partie, l'État n'est jamais qu'un système de moyens. L'alternative pour Maritain est entre la souveraineté et l'instrumentalité de l'État. D'où dans *L'homme et l'État*[1], la rude politique à laquelle l'auteur soumet le concept de « souveraineté », dont il entend expurger le vocabulaire politique. Cette chasse à l'erreur dans laquelle Maritain excelle, n'a jamais été conduite avec autant de maîtrise que dans cette mise en pièces des concepts de souveraineté, souveraineté de l'État, souveraineté de la nation, souveraineté du peuple, tous pareillement vicieux, à moins d'être entendus et pratiqués empiriquement dans un sens limité et relatif. Car on ne peut user valablement de la notion de souveraineté qu'en métaphysique comme attribut de l'absolu ou en théologie par référence à Dieu, créateur et rédempteur. Tout autre emploi est littéralement une usurpation de souveraineté.

La vérité de l'État et d'une puissance publique, ainsi relativisée sans recours, apparaît pleinement dans le régime démocratique qui est autre chose et plus qu'un système de gouvernement, et ce sera la troisième affirmation ou temps fort d'une philosophie qui est une philosophie de la démocratie. Pour Maritain, l'alternative en ce siècle est entre les systèmes « esclavagistes » et totalitaires, qui font de la personne une matière ou un moyen et les régimes démocratiques qui ne peuvent se référer aux droits de l'homme qu'en reconnaissant dans la personne un reflet de cet absolu et de ce sacré qui n'appartiennent à aucun degré à l'État ou à la communauté en tant que communauté. La démocratie est dans la logique et du personnalisme et de la critique radicale de la notion de souveraineté.

L'État démocratique est le seul État de droit, c'est-à-dire qui reconnaisse le droit fondamental de l'homme à n'être gouverné que par des gouvernants librement choisis. Autrefois « le prince », encouragé à cette démesure par une théologie courtisane, se voulait « l'image de Dieu ». Telle était dans les anciens régimes l'erreur qui maltraitait à la fois la vérité de Dieu, la vérité de l'homme et la vérité de l'État. En démocratie, le prince est le représentant et donc l'image du peuple dont sa dignité est d'être le serviteur.

---

1. J. MARITAIN, *L'homme et l'État*, Paris, PUF, 2ᵉ édition, 1965, pp. 26-27.

Chaque personne, parce que raisonnable et libre, est responsable des options et des engagements qui changeront son destin en destinée, et ces options et engagements, qui pour être valables ne sauraient être l'effet d'une contrainte extérieure seront inévitablement divers et contraires les uns aux autres. Une démocratie sera donc pluraliste et ne saurait compter pour fonctionner comme régime politique sur une impossible unanimité des esprits. Comment éviter que l'affrontement des différences n'aboutisse à la dissolution du corps politique? Maritain résoudra cette difficulté, et ce sera une quatrième affirmation et un temps particulièrement fort de sa pensée politique, par ce qu'il appelle « une foi temporelle ou séculière[2] », credo dont les articles composent une « charte démocratique » et se ramènent à une morale civique des comportements et des conduites. Cette foi et ce credo, Maritain répète qu'ils sont seulement « pratiques » et qu'il importe de les distinguer scrupuleusement des justifications théoriques que leur apporteront, selon leurs convictions ou leurs appartenances, les uns et les autres. Un croyant, un agnostique, un athée ne fonderont pas de la même manière l'éthique politique que la charte démocratique met en formules. Ils n'en seront pas moins, chacun et tous, des citoyens à part entière, capables de partager la même foi pratique, et d'agir selon cette foi.

Enfin cinquième et dernière affirmation, la philosophie politique de Maritain n'est pas seulement compatible avec le christianisme comme si deux univers, l'un politique et l'autre religieux, étaient appelés à conclure un accord de coexistence voire de coopération, chacun s'interdisant d'empiéter sur le domaine de l'autre. La philosophie politique de Maritain se veut substantiellement et vitalement chrétienne, le christianisme, ou plus exactement le judéo-christianisme, jouant au dedans un rôle de régulation, d'animation et d'inspiration. Comment ne pas reconnaître dans l'un ou l'autre des thèmes, dont on vient de rappeler les formules maîtresses, une pensée ou plus exactement une arrière-pensée, dont les sources ne sont pas politiques? La personne, irréductible aux éléments du monde, ne renvoie-t-elle pas à l'âme selon l'évangile, qui peut se perdre même si elle possède le monde? La vaste colère, morale et métaphysique, contre l'usage séculier du concept sacré de souveraineté n'est pas sans rappeler la contestation par des prophètes d'Israël des idôlatries qui sacralisent sacrilègement les forces de la nature et les puissances sociales, ou mieux et plus immédiatement elle n'est pas sans réitérer le refus évangélique d'attribuer à César la sorte d'autorité et de majesté qui n'appartient qu'à Dieu. Et en dépit d'une différence d'ordre soigneusement soulignée, il n'est pas jusqu'à la foi et le credo démocratiques qui n'apparaissent comme une transposition, très analogique, d'une autre foi et d'un autre credo, qui, eux, portent à plein sur le spirituel et le surnaturel.

Philosophie politique chrétienne aussi parce qu'elle assume et vivifie les problématiques et les thèses de la grande tradition chrétienne. Problématique du pouvoir posé par saint Augustin en termes qui paraissent d'abord anti-

---

2. *Ibid.*, p. 102.

nomiques : comment puisque les hommes sont foncièrement égaux devant Dieu, justifier le pouvoir que, dans un État, s'arroge un homme, le gouvernant, de commander à un autre homme, le gouverné, et, le cas échéant, d'obtenir son obéissance par les moyens de la force? Thèses ensuite qui viennent d'Aristote et de saint Thomas sur la perfection, dans son ordre, de la société politique finalisée par un bien commun qui n'est pas la somme des intérêts privés, et plus profondément encore sur la réalité et l'autonomie de la nature et des natures, ontologie qu'on pourrait dire essentialiste, et qui permettrait de parler avec sécurité de nature humaine et de droit naturel. La troublante question augustinienne comme la sérénité de la certitude thomiste se retrouvent dans les textes politiques de Maritain. Maritain, qui tenait à honneur de n'être point un néo-thomiste, mais un disciple fidèle de saint Thomas d'Aquin, dont il n'a jamais bien admis qu'il ait pu parfois contredire saint Augustin.

* * *

Cette philosophie politique dont on vient de proposer un sommaire raccourci, offre une abondante matière à la réflexion et à l'interrogation, et, d'abord, en ce qui concerne sa genèse. On a surtout retenu dans l'exposé précédent les œuvres de la maturité, et notamment l'ouvrage fondamental *L'homme et l'État*[3]. Maritain a dit de lui-même qu'il n'était pas resté immobile. On espère ne pas être un mauvais personnaliste en montrant combien un philosophe est impliqué dans sa philosophie et combien la personne de Maritain, mêlé à l'histoire de son temps, enseignant dans l'ancien et le nouveau monde, requis un moment au centre de la chrétienté, observateur lucide des crises sociales et politiques du XXe siècle, engagé dans la lutte contre le totalitarisme fasciste et nazi et plein d'une vigilance inquiète devant la montée du communisme, la personne de Maritain, dis-je, est inséparable de sa philosophie politique, et la connaissance de l'homme n'est pas inutile à l'intelligence de la pensée.

Or les œuvres de la première et de la dernière saison, *Les trois réformateurs*[4] et *Le paysan de la Garonne*[5], surtout si on les considère sous l'angle de la pensée politique, ne rendent pas le même son et n'ont pas tout à fait le même contenu que *Humanisme intégral*[6] ou *L'homme et l'État*. Il y a en effet une histoire, une aventure politique de Maritain. En opposition à son milieu bourgeois, mais d'une bourgeoisie républicaine et de gauche, Maritain, en ses années d'apprentissage, rejetait aussi bien une gauche animée contre l'Église de préjugés laïcistes et scientistes qu'une droite conservatrice et bourgeoise. Et dans les années qui ont suivi la première guerre mondiale, Maritain,

---

3. Cet ouvrage a d'abord été publié en anglais sous le titre de *Man and the State* (Chicago, PUC, 1951, X, 219 pp.).

4. J. MARITAIN, *trois réformateurs. Luther-Descartes-Rousseau*, Paris, Plon, 1925, 284 pp.

5. *Id.*, *Le paysan de la Garonne*, Paris, Desclée de Brouwer, 1966, 406 pp.

6. *Id.*, *Humanisme intégral*, Paris, Fernand Aubier, 1936, 334 pp.

sans avoir été inféodé à l'école ni disciple du maître, a commencé à penser la politique dans les alentours de « l'Action française » mouvement politique animé et gouverné par Charles Maurras. Or la pensée maurrassienne, foncièrement, fondamentalement antidémocratique, conclut que les institutions et l'esprit démocratique, allant à contre-sens de l'ordre naturel, conduisent nécessairement une société à la dissolution et au chaos. Aussi Maurras était-il passionnément antirépublicain, et cherchait-il, dans la tradition des « quarante rois qui en mille ans firent la France », les principes du relèvement d'une patrie ravagée par la peste démocratique, et le maître de l'« Action française » n'était pas sans influence sur les catholiques qui avaient tant eu à souffrir du sectarisme des premiers républicains.

Le premier Maritain ne partage certes pas l'idéologie de Maurras et il considère la démocratie en tant que régime, comme une possibilité politique explicable et justifiable en circonstances historiques déterminées. Mais il s'en prend, en discutant Rousseau, le troisième des trois réformateurs, à la démocratie en tant que système et en tant que mythe dont il écrit que « principe spirituel de l'égalitarisme moderne, elle est indiscutablement une sanglante absurdité[7] ». L'événement qui joua le plus grand rôle dans l'évolution politique de Maritain fut la condamnation de « l'Action française » par le pape Pie XI. Il était désormais clair que l'Église catholique ne pouvait supporter l'injurieux compliment que lui faisait Maurras d'avoir sauvé la civilisation occidentale et l'ordre gréco-romain en domestiquant, en apprivoisant, en récupérant les visions anarchistes des prophètes d'Israël et des « quatre juifs obscurs » qui propageaient en Occident le « ferment révolutionnaire des évangiles ». Maritain s'aperçut aussi que, positiviste, disciple avéré d'Auguste Comte, Maurras ne pouvait se faire une idée juste et vraie, c'est-à-dire chrétienne de la politique. La rupture fut consommée, et Maritain devint Maritain lorsqu'au « Politique d'abord » de l'Action française, il opposa, titre éloquent *La primauté du spirituel*[8]. De cette expérience qui lui fut amère et brisa autour de lui bien des amitiés, Maritain gardera une sorte de défiance pour les mouvements et les partis tels qu'ils existent dans les combats douteux de la politique. Il avait dit dans la *Lettre sur l'indépendance* (1935) « De gauche, de droite, à aucun je ne suis », car « droite et gauche ne sont plus que complexes affectifs, exaspérés, emportés par leur mythe idéal[9] ». Il semble que soient alors récusés aussi bien les adversaires que les partisans de la démocratie, coupables les uns comme les autres de fuir la vérité à force d'idéologie passionnelle. Et si Maritain, il y a exactement cinquante ans, apporte à Mounier l'aide amicale et matérielle qui lui permettra de lancer la revue et le mouvement *Esprit*, il n'est jamais entièrement d'accord avec les orientations de Mounier, dont il redoute qu'après avoir dissocié le spirituel et le réactionnaire, il ne compromette

---

7. *Id.*, *Trois réformateurs. Luther-Descartes-Rousseau*, *op. cit.*, p. 198.
8. *Id.*, *Primauté du spirituel*, Paris, Plon, 1927, 315 pp.
9. *Id.*, *Lettre sur l'indépendance*, Paris, Desclée de Brouwer, 1935, pp. 9 et 44.

ce même spirituel avec, sous couvert de révolution, des mythologies et des sectarismes de sens contraire.

Pendant la guerre mondiale, Maritain appuie la résistance française à l'occupation, notamment par un livre-message *À travers le désastre*[10], dont les pages magnifiques d'émotion et de lucidité, illuminèrent pour beaucoup la nuit du combat. Mais l'expérience historique fut aussi lumière pour Maritain lui-même. Il voit, il sait que le nazisme, tentative de restauration de « l'Empire païen » poursuit d'une même haine le christianisme et la démocratie. Maritain, en 1942, dans *Christianisme et démocratie*[11] adhère sans réserve à la formule de Bergson, écrivant au terme des *Deux Sources* que « la démocratie est d'essence évangélique et a pour moteur l'amour[12] ». Et dans toutes les œuvres de la maturité, Maritain tiendra que le ferment judéo-chrétien jeté dans la pâte de l'histoire et spiritualisant la culture est la raison profonde du surgissement et du développement, non sans patience et longueur de temps, des idées et de l'idéal démocratique dans nos sociétés occidentales.

A joué enfin un rôle certain dans le mûrissement de la pensée politique de Maritain, le spectacle de la démocratie aux États-Unis d'Amérique, dont il fut comme il apparaît dans ses *Réflexions sur l'Amérique*[13], l'observateur bienveillant. L'idée d'une société pluraliste à références chrétiennes, développée dans *L'Homme et l'État*, n'est pas sans rapports avec cette expérience américaine. Et plus précisément encore cette charte démocratique à objet seulement pratique que j'ai présentée comme une spécificité et un temps fort de la philosophie politique de Jacques Maritain.

D'où une inévitable question : y a-t-il eu des *Trois réformateurs* à *L'Homme et l'État* un changement de cap, Maritain passant d'un soupçon philosophique et chrétien sur la démocratie à une apologétique philosophique et chrétienne de cette même démocratie. Maritain aurait certes admis qu'il y avait eu inflexion et approfondissement, mais non pas qu'il ait vraiment changé de philosophie politique. La vérité est sans doute entre les deux. Ni complet retournement ni continuité. Dans *L'Homme et l'État* comme dans *Les Trois Réformateurs* Maritain congédie avec force « Le contrat social » et la philosophie rousseauiste de la démocratie, avec même des reprises littérales touchant le mythe de la souveraineté du peuple. S'y ajoute pour alourdir le réquisitoire, la dialectique, vérifiée par l'histoire, qui va de l'individualisme à la tyrannie ou au totalitarisme. Il reste que dans les *Trois réformateurs* la démocratie n'apparaissait d'abord qu'en dépendance de son propre mythe et semblait n'être acceptable qu'empiriquement si bien que dès qu'elle se proposait en exemple ou cherchait une justification théorique, elle était viciée par une systématisation aberrante. Au contraire, à partir d'*Humanisme intégral* une spiritualisation et une animation chrétienne de la démocratie sont tenues pour

10.   *Id.*, *À travers le désastre*, New-York, la Maison française, 1943, p. 60.
11.   J. MARITAIN, *Christianisme et démocratie*, Paris, Hartmann, 1947, p. 60.
12.   H. BERGSON, *Les deux sources de la morale et de la religion*, Paris, Alcan, 1933, p. 304.
13.   J. MARITAIN, *Réflexions sur l'Amérique*, Paris, Fayard, 1958, 225 pp.

possibles et nécessaires. On se contentera d'une conclusion modeste : dans ses premières œuvres Maritain n'était pas encore le philosophe chrétien de la démocratie qu'il est devenu ensuite à la double sollicitation de la réflexion et de l'expérience.

Une question analogue se pose pour le dernier Maritain, dont il faut se demander s'il n'avait pas pris une singulière et assez amère distance à l'égard de sa propre philosophie politique. Dans la préface qu'il a donné au livre de Henry Bars *La politique selon Jacques Maritain*[14], Maritain arrivé aux approches de ses quatre-vingts ans, avoue à propos de la philosophie politique, que « l'ardeur » avec laquelle jadis il s'intéressait à ces choses, comme il dit mélancoliquement, est maintenant bien tombée. Non pas qu'il doute de la vérité de ce qu'il a écrit sur ce sujet, vérité doublement garantie puisqu'elle est fondée sur « la raison et les enseignements de l'Église ». Mais cette vérité à laquelle il a rendu témoignage, « le vieux Jacques » au soir de sa vie, la juge inefficace. Il n'aurait fait en somme, que « sauver l'honneur ». Les questions ici se pressent : s'agit-il d'un échec personnel, le prophète découvrant qu'il n'y avait personne pour l'entendre, et qu'il a prêché dans le désert ? Faut-il plus gravement conclure, dans le siècle comme il est et dans le temps comme il va, à un divorce irréparable entre la pensée et l'action ? Et c'est le deuxième terme de l'alternative que choisit Maritain lorsqu'il écrit dans *Le paysan de la Garonne* : « Aujourd'hui l'espoir en l'avènement d'une politique chrétienne (répondant dans l'ordre pratique à ce qu'est une philosophie chrétienne dans l'ordre spéculatif) a été complètement frustré[15] ». Maritain cependant n'est pas désespéré, et il se garderait de se dire, comme Lamartine Vieillissant « athée en politique ». L'auteur si pessimiste du *Paysan de la Garonne* reste un veilleur guettant l'aurore et a confiance que de petits groupes, vitalement chrétiens, n'usant que de moyens pauvres, surgiront et seront les cellules germinales d'une société enfin humaine.

Il arrive que sur le déclin d'une vie, la mémoire du début se fasse brusquement présente et instante, comme si le commencement et la fin se donnaient la main juste avant le retour à l'origine. Ainsi *Le paysan de la Garonne* réitère sur un monde dont Maritain s'était retiré les jugements implacables d'*Antimoderne* et des *Trois réformateurs*. Et le même problème, rupture ou continuité, se pose pour les œuvres terminales comme pour les œuvres initiales.

Ici aussi la réponse ne saurait être que de prudente modestie. Maritain n'a jamais été optimiste sur le train du monde et le cours de l'histoire, caractérisés, dit-il, par un progrès contrastant, et antagonistes de la conscience du bien et des forces du mal. Il a toujours professé, même dans les années qui paraissent les plus lumineuses, que la démocratie ne pouvait devenir ce

---

14.   H. BANS, *La politique selon Jacques Maritain*, Paris, Les éditions ouvrières, 1961, 247 pp. (Préface de Jacques Maritain, p. 7-14).

15.   J. MARITAIN, *Le paysan de la Garonne, op. cit.*, p. 41.

qu'elle est que grâce à une « spiritualisation de l'existence profane », laquelle dépend de la liberté des hommes et de la grâce divine, choses imprévisibles et de toutes manières impossibles à programmer. Enfin, notamment dans *L'homme et l'État*, Maritain jugeait indispensable à la démocratie l'existence et l'action de « minorités prophétiques », contestataires sans un atome de violence, inventant, venu d'ailleurs, un autre style de vie qui contredirait les raidissements et les corruptions du présent, tout en posant les pierres d'attente d'un monde meilleur. S'il prend une distance croissante et de plus en plus sourcilleuse par rapport à une modernité, dangereusement moderniste, le dernier Maritain est loin de rejeter les idées maîtresses qu'il a proposées dans sa maturité. Ici aussi une inflexion, de sensibles déplacements d'accent, des changements de perspective, mais, à aucun degré, un reniement. Peut-être que même la lumière crépusculaire dans laquelle il regarde sa propre pensée en fait-elle mieux ressortir la trop haute ambition, les difficultés de son insertion dans l'existence historique et même les antinomies dont elle n'est pas exempte. Aussi sommes-nous invités à passer, en ce qui concerne la philosophie politique de Maritain d'un point de vue à un autre, de l'histoire de sa *genèse* à une réflexion sur sa *structure*.

* * *

Avant d'interroger cette philosophie dans sa structure, il me plaît de dégager en elle ce qui est acquis, hors de débat et indépendant des contingences historiques. La démocratie comme système de gouvernement du peuple par le peuple, pour le peuple, est à la fois un idéal, une norme contraignante. Il n'y a donc démocratie que selon un processus de démocratisation, lequel est un effort toujours recommencé pour ne pas laisser l'existence tomber trop au-dessus de l'essence. Progrès décisif, jamais acquis, toujours menacé, la démocratie se perdrait si elle n'était qu'un arrangement moins inconfortable que d'autres pour la vie en commun, un ensemble de garanties pour la sécurité de chacun et de tous. La démocratie ne va pas, il faut le répéter après Maritain, sans une foi dans l'homme, sans un credo en un certain nombre de valeurs essentielles, on oserait dire sans une religion civile et civique. Sur ce point, Maritain objectivement parlant, n'est pas si loin de Rousseau. Mais un credo appelle des raisons de croire. À tous les niveaux est vraie la maxime augustinienne « fides quaerens intellectum ». La démocratie, vulnérable aux dangers du dedans et au menaces du dehors, a besoin de se penser elle-même selon des raisons substantielles et fortes, qui fassent converger une idée de l'homme, une théorie de la société, une philosophie de l'histoire. Telle est l'intention fondamentale de Maritain, et qui ne saurait être récusée, car elle n'est pas récusable.

Maritain a donc démontré la nécessité d'une philosophie politique et il a montré que la philosophie indispensable à la démocratie ne pouvait être que personnaliste. Car si l'homme n'était que matériau ou moyen pour une édification collective, la démocratie serait rêve impossible ou étiquette mensongère. La personne est donc la clef de voûte d'une philosophie de la démocratie. Mais là commence l'interrogation : une clef de voûte assure la solidité d'un édifice. Or en faisant entrer en politique un absolu de morale, en exigeant que la société soit pour l'homme et non l'homme pour la société, le souci prioritaire de la personne n'est-il pas pour cette société un ferment permanent de déstabilisation qui l'empêche d'être en équilibre avec elle-même? Le personnalisme, plus critique que constructif, plus inquiétant que rassurant loin d'être la structure maîtresse d'un propos et d'une pensée politique, ne risque-t-il pas de les déstructurer? Mais y a-t-il une dynamique qui ne mette pas en question les structures?

Que le personnalisme ait en premier lieu valeur d'un double refus, d'abord d'un individualisme qui ne verrait dans l'homme qu'avarice et volonté de puissance et, dans la société, que luttes d'intérêt et rivalités de prestige; et ensuite d'un totalitarisme qui enfermerait la destinée de l'homme dans la clôture d'un destin collectif, national ou impérial, Maritain l'a répété bien souvent, ajoutant que tout le problème était de passer de ces deux négations à une affirmation. Une philosophie politique s'oblige à être une théorie du corps politique. Comment la référence à la personne peut-elle devenir le principe positif de cette théorie? En d'autres termes, comment le personnalisme peut-il être aussi communautaire? L'incontournable question se pose pour toutes les sortes de personnalisme, car il n'y a pas une seule philosophie de la personne. Mais il s'agit ici de savoir de quelles ressources propres dispose la philosophie maritainienne pour faire face à cette difficulté majeure.

Maritain, raisonnant suivant la tradition thomiste en termes de bien et de finalité, a toujours soutenu qu'il y a convergence entre le bien de la personne et le bien de la société, une finalité qui est bonne ne peut être opposée à une autre finalité qui est également bonne, pas plus que le vrai ne saurait contredire le vrai. Il faut cependant pour que vive et dure une société que l'homme se sache et se veuille au service de cette société, même si celle-ci n'est pas encore cette communauté de personnes que voudrait instituer une politique personnaliste. Or la cité, reconnaît Maritain, peut demander beaucoup au citoyen et même « jusqu'à se perdre temporellement[16] », c'est-à-dire requérir le sacrifice de sa vie. Mais alors la personne qui, disait-on, est à elle seule un tout, n'est-elle pas maintenant considérée comme une partie au service d'un tout, sacrifice qui pour être raisonnable, supposerait que le tout ait plus de réalité ontologique et vaille moralement mieux que la personne qui se sacrifie. Mais alors on abattrait la colonne maîtresse du personnalisme.

Dans l'opuscule que je viens de citer, Maritain maintient à la fois la doctrine de la personne et la théorie du bien commun, expliquant que par rapport à la société la personne humaine est à la fois « partie et tout » : « l'homme est engagé tout entier non pas selon tout lui-même[17] ». D'une

---

16. J. MARITAIN, *La personne et le bien commun*, Paris, Desclée de Brouwer, 1947, p. 59.
17. *Ibid.*, p. 63.

telle formule on peut légitimement se demander si elle ne serait pas l'énoncé plutôt que la solution d'une difficulté, qui demeure.

Ce qui gêne ici Maritain est une conception du bien commun et de la cité comme société parfaite, qui vient d'Aristote et dont l'héritage sur ce point a été trop littéralement assumé par Thomas d'Aquin. Mais la révision de cet héritage, qui pourrait être déchirante si elle était poussée assez loin, se trouve au moins implicitement dans Maritain lui-même, expliquant toujours dans le même texte que la notion de bien commun ne peut se confondre avec le bien de telle ou telle société, déterminée et limitée. Lorsqu'on parle de bien commun, il faudrait désormais savoir qu'il a « décidément cessé d'être le bien commun de la nation » et qu'il n'y a d'autre bien commun aujourd'hui que « le bien commun de la société civilisée dans son ensemble[18] ». Ces formules traduisent une révolution philosophique dont je ne sais si Maritain a eu pleinement conscience. Car on est passé d'Aristote et de sa théorie de la cité comme société parfaite à Bergson qui établit une différence radicale d'ordre entre société close et société ouverte, chacun ayant sa religion et sa morale. Le mot de société, appliqué dans les deux cas ne saurait être univoque. Il serait même téméraire de parler d'analogie. Car l'humanité globalement considérée n'est pas, ou n'est pas encore un corps politique, et la notion aristotélico-thomiste de bien commun n'a été pensée et n'est pensable que pour un corps politique, par nature, déterminé et limité.

Reprenant la question de ce sacrifice de la vie que la cité est en droit de demander au citoyen, Maritain explique que même dans ce cas « la cité sert la personne », « car l'âme de l'homme est immortelle et le sacrifice donne une chance de plus à la grâce[19] ». Il apparaît donc que lorsqu'une aporie ou plutôt une antinomie est insoluble selon la rationalité proprement politique, il n'est d'autre issue que le recours à une métaphysique spiritualiste et à la révélation évangélique. Nous sommes donc amenés à aborder une deuxième série de difficultés et qui touchent aussi aux structures de la philosophie politique maritainienne, puisque pour Maritain une philosophie politique ne saurait être vraie et efficace que si elle est chrétienne. Et cependant une philosophie de la démocratie n'a de sens que si elle fonde un pluralisme qui ne peut pas être seulement de fait, mais doit relever du droit naturel, comme la démocratie elle-même. Faut-il dire « démocrate parce que chrétien » et constituer en état d'indignité civique et exclure de la convivialité démocratique les citoyens qui récuseraient le christianisme pour des raisons qui relèvent de leur seule conscience ? Évidemment non ; ce qui ne fait que rendre plus difficile la difficulté ou plutôt nouer plus fortement l'antinomie.

Maritain, ici encore, a bien aperçu la force de l'objection et il va la dissoudre plutôt que la résoudre. En ce point délicat entre tous, le philosophe chrétien introduit une distinction entre le christianisme comme religion ou

18. *Ibid.*, p. 48-49.
19. *Ibid.*, p. 59.

plutôt comme foi et le christianisme, sinon comme culture, du moins comme ferment culturel à l'œuvre dans les civilisations. Ainsi que l'explique un texte capital de *Christianisme et Démocratie* :

> Ce qui importe à la vie politique du monde et à la solution de la crise de la civilisation, n'est nullement de prétendre que le christianisme serait lié à la démocratie, et que la foi chrétienne obligerait chaque fidèle à être démocrate, c'est de constater que la démocratie est liée au christianisme et que la poussée démocratique a surgi dans l'histoire humaine comme une manifestation temporelle de l'inspiration évangélique. Ce n'est pas sur le christianisme comme credo religieux et voie vers la vie éternelle que la question porte ici, c'est sur le christianisme comme ferment de la vie sociale et politique des peuples, et comme porteur de l'espoir temporel des hommes ; ce n'est pas sur le christianisme comme trésor de la vérité divine, maintenu et propagé par l'Église, c'est sur le christianisme comme énergie historique en travail dans le monde[20].

Cette distinction a beau être parfaitement claire, les questions se pressent qu'il faudra laisser en suspens. Ce n'est donc pas par lui-même que le message évangélique a agi dans l'histoire, mais par surcroît et par surabondance ; grâce à lui, un certain nombre de vérités et de valeurs sont devenues les lieux communs d'un humanisme qui appartient à tous et n'est la propriété de personne : caractère sacré de la personne, d'où suit l'égalité des hommes, unité du genre humain et l'histoire des hommes comme totalité en espérance, inviolabilité de la conscience et primauté de l'intériorité sur les œuvres et les actes. Pour reprendre un mot d'Etienne Gilson, la révélation a été « génératrice de raison », et ces vérités et ces valeurs, l'esprit humain qui les a découvertes sous un choc venu d'ailleurs s'aperçoit ensuite qu'elles étaient en état d'attente dans ses propres profondeurs et comprend qu'elles relèvent désormais de la raison et de la conscience des hommes, quelles que soient la diversité des cultures et des appartenances confessionnelles. Que ces vérités et ces valeurs deviennent autant d'impératifs indivisiblement éthiques et politiques, et nous retrouvons la foi temporelle et la charte démocratique de Maritain.

Tout s'explique, mais les difficultés demeurent. Car deux langages sont possibles qu'on trouve mêlés dans le discours politique de Maritain, et singulièrement à propos de la charte démocratique. Tantôt il semble qu'il suffise de valeurs chrétiennes humanisées, laïcisées, pour que se réalise dans la cité démocratique un consensus sauveur. Tantôt il apparaît que, sans une revitalisation chrétienne et même catholique, sans une sorte d'intégralisme religieux dont seraient porteuses les minorités prophétiques, les démocraties ne peuvent que descendre cette pente fatale sur laquelle les voit s'engager l'auteur du *Paysan de la Garonne*.

Bien qu'il en critique l'usage qui en est ordinairement fait, Maritain maintient bien la distinction de la thèse qui serait la part des minorités prophétiques et l'hypothèse qui prévaudrait pour les croyants, laïques ou chrétiens, de la charte démocratique. Il est en effet difficile, sans le couvert de cette

---

20. J. Maritain, *Christianisme et démocratie*, op. cit., p. 35.

très discutable distinction de recommander le pluralisme dans la pratique politique et de le refuser dans la philosophie spéculative ou la théologie.

* * *

Prenons pour terminer quelque distance par rapport aux thèses de Maritain. « Distinguer pour unir » prenait comme maxime l'auteur des *Degrés de savoir*. Peut-être par fidélité au thomiste a-t-il si bien distingué qu'il lui était difficile et, à limite, impossible d'unir; ainsi dans le domaine politique de faire se rejoindre la pensée et l'action. Si on s'engageait dans l'action, disait-il, à la fin de sa vie, on cesserait d'être philosophe. On peut même se demander si Maritain, se souvenant d'une grande et difficile amitié de jeunesse, n'en revient pas à une incompatibilité très péguyste entre le mystique et la politique. Par un paradoxe significatif, à vouloir mettre chaque chose à sa vraie et juste place, la surnature et la nature, le libre-arbitre et la grâce, le spirituel et le temporel, la mystique et la politique, on en revient, lorsqu'on descend de l'essentiel à l'existentiel, à un tragique sans remède, lequel pressenti, explique la douloureuse mélancolie du dernier Maritain.

Peut-être qu'il y a un pluralisme des philosophies chrétiennes et donc plusieurs philosophies chrétiennes de la politique. Peut-être que la force tranquille de l'humanisme thomiste est-elle moins bien équipée pour répondre aux grands défis de ce siècle, qu'une autre sorte de pensée chrétienne d'une vigueur tendue et crispée qui se réclamerait de saint Augustin, Pascal, ou Blondel. De ce côté on reconnaît que la politique ne va pas sans une part de passion et d'irrationnel, opacité qui n'est pas forcément diabolique et qu'on ne peut rationaliser ou spiritualiser que jusqu'à un certain point seulement; on comprendrait alors pourquoi l'homme de l'État, le politique et l'homme de l'Église, le clerc, ne peuvent jamais aller jusqu'à une parfaite reconnaissance réciproque, et Maritain est toujours du côté du clerc et de l'homme de l'Église; on ne jugerait pas scandaleux que dans une pluralité et une dispersion inséparables de la condition historique et pérégrinale des hommes, il y ait des contrariétés entre les vérités, et des tensions entre les valeurs, par exemple, la liberté contrariant la justice et la justice elle-même partagée contre le droit, si bien que d'aventure réclamer tout son droit c'est attenter au droit d'autrui. Et peut-être que est-ce en assumant cette réalité dramatique que l'on a quelques chances d'arracher la politique au tragique.

Je n'ai pas quitté Maritain en tâchant de le mieux situer. Et comme Maritain se citait souvent lui-même d'œuvre en œuvre, je me mettrai à l'abri de son patronage, en reprenant à peu de choses près ne trouvant pas mieux à dire, les mots qui terminaient une communication présentée, il y aura bientôt dix ans à Ancône dans un colloque organisé par l'Institut Jacques Maritain :

> Maritain a contribué puissamment dans les années décisives de ce siècle à arracher l'Église et un certain nombre de chrétiens à des complexes politico-religieux qui les paralysaient, et à les ouvrir à un monde nouveau dans la fidélité à l'essentiel. Il a muni d'armes de lumière, et ce sont les plus pures et à long terme les plus fortes, ceux qui ont compris

que la lutte contre les totalitarismes est le combat qui donne à ce temps sa signification historique et providentielle ; sans vouloir jamais être un exemple, car cette union en un seul homme d'une générosité sans frontières et de la plus rude rigueur de l'esprit est proprement inimitable, il a été pour beaucoup un modèle en prouvant par sa vie et par son œuvre comment peut être source de lumière mais aussi libératrice la foi dans l'absolu. Si bien qu'il n'y a pas pour la mémoire du penseur et de l'homme libre de plus raisonnable hommage qu'une libre discussion de sa pensée.

The Dialectic of Freedom and Authority in the Formation of Maritain's Political Philosophy

RALPH NELSON
University of Windsor

À l'époque des Trois Réformateurs *et d'*Antimoderne, *Maritain a expliqué concrètement ses vues au sujet de l'opposition entre les notions de liberté et d'autorité, en particulier en ce qui concerne la politique philosophique de J.-J. Rousseau. Pour Maritain, Rousseau a présenté une notion de la démocratie qui faisait fi de l'autorité. Point n'était question d'examiner alors si la liberté prise dans un sens différent était ou non compatible avec l'autorité. Il est frappant de constater que, durant les années vingt, le philosophe s'est concentré, à juste titre, sur le problème de l'autorité en matière religieuse (la condamnation de l'Action Française,* *l'encyclique* Aeterni Patris), *sans toutefois négliger des implications politiques. En effet, son intérêt pour la liberté dans un contexte politico-social date des années trente. Finalement, les deux concepts qui, de prime abord, paraissaient antinomiques furent réconciliés dans* Principes d'une politique humaniste.

L'itinéraire de Maritain durant une période de vingt ans peut être décrit en termes de dialectique. Maritain n'a pas employé de méthode dialectique, pourtant la structure du processus de réflexion qui émerge en ces vingt ans peut être qualifiée de dialectique; car, en premier lieu, une opposition est exprimée, ensuite l'accent est mis sur une solution, puis sur une autre, et finalement les deux termes sont réconciliés. Ils ne constituent pas une identité philosophique — la solution hégélienne étant inacceptable — mais ils se complètent à l'intérieur d'une saine philosophie démocratique. Donc, il existe une structure (configuration) dialectique, mais la méthode de Maritain au moment de la réconciliation consiste à distinguer les termes et à montrer qu'une fois bien compris, ils peuvent être unis.

Ce processus est significatif parce qu'il révèle qu'une approche de développement est souvent justifiée en ce qui concerne les réflexions politiques et sociales de Maritain. La réponse de Maritain est donnée dans « Démocratie et Autorité » : *l'auteur y reformule le problème, combinant la vision de Joseph De Maistre et celle de Lamennais. Enfin, cette* « lutte » *n'est pas seulement importante en elle-même, mais elle sert aussi en tant que prolégomènes à la philosophie maritainienne du gouvernement démocratique.*

Whatever merits a non-developmental approach may have for an examination of Jacques Maritain's theoretical philosophy, it would surely be inappropriate in dealing with that branch of practical philosophy which is politics. And Maritain insisted on the relativity of political philosophy in regard to theoretical philosophy, metaphysics.[1] Time does not "bite" into

---

1.   Theoretical philosophy "considers man and human existence not from the point of view of historical conditions, but from that of intelligible structures and necessities of essences to be known . . . Practical philosophy on the other hand considers man and human existence from the point of view of the concrete and historical movement which leads them to their end; from the point of view of human acts which have to be posited *here and now*, in conformity with their rule." *Science and Wisdom* (New York : Charles Scribner's Sons, 1940), pp. 107-108. (When English translations exist, they will be cited by title, otherwise the French title will be used.)

the one as it does into the other. Thus neo-Aristotelians may learn much from the master, though few would take the Greek *politeia* as a model for a modern political entity, despite its possible relevance for the study of municipal government.

The germination of Maritain's political thought was a slow process. If elements of his political problematique were evident as early as 1920, his definitive work, *Man and the State*, only appeared in 1951. Of course, Maritain as a multifaceted philosopher had other considerations which took him away from political questions, and as his political reflections were always closely connected with events, an increase in his political engagement was usually expressed in a political commentary. If the condemnation of *Action française* was the occasion for his first venture in political theory, his concern for the plight of Europe in the thirties was accompanied by a number of books and papers seeking both to understand the situation and to find guidance for political thought and action.

Given the Aristotelian conception of political knowledge (*scientia practica*), it would not be unusual for a Thomist to reserve to his latter years reflections on politics, when experience of political things has prepared him for the task. And indeed we may say that such seems to be the path followed by Maritain, since he was already in his forties when he first began to turn to political questions, even if tentatively. His major work on politics appeared when he was sixty-nine. However, it was not just an imitation of the Aristotelian approach which accounts for "'Minerva's flight at dusk,'" to use another idiom, for Maritain's first foray in this area was something against the grain, somewhat unwillingly undertaken. Does he not say as much in *Une opinion sur Charles Maurras?*[2] And even once launched in this branch of practical philosophy, as we said, his thought nevertheless involved a slow process of germination. This process we describe as dialectical. Why? Because initially we are confronted with an apparent antinomy between authority and freedom, or at least that opposition as it was articulated by Rousseau. This first phase, again in line with the penchant of dialectical thought, may be reasonably viewed as a negative moment. Maritain appears not only as "a man of the right,"[3] but mainly critical, the polemical philosopher of *Three Reformers*. In this first phase, as well, his total preoccupation is with the issue of authority in the broadest sense, but notably with religious authority. Then, is a subsequent, positive stage, beginning with *Freedom in the Modern World*, Maritain takes up the other pole of the antinomy, freedom. His rich contribution to this quest

---

On Maritain's conception of political science, see Henry Bars, *La politique selon Jacques Maritain* (Paris : Les Éditions Ouvrières, 1961).

2. "Le philosophe même le plus résolu à ne pas entrer dans les contingences de la politique pratique se sent parfois tenu de livrer les réflexions qu'il fait dans son observatoire." *Une opinion sur Charles Maurras et le devoir des Catholiques* (Paris : Librairie Plon, 1926), p. 7.

3. Henry Bars, *Maritain en notre temps* (Paris : Bernard Grasset, 1959), p. 116.

consists in sorting out its dimensions, identifying the relations, and drawing out their implications.

Finally, the antinomy is resolved in *Scholasticism and Politics*. What better term for this process than to call it dialectical : antinomies, the dominance of moments and reconciliation. But it is certainly not my intention to attribute to Maritain a dialectical method in any Hegelian sense since he has made no bones about his rejection of such a method as inappropriate to philosophy.[4]

Let us say that the *pattern* of this development (from 1920 to 1940) is dialectical. Maritain's philosophical method, here as elsewhere, is analytic-synthetic: distinguishing in order to unite. In "Democracy and Authority" he distinguishes meanings and then shows how properly understood they (the terms) are not antinomic, but complementary. When he has arrived there, we may say, paraphrasing Churchill in another context, that it was not the beginning, it was not the end, but the end of the beginning of Maritain's political philosophy.

If we examine Maritain's earliest observations on politics, it seems clear that he had adopted many of the ideas current in the milieu he frequented after his conversion. Early references were to contemporaries like Maurras and Valois,[5] and earlier writers like Bossuet and De Maistre.[6] He showed a special animus against Rousseau. For we may note that Maurras and his followers took over the harsh criticisms of Rousseau and Rousseauism which were elaborated by De Maistre about a century before.[7]

What is remarkable in Maritain's attitude to Rousseau is his total lack of sympathy for a thinker who, in some ways, was trying to renew classical ideas of community and citizenship in a world dominated by bourgeois ideology. Maritain viewed Rousseau's contribution as an unmitigated disaster. For after all, he was willing to praise Luther's contribution to freedom of conscience,[8]

---

4. "So the dialectician is not a philosopher, he is a logician, and if through dialectic he approaches the real and knows it after a certain manner (in terms of opinion), still he never achieves knowledge (science) or philosophy." *Moral Philosophy :—An Historical and Critical Survey of the Great Systems* (New York: Charles Scribner's Sons, 1964), p. 125.

Of course, Maritain does speak of dialectics in his writings. In one case, "The Immanent Dialectic of the First Act of Freedom," he refers to a process of implication; in another, "The Dialectic of Anthropocentric Humanism," he analyzes an instance of dialectical reversal, similar to that found in Dostoyevsky's *The Possessed*, where beginning with unlimited freedom, one ends up with absolute despotism. The common feature in the use of the term by Maritain is to refer to a process, the working out of a kind of inner logic. When he uses triads in *An Introduction to Philosophy*, however, it is less in any dialectical way, than in an Aristotelian search for a *via media*. He insists that truth lies in a kind of mean—*in media stat veritas*.

5. *Antimoderne* (Paris : Éditions de la Revue des Jeunes, 1922), p. 216.

6. *Ibid.*, p. 197, where he mentions De Maistre. He refers to Bossuet in *Three Reformers : Luther, Descartes, Rousseau* (New York : Charles Scribner's Sons, 1936) p. 29.

7. Rousseau was "one of the most dangerous sophists of his century, and yet the most devoid of genuine science and sagacity. Above all, he was devoid of any depth, with an apparent profundity which is solely verbal." Joseph De Maistre, *Les soirées de Saint-Pétersbourg* (La Colombe, Éditions du Vieux Colombier, 1960), p. 54.

8. *Integral Humanism* (New York : Charles Scribner's Sons, 1968), p. 92.

Voltaire's contribution to the spread of tolerance,[9] Descartes' contribution to the new science,[10] and Kant's contribution to moral philsophy.[11] No comparable saving grace is awarded to Rousseau. Moreover, unlike some disenchanted lovers of romanticism, Maritain's distaste for Rousseau seems to have dated from his first contact with his writings.

In the polemic mode of many of his earlier works, Maritain singled out Descartes and Bergson for special attention in regard to theoretical philosophy, Luther in theology, Rousseau and Kant in practical philosophy.[12] Bernanos once said we are spared nothing in Maritain's portrait of Luther,[13] but the attack on Rousseau is unrelenting and unsparing without mitigation. Rousseau's political philosophy presented a formidable challenge for Maritain because it represented in many ways the source of French liberalism, which Maritain rejected, and an erroneous theory of democracy. In short, Rousseau represented Maritain's *bête noire*. And while Maritain frequently criticized various philosophies *in toto*, only to try afterwards to salvage some element which could be assimilated into his conception of Thomism, there seems little he is willing to accept from Rousseau, few concessions he is willing to make in his regard.[14]

Since Maritain's political philosophy at its inception seems reactive, a suitable approach is to ask, what was he reacting against, and what did he propose to put in its place, and what was the subsequent development of his political thought?

I have argued that the formative period of Maritain's political thought reveals a dialectical pattern. Beginning with the antithesis between freedom and authority discerned in Rousseau, in a first stage he stresses the latter, in a second stage the former, and finally he effects a reconciliation of the two concepts, some score of years after the initial opposition was set down. I

---

9. *Ibid.*
10. "Descartes, whose ability as a scientist can sarcely be exaggerated, not only felt or divined, and in fact utilized the resources of mathematics applied to the knowledge of nature—as for example did Galileo, and before him Da Vinci—he also had the clear intellectual view of the inner structure and rights of physico-mathematical knowledge of the world, with all its exigencies and, if I may say so, its fierceness as an original discipline, an irreducible *habitus*. From that point of view he really deserves to be regarded as the founder of modern science—not that he created it out of nothing, but because it was he who brought it out into the bright light of day and set it up on its own in the republic of the mind." *The Dream of Descartes* (New York: Philosophical Library, 1944), pp. 35-36.
11. "He was deeply aware of the necessity for the moral life to be suspended from a supreme disinterested motive, and to be definitively freed from the supremacy of self-love. For this he deserves the gratitude of philosophers, whom he has put in a position to elucidate this point better than they ordinarily do." *Moral Philosophy*, p. 97.
12. See *The Dream of Descartes, Bergsonian Philosophy and Thomism* and *Three Reformers*.
13. Georges Bernanos, "Brother Martin," *Cross Currents* Vol. II, No. 4, Summer, 1952, p. 5. This is a translation of an article in *Esprit*, October, 1950.
14. The whole tone of the essay on Rousseau in *Three Reformers*, especially pages 98-99, shows Maritain's antipathy to Rousseau as a person. Despite his polemics against Luther, he shows more understanding of his spiritual plight.

stress that the pattern followed by his thought was dialectical; the method of dealing with the basic opposition, when it came to that, was not. Rather it involved a distinction between terms and an effort to show their compatibility, to reconcile them. The method employed is indicated in the notion, distinguish to unite. Analyze the terms of the opposition, then show how they can be joined in an acceptable synthesis. But the original opposition was derived from a scrutiny of Rousseau's political writings. We shall begin at that point. He rejected Rousseau's philosophy generally in *Three Reformers*, including his politics; he rejected Rousseau's concept of autonomy in *Freedom in the Modern World* and *Integral Humanism*; he rejected Rousseau's notion of democracy throughout his writings, but particularly in *Scholasticism and Politics*; and, finally, he rejected Rousseau's notion of sovereignty in *Man and the State*.

Maritain summarizes the crisis of authority which is attributed particularly to Luther, Rousseau and Kant :

> truth and therefore life should be sought uniquely within the human subject; any action, assistance, rule or authority which would originate elsewhere (from the object, from authority whether human or divine) being an assault on the mind.[15]

The defence of epistemological realism implied in this statement is joined in an intriguing way with the negation of authority, a position which will be broadened and stated more elegantly in *Integral Humanism*.[16] We shall confine ourselves to the authority question in its more limited form—authority in the state and in religion.

The most comprehensive attack on Rousseau is mounted with all of Maritain's rhetorical gifts in *Three Reformers*. It is easy to overlook some curious aspects of this critique, particularly if one shares the author's animus against Rousseau. When Maritain comes to examine closely Rousseau's political ideas "in the rich ideological forest of the *Social Contract*,"[17] he is not content to state that they are false or misguided, but refers to the central concepts (nature, freedom, equality, the political problem, the social contract, the general will, the law, the sovereign people and legislator) as "myths."[18] Since no explanation is offered for this usage, and since we must assume that

---

15.   *Antimoderne*, p. 23.
16.   "As regards man, one can note that in the beginnings of the modern age, with Descartes first and then with Rousseau and Kant, rationalism had raised up a proud and splendid image of the *personality* of man, inviolable, jealous of his immanence and his autonomy and, last of all, good in essence. It was in the very name of the rights and autonomy of this personality that the rationalist polemic had condemned any intervention from the outside into this perfect and sacred universe, whether such intervention would come from revelation and grace, from a tradition of human wisdom, from the authority of a law of which man is not the author, from a Sovereign Good which solicits his will, or finally, from an objective reality which would measure and rule his intelligence." *Integral Humanism*, p. 28.
17.   *Three Reformers*, p. 126. Translation slightly modified.
18.   *Ibid*. Maritain refers to "the chief myths" on page 126 and then goes on to examine them on pages 126-140.

the author was not careless in his use of language, one hypothesis suggests itself. During this period the writings and terminology of Georges Sorel, as expressed in *Reflections on Violence*, had become common currency in French intellectual circles. Maritain refers to Sorel earlier in *Three Reformers*.[19] While it would be bold indeed to state without qualifications that Maritain is using Sorel's famous categories, what he does say fits very well Sorel's intentions.

Leaving aside the anthropological sense of myth as "a fabulous account of popular origin, unreflected"[20] or Platonic myths in which the imagination serves reason and philosophy, Sorel stresses the myth as action-oriented. The myth, then, is "the image of a fictitious future (and even most often unrealizable) which expresses the feelings of a collectivity and serves to instigate action."[21] "As long as there are no myths accepted by the masses, one may go on talking of revolts indefinitely, without ever provoking any revolutionary movement."[22] According to Sorel, "the myth is the expression of the will of a group which prepares itself for battle in order to destroy what exists."[23]

Utopia is contrasted with a social myth since it only established a model to which existing societies can be compared in order to measure the good or evil contained in them. Utopias allow, then, for appraisal, not action. They are not action-oriented.

Maritain surely has in mind the use that can be made and was made of a number of Rousseau's ideas during the French Revolution and which continue to influence the ideologies of the left in France. They were ideas which had consequences, devastating consequences, particularly since, as Daniel Mornet notes, they become important just after the outbreak of the Revolution.[24]

The core myth is expressed by Rousseau in the formulation of the political problem:

> To find a form of association through which every man united with all others, should nevertheless obey only himself and remain as free as before.[25]

Freedom means autonomy and independence, self-government excluding any superior. "Man is born free, Freedom is an absolute requirement of Nature, all subjection of any kind to the authority of any manner of man is contrary to Nature."[26] Freedom, then, excludes authority. But how can you have a political system without authority? Rousseau ingeniously, but ultimately un-

---

19. *Ibid.*, p. 84.
20. André Lalande, *Vocabulaire technique et critique de la Philosophie* (Paris : PUF, 1962, Ninth Edition), p. 665.
21. *Ibid.*
22. Georges Sorel, *Reflections on Violence* (New York: Peter Smith, 1941), p. 32.
23. André Lalande, *op. cit.*, p. 1179n.
24. Daniel Mornet, *Les origines intellectuelles de la révolution française (1715-1787)* (Paris : A. Colin, 147), p. 95.
25. *Scholasticism and Politics* (New York: The Macmillan Company, 1940), p. 95.
26. *Three Reformers*, p. 130.

successfully, attempts to explain how this can be. Briefly stated, here is his position.

Rousseau's determination to eliminate authority from the educational process was evident in *Émile*, where the boy's tutor, operating in a sense behind the scenes, is called the Governor. The intention to eliminate the rule of one person over another, such rule being the essence of authority for Rousseau, requires a much more elaborate plan in political society. If the essence of man is to be a free agent, and if freedom in society means obedience only to a self-imposed law, a minimal condition for freedom, or autonomy, in political life is that each individual participate in the process whereby laws are made. It would be hard, if not impossible, to understand how my autonomy is assured if I must obey laws whose framing has not been my affair. Or at least that is Rousseau's view. Even the wisest laws made by someone else would violate my autonomy. Yet participation cannot ensure autonomy, for on important legislative matters, there are divisions into majorities and minorities, and if I find myself in the latter category, the law is imposed on me. But majorities may be corrupted—note Rousseau's remarks about Roman legislatures during the post-republican period—and it now appears clear that while participation is a necessary condition, it is not a sufficient one to assure autonomy, so that even if I am in the majority I can only achieve autonomy if what is done is really beneficial for the whole society. Thus Rousseau sets down two conditions for the achievement of political autonomy : each must participate in law-making, and the laws that are produced must be right, that is, for everyone's benefit, for the common good. Thus neither majority rule nor unanimous consent can assure autonomy. The whole problem then becomes one of reconciling the realm of intellect and the realm of will, so that men will what is right, and that can only occur through political education, the juncture of subjective freedom and objective rightness. I am only free when I do what is right. Rousseau's emphasis on mistakes as an explanation of majority-minority divisions strongly suggests that the educational problem is essentially cognitive. Men must be taught to will what is right, a kind of passage from opinion to knowledge. Rousseau's Legislator is obviously designed to play a role analogous in political matters to that the Governor plays in individual education in *Émile*. However, neither the Legislator nor the Governor may be said to have authority in the sense of one person giving orders to another.[27] Let us assume (what is far from the case) that there were no difficulties with the theory up to this point. Citizens of Rousseau's participatory republic, under the best of circumstances, would obey the law, not other men, and if the laws were good (*recta ratio* as opposed to mere *ratio*), then the coincidence of the two realms would be assured.

However, the real problem of authority for Rousseau arises when he confronts the issue of how a government (the executive), which is necessary,

---

27. *Ibid.*, pp. 129-130.

can function without in some sense nullifying the autonomy already achieved. Would it not be the case that the man or group executing laws and passing decrees would become, in fact, more than a subordinate, and dangerously close to being a master? Or, to put it another way, how can the function be performed without attributing to the person or group performing the function precisely that moral relation which the *Social Contract* expressly set out to eliminate? Can such a position actually be subordinated to the legislative will? What happens to popular sovereignty? Once Rousseau recognized that the model does not work properly, once he noted the propensity of the executive to "trench" on the legislative, to usurp its power, he had the option of either dropping a model which had Lockean overtones and raised questions about the very notion of indivisible sovereignty, or realizing its failure on theoretical and historical grounds. If the model is not appropriate, it strongly suggests the viability of the Montesquieu model of power with its recognition that the Hobbesian notion of sovereignty is neither tenable nor desirable. In other words, Montesquieu's model of power is more plausible given the propensity for encroachment on the part of the executive. The price of rejecting the model was obviously more than Rousseau was willing to pay.

When Rousseau, after his troubles with censorship in France and Geneva, came to study closely the political system of his native city (where before he had praised it without really knowing it), he saw the heart of the problem in the relationship between the legislative and the executive. This relationship had become inverted, in his view, an inversion which contradicted sound political principles and contravened the constitution of Geneva. In Book VI of his apologia against the attacks of Tronchin and others, Rousseau offers us a résumé of the principal themes of the *Social Contract*. In Book VII, he discusses how the people's sovereignty has been usurped.

The indivisibility of sovereignty is reiterated. The legislative power, however, needs another power which executes the law and only executes the law. Still, since "sovereignty always tends to slacken," while "the Government [the executive] always tends to strengthen itself,"[28] in time the executive body will dominate the legislative body. It is almost a law of political dynamics which cannot be prevented even by the establishment of the best of governments, aristocracy. In spite of the realization that there is an inevitable tendency toward usurpation on the part of the executive, Rousseau has accepted to live with this tension. He does not criticize the terms which make this tension ineluctable. Neither the concept of sovereignty nor the absolutely subordinate role of the executive entailed by this definition is brought into question. Maritain particularly takes issue with the attribution of a passive role to governors in principle.[29]

---

28.   Jean-Jacques Rousseau, *Lettres écrites de la montagne, VI, Oeuvres Complètes* (Paris, Bibliothèque de la Pléiade, 1964), III, 808.

29.   *Christianity and Democracy* (New York : Charles Scribner's Sons, 1944), p. 71.

Rousseau perceives that the Petty Council, which should only govern, has come to dominate the General Council of Geneva, which should be sovereign.

> But is it not contrary to reason, that the executive body should regulate the decision-making of the legislative; that it should prescribe the subjects of the latter's deliberation; that it should prohibit its privileges of thinking and judging for itself; and that it should exercise an absolute power even with regard to the very acts made to restrain it?[30]

Later, Rousseau suggests that the people's power to remonstrate against the government, to make representations to it, "is the only possible means to unite freedom and subordination, and to keep the Magistrate dependent on the Laws without altering his authority over the people."[31] It is hard to understand how this power alone could succeed in the task.

No account of Rousseau's philosophy of authority would be complete without observing that he unequivocally rejected the notion of religious authority in his Letter to Bishop De Beaumont, as the Savoyard priest had done in *Émile*. ". . . I take the Scriptures and reason as the only rules of my belief. . . . I reject the authority of men, and I intend to submit to their formulations only insofar as I perceive the truth that is in them."[32]

Although Maritain characterizes Rousseau's political philosophy as "masked anarchic democracy,"[33] this interpretation has not prevailed. Leaving aside those who allege that Rousseau's conception is totalitarian in nature—Jacob Talmon and Lester Crocker come to mind—the more common approach has been to interpret Rousseau as primarily a precursor of Kant and hence to assume, in a way, that Rousseau is a proto-Kantian. Raymond Polin reflects this when he criticizes "the anarchistic interpreter of Rousseau" and prefers the view of Rousseau as a "first tryout of Kant."[34] Maritain's point seems to be that a political philosophy which undermines the notion of authority—man ruling man—must be considered, in some sense, anarchical.

If Rousseau is so often and so harshly criticized by Maritain, it is because he considers Rousseau to be the representative figure of the French liberal tradition. For Anglo-Saxons, accustomed to other characterizations of Rousseau—for instance, as the exponent of totalitarian democracy—the idea of Rousseau as a liberal seems odd. Nevertheless, if liberalism is defined as essentially that philosophy of freedom in which "every man is a law unto himself,"[35] or more explicitly, if "one liberal error makes the freedom of man consist in the independence of his will in regard to every exterior rule—

---

30.   Jean-Jacques Rousseau, *Lettres écrites de la montagne, VII, op. cit.*, p. 830.

31.   *Ibid.*, p. 850.

32.   Jean-Jacques Rousseau, *Lettre à Christophe de Beaumont, Archevêque de Paris* in Ronald Grimsley, *Rousseau, Religious Writings* (Oxford: Clarendon Press, 1970, pp. 264-265.

33.   *Scholasticism and Politics*, p. 94 et seq.

34.   Raymond Polin, *La politique de la solitude, Essai sur la philosophie politique de Jean-Jacques Rousseau* (Paris : Éditions Sirey, 1971), p. 102.

35.   *The Things that are not Caesar's* (London : Sheed and Ward, 1930), p. 134.

this is 'autonomy' in the Kantian sense . . .,''[36] Rousseau is surely a liberal. This philosophical position, with far-reaching theological implications, is precisely what was condemned in nineteenth-century papal encyclicals under the rubric of liberalism. In his early unrelenting hostility to liberalism, Maritain is indiscriminate. Instead of a *distinguo* to indicate that certain aspects of political liberalism—not in the Rousseauian sense—could be acceptable, his criticisms are unqualified. The other element of the liberal political tradition in France, which includes the defence of freedom against Rousseau by Benjamin Constant or de Tocqueville's more moderate conception of freedom, is ignored. Was it not the misfortune of the nineteenth-century dialogue to confuse two issues which were included under the notion of liberalism: a philosophical and theological idea, on the one hand, and a political one, on the other? By refusing to examine the liberal political option, reactionary absolutism seemed to be endorsed. But the end result of this was that many believers held to political ideas which were increasingly irrelevant. To be a "worthy reactionary" may have represented a political option in Comte's day: it hardly did so in the period immediately following the First World War. By then, it was the politics of nostalgia.

Although Maritain notes that the meanings of "liberal" and "liberalism" as used in the *Syllabus* do not refer to political parties, the ambiguity remained, as the vicissitudes of political liberalism in French Canada during this period amply demonstrate.[37] But why employ a term which gave rise to such ambiguity and convinced many to think the Church unalterably opposed to any progressive political ideas? In political discourse, Maritain once observed, terms are not to be used in a special, contrived sense, but in a general common way.[38] The common way is not the philosophical one. An unqualified condemnation of the term in its theological and philosophical sense was bound to carry a certain opprobrium on its political use as well.

Christopher Hollis, noting that the Vatican has always had a certain liking for using words in an esoteric sense of its own, suggests that liberalism "is a word even less precise in its meaning than socialism.''[39] Hollis saw the spirit of De Maistre in the Vatican's attitudes toward liberalism and the revolution. He notes as well the absolutism of Veuillot's declaration that "in no sense can a Catholic be or call himself a liberal.''[40] What is that supposed

---

36. *Ibid.*, p. 137.
37. For a good introduction to the subject, see Mason Wade, *The French Canadians 1760-1967* (Toronto: Macmillan of Canada, 1968), Chapter VII, "Growing Pains," Vol. I, pp. 331-392.
38. "The word 'democracy' lends itself to so many misunderstandings that from the theoretical point of view it would perhaps be preferable to find a new word. But it is the usage of men and the common consciousness which fix the use of words in the practical order . . . ." *The Twilight of Civilization* (New York: Sheed and Ward, 1944), p. 56.
39. Christopher Hollis, "The Syllabus of Errors; Its Genesis and Implications," *Twentieth Century Catholicism* (New York: Hawthorn Books, 1965), p. 18.
40. *Ibid.*, p. 41.

to mean in a country where the choice is between the party of Disraeli and that of Gladstone, or in Canada, the party of John A. Macdonald and that of Wilfrid Laurier?

Despite Maritain's wholesale condemnation of liberalism, and his neglect of the question of freedom in *The Things that are not Caesar's*, except for a few pages, his operative definition of liberalism is neither arbitrary nor ambiguous because it refers to a durable philosophical tradition which continues to have its defenders today. As a case in point, we may refer to Georges Burdeau's recent study, *Le libéralisme*. According to Burdeau, the basic premise of liberalism is that freedom is inherent in man. Yet while freedom is an original datum, it still has to be conquered. (It is interesting to note a terminology which Maritain employed in the thirties). The conquest of freedom can, and has, degenerated into an exploitation of freedom, and Burdeau is critical of economic liberalism and not always willing to recognize its claim to be faithful to the genuine liberal inspiration. What is that if not the refusal to accept any authority "to which man would not have given his consent."[41] The rejection of external authority not only includes an external temporal authority, but also any external authority, whether temporal or spiritual. The secularizing tendency of liberalism is explicit, for Burdeau insists that "the freedom of the Christian must make way for the freedom of man."[42] Liberalism's exclusive concern for freedom was bound to set up a number of antinomic relations between that value and others.

Burdeau represents the rationalist and idealist liberalism of the French tradition. It is the liberalism of Rousseau, Kant, Renouvier and Alain. Burdeau argues for a resurgence of that liberal faith. In doing so, he shows that Maritain was attacking something that was real in French political thought and life.

Implacable foe of liberalism during this period—what I have called in a somewhat Hegelian way the negative moment—what was Maritain's positive orientation in the twenties? We find clues to the influences working on him in frequent references to Father Clérissac, Charles Maurras, Joseph De Maistre, and occasional references to Georges Valois and Bossuet. The philosopher, turning from Bergsonism to Thomism, was not, as he stated in *Une opinion sur Charles Maurras*, particularly interested in political matters per se, but gradually he had assimilated a number of political attitudes, if not fully explored ideas, about the French political system.

The initial question is the relation between Maritain's Thomism and his political attitudes. *In the Things that are not Caesar's*, one can discern, alongside the writers mentioned above, those who are more commonly associated with the Thomistic school: Bellarmine, Cajetan and Suarez. The former group can be classed together by their monarchist views. But what connection do Bossuet, De Maistre and Maurras have with Thomism?

---

41. Georges Burdeau, *Le libéralisme* (Paris : Éditions du Seuil, 1979) p. 22.
42. *Ibid.*, p. 29.

That Bossuet was influenced by Aquinas is unquestionable. While surely not a proponent of the latter's mixed regime, Bossuet utilizes the crucial Thomist distinction between the *vis directiva* and the *vis coercitiva* in discussing royal authority. However, Bossuet could be interpreted as presenting an extreme and distorted version of Thomistic monarchism because of the appeal to *jure divino*.[43]

De Maistre, whose influence pervades Maritain's treatment of sovereignty, as Bellarmine's work marks his treatment of papal power, has a more dubious claim to be considered favorably by a Thomist. It is true, of course, that *Les soirées de Saint-Pétersbourg* contains a tribute to Saint Thomas which would likely be well received by Thomists. During this period when it seemed so important to re-establish the principle of authority, both in political life and in the Church, it is not at all surprising that the political writings of Joseph De Maistre had an impact on Maritain's own political reflections. Was not De Maistre the anti-Rousseau who rejected the heritage of the Revolution and in place of popular sovereignty postulated divine sovereignty? And was he not the one who had asserted, perhaps as strongly as any publicist prior to the First Vatican Council, the idea of papal infallibility? So much so that one account of Church affairs in the nineteenth century can say, "The Vatican Council showed that he was right."[44] Yet, as is less the case with Bossuet, there are certain features of De Maistre's thought which are very difficult to reconcile with Aquinas' philosophy, even though De Maistre will say, in *Soirées*, that Thomas Aquinas was "one of the greatest minds which ever existed in the world."[45] There is not a great deal of evidence that he was greatly influenced by the Thomistic teaching. Firstly, despite his defence of papal infallibility, De Maistre has an unfortunate tendency to identify the Pope and the Church : "the universal church is monarchical."[46] This is a position which obviously glosses over all those important questions concerning the nature of the Church and the role of the Bishop of Rome in it. Furthermore, he espouses what Émile Faguet called "a singular kind of Christianity in which there is no trace of love, as if Christianity was not in its entirety love one another."[47]

Secondly, De Maistre's single-minded concern for authority in political life, as in religious life, leads him to the extreme assertion that every government is absolute and, accordingly, to a conception of sovereignty which defines it

---

43. See J. Calvet, *Bossuet, L'homme et l'œuvre* (Paris : Hatier-Boivin, 1941), especially p. 166.

44. *Dictionnaire de théologie catholique* (Paris : Librairie Letouzey et Ané, 1926), Vol. IX, p. 1678.

45. Joseph De Maistre, *op. cit.*, pp. 81-82.

46. Jack Lively (ed.), *The Works of Joseph De Maistre* (London: George Allen and Unwin, 1965), p. 132.

47. Émile Faguet, *Politiques et moralistes du dix-neuvième siècle*, Première Série (Paris : Lecène, Oudin et Compagnie, 1891), p. 59.

as unlimited. If the Pope is said to be infaillible in his realm, so also is the absolute monarch in his. Bossuet had been more careful to preserve Thomistic and constitutional limitations on the monarchy. And ironically what should have been basically objectionable to a Thomist who referred to "the dim lamps" of the Enlightenment[48] was the fact, so well stated by Émile Faguet, that De Maistre's theocratic conceptions are conceived in the spirit of the eighteenth century against the eighteenth century : "the revolutionary dialecticians have drafted the rights of man and De Maistre the declaration of the rights of God."[49] What is De Maistre's concept of sovereignty but a simple inversion of popular sovereignty? Just as Hegel turned around still in some ways remained Hegel, so with Rousseau. One of the most striking aspects of *The Things that are not Caesar's* is the use of the concept of sovereignty. What I have suggested is the difficulty of squaring that conception with the Thomistic tradition. The obvious consequence of this blend will be to stress the monarchical aspects of Thomism to the relative neglect of other aspects.

The third figure in Maritain's monarchical triad, and the one who is of particular concern in the twenties, is, of course, Charles Maurras. References to Maurras surface in several of Maritain's works prior to *Une opinion*. Henry Bars states that Father Clérissac had moved him toward *Action française*, and Maritain notes in his preface to Clérissac's book, *The Mystery of the Church*, that Clérissac "was firmly attached to his monarchist convictions."[50]

The exact relationship between Maritain and Charles Maurras and *Action française* has been a matter of some contention in the literature on the subject. James McCearney's study of Maurras in 1977 shows that even recently there still seems to be a failure to understand Maritain's position in regard to *Action française*. McCearney describes Maritain's relations this way: "Jacques Maritain was first of all a member of *Action française*, then he hesitated, and finally he took sides with the Holy See."[51] Yet Maritain insisted in *Une opinion* that he never adhered to *Action française*. Dansette points out that *Une opinion* stems from a decision taken in common with Maurras and Henri Massis to respond to the famous letter of Cardinal Andrieu.[52] Henry Bars perhaps best describes the situation when he notes that "Jacques Maritain, without knowing it and unwittingly, appeared to many as the philosopher of the Party."[53] Regardless of how he may have construed his own position, it seems objectively to have been tantamount to membership or, at least, very close collaboration. It was for this reason that Maritain's transition from a qualified defence of

---

48. *Antimoderne*, p. 124.
49. Émile Faguet, *op. cit.*, p. 67.
50. Humbert Clérissac, *The Mystery of the Church* (New York: Sheed and Ward, 1947), p. xxv.
51. James McCearney, *Maurras et son temps* (Paris : A. Michel, 1977), p. 217.
52. Adrien Dansette, *Histoire religieuse de la France contemporaine* (Paris : Flammarion, 1951), II, p. 585.
53. Henry Bars, *Maritain en notre temps*, p. 115.

Maurras in 1926 to the acceptance of the papal condemnation in 1927 was so significant. What was at stake was whether a considerable number of French Catholics, counting many members of the higher clergy, would continue to support a party, perhaps better to say a movement, which was anti-republican and anti-democratic, and associated with a philosophy which was derived from pagan classicism and Comtean positivism. In fact, Maurras, like Comte, seemed to advocate a kind of Catholicism without Christianity.

In *Une opinion*, Maritain distinguishes between the philosophy which he rejects and the Maurrasian politics which he feels has a limited validity. Under Father Clérissac's guidance, he had been led to "an impartial examination of Maurras' political writings in the light of Saint Thomas' principles."[54] What he discovered was Maurras' strong sense for the common good of society and a stress on the civic virtues of the Greeks and the Renaissance. Rather than a *scientia practica* in the Thomistic sense in which politics is subordinated to ethics, the theoretical is prior to the practical sphere, and politics is also subordinated to religion, Maurras' politics was "a kind of physics and art of the social good, constituted apart from ethics."[55] His approach was basically empirical and inductive. At best his political observations constituted "fragments of political science."[56]

By employing the Thomistic distinction between the order of intention and the order of execution, Maritain attempts to show the validity that Maurras' conception of "politics first" can have. The effort to do so itself bespeaks a certain frame of mind and raises the question whether a distinction foreign to Maurras, used to "save" his assertion, may not in fact distort what Maurras was trying to say. Later, of course, Maritain insisted on the primacy of the spiritual. Maritain's "benevolent" interpretation of "politics first" is to maintain that in the order of execution, a restoration of authority in society is a primary condition for the restoration of order.

As to the main theses of Maurras' political position, we shall first turn to an outside source and then examine which aspects of it were particularly appealing to Maritain. Among the three right-wing tendencies which were important between the consolidation of the Republic and the defeat of France in 1940, *Action française*, according to Raymond Aron, was one of those which "maintained the tradition of radical hostility to the Republic, democracy and the parliamentary system; it was strong in Parisian salons and among academic intellectuals." Aron goes on to say that "it heaped its sarcastic remarks on the regime without endangering it."[57] Maurras had retained the classical themes—monarchy, decentralization, intermediary bodies, authority which comes from on high—more than he had spelled out precisely what

---

54. *Une opinion*, p. 35.
55. *Ibid.*, p. 40.
56. *Ibid.*, p. 46.
57. Raymond Aron, *Espoir et peur du siècle* (Paris : Calmann-Levy, 1957), pp. 19-20.

institutions were capable of expressing the traditionalist inspiration in the twentieth century. Aron concludes by stressing the negative character of right-wing thought during this time. Furthermore, he remarks that the "condemnation of *Action française* had revealed to many Catholics the gap between the pragmatic primacy of politics and the genuine inspiration of Catholicism."[58]

Now Maritain at this time did not seem particularly interested in the Maurrasian argument for a decentralized France, a form of federalism, nor in the equally anti-Jacobin brief for intermediary bodies, which hearkened back to Montesquieu and de Tocqueville. Rather it was the emphasis on monarchy and, above all, the restoration of authority which appealed to him. If Henri Massis is to be believed,[59] Maritain had declared himself a royalist as early as 1912.

Curiously enough, Maritain praised Maurras for his keen feeling for the common good of society and his concern for the cultivation of the classic civic virtues, whereas he did not recognize these as assets in Rousseau's political philosophy where they were even more apparent. However, when all was said and done, Maritain felt that in Maurras' work, the most important element was "his criticism of liberal ideology and revolutionary dogmas."[60] Maurras "had purified the intellect and liberated it from false liberal dogmas." Maurras' critique had to be supplemented, Maritain says, "by showing the metaphysical and moral errors which are at the heart of liberalism."[61]

Finally, the concept of integral nationalism was endorsed by Maritain as long as it did not degenerate into an absolute and become racist or result in the "blind cult of the nation," superior to all (totalitarianism).[62]

If there was one point on which Maritain differed with Maurras, it was in finding a sense in which the concept of democracy might be acceptable, namely in Aristotle's conception of *politeia*, the mixed regime combining oligarchy and democracy. The method followed is to distinguish three meanings of the term democracy and then examine each meaning in turn. However, the contention that an Aristotelian polity is a legitimate form of government does not in any way mean that Maritain was well disposed toward modern democracy, either in theory or in practice. It is simply a reiteration of the Aristotelian view that there are three good forms of government, and polity (*politeia*) is one of them. It should be noted that Maritain seems to cling to the "ready made" classification of the Aristotelian tradition, citing Marcel Demongeot's study.[63] Only later, at the time of *Integral Humanism*, does he

---

58. *Ibid.*, p. 26, n. 1.
59. Henri Massis, *Maurras et notre temps* (Paris-Geneva : La Palatine, 1951), Vol. I, p. 159. He takes issue with Raïssa Maritain's account of the same events.
60. *Une opinion*, p. 40.
61. *Ibid.*, p. 68.
62. *The Things that are not Caesar's*, p. 154. The translation reads, "the blind worship of the nation." I find "cult" more contemporary.
63. Marcel Demongeot, *Le meilleur régime politique selon St. Thomas* (Paris: Blot, 1928).

abandon the old paradigm, realizing that neither Aristotle's typology nor Montesquieu's, for that matter, is appropriate for understanding the political systems of the modern world. To use a Bergsonian metaphor, the "ready-made" is abandoned for the "made-to-measure."

Maritain's belief that one could reject Maurras' ideas on philosophy and religion, while continuing to accept his political ideas, thus maintaining that an affiliation in some way with *Action française* was still possible, was dispelled in 1927, once Rome had spoken. But what were the issues? Maritain had noted earlier, in *Une opinion*, The Church's misgivings about Catholic adherence to a movement whose political head was an unbeliever. Now, after Maurras' response to the papal declaration, *non possumus*, his open resistance to the authority of the Church, Maritain said that the main issue in the drama was that *Action française* had brought together a large number of Catholics, many of them young, into a political organization which is "under the absolute intellectual direction of an infidel leader."[64] The danger was that the Church in France would become enfeoffed to a political party. Just as the *Sillon* had been condemned for its errors, situated on the left, now *Action française* had been condemned, on the right. Nevertheless, Maritain does not deny "whatever is right and well founded in political conceptions which, empirically and partially rediscovered by Maurras, go back to Joseph De Maistre, Bonald, Bossuet and St. Thomas Aquinas, remains intact."[65] The configuration of thinkers once again indicates how much Maritain continues to think of Thomistic politics in a monarchist and traditionalist perspective.

The break with *Action française* and Maurras was consummated. On behalf of *Action française*, the riposte came from Paul Courcoural, using the kind of *ad hominem* argument so characteristic of *Action française*. The Pope was dismissed as a German-lover and Courcoural claimed that Maritain was defending a new theocracy.[66] Maurras later said of Maritain that "a Maritain brochure for us, quickly became a book against us, after having been half for and half against us."[67]

Adrien Dansette has much to say about the consequences of the condemnation: the "purification" of the clergy, the sanctions imposed on both clergy and laity when they persisted in associating with *Action française*, and, indeed, he seems to sympathize with the plight of those struck by the effects of the papal action.[68] He does not talk about those circles which apparently ignored the condemnation and continued at least to be catholic and royalist. Philippe Ariès gives us some insight into these spheres where the greatest

---

64. *The Things that are not Caesar's*, p. 55.
65. *Ibid.*, p. 67.
66. Courcoural is cited in Paul Sérant, *Les dissidents de l'Action française* (Paris : Copernic, 1978), p. 77.
67. *Ibid.*, p. 106.
68. Adrien Dansette, *op. cit.*, pp. 603-606.

enemy was the Christian Democrats in *Un historien du dimanche*.[69] Henri Massis is another example of a man who defended Maurras even after 1944.

Suffice it to say that Maritain's break with Maurras and his movement was definitive and unequivocal without afterthoughts, but that does not mean that the "authoritarian" tendency of his thought had been abruptly laid aside. The examination of the principal theses of *The Things that are not Caesar's* reveals a continuity rather than a break with the political orientation of the previous years.

The Things that are not Caesar's is usually considered in its significance as a tract for the times, a defence of the condemnation of *Action française* and, in the process, a defence of papal power and authority. My concern with it, however, is as symptomatic of Maritain's positive emphasis in political philosophy during this period. We find that he stressed concepts like authority, power and sovereignty, as well as providing notes on liberalism and democracy. Each of these themes will be examined.

In retrospect—after Vatican II—we note the revival of issues which preoccupied the Church in France during the nineteenth century: monarchism versus liberalism, the nature of the papacy, Dupanloup's famous distinction between thesis and hypothesis, and generally an atmosphere of the past re-captured. In defence of the papacy, Maritain stresses the power of the Pope rather than a conception of the Pope in relation to the Church. In other words, our contemporaries study ecclesiology and the role of the Pope within that context,[70] while Maritain deals in monarchical terms. The Pope is a monarch. But what kind? What powers (in the sense of *potestas*, rightful power of authority) does he have? Is he an absolute monarch? If not, what are the limitations on his authority? What is the basis for the condemnation of *Action française*? What is to be said of the charge that it was an abuse of power, that it was *ultra vires*? The larger issue may be raised about the relevance of a right the Pope is said to possess, but is unable to exercise. If a right cannot be effectively exercised, when does the possession of such a right come to be rejected as meaningless?

Unfortunately, there appears to be an important misunderstanding on Maritain's part as to the precise kind of papal power at stake in the papal condemnation of 1926. The whole cast of the book leads the reader to see in the condemnation of *Action française* an exercise of the Pope's indirect power over the temporal realm. Yet commentators as diverse as Henry Bars, Adrien Dansette and Paul Sérant agree that the issue concerned not the indirect, but

---

69.   Philippe Ariès, *Un historien du dimanche* (Paris : Éditions du Seuil, 1980).

70.   To mention but one such study, Avery Dulles, *The Resilient Church* (Garden City: Doubleday, 1977). But then Maritain himself later ventured into ecclesiology in *On the Church of Christ: The Person and Her Personnel* (Notre Dame: University of Notre Dame Press, 1973).

the direct power of the Pope.[71] Maritain clarified this issue in a subsequent publication.

We will not explore further this question which bears on the *application* of papal authority rather than on its foundation, nature and extent, a more important issue in understanding Maritain's philosophical treatment of authority here.

The problem of papal authority or power (again in the sense of *potestas*, not just *potentia*) is analyzed with particular reference to Robert Bellarmine, who gave a classic formulation of the doctrine of the two powers. Firstly, the power of the Church and the Pope is direct in spiritual matters concerning faith and morals. He means "the Church herself, acting in the person of the Supreme Pontiff."[72] The indirect power, on the other hand, the power over the temporal by reason of the spiritual, is an instrumental power *ratione peccati*. The emphasis here is on the right of intervention by the spiritual power in political matters. To say it is indirect is to stress the fact that its rationale is spiritual. It is a form of spiritual power which bears on temporal matters. The subordination of the temporal to the spiritual, of the political to the ecclesiastical, underlies the whole argument. The Pope "acts as supreme judge directly over the spiritual, and indirectly over the temporal because of spiritual interests . . . ."[73]

From a political point of view, it is important not only to specify what powers the Pope, and hence the Church, possess, but also what limitations, if any, there are to these powers, this authority. Maritain appeals to the teaching of Saint Thomas to establish two kinds of limitation: (1) the Pope does not have the authority to enact measures which would be subversive of the common good of the Church, and (2) the Pope does not have the authority to command something sinful. A third criterion is implied in the discussion of Bellarmine's concept of the two powers: the Pope cannot act beyond his powers, *ultra vires*; for instance, if the Pope claims a direct power over the temporal, he is presumably acting *ultra vires*.

This doctrine of the Church and papal authority is obviously being developed in order to show why Catholics owe obedience to the Pope and, of course, particularly why the Pope must be heard and heeded in regard to *Action française*. The Pope is to be obeyed. To question papal authority is to place oneself above it. In doubtful matters, one should defer to authority. On several occasions, Father Clérissac is referred to: "Unless the act prescribed

---

71.   Bars discusses the issues in *Maritain en notre temps*, page 117; Dansette in *Histoire religieuse de la France contemporaine*, page 612; and Paul Sérant in *Les dissidents de l'Action française*, page 76. Maritain's position was clarified in "Le sens de la condamnation," where he states that the condemnation was an exercise of the direct power of the Pope over the spiritual, in *Pourquoi Rome a parlé* (Paris : Éditions Spes, 1927), pp. 329-385. The question has also been examined in V. Bernadot et alia, *Clairvoyance de Rome* (Paris: Éditions Spes, 1929).
72.   *The Things that are not Caesar's*, p. 19.
73.   *Ibid.*, p. 43.

is sinful, it should be deferred to."[74] Clérissac added, however, that such deference to authority demands "the most delicate discernment according to the degrees and species of subordinations and of commands."[75]

The principle of deference to authority is elaborated, however, in a general way, that is, as applicable to political as well as to ecclesiastical authority. If a person is obedient to a superior and the act commanded is wrong, the subject is exonerated from guilt. Since the Second World War and the appeal to the so-called Eichmann defence—I was only following orders—the concept of deference to authority indeed requires "delicate discernment." It is understandable why Maritain wants to emphasize deference to papal authority, but the abstract principle is dangerous in politics. It is understandable why he defends the need for authority, but (perhaps under the influence of Clérissac) there is an insufficient concern for individual judgment. Imperceptibly one finds oneself moving away from the moderate doctrine of Aquinas toward Thomas Hobbes' extreme authoritarianism: "it is the duty of citizens to obey whatever laws are made by the authority of the king until they are replaced by him" (Behemoth). Incidentally, the concept of deference to authority is particularly interesting for Canadians, since it is a widely held view that deference to authority is a hallmark of the Canadian political culture.[76]

Maritain's treatment of sovereignty in Chapter One also takes us back to the political controversies of the seventeenth century in which Hobbes' theory was so important. Let us begin the analysis of sovereignty in The Things that are not Caesar's by pointing out that the book contains two doctrines which Maritain either abandoned or transformed in Man and the State, about twenty-five years later: the concept of sovereignty and the designation theory. The contrast between the two works is particularly striking concerning the notion of sovereignty, though nevertheless one can find a link between them.

As I have already observed, Maritain uses Church and Pope interchangeably when speaking of spiritual authority. Sometimes he speaks of the sovereign pontiff alone, sometimes of the Church and her suzerainty.[77] There is no contradiction in these two utterances since, for Maritain, to all intents and purposes, the Church and the Pope can be treated as identical in examining matters of authority. Thus he will say that certain prerogatives belong "to the Church alone, to the Pope alone . . . ."[78] Surely it is significant that the notion of the Pope as vicar does not receive a great deal of attention in this work. We leave aside inquiries affecting ecclesiology as beyond our concern

---

74. Humbert Clérissac, op. cit., p. xxiv.
75. Ibid., pp. xxiv-xxv.
76. For a recent work on this commonplace, see Edgar Z. Friedenberg, Deference to Authority, the Case of Canada (White Plains, N.Y.: Pantheon Books, 1980).
77. References to the Sovereign or Supreme Pontiff are found on pages 14 and 19; references to the Church and her suzerainty on page 23 of The Things that are not Caesar's.
78. Ibid., p. 24.

or competence, given that our focus is on Maritain's politics and his use of political conceptions.

When comparing Church and State, Maritain asserts that each of them is sovereign in its own sphere. Moreover, such an assertion of sovereign political power does not exclude subordination. Hence it would appear that political authority is never absolute, either in the sense in which the ruler is "absolved from obedience," or as being in some sense unlimited. One might reasonably ask why Maritain insists on calling such a subordinated power sovereign at all. Why not state more carefully and accurately that it is simply autonomous in its own sphere? In answer to this kind of objection, Maritain makes a crucial point:

> It is one of the most pernicious of modern illusions to think that there can be no sovereignty, liberty, or independence which is not *absolute*.[79]

Yet papal sovereignty is absolute, which seems to mean that it is not subordinated. "Placed on the pinnacle of spiritual sovereignty one finds the Pope. Concerning the good or bad use the Popes make of their power, they are responsible before God alone."[80] The impression that the Pope is an absolute monarch is clearly implied in the following statement about his temporal power: "This temporal sovereignty is attached to his person: he is a royal person, the most eminent of all."[81] And yet God is the sovereign and absolute power. Can there be any doubt that De Maistre's concept of papal sovereignty is all-pervasive here, and certainly not free from ambiguity? The Pope rules by *jure divino*. It is understandable why the Pope is responsible, in this conception, to God alone. It is also understandable why Maritain would want to advocate the designation theory of authority, according to which "authority comes immediately from God to a government which has been designated in any of a number of possible ways."[82] Thus he rejects the transmission (or translation or transference) theory according to which those who designate also transmit authority as if they, in some way, were the possessors of it. In fact, Maritain explains political authority in terms of designation theory as well. Perhaps this option was influenced by the position of Pius X in the condemnation of *Le Sillon*. We may speculate, of course, on the extent to which Maritain may have thought papal positions binding on him. In that condemnation, the Pope argues that while governments derive their authority, and while the people may choose their governors, "this choice designates the government, it does not confer authority on it, it does not delegate power, it designates the person who will be invested with it."[83] The papal document maintains that if the

79.   *Ibid.*, p. 14.
80.   *Ibid.*, pp. 33-34.
81.   *Ibid.*, p. 42.
82.   Jeremiah Newman, *Studies in Political Morality* (Dublin: Scepter Publishing, 1963), p. 19.
83.   From the Papal Condemnation of *Le Sillon* (1910) in Eric Cahm, *Political Society in Contemporary France (1789-1971), A Documentary History* (London: George G. Harrap and Co., 1972.

people held power, authority would be but a shadow; it would substantially disappear.

Maritain is once again combating liberalism and Rousseau when he defends the designation theory against a political vision in which God does not figure at all. And although he mentions in the footnotes the book in which Suarez articulated the transmission theory, no mention is made of it in the text. Polemical opposition precluded examining a position which was arguably more in conformity with Thomism than the alternative. Once again we detect the duality of Maritain's political thought at this stage: on one hand, reliance on Bossuet and De Maistre; on the other hand, reliance on Bellarmine and Suarez. However, Maritain either had assumed some kind of compatibility among these writers or simply had not yet effected a synthesis.

His hostility to Rousseauian democracy was unrelenting in *The Things that are not Caesar's*, but by way of a threefold distinction he did try to show the uses of the term "democracy" which were acceptable, even if not preferable to other regimes and orders. If, by democracy, we mean "social democracy" as indicating the establishment of certain kinds of social relations sanctioned particularly by Pope Leo XIII, in order "to procure for the working class, more than ever oppressed in the modern world, the human conditions of life required not only by charity, but also and in the first place by justice,"[84] there is no question of its legitimacy. Nor is he opposed to the Aristotelian and Thomistic notion of *Politeia* (translated as "political democracy") as a possible form of good government. Of course, the mixed regime with its combination of oligarchic and democratic elements may not be particularly relevant to modern conditions, and we have already noted a propensity on Maritain's part to accept the ready-made classification of classical political philosophy, rather than categories made-to-order for modern circumstances, as Montesquieu had tried to do for the political world of the eighteenth century. The third meaning of democracy, the one he rejects, is "democratism," democracy in Rousseau's sense of the term.[85] He reiterates all the reasons why this conception had been criticized earlier in *Three Reformers*.

So, on the issues of sovereignty, the origin of political authority and the meaning of democracy, Maritain had staked out rather clear-cut positions. Yet we can say that in the succeeding twenty-five years all of these positions were reversed. First, we may observe that Maritain was already concerned that the term "sovereignty" has connoted, for many, absolutism. "One of the most pernicious of modern illusions is to think that there can be no sovereignty, liberty, or independence which is not *absolute*."[86] Then we turn to the critique of the idea of sovereignty in *Man and the State* where the concept is called "intrinsically wrong." Why? Because it is identified "with

---

84. *The Things that are not Caesar's*, pp. 131-132.
85. *Ibid.*, p. 132.
86. *Ibid.*, p. 14.

the concept of Absolutism."[87] If the notion of sovereignty is acceptable in metaphysics, it is wrong in politics. It cannot be purified or salvaged; it must be discarded: "The two concepts of Sovereignty and Absolutism have been forged together on the same anvil. They must be scrapped together."[88]

The change in Maritain's stance on the designation-transmission dichotomy is somewhat more subtle, at least from a linguistic point of view. In Chapter 5 of *Man and the State*, Maritain employs expressions like "the mode of designation" and "designating," but he ends up by endorsing the transmission theory when he states that "the people, by designating their representatives, do not lose or give up possession of their own authority to govern themselves and of their right to supreme autonomy."[89] In doing this he turns back to Suarez and the argument of the *Defensio Fidei Catholicae*. Against the theory of divine right advanced by James I of England, Suarez insisted that power (*potestas*) is located "in the whole complete people, or in the body of the community." If we speak in terms of sovereignty, it can then be said that sovereignty is naturally democratic since "democracy can exist without any positive disposition." Yves Simon does not hesitate, in his exposition of Suarez's teaching, to refer to it as a "theory of natural democracy,"[90] yet he goes on to point out that Suarez, like Bellarmine, recommended "the monarchical governments of their time," while strongly undermining the claims of the new absolutism: "they meant to define general conditions of political sovereignty holding for every political government, whether democratic or not." And Simon makes a very good point: "the transmission theory is not understood by its proponents to be distinctly democratic. It is distinctively *political*, no more."[91] Applying this to Maritain, we can say that his switch from the designation theory to the transmission theory did not in itself entail support for democracy. However, while designation theory excluded democracy, the transmission theory did not and, in fact, the theory can be said to be democratic in one sense, at least, in asserting that *potestas* is from the people. The reliance on the seventeenth-century Thomists in *Man and the State* prepared the way for Maritain's full-blown democratic theory.

After having examined Maritain's views on liberalism, sovereignty, the designation theory and democracy in *The Things that are not Caesar's*, we may feel that while he indeed broke with Charles Maurras and *Action française*, he was still far from rejecting the principal theses of Conservative or Traditionalist thought in France. Could he then be described as a man of the right who by some transmutation was later to become a man of the left? The question was

---

87.   *Man and the State* (Chicago: University of Chicago Press, 1956), p. 49.
88.   *Ibid.*, p. 53.
89.   *Ibid.*, p. 135.
90.   Yves Simon, *The Philosophy of Democratic Government* (Chicago: The University of Chicago Press, 1951), p. 176. On Suarez, see W. Parsons, *Which Way, Democracy?* (New York: Macmillan, 1939), pp. 87-162.
91.   Yves Simon, *op. cit.*, p. 197.

posed by Henry Bars[92] and does not admit of a simple answer. Many commentators on Maritain have mentioned the influence of Father Clérissac on his political attitudes and this influence has been well described by Raïssa Maritain:

> Father Clérissac pitilessly mocked our democratic leanings and the socialistic ideas that remained dear to Jacques' heart. In his eyes all these things were remains of the old man which should be sloughed off.[93]

Maritain's docility to Clérissac's teaching clearly extended beyond spiritual matters alone, as his wife tells us. All the texts we have cited up to this point reveal that Maritain had sloughed off his democratic penchants, or, if they had not completely disappeared, they were at least eclipsed for an extended period. And thereafter his defence of papal authority, of obedience and deference to all authority, his praise of monarchy, his attacks on liberalism and democracy (in Rousseau's sense) were all of a kind to warm conservative hearts. He realized that "preaching obedience does not make for popularity,"[94] and indeed he offended certain conservatives by doing so, since he made them choose between two authorities, which they did not want to do. However, if we are to categorize Maritain at this stage of his reflections, along the left-right continuum, we must avoid doing so by imposing extrinsic standards on him. The task of judgment has been made simpler for us by the fact that not too many years after the writing of *The Things that are not Caesar's*, Maritain discussed the left-right opposition in his *Lettre sur l'indépendance*. Why not apply his own criteria retrospectively to situate his own political position in 1927?

The distinction between left and right, taken as pure or ideal types, is both metaphysical and ethical. Rousseau is the prototype, even the archetypal figure, in Maritain's portrait of the "leftist."

> The pure man of the left hates being, preferring always and by definition, in the phrase of Jean Jacques, *What is not to what is . . . .*[95]

On the other hand,

> . . . the pure man of the right hates justice and charity, preferring always and by definition, in the phrase of Goethe (himself an enigma, and hiding his right hand from his left) injustice to disorder.[96]

Recalling figures who had once attracted him, Maritain goes on to say, "a noble and beautiful example of a man of the right is Nietzsche; a noble and beautiful example of a man of the left is Tolstoy."[97] When he wrote these

---

92. Henry Bars, *Maritain en notre temps*, p. 116.
93. Raïssa Maritain, *Adventures in Grace* (New York: Longmans, Green, 1945), p. 162.
94. *The Things that are not Caesar's*, p. 72.
95. *Lettre sur l'indépendance* (Paris: Desclée de Brouwer, 1935), p. 42.
96. *Ibid.*, pp. 42-43.
97. *Ibid.*, p. 43.

words (1935), Maritain said: "I am neither on the left nor the right."[98] But in 1927, he surely seemed to fit, in some respects, at least, the pure type of the man of the right. Had he not spoken of "the restoration of order" in *Une opinion* and reiterated his concern in *The Things that are not Caesar's*? Was he not particularly alarmed at anarchical tendencies and the existing disorder? Yet, after having said all that, Maritain was not a pure man of the right. On the essential point of the opposition between order and justice, Maritain had unequivocally rejected the tendency to make order an end in itself. In one exchange between Philonous and Theonas in *Theonas*, after Philonous has argued that the reign of order is enough, Theonas retorts that there is "an order among the demons" as well as "the order of nature and justice," and observes: "As to order, if it were good as such, then any order would do."[99]

A despotic order is, in fact, a kind of disorder. In refusing to accept the order-justice dichotomy, Maritain falls short of being the pure man of the right at this period, and also reveals the kind of tension which explains why eventually he was led away from the conservatism which he had apparently endorsed for more than a decade.

The awakening that the condemnation of *Action française* effected in Maritain gradually began to turn him away from the politics of reaction and nostalgia, at best a politics of irrelevance, at worst a politics of hatred, for what could Maurrasian politics effectively become in the age of dictators, when even kings had become dictators? The seeds of a sinister outcome were already present in the negativism of Maurras, of which anti-semitism was a far from negligible component. The result was that Maritain came to realize that his own philosophy did not necessarily lead in the direction once indicated to him by Father Clérissac.

If we have hitherto looked to political questions of authority or concepts which are common to both ecclesiastical and political government, we should note that Maritain examines as well the role of ecclesiastical authority in regard to the intellectual life. More precisely, he deals with the way in which papal injunctions to follow the philosophy of Thomas Aquinas are to be understood by the believer who is also a philosopher. In *Saint Thomas Aquinas*, he operates on the assumption that there is a Thomist philosophy which may be considered apart from Thomist theology. Any philosophy rests on "intrinsic evidence which alone can motivate scientific adherence."[100] Philosophy lives by reason alone. An argument from authority—what was known as the "wax nose" argument in medieval disputation—is irrelevant. Furthermore, not only is an argument from authority fallacious, but no philosophy can be imposed upon men as a dogma. Yet many statements are made in this work about the papal injunctions to study the philosophy of Thomas Aquinas.

---

98.   *Ibid.*, p. 9.
99.   *Theonas, Conversations of a Sage* (London and New York: Sheed and Ward, 1933), p. 143.
100.   *Saint Thomas Aquinas* (New York: Meridian Books, 1958), p. 119.

Maritain very carefully threads his way through this still sensitive question (if debates at the centenary celebration of the issuance of *Aeterni Patris* in 1979 are any indication. The encyclical is at the centre of the storm, so to speak).

Maritain's interpretation of papal teachings on this matter is an interesting parallel to his discussion of papal power in regard to the temporal in *The Things that are not Caesar's*. If the Church has an indirect power over the temporal (the political order) by reason of its role as safeguarding the spiritual, it is also the case that philosophy is subject to the magisterium of the faith. There is then an indirect subordination of philosophy to the faith, but the exercise of this authority over the philosophical realm is essentially in relation to faith, or, for the sake of the faith. The task of the Church, then, is twofold: (1) to safeguard the revealed deposit of faith, (2) to safeguard the natural rectitude of reason itself. [101]

Thus while philosophy is autonomous, it is also subordinated, since the Church has the power to judge whether a philosophical proposition is or is not contrary to faith. Maritain is simply denying that philosophy is independent in the strong sense of Church authority. But if the Church cannot impose a philosophy, Thomist philosophy, on the faithful, if it does not "impose an ideological conformism" in philosophic matters, [102] what is the import of the statement that "the philosophy of Saint Thomas is the Church's philosophy"? Maritain concludes that the Church commands this philosophy to be taught and recommends that one adhere to it. This recommendation implies a reception of this philosophy as the philosophy of the Church "and therefore with the respect due to such an approbation." [103] It is recommended, not imposed. The Church's role in this matter is persuasive, not coercive. It is nevertheless authoritative.

There are no doubt many problems that are not addressed in this book. We might mention the various positions later taken concerning the concept of Christian philosophy. There will continue to be those who question the good faith of Catholic philosophers who are not Thomists. What is particularly significant in Maritain's commentary is the call for a restoration, "the return to intellectual order," while referring to a "new social order." [104] This introduces a fresh element in his social and political thought, while exhorting Catholics to heed the integral teaching of Thomas Aquinas.

By the time *Religion and Culture* (1930) appeared, Maritain's thought on social and political matters was clearly in transition. Let us call it the

---

101. *Ibid.*, pp. 124-125.
102. *Ibid.*, p. 154.
103. *Ibid.*, p. 152.
104. "In the moral sphere, Thomist metaphysics and theology could preside architectonically over the elaboration of that new social order, that Christian economy, that Christian politics, which the present state of the world so urgently needs" (*ibid.*, p. 71). Later he speaks of "the return to intellectual order," p. 109.

transition from the emphasis on the restoration of order to the emphasis on the instauration of order, to use a Baconian term. Certain indications signal movement. Take, for instance, what he now has to say about the counter-revolutionaries and reactionaires. After referring to De Maistre's view of the French Revolution, Maritain remarks that

> The bishops of the Restoration period thought they were working for the Lord when they sought to prop the altar against a worm-eaten throne; they were unwittingly sowing the seeds of misunderstandings which came near to proving the undoing of Europe.[105]

And later he refers to the error which consists "in remaining attached not to the eternal, but to fragments of the past, to moments of history immovably fixed and as it were embalmed in memory, moments upon which we rest our heads to go to sleep—dying forms."[106] This passage also shows that Maritain has adopted an historic perspective. He now maintains that our nature is progressive and examines the implications of this for culture and civilization. If, as Christopher Dawson points out, "the old order is dead," Maritain says the task now is to make, invent, an order appropriate for the times.[107] Is it not a call for new models, unlike the revival of old models such as the "sacral type"?

The theme of order is elaborated in *Freedom in the Modern World* where Maritain insists that "the notion of order is an essentially analogical one."[108] The order to be invented must transcend the opposition between injustice and disorder; it involves justice and conservation, change and continuity. To define the situation, Maritain looks back at the conflict in religious thought in the nineteenth century and, in the process, reaches a turning point in his own thought. Heretofore, we have noted a one-sided emphasis on authority and, perhaps, on the maintenance or restoration of order. Now the problem is to combine what has not only been disjoined, but opposed: authority and freedom. Here is the crucial passage:

> . . . we are led to believe that one of the tasks to which our age is called is the reconciliation of the vision of Joseph De Maistre and that of Lamennais in the higher unity of the supreme wisdom whose herald is Thomas Aquinas.[109]

Here is the pivotal point of Maritain's political thought. Here he sets down the problematique which is to guide his political reflections thereafter. How can the values of authority and freedom be combined by means of Thomism? The essay itself does not enter into the resolution, but the missing element

---

105. "Religion and Culture", *Essays in Order* (New York: The Macmillan Company, 1931), pp. 18-19.
106. *Ibid.*, p. 53. One is reminded of "the Archtype of rightist extremism, I will say the Ruminators of the Holy Alliance." *The Peasant of the Garonne* (New York: Holt, Rinehart and Winston, 1968), p. 25.
107. *Freedom in the Modern World* (New York: Charles Scribner's Sons, 1936), p. 79.
108. "Religion and Culture II," *Freedom in the Modern World*, p. 104.
109. *Ibid.*, p. 126.

in such a resolution is supplied in another essay in *Freedom in the Modern World*, one of the most important in the whole Maritain *corpus*, on freedom. Here, for the first time, we find an alternative to the concept of autonomy developed by Rousseau and Kant, and, indeed, the development of the idea of freedom of autonomy occurs against the background of the rejection of Kant's antinomy between nature and freedom.

The analysis here will bear mainly on the consequences of Maritain's concept of autonomy for political philosophy. The freedom of autonomy as a kind of autarky appears as both a means and an end for Maritain. If the "means are ends in the process of becoming," and the end is the "conquest of freedom" in the sense of autonomy, in the full sense of autonomy, then any partial achievement of autonomy is a stage on the way to complete fulfillment. Perfect freedom of autonomy is holiness.[110] While the liberal or individualist conception of man centres social life on the freedom of choice,[111] Maritain's philosophy centres it on the freedom of autonomy. In contrast to Rousseau's static conception of abstract freedom, Maritain proposes a dynamic conception. In political society, then, the task is the achievement of the progressive conquest of man's freedom. And how is this to come about? It must be envisaged in a perspective which is both communal and personalist, in a community which has its own purposes, which is not however inimical to each person's welfare.

Neither individualism, which denies the reality of the community, nor collectivism, which denies the person, conforms to man's destination, the freedom of autonomy. What this means is that both personal and group self-government are important and the three "notes" of a communal and personalist society—it is corporative, authoritative and pluralist—reflect this. Though Maritain refers to aspects of corporatism in Russia and Italy, his own notion emphasizes corporations as self-governing units, as opposed to bureaucratic control (the reality, not the ideal, in the "Soviet" Union). Secondly, he combines the need for authority with a brief discussion ending with a call for popular elites, that is, against the background of free organizations. Thirdly, in the pluralistic society—and in this he follows the English rather than the American pluralists—the basis of the social system is a number of self-governing units. All of this entails a rather complex system—of somewhat Proudhonian provenance—which requires "social institutions of varying legal status," "demands for regional autonomy," "organic heterogeneity in the structure of civil society," economic, political and juridical.[112] In the light of recent proposals for "self-management socialism," it is significant that Maritain favours worker participation in management. His pluralistic conception

---

110. *Ibid.*, p. 34.
111. *Ibid.*, pp. 39-40. We could point out such contemporary manifestations as Milton and Rose Friedman's *Free to Choose*, the idea of choice in sexual orientation, in whether or not to carry the unborn to term; in short, the voluntarism of many "liberal" attitudes and positions.
112. *Ibid.*, pp. 60-61.

also touches on religious diversity which he examines elsewhere.[113] It would be of some interest to examine the influences at work in the transformation of Maritain in a Proudhonian direction, always keeping in mind certain aspects of Proudhon's philosophy which Maritain obviously could not accept.[114]

Yet, despite the fact that Maritain repeats once again the legitimacy of democracy in Aristotle's sense (*politeia*), as opposed to Rousseau's sense, he continues to be critical of the language of modern democracies. Does he still reject democracy in any of its modern usages? If Sérant's view is accepted, the answer is yes. Sérant says:

> Thus seven years after the condemnation of *Action française*, Maritain still rejected the modern notion of democracy.[115]

Of course, that statement is true if one identifies the modern notion with Rousseau's. But if the essence of the modern aspiration toward democracy is the notion of self-government, far from rejecting it, Maritain endorses it. Indeed, one may say that the foundations of Maritain's philosophy of democratic government are already present in *Freedom in the Modern World*; only the term is missing. Before Maritain was ready for that move, he had to discard the Aristotelian paradigm as without relevance for the modern world. By the time *Integral Humanism* appears, he has finally developed his own typology, in which democracy has its proper place.

It is not as a logical exercise in classification that we discover Maritain's typology, but through references to actual political systems spread throughout the work, and the proposal for a personalist democracy, which is one of its salient themes. The result, if put in ordered form, would then be a combination of description and prescription, identification of actual systems and a proposal for a new form.

As in the classical division of political systems, Maritain's involves a dichotomy between democracy and dictatorship, these terms being taken as initially neutral since, as we see, there is a form of democracy which Maritain vehemently rejects and there is a form of dictatorship which he does not completely condemn. However, for the most part he discusses dictatorships which are totalitarian and hence to be condemned. Portugal, under Salazar, he considered to be dictatorial, but not totalitarian.[116] It is significant as well that the Salazar regime was a matter of personal power rather than a single

---

113. See "Who is My Neighbor?" in *Ransoming the Time* (New York: Gordian Press, 1972), pp. 115-140. The late Joseph W. Evans examined these aspects of Maritain's thought in "Jacques Maritain and the Problem of Pluralism in Political Life," *The Review of Politics*, Vol. 22, No. 3, pp. 307-323, July, 1960.
114. His anarchism and his anti-theism are perhaps the most obvious features of Proudhon's though that Maritain would reject.
115. Paul Sérant, *op. cit.*, p. 82.
116. "The dictatorship of M. Salazar, which is undoubtedly the most intelligent of the dictatorships presently existing, keeps itself carefully on guard against the totalitarian spirit of a Mussolini or a Hitler . . . ." *Integral Humanism*, p. 277, n. 11.

party in power. The role of the party in the totalitarian state is a major factor in understanding its character.

Obviously Maritain's philosophical approach, practical philosophy approach, to the task of classification, with its intention of understanding in order to evaluate, can be usefully compared to the political sociology approach employed by Raymond Aron in the third volume of his famous trilogy, *Democracy and Totalitarianism.*[117] Beginning with these two widely used categories, and mindful of the vagueness and ambiguity which attends the use of either, Raymond Aron wanted to examine empirically the features which define each. He ends up with the contrast between a constitutional-pluralist regime, on one hand, and a one-party monopoly regime, on the other. The concept of the political party is at the centre of the analysis.

While Maritain emphasized the role of political parties in discussing contemporary political systems, his own tendency was to start from reflections on the philosophy of man, rather than the problems of empirical research in comparative politics, and to characterize all totalitarian regimes by the position they take in regard to man. Speaking of Russian Communism, he says that "taken in its spirit and its principles . . . . it is a complete system of doctrine and life claiming to reveal to man the meaning of his existence, answering all the fundamental questions posed by life, and manifesting an unparalleled power of totalitarian envelopment."[118] Abstractly defined, we can say that

> every conception in which the political community—whether it be the State in the strict sense of the term, or the organized collectivity—claims for itself the entire man, either in order to form him, or in order to be the end of all his activities, or in order to constitute the essence of his personality and his dignity . . .[119]

is totalitarian. The definition does not stipulate the mechanisms by which this is to be achieved, though Maritain notes the various means used to bring it about, the role of the single party among them.[120] He contrasts, incidentally, Mussolini's formulation of the idea of a total state with the not inconsiderable limitations placed on its realization by the Lateran Agreements: the contrast, let us say, between declaratory fascism and operative fascism.

As we pointed out earlier, the concept of dictatorship is subdivided into totalitarian and non-totalitarian forms: the Soviet Union, Fascist Italy and Nazi Germany included under the former, Salazar's Portugal and Spain under Primo de Rivera—the classification precedes the Spanish Civil War—under the latter. He does this on the ground that the latter regimes do not claim "man in his entirety for the temporal community or for the State."[121]

---

117. Raymond Aron, *Democracy and Totalitarianism* (London: Weidenfeld and Nicolson, 1968). See Part I, "Concepts and Variables." While one other part of the trilogy, *18 Lectures on Industrial Society*, has been translated, *La lutte de classes* has not.
118. *Integral Humanism*, p. 36.
119. *Ibid.*, p. 135, n. 5.
120. *Ibid.*, p. 170.
121. *Ibid.*, p. 282.

The concept of democracy is also subdivided in Maritain's scheme into liberal and individualist democracy, on one hand, and personalist democracy, on the other. Viewed as a political system, liberal or individualist democracy is based on the abstract autonomous individual, the bourgeois individual, for whom freedom has no other rule than itself, based on a philosophy of freedom "which makes of each abstract individual and of his opinions the source of every right and every truth."[122] The parliamentary regime, "suitable for the age of liberal individualism,"[123] is now outdated, as is the notion of the legislative and executive powers as they are understood in liberal theory: the legislative is supreme and the executive is merely its instrument. The bourgeois or liberal state is neutral in regard to religion. It supports a conception of property which ignores the notion of community use. Maritain accepts the Marxist notion that the state during the age of bourgeois liberalism, operating against the background of class conflict, was indeed an instrument of class domination.[124] However, the dictatorship of the proletariat is but its inversion. What is required, Maritain will say, is a concept of democracy which will transcend class conflict, not merely take sides in it.

Interestingly, Maritain rejoins nineteenth-century critics of liberalism, like Hegel and Comte, who emphasized its negative and destructive character. According to them, it could destroy, but not construct. Maritain speaks of the "vanishing victory of liberalism,"[125] perhaps as a European ignoring its continuing appeal in North America.

Maritain is certainly aware that "democracy" is an equivocal term. What does liberal and individualist democracy have in common with personalist democracy? The one is centred on the individual, the other on the person. The one is abstract, the other is concrete. Liberalism is anthropocentric in its humanism; Personalism is theocentric; and so on down the line. If we are to take autonomy or self-government as the core meaning of democracy—and it seems clear that Maritain does so—we are left with the opposition, already so crucial to Maritain's political perspective, between the Rousseauist notion of autonomy and the notion of autonomy articulated in "A Philosophy of Freedom." If democracy, then, remains an ambiguous concept here, because autonomy is envisaged in a comparative framework, it is not the kind of ambiguity which leads to confusion in practice. It can even be considered fruitful. And the ambiguity in the notion of autonomy consists in the refusal of any external intervention, on the one hand, and the acceptance of it— whether through revelation and grace, intellectual tradition, authority of the laws, the sovereign Good or objective reality—on the other.[126] In other words, authority is considered as a form of heteronomy for theories like that of

---

122.   *Ibid.*, p. 158.
123.   *Ibid.*, p. 175, n. 11.
124.   *Ibid.*, pp. 201-202.
125.   *Ibid.*, p. 158.
126.   *Ibid.*, p. 28.

Rousseau, but held to be compatible with Maritain's conception of autonomy. Yet the discussion does bear on the meaning of self-governement in all the senses and with all the implications the term has.

Many contemporary critics berate liberalism for its failure to generate community.[127] To overcome the almost inevitable tendency to confuse the person and the individual, Maritain constantly combines the notions of personalist and communal in discussing his ideal. In fact, his philosophy is situated between liberal individualism and the totalitarian notion of "collectivized man." A personalist democracy, therefore, is a communal democracy. This means that it is a democracy oriented to the good of a community (*bonum commune*) which is neither a mere collection as conceived by liberalism nor an organism as in totalitarian thought. It is true, of course, that Maritain refers to his own conception as organic when he wants to emphasize the inter-relations between its parts, but he clearly is opposed to pushing the analogy too far. In other words, where totalitarian thought uses the concept of organism to stress the homogeneity or uniformity of society, Maritain uses it to stress heterogeneity against a homogeneity denying the autonomy of any non-state entities.

Personalist democracy combines the universal suffrage with a demand for participation. It would encourage participation by providing various kinds of political space where persons could act. To the extent that liberalism defines freedom as free choice, it implies a distrust of participation and may even include proposals to decrease the little participation that now exists.[128] We should be aware of the fact that the cry for participatory democracy is strong on the left, not the right or the centre. Personalist democracy is based on personal dignity and the respect for personal dignity. It corresponds to the pluralist city with its configuration of autonomies.

If many versions of participatory democracy may develop under anarchist auspices, Maritain, in keeping with his emphasis on the authoritative character of pluralist society, wants to stress the role of both social and political authorities in what is essentially a fraternal society. Thus it rejects any domination by any social category, and seeks to overcome class divisions. Perhaps his concern is better stated in the more common language of elitism. The kind of ideal we are presented provides for a circulation of the elites in that popular and proletarian elites would play a key role to which they have little access in the regime of liberal individualism.[129] Would not Lech Walesa and other leaders of the Solidarity Movement in Poland be precisely the sort of people Maritain has in mind? The rise or emergence of such leaders will solve nothing

---

127.   Three significant works worth consulting are: Robert Paul Wolff, *The Poverty of Liberalism* (Boston: Beacon Press, 1968), Theodore Lowi, *The End of Liberalism* (New York: Norton, 1969), and Robert Nisbet, *The Quest for Community* (London: Oxford University Press, 1969).
128.   F. A. Hayek, *Economic Freedom and Representative Government*, (London: Wincott Foundation, Institute of Economic Affairs, No. 39, 1973).
129.   *Integral Humanism*, pp. 270-271.

if there is not "an essential parity" between leaders and led.[130] After all, everyone is aware of the popular origins of leaders in the Communist regimes of Eastern Europe or in Western Communist parties, but can one seriously speak of "an essential parity" between these leaders and those they command? The situation in Poland is revealing in showing the actual relation between the party and the proletariat.[131] "The leader," says Maritain, "is just a companion who has the right to command others."[132] Noteworthy also is Maritain's distinction between "acting for" the people and "existing with" them.

In regard to more general issues of authority, its source and its function, Maritain now maintains that the source of authority is to be located in the multitude—the political community—and that "once designated," that authority resides in the rulers "in virtue of a certain consensus,"[133] To reaffirm that rulers really have authority when they are designated, Maritain's employs Aquinas' term *vices gerens multitudinis*, and in fact this is the first time he has explored this concept in a democratic context. It is noteworthy, as well, that he still speaks of designation, but has obviously moved sharply in the direction of the transmission theory. What is implicitly rejected in this new formulation is both the idea that authorities are just delegates without any real power and the idea, which he seemed to adopt earlier, that the political community is at best an occasional cause in the process of conferring authority. The change in Maritain's thinking has resulted from a more profound examination of some well-perused passages in Aquinas' writings on politics. He concludes that "in a democratic system consent (*consensus*) is given once and for an indeterminate future as regards the form of the regime, but it is periodically renewable as regards the holders of power."[134]

Maritain refers to personalist democracy as a mixed regime, not in the Aristotelian or classical sense, but in a specifically modern sense to indicate a recognition of a need for elites.

There is a further aspect of the personalist political system which is worth examining. If liberal theory, whether in its Lockean or Rousseauian formulation, stressed the distinction between the legislative and executive powers, and the subordination of the latter to the former, Maritain agrees with the distinction, but proposes what might be called "executive democracy" as opposed to cabinet government as we know it in Canada, or as he knew it in France. The executive, he argues, must be independent of the political parties, which have their appropriate role to play in the deliberative assemblies. The executive is the decisive power. This must be so if the intention of the common good of the pluralist society is to be achieved. The implication is

---

130.   *Ibid.*, p. 199.
131.   Leszek Kolakowski, "A Breach in the Wall," *Harper's*, June, 1981, pp. 20-25.
132.   *Integral Humanism*, p. 200. I have changed "head" to "leader."
133.   *Ibid.*
134.   *Ibid.*

that democracy exercised through parliamentary supremacy is incapable of performing this function. While some assumptions in this proposal recall features of Hegel's *Philosophy of Law*, I would be more inclined to see it as an anticipation of Gaullism, based on the criticism of the operation of the party system in France and its failure to realize genuine national purposes. This is not to prejudice the case whether or not Gaullist regimes were themselves successful in this regard. No doubt the combination of a pluralist view of society, bearing many resemblances to Proudhon's theory, and personalist democracy with its stress on participation would be enough to set these proposals apart from the constitution of the Fifth Republic and De Gaulle's version of plebiscitary democracy. The similarity lies solely in general assertions about the respective functions of the legislative and the executive and their relationship.

The elucidation of an alternative conception of democracy in *Integral Humanism*, along with some indications about the role of authority in democracy, is, from our point of view, the most significant development during this period. This is not to say that it is the central message of the work which first exposed Maritain's philosophy of history. What was laid down was a basic design which Maritain pursued in subsequent works. This program was stated succinctly in *Questions de conscience* (1938):

> As far as we are concerned, we believe that the criticism of liberalism must lead to the doctrine of a pluralist society, the criticism of Rousseau's vision of democracy to the doctrine of an organic and personalist democracy, and the criticism of anthropocentric humanism and socialism to the doctrine of integral humanism. [135]

After having passed through a period marked by "an epidemic of dictatorships," Europeans once again could see democracy as something positive, something to fight for, not the name for discredited regimes which had denied any concessions to the Weimar Republic and refused very few to the Third Reich. But nothing would be gained if the new concern for democracy were to be deluded into defending precisely the philosophy of democracy whose failure had played some part in the establishment of authoritarian and totalitarian regimes. In "Democracy and Authority," Maritain states his belief that an erroneous conception of democracy must be refuted in order that an authentic notion may prevail. An authentic notion of democracy rejects the assumption that democratic theory implies the absence of authority. For indeed, if democracy were a political form which claimed to dispense with authority, and authority or leadership was precisely the pressing need of European states after the First World War, small wonder if democracy was cast aside. Perhaps it is not the attitude of the democratic citizen which requires changing so much as the attitude of the democratic theorist or publicist. Regardless of its source, the essay takes up the background assumption that if an ideal form of democracy were ever attained, authority would have disappeared, no doubt because

---

135. *Questions de Conscience* (Paris: Desclée de Brouwer, 1938), pp. 178-179.

anarchists and socialists agree in viewing the state, and hence authoritative decisions, negatively. While Maritain does not yet examine Anglo-Saxon political attitudes,[136] what he says about the French political tradition approaches the popular saw that "that government governs best which governs least," the myth of the purely spontaneous society that retains its popularity, particularly in the United States.

In French political theory, Rousseau and Proudhon represent two forms of anarchic democracy. While Proudhon's anarchism is open, Rousseau's, according to Maritain, is "masked." (I have already discussed the fact that Maritain's interpretation of Rousseau in this way is not widely held by contemporary commentators on *The Social Contract*.) Both would assume that there is an irreducible antinomy between freedom and authority, self-government and rule. They differ in that the assertion is explicit and articulated in Proudhon's case, implicit or implied in Rousseau's.

However, Maritain prefers to approach the issue by first distinguishing, not between freedom (of autonomy) and authority, but between power and authority (*potentia* and *potestas* in an older vocabulary). Where Spinoza, for instance, refused to distinguish between right and power,[137] Maritain begins by contrasting power and right and then proceeds to relate them. In his perspective, unlike Spinoza's, one can speak of the rights of the relatively powerless; apparently, for Spinoza this would be absurd. Spinoza's solution is reductionist: only power (*potentia*) matters. Maritain, on the other hand, insists on the mutual implication of these two concepts. Power without right (authority) is immoral; moral authority without force is vain, without efficacy.

Now his criticism of Rousseau and Proudhon is based on the fact that neither of these theorists recognizes the need for authority. Proudhon makes no allowance for power either. Rousseau's theory resembles that of the totalitarian

---

136. "Democracy and Authority," *Scholasticism and Politics*, p. 91.
137. Spinoza is careful to keep the two terms distinct when he develops his theory of natural right in the *Tractatus Politicus*. See B. Spinoza, *Opera* (Heidelberg: Carl Winters, 1925), Volume 3, *Tractatus Politicus*, II, 4 and II, 6.
    There are some difficulties in Maritain's comparison of *auctoritas* and *potestas* as opposites. If we examine Roman history, we find that the distinction does not hold because *potestas* itself indicated a kind of authority: Karl Loewenstein, *The Governance of Rome* (The Hague: Martinus Nijhoff, 1973), p. 48. No doubt the reference here is to Cicero's notion of the Roman constitutional compromise "by which supreme power is granted to the people and actual authority to the Senate" (*cum potestas in populo, auctoritas in senatu sit*). Hannah Arendt has also employed this passage—in *On Revolution*—to sharply distinguish between authority and power, but her analysis is flawed, in my opinion, by her penchant for relying on etymology for the meaning of terms, rather than contextual criteria.
    Because these terms do not lend themselves to the purpose for which they have been used, I believe that Maritain's point in this key passage is better served by using the *potentia-potestas* distinction, as Bertrand De Jouvenel has done in *The Pure Theory of Politics* (New Haven: Yale University Press, 1963), p. 101. Then we can discern more clearly why the former term denominates a notion in the physical order, a capacity or force, while the latter denominates a notion in the moral and juridical order, the right to rule.

state since in both cases, power is maintained "without authority, without the foundations of justice and law, without the limit."[138] Can there be some link between the two? Maritain thinks there is: "such totalitarianism is the ultimate fruit of masked anarchic democracy."[139] How does this occur?

Starting from the idea that freedom consists in obeying oneself, a form of political association is advocated in which the people not only possess sovereignty, but also exercise it. Then, through the elaboration of myths— of the general will, of law, and of authority—a system inevitably results in which certain men exercise power over others without having any authority over them. We can then speak of "the complete disintegration of authority as a moral principle" (that is, the right to be obeyed).[140] The end result of this process, Maritain argues, is that men are indeed directed, but it is as if they were actually self-directed. The people are sovereign, but contrary to Rousseau's original contention, they are still in chains. This process, described as an "inevitable dialectic," is an instance of a reversal in which from one extreme (individualism) one attains another extreme (collectivism). Let us call it a dialectical reversal.

I think it is significant that Maritain does not characterize Rousseau's theory as totalitarian, as some critics do. They want to say that *it is* totalitarian in some sense: Maritain wants to say that liberal bourgeois democracy of the Rousseauist type *engenders* the opposite. It becomes by a kind of inner logic its own negation. Once again Maritain's critique of Rousseau's notion of democracy is merciless, unrelentingly negative, though he does have some positive remarks to make about Proudhon.

We are now prepared for the second stage of analysis in this short essay. Only a democratic theory which can unite authority and power is in a position to deal with the more profound problem of reconciling authority and power are derived from the people, the community of the free. Authority is admitted to be necessary and its essential function is not to coerce obedience but "to direct *free men* towards the good of the social community."[141] A hierarchy of freedoms cannot exist without command, and if command is necessary, then those who command have the right to be obeyed. However, men are not born free, in Rousseau's famous phrase, but must conquer freedom. In an organic democracy, neither authority nor power is suppressed. But still at issue is the precise way in which such a democracy joins authority and freedom. We discern four principal arguments used by Maritain to effect this reconciliation, a reconciliation which unites, but does not obliterate.

Firstly, an argument based on a concept of freedom opposed to the Rousseauist idea of "obeying oneself" is proposed. To obey the person who

---

138. "Democracy and Authority", p. 96.
139. *Ibid.*
140. *Ibid.*, p. 97.
141. *Ibid.*, p. 99.

really has the right to direct action "is in itself an act of reason and of freedom."[142] Nevertheless it cannot be denied that men may be commanded to do what is unjust. The Thomistic precept that unjust laws lack a basis in authority is mentioned, though circumstances may dictate that obedience to them is a lesser evil. Maritain's principle is that "free men obey them only because *it is just* to obey,"[143] thus "at the origin of the democratic sense, taken in its human truth, there is not the desire to 'obey only oneself,' but rather the desire to obey only *whatever it is just* to obey."[144] The problem then shifts to the danger of abuses of authority rather than to its ordinary use.

The second argument may be called an argument from the origins of authority and is based on the natural law. Authority comes ultimately from God, but it emerges from the people who possess it (even if in a derived and not ultimate sense). When we obey the rulers we are in effect obeying God. Now, from the viewpoint of reconciliation, the key factor is that people both designate and transmit authority and power to those who will exercise authority. There is a twofold consent (*consensus*). First there is a consent to the basic law or constitution; let us call it ratification. Then there is a consent to investing someone as the people's representative, as *vices gerens multitudinis*. In an explanation of Lincoln's famous dictum on democracy, Maritain states that this does not mean that government is exercised by the people, but by their representatives through "the popular designation of authority, which passes authority over to its holders."[145]

In a footnote, Maritain comes to grips with the designation-transmission issue, for he uses both terms in elaborating the relationship between representatives and those they represent. Citing both the papal pronouncements of Leo XIII and Pius X (the Letter on the *Sillon*) and Suarez and Bellarmine, he now limits his acceptance of the papal reference to the designation theory as applying to ecclesiastical government; for the understanding of civil authority, he relies on Suarez and Bellarmine and hence on the essentials of the transmission theory which entails the possession of authority by the people, but its exercise by their representatives or vicars. The definitive treatment of the subject in *Man and the State* will be just more explicit.

A third argument, from the mode of government, concerns more specifically the relations between the rulers and the ruled. An organic democracy excludes the kind of paternalistic domination which one social category exercises over the mass of the people, regarded as in a state of tutelage as befits those who have not attained their full majority. Maritain reiterates the essential parity obtaining between rulers and ruled.[146] The rulers must govern in com-

---

142. *Ibid.*, p. 101.
143. *Ibid.*, pp. 102-103.
144. *Ibid.*, p. 103.
145. *Ibid.*, p. 107.
146. *Ibid.*, p. 106. Compare with *Integral Humanism* where Maritain stresses the parity which should exist between the leader and the led (p. 199).

munion with the people, must "exist with the people," which means that while the rulers are indeed responsible and in charge, they should heed public opinion. Does not a relation of fellowship depend on what we might call social homogeneity, that is, on a situation "in which authority would be exercised by elites arising in a regular way from the people and living in communion with them"?[147] Maritain's frequent allusions to the desirability of "popular" elites indicates the importance he assigns to this notion in overcoming the modern danger of class hegemony, whether originating from the bourgeoisie or the dictatorship of the proletariat.[148] He was particularly critical of the ravages of bourgeois domination and he was also well aware of the fact that in the so-called people's democracies, the people were not in power in the sense of exercising any kind of control over those who governed.

The fourth argument is based on the aim or purpose of government in an organic democracy. It is a commonplace remark of Marxists and other socialists that there cannot be a common good in a society divided by the class struggle between the bourgeoisie and the proletariat. Similarly, American pluralists have often insisted that the notion of the common good is a vacuous one in a polity in which there are only interests, in the plural. The answer to that is that if we have a genuine political community with a good which is appropriate to it, the common good, and if the government is so constituted as to actively and constantly pursue this goal, authority and freedom will be harmonized. For what is the "immanent common good" if not the conquest of man's freedom? The conquest of freedom of autonomy and expansion insofar as it is the purpose of human life cannot be achieved solely, or perhaps even mainly, through political action, but political action is normally an extremely important aid to this end. Thus freedom is enhanced by government making its pursuit constitutive of the public interest itself.[149]

The four arguments effect a reconciliation between authority and freedom by explicating a genuine, as opposed to an unreal and unrealizable, idea of human freedom, by showing how an organic democracy is based on consent (*consensus*), by elaborating a mode of governance which ensures a continuing and close relationship between rulers and ruled, and avoids the frequent disjunction between "them" and "us." Finally, freedom becomes the very end which defines the purpose of the community as well as those who serve it.

---

147. *Principes d'une politique humaniste* (New York: Éditions de la Maison française, 1944), p. 80. The original is cited because the translation is not as explicit.
148. See *Integral Humanism*, p. 204; *The Range of Reason* (New York: Charles Scribner's Sons, 1942), p. 125, and *Scholasticism and Politics*, p. 115.
149. "Democracy and Authority", p. 108. Maritain stresses once more how normal it is for parties and political formations to emerge in a democratic society, but he is aware of the ways in which they may corrupt the common good, so the state and the government should be made independent of them (pp. 112-113). See also *Principes d'une politique humaniste*, pp. 88-92.

If it is true that you only completely destroy what you replace, the destruction of Rousseau's democratic theory had only been completed when Maritain offered us an alternative democratic philosophy. In a sense, then, we have seen the end of a series which began with the critique of Rousseau's political philosophy and terminated by its replacement. It was also the termination of another series, which we have called dialectical, beginning with the initial opposition of authority and freedom, proceeding through an emphasis, first on authority in a one-sided way, and finally to the reconcilation of the two notions in "Democracy and Authority."

This phase of Maritain's intellectual and political development reveals a cohesive pattern which we have thought most appropriately denominated as a dialectical one. However, lest there be any misunderstanding, we note once more that the method employed by Maritain here, as elsewhere, was not dialectical, but analytic. How better describe this method than by the title of Maritain's most important theoretical work in philosophy: *distinguish to unite*? By making clear, but non-arbitrary, distinctions, we are prepared to judge whether concepts are compatible or not. It is a method which does not leave us, in a skeptical fashion, with unresolved antinomies. It is a method used in an exemplary way both in Maritain's political writings and in a treatise like *Science and Wisdom*.

When he reconciled authority and freedom just at the outbreak of the Second World War, Jacques Maritain had reached an important stage in his political thought. To reach this point had required deep reflection, some shuffling off of fixed ideas, and considerable adroitness.

Finally, not only is this "struggle" important in itself, but it also serves as a prolegomenon to Maritain's philosophy of democratic government.[150]

---

150.   It is not too fanciful to say that Maritain's political work at this point was related to the definitive statment in *Man and the State* as Kant's *Prolegomena* is related to the *Critique of Pure Reason*. All the themes are in the earlier works, the full development in the latter.

Maritain's Democracy of the Human Person or Man as a Moral Agent

JOSEPH J. CALIFANO
St. John's University, Jamaica, New York

La conception maritainienne de la démocratie consiste en un développement des racines existentielles de la liberté et de la justice et s'inscrit dans une juste compréhension de l'homme qui forme un tout en lui-même et est un « être » qui par son individualité spirituelle entre en communion avec d'autres hommes. L'humanité doit songer à son avenir en n'oubliant ni l'inspiration qui a donné naissance à l'esprit démocratique, ni le besoin qu'éprouve l'homme, en tant qu'agent moral, de maîtriser et de diriger sa liberté vers le bien commun en vue de l'épanouissement de ses potentialités.

Ainsi nos connaissances des questions économiques, politiques et technologiques s'inscriront dans une authentique vision morale. C'est là d'ailleurs le seul moyen d'éviter les équivoques de la pensée et de l'action qui, aujourd'hui, frustrent les aspirations naturelles des personnes vers la réalisation de démocraties authentiquement justes.

1. INTRODUCTION

History teaches us that truths which the father leisurely forgets, the son must struggle to remember. Distortions of man's understanding of his nature recur, causing many to forget the truths which are at the foundation of the democratic state of mind. A forgetfulness of the real is rooted in a failure of men to remember the distinction between the thought formations of the dialectician and those of the philosopher-metaphysician. Both proceed from common sense but in diametrically opposed directions; both consider all things, for the subject matter of the dialectician is equal in extension to that of the philosopher-metaphysician, but their formal objects are mutually exclusive. The dialectician differs from the philosopher in that the dialectician proceeds from principles extrinsic to existential beings whereas the philosopher must proceed from principles intrinsic to existential reality. This is the case because the foundations for the dialectician's principles are constructed upon reason whereas the foundations for authentic philosophy are in existential reality. When this amnesia prevails, any propensity towards the attainment of real progress in man's existential world is either misdirected or it is completely halted.

The above has caused an equivocation of contemporary man's perception of the good. As a result of this equivocation, false conceptualization of the good rooted in *ens ratione* are playing a significant role in determining how modern man makes social, political and economic decisions. These false notions appear to have a force in our lives equal to a true understanding of the good rooted in an apprehension of *esse*. This clearly is the situation today where equivocal notions of democracy are simultaneously finding advocacy in our world. What must be remembered is the existential base of a democratic understanding of social justice, man and the body politic. It is an indisputable fact that the very idea of democracy is rooted in the Christian understanding of the human person. One can accurately say that whereas Christianity could exist without democracy, the reverse is quite impossible.

As Maritain stated:

> Not only does the democratic state of mind proceed from the inspiration of the Gospel, but it cannot exist without it. To keep faith in the forward march of humanity despite all the temptations to despair of man that are furnished by history . . . an heroical inspiration and an heroical belief are needed which fortify and vivify reason and which none other than Jesus of Nazareth brought forth in the world. [1]

---

1. *Christianity and Democracy*, trans. D. C. Anson, London, 1945, pp. 39-40.

For only through the vision that man is both the highest kind of animal and the lowest kind of spiritual being can one sustain the conditions for the democratic development of peoples. Tunnel vision here blinds us to the intrinsic dignity and value of the existential person. For where there is no vision the people shall perish.[2] The moral dilemmas that confront democracies today are a result of a mixture of technical expertise and generic blindness. An absence of vision has disfigured man as a moral agent and negated the intelligibility of the common good. This has brought into question the perspective from which democracy is considered to be the desirable form of government.

To comprehend and put into practice what Maritain elaborates as the democracy of the human person, one must strike and maintain a delicate balance between our notions of man as a person and man as a member of society: man is a whole in himself who is intrinsically related to another whole society, never sacrificing either his existential identity or the reality of the common good. Blindness to the above has caused both developed and underdeveloped nations to fail to create or maintain just democracies. What we are witnessing are democracies which are suffering from various cancers of the body politic which destroy the common good through different kinds of evils.

2. KNOWLEDGE, LOVE, INDIVIDUALITY AND COMMUNITY

It is through knowledge and love that man transcends the confines of his material individuation and discovers the roots of his existential spiritual individuality—by means of an individuality that can be shared because through knowledge and love, man becomes community. It is the identity in difference in the human act of knowing and loving which enables man to transcend the limits of his material individuation. For material individuation is the principle which separates one material thing from all other things. Likewise material individuation separates man from other things and other men. If material individuation was the root of man's individuality, then the existence of a common good would be impossible; for there would exist no communicable goods to be participated in by all. Persons discover their spiritual individuality by means of their co-natural knowledge of themselves as moral agents and thus become capable of concretizing the common communicable goods at the foundation of authentic democracy.

3. TWO TECHNOLOGICAL, SOCIAL MODELS WHICH ARE DISTORTIONS OF THE REALITY OF MAN

Today two technological, social distortions which identify man's individuality with his material individuation are at war for the hearts and minds of men. Both distort man's relationship to the material universe and to other

---

2. Proverbs 29:18.

men; both reject the intellect's contact with reality because they proceed via the thought formation of the dialectician rather than the philosopher. Both would replace the natural order of man's relationship to other men with a technocratic *ens ratione*; they are liberal individualism and collective anti-individualism. Liberal individualism is founded on the principles of absolute liberty and the absolute use of property, principles which structure the state in such a way that its sole purpose is to guarantee the satisfaction of each man's insatiable hedonistic greed for the possession and consumption of material things. Other people in such a context are reduced simply to things to be used.

Today the corporate person has become the transcendent individual preserving for itself the prerogative to use property and people to the detriment of all. This is due to principles of liberal individualism being applied to a fictitious corporate person, and the corporation's insatiable appetite for growth, and power by whatever means conceivable. The "burn them out" and then "force them out" policies of many multinational corporations towards their executive and middle management personnel exemplify this phenomenon, not to mention the environment and health care costs that future generations must pay because of the corporate attitude towards natural resources. This uninhibited selfishness in the name of the corporation rooted in a nihilistic skepticism simultaneously negates: (1) all communal aspects of human life; (2) all moral attitudes towards material things; and (3) the possibility of men attaining to the freedom of exultation which fulfills man as a social being in union with God.

Parenthetically, the above is the contemporary grandchild of Jean-Jacques Rousseau's attempt to build democracy on a foundation of absolute liberties, where all human relationships are held to be artificial products of the *contrat social* and the human person is like a Liebnizian monad, having no windows by which anything can enter or leave. Man is born perfect in solitude—the noble savage—and would by nature remain perfect if he remained in solitude. Nothing is gained in the natural order through communion with other men when one is already perfect. The myth of the perfect noble savage produces an arithmetic egalitarianism where the formation of a body politic requires the obliteration of the natural individual. Man's individual natural power must die in order that the common will be born, so that each citizen is nothing and can do nothing without all the others. The common will is expressed by an all-powerful and just majority because minority opinions among perfect citizens must always be a mistake. Law becomes divorced from reason, foreshadowing the anarchistic voluntarism of the late nineteenth and twentieth centuries. Here the spurious concept of law as the expression of the common will replaces the medieval notion of law as an ordination of reason proceeding from true principles promulgated for the common good. Thus the prerequisite for social life is that the individual becomes a nonfunctional entity distinct from the state.

Either man surrenders his individuality to the state or he must anarchistically refuse the condition for social life, resulting in an insurrection of the individual against the formation of the whole. The first alternative leads to statism, the second to dictatorial terrorism; both eradicate the democratic state of mind.

Collectivism, which intends to avoid liberal individuation and the statism it produces, seeks the liberation of collective man through the ultimate abolition of both the individual and the state. Collectivism comes into existence by reason of its rejection of liberal individualism because individualism lacks an understanding of the communal aspects of the possession of things. Collectivism errs because it does this by means of rejecting also man's propriety over himself and man's right to the fruits of his labor. Collectivism suffers from the false belief that since the individual brought the state into existence, one must obliterate the individual completely so that the states will simultaneously disappear. What actually happens is that the state becomes the transcendent corporate individual replacing the body politic. Here the mythical deified abstraction "collective man" is used to suppress individual existing man, negating his dignity, rights and all participatory communicable goods. Homo sapiens becomes homo economicus and the rectitude of human life is destroyed by a reduction of the governing of men to the administration of things. Men themselves are reduced to things to be administered. Instead of persons managing their economies, the economies manage the persons. The human mind's productivity must be regimented to man as homo economicus. The reality of man's individuality is ignored from the very beginning; a stance only enforceable by terroristic statism.

As a result of this terrorization, men must surrender all human aspirations in terms of a common good in order to preserve their bare existence. Both technological social models terminate in absolute statism; both models lack the moral vision necessary for the proper management of things and the development of people which is the actual prerequisite for the creation of a just democracy.

4.   THE EXISTENTIAL ROOTS OF LIBERTY AND JUSTICE

Liberty is not rooted in things but in the dignity of the human person. Only through a transcendence of the love of things in favor of a love of persons will the moral vision necessary for a just use of property come to be, which would result in a union of technical competency with moral practical vision.

The dynamics of the achievement of personality is rooted in the realization that we as persons tend toward communion with others through knowledge and love. This requires a transcendence of (1) egocentricism, (2) skepticism and (3) moral relativism which annihilates all the intelligible foundations of social life and intelligible approaches to material things.

Although the necessities of life justify man's appropriation of things to the exclusion of others in a limited degree, no man or group of men can claim the ordination of the material universe to himself or themselves. This is the evil at the root of the present energy crisis. Multinational corporations use their power over things to manipulate governments, interfering with governments' domestic and foreign policies.

Man's natural propriety over himself as a reasoning being extends to things in so far as working on them requires possessing them. However the natural communion of life that exists because persons are community through knowledge and love requires that material things also be understood in their communal aspects. Material things must be used for the good of all and not to the detriment of anyone. The use of things must be united with moral vision. The present social structures throughout the world have so perverted our perspectives of the human person and the person's relationship to material things that the preservation of the common good is questionable. The future of mankind and the realization of social justice can only be preserved if men of varying philosophical viewpoints transcend their theoretical inadequacies and move toward a moral vision of man and property. If not, the world will be consumed by avarice and war.

No system of social institutions can guarantee what is necessary for the union of the practical intellect of men to the moral law. No system can be more effective than the commitment of the individuals who choose the direction which the system will take in the existential order. Real peace, not just the absence of war, can only be assured when the development of the world's people and resources by the decisions of individual men everywhere is directed within the context of social justice. Then there is neither exploitation of the resources of the underdeveloped nations by the developed nations, nor extortion of the developed nations by the underdeveloped nations. This will require that men master their freedom and internalize intelligible principles of making and using things well. This is by far a greater obstacle to overcome than the material world itself. For this requires the synchronization of the technological arts with the art of politics inspired by moral truths. Without such a mastering of our freedom and the consecration of our freedom towards the intelligible moral good, the survival of our world is not possible. What is needed here is for man to discover the creativity of the moral option which is rooted in the unique practical judgements by means of which one gives direction to one's life. This crossing of the threshold of moral life springs forth from the primal acts of freedom which give birth to commitment answering the question, what do I live for? What do I ultimately love? It is a free act flowing from one's inscrutable subjectivity which can be a disconcerting revelation to oneself as well as to those around one. Here one takes hold of oneself and interiorizes a law either given by another, e.g. God, or invented by oneself to determine one's life absolutely. This law will reflect the absolute love which one lives by which can be either a love of money, a love of power, a love of things, a love of the body beautiful or a love of justice and human development. Only the love of justice in and through God can produce a sound democracy.

The great danger to the survival of democracy, as we have said, is to forget the raison d'être for its existence. As Maritain noted:

> Is not the tragedy of our age to be found in the fact that modern democracies have lost all confidence in themselves? Their vital principle is justice, and they do not want to run the risks of justice. They do not want, it seems, to run any risks whatsoever. They invoke justice, but they pursue purely utilitarian politics, and they pursue them inefficiently and clumsily. [3]

When the individuals who compose governments have not interiorized the moral vision which respects and fosters the natural aspirations of men and the rights presupposed by these aspirations, then governments in such a circumstance must degenerate into one of the several kinds of totalitarian systems, even if they believe themselves to be democracies. This occurs necessarily irrespective of whatever dialectical *ens ratione* they invent in place of a genuine moral vision, and this leads to a situation which gives birth to the most violent anarchistic, anti-social tendencies in man and the repression of these tendencies by even more terrifying means.

5. DEMOCRACY'S FULFILLMENT OF THE NATURAL ASPIRATIONS OF MEN AS MORAL AGENTS: THE CONQUEST OF FREEDOM

True democracy which is both personalistic and communal consists in an organization of freedom directed to the fostering of each man exercising his potentiality for intelligent, moral self determination. Man is a whole in himself and also a part of another whole—the community. By his very nature, man is rendered more complete in union with other men through knowledge and love. A man of moral vision must engage all his faculties in developing a just community for himself and his fellow man. He must also transcend these social functions because the amplitude of the human person transcends any limitation of its expansiveness to one specific formality. For man is also ordained by nature to enter into community with God—a transcendence which presupposes the moral realities of justice, civic friendship and the respect for natural human rights which are the conditions for the possibility of sustaining democracy and exercising the freedom of personal expansion and autonomy required for the true elevation of man. For the freedom proper to man's fulfillment is the freedom which is the perfection of our freedom of choices— the absence of necessitation—namely, the freedom of spontaneity as the absence of constraint by means of which man directs his life towards an ultimate goal. This freedom, the freedom of emancipation, is the highest common good that expresses justice and civic friendship that the body politic can distribute to its members to enjoy in common; a reality which if actualized is not of the material order. This is true because man not only acts according

---

3. *Scholasticism and Politics*, trans. Mortimer Adler, New York, 1960, p. 88.

to a pattern pre-established by nature (the type of spontaneity found in animals) but he recognizes means as a means to an end choosing between ends; thus man, like God, is the author of his actions. This natural aspiration of man causes each man to transcend, by his spiritual personal individuality, any prescription for life that could come from the various materialistic models of man rooted in his material individuation. This is why Maritain denies absolute sovereignty to the state, the majority or the economic community. In fact because the freedom of emancipation enables us to transcend our material individuation, we as persons are able to morally judge whether the state, the majority or the economic community are properly directed towards a just use of things, etc. and the common good. Here authority is returned to its origin in intelligence, reasoning from true premises for the common good and not the will.

One obeys a law not by reason of subjugation to it but by understanding that it is for the common good to obey what is just—the interiorization of social principles in the intellect of each man who chooses to be directed by justice. Here we attain to an organic personalistic democracy not based on skepticism or an ignorance of what justice is, but on humility and love of one's fellow man; never confusing freedom with indeterminacy, that is, voluntarism, but by intelligent determination of one's liberty in justice. It is good for man to live with other men and he is rendered more complete by this according to his nature.

It should be noted that the transcendent element in human experience necessary for judging whether the highest common good, "the freedom of emancipation," is actually fostered by a society is absent from pre-Christian and non-Christian notions of democracy. They, like Christian-inspired democracies which forget their Christian inspirations, fall victim to the despair which results from attempts to establish justice on concepts drawn only from the material order of things.

6.   HOW MUCH MUST WE CONSIDER OUR FUTURE

We have so intensely forgotten the perspective from which justice is born in the existential order, that the most fundamental realities must constantly be reaffirmed. Our rejection of the right to life of the innocent and our divorcing the use of power and property from the moral order have obliterated man's sense of justice. The first rejects all human rights because one cannot exercise liberty or any other right, if one does not exist; the other two obliterate man's capacities for development and fulfillment. Thus we find that the existence of life and the existence of property are judged to be evils.

However, it is not the existence of life, power and property that is the problem; it is the abuse of life, the absence of power and the misuse of property that is the difficulty. Unfortunately, a changing of those in power or those who own property does not necessarily mean that the use of power or property will thereby be improved. This is why revolutions in the name of the *ens ratione* cited above have little hope of improving the world situation in terms of social justice; more often than not, it simply changes who is committing the abuse of power or who is misusing property. The point here is that a metanoeia is called for which is inspired by the Gospel. It is the Gospel which is the revolution that is called for, the revolution of the hearts and minds of men which has never been tried.

For real progress towards social justice will not be made until the existence of our fellow man's rights and development are considered to be our highest priorities. Only then can we hope to see a winning of the peace, a proper use of power and a proper use of property. What must be created by men, through the creativity of man's potentiality as a moral agent, is to have our competency in economics, politics and technology disciplined and directed by moral vision. Only if this comes to be can we have communities of men, united through knowledge and love, directed towards developing circumstances in which each man will have the real possibility of achieving a fulfillment of his potentiality to attain to the freedom of emancipation which is the culmination of the common good, proper to man. Then men will direct economies, politics and technology instead of being themselves directed by them: for technology, economics and politics exist for men and not the reverse.

Philosophie du droit et loi naturelle selon Jacques Maritain

VITTORIO POSSENTI
Université Catholique du Sacré-Cœur, Milan

Approaches to the philosophy of law take on paramount importance in the contemporary cultural situation. Even though Maritain wrote no book on law and natural law, he often dealt with this topic in essays, articles and parts of books. He asserts that the moral and social sciences are related to moral philosophy, and are practical sciences, contrary to positivism, which assumes any science as exclusively theoretical.

According to Thomistic and Christian tradition, Maritain distinguishes eternal law, natural law, jus gentium *and positive law.*

Maritain's philosophy of law is entirely grounded on the notions of law *(mainly natural law) and* right. *He develops it on two levels: a critical analysis of the illuministic, abstract and anti-historical concept of natural law; and an account of the classical and traditional concept of natural law with meaningful deepenings of this concept.*

We all know the importance and place of knowledge by inclination or connaturality, exhibited in art, morals and mysticism, in Maritain's epistemology. Maritain explains that human knowledge of natural law is mainly knowledge by connaturality, and is liable to constant progress through the ages.

The progress of both moral conscience and knowledge of natural law is a general law of Maritain's philosophy of history: such a perspective places the entire approach in a dynamic context, and it is equally important for the affirmation of human rights. According to Maritain, human rights are inscribed in natural law and become progressively known to man.

Maritain's positions on rights and natural law are indispensable for the justification of humanism and democratic political life: totalitarian states respect neither natural law nor human rights. In my opinion, Maritain's positions are better grounded than those of juridical positivism (for instance, in the works of Kelsen) which state that value judgments are completely subjective (ethical relativism).

Maritain's philosophy of right and his moral philosophy aim, therefore, at laying a rational and metaphysical foundation for ethics, providing a defence against attacks from historicism and positivism. Moreover, it states that human rights are required for building the ''good society.''

Les problématiques de philosophie du droit — de même que celles de philosophie morale et politique — revêtent dans la situation culturelle contemporaine une importance de premier plan. Le débat sur la loi naturelle, sur les valeurs morales, sur le nihilisme éthique met à nu les prémisses ultimes des cultures, alors que l'orientation prédominante de la philosophie révèle la phase de crise de notre civilisation.

En abordant certaines questions de philosophie du droit, nous ne pouvons pas oublier cet arrière-plan, constitué par une crise difficile de légitimation des valeurs éthiques, qui se reflète sur le monde du droit. Situation qui conduit dans ses formes exaspérées au nihilisme éthique, selon lequel toutes les options éthiques sont équivalentes. Si l'homme ne peut pas connaître le bien, s'il ne peut pas établir une hiérarchie à l'égard des fins, nos actions seront sans raison, apparaîtront purement subjectives et enfin comme l'expression de volonté, non de raison. Il y a deux positions philosophiques qui inspirent cette perspective : la séparation positiviste entre faits et valeurs en vertu de laquelle il n'y a de savoir rationnel que des faits, non pas des valeurs ; la négation historiciste de toute vérité métahistorique. La science juridique est touchée par ces critiques de même que les autres sciences sociales. En fait je ne crois pas illégitime de soutenir que le droit appartient aux disciplines sociales, comme la sociologie, la politologie, l'économie politique, etc. De toute façon le droit prend place dans les sciences humaines, dans la classe des sciences morales.

Mais abordons maintenant la philosophie du droit et de la loi naturelle de Maritain, qui, bien qu'il n'ait écrit aucun ouvrage spécifique sur ce sujet, l'a touché plusieurs fois dans des essais, des articles, des sections de livres. En 1942, Maritain publie *Les droits de l'homme et la loi naturelle*; par la suite il donne en 1948 une conférence sur la philosophie du droit à la Thomas More Society de Londres. En 1951, le philosophe français publie *Man and the State*, synthèse organique de philosophie politique, née des leçons données à Chicago en 1949. La même année, il rédige l'article « On Knowledge through Connaturality » et, l'année suivante, l'essai *Natural Law and Moral Law*. Toujours en 1951 sont éditées les *Neuf leçons sur les notions premières de la philosophie morale;* en 1957 *Pour une philosophie de l'histoire*, où quelques pages sont dédiées à la loi naturelle; et en 1960 le grand ouvrage *La philosophie morale*. Enfin, on ne devrait pas passer sous silence quelques interventions sur les droits de l'homme en 1948.

De l'ensemble de la production de Maritain sur le droit et la loi naturelle on tire une claire visée : insérer la question de la loi naturelle dans la réflexion philosophique contemporaine, en proposant des vues opposées à celles du positivisme juridique et par ailleurs sensiblement différentes de celles de la tradition du droit naturel rationaliste. Il s'agit d'un thème classique, car la loi naturelle est une acquisition très ancienne de l'humanité. Le droit naturel n'a pas été découvert par la Révolution américaine ou française, mais c'est un héritage de la tradition classique et de la tradition chrétienne : Suarez, Da Vitoria, saint Thomas d'Aquin, Cicéron, les stoïciens, les moralistes et les poètes de l'antiquité, Sophocle surtout, forment selon Maritain la tradition ascendante de la loi naturelle comme loi *non écrite*.

On sait que la réflexion philosophique de Maritain est toujours soutenue par une sensibilité épistémologique aiguë, qui l'a poussé à maintes reprises à opérer un important renouveau de l'épistémologie du pratique, domaine où se placent les sciences humaines et juridiques.

L'épistémologie de Maritain est axée sur la subdivision classique entre savoir spéculatif et savoir pratique. Les sciences théoriques, qui connaissent pour connaître, ont leur fin en elles-mêmes ; tandis que les sciences pratiques connaissent pour régler l'action humaine : elles s'appliquent « à connaître non plus seulement pour connaître mais pour agir, et à acquérir d'un *objet*

qui est quelque chose de pratique (un acte à accomplir), un *savoir* [...][1] ».
Dans les sciences pratiques non seulement la fin (diriger l'action), mais l'objet
aussi (l'action humaine à produire, l'opérable) sont de l'ordre pratique.

On peut donc affirmer que le droit est une science pratique, car son but
est de régler selon la justice l'action humaine dans la société; et son objet
est l'action humaine en tant que mesurée par une règle rationnelle et en tant
que soumise à un pouvoir de contrainte.

Contrairement à Kelsen, selon lequel la méthode détermine l'objet,
Maritain défend la priorité scientifique de l'objet : l'être dans le savoir spéculatif,
l'opérable dans les sciences pratiques. Pour le positivisme kelsenien toute
science est exclusivement théorique[2]. Ce monisme méthodologique dépend
de la réduction de l'être à une simple donnée empirique et de la destruction
de la finalité en tant que catégorie métaphysique et rationnelle; positions qui
découlent de la grande division entre être et devoir être, tenue par le positivisme
et le scientisme, qui ne s'aperçoivent pas que dans l'analyse métaphysique
de l'être sont déjà inclus la tendance, la finalité et le devoir être. D'où le
présupposé, indiscutable pour le positivisme, de la *Wertfreiheit*. Pour Maritain
au contraire, les sciences sociales ont un rapport nécessaire avec le monde
des valeurs et avec la réflexion scientifique sur elles, c'est-à-dire avec la
philosophie morale. Les sciences morales et sociales doivent être considérées
comme des sciences auxiliaires connexes à la philosophie morale, car elle
prend part à la formation des concepts fondamentaux de telles sciences, à
l'élucidation philosophique de leur valeur, et enfin, elle doit veiller sur leur
application pratique.

Dans le cas de la science juridique, les notions de loi, norme, sanction,
juste et injuste, etc. reçoivent leur signification universelle et première de la
philosophie morale, avant de se particulariser dans l'ordre juridique. Je sais
bien combien ces positions sont aujourd'hui minoritaires ou plutôt refusées
par les « social scientists ». Cependant la question qui émerge *nécessairement*
devant une norme juridique ou une situation sociale à savoir si elle est juste
ou injuste, fait percevoir sans équivoque la liaison entre les sciences morales
et sociales et les jugements de valeur qui sont établis par la philosophie morale
(et par la théologie). Détourner son regard de ces positions ne serait-ce pas
par aventure faire preuve d'une remarquable rigidité épistémologique et d'inat-
tention aux conditions existentielles dans lesquelles se déroule la vie humaine?

---

1. J. MARITAIN, *Distinguer pour unir ou Les degrés du savoir*, Paris, Desclée de Brouwer,
1948, p. 619.
2. Cette question est capitale. Selon Kelsen, la *Reine Rechtslehre* est une doctrine qui n'a
pour fin que de connaître son objet. Un savoir pratique, qui, en tant que tel serait ordonné à
régler l'action, est pour Kelsen tout à fait dépourvu de signification, parce que les options éthico-
pratiques ne sont jamais rationnelles. Elles sont purement subjectives et émotionnelles : « La
détermination des fins ultimes est un véritable jugement de valeur, et en tant que tel entièrement
émotionnel » (*La dottrina pura del diritto*, Turin, Einaudi, 1952, p. 148).

1. LOI ET DROIT

La philosophie du droit de Maritain est entièrement axée sur les notions de loi et de droit, selon les données de la tradition classique chrétienne, qui a longuement réfléchi sur la loi éternelle, sur la loi naturelle, sur le droit des gens (*jus gentium*), sur la loi positive. La doctrine de la loi naturelle est le véritable pivot de la réflexion maritainienne sur la loi, puisque le droit positif et les droits de l'homme sont toujours vus à sa lumière. Approche qui se tient à un niveau philosophique et qui ne touche pas les domaines de la sociologie du droit, de la dogmatique juridique, etc. En harmonie avec les positions épistémologiques qui relient sciences morales et sociales d'une part et philosophie morale de l'autre, l'éclaircissement de notions comme norme, devoir, droit, obligation, sanction, punition, qui concernent soit la morale soit la science juridique, est tout d'abord discuté par Maritain dans la philosophie morale.

Il admet que morale et droit positif, quoique liés, ne sont pas la même chose. La raison n'est pas à chercher dans une autonomie du second vis-à-vis de la première, mais plutôt dans le fait que l'ordre juridique est capable d'une contrainte extérieure dont la morale est dépourvue. Dans les *Neuf leçons*, Maritain clarifie la notion philosophique de droit, qui constitue un « concept fondamental pratique » de la philosophie morale : « Un droit est une exigence qui émane d'un soi à l'égard de quelque chose comme son *dû*, et dont les autres agents moraux sont obligés en conscience à ne pas le frustrer[3] ». La notion de justice est implicitement incluse dans celle de droit, car la justice n'est pas autre chose que donner à chacun *son dû*.

En ce qui concerne la notion de loi, Maritain se réfère à l'enseignement de saint Thomas, où les apports de la grécité, du droit romain, de la patristique ont trouvé une synthèse positive : « *Lex nihil est aliud quam quaedam rationis ordinatio ad bonum commune, ab eo qui curam communitatis habet, promulgata*[4] ». Le droit est alors réglé par la raison, non seulement par la volonté : « Si la loi implique un acte de volonté, c'est en présupposant la raison, et elle est d'abord et avant tout affaire de raison et de vérité : la volonté du législateur n'a force de loi que parce qu'elle se règle sur la raison[5] ». On sait par ailleurs que dans plusieurs courants juridiques et politiques modernes la loi est seulement expression de volonté et non de raison : thèse qui a trouvé un vaste domaine d'application dans les doctrines de la souveraineté de l'État, interprétée comme la plus grande expression de puissance et de volonté absolues. Au contraire il faudrait dire que dans la philosophie morale de saint Thomas et de Maritain, le formel (le constitutif formel) de la moralité est la conformité à la raison : « C'est par sa conformité à la raison, par

---

3. J. MARITAIN, *Neuf leçons sur les notions premières de la philosophie morale*, Paris, Téqui, 1964, pp. 166sqq.
4. *La somme théologique*, Iª-IIªᵉ, q. 90, a. 4.
5. J. MARITAIN, « La philosophie du droit », dans l'ouvrage collectif *The King's Good Servant*, édité par Richard O'Sullivan, Oxford, Blackwell, 1948, p. 44.

conformité à sa norme-pilote, qu'un acte humain est constitué formellement bon[6] ».

En étant mesurée par la raison, la loi peut moins imparfaitement atteindre sa fin, qui est de parfaire l'être humain, de faire de nous-mêmes des hommes bons : « La loi, qui a pour office de contraindre les *protervi*, les pervers et les endurcis, à un comportement dont ils ne sont pas capables par eux-mêmes », a comme fin d'être « pédagogue de la liberté, [office] qu'elle a presque entièrement perdu dans la cité libérale[7] ». D'où l'on déduit que la signification profonde et le véritable finalisme du droit sont atteints dès lors que l'on comprend que le droit même n'est pas une technique de contrôle social ou un code de savoir-vivre, mais la sauvegarde de la justice pour parfaire les hommes.

2. LOI NATURELLE

L'idée de la loi et du droit naturels fort répandue dans l'antiquité gréco-romaine et ensuite héritée par la pensée chrétienne, reçut un nouvel essor à l'âge du droit naturel rationaliste des XVIIe et XVIIIe siècles, quoique au prix d'une altération interne de sa notion, à cause de laquelle le droit naturel devint un code de propositions évidentes à la raison et d'où on pouvait déduire jusqu'au détail un système de conclusions, tout comme on tire des théorèmes à partir des postulats.

Le XIXe siècle, qui s'est en grande partie opposé au droit naturel, a transmis cette attitude à plusieurs courants philosophiques de notre siècle; mais il faudrait aussi rappeler ici la nouvelle renaissance, ou, comme l'appellerait H. Rommen, l'éternel retour du droit naturel qui s'est développé dans différentes expressions culturelles contemporaines et qui s'est exprimé dans les déclarations des droits de l'homme. Dans ce mouvement Maritain opère à un double niveau. Il soumet à la critique la conception abstraite du droit naturel des Lumières et du rationalisme: il travaille à proposer l'idée de loi naturelle de la tradition classique, non sans ajouter plusieurs importants approfondissements. Son programme est clairement défini dans son grand ouvrage de philosophie morale :

> Il n'y aura de renaissance véritable pour l'idée de loi naturelle qu'au prix d'un vaste travail d'élucidation et de reformulation philosophiques, en ce qui regarde en particulier la perspective historique dans laquelle elle demande à être placée, et où s'expliquent à la fois la diversité des codes moraux en lesquels ses « schémas dynamiques » se sont exprimés au cours des âges, et le progrès auquel est soumise la connaissance que l'humanité prend de ses exigences[8].

On ne peut pas traiter le problème de la loi naturelle sans s'interroger sur les modalités de sa connaissance. La loi naturelle est une loi non écrite : comment

---

6. J. MARITAIN, *Neuf leçons* [...], p. 136.
7. J. MARITAIN, *Humanisme intégral*, Paris, Aubier, 1936, p. 188.
8. J. MARITAIN, *La philosophie morale*, Paris, Gallimard, 1960, p. 88.

la connaître? Le droit naturel rationaliste l'a jugée comme une table ouverte devant la raison; au contraire, pour Maritain, la loi naturelle n'est pas connue selon un mode de connaissance conceptuelle, mais par connaturalité et inclination.

Sans la connaissance par connaturalité, qui s'ajoute à la connaissance spéculative du philosophe et du savant, on aurait un cadre très pauvre de la connaissance humaine, on en ignorerait d'importants domaines tels que la connaissance morale de l'homme vertueux, la connaissance mystique du contemplatif, la connaissance poétique de l'artiste :

> In this knowledge through union or inclination, connaturality or congeniality, the intellect is at play not alone, but together with affective inclinations and the dispositions of the will; and is guided and directed by them. It is not rational knowledge, knowledge through the conceptual, logical and discursive exercise of Reason. But it is really and genuinely knowledge, obscure and perhaps incapable of giving account of itself, or of being translated into words[9].

Avant la connaissance philosophique et scientifique des valeurs morales, il y a une connaissance naturelle et préphilosophique de ces valeurs. La connaissance philosophique de l'éthique « comporte une justification scientifique des valeurs par la détermination apodictique de ce qui est consonant avec la raison, et des finalités propres de l'essence humaine et de la société humaine[10] ». Si la philosophie morale offre donc une connaissance rationnelle et réflexe de l'expérience morale de l'humanité, la connaissance préphilosophique est « une connaissance rationnelle implicite et préconsciente, procédant, non pas par mode de raison ou de concepts, mais par mode d'inclination[11] ».

Dans la connaissance morale par inclination, l'intellect fonctionne d'une façon non-conceptuelle et préconsciente, en tirant de l'expérience sensible des intuitions qui restent à l'état implicite et inexprimé dans le préconscient spirituel, et desquelles émergeront des inclinations humaines en vertu du travail inconscient de l'intellect.

La loi naturelle émerge du grand champ des inclinations enracinées dans la vie préconsciente de l'esprit, en se dégageant progressivement et en entrant dans la zone de la conscience : dans ce procès l'organe de la connaissance, loin d'être le concept, n'est pas autre chose que les inclinations humaines imprégnées de raison. D'où l'on déduit que les principes de la loi naturelle, perçus par inclination, sont *indémontrables*[12].

---

9.   J. MARITAIN, « On Knowledge through Connaturality », dans *The Review of Metaphysics*, Juin 1951, p. 474.
10.   J. MARITAIN, *Neuf leçons* [...], *op. cit.*, p. 48.
11.   *Ibid.*, p. 49.
12.   « The judgements in which Natural Law is made manifest to practical Reason do not proceed from any conceptual, discursive, rational exercise of reason; they proceed from that *connaturality* or *congeniality* through which what is consonant with the essential inclinations of human nature is grasped by the intellect as good; what is dissonant, as bad (...) being known through inclination, the precepts of Natural Law are known in an *undemonstrable* manner » (J. MARITAIN, « On knowledge [...]», *loc. cit.*, pp. 478sqq.)

Il faut alors comprendre que la loi naturelle n'est pas un ensemble universel et analytique de normes qui fixent dans tous ses détails l'action humaine. Elle concerne les principes de la moralité humaine connus sans discours rationnel, mais par inclination

> par laquelle ce qui est consonant aux inclinations essentielles de la nature humaine est perçu par l'intellect comme bien, ce qui est dissonant comme mal... la loi naturelle n'embrasse que les requêtes de la normalité de fonctionnement de l'être humain *connues par inclination*[...][13]

La question de la connaissance de la loi naturelle est sûrement importante; mais elle n'est pas le seul problème, car on n'aura pas fait de grands progrès sans établir d'où dérive la loi naturelle et quelle est sa nature.

Dans la philosophie du droit de saint Thomas et de Maritain, la loi naturelle renvoie à la loi éternelle, qui est

> le plan idéal, *ratio*, du gouvernement des choses dans la pensée divine, plan idéal auquel est soumis tout ce qui n'est pas Dieu, mais auquel la créature intelligente est soumise d'une manière incomparablement plus haute que les autres êtres[...][14].

La loi naturelle est une participation de la loi éternelle dans la créature rationnelle : elle est une empreinte de la raison divine en nous, à travers laquelle sont par nous naturellement possédés les critères de la séparation du juste et de l'injuste[15].

La loi naturelle exprime la règle métaphysique de la nature humaine en tant qu'agent; elle est un ordre idéal des actions humaines, « une ligne de partage des eaux entre ce qui convient et ce qui ne convient pas, entre le propre et l'impropre, qui dépend de la nature ou essence humaine, et des nécessités inchangeables qui y sont enracinées[16] ».

En effet, l'analyse philosophique de la nature humaine découvre un ordre selon lequel l'homme doit agir pour être en accord avec lui-même :

> Cela veut dire qu'il y a, en vertu même de la nature humaine, *un ordre ou une disposition que la raison humaine peut découvrir et selon laquelle la volonté humaine doit agir pour s'accorder aux fins nécessaires de l'être humain. La loi non écrite ou le droit naturel n'est pas autre chose que cela*[17].

Si l'on se place dans une perspective ontologique, la loi naturelle a la même étendue que l'entière expérience éthique de la personne humaine jusqu'aux plus petites règles éthiques. L'homme qui réaliserait en lui-même la plénitude de la loi naturelle serait l'homme parfait, en féconde harmonie avec l'ordre idéal qui habite en lui.

---

13. J. MARITAIN, « Quelques remarques sur la loi naturelle », dans *Nova et Vetera*, 1978, n° 1, p. 2.
14. J. MARITAIN, « La philosophie du droit », *loc. cit.*, p. 42.
15. « *Lex naturalis nihil aliud est quam participatio legis aeternae in rationali creatura* » (*La somme théologique*, I^a-II^{ae}, q. 91, a. 2).
16. J. MARITAIN, *L'homme et l'État,* Paris, PUF, 1953, p. 80.
17. J. MARITAIN, *Les droits de l'homme et la loi naturelle*, Paris, P. Hartmann, 1947, p. 64. Dans ce livre Maritain identifie loi naturelle et droit naturel, qui plus tard seront au contraire distingués. Voir aussi « Quelques remarques sur la loi naturelle », *loc. cit.* pp. 7sqq.

Il faudra encore conclure que si la loi naturelle est participation de la loi éternelle, alors la seule Raison divine est à l'origine de la loi naturelle : la raison humaine n'a aucun rôle dans sa constitution. La loi naturelle ne se fonde pas sur l'autorité de la raison humaine, mais elle est gravée par Dieu dans l'homme à travers ses inclinations naturelles. Elle engage en vertu de la raison divine, non de l'humaine. Mais qui pourra connaître la loi naturelle dans toute son ampleur et toutes ses déterminations ? La connaissance de l'ordre ontologique que l'homme porte en lui-même, n'est pas donnée tout d'un coup, mais progresse lentement pendant l'expérience historique de l'humanité. Si totalité de la vie éthique et loi naturelle sont équivalentes, il faut conclure que l'humanité n'aura jamais terminé de prendre conscience de la règle idéale qui est inscrite dans l'essence humaine.

Si l'on prend au sérieux que l'homme est un animal historique et culturel, on est obligé d'admettre que les inclinations essentielles de la nature humaine se dégagent progressivement pendant toute l'histoire, de sorte que la connaissance que l'homme en acquiert n'est pas obtenue une fois pour toutes, mais elle est progressive. Elle va s'accroître tout au long de l'histoire, séparant toujours plus parfaitement les inclinations essentielles de la nature humaine de celles qui sont accidentelles ou perverties. Selon Maritain, c'est l'histoire même de la conscience humaine qui discerne et sépare les inclinations humaines des inclinations fausses :

> Ces inclinations étaient *réellement authentiques* qui, dans l'immensité du passé humain, ont guidé la raison dans sa prise de conscience, degré par degré, des régulations qui ont été le plus décidément et le plus généralement reconnues par la race humaine, à partir des plus anciennes communautés sociales[18].

Vu la progressivité de la connaissance de la loi naturelle, on comprend aisément que le philosophe, au lieu de déterminer de longues tables de ses assertions, essaie d'établir des « schèmes dynamiques fondamentaux » des inclinations à contenu très indéterminé, qui constituent les cadres fondamentaux de la loi naturelle. En essayant d'expliciter la doctrine de saint Thomas sur les inclinations fondamentales de la nature humaine, Maritain dégage les dynamiques généraux de la loi naturelle :

> Ôter la vie à un homme est chose plus grave qu'ôter la vie à un animal quelconque ; le groupe familial doit se conformer à un type de structure fixe ; les relations sexuelles doivent être soumises à certaines limitations données ; nous sommes tenus de nous tourner vers la réalité de l'Invisible ; nous sommes tenus de vivre ensemble sous certaines règles et prohibitions[19].

Les recherches ethnologiques indiquent que ces schèmes sont presque universellement répandus et que, connus selon une manière préconceptuelle, ils sont déterminés d'une façon très générale et donnent une marge importante

---

18. J. MARITAIN, *L'homme et l'État*, op. cit., p. 85.
19. J. MARITAIN, *Pour une philosophie de l'histoire*, Paris, éd. du Seuil, 1959, p. 118.

à plusieurs déterminations particulières selon les cultures, les expériences historiques et les mœurs.

Mais outre la loi éternelle et la loi naturelle, on doit considérer la loi positive humaine, qui développe et détermine les conclusions virtuellement contenues dans la loi naturelle, et aussi le droit des gens (*jus gentium*) que Maritain appelle quelquefois loi commune de la civilisation. Tâchons d'élucider les rapports entre ces différents niveaux du problème. Le droit naturel est un ordre juridique virtuel « enveloppé dans la loi naturelle et dans l'ordre naturel de la moralité[20] ». Le droit des gens concerne encore les droits et les devoirs qui dérivent de façon nécessaire du premier principe de la raison pratique (faire le bien, éviter le mal), mais aussi en supposant certaines conditions comme les relations entre les peuples et la société civile. Finalement, le droit positif concerne droits et devoirs qui se relient de manière contingente au premier principe, selon des déterminations qui sont établies par la raison humaine.

On doit encore préciser que le droit des gens n'est pas connu par inclination, mais à travers l'usage conceptuel de la raison : les règles du droit des gens, par le fait qu'elles ne sont pas connues par inclination, n'appartiennent pas à la loi naturelle, mais elles sont établies par la raison à partir des premiers principes de la loi naturelle[21].

3. LES DROITS DE L'HOMME

Les droits (et les devoirs) de l'homme ont leur dernier fondement dans la loi naturelle. Maritain a consacré une réflexion considérable aux droits de l'homme en connexion avec la loi naturelle : ce n'est pas par hasard que ces deux notions se trouvent unies dans le titre du livre *Les droits de l'homme et la loi naturelle,* paru à New York en 1942, au moment où la gigantesque menace élevée par les États totalitaires risquait d'écraser les droits de l'homme les plus élémentaires. Dans les années qui ont suivi de près la Deuxième Guerre mondiale s'est préparé aussi la *Déclaration universelle des droits de l'homme,* dont la rédaction bénéficia du concours de représentants de diverses orientations philosophiques et politiques. Maritain est intervenu à plusieurs reprises, pour avancer un contexte philosophique solide, rationnel et capable de fonder les droits de l'homme :

> La personne humaine a des droits, par là même qu'elle est une personne, un tout maître de lui-même et de ses actes [...] La dignité de la personne humaine, ce mot ne veut rien dire s'il ne signifie pas que de par la loi naturelle la personne humaine a le droit d'être respectée et est sujet de droit, possède des droits[22].

---

20. J. Maritain, « Quelques remarques [...] », *loc. cit.*, p. 9.
21. « Le droit des gens est connu, non pas par inclination, mais par l'exercice conceptuel de la raison. Nous avons là une différence spécifique pour distinguer le droit des gens de la loi naturelle » (Voir *ibid.*, p. 10).
22. J. Maritain, *Les droits de l'homme et la loi naturelle*, Paris, Paul Hartmann, 1947, pp. 67sqq.

Les droits de l'homme ne peuvent pas subsister longtemps à moins qu'ils ne s'enracinent dans la loi naturelle. Ce serait s'abandonner à une illusion que de penser que les droits de l'homme sont mieux sauvegardés si l'homme seul en est l'auteur, si l'homme est seulement soumis aux lois qu'il se donne à lui-même. Le discrédit jeté par le positivisme et l'historicisme sur la loi naturelle ne produit que méfiance et soupçon à l'égard des droits de l'homme. Dans *Les Droits de l'homme et la loi naturelle*, Maritain met au point une liste étendue des droits humains, qu'il subdivise en trois grandes classes : droits de la personne humaine, de la personne civique, de la personne ouvrière. Les droits classés par Maritain réunissent dans une même table des droits de différents niveaux, à savoir des droits qui expriment une exigence absolue de la loi naturelle; ou bien qui découlent du droit des gens, ou enfin qui sont sanctionnés simplement par le droit positif, tout en correspondant à un vœu de la loi naturelle.

Le droit à la vie et celui de la liberté de religion se rapportent à une exigence absolue de la loi naturelle; le droit de propriété et le droit au travail dérivent du droit des gens; tandis que la liberté d'expression, de presse, d'enseignement et d'association concernent le droit positif, tout en correspondant à un vœu de la loi naturelle.

Les positions de Maritain, sur la possibilité d'une convergence pratique commune sur une table de droits et sur des principes pratiques d'action communs aux personnes de différentes idéologies, sont bien connues. Il vaut mieux souligner que la progressivité de la connaissance de la loi naturelle n'est pas sans importance pour les déclarations des droits de l'homme : la maturation culturelle et l'approfondissement de l'expérience historique se reflètent dans le nombre et la signification des droits, de sorte que leur liste puisse s'agrandir au cours du temps.

Je voudrais ajouter encore que la liste des droits de l'homme dressée par Maritain s'écarte assez remarquablement de la table des droits de la tradition libérale; et plus encore diffèrent les justifications philosophiques respectives.

Enfin, il serait important d'étudier dans quelle mesure ses positions firent progresser la philosophie sociale catholique et l'enseignement social de l'Église. Je me contenterai de dire qu'à mon avis l'encyclique *Pacem in terris* dans son admirable section sur les droits de l'homme a subi entre autres l'influence positive des élaborations de Maritain.

4. PHILOSOPHIE DU DROIT ET CULTURE CONTEMPORAINE

La philosophie du droit et de la loi naturelle de Maritain fait fructifier le grand enseignement thomiste, tout en l'approfondissant de façon féconde. Selon Kelsen,

avec le progrès des sciences empiriques et de la nature et avec la dissolution critique de l'idéologie religieuse, s'accomplit le passage de la science du droit bourgeois de la doctrine du droit naturel au positivisme[23] ».

---

23. H. KELSEN, *La dottrina pura del diritto*, Turin, Einaudi, 1952, p. 38.

Au contraire, le dessein de Maritain est de promouvoir une renaissance non idéologique, mais authentiquement philosophique, de la doctrine de la loi naturelle : une nouvelle forme de « droit naturel personnaliste », épuré des excès du rationalisme anti-historique des Lumières, ancrée à une solide base métaphysique, et capable de renouveler, si nécessaire, le traité *De lege* de saint Thomas.

La philosophie du droit de Maritain suit les traces de ses positions en philosophie morale, qui visent à donner un fondement rationnel et métaphysique à l'éthique. Si, au contraire, le volontarisme irrationnel et subjectif l'emporte sur l'approche classique, on pourra apprécier l'engagement personnel du sujet et le sérieux de sa décision : mais les options demeureront tout à fait sans motifs, car la raison doit déclarer ne plus posséder aucune règle pour mesurer les actes humains selon le bien et le mal, selon le mieux et le pire. Par loyauté envers nous-mêmes il est dès lors nécessaire de reconnaître que toutes les options sont égales et qu'aucun choix ne peut exiger une plus grande validité rationnelle. Voilà le nihilisme éthique, en face duquel certains reculent, hésitent, s'épouvantent et, en hâte, cherchent à récupérer l'idée de valeur éthique, au moins comme un pieux mensonge, bon pour le peuple[24]. Mais la loi naturelle est au centre de la vie humaine et de la société parce qu'elle est vraie, non parce qu'elle est utile. Elle exprime la finalisation de l'homme à un ordre rationnel du bien.

Du point de vue historiciste, on nie que la nature puisse constituer une norme et qu'on puisse trouver dans l'être des lois éthiques; et d'où vient cette position, sinon de la négation de toute nature ou essence immuable? La réalité est complètement historique. Quelque peine qu'elle se donne, la raison humaine est incapable de saisir des valeurs éternelles, car elle est tout à fait immergée dans temporel.

Bien sûr, la vérité de l'historicisme est la découverte de la dimension historique, qui a largement échappé à la pensée classique, bien que cette découverte ait été mal conceptualisée. Dans une autre perspective, la philosophie de la loi naturelle de Maritain est capable d'accueillir et de faire place à une compréhension non historiciste de la valeur de l'histoire. Sa philosophie réaffirme et maintient un ordre idéal éternel et en même temps, elle place l'entière problématique de la loi naturelle et les positions thomistes dans un horizon dynamique. On a déjà vu la loi du progrès de la conscience morale — qui est aussi croissance dans la connaissance de la loi naturelle — et l'affirmation que la table des droits de l'homme se précise et s'agrandit dans le temps.

Cependant contre la philosophie du droit de Maritain, aussi bien que contre toute éthique rationnelle, on adresse encore l'objection que tous les

---

24. « Que la doctrine du droit naturel soit capable, ainsi qu'elle le prétend, de déterminer de façon objective ce qui est juste, n'est pas vrai. Mais ceux qui le croient utile, peuvent en user comme d'un mensonge utile ». (H. KELSEN, *I fondamenti della democrazia*, Bologne, Il Mulino, 1966, p. 387.)

systèmes de valeurs, qui découlent de premiers principes pratiques différents, sont égaux, tout en étant réciproquement contradictoires (ou opposés). L'équivalence dérive du fait qu'aucun système ne peut être démontré vrai. Qu'on se réfère aux positions de Kelsen et de Weber, qui posent une séparation absolue entre faits et valeurs. Les faits sont objet de la science, qui est universellement valable, métaculturelle et objective; les valeurs sont émotionnelles, individuelles, subjectives et arbitraires. La science en tant que telle ne se mêle pas aux valeurs, parce que la raison n'a aucune possibilité d'opérer un choix entre les valeurs en conflit. Elle peut seulement élucider les conséquences des différents choix, elle ne peut pas opérer une sélection rationnelle des valeurs et des choix[25]. Les divergences des valeurs ne sont pas décidées par la raison, mais par un choix aveugle. Entre *être* et *devoir être,* entre nature et moralité il n'y a pas de communication, et le fondement de la norme n'est pas l'être, mais seulement une autre norme. Pour le positivisme juridique conséquent, les droits ne sont pas antérieurs et indépendants de la décision humaine. Ils sont posés par un acte de volonté.

Maritain a combattu avec vigueur le sociologisme positiviste, incapable de fournir une justification rationnelle des valeurs. Il souligne que les jugements de valeur, loin de concerner seulement l'ordre moral, sont liés aussi au spéculatif : tel est le cas quand nous posons une échelle de perfection ontologique entre divers objets[26].

En niant que le droit positif est purement et simplement produit par la volonté humaine et en tant que tel fondé sur la volonté qui le pose, Maritain fait sienne la tradition classique et chrétienne : les normes positives dérivent en dernier ressort leur validité non du fait d'être posées par la pure volonté humaine, mais du fait que leur origine est en Dieu, ou bien en tant qu'elles développent des conclusions virtuellement contenues dans la loi naturelle. Le droit positif est alors un produit de la raison humaine, mais un produit qui n'est pas tout à fait arbitraire, étant réglé par un droit supérieur. Le problème du contenu matériel du droit positif est ainsi acheminé vers une solution. Dans la perspective de Kelsen, le droit positif, quoique normatif, exprime un *devoir être* formel et relatif. Solution cohérente du moment que l'on a aboli toute référence absolue du juste et de l'injuste. Désormais, le juste et l'injuste établis par la norme positive sont hypothétiques : « Le « devoir être » du droit positif peut être seulement hypothétique[27] ». Les normes du droit positif sont valables et doivent être suivies « simplement parce qu'elles ont été produites d'une manière déterminée ou bien posées par une personne

---

25. « Seulement sur la base présupposée de la foi dans les valeurs, possède sens, en tout cas, la tentative de formuler des jugements de valeur de l'extérieur. Cependant juger la validité de telles valeurs est une question de foi [...] ». (M. Weber, *Il metodo delle science storico-sociali,* Milan, Mondadori, 1980, p. 62).

26. J. MARITAIN, *Neuf leçons* [...], *op. cit.,* pp. 41-46.

27. H. KELSEN, *Teoria generale del diritto e dello Stato,* Milan, Ed. di Comunità, 1963, p. 400.

déterminée[28] », non parce qu'elles dérivent de Dieu, de la raison, de valeurs éthiques rationnelles. Sans la norme fondamentale (*Grundnorm*), le droit positif ne se tient pas, ne peut pas réclamer un caractère normatif; mais la norme fondamentale demeure tout à fait hypothétique. Selon Kelsen, la validité absolue des normes correspond au droit naturel (qui dans sa perspective est une illusion), la validité hypothétique est relative au droit positif. Non sans quelque regret Kelsen écrit :

> Le caractère essentiel du positivisme, en opposition à la théorie du droit naturel, peut être trouvé précisément dans le difficile renoncement à une justification absolue et matérielle, dans cette limitation auto-imposée à une fondation formelle et purement hypothétique dans la norme fondamentale[29].

La réponse de Maritain descend en ligne directe de la grande tradition du droit naturel : *ius quia iustum*, non *ius quia jussum*. Le droit positif ne peut pas être pure expression de volonté arbitraire, il ne peut pas se séparer de l'éthique. La doctrine du droit naturel est leur meilleure médiation, car cette doctrine exprime et révèle une exigence inextinguible de vérité et de justice.

La philosophie du droit de Maritain se place harmonieusement dans la perspective humaniste générale de sa philosophie politique, par laquelle il a opéré une réforme des canons de la conception libérale de la démocratie et de l'État, en les transposant dans une structure conceptuelle chrétienne et démocratique. L'opération a été conduite sur plusieurs fronts, surtout à travers une élaboration personnaliste des principales réalités politiques : dans un certain sens la doctrine des droits de l'homme, fondés sur la loi naturelle, est la meilleure charnière entre le droit et la politique. Position qui affirme aussi la pleine politicité du droit, puisque le droit est nécessaire à la construction de la « bonne société ».

---

28. *Ibid.*, p. 401.
29. *Ibid.*, pp. 402 sqq.

Democratic Pluralism and Human Rights: The Political Theologies of Jacques Maritain and Reinhold Niebuhr

JOHN W. COOPER
Bridgewater College
Bridgewater, Virginia

Les styles distinctifs catholique romain et protestant de la théologie politique chrétienne trouvent leur expression dans les écrits de deux éminents théologiens du XXᵉ siècle, Jacques Maritain et Reinhold Niebuhr. Bien que chacun soit enraciné dans une tradition chrétienne différente, ils parviennent tous les deux à une prise de position politique qui préconise le pluralisme démocratique et le respect des droits de l'homme. La comparaison de leurs écrits les plus importants de théologie politique révèle, d'une part, un point de vue pratique essentiellement commun, mais, d'autre part, des traditions et des styles distinctifs qui façonnent leur pensée respective.

Les théologies politiques de Maritain et de Niebuhr doivent être abordées selon leur propre perspective. Dans la première, la clef d'une juste interprétation est la « sagesse pratique », dans la seconde, c'est le « réalisme ». Pour Maritain, la sagesse pratique se rattache à la vertu chrétienne traditionnelle de prudence. Niebuhr comprend le réalisme dans le cadre de la tension entre les vertus d'amour et de justice. Dans l'application de leurs intuitions, Maritain et Niebuhr révèlent tous les deux les ambiguïtés de la moralité et de la politique de puissance du monde moderne. Ils passent en revue l'histoire et les sources de la théorie politique chrétienne et découvrent des aspects qui contribuent au débat en cours sur la société juste. Ils esquissent l'idéal et la réalité d'un système démocratique pluraliste axé fondamentalement sur les droits de l'homme.

Néanmoins, les styles de leur théologie politique chrétienne demeurent distincts ; il y a plusieurs manières de comprendre les relations entre les « deux domaines » du sacré et du profane, du spirituel et du temporel. La pensée de Maritain représente le style analogique de relations entre les deux domaines ; celle de Niebuhr, le type paradoxal. ces approches opposées sont complémentaires, ce qui confirme la remarque que, pour Maritain et Niebuhr, l'accord pratique provient de sources théoriques divergentes.

Enfin une comparaison des théologies politiques de Maritain et de Niebuhr permet d'envisager la possibilité de découvrir dans leur œuvre quelque base commune : celle d'une théologie politique œcuménique axée sur la défense du pluralisme démocratique et des droits de l'homme.

This essay is an attempt to suggest the dimensions of Christian political theology by examining the work of two twentieth-century theologians, one Roman Catholic and the other Protestant. Jacques Maritain was a French Catholic philosopher, a metaphysician, who elaborated a political theory based on the philosophical vision of Thomas Aquinas. He became one of the pre-eminent spokesmen for democratic pluralism and human rights in the contemporary era. Reinhold Niebuhr was a German-American Protestant pastor and seminary professor of social ethics whose voluminous writings on political issues were infused with a distinctly moral and theological viewpoint. He became the primary representative of the "realist" school of American political philosophy. Maritain and Niebuhr came from divergent backgrounds and must be understood as intellectuals standing firmly within mainstream Roman Catholicism and Protestantism, respectively. Yet, they elaborated a similar political ideal: a democratic pluralist society with social and legal safeguards for the full range of human rights. In their mature writings, both theologians defined the just society as one with a differentiated system of political liberty, economic liberty, and moral-cultural liberty. It is the task of this study to compare their similar political visions and the distinct theological roots from which they emerged and, in this way, to show the complementarity of their ideas.

A capsule statement of Christian political theology, and its relevance to the modern situation, is not easily found. What is the essence of the just society? Maritain and Niebuhr each devoted the greater part of their life's energy to the exploration of this problem. They are remembered for their realistic views of the dual human capacity for justice and injustice, and for their commitment to a progressive political ethic. One capsule expression, which is in tune with the political theologies of both Maritain and Niebuhr, is "democratic pluralism and human rights." Other capsule summaries of the nature of the just society can be found in the single, most enduring aphorism of each man's teachings. In the case of Niebuhr and Maritain, the most remembered quotations are also the most representative and all-encompassing. Reinhold Niebuhr wrote, "Man's capacity for justice makes democracy possible; but man's inclination to injustice makes democracy necessary."[1] Jacques Maritain wrote, "The state is for man, not man for the state."[2] Not only do these statements exhibit a fundamental consistency and complementarity, but also they reflect a spirit which is essentially Biblical and Christian. Man is capable of good and evil; he is also called to create a political society of mutuality and love. This was the vision of Maritain and Niebuhr.

The interaction in print between Niebuhr and Maritain consists primarily of three book reviews written by Reinhold Niebuhr in the late 1930s and the early 1940s.[3] The three books in question are Maritain's *Freedom in the Modern World, True Humanism,* and *Ransoming the Time.* On the whole, these reviews by Niebuhr suggest deep intellectual affinities between the two theologians, and they also point up some basic differences in their presup-

---

1. Reinhold Niebuhr, *The Children of Light and the Children of Darkness: A Vindication of Democracy and a Critique of its Traditional Defense* (New York: Charles Scribner's Sons, Scribner Library, 1944), p. xiii.

2. Jacques Maritain, *Man and the State* (Chicago: University of Chicago Press, Phoenix Books, 1951), epigraph on the cover of this 1951 paperback edition.

3. "Thomism and Mysticism," review of *Freedom in the Modern World,* by Jacques Maritain, and *Freedom and the Spirit,* by Nicolas Berdyaev, in *Saturday Review,* 8 August 1936, p. 16; review of *True Humanism,* by Jacques Maritain, in *Radical Religion* 4 (Spring 1939):45; and "Bergson and Maritain," review of *Ransoming the Time,* by Jacques Maritain, and *We Have Been Friends Together,* by Raïssa Maritain, in *Union Seminary Quarterly Review* 3 (March 1942): 28-29.

positions. The first two reviews are directly relevant to the themes of democratic pluralism and human rights.

Beyond these three book reviews, the printed dialogue between Maritain and Niebuhr is negligible. There are only passing references to one another's thought in their writings. However, it is also true that a great deal of verbal interaction between Maritain and Niebuhr took place. During the many years in which Maritain lived and worked in North America, the two theologians frequently crossed paths. Raïssa and Jacques Maritain were occasional dinner guests of Ursula and Reinhold Niebuhr, and vice versa. Given the outgoing and intense personalities of these individuals, there was surely a substantial amount of serious conversation about common concerns and issues of the day. Unfortunately, the content of these personal encounters is lost forever to scholars who would compare the ideas of Maritain and Niebuhr.[4] We can assume, however, that these were very special occasions quickened by the clash of great minds and spirits, sometimes agreeing, sometimes differing, but always congenial.

Reinhold Niebuhr first reviewed a book by Jacques Maritain in 1936. His review, entitled "Thomism and Mysticism," treats two volumes, Maritain's *Freedom in the Modern World*, published the same year, and Nicholas Berdyaev's *Freedom and the Spirit*, published a year earlier.[5] Niebuhr draws no comparisons between the two volumes, treating each independently of the other. Niebuhr finds *Freedom in the Modern World* to be a useful attempt to solve the "cultural and social crisis" of Western civilization through a balanced and theistic brand of humanism. He notes that Maritain rightly criticizes secular humanism, whether liberal or communitarian, and the "less humanistic theism" of Protestants like Karl Barth. Avoiding a number of dangerous extremes, Maritain "reveals the very great resources of a genuine theistic humanism, which most moderns have ignorantly spurned." This theistic hu-

---

4. Niebuhr refers in print to Maritain's concept of natural law, arguing that there is "a permanent structure of human personality," but that there are "always historically contingent elements in the situation which natural-law theories tend falsely to incorporate into the general norm." See *Faith and History: A Comparison of Christian and Modern Views of History* (New York: Charles Scribner's Sons, 1949), p. 180. Maritain writes in a letter to June Bingham dated 9 May 1958 which is on file in the Manuscript Division, Library of Congress, Washington, D.C.: "It is a good idea to write a life of Reinhold Niebuhr. I have much admiration for his person. From the point of view of theology there are many differences between him and me (he is Protestant, I am Catholic); that which I especially appreciate in him is his breadth of vision and the spirit of faith with which he approaches contemporary problems, especially social problems, and his profound sense of the responsibilities of the Christian in temporal matters" [author's translation]. In a letter to D. B. Robertson dated 25 March 1982, Ursula Niebuhr writes, "The Maritains certainly were good friends. We saw quite a lot of them . . . . Reinhold thought him perfectly delightful, but found him a little bound by his scholastic categories and also less vigorous and irreverent than, for example, Étienne Gilson. . . . [They] talked about politics a good deal, after all it was wartime and the fate of the world was in the balance. . . . [They] were very sympathetic and both of them obviously enjoyed talking to each other."

5. *Saturday Review*, 8 August 1936, p. 16.

manism is preferable to the Barthian Protestants' derogation of the human for the sake of elevating the divine. And it is preferable to the two dominant forms of secular humanism, the capitalist and communist systems. On the one hand, Maritain "is able to escape the individualism of secular liberalism with his emphasis that the good of the community is the highest value 'in the scale of terrestrial values.'" Maritain's critique of individualism mirrors Niebuhr's Christian Marxian view of capitalist civilization. On the other hand, Maritain "avoids the final subordination of the individual to the community as an end in itself by his insistence that the ultimate possibilities of personality transcend the social purposes for which individuals are claimed in their various political and economic collectivities."[6] Maritain's warning that the communist path leads to the abuse of individual persons resembles the criticisms which Niebuhr himself had begun to level at his fellow Marxians.

The second review by Niebuhr of a Maritain book appeared in 1939. The book is Maritain's *True Humanism*. Maritain is "a profound Catholic philosopher with a genuine appreciation of the social problem."[7] Perhaps most significant of all, Niebuhr finds in Maritain a genuine political liberal who challenges the presuppositions and consequences of Marxism. Both Maritain and Niebuhr had considered themselves socialists at one time in their lives. Indeed, both in some limited sense of the term remained so. Yet, their "socialism" looked beyond Marxism. Niebuhr rehearses the points of agreement.

> He is critical of Marxism at precisely the points where we have been critical. He sees that Marxist utopianism is a necessary consequence of its naturalism and materialism. It desires to establish the Kingdom of God in history and thus expects the unconditioned good within the relativities of history. But unlike most Catholic critics of Marxism, he has a genuine understanding of the fateful and necessary role which the workers must play in the reconstruction of society and of the genuine contributions which Marxist philosophy has made to their discovery of that role.[8]

On the positive side, Maritain's philosophy of "integral humanism" places a primary emphasis upon the creative activity of human persons coming together in a multitude of institutions and social movements. These institutions are the social structures which mediate between the individual and the macro-organization of the state. Every individual participates in a number of these institutions. They are the fundamental forms of expression for the individual, and they serve a crucial psychological function by facilitating the formation of personal identity.

Maritain recognized the importance of mediating institutions for the proper functioning of a pluralist body politic. He was especially impressed with the social differentiation which he found in the United States. "There is in this country a swarming multiplicity of particular communities," he

---

6. *Ibid.*
7. Reinhold Niebuhr, Review of *True Humanism*, by Jacques Maritain, in *Radical Religion* 4 (Spring 1939): 45.
8. *Ibid.*

wrote. In such a society the idea of community is more at home than the idea of the state. Pluralism is its watchword. Maritain called it "organic multiplicity." Several types of associations were identified by Maritain—labor unions, vocational or professional associations, religious brotherhoods, interest groups with myriad causes.[9]

The significance of social institutions independent of state control becomes especially clear in Maritain's analysis of industrial civilization. His social theory allows Maritain to make an objective evaluation of the moral claims of capitalism and socialism. His reading of the history of democratic capitalism is central to his political vision.

Maritain's mature view of the ideological conflict hinges on his understanding of two mediating institutions which he considers indispensable in a modern, free society. They are the labor union and the business corporation. It is here that the significance of democratic capitalism in a pluralist society, the place of economic liberty within political society, comes into bold relief.

"The old merciless struggles between management and labor," Maritain writes, "have given way to a new relationship."[10] Both management and labor are discovering the virtue of "intelligent collective self-interest." He is referring specifically to the history of struggle between the American labor movement and business management, and the way in which that history created the particular situation of the 1950s. But his analysis is also applicable to pluralist societies in general. "Corporations are becoming aware," he says, "of the primacy of welfare and the political common good." "Organized labor," also, has a "growing power" . . . and a "growing sense, too, of the primacy of the general welfare and the political common good."[11] "Free enterprise and private ownership function now in a social context and a general mood entirely different from those of the nineteenth century."[12]

Maritain wrote much more about pluralism in the political and cultural spheres than about economic pluralism. Would that he had said more. Nevertheless, he did leave a brief and suggestive chapter on the subject in his book *Reflections on America*. The chapter is called "Too Much Modesty: The Need for an Explicit Philosophy."

For most of his life, Jacques Maritain did not look kindly on corporations. He considered industrial civilization an "inhuman and materialist" form of idolatry.[13] But his thinking underwent a change. He wrote in 1958, and it remained his opinion, that the corporations played a vital role in pluralist democracy. "I do not assume that corporations have reached a stage where they would prefer the common good to their own particular good." Maritain,

---

9. Jacques Maritain, *Reflections on America* (New York: Charles Scribner's Sons, 1958; reprint ed., New York: Gordian Press, 1975), pp. 162-63.
10. *Ibid.*, p. 109.
11. *Ibid.*, p. 197.
12. *Ibid.*, p. 101.
13. *Ibid.*, p. 21.

like Niebuhr, always emphasized the permanent tendency of each individual and social grouping to seek its own interests, even at the expense of the rights of others. "These big organisms . . . are still fondly thinking, to be sure, of the dividends of their stockholders—but not as the unique, even as the first thing; because they have understood that, in order simply to exist, and to keep producing, they must become more and more socially minded and concerned with the general welfare." And this, "not by reason of any Christian love, but rather of intelligent self-interest."[14]

Likewise, Maritain saw labor unions as institutions which were taking on more and more social responsibility. He believed that the labor union was "becoming more deeply and organically basic in the whole economic process . . . evolving from a merely antagonistic force . . . into a necessary and responsible counter-balancing power." Furthermore, "it confronts big corporations as an equal." And the leaders of the labor union "try to get the best possible conditions without putting the progress of production in jeopardy," for "the very power of labor needs great industry as the very prosperity of great industry needs labor."[15]

By contrast, Neibuhr's appreciation for reformed capitalism ripened in his later life, when he also had the opportunity to reflect back on decades of political activism.

> The economic security of the so-called "free" nations is not as established as the proponents of "free enterprise" would have us believe. Nor has perfect justice been established. But it is now perfectly clear that the "capitalistic" culture which was also a democratic one had more moral and political resources to avoid catastrophe than either the Marxists or their Christian fellow travelers believed. . . .
>
> We Christian "prophetic" sympathizers with Marxism were as much in error in understanding the positive program of socialism as we were in sharing its catastrophism.[16]

Capitalism, according to Niebuhr, has managed to reform itself through the tutelage of political democracy. Democratic capitalism provided a realistic view of the distinction between self-interest and self-seeking.

> It was the great achievement of classical economic liberalism to gain recognition of the doctrine that the vast system of mutual services which constitute the life of economic society could best be maintained by relying on the "self-interest" of men rather than their "benevolence" or on moral suasion, and by freeing economic activities from irrelevant and frequently undue restrictive political controls.[17]

Furthermore, capitalistic democracy, through the agency of trade unionism, evolved to a point where big business and big labor are "fairly evenly balanced"

---

14. *Ibid.*, pp. 106-107.
15. *Ibid.*, pp. 103-105, 109.
16. Reinhold Niebuhr, "Biblical Faith and Socialism: A Critical Appraisal," in *Religion and Culture: Essays in Honor of Paul Tillich*, ed. Walter Leibrecht (New York: Harper & Bros., 1959), p. 51.
17. Reinhold Niebuhr, *Faith and Politics: A Commentary on Religious, Social and Political Thought in a Technological Age*, ed. Ronald H. Stone (New York: George Braziller, 1968), p. 139.

and have "acquired semi-governmental functions." Here two mediating institutions counterbalance each other in a creative tension which leads both to
a greater sense of public spiritedness and an ethic of service. Here a new
reality has emerged, a *democratic* capitalism which can produce prosperity
and equality through the application of incentives and standards of community
service.

Bourgeois democracy, said Niebuhr, had greater moral and political
resources than one would have imagined.

> Bourgeois democracy is rightly regarded in the West as the best form of government
> because it checks every center of power, and grants no immunity to any form of pres-
> tige. . . . Force remained a minimal instrument of government, for the pretensions of
> any particular government could be challenged in the open society which [the early
> democratic idealists] created, so that confidence that the government would establish
> justice was not destroyed. Bourgeois democracy is, therefore, in a more impregnable
> position, not only in the West but in the world, than are the bourgeois interests which
> first gave birth to it. [18]

In addition to democratic pluralism, the other major concept in the
political theologies of Maritain and Niebuhr is human rights. "Human rights"
is a watchword of our times. The idea of a global community of man, a global
family, is today a powerful symbol which calls upon man to build a truly
just political society of worldwide proportions. The largeness of this vision
need not, however, cause nations to drift into utopinanism and rob the human
rights movement of its realism, its practicality—for practicality is the very
key to agreement on a politics of human rights. Jacques Maritain was one of
the pre-eminent theorists of human rights in the twentieth century, an influential
voice at the formation of the United Nations, and one of the authors of its
Universal Declaration of the Rights of Man. Maritain tells the following story
about the great differences which separated those persons who took part in
the formulation of the United Nations' Universal Declaration of the Rights
of Man, which was unanimously adopted in 1948. The French delegation
was composed of an assortment of individuals with radically opposed ideologies.
Yet they *had* been able to agree on a list of rights they could all support.
One observer was astonished. He asked how it was possible for such a diverse
group to agree on anything. The answer came back, "Yes, we agree on these
rights, providing we are not asked why." Their agreement was purely practical;
with regard to theories, they agreed to disagree. Their situation was a microcosm
of the United Nations as a whole.

Maritain answered this question of how a global community could agree
on a set of practical principles that would increase the chances for justice,
peace, and development in the world. He was addressing the second International
Conference of UNESCO (The United Nations Educational, Scientific and
Cultural Organization), meeting in Mexico City in November of 1947.

---

18. Reinhold Niebuhr, *The Structure of Nations and Empires* (New York: Charles Scribner's
Sons, 1959), p. 235.

> How is an agreement conceivable among men . . . who come from the four corners of the earth and who belong not only to different cultures and civilizations, but to different spiritual families and antagonistic schools of thought? . . . Agreement . . . [can be achieved] not on the affirmation of the same conception of the world, man, and knowledge, but on the affirmation of the same set of convictions concerning actions.[19]

It was, he said, "very little" to go on, but "enough to undertake a great work."[20] In his book *Man and the State* Maritain speaks of a possible ground of convergence for persons from all regions of the earth and for nations with divergent interests. They should have a similar reverence, although for quite diverse reasons, for "truth and intelligence, human dignity, freedom, brotherly love, and the absolute value of moral good."[21] The basis of world order, then, is practical agreement and a similar reverence for truth and morality.

In conclusion, for Maritain and for Niebuhr, a person exercises his political responsibility when the virtues of love, justice, and prudence operate within him to bring about the conservation and transformation of political culture. Every political structure must change as it advances toward its goal of the common good. It must also maintain hard-won advances toward justice. For example, history has decreed a new status for the working class within the modern balance of social forces—a status championed by both Maritain and Niebuhr. The economic rights won by the bourgeoisie were necessarily broadened to include the rights of the wage workers. The case is exemplary. The dignity of the person and his vision of the common good demand the continuing transformation of the existing structures of power. Personal dignity and human rights are a prominent aspect of the political philosophies of Maritain and Niebuhr. But Maritain was more inclined than was Niebuhr to believe that a global consensus of human rights and the beginnings of a legitimate, global political authority were possible. Niebuhr was more pessimistic about the ability of democratic pluralism, with its commitment to human rights, to encircle the globe. Both men struggled for this end. Both viewed history as open-ended; both believed in the personalist vision of human agency building a just social order. Maritain and Niebuhr present a dialectical view of the person as an intelligent, willful, and responsible locus of political participation.

The liberty and equality of persons must be complemented, according to Maritain and Niebuhr, by the fraternity which makes social cohesion possible. Political society demands some measure of friendship between citizens who consider themselves equals. This involves a view of the common good which acknowledges the contributions to society made by each person and each institution, even when they operate in competitive relationships. This necessary measure of fraternity occurs whenever the people share a common civic faith

---

19. Maritain, *Man and the State*, p. 77.
20. *Ibid.*, pp. 77-78.
21. *Ibid.*, p. 111.

in certain fundamental principles—in Maritain's words, "truth and intelligence, human dignity, freedom, brotherly love, and the absolute value of moral good.[22] In our time these principles of civic faith are embodied in systems of democratic pluralism. Authority is extended and checked democratically, through the participation of individual persons in the process of representational self-government. There is a balance between individual and collective demands. In a democracy there is a plurality of interests and powers, balanced according to the principles of respect for the person and service to the common good. Every ethnic group, every subculture, has a rightful share in the plurality of power. Mutual toleration does not contradict true cultural fidelity, since it is out of the diversity of a nation that its unity develops. True freedom and order coexist in such a system. Both Maritain and Niebuhr argue that the primary laboratory of political participation and societal transformation is the contemporary system of democratic pluralism. Similarly, they see the very negation of participation and transformation manifested in the totalitarian system. Both men warn of the serious threat to civilization posed by totalitarianism and statism in all its forms. Both men applaud democratic pluralism for partially solving the problems of power and authority. Nevertheless, Maritain is somewhat more optimistic than Niebuhr about the universal viability of this cultural form. Maritain and Niebuhr both lay particular stress on these principles of democratic pluralism, within the overall context of their Christian worldview.

Maritain and Niebuhr elaborate a remarkably similar defense of democratic pluralism and human rights in their respective political theologies. Each offers a realistic and morally engaged understanding of the political order. The practical content of political theory in Maritain and Niebuhr is almost identical. What distinguishes them are the styles of moral reflection, the inherited languages, the controlling images of their philosophical systems. In their styles of thought we discover the distinguishing characteristics of the political theologies of Maritain and Niebuhr, but even here it is a question not of opposition but of complementarity.

---

22. *Ibid.*

Implantation théorique du concept d'idéal historique

ARTURO PONSATI
Tucuman, Argentine

First of all, I discuss the epistemological validity and the moral legitimacy of ideals, models and projects. Once their relativity is established, one must accept their necessity for political praxis.

Taking "model" as a genus, I distinguish three categories: the heuristic social model; the model of society (a normative model or historical project) and the model society (the ideal of a maximum of social perfection). The Maritainian historical ideal is situated in the second category, that is, in the models of society, inasmuch as it presents a project to be carried out in the long historical process. The socialism of Marx constitutes another example of a model of society.

Any model of society draws its inspiration from a model society. Contemporary ideologies and/or utopias take their model societies from within history, as culminations of historical models. The historical ideal of the new Christendom takes its model society from the Kingdom of God, which will be consummated beyond history, but starts constructing itself within history. Therefore, the model societies of contemporary ideologies and/or utopias are secularized and atheistic versions of the Kingdom of God.

The concrete historical ideal of the new Christendom possesses, as does any model of society, a mystical dimension. The myth of Christendom, common to all historically Christian peoples, symbolizes the tension between the requirement of perfection which the Kingdom of God exemplifies for the temporal society and the imperfection of any human work. Such a tension prevents the Christian from finding a definitive home in any temporal city, since he knows that "we have no permanent city here on earth, but we are in search of the city that is to come."

Dans une première approche du thème des projets et modèles politiques, nous devons situer le concept d'idéal historique sur le terrain des constructions mentales, à travers lesquelles les hommes se forgent une idée du futur, pourvu qu'il leur semble possible et désirable. Il n'y a aucun doute dans l'histoire de la réflexion politique, ces phénomènes se présentent comme une constante. Il suffit de nous rappeler comme exemple la cité platonique.

Une des plus grandes différences entre les images prospectives de celles porteuses des tendances actuelles de la pensée politique et celles forgées dans le passé est la prétention de presque toutes — les premières de dépasser le volontarisme, le normativisme éthique et le milieu idéologique, pour chercher une base ou, au moins, une apparence scientifique. Elles se présentent alors « en termes de science ceci étant comme un système de concepts opérationnels, organisés sur le plan théorique et participants du domaine propre des lois qui gouvernent l'analyse et la précision scientifique[1] ». Néanmoins, une telle prétention ne dissimule pas son caractère archétipal normatif; ces modèles ne constituent pas seulement des formations logiques dotées d'une simple fonction d'interprétation, mais ils sont, fondamentalement, porteurs de fonctions axiologiques, de l'actualisation desquelles on attend la réalisation d'un ordre nouveau. C'est ainsi que les projets socio-politiques de notre temps se caractérisent par l'extrapolation du champ de la pratique politique, des méthodes

---

1. MANIGAT, *Portée et limites d'un modèle de société*, Caracas, Ifédec, 1973, Miméo. (voir l'Introduction).

des sciences positives. Déjà autrefois, la science politique de visée empirique les avait assimilés, mais non dans le but de proposer des objectifs politiques, sinon avec le dessein d'expliquer certains phénomènes ou d'en prévoir un nombre limité.

La première question qui se pose spontanément par rapport à ces modèles, a trait à la légitimité intellectuelle et morale de soumettre une politique, une gestion de pouvoir, à l'image d'une société qui se prétend entièrement nouvelle, et dans beaucoup de cas, d'un homme entièrement nouveau. Jusqu'à quel point est-il possible et, étant possible, jusqu'où est-il moralement licite de tracer une politique en fonction d'une représentation conceptuelle où, fréquemment, se mélange le scientifique avec l'idéologique, la fonction heuristique avec la normative? Quelle est la vraie valeur de tels modèles? Quelle est leur statut épistémologique? Quelles significations diverses sont impliquées dans le concept de modèle?

D'autre part, il se peut qu'à la notion même de modèle — tant relativisée dans les sciences modernes de l'homme — il soit opportun de la soumettre à une révision critique. Hasardons-nous à une tautologie, pour banal que cela nous paraisse : une société humaine est une société humaine. Et de même que l'homme ne serait pas définissable par un mode de comportement déterminé, à moins qu'il ne soit un animal un peu plus évolué, non plus une société ne serait définissable selon un modèle préétabli, à moins qu'il ne soit un organisme biologique, seulement un peu plus compliqué, dans lequel la parfaite santé se confondrait avec la perfection d'un fonctionnement.

> « L'idée démocratique, fondamentalement anti-organique, — antinaturelle — disent les adversaires de droite, pourrait bien être antinomique de la notion de modèle. La société démocratique, qui fait ses premiers pas dans l'histoire des hommes fait partie, de plus en plus, de beaucoup de modèles, libéral, socialiste, et rien ne nuirait plus irréparablement à cette écriture démocratique hésitante, que le recours à un seul et unique modèle provenant d'une idéologie intolérante aux autres idéologies. Le modèle doit s'entendre au pluriel, et les modèles entrent en coopération conflictuelle[2].

Ainsi relativisée et posée la notion de modèle, nous devons aussi affirmer sa nécessité dans la pratique et dans la réflexion politiques :

> Le marxisme ne récuse la notion d'idéal qu'au prix d'une contradiction (et, de fait, sa propagande ne se passe ni de la notion ni du mot d'*idéal communiste*). Il se donne expressément pour une philosophie de l'action, de l'action transformatrice du monde : et comment l'homme peut-il agir sur le monde sans se proposer un but qui ne soit pas fixé seulement par l'évolution économique et sociale, mais aussi par son propre choix, et par ses propres amours? un but où ne s'inscrive pas seulement le mouvement du réel, mais aussi sa propre liberté créatrice dirigeant celui-ci? Un tel but est précisément un idéal historique concret[3].

---

2. S. BORNE, *Préface à Roberto Papini*, « Quelle identité pour la démocratie chrétienne », p. 12.

3. J. MARITAIN, *Humanisme intégral*, Paris, Aubier, 1947, p. 138.

Il s'agit alors, de distinguer le langage, la méthode et les éléments — certainement nécessaires — provenant des sciences humaines d'orientation positive, des aspects philosophiques, éthiques, normatifs qui constituent la substance d'un modèle, son noyau, son élément central et déterminant, par rapport auxquels les autres ont seulement la fonction de point de départ, quant à l'analyse de la réalité; et la valeur d'un cadre de faisabilité, quant à la proposition proprement dite.

Attribuer à un modèle une autre situation, en le présentant comme pur et principalement scientifique, dans le sens moderne du mot science, ne peut être qu'une mystification. De toute façon, la première tâche doit être de réduire la polysémie en une désignation univoque. Ou bien, de convenir comment nous désignerons chaque concept impliqué dans le « modèle » générique. Selon Leslie Manigat, on y distingue, pour le moins, trois notions différentes : le modèle social, le modèle de société et la société modèle[4].

La première signification — modèle social — se réfère à un instrument d'analyse empirique, scientifico-positif, de la réalité sociale : un système de concepts organisés au niveau théorique, inscrit dans le domaine propre de l'analyse scientifique; une formation logique avec des fonctions heuristiques; une configuration analytique pour déterminer la réalité et rendre intelligible un phénomène. Ce modèle heuristique, modèle d'interprétation, nous l'appellerons : « modèle social ».

La seconde signification « modèle de société » fait allusion à un système de représentations conceptuelles, destinées à orienter la conformation future de la réalité sociale et politique, à partir d'une analyse déterminée et d'une interprétation déterminée de la réalité. Le modèle n'est pas ici seulement une structure logique avec des objectifs heuristiques, mais aussi une formation avec des fonctions axiologiques, avec l'opération de laquelle se poursuit un état de chose désiré. Non seulement il cherche une explication de la réalité, mais il implique la valorisation de celle-ci, depuis les exigences d'une action politique; il s'agit alors, d'un type de société choisi comme désirable et théoriquement élaboré. En somme, un modèle normatif qui détermine le profil d'un futur considéré comme convoité et accessible, à partir de la réalité présente et selon un moyen ou long délai historique.

Toute idéologie — nous employons cette fois le mot dans un sens neutre, c'est-à-dire dépourvu de la charge péjorative qui a l'habitude de l'accompagner — porte inscrite la référence explicite ou implicite d'une société modèle, c'est-à-dire d'un archétype de *Société*. Celle-ci reflète, sans les conditionnements qui sont inhérents au modèle de société, les croyances, les valeurs et les représentations de base d'une vision cosmique.

L'influence de la société modèle fondée sur le modèle de société ou sur un projet historique se fait sentir de plusieurs sens; ainsi, le type de culture,

---

4. L. Manigat, « Modèles de société », dans *Portée et limites d'un modèle de société*, Caracas, Ifédec, 1973.

de sociabilité, d'économie et de politique que propose le modèle de société deviennent intelligibles seulement en référence à la société modèle, de laquelle ils reçoivent un sens en tant que formulations transitoires en relation avec cet objectif. Aussi la valeur même qui est assignée à un modèle de société, ses caractéristiques et son impérativité, dépendent, en grande partie, de l'espèce de société modèle qui, « ici » ou « au-delà » de la fin des temps, est considérée comme le but final de l'évolution humaine.

Concernant l'expression « société modèle », on peut désigner au moins deux espèces de représentations, classées selon des niveaux très différents de réalité et de compréhension : le Royaume de Dieu et l'utopie. Pour les chrétiens, la « société modèle » s'identifie avec le Royaume de Dieu, cité en même temps terrestre et sacrée, où Dieu est roi. Le Royaume de Dieu est hors du temps et aura pour lieu la terre des ressuscités, mais il se prépare dans le temps.

Au sujet de ce thème, Maritain signale l'existence de trois positions, qui constituent autant d'erreurs : la vision « satanocratique », l'erreur naturaliste et l'attitude « théophanico-théocratique ». Elles peuvent, aujourd'hui, être retracées dans la pensée politique d'extrême droite (l'erreur « satanocratique »), dans les idéologies d'extrême gauche (l'erreur « théophanico-théocratique » laïcisée) et dans l'attitude technocratico-scientifique (l'erreur naturaliste).

Maritain se réfère à l'idéal historique concret comme à

> une image prospective qui désigne le type particulier, le type spécifique de civilisation vers laquelle tend un âge historique déterminé [...] ce n'est pas un « être » de raison, mais une essence idéale réalisable (plus ou moins difficilement, plus ou moins imparfaitement, ceci est autre chose : et non comme une œuvre faite, mais comme une œuvre qui est en train de se faire); une essence capable d'existence et réclamant une existence pour un climat historique donné, répondant, en conséquence, à un climat relatif (relatif au climat historique de perfection sociale et politique et présentant seulement — et précisément pour impliquer un ordre effectif d'existence concrète — l'armature, avec des ébauches ultérieurement déterminables, d'une réalité future [...] la notion de l'idéal, sainement comprise, n'a aucune saveur idéaliste [...] elle correspond à une philosophie réaliste qui comprend que l'esprit humain présuppose les choses et travaille sur elles, mais seulement il les connaît en s'emparant d'elles pour les transférer à sa propre vie et activité immatérielle; et il les dépasse pour obtenir d'elles des natures intelligibles, objet de connaissance spéculative, ou de thèmes intelligibles pratiques et directeurs de l'action; à la catégorie de ceux-ci appartient ce que nous appelons un idéal historique concret[5].

La notion d'idéal historique concret, dont le concept est contenu dans le précédent texte de Maritain, appartient à la catégorie que nous venons de dénommer modèle de société. Plus précisément, l'idéal historique concret est une espèce du genre des modèles de société.

L'idéal historique concret

> se veut une synthèse cohérente de perspective et d'espérance, nées d'un projet rationnel et d'une tension idéale; il prend en charge un processus historique, élève la participation populaire, trace les objectifs et choisit un projet de futur. Il est établi en fonction des

---

5. J. MARITAIN, *Humanisme intégral*, *op. cit.*, pp. 101-104.

exigences de la réalité et d'une hiérarchie des valeurs. Pour assumer pleinement le caractère concret historique, [...] il s'articule en plus, en modèles nationaux qui englobent les éléments généraux indiqués et les éléments particuliers d'une situation donnée : les valeurs culturelles d'un peuple, les ressources d'un pays et sa réalité particulière. Le modèle s'enrichit avec les apports permanents d'un peuple ou de divers peuples; pour cela, tout est toujours à définir, toujours à refaire; en ce sens, on est toujours dans une phase de transition[6].

Dans la pensée de Maritain, le concept d'idéal historique concret, esquissé en « humanisme intégral », se profile à travers les trois mots qui le composent : *idéal*, c'est-à-dire, « idéal régulateur », image dynamique de propositions et de lignes de forces; *historique* quant à son « horizon épistémologique » (c'est l'histoire comprise non comme une totalité absolue, mais comme une interprétation d'un processus culturel, social, économique et politique situé dans la réalité et constitué par des faits); *concret*, vu que l'idéal s'obtient à travers la pratique politique développée dans le creux stratégique approprié.

R. Papini attribue à l'idéal historique concret les fonctions suivantes :

il tend à relier la vérité avec l'histoire, la théorie avec la pratique, la fin avec les moyens, il suppose la connaissance des phénomènes historico-sociaux, un sujet historique collectif, la présence de forces objectivement capables de le promouvoir et qui sont intéressées à le faire. Pour que le projet ne soit pas intégriste ni technocratique, il présuppose une doctrine politique, une interprétation de l'histoire et une théorie de l'évolution sociale[7].

Nous rappelons que, de cette manière, Maritain réfuta d'avance l'objection marxiste de la notion d'idéal historique concret, qui ne correspond à aucune attitude idéaliste, mais à une philosophie réaliste; ainsi celle-ci, d'une part, présuppose les choses et l'esprit qui travaille sur elles; elle arrive seulement à les connaître en les transférant à sa propre vie et en les dépassant, en les convertissant en objets intelligibles pour la connaissance théorique ou sujets intelligibles pratiques — destinés à diriger l'action, comme le fait l'idéal historique concret.

Modèle de société inscrit dans un cycle historique, au delà duquel l'avenir reste ouvert, sans qu'il soit prévisible que l'effort de l'homme pour se relever, et du fait même de la chute, a parfois une fin; l'idéal historique concret se révèle être, ainsi, la réponse chrétienne à l'interpellation marxiste, dont le modèle de société socialiste obéit à des lois nécessaires et dont l'au-delà est aussi prédéterminé par ces mêmes lois.

Modèle de société implanté alors selon une notion de la philosophie de l'histoire, qui rejette la définition de celle-ci comme un chapitre de la métaphysique et qui l'inscrit sur le terrain de la philosophie morale, c'est-à-dire dans la connaissance dont le mode spéculatif ne nuit pas à sa finalité pratique, pour ce qui est de l'orientation de l'action. Pensé pour et offert à des hommes réels, l'idéal historique ne rencontre pas son centre dans une nature humaine abstraite ni dans l'homme générique, mais dans la condition d'existence de

---

6.   É. BORNE, *Préface à Roberto Papini*, *loc. cit.*, p. 10.
7.   *Ibid.*, p. 52.

la personne, blessée par le péché, rachetée par le Christ, touchée par la Grâce. Il est certain qu'il est possible de fonder l'idéal historique à un niveau moins profond, à partir de valeurs qui admettent une substance absolument laïque ; mais, comment ignorer que ce sont des hommes qui portent ces valeurs et qui avec la politique pratique leur donneront forme ? D'ici là, comme toute philosophie morale, celle de l'histoire doit être aussi, « adéquatement prise » pour employer le langage de la précision scolastique aride qu'utilisa Maritain pour aborder le thème.

Maritain, en définissant le concept d'idéal historique concret, s'est employé à l'opposer à la notion d'utopie. Celui-ci est une essence idéale réalisable, qui représente un maximum relatif de perfection, en référence à un climat historique donné ; alors que, la seconde est un être de raison isolé de toute existence spacio-temporelle, qui exprime un maximum absolu de perfection sociale et politique et qui est utilisé comme une manière indirecte de critique sociale.

Actuellement, on tend à octroyer à l'utopie une tournure distincte de celle que traditionnellement on lui attribue. Pour la notion actuellement en vogue, la notion d'utopie est « opérationnelle » ; c'est-à-dire, elle est essentiellement réalisable, étant une forme anticipée de la réalité même. En outre, elle consiste en une création sociale qui répond à l'impératif dynamique de l'histoire, qui n'est nul autre que la substitution du vieil ordre par un nouveau. Les utopies sont, alors, des instruments nécessaires pour opérer la transformation sociale.

Il y a une incompatibilité insolvable entre la notion chrétienne du Royaume de Dieu (qui peut servir d'inspiration à un ou à plusieurs idéaux historiques à travers de convenables médiations) et les conceptions utopiques des idéologies contemporaines. Dans celle-ci, il n'y a pas d'espace pour le Royaume de Dieu, qui est remplacé par des versions séculières, auxquelles on prétend arriver par des moyens purement politiques. La dimension eschatologique des utopies opérationnelles révèle son noyau mystique, qui pour satisfaire à l'époque qui les a vues naître, a besoin de s'habiller d'une robe philosophico-scientifique.

La conversion de l'utopie en mythe n'est pas rare dans l'histoire et consiste en un changement à travers les âges dans la signification et la fonction des contenus utopiques. Il suffit pour cela que, ce qui est conçu comme système de concepts, se transforme en une masse d'images ; que la vision analytique se convertisse en vision synthétique, que la vérité de raison se transforme en raison de foi, dont l'accomplissement est attendu avec certitude après une lutte finale. La prétention à la vérité mentale se doit donc se transmuter en une vérité vitale, indissolublement unie à l'existence d'un groupe. Il faut que la pensée évolue et qu'elle se situe au delà de toute démonstration logique, et que comme conséquence de tout cela, elle soit capable de promouvoir le processus d'intégration et de désintégration dans les champs social et politique. Ce qui est conçu comme utopie peut, en étant lancé dans les masses et approprié par elles, en passant de la raison à l'émotion, changer de structure et de fonction jusqu'à se convertir en mythe, car il est certain que dans le fond de toute utopie il y a une idée mythique.

Pourtant, non seulement l'utopie, mais toute société modèle et plusieurs modèles de société, possèdent un tréfond mythique puisqu'ils se développent à partir d'une image radicale et synthétique. Le modèle de société rencontre sa dimension mythique dans la référence à la société modèle de laquelle il est tributaire, autour de laquelle il est possible d'identifier le mythe central du système, au delà des langages philosophiques et scientifiques sous lesquels il se couvre d'ordinaire.

En conséquence, l'idéal historique concret que Maritain a dénommé « la nouvelle chrétienté » devrait rencontrer sa dimension mythique dans quelque aspect de sa référence au royaume de Dieu, société modèle par excellence dans toute pensée chrétienne. Voyons s'il en est ainsi, et en cas de réponse affirmative, de quelle façon ? Le Royaume de Dieu n'est pas une société modèle placée dans le temps, à la manière de la société sans classe ou du Reich millénaire, mais il s'agit d'une notion religieuse dont l'accomplissement est pensé comme transhistorique, mais dont la préparation et le développement commencent dans le temps. L'itinéraire du Royaume de Dieu dans l'histoire, de fait, se trouve mêlé avec l'histoire temporelle et profane, mais il la dépasse, étant donné le caractère métahistorique de son but : le salut de chaque homme et de tous les hommes. Cependant, l'histoire du salut — le développement du Royaume de Dieu dans le temps — se projette nécessairement sur l'histoire temporelle de l'humanité, vu qu'elle implique une interpellation permanente aux réalités temporelles, pour les rendre plus justes, plus libres, plus fraternelles, plus humaines. À partir de ce point de vue, le Royaume de Dieu pèlerin, bien qu'il n'ait pas encore atteint sa plénitude (celle qui est au-delà du temps), va être le ferment de l'histoire temporelle et profane. Cela étant, les modes d'action de ce levain dans l'histoire humaine sont infinis, mais l'essentiel fait allusion à l'édification d'un ordre temporel capable de répondre — de manière, c'est certain, toujours insuffisante — à l'interpellation du Royaume de Dieu.

Pour le dire avec Maritain :

> *Que ton règne arrive* : quand les chrétiens disent chaque jour à Dieu ces mots de l'Oraison dominicale, que demandent-ils et que veulent-ils touchant le Royaume en son état d'accomplissement ? Ils désirent, ils veulent que le Royaume de Dieu advienne, tout ensemble avec la résurrection des morts, au-delà de l'histoire. Et ils désirent, ils veulent — sur la terre, en ce monde, dans l'histoire — l'incessante *marche* en avant vers le Royaume de Dieu. Le Royaume dans son plein achèvement ne viendra qu'après la fin du temps ; mais la marche réelle vers le Royaume, à chaque étape de l'histoire, est une chose qui peut et qui doit être réalisée sur la terre, en ce monde, dans l'histoire. Et pour cette marche vers le Royaume, les chrétiens ne doivent pas seulement prier, ils doivent encore travailler et s'efforcer inlassablement.
>
> Dans une telle perspective la notion de chrétienté prend sa pleine signification et ses pleines dimensions. La notion de chrétienté est nettement distincte de la notion de christianisme et de celle d'Église. Une chrétienté signifie une civilisation d'inspiration chrétienne — non un monde chrétien simplement décoratif, mais une civilisation d'inspiration véritablement et vitalement chrétienne. Une chrétienté appartient au domaine temporel,

elle relève du monde, mais du monde en tant que surélevé dans son ordre propre par le levain du christianisme. S'il y a, comme c'est ma conviction, une mission temporelle pour le chrétien, comment serait-il possible que l'espérance terrestre qui anime cette mission n'ait pas, comme son but le plus ample, l'idéal d'édifier une meilleure ou une nouvelle civilisation chrétienne? La volonté, et le rêve, d'une chrétienté à établir ou à améliorer est la volonté et le rêve des chrétiens qui travaillent et peinent dans le monde[8].

Maritain l'exprime bien : un rêve des chrétiens, permanent à travers l'histoire, un rêve — ajoutons-nous — qui fit naître un archétype mythique qui s'est incorporé dans l'inconscient collectif des civilisations qui eurent l'Église comme chrysalide.

Quel sera alors, le contenu de cet archétype mythique, celui que nous appelons chrétienté? Il s'agit d'une vérité très évidente pour tous ceux qui se trouvent familiarisés avec les grands thèmes du christianisme : l'existence d'une tension insoutenable entre une foi qui exige de tous les hommes qu'ils soient parfaits, « comme le père céleste est parfait » et qui à la fois, révèle, au moyen de la parole inspirée par ce même Dieu, que l'homme est une nature déchue, capable de se surpasser lui-même par les mérites de la Rédemption, mais incapable de rencontrer dans ce monde une perfection, réservée à l'Au-delà. Ceci, projeté sur la matière politique et sociale, appelle, d'un côté, l'exigence permanente et désirée d'installer sur la terre un ordre social et politique en accord avec la dignité de la personne, faite à l'image et à la ressemblance de Dieu, rachetée par Christ; et, d'un autre côté, l'impossibilité d'arriver à la plénitude suprême seulement par des approximations, conditionnées par l'univers spatio-temporel et par des limitations de tout ordre inhérentes à la nature humaine. Cette tension se domine par un effort toujours renouvelé pour construire une cité temporelle vivifiée par la sève évangélique, dans la certitude qu'un tel effort est toujours appelé à un échec relatif, vu que sa victoire totale est réservée pour un royaume dont la plénitude surviendra seulement au-delà de l'histoire et du temps. Cette tension connaît deux pôles : l'un consiste dans les tentatives idéales et historiques de construire une chrétienté qui mérite ce nom; l'autre, la réitération de l'échec qui est inhérent à toute œuvre humaine; tension qui tourne en rond, dans la mesure où les deux pôles sont invariables.

Cette situation introduite dans le psychisme collectif, est ce qui fait naître au niveau inconscient un archétype qui provoque l'émergence d'un mythe récurrent, celui que nous appellerons, le mythe de la chrétienté. Des versions de ce mythe se rencontrent à la base de tous les essais historiques et intellectuels et traduisent la projection sur le temps des exigences provenant de l'interpellation perpétuelle et exigente du Royaume de Dieu; et, ce qui est le plus remarquable, dans tous les essais nés en Occident, c'est la tentative de reconstruction de l'ordre social et politique selon des valeurs libérées de leur contexte religieux — il faut se rappeler ici les vérités ahurissantes de

---

8. J. MARITAIN, *Pour une philosophie de l'histoire*, Paris, Seuil, 1959, pp. 164-165.

Chesterton —, telles, par exemple, le libéralisme et le marxisme, dont l'origine commune millénariste, mise en évidence par Mannheim, appuie nos propos. La principale conséquence de la présence du mythe de la chrétienté dans les systèmes de pensée construits en marge d'une réelle inspiration chrétienne est la métamorphose et la dénaturalisation conséquente de la notion de Royaume de Dieu, qui, dans une version sécularisée, est amenée à l'histoire; partant de là, il est légitime de sacrifier l'homme en faveur du « royaume final des temps heureux », celui qui se conçoit comme produit des lois naturelles qui régissent l'histoire, et pour cela, aussi inévitable que l'est pour les chrétiens l'avènement du Royaume au-delà du temps. En effet, dans les idéologies de notre époque (libéralisme jacobin, marxisme, etc., les équivalents de chrétienté et de royaume de Dieu se confondent, avec comme résultat de produire un « impérialisme théocratique athée » ainsi que Maritain l'appellera[9]. Ceci, parce que, perdue la notion de ce que le royaume « n'est pas de ce monde », il est logique d'identifier la cité de Dieu et la cité temporelle dans « cet effort obstiné pour faire de cette cité une cité temporelle, en remplaçant la foi par n'importe quel lien naturel concevable comme force unifiante de cette société[10] ».

Au contraire, dans une conception chrétienne dûment ajustée et épurée, la chrétienté ne sera qu'un « faubourg de la cité de Dieu » jamais la cité de Dieu même. Chose qui, d'un côté empêche de sacrifier des générations entières sur les autels d'un *ersatz* du royaume de Dieu, situé à la fin de l'histoire humaine. Et d'un autre côté, elle permet de maintenir vivante cette tension qui constitue le défi dont la réponse est le mythe de la chrétienté; sa fécondité réside, précisément, dans la perpétuation de cette tension, dont la perte permet ordinairement aux hommes de concevoir leurs propres projets et œuvres comme définitifs et parfaits, en les encourageant ainsi à écraser la personne sous le poids mort des idéologies et des systèmes qui remplacent le mouvement et la vie.

> Il reste donc que, dans la mesure où cela se fasse, la société temporelle des hommes ne réalisera jamais qu'une image de la société surnaturelle et parfaite qui est la cité de Dieu. L'Église a proposé d'abord aux hommes, au moyen de Saint Augustin, l'idéal d'une société de fils de Dieu, unis à lui entre eux par les liens de la foi, de l'espérance et de la charité. En effet, ils ont dit, celle-ci est l'unique société digne d'un tel nom, mais nous allons la faire nous-mêmes, sur la terre, à l'intention de l'homme et par ses propres moyens. On en connaît le résultat; et aussi Saint Augustin l'avait prévu. Cela s'appelle Babel ou la confusion[11].

---

9. *Id.*, *Humanisme intégral*, *op. cit.*, p. 87.
10. E. GILSON, *Les métamorphoses de la cité de Dieu*, Madrid, 1965, p. 339.
11. *Ibid.*, p. 358.

Jacques Maritain et la position du chrétien face aux armes nucléaires*

MARCO L. ANGELI
Caracas

This paper comprises three easily discernible parts. First, I draw a rough historical sketch of the evolution of political theories and the implementation thereof in the Christian world from the beginnings down to our times. This historical background helps us to understand the contemporary international order and the resorting to arms to solve differences between nations.

In the second part, I show how some thinkers have set to resolve the problem of the legitimacy of the use of nuclear armaments.

---

* Le texte français a été traduit de l'espagnol par Pierre Germain.

*In a third and last part, I present Jacques Maritain's theory,
the only one which, in my opinion, takes into consideration all
the aspects of the problem. This theory is contained in a letter
directed to Charles Journet and reproduced under the title "La
conscience du chrétien devant l'arme nucléaire" in* Nova et Vetera,
October-December 1964.

*First of all, Maritain acknowledges the intrinsic immorality
of the ABC (atomic, biological and chemical) arms. But if in itself
nuclear war is blameworthy, should it be condemned if the* concrete
context *is taken into consideration? Maritain reminds us that the
past has made impossible the only real impediment to atomic war,
namely, the setting up of a world or supra-national government.
That has resulted in the states being no longer able to avoid doing
evil. Therefore, the contemporary statesman may act* well *through
prescribing the lesser evil* provided *he really does everything that
is possible to prevent war and, first of all, to arrive at an international
agreement on general disarmament.*

L'un des symptômes les plus révélateurs de la crise dont souffre l'humanité
de nos jours est la préparation constante à la guerre dans laquelle se trouvent
les nations et, plus particulièrement, la préparation constante à la guerre
nucléaire qui, du moment où elle se produirait, entraînerait à des niveaux
jamais vus la destruction d'êtres humains et de l'œuvre de la civilisation.
Certes, ceci n'est pas un phénomène nouveau pour l'humanité. Depuis la
chute originelle, l'homme n'a pas été capable de vaincre les tentations auxquelles
le soumettent les fausses idoles matérielles qui lui ont fait croire que sa fin
ultime est associée au pouvoir et au succès dans les choses terrestres. Cette
conception erronée de la nature humaine a fait son chemin tout au long des
siècles, éloignant les hommes de leurs véritables fins terrestres et transcendantes
et elle a pénétré et transformé à tel point les idées et les institutions humaines
que même celles qui se présentent à nous comme les plus nobles sont, au
fond, en grande partie contraire aux valeurs authentiques de la personne
humaine. Un exemple de ce fait nous est donné par certaines conceptions très
en vogue depuis le début de l'ère moderne en ce qui concerne la souveraineté
nationale, dans lesquelles, comme nous le verrons plus loin, ce qu'il peut y
avoir de bon s'est trouvé annulé par les excès commis en leur nom, ce qui a
fait qu'elles ont été mises au service d'intérêts égoïstes plutôt que des exigences
authentiques du bien commun du genre humain. Ainsi il ne faut donc pas
s'étonner que les peuples de la terre en soient arrivés au point déplorable de
confrontation et de violence où nous nous trouvons aujourd'hui et qui nous
impose, pour le surmonter, l'obligation de mettre en pratique des solutions
authentiques et efficaces qui vont aux causes profondes du problème.

On dit souvent que, au fond, il n'y a pas de différence entre la terreur et la destruction que causait le canon du Moyen Âge ou la capacité de destruction des bombardements aériens durant la dernière guerre et la terreur et la destruction que causent les armes de destruction massive de nos jours. Nous ne partageons pas cette idée. S'il est bien certain que toute guerre injuste et tout massacre d'innocents sont moralement condamnables, indépendamment du fait qu'on la fasse ou qu'on l'exécute avec des balles de canon, du TNT ou des radiations, il n'en demeure pas moins que la situation créée par les armes nucléaires est condamnable au plus haut degré pour deux raisons fondamentales : en premier lieu, l'élément de disproportion qu'implique l'emploi de ces armes fait que — comme nous tâcherons de le démontrer plus loin — non seulement la criminalité de son emploi soit infiniment plus grande, mais qu'aussi la seule intention ou la seule disposition à y recourir est moralement condamnable; en second lieu, la préparation à la guerre nucléaire est une cause de profonde consternation pour tous les hommes de bonne volonté et remplit de honte tout le genre humain en raison de ce qu'elles sont en soi condamnables du fait qu'elles sont destinées au massacre sans discrimination et qu'elles sont une cause de déformation de la conscience morale des citoyens, en plus d'engloutir une immense quantité de ressources humaines et matérielles qui, si elles étaient mises au service de fins plus nobles, contribueraient d'une façon significative au progrès spirituel et matériel de la civilisation.

Cependant le problème n'est pas facile à résoudre. En accord avec l'évolution qu'a suivie l'organisation politique des peuples depuis plusieurs siècles, on s'est intéressé davantage à fragmenter la communauté internationale qu'à créer les conditions favorables à sa bonne organisation politique. Ce fait a entraîné comme conséquence la dénaturation de certaines institutions dont le bon aménagement est à la base de toute tentative d'organiser la société mondiale en conformité avec les impératifs du droit naturel : il s'agit de la souveraineté et de l'autorité politique, lesquelles, de la façon dont elles sont comprises et mises en pratique aujourd'hui, sont responsables dans une large mesure de l'apparition et du développement des armes nucléaires. Pour cette raison, avant de passer à l'exposé des idées de Maritain sur la position des chrétiens face au problème des armes nucléaires, qu'il nous soit permis de formuler quelques considérations au sujet du concept actuel de souveraineté et de sa contrepartie : l'absence d'une autorité légitime au niveau de la communauté internationale, car de telles considérations nous permettront de situer la problématique des armes nucléaires dans sa juste perspective, nous révèleront la gravité du dilemme dans lequel nous nous trouvons et, enfin, nous montrerons qu'il existe bien une solution au problème, laquelle, bien que difficile comme toute solution radicale, nous impose à nous, chrétiens, la clarté des objectifs et la fermeté des intentions.

Dans une perspective biblique, nous pourrions affirmer que le problème de la souveraineté commence avec l'épisode de la tour de Babel. L'homme enorgueilli des pouvoirs obtenus sur la nature, voulut de nouveau se révolter contre Dieu et de nouveau Celui-ci lui rappelle l'indigence de sa nature. La grande famille humaine resta dispersée et, à partir de ce moment, les hommes, au lieu de renforcer ce qu'ils avaient en commun pour préserver leur unité essentielle dans leur diversité circonstantielle, se laissèrent vaincre par leurs différences accidentelles pour faire passer les intérêts de la tribu avant ceux du bien commun général.

De temps immémorial on a observé chez les humains une tendance à se grouper en communautés sociales et politiques fondées sur des liens communs — perçus ou réels — de nature historique, raciale, culturelle, géographique, etc., ou sur une combinaison de tous ces liens; ce serait là ce que nous entendons généralement aujourd'hui par nation. Ce n'est pas notre intention d'analyser le problème qui se pose au sujet de ce qui constitue une nation. Ce qui nous intéresse seulement, c'est de constater le fait sociologique que la formation de telles communautés humaines constitue une expérience universelle et qu'elle ne contrevient en rien aux principes du droit naturel, mais qu'au contraire sa bonne organisation doit contribuer à l'obtention du bien commun de la société civile. Ce qui est contraire au droit naturel, c'est de croire que ces communautés ou leurs expressions politiques, les États sont des entités substantielles ou, ce qui est encore plus grave, de les considérer comme des agents moraux en soi capables d'être sujets de devoirs et de droits relevant de l'éthique naturelle. Ces derniers sont des attributs exclusifs de la personne humaine, et il est essentiel de ne pas oublier que si le droit positif, à cause des nécessités de l'ordre pragmatique et grâce à des fictions a accordé la personnalité juridique à des êtres accidentels comme les États ou les organisations internationales, l'ordre de la perfection morale correspond seulement à l'homme, substance individuelle de nature intellectuelle, capable de connaître la vérité, d'aimer le bien et d'agir librement en conformité avec les prescriptions de la droite raison. À ce sujet Maritain écrit : « La société proprement dite, la société humaine, est une société de personnes; pour autant qu'une cité est digne de ce nom, c'est une cité de personnes humaines. L'unité sociale est seulement la personne[1] ».

Dans la mesure où l'on garde présente à l'esprit la valeur supérieure de la personne et du bien commun, qui n'est que le bien commun des personnes, il sera facile de comprendre la subordination des raisons et des fins des sociétés politiques aux raisons et aux fins des personnes humaines qui leur donnent naissance. L'incompréhension de ce principe fondamental de la philosophie morale et politique a été la cause des grandes tragédies dont l'histoire a été témoin.

Le manque de clarté entourant ces points essentiels a eu pour conséquence que le caractère des sociétés humaines a été dénaturé du fait qu'on leur a octroyé une dignité morale et politique qui ne leur convient pas.

Observons à partir de l'Antiquité cette transposition de termes qui s'est faite à l'égard de l'État. Rappelons-nous comment la forme politique régnante

---

1. J. MARITAIN, *La personne et le bien commun*, Paris, Desclée de Brouwer, 1947, p. 41.

jusqu'au démembrement de l'empire romain — avec la seule exception importante du cas grec — fut l'« empire mondial » ou l'« empire universel ». Sa caractéristique principale consistait dans sa prétention à la domination politique sur la totalité du monde connu et dans le refus de reconnaître à l'intérieur de celui-ci aucune autre société politique de même rang. Malgré les diversités provenant des différences géographiques, raciales ou culturelles, chacun des empires de l'Antiquité se sentit investi d'un droit surnaturel de gouverner tous les peuples situés à l'intérieur des limites du monde. En conformité avec les conceptions qui prévalaient alors, les fins de l'empire et la soumission de tous les peuples à son autorité étaient considérées comme les valeurs politiques suprêmes et, en certains cas, au point qu'on en vint à leur assigner des connotations religieuses.

Avec l'avènement du Christianisme et son adoption comme religion de l'État romain sous le mandat de Constantin, en passant ultérieurement par la formation du Saint-Empire romain germanique, commence à se développer une nouvelle conception de l'organisation de la communauté internationale qui, sans être exempte d'erreurs ni en sa formulation, ni en sa réalisation, jeta les bases de ce qui aurait pu être converti en fondement d'une bonne ordonnance de la société mondiale. En effet, la suprématie spirituelle du pape et l'ascendant politique exercé sur les monarques et les princes temporels qui reconnaissaient en lui le prince de la chrétienté contribuèrent à maintenir vivante durant plusieurs siècles l'idée que tous les hommes, tous les peuples et toutes les nations forment une communauté dont les fins essentielles exigent que lui soient subordonnées toutes les fins particulières des différents groupes qui la constituent. C'est là la raison pour laquelle la doctrine politique médiévale reconnaissait la nécessité d'une autorité supérieure aux princes qui veillât au bien commun de toute l'humanité. Après tout — comme nous le verrons plus longuement tout à l'heure — l'autorité politique n'est qu'une manifestation naturelle de la hiérarchie des fins qui exigent une hiérarchie des gouvernements. Comme nous venons de le dire, cette conception fondée sur le droit naturel a donné lieu à des abus tant au niveau doctrinal que dans l'ordre pratique; cependant, elle a permis durant des siècles la préservation et le renforcement des liens communautaires au niveau du monde connu, plus particulièrement en Europe[2], où l'idée de la « république chrétienne » favorisa la formation d'un système politique hiérarchiquement ordonné et — au moins au niveau doctrinal — doté d'une autorité supranationale.

Il est intéressant d'observer que les traités des XVIe et XVIIe siècles se référaient fréquemment à la grande « république chrétienne » et aux « provinces de la chrétienté » à la tête de laquelle se trouvait le pape.

---

2. L'un des problèmes fondamentaux de cette conception fut qu'elle confondit les termes Europe et chrétienté de telle manière qu'ils en arrivèrent à être pris pour des synonymes, reléguant ainsi au rancart les autres régions de la planète comme le monde musulman et l'Amérique récemment découverte.

Avec le déclenchement des luttes religieuses entre les chrétiens commença à se développer la tendance à la désintégration de cette communauté. On dit que cette « république chrétienne » se réunit comme telle pour la dernière fois au concile de Constance (1414-1418), lequel, bien qu'il ait réussi à résoudre le problème posé par le schisme et à condamner la doctrine de Hus, ne parvint pas tout à fait à étayer les piliers de l'unité qui commençaient à se lézarder.

Cependant, il s'écoulera encore trois siècles avant que la conception de l'unité des États chrétiens ne se voit supplantée par un nouveau corps de doctrine favorable à la fragmentation. Bien que l'indépendance des monarques chrétiens commençât à gagner du terrain au détriment de l'œcuménisme — ce qui se manifeste avec évidence durant les événements qui aboutirent à la chute de Constantinople (1453) qui fut en grande partie le produit de la désunion des chrétiens —, à cause de cela, le souvenir de la république chrétienne est encore vivace à cette époque. Ainsi, il n'y a pas lieu de s'étonner que le pape Pie II, un ex-diplomate d'expérience, s'adresse à Mahomet II en 1458 dans les termes suivants : « Nous ne pouvons croire que vous ignoriez les ressources du peuple chrétien : la force de l'Espagne, la puissance militaire de la France, le nombre des peuples germaniques, la puissance de l'Angleterre, la hardiesse de la Pologne, la vigueur de la Hongrie, la richesse, la vitalité et le savoir-faire de l'Italie[3] ».

Pendant que se produisaient ces événements sur le plan historique, dans le monde des idées se déployaient des mouvements qui pointaient dans la même direction. Les diverses sociétés politiques qui fournissaient aux peuples leur organisation acquirent chaque fois plus d'importance au détriment des droits des hommes qui les formaient et de la communauté qu'ils avaient constituée par-dessus les frontières. L'État — comme l'appellera plus tard Machiavel — se transformera en une valeur absolue à laquelle toutes les autres seraient subordonnées. Cette conception politique se cristallisa ensuite dans la doctrine dite de la « raison d'État » selon laquelle le devoir politique primordial consiste à préserver et à fortifier l'État comme tel, auquel sont subordonnées toutes les valeurs et toutes les fins de la société.

Dans cette perspective, l'existence et le pouvoir de l'État deviendraient la fin ultime de la politique. Avec Machiavel (1469-1527), le principe de la raison d'État commence à prendre une position importante dans la philosophie politique de la Renaissance et la grande popularité que connaît son œuvre chez les hommes politiques modernes marque la naissance d'un nouvel ordre éthico-politique fondé sur des principes contraires aux vraies valeurs morales personnelles et sociales s'appuyant sur le droit naturel telles que préconisées par saint Thomas. La dignité de la personne humaine et le bien commun de la société des personnes comme principes essentiels d'un ordre politique authentique sont remplacés dans la hiérarchie des valeurs des temps modernes

---

3. Pie II est cité par Hay (Europe, Sdinburg, University Press, 1957, p. 83).

par un ensemble de formules de succès matériel destinées aux princes et à leurs États, ce succès étant mesuré à l'aune du pouvoir et de la richesse. De cette manière, le terrain fut engraissé pour permettre et favoriser la croissance d'un système international fragmenté, composé d'États souverains et indépendants dont les intérêts suprêmes exigent l'accroissement de leur force, l'unique instrument qui, dans ce contexte manquant de normes et d'autorité légitimes supranationales, serait capable en dernière instance de leur garantir la réalisation des fins que la raison d'État imposait et opposait à chacun d'eux. Les armes atomiques qui surviendraient quatre siècles plus tard ne sont qu'une conséquence logique de ce processus de désintégration de la communauté des peuples du monde qui commençait à se manifester.

À partir de la paix de Westphalie (1648), qui mit fin aux guerres de religion qui déchirèrent l'Europe chrétienne entre 1618 et 1648, les relations entre les peuples européens commencèrent à être différentes. S'il est sûr que le concept d'une communauté de peuples s'étendant bien au-delà des limites territoriales subsiste sur papier, la reconnaissance des différences politico-religieuses et de l'autonomie conséquente des États et des Églises affaiblit le sentiment de subordination à une autorité légitime commune qui jusqu'alors avait été représentée par la papauté. L'empire des Habsbourg se désintègre également et avec lui disparaît le dernier vestige du Saint-Empire romain germanique. Les traités de Münster et d'Osnabruck en 1648 consacrent le système de l'équilibre du pouvoir, lequel n'est rien d'autre qu'un mécanisme « naturel » découvert par les États pour régler leurs conflits en l'absence d'une autorité supérieure. La naissance d'entités politico-territoriales chaque fois plus indépendantes et souveraines, qui ne reconnaissaient d'autre autorité que celle de leurs principes respectifs et dont les intérêts suprêmes étaient dictés par la nécessité de préserver et de fortifier leur pouvoir face à un monde caractérisé par la compétition et le conflit, mais qui, d'autre part, sentent qu'il est indispensable de maintenir un certain ordre dans le système pour en prévenir la destruction, entraîne comme conséquence que l'on reconnaisse la nécessité de mettre en pratique un mécanisme de contrôle au niveau international, fondé non pas certes sur le respect de la légitimité du droit et de l'autorité, mais sur la force individuelle et collective des diverses composantes du système. La reconnaissance de l'existence et du développement indépendants des États comme le droit politique fondamental des peuples a donné naissance au compromis collectif d'empêcher l'avènement d'une puissance hégémonique qui puisse mettre ce droit en péril; à cette fin, on recourt aux alliances et aux coalitions comme mécanisme de poids et de contrepoids capable de maintenir l'équilibre du pouvoir. Dans cette perspective, la force se consolide en tant qu'instrument principal pour l'obtention des fins de l'État et la guerre se transforme en tribunal de dernière instance auquel recourir pour résoudre les disputes internationales qui ne peuvent trouver d'autre moyen de solution.

Toutes ces considérations nous démontrent que ce n'est pas par pure coïncidence que dans le traité d'Utrecht en 1913, on fait mention pour la première fois d'une manière explicite du fait que l'équilibre du pouvoir est la base fondamentale de la paix entre les puissances européennes, au moment même où, pour la dernière fois, on fait référence à la *res publica Christiana*. L'abandon de la conception thomiste qui proclame l'unité fondamentale du genre humain fondée sur une communauté naturelle de peuples formés par des personnes humaines était consommé; elle était remplacée par une autre conception qui déplaçait le centre de gravité de la personne vers une entité fictive appelée État.

La conséquence la plus importante des idées nouvelles sur le moral politique en ce qui concerne les relations internationales réside dans le fait que l'État devient une « personne », non seulement au sens juridico-formel du mot, mais en ceci qu'on lui confère une consistance ontologique et une nature éthique attribuables uniquement aux personnes humaines. Cette conception du rôle de l'État souverain et indépendant en politique internationale atteint son apogée chez Emerich de Vattel (1714-1767), dont les idées connurent une grande popularité de son temps et qui encore aujourd'hui exerce une grande influence sur la théorie et la pratique des relations internationales. Analysons brièvement les idées de cet auteur et voyons dans quelle mesure elles ont contribué à la naissance d'une conception erronée des principes fondamentaux de l'ordre international.

Vattel affirmait que le droit naturel, tel qu'on le comprenait, était explicable uniquement aux hommes — grande vérité dont malheureusement il ne comprenait pas le fondement — et qu'il était nécessaire de le reformuler afin qu'il pût être le fondement moral de la conduite des États comme êtres collectifs. En ce sens, Vattel partageait l'opinion de Wolff, qui soutenait que

> [...] les principes du droit naturel sont une chose, mais leur application aux nations en est une autre, ce qui amène une certaine différence dans les conséquences pour autant que la nature d'une nation n'est pas la même que la nature humaine[4].

Selon Vattel, le contenu du droit des nations se divise en deux types de normes : celles qui appartiennent au « droit volontaire des nations ». Les premières se réfèrent aux normes qui sont absolument obligatoires et, par conséquent, doivent être observées sans exception par les hommes et les États. Quant aux secondes, elles se réfèrent aux normes de convenance qu'il faut appliquer seulement lorsque les circonstances indiquent qu'il serait favorable de le faire. Quant aux normes du droit nécessaire des nations, Vattel soutient qu'elles sont fondées sur la nature même de l'État, qui est un corps politique indispensable pour le bien-être et pour la félicité des deux qui le constituent; pour autant, le premier devoir politique de l'homme d'État et du citoyen est de réaliser tout ce qui est nécessaire pour pourvoir à la préservation et au perfectionnement de l'État et à sa souveraineté à tout prix et, même, quand elle pourrait entrer en conflit avec les autres fins se rapportant à l'ordre de la morale personnelle. Il insiste également sur l'importance du maintien de la

---

4. Wolff est cité par P. Butler : « Legitimacy in a States-System : Vattel's Law of Nations » (M. Donelan, The Reasons of State, London, Allen et Unwin, 1978, p. 46).

souveraineté et de l'auto-suffisance politique de l'État et fonde cette importance sur la nature même de l'État par opposition à la nature humaine :

> Il est facile de percevoir — disait Vattel — que l'association civile est loin d'être aussi nécessaire pour les nations que pour les individus. Nous ne pouvons pas dire, en conséquence, que la nature la recommande également dans tous les cas; beaucoup moins qu'elle ne l'a prescrit. Les individus sont faits de telle manière et sont si impuissants par eux-mêmes qu'ils pourraient à peine subsister sans l'aide et les lois de la société civile. Cependant, aussitôt qu'un nombre considérable se sont unis sous le même gouvernement, ils trouvent le moyen de subvenir à tous leurs besoins et l'assistance des autres sociétés politiques ne leur est pas aussi nécessaire qu'entre les individus[5].

Le corollaire de cette doctrine est très facile à formuler : tout État devra avant tout subvenir à ses propres besoins aussi bien dans le domaine matériel que dans le domaine politique; à cette fin, il ne reconnaîtra d'autre autorité que la sienne propre et sera le juge de ses propres actes. Or, si tous les États obéissent à ces règles, ne surviendra-t-il pas un conflit entre eux sans qu'on trouve ensuite les moyens de le résoudre pacifiquement et conformément à la justice? La réponse de Vattel à cette question revêt la même résignation cynique des machiavélistes qui ont forgé le système international de nos temps et sont responsables du dilemme auquel nous faisons face aujourd'hui entre le chantage condamnable des armes atomiques et la claudication. Vattel dit :

> D'une part, un État qui augmente son pouvoir au moyen des arts du bon gouvernement ne fait pas autre chose que ce qui est conseillable [...] d'autre part, il est bien connu, grâce à une expérience triste et uniforme, que les puissances prédominantes se privent rarement de molester leurs voisins, de les opprimer et même de les subjuguer totalement toutes les fois qu'elles en ont la chance et qu'elles peuvent le faire impunément[6].

Que faire donc face à cette réalité? De nouveau la réponse de Vattel est celle du réalisme politique : rien qui n'ait à voir avec la justice et le droit administrés par une autorité légitime, mais simplement l'application pragmatique de la force et l'équilibre du pouvoir. Ainsi, lorsqu'il expose les motifs légitimes d'entreprendre une guerre contre une autre nation, Vattel dit :

> Si deux nations indépendantes trouvent opportun de s'unir [...] qui est autorisé à s'opposer à elles? Je réponds qu'elles ont le droit de former une telle union, sujet à ce que les objectifs visés par cette union ne soient pas préjudiciables aux autres États. Or, si chacune des deux nations en question, séparément et sans aide, est capable de se gouverner, de s'appuyer sur elle-même et de se défendre par ses propres moyens contre l'agression et l'oppression — par exemple, s'acquitter de sa première obligation naturelle de se préserver et de se perfectionner — on peut alors raisonnablement présumer que l'objet de leur coalition est de dominer leurs voisins, et, dans les cas où la chose est impossible ou trop dangereuse, attendre d'avoir une certitude absolue (sur les objectifs de l'union) afin de pouvoir agir dans la justice sur la base d'une présomption raisonnable[7].

Nous nous sommes attardés un peu longtemps à l'analyse de l'évolution historique du système international pour la raison qu'elle nous permettra de

---

5. *Ibid.*, p. 53.
6. *Ibid.*, p. 47.
7. *Ibid.*

discerner plus clairement les antécédents de l'ordre international contemporain et les causes qui ont conduit les États à recourir aux armes — conventionnelles ou nucléaires — comme recours de dernière instance — le plus souvent comme premier recours — pour résoudre les différends qui les opposent. D'autre part, Maritain lui-même, comme nous le verrons plus loin signale l'importance de considérer les problèmes moraux dans le contexte réel et concret dans lequel ils se situent, ce pour quoi cette introduction était nécessaire.

Avant d'entrer dans la considération directe des idées de Maritain sur les armes nucléaires, encore faut-il analyser le problème posé par la moralité des dites armes, non seulement quant à leur emploi effectif, mais aussi en ce qui concerne la préparation à la guerre nucléaire et l'intention d'y recourir en certaines circonstances. Ces considérations préliminaires sont nécessaires pour nous permettre d'établir dans toutes ses dimensions et toute sa gravité le dilemme auquel les chrétiens sont confrontés à cause de ces armes, ainsi que pour nous permettre d'apprécier l'extraordinaire solidité de la philosophie de l'être telle qu'exposée par saint Thomas d'Aquin et telle que concrétisée et développée ultérieurement par Jacques Maritain en certains de ses aspects concernant les problèmes du monde moderne. Il est étonnant de constater la pérennité et l'actualité en notre temps des principes fondamentaux de cette philosophie et de voir comment elle est une source inépuisable d'inspiration pour le savoir moral pratique, ou mieux la spéculation-pratique, comme aimait à préciser Maritain. On peut constater ceci dans le cas des armes atomiques : un problème complexe, cause de beaucoup de scepticisme et de frustration en raison de ce qu'il paraissait dépourvu de solution et qui, pourtant, lorsque nous l'analysons à la lumière des principes de la philosophie de l'être, nous apporte la preuve qu'il n'y a pas de problème dans l'ordre de la morale naturelle, pour complexe qu'il soit, qui ne soit à la portée de notre intelligence. S'il n'en était pas ainsi, Dieu ne pourrait exiger de nous que nous agissions librement en conformité avec les impératifs de la droite raison. La cohérence de l'ordre moral est une preuve de plus de l'harmonie infusée par l'intelligence divine dans l'ensemble de l'univers.

Le dilemme sans solution apparente qui se dresse devant nous consiste en ce que l'orientation particulière de l'évolution historique a placé les peuples libres et démocratiques du monde — lesquels s'inspirent dans une certaine mesure des principes chrétiens — dans l'alternative d'avoir à développer les armements nucléaires et à vivre dans un état constant de préparation à la guerre nucléaire de manière à dissuader un ennemi colossal de lancer contre eux une attaque susceptible de compromettre leur existence même comme nations libres, ennemi dont les actions et les fins se fondent sur des valeurs qui, au moins sur le plan de la doctrine, se présentent comme absolument opposées aux fins transcendantes authentiques de la personne et que sa conduite ne paraît absolument pas démentir. Afin de se préserver des dangers qui menacent le bien commun des peuples libres, ceux-ci se sont vus dans la nécessité de se pourvoir d'armes terribles, capables de causer de grands dommages à la civilisation et même d'éliminer toute trace de vie sur la planète. En elles-mêmes, ces armes sont moralement condamnables puisque, de par leur nature, elles sont destinées à la destruction sans distinction des innocents et, même si l'on pouvait envisager en théorie la possibilité d'une forme de dissuasion nucléaire dirigée seulement contre des objectifs militaires, en pratique — comme nous les verrons plus loin — elle serait destinée au massacre à cause des caractéristiques intrinsèques de ces armes. Les armes dites conventionnelles, au contraire, ne sont pas en elles-mêmes immorales puisqu'en certaines circonstances elles peuvent être utilisées d'une manière juste et dans les limites prescrites par les principes de la morale. C'est par cette raison, en conséquence, que nous démontrerons que les armes de destruction massive et sans distinction sont toujours condamnables.

Nous voulons ensuite préciser que nous ne prétendons pas placer tout le poids de la responsabilité sur un seul des blocs qui se disputent aujourd'hui la suprématie du pouvoir mondial. Nous aussi, chrétiens avons été et sommes responsables du piège dans lequel nous sommes pris. Ceci est la preuve irréfutable de la « loi du double progrès contraire » dont nous parle Maritain et selon laquelle l'histoire progresse autant dans la direction du bien que dans celle du mal[8]. À mesure que le développement socio-politique et technologique a valu aux peuples des niveaux de bien-être plus élevés dans la même mesure ont augmenté les maux et les dangers qui menacent l'efflorescence d'une authentique civilisation chrétienne conforme aux valeurs et aux fins de la personne humaine.

Il existe toute une ligne de pensée fondée sur le droit naturel qui a démontré comment toute action belliqueuse qui provoque l'annihilation totale ou le massacre sans distinction des militaires et des civils, des combattants et des non-combattants, à l'encontre des droites prescriptions de la raison — sans prendre le droit positif en considération — est pour autant moralement condamnable. Les théologiens de l'École ont apporté une grande contribution à l'éclaircissement de ce problème, en certains cas par l'étude spécifique du problème lui-même, en d'autres cas par l'analyse des aspects qui s'y rapportent dans la doctrine de la guerre juste, à partir desquels on peut inférer d'importants principes qui touchent le sujet de la moralité de la guerre totale. Saint Thomas s'est occupé de ce problème lorsqu'il traite des conditions nécessaires pour qu'une guerre puisse être considérée comme juste. Selon saint Thomas, il y faut trois conditions : l'autorité légitime, une cause juste et une intention droite[9]. Traitant de la dernière, il remarque expressément qu'il

> [...] pourrait arriver que la guerre soit déclarée par l'autorité légitime et pour une juste cause et que malgré cela elle soit empreinte d'illégalité à cause d'une intention perverse[10].

---

8. Voir J. MARITAIN, *Pour une philosophie de l'histoire*, Paris, Seuil, 1959, pp. 72-75.
9. *La somme théologique*, II^a II^ae, q. 40, art. 1.
10. *Ibid.*

Dans le cas de l'emploi des armes atomiques, l'intention perverse consisterait dans le dessein de provoquer l'annihilation de millions d'êtres humains innocents dont la dignité de personnes exige le respect de leur droit à la vie.

Le respect que nous devons à la vie des innocents nous est révélé dans la Genèse lorsqu'elle nous montre l'estime de Dieu pour les justes. Quand Abraham intercède pour Sodome et prie Yahweh :

> Vas-tu donc exterminer ensemble le juste et le méchant ? S'il y avait cinquante justes dans la cité, est-ce que tu les exterminerais et que tu ne pardonnerais pas à la cité à cause des cinquante justes ? Loin de toi d'agir ainsi, de tuer le juste avec le méchant, et que le juste soit traité comme le méchant, que cela soit loin de toi ; le juge de toute la terre ne va-t-il pas rendre justice ? Et Yahweh le dit : S'il y avait cinquante justes dans Sodome, à cause d'eux je pardonnerais à toute la cité.

Comme Abraham persistait dans sa demande et qu'à la fin il le priait : « Et s'il y en avait dix », alors Yahweh lui répondit : « À cause des dix je ne la détruirais pas[11] ».

Dans le même ordre d'idées, la tradition scolastique a soutenu que tout dommage non strictement nécessaire à l'obtention de la victoire est une violation du droit naturel. À ce sujet, Vitoria écrivait

> [...] la question se pose de savoir si les Espagnols peuvent licitement mettre le feu aux villes des Français et à leurs campements, puisque cela n'apporte aucun profit aux Espagnols. Je réponds que faire cela sans motif est diabolique et que ce feu est le feu de l'enfer, puisqu'un tel acte n'est pas nécessaire à l'obtention de la victoire[12].

Dans une revue que le même Vitoria fait de l'Ancien Testament, il conclut que les cas de massacre sans distinction d'hommes, de femmes et d'enfants ne peuvent être justifiés que par un mandat spécial de Dieu, le maître de la vie et de la mort et le seul qui puisse disposer de la vie des innocents. Au jugement de Vitoria, quand le coupable ne peut être distingué de l'innocent, comme par exemple dans le cas de l'assaut donné à une ville, les hommes adultes peuvent être présumés coupables mais quant aux personnes qui à cause de leur âge ou de leur sexe, par exemple, sont évidemment innocentes, leurs vies doivent être respectées[13].

Il faut reconnaître qu'une interprétation littérale rigoureuse de ces enseignements entraînerait comme conséquence la prohibition totale et absolue de toute action militaire, une triste expérience démontrant que toute guerre, même juste et conforme à la morale, est de nature à compromettre occasionnellement la vie de personnes innocentes. Sans prétendre nous aventurer ici dans la pénible question de savoir dans quelle mesure pourrait être justifiée la mort accidentelle de non-combattants comme effet indirect d'une guerre juste, nous sommes d'avis que les prescriptions de la droite raison ne permettent pas de douter que toute stratégie ou action militaire qui envisage l'extermination

---

11. Genèse, 18, 23-33.
12. *La somme théologique* (commentaire), IIᵃ, IIᵃᵉ q. 40, art. 0, paragraphe 19ᵉ.
13. Voir VITORIA, *De jure belli*, pp. 34-38.

sans distinction de combattants et de civils est contraire à la morale et que, par conséquent, ceux qui prêtent leur collaboration à de tels projets ou de telles opérations commettent un péché.

La condamnation promulguée par le magistère de l'Église contre la guerre d'extermination a été suffisamment claire. Sa sainteté Pie XII, dans une allocution adressée à l'Association médicale mondiale en 1954, a condamné comme immorales aussi bien la guerre d'agression que toutes les actions militaires où l'on utilise des moyens militaires qui échappent au contrôle de l'homme. Le principe à l'origine de ce dernier type de guerre introduit une perspective de la plus haute importance puisqu'il va au-delà de la distinction traditionnelle entre les guerres d'agression et les guerres défensives, selon laquelle ces dernières sont toujours permises. Pie XII, croyons-nous, se réfère bien plus aux instruments de l'action qu'aux causes du conflit; ainsi, il évoquerait davantage la troisième des conditions exposées par saint Thomas pour la guerre juste — c'est-à-dire, l'intention droite — que la première de ces conditions, à savoir, la cause juste,

> [...] quand l'emploi de ces moyens (ceux qui échappent au contrôle humain) — disait Pie XII — provoque une extension du mal telle qu'elle échappe complètement au contrôle de l'homme, son emploi doit être rejeté comme immoral[14].

Ici, nous ne sommes plus en présence d'une question de défense contre l'injustice et de la sauvegarde nécessaire des possessions légitimes, mais de l'annihilation pure et simple de toute vie humaine en-dedans de son rayon d'action. Ceci n'est aucunement permissible sous aucun rapport.

Dans le même ordre d'idées, l'encyclique *Pacem in Terris* de Jean XXIII, bien qu'elle ne traite pas expressément de la situation et de l'étendue des limites de l'autodéfense, condamne aussi de manière non équivoque le recours à la guerre nucléaire comme instrument supposé pour obtenir justice. De son côté, Paul VI disait le 8 août 1965 dans une allocution commémorative du vingtième anniversaire de la destruction d'Hiroshima et de ses habitants par une bombe atomique :

> Prions pour que le monde ne voit jamais plus une catastrophe comme celle d'Hiroshima. Prions pour que les hommes ne fassent plus jamais reposer leur confiance, leur stratégie et leur prestige dans les armes aussi néfastes et déshonorantes[15].

Le concile Vatican II a ratifié dans tous leurs éléments les principes posés dans les documents pontificaux antérieurs et renouvelé l'expression de l'inquiétude de l'Église à l'égard de la capacité destructrice des armements modernes et le terme vers lequel nous conduit la course aux armements. Bien qu'il reconnaisse le droit à la légitime défense, le document observe que

> l'horreur et les méfaits de la guerre s'accroissent immensément avec l'accroissement des armes scientifiques. Avec de telles armes, les opérations militaires peuvent entraîner des

---

14. Pie XII, Allocution à l'Association médicale mondiale, 1954.
15. Paul VI, Allocution commémorative du vingtième anniversaire d'Hiroshima, 8 août 1945.

destructions énormes et sans distinction, lesquelles dépassent d'autant les limites de la légitime défense. Bien plus, si l'on utilisait à fond les moyens qui se trouvent déjà dans les dépôts des grandes nations, il s'ensuivrait la tuerie totale et réciproque des deux camps ennemis, sans tenir compte des mille dévastations qui apparaîtraient dans le monde et les effets pernicieux nés de l'emploi de telles armes[16].

Partant de cette constatation, la Constitution déclare :

Toute action militaire qui tend à la destruction sans distinction de cités entières et de régions étendues avec leurs habitants est un crime contre Dieu et l'humanité qu'il faut condamner fermement et sans hésitation[17].

Il est intéressant de noter comment la condamnation n'a pas pour seul objet la guerre atomique mais toute action militaire qui de manière générale entraîne la destruction sans distinction[18]. Ce qui arrive avec les armes nucléaires — comme nous le montrions plus haut et comme la chose sera analysée plus loin — c'est qu'en vertu de leur nature même, au moins telles que nous les connaissons et qu'elles fonctionnent aujourd'hui, elles portent en elles-mêmes le type d'extermination proscrit par la morale. Ceci est reconnu de manière certaine dans *Gaudium et spes* quand on y affirme que :

Le risque caractéristique de la guerre contemporaine est qu'elle donne l'occasion à ceux qui possèdent les armes scientifiques récentes de commettre de tels délits et qu'en vertu d'un enchaînement inexorable certain elle peut pousser les volontés humaines à des décisions vraiment horribles[19].

Dans le même ordre d'idées, l'encyclique *Pacem in Terris* avait déjà affirmé que : « À cause de cela, à notre époque qui se vante de posséder l'énergie atomique, il est irrationnel de penser que la force soit un moyen apte à rétablir les droits violés[20] ».

Les déclarations du concile Vatican II ne permettent pas de douter que la guerre totale et, par conséquent, visant à la destruction sans distinction, est contraire à la morale et que, pour autant, y participer ou collaborer à sa préparation constitue une faute contre le droit naturel.

Là où il existe des divergences entre les moralistes et les spécialistes de la doctrine de l'Église en cette matière, c'est en ce qui concerne la pure possession des armes atomiques, les préparatifs en vue de leur usage, la collaboration des chrétiens à ces programmes et le désarmement unilatéral. Ces problèmes ont été considérés attentivement durant les discussions de la commission du concile Vatican II qui a préparé le texte correspondant; à la fin cependant, on a opté pour omettre toute déclaration sur ces aspects de la question. En réponse à une demande formulée par un des pères assistants, les responsables de la révision du texte final déclarèrent, avant de le soumettre au vote, que

---

16. *Gandium et spes*, paragraphe 80.
17. *Ibid*.
18. *Ibid*.
19. *Ibid*.
20. *Pacem in terris*, 1963.

En aucune partie des paragraphes 80-81 (de *Gaudium et spes*) on ne condamne comme immorale la possession des armements nucléaires. Il faut s'en tenir rigoureusement aux termes du texte qui a été délibérément choisi [...] En conséquence, le texte ne condamne ni n'approuve la possession de ces armements; on n'y formule pas non plus de jugement moral sur la question[21].

Cette position du concile, caractérisée par une grande prudence — laquelle au vrai sens thomiste du mot n'implique pas que l'on évite ou que l'on fuie les risques, mais qu'on sache les affronter dans toutes leurs dimensions et avec toutes leurs conséquences —, fut sûrement motivée par la complexité morale que renferme le problème posé et par les difficultés pratiques que l'imposition d'une obligation de désarmement unilatéral aurait entraînées et la maigre contribution que cela aurait apporté à la solution d'un problème qui — comme nous l'avons vu plus haut — est le produit de plusieurs siècles d'histoire humaine. Plus loin, quand nous analyserons les idées de Maritain à ce sujet, nous reviendrons sur ce sujet. En conséquence de ce qui précède, le concile a donc opté pour ratifier la condamnation de la guerre totale, pour manifester une sérieuse préoccupation devant la menace d'une guerre nucléaire et pour exhorter les peuples du monde, et spécialement les hommes d'État, à prendre des mesures décisives en faveur du désarmement général.

Malgré le silence pour lequel le concile a opté au sujet du problème de la préparation à la guerre atomique et au désarmement unilatéral, nous sommes d'avis qu'il y a suffisamment de matériaux dans la doctrine de l'Église et dans les principes de la philosophie chrétienne pour conclure que, à l'égal de la guerre totale, la possession des armes nucléaires et la préparation à la guerre nucléaire constituent un péché contre Dieu et contre l'humanité; cela ne veut pas dire que nous devons pour autant, immédiatement et sans recourir d'abord à d'autres mesures correctives abandonner les programmes en cours et négliger les fonctions défensives que ces armes exercent tant bien que mal. Maritain nous évitera plus loin la signification exacte de cette idée.

Comme nous l'avons dit plus haut, il n'y a pas lieu de douter que la guerre nucléaire visant à la destruction aussi bien des combattants que des non combattants est immorale; la question à laquelle il nous reste à répondre alors, ce que nous nous efforcerons de faire immédiatement, est celle de savoir s'il est possible d'imaginer un type de guerre nucléaire ou de préparation à cette guerre qui soit licite, c'est-à-dire, en accord avec les principes de la droite raison et du droit naturel.

Dans son ouvrage très intéressant intitulé *The Natural Law Tradition and the Theory of International Relations*[22], E. Midgley examine d'une manière très détaillée la possibilité du type de guerre nucléaire et de préparation correspondante dont nous venons de faire mention; commençons par analyser le problème d'un point de vue abstrait, c'est-à-dire, les divers arguments

---

21.   E. MIDGLEY, The Natural Law Tradition and the Theory of International Relations, Londres, Paul Elek, 1975, p. 388.
22.   *Ibid.*

qu'on a proposés en faveur de la possibilité théorique ou hypothétique d'une préparation licite à la guerre nucléaire, pour ensuite examiner brièvement la forme concrète que les programmes nucléaires militaires des grandes puissances ont adoptée en réalité.

On affirme fréquemment que la préparation à la guerre d'extermination ne constitue pas un acte immoral, bien au contraire, c'est précisément cet état de mobilisation et cette menace de causer à l'ennemi des dommages de proportions inouïes qui dissuade l'agresseur potentiel d'attaques, ce qui constitue le fondement de la supposée paix qui règne de nos jours. Selon cette version nouvelle et déformante du vieil adage « *si vis facem para bellum* », aussi longtemps qu'il n'y a pas de destruction réelle, on ne peut pas parler de crime contre le droit naturel ; et c'est précisément la possession et la mobilisation des armes nucléaires et la menace d'en faire usage qui sont responsables du fait qu'on ait jamais besoin de les utiliser. Soutenir la moralité de la préparation à la guerre nucléaire à partir de ces raisons suppose la méconnaissance des principes élémentaires de la philosophie morale chrétienne. En effet, saint Thomas a démontré clairement comment les actes moraux sont spécifiés par leur objet ; un acte est essentiellement une tendance à quelque chose et il est spécifié moralement par l'objet auquel il tend. Nous ne parlons pas ici de l'acte externe représenté comme une certaine chose à être faite, un certain événement imbu de l'acte interne — moralement plus important — par lequel l'acte particulier est désiré. Comme le remarque Maritain saint Thomas insiste sur le fait que l'acte intérieur est formel par rapport à l'acte extérieur volontaire et libre, ce qui démontre la primauté à l'acte extérieur volontaire et libre, ce qui démontre la primauté de l'intention dans la vie morale :

> L'espèce morale de l'action humaine (sa valeur) — dit Maritain citant le Docteur angélique — reçoit son caractère formel (le plus important) de la fin poursuivie (ou de l'intention) ; et son caractère matériel de l'objet de l'acte externe. C'est pour cette raison qu'Aristote disait que celui qui vole avec l'intention de commettre l'adultère est, à parler strictement, plus adultère que voleur[23].

En ce qui concerne la question précédente, cela démontre que celui qui participe ou collabore à la préparation à une guerre nucléaire illicite avec l'intention de recourir à ces armes de destruction sans distinction dans certaines circonstances agit à l'encontre des prescriptions du droit naturel.

On pourrait alors s'interroger sur la possibilité d'un type de préparation à la guerre nucléaire illicite en apparence, mais en réalité fondé sur la ferme détermination de ne jamais utiliser les armes nucléaires en aucune sorte de situation, ce que Midgley a appelé le « bluff nucléaire[24] ». Midgley conclut que ce type de stratégie n'est absolument pas possible pour deux raisons

---

23.   J. MARITAIN, *Neuf leçons sur les notions premières de la philosophie morale*, Paris, Téqui, 1964, p. 64.
24.   Pour une analyse détaillée de cette question, il faut consulter E. MIDGLEY, *op. cit.*, ch. 12. Nous nous contenterons ici d'un commentaire très général.

fondamentales. En premier lieu, à supposer que le « bluff » ou la tromperie provienne de l'un des manipulateurs de ces armements, l'attitude assumée par ceux-ci n'aurait aucun sens pour autant que, d'une part, elle n'affecterait en rien l'état psychologique de menace qu'une telle préparation exige et qu'en elle-même elle constitue une immoralité parce qu'elle implique l'incitation des autres à accepter et à adopter une ligne de conduite condamnable au moment même où elle écarte les recours aux moyens spirituels et matériels qui pourraient être affectés à une authentique promotion du bien commun, et que, d'autre part, l'occasion venue de mettre à l'épreuve la fermeté d'intention de ces manipulateurs, l'extraordinaire degré d'efficacité atteint par l'organisation chargée de la préparation à cette guerre diabolique aurait rendu illusoire tout effort de leur part pour prévenir l'hécatombe. À la suite d'une analyse exhaustive de ce type de « bluff nucléaire », Midgley conclut :

> Il est évident qu'une *politique nationale* (de dissuasion nucléaire) ne peut pas être fondée sur le « bluff » si les seules personnes résolues à ne jamais déclencher la guerre nucléaire totale sont des personnes occupant des positions subordonnées[25].

En conséquence, le seul type de « bluff » nucléaire qui pourrait supposément avoir quelque efficacité comme stratégie de dissuasion nucléaire et respecterait le point de vue de la morale serait une stratégie fondée sur la détermination, adoptée dans le for interne des dirigeants d'une puissance nucléaire, de ne jamais recourir à ces armes en aucune circonstance. S'il est bien certain qu'en théorie ce cas est possible, en réalité, la pratique montre que cela est à peu près impossible à cause de la complexité et de l'efficacité techniques du système mis sur pied par les plans des préparatifs de la guerre atomique. Cependant, cela n'est pas le plus important et ne résoud pas le problème. Pour qu'une politique nationale de dissuasion nucléaire soit efficace à l'égard de l'agresseur éventuel, c'est-à-dire, qu'elle ait de la crédibilité, elle suppose beaucoup plus que la simple possession et le stockage de ces armes. Pour être rendue crédible, elle suppose, du point de vue technique, le développement constant d'activités diverses : recherche et fabrication d'armements, exercices, manœuvres, etc., qui amènent l'ennemi à croire en la détermination que ces activités postulent de recourir à ces armes en certaines circonstances. Nous savons tous que ce type d'activités déclencherait immédiatement une course aux armements qui engagerait les puissances sur des voies inconnues et remplies des plus grands dangers. À ce sujet, rappelons de nouveau l'affirmation de *Gaudium et spes* dans le jugement qu'elle porte sur la question :

> Le risque caractéristique de la guerre contemporaine est qu'*elle donne l'occasion à ceux qui possèdent les armes scientifiques récentes de commettre de tels délits et qu'en vertu d'un enchaînement inexorable certain elle peut pousser les volontés humaines à des décisions vraiment horribles*[26].

---

25. *Ibid.*, p. 405.
26. *Gandium et spes*, paragraphe 80. C'est nous qui soulignons.

Mais il y a encore pis : pour que cette politique soit efficace, il faut que les autorités développent sur le plan spirituel un ensemble d'activités encore encore plus condamnables, puisque pour renforcer la crédibilité de la mobilisation pour la guerre il faut un endoctrinement systématique des citoyens, qui leur fasse accroire que la dite politique est nécessaire au bien commun et qu'elle s'appuie sur d'authentiques principes moraux, c'est-à-dire, il faut une déformation par la duperie de l'esprit des citoyens que les autorités entreprennent tout en sachant bien qu'elle est immorale. Si la course matérielle aux armements est condamnable, cette espèce de course aux duperies et aux déformations morales est encore plus répugnante. Ce type de duperies ne se compare en rien, par exemple, à la duperie justifiable dont se prévalut Judith pour décapiter Holopherne; saint Thomas conclut qu'il y avait une imperfection morale dans l'action de Judith ou qu'elle recélait un sentiment mystique de nature à expliquer le péché apparent. Quant à nous, nous inclinons fort bien à identifier le « bluff nucléaire » avec le type de duperies qui causent de graves scandales et qui, pour autant, doivent être condamnées par la morale pour les raisons exposées par saint Thomas[27].

Selon Midgley[28], il resterait encore à considérer certains types théoriques de préparation à la guerre nucléaire fondés sur des stratégies militaires moralement admissibles, c'est-à-dire, qui n'entraînent pas le massacre sans distinction des innocents. D'après cet auteur, ces justifications possibles de la préparation nucléaire peuvent se classer en trois groupes que nous discuterons très sommairement ici, à savoir : une orientation *supposée* des armes nucléaires vers des objectifs militaires licites (ce que l'on désigne en argot militaire du nom de « counter combattant » ou « counter force strategy », c'est-à-dire, une stratégie contre les combattants); une orientation *réelle* des armes nucléaires vers des objectifs militaires licites mais avec l'intention de dissuader l'ennemi au moyen de la menace de destruction des villes et des civils et une orientation réelle des armes nucléaires vers des objectifs licites *sans* l'intention de dissuader l'ennemi au moyen de la menace de destruction des villes et des civils.

D'après la première de ces théories, ceux que leurs principes moraux empêchent de participer à la guerre nucléaire illicite pourraient de toute façon collaborer à la préparation nucléaire, à la condition de participer uniquement aux activités considérées comme licites. Les principes exposés plus haut au sujet de l'opportunité de considérer la théorie de la dissuasion et celle du « bluff nucléaire » sont applicables à ce cas « *mutatis mutandis* », de sorte que nous n'allons pas nous attarder à en faire l'analyse. Qu'il suffise d'ajouter ici la citation suivante de Midgley :

> Il ne semble pas soutenable qu'un surbordonné dise qu'il se réserve de collaborer à une préparation nucléaire *par rapport à la politique licite* quand l'autorité politique le fait en relation avec la politique illicite. En d'autres mots, il ne semble pas raisonnable qu'un

---

27. *La somme théologique*, II^a II^{ae}, q. 43.
28. Voir E. MIDGLEY, *op. cit.*, chap. 12.

individu s'imagine qu'il puisse validement prendre la liberté d'attribuer librement une direction subjective à une assignation qui a une direction objective incompatible au for externe[29].

En ce qui concerne la seconde des théories mentionnées, c'est-à-dire une stratégie fondée sur une orientation *réelle* des armes vers des objectifs licites mais accompagnée de la menace de destruction des villes et des civils du camp ennemi, nous croyons également qu'on peut l'analyser à la lumière des principes discutés plus haut. Pour que cette menace soit tenue pour certaine par l'ennemi, il est inévitable d'entreprendre aussi bien une course aux armements qu'une course à la déformation par les duperies dont nous avons parlé plus haut ; d'autre part, la seule intention de mettre à exécution une pareille menace permet déjà de qualifier d'immorale l'action entreprise.

L'un des auteurs peu nombreux qui se sont employés à rechercher une justification théorique au troisième cas, c'est-à-dire, une assignation *réelle* de l'arsenal nucléaire à des objectifs licites sans être accompagné de menaces contre la population civile, c'est A.L. Burns. Dans son travail « Éthique et dissuasion : un équilibre militaire sans villes otages[30] », cet auteur discute de la possibilité théorique de cette stratégie. Il est sûr que si cette stratégie était susceptible d'être mise à exécution dans la réalité, elle pourrait remplir les exigences nécessaires pour qu'on la considère comme une guerre juste. Cependant Burns aboutit dans son travail à des conclusions d'un pessimisme impressionnant, reflétant le jugement de quelqu'un qui ne croit pas qu'à l'heure actuelle — du moins entre les États-Unis et la Russie — il soit possible de mettre en pratique un type de préparation nucléaire juste. Burns n'explique pas de façon claire les raisons à l'appui de ses conclusions, mais on peut raisonnablement attribuer ces dernières à l'état de la course aux armements dans laquelle se trouvent engagées les deux superpuissances et le conflit aigu qui les oppose. Pour Burns, le seul type de stratégie licite pourrait se réaliser dans le cas d'une puissance inférieure qui en aurait besoin dans des cas de dissuasion où une menace limitée serait efficace.

Malgré la possibilité hypothétique de ce type de stratégie nucléaire, la réalité nous oblige à être souverainement prudents. L'expérience historique nous démontre que si nous continuons à avancer dans le sentier trompeur où nous marchons présentement, la possibilité d'une guerre nucléaire licite est toujours plus éloignée. Au commencement des années soixante, quand les États-Unis disposaient d'une claire supériorité nucléaire sur les Russes, le secrétaire à la Défense, Robert McNamara, annonça la mise en œuvre d'une stratégie de « riposte flexible » qui permettrait aux États-Unis de maintenir une stratégie de dissuasion efficace en pointant leurs armes nucléaires en premier lieu contre des objectifs militaires et en ne pratiquant l'escalade des niveaux de destruction que dans le cas où ils y seraient forcés par les attaques

---

29. *Ibid.*, p. 413.
30. Voir le n° 69 des « Adelphi Papers » publié par l'*Institute for Strategic Studies* de Londres.

successives de l'ennemi. Bien que cette stratégie ne remplisse pas les exigences de la morale puisqu'elle implique l'intention réelle de recourir, même si c'est conditionnellement, à la guerre d'extermination, elle constituait une certaine tentative de surmonter l'« échec et mat » nucléaire que l'on anticipait.

Le dénouement de cette initiative est connu de tous : au bout de quelques mois, les États-Unis abandonnèrent cette doctrine une fois que les calculs des militaires et des représentants du réalisme politique leur eurent démontré que, conformément à leur logique diabolique, seule une stratégie de dissuasion militaire fondée sur la menace d'une guerre totale était efficace; c'est la stratégie appelée de « destruction mutuelle assurée » et dont le sigle en anglais correspond exactement à l'idée que la droite raison aurait de celui qui la défendrait : MAD[31].

L'échec des tentatives de mise en pratique d'une stratégie nucléaire licite est une démonstration de la véracité de tous les principes discutés plus haut et révèle que — au moins dans l'état actuel de la technologie — il n'est pas possible de mettre en pratique une stratégie nucléaire parée des principes de la morale; pour cette raison, ceux-là pèchent qui prêtent leur collaboration à ces fins.

Cette terrible réalité place les chrétiens d'aujourd'hui dans un dilemme difficile qui a déjà été posé par Pie XII dans une allocution à l'Association médicale mondiale le 30 septembre 1954 quand il affirma que, même s'il y a des biens d'une importance telle que leur défense contre une injuste agression est sans doute pleinement justifiée, il est évident que si l'unique façon de défendre ces biens par des moyens militaires est un moyen illicite à tous les points de vue, alors on ne peut les défendre par des moyens militaires sans commettre de péché.

Une fois démontré que la guerre nucléaire et la préparation à cette guerre sont contraires au droit naturel, il faut maintenant se demander quelle position les chrétiens doivent adopter en face de cette réalité, en prenant en considération le fait que d'une certaine façon les valeurs et les institutions qui permettent le développement intégral de la personne humaine sont présentement menacées par un type semblable d'armements, ce qui pourrait signifier qu'un renoncement unilatéral à ces armements de la part des chrétiens amènerait l'affaiblissement et l'abandon des biens que nous sommes obligés de défendre.

Pendant plusieurs décades les penseurs et les moralistes chrétiens ont recherché une solution à ce difficile dilemme. La majorité des opinions formulées à ce sujet ne sont pas satisfaisantes, à notre avis, car elles négligent de considérer dans toutes leurs dimensions les conséquences de chacune des alternatives du dilemme. Dans le cas de Maritain, nous pensons qu'il s'agit de l'un des rares auteurs, sinon le seul, qui ait réussi à poser le problème dans sa juste perspective.

---

31.   « Mutual Assured Destruction » dont le sigle anglais MAD signifie « fou ».

Certains auteurs refusent simplement d'accepter que l'usage des armes atomiques soit immoral et justifient la nécessité de les fabriquer à partir du conflit auquel les nations font face de nos jours. Cette position est la plus simpliste et la plus erronée de toutes, et nous croyons l'avoir suffisamment réfuter par les arguments que nous avons développés tout au long des pages précédentes, de sorte que nous ne nous attarderons pas à en faire l'analyse.

D'autres auteurs vont à l'autre extrême et semblent oublier les obligations politiques des chrétiens dans l'ordre temporel à l'égard du bien commun. A.L. Burns, par exemple, conclut que face à ce problème il n'y a pas d'autre alternative pour le chrétien qui veut conserver la grâce que le rejet de la guerre nucléaire et de la préparation à cette guerre au prix de n'importe quel sacrifice que cela peut exiger de la société; toutefois, le droit à la défense n'est pas exempt de limites; il y a une obligation d'utiliser toujours des moyens justes pour rester à l'intérieur des exigences de la moralité; quand l'étendue de l'agression est telle qu'il n'est pas possible de la repousser par des moyens justes, alors le chemin à suivre est celui du martyre et de la continuation, de la lutte par des moyens justes jusqu'à ses dernières conséquences. Car, pour cet auteur, il n'y a rien d'incorrect à ce qu'« [...] une société unanime et résolue déclare qu'il vaut mieux que tous périssent, en résistant par tous les moyens justes possibles, que de capituler devant une puissance totalitaire[32] ».

Midgley aboutit à une conclusion semblable à celle de Burns. À son avis, le chrétien doit rejeter de manière absolue et inconditionnelle la participation au péché collectif que constituent la guerre nucléaire et la préparation à cette guerre. Midgley conclut son très intéressant ouvrage par l'affirmation suivante :

> Si tous les efforts continuent d'échouer, si les préparatifs illicites de la guerre totale non seulement subsistent mais qu'ils prolifèrent, alors l'unique recours pour l'individu est le refus de toute coopération formelle au péché collectif et la persévérance dans la prière. Que ceci ait été l'idée de saint Thomas, on peut le déduire du passage du *De regimine principum* dans lequel il recommande le recours à Dieu dans le cas d'un autre péché contre lequel on ne peut rien, à savoir, la condition d'un pays soumis à un tyran intraitable : Finalement, quand il n'y a pas d'espoir d'aide humaine contre la tyrannie, il faut recourir à Dieu le Roi des rois et à l'aide de tous ceux qui recourent à Lui au temps de la tribulation. Parce qu'il est en son pouvoir de convertir le cœur cruel du tyran en douceur [...] Mais pour que les hommes puissent arriver à mériter ce bienfait de Dieu ils doivent s'abstenir de pécher, parce que c'est pour châtier le péché que Dieu permet à l'impie de gouverner, comme le Seigneur lui-même nous en avertit par l'intermédiaire d'Osée (XIII, II) : « Je leur donnerai un roi dans ma colère. On dit aussi en Job (XXXIV, 30) : « Il envoya un hypocrite à cause des péchés du peuple ». Ainsi, il faut d'abord expier la faute avant que l'affliction de la tyrannie puisse cesser[33] ».

Une position semblable a été soutenue par Helmut Gollwitzer, professeur à l'Université libre de Berlin, dans un article traduit en français sous le titre *Les chrétiens et les armes atomiques*[34]. Elle motiva une réflexion profonde

---

32. A. L. BURN, *op. cit.*, p. 19.
33. E. MIDGLEY, *op. cit.*, p. 426.
34. H. GOLLWITZER, « Les chrétiens et les armes atomiques », dans les *Cahiers protestants*, 1958.

de Maritain sur le problème de la position du chrétien face aux armes de destruction massive. Cette réflexion est contenue dans le texte d'une lettre adressée à Charles Journet au cours de ces années et dans laquelle Maritain, recourant à la sagesse de la philosophie de l'être telle qu'enseignée par saint Thomas et à la manière si profonde et si complète dont il était parvenu à la comprendre, met à découvert les faiblesses des solutions que nous avons analysées et met de l'avant une position du problème qui remplit d'étonnement et de tranquilité spirituelle. D'étonnement, parce qu'elle nous révèle la veine inépuisable et impérissable de vérité sur laquelle est fondée la philosophie de l'être; de tranquillité, parce que la démonstration du caractère que possède cette vérité fortifie notre foi et notre espérance en Dieu créateur de tout être et de toute vérité, en même temps qu'elle raffermit notre confiance dans les facultés spirituelles qu'il a mises en nous pour nous permettre d'atteindre notre pleine réalisation comme personnes humaines.

La position du professeur Gollwitzer à laquelle nous avons fait allusion tout à l'heure peut se résumer comme suit dans ses propres termes :

> Au cas où des dirigeants, qui n'auraient pas été mis en garde ni inspirés par l'Église décideraient d'acquérir des armes atomiques, l'Église devrait alors parler ainsi au citoyen appelé à fabriquer ou manier ces armes : Ce sont précisément ces armes qui rendent caduques toutes les raisons que j'ai données autrefois pour convaincre et même pour engager le citoyen à obéir à l'appel de l'État. En définitive, aussi sûr que l'Amen termine le sermon, une conclusion s'impose après notre analyse des transformations de la technique militaire : Non seulement il ne doit pas y avoir de guerre atomique, mais il n'y en aura pas, du moins en tant que cela dépend de nous, chrétiens et hommes politiques chrétiens, de toi et de moi. Ni toi ni moi, dira le pasteur du haut de sa chaire, nous ne prendrons ces armes démoniaques, même en cas de représailles.
>
> Un chrétien, en tout cas, ne peut le faire, puisque de tout temps il ne lui a été permis de participer qu'à une guerre juste. Si les autorités l'invitent à préparer le massacre universel — si on en arrive là, et certainement on y est arrivé — le chrétien répondra : *Si omnes, ego non*; si tous acceptent, moi je n'accepte pas[35].

La thèse que propose Maritain[36] en guise de réponse à ce drame terrible de la conscience s'appuie sur la nécessité de prendre en considération toutes et chacune des conséquences morales de notre position face à la guerre nucléaire. Maritain reproche à certaines attitudes comme celles de Burns, Midgley et Gollwitzer le fait qu'elles concentrent leur attention sur un seul des aspects du problème et négligent les conséquences néfastes qu'entraînerait pour le bien commun la solution qu'ils préconisent.

Maritain reconnaît d'abord l'immoralité inhérente aux armes ABC (atomiques, biologiques et chimiques) et qu'une guerre juste quant à ses fins peut devenir injuste en raison de l'immoralité des moyens employés, du fait que le recours aux armes de destruction massive constitue indiscutablement un

---

35. *Ibid.*
36. Les réflexions de Maritain sur ce sujet sont contenues dans une lettre adressée à Charles Journet et reproduite dans son article « La conscience du chrétien devant l'arme nucléaire » paru dans *Nova et Vetera*, année XXXIX, n° 4, oct.-déc. 1964.

mol. Cependant, Maritain nous met en garde contre la légèreté morale et nous avertit de ne pas tirer immédiatement la conclusion que l'attitude que doit adopter le chrétien est de s'abstenir de participer aux programmes de défense nucléaire déjà existants ou d'y renoncer unilatéralement.

À cette étape de la discussion, alors qu'apparemment nous sommes arrivés à une impasse et que tous les recours de la philosophie de l'être sont épuisés, la solidité de cette philosophie se manifeste avec éclat, et Jacques Maritain nous révèle un jugement moral exceptionnel. Ce n'est donc pas sans motif que nous recourons à sa pensée en cette heure difficile où nous cherchons une inspiration pour notre pensée et notre action. Dans son traitement du problème de la guerre nucléaire, Maritain nous rappelle que tout problème moral doit être posé dans son contexte concret du fait que la morale est une science pratique — ou mieux spéculativement pratique comme le même Maritain aime à le préciser — son objet étant l'agir, c'est-à-dire, l'engagement de la volonté dans la ligne de l'action libre. Dans cette perspective, après avoir reconnu qu'*en elle-même* la guerre nucléaire est contraire aux principes de la droite raison, Maritain se demande :

> Et cependant, les chrétiens ont-ils le devoir de refuser d'y participer? Autrement dit, si l'on considère *le contexte concret*, cette guerre, de soi condamnable, doit-elle être condamnée en fait? Ici je patauge, mais je remarque que M. Gollwitzer lui-même[37], qui a raison en principe (quoique en dramatisant un peu les choses qui sont de soi abominables), a recours à la fin à un tour de passe-passe. Non seulement — dit-il — il ne doit pas y avoir de guerre atomique, mais il n'y en aura pas », et il ajoute, ce qui a l'air d'un alibi pharisaïque : « du moins en tant que cela dépend de nous, chrétiens et hommes politiques chrétiens, de toi et de moi ». Bravo pour le chrétien, mais ce n'est pas son refus qui empêchera cette guerre d'avoir lieu, avec toutes ces conséquences, si quelque gouvernement fait une bêtise. Ainsi de l'aveu de M. Gollwitzer lui-même, — mais comme une chose qu'il ne veut pas regarder en face, — cette question d'empêcher autant que possible une telle guerre d'avoir lieu entre dans le problème moral considéré in *concreto*. (Et c'est justement pour empêcher autant que possible cette guerre d'avoir lieu que les États fabriquent des armes atomiques à titre de *deterrent*.)
>
> Nous sommes en plein cercle vicieux, et à mon avis cela veut dire que le diable nous a pris dans un piège. Ce n'est pas une condamnation abstraite portée au nom de la morale qui nous en fera sortir. Le monde est beaucoup plus malade et beaucoup plus ancré dans le péché que nous ne croyons[38].

Le piège diabolique dont parle Maritain consiste en ce que, toutes les fois que l'on accepte les présupposés sur lesquels s'appuie le cas qui nous occupe, nous sommes en face d'un dilemme moral où nous ne pouvons que nous prononcer pour l'alternative qui constitue le moindre mal, du fait que les circonstances nous obligent à opter entre deux maux. C'est ici que se trouve le principal apport de Maritain au problème de la position du chrétien face aux armes de destruction massive. Les auteurs étudiés nous signalaient l'immoralité des armes atomiques, nous exhortaient à y renoncer unilatéralement

---

37. Et tous les Burns, Midgley, etc., ajouterions-nous.
38. J. Maritain, « La conscience du chrétien devant l'arme nucléaire », *loc. cit.*, p. 244.

peu importe les conséquences et nous incitaient à nous préparer à subir même le martyre et l'annihilation plutôt que de participer au péché collectif que constitue la préparation à la guerre nucléaire. Maritain, tout en reconnaissant que les armes atomiques attentent au droit naturel, nous fait voir que notre condition d'hommes libres nous impose le devoir de défendre le bien commun de notre civilisation ainsi que les valeurs authentiques et les institutions sur lesquelles elle repose. Maritain dit à ce sujet :

> Sommes-nous en face d'une faillite de la morale ? Supposez que la guerre atomique doive être purement et simplement condamnée et que le Pape omette de le faire et laisse les chrétiens libres de mener une telle guerre : faillite de la morale.
> Supposez au contraire qu'il la condamne purement et simplement, et ordonne aux chrétiens le refus de coopérer : 1° il ne sera obéi que d'un tout petit nombre ; 2° même si tous les chrétiens lui obéissaient, cela n'empêcherait pas cette guerre d'avoir lieu ou la menace de cette guerre de réussir, — bien au contraire. Ce n'est pas en Russie soviétique que l'attitude des chrétiens aura la moindre influence ; et ou bien les Soviets pourraient profiter du trouble causé par le refus des chrétiens dans le bloc non communiste pour déclencher favorablement la guerre ; ou bien les chrétiens réussiraient à imposer à ce bloc le désarmement unilatéral, et les Soviets avec la menace de la guerre seraient les maîtres du monde. Ici donc encore, faillite de la morale [39].

Maritain reconnaît le caractère difficile et complexe de la situation et, à défaut d'exemples donnés par les moralistes pour nous aider à trouver une solution au problème, « en pataugeant [40] » comme il le confesse lui-même, il se risque à proposer un exemple qui, même sans être identique au cas, lui ressemble par analogie. Il nous présente l'exemple d'un homme dont la conscience irrémédiablement fausse a été vendue par sa faute. Il nous fait remarquer que la faute est dans le passé et que dans le présent il péchera en tout cas, soit qu'il suive sa conscience erronée soit qu'il agisse contre elle. Que lui conseilleriez-vous, ou que se conseillerait-il à lui-même s'il était conscient de tout cela ? Alors, Maritain affirme qu'il n'y aurait pas d'autre réponse que de lui conseiller de faire ce qui apparaît comme le moindre mal.

Très adroitement, Maritain nous fait voir qu'en ce qui concerne le déplorable état de menace de guerre totale où nous sommes arrivés, notre faute est dans le passé, pour avoir « [...] à force d'orgueil et de convoitise, rendu impossible (au moins pour notre temps) *le seul empêchement réel à la guerre atomique*, à savoir la constitution d'un « gouvernement mondial » ou corps politique supra-national [41] ». C'est précisément à cause de cette idée que nous avons abusé de la patience du lecteur en consacrant les premières pages de ce travail à l'analyse de l'évolution vers la tendance désintégratrice et anarchique que le système international a expérimentée au long des siècles. Peut-être que si nous n'avions pas attaché tant d'importance à ce problème, nous n'aurions pas été en mesure d'apprécier à sa juste valeur la position de

---

39. *Ibid.*
40. *Ibid.*, p. 245.
41. *Ibid.*

Maritain, qui est déjà en elle-même passablement subtile et complexe. Cette évolution néfaste a placé les États dans des situations où ils ne peuvent éviter de faire le mal.

> Si le bloc non communiste — dit Maritain — désarmait unilatéralement, il livrerait le monde à l'empire soviétique et trahirait toutes les valeurs saintes, temporelles et spirituelles, que nous avons à défendre : mal de trahison. — Si le bloc non communiste fabrique des armes atomiques en espérant ne pas avoir à les *employer*, mais pour faire équilibre à la menace de l'adversaire, il ne peut espérer ne pas avoir à les employer qu'à la condition d'être effectivement prêt à les employer : mal de la guerre d'annihilation à laquelle on se prépare (avec le désir de l'éviter)[42].

En ce qui concerne le problème de la préparation à la guerre nucléaire, Maritain souligne que la racine du péché est dans le passé et qu'aucun État n'est exempt de faute. L'homme d'État contemporain à qui il incombe d'agir dans les circonstances actuelles n'est pas coupable des péchés du passé et c'est pour cette raison que Maritain fait remarquer que ce cas n'est pas identique à celui de l'individu dont la conscience a été déformée par ses mauvaises actions. « L'homme d'État — affirme-t-il — n'est nullement responsable des fautes et péchés historiques accumulés par son pays. Il peut donc agir *bien* en prescrivant le moindre mal dont il s'agit, *à condition* qu'il fasse *réellement* tout ce qui est possible pour éviter la guerre, et d'abord pour arriver à un accord international prohibant la fabrication de ces armes diaboliques[43] ». Que l'on comprenne bien : il ne s'agit pas de faire le mal pour obtenir un plus grand bien; ceci est clairement proscrit par la morale. Il s'agit d'opter pour le moindre mal pour éviter un mal plus déplorable dans les cas où il n'y a pas d'autre alternative.

En ce qui concerne les simples citoyens qui ne détiennent pas de positions de direction politique dans leurs sociétés, Maritain est d'avis qu'eux aussi sont pris dans le même piège et que, pour autant, la thèse du moindre mal leur est également applicable. Faisant de nouveau remarquer qu'il s'agit seulement d'une hypothèse de travail, Maritain affirme qu'il est indubitablement mauvais d'obéir à l'État par pure servilité et sans souci du bien et du mal ou de négliger les obligations qui leur incombent dans la tâche commune de travailler à l'obtention du désarmement général et à la constitution d'une autorité légitime internationale. Mais si ces citoyens, ayant la pleine connaissance de toutes les circonstances exposées, participent à la préparation et, à supposer que le désastre en vienne à se produire, à la conduite de la guerre nucléaire elle-même (ce qui est certainement mauvais), en pareil cas, Maritain croit qu'ils ne commettent pas de faute morale.

De la même manière, le citoyen qui refuserait de coopérer à la préparation à la guerre nucléaire opterait pour une sorte de moindre mal, de sorte qu'il ne commettrait pas d'acte condamnable. En ce cas, le mal consisterait en ce

---

42. *Ibid.*
43. *Ibid.*, p. 246.

que sa modeste action individuelle priverait la société de la mesure de la défense qu'il a le devoir d'apporter; cependant, cela constituerait un moindre mal, étant donné que le danger pour la société ne serait pas grand du fait qu'en tout cas les objecteurs de conscience ne seraient pas nombreux. Nonobstant cela, Maritain pense que dans le cas analysé, cette attitude, bien que licite, serait équivoque; cependant, il continue de lui reconnaître une certaine valeur de fait qu'elle rend témoignage, même de la part de gens qui se trompent, aux nobles principes que le cynisme de beaucoup oublient; selon Maritain, un excès compense l'autre : « la loi du double progrès contraire ». Une attitude d'objection de conscience vraiment héroïque, de l'avis de Maritain, serait celle du citoyen disposé à défendre les valeurs authentiques de sa société au moyen de l'emploi d'armes licites et à résister jusqu'au bout ces armes à la main; cependant, souvenons-nous que cette option ne constituerait pas le moindre mal pour les dirigeants et la population dans son ensemble, pour qui la préservation du bien commun est un devoir supérieur, une fin en elle-même, bien que subordonnée.

Jacques Maritain met fin à ses réflexions sur ce difficile problème moral avec des paroles pleines de sagesse, lesquelles confirment une fois de plus que l'un des legs les plus valables que laissera Maritain aux chrétiens d'aujourd'hui est son exemple et son apport à la tâche de concrétiser et de spécifier les principes de la philosophie thomiste pour fournir une réponse à la problématique de l'homme contemporain :

> J'ai conscience — dit Maritain — de formuler aussi mal que possible des pensées dont je ne suis nullement sûr (bien que je ne vois pas d'autre issue) et vers lesquelles je ne fais que tâtonner.
>
> Ce qui reste, c'est qu'à mon avis la morale risque de voir son autorité sur les esprits ruinée si les moralistes s'en tiennent à des condamnations justes en elles-mêmes mais dans l'abstrait, et s'ils sont incapables de descendre à des précisions concrètes[44].

Nous ne saurions terminer ces pages sans ajouter au préalable quelques mots d'avertissement. Nous craignons que les idées de Maritain ne soient utilisées illégitimement comme prétexte pour continuer d'avancer dans la même voie erronée que l'humanité a empruntée. Nous devons nous rendre compte que la position préconisée par Maritain ne constitue pas une solution au problème de la guerre nucléaire mais une réponse immédiate au drame de conscience qui trouble les chrétiens confrontés au dilemme d'avoir à décider entre assumer la défense de leur civilisation par des moyens condamnables et chanceler devant des forces qui constituent la négation des valeurs de la personne humaine. La thèse de Maritain, comme il le fait remarquer lui-même, ne doit pas être comprise comme une solution générale et abstraite. Elle doit être interprétée comme une prise de position face à un problème concret, à l'intérieur du cadre de circonstances particulières qui nous interpelle et exige — *hic et nunc* — une réponse de notre part.

---

44. *Ibid.*, p. 247.

Les positions de Maritain ne doivent pas être utilisées de manière abstraite et, sans restriction, tenter de légitimer n'importe quel type de préparatifs pour la guerre nucléaire. Pour que la thèse du moindre mal proposée par Maritain soit valide et puisse être invoquée comme justification du recours à des armes si terribles, certaines conditions doivent être remplies. En premier lieu, les valeurs et les institutions pour la défense desquelles nous nous levons doivent être authentiquement dignes des sacrifices et des dommages occasionnés par notre attitude. Si nous recourons aux armes nucléaires simplement pour défendre des intérêts aussi précaires que ceux de l'adversaire (comme par exemple pour maintenir une position de supériorité militaire à partir de laquelle on tire des avantages politiques) alors la thèse de Maritain n'est absolument pas applicable. En second lieu — et ceci est intimement lié à la première condition — nous croyons qu'il est implicite dans l'argument de Maritain que pour que l'alternative du moindre mal trouve une justification, il faut un certain degré de certitude quant au fait que la renonciation aux armes nucléaires de notre part entraînerait la ruine des gens authentiques de notre civilisation. Il pourrait en effet se faire que l'ennemi, bien que disposant des armes terribles auxquelles nous aurions renoncé, n'aurait pas la possibilité de nous soumettre à son joug ni même l'intention ni la capacité de le faire. À moins que cette seconde condition ne soit remplie, nous sommes d'avis que le recours aux armes de destruction massive ne saurait être légitimé.

Nous ne pouvons pas non plus nous emparer de la thèse de moindre mal — ce que Maritain fait remarquer expressément — à moins que nous n'ayons fait tout ce qui est possible pour écarter les causes de la guerre et obtenir le désarmement général, et — comme le même Maritain l'affirme — on ne pourra y arriver qu'au moyen de la constitution d'une autorité légitime au plan international.

Avons-nous comme nations que nous appelons chrétiennes fait tout ce qui est à notre portée pour remplir ces exigences? Avons-nous évalué d'une manière sincère les conséquences de nos actions et réfléchi sur le bien et le mal ou nous sommes-nous livrés servilement à un jeu de pouvoir invétéré? Ce sont là des questions auxquelles nous n'oserions répondre. Cependant, nous nous rendons compte qu'une réponse toujours plus décisive de notre part s'impose. Comme chrétiens nous ne pourrons plus longtemps éluder la responsabilité qui est la nôtre à l'égard de ces problèmes si nous aspirons franchement à construire un monde plus juste et plus humain pour notre génération et celles qui lui succèderont, à supposer que nos armes diaboliques ne détruisent pas auparavant toute possibilité de l'obtenir.

VII
L'héritage maritainien
The Maritainian Inheritance

Le Cercle d'Études Jacques et Raïssa Maritain et l'édition des Œuvres complètes de Jacques et Raïssa Maritain

FRÈRE JEAN-MARIE ALLION
Toulouse

According to a plan established by Jacques Maritain himself and in order to make available in its entirety one of the major intellectual endeavours of our time, the Cercle d'Études Jacques et Raïssa Maritain has undertaken the publication of the Complete Works *of Jacques and Raïssa Maritain.*

This edition comprises 15 volumes of about 1,100 pages each. It will be completed later by a volume of unpublished texts and another volume including a complete critical bibliography of

*the writings of Jacques and Raïssa Maritain as well as a systematic
index.*

*The publication follows chronological order, but the text is
always that of the last edition prepared by the authors (whether
it has been published or not during their lifetime).*

The Cercle d'Études Jacques et Raïssa Maritain *was founded
by Jacques Maritain in 1962. It was to the* Cercle d'Études *that,
in his will, Jacques Maritain bequeathed all his documents, books,
manuscripts, letters, etc. It is also the* Cercle *to which Jacques
Maritain gave the authorship rights for his and his wife's works.*

*In its various activities (philosophical and theological meet-
ings,* Complete Works *and bibliography, help to researchers,
support to the* Cahiers Jacques Maritain*) the* Cercle d'Études *tries
to remain faithful to the ''poor temporal means'' which are, in
Maritain's words, ''the proper means of the spirit and the Wisdom.''*

Dès 1956, Jacques Maritain avait élaboré un avant-projet pour la publication des *Œuvres complètes de Jacques et Raïssa Maritain.* Il ressentait
déjà le besoin de rassembler une œuvre s'étendant à ce moment là sur cinquante
ans et dont les éléments, publiés en France, au Canada, aux États-Unis ou
en Amérique latine, étaient pour certains devenus inaccessibles. Ce projet fut
alors refusé par un éditeur français. Dix ans plus tard, en septembre 1966,
Jacques Maritain rédigeait un nouveau texte préparatoire à une telle édition.
Enfin, durant l'été 1972, il mettait au point ses ultimes directives en vue
d'aboutir rapidement à une publication.

La mort l'ayant empêché de mener à bien ce projet, le Cercle d'études
Jacques et Raïssa Maritain — dont nous dirons un mot tout à l'heure —
entreprit alors la préparation de la publication des *Œuvres complètes.* Le
frère Heinz Schmitz, l'une des personnes chargées par la volonté testamentaire
de Jacques Maritain, d'exercer la prérogative du droit moral sur tout son
patrimoine littéraire, réunit autour de lui une petite équipe pour rassembler
les documents et préparer les manuscrits. Un moment retardée par la maladie
brutale puis la mort du Frère Heinz Schmitz, cette entreprise porte enfin ses
premiers fruits puisque le premier volume des *Œuvres complètes de Jacques
et Raïssa Maritain* vient de paraître, co-édité par les Éditions Universitaires
de Fribourg (Suisse) et les Éditions Saint-Paul de Paris.

Cette édition comporte quinze volumes d'environ 1,100 pages chacun.
Cet ensemble pourra être complété plus tard par un volume regroupant des
textes inédits — et inaccessibles aujourd'hui —, puis par un dernier volume
comportant la *bibliographie complète* des écrits de Jacques et Raïssa Maritain
ainsi qu'un *index systématique des matières.*

L'édition est divisée en trois parties :

Œuvres de Jacques Maritain (Volumes I-XIII);
Œuvres de Jacques et Raïssa Maritain (Volume XIV);
Œuvres de Raïssa Maritain (Volumes XIV et XV);

L'ordre suivi à l'intérieur de chacune de ces parties est, conformément à la volonté de Jacques Maritain, *l'ordre chronologique*. À l'intérieur de chaque volume, le texte est distribué de la manière suivante, en quatre sections :

I. Livres.
II. Études — Articles.
III. Témoignages — Débats (une section que Jacques avait un moment envisagé d'intituler « Positions de combats » ou « Dans les batailles du monde ».
IV. Préfaces — Recensions.

Le texte donné est toujours celui de la dernière édition, que celle-ci ait été publiée du vivant des auteurs ou seulement préparée par eux. Il est présenté à la *date de la première parution de l'ouvrage*. Il est à noter que certains des textes ainsi publiés seront donc en fait de nouvelles éditions puisqu'ils intègreront des corrections ou des additions inédites.

Lorsque l'original est dans une langue autre que le français, le texte donné est celui de sa traduction française, si cette traduction a été publiée du vivant des auteurs; dans les autres cas, l'original est donné en même temps que la traduction française.

Chaque volume comprend également :

I. une annexe *bibliographique* comportant d'une part les renseignements bibliographiques concernant les publications des auteurs reproduites dans le volume, et d'autre part la liste des revues citées.
II. un index des textes de Jacques et Raïssa Maritain auxquels il est fait référence dans le volume.
III. un index des noms propres.
Les éditeurs prévoient publier deux volumes par année.

Le volume qui vient de paraître est le volume V de la série des *Œuvres complètes de Jacques et Raïssa Maritain* et il rassemble des textes de Jacques Maritain publiés de 1932 à 1935. Il regroupe ainsi six livres de Jacques Maritain :

Le songe de Descartes ;
De la philosophie chrétienne ;
Du régime temporel et de la liberté ;
Sept leçons sur l'être ;
Frontières de la Poésie ;
La philosophie de la Nature.

Il comporte également un certain nombre de textes divers, la retranscription de quelques débats et plusieurs préfaces.

* * *

Il va de soi que l'établissement du texte des *Œuvres complètes de Jacques et Raïssa Maritain* implique une recherche préalable d'ordre bibliographique et critique. Les dimensions du domaine à prospecter sont impressionnantes, et plus encore la somme de travail et le rayonnement des auteurs qu'elles manifestent : Jacques Maritain, par exemple, a publié de 1906 à 1973 (soit pendant 67 ans!) et ses écrits ont été traduits en plus de 15 langues. L'ampleur de cette œuvre n'avait pas découragé pour autant des chercheurs comme Henry Bars ou Donald et Idella Gallagher. Leurs publications de valeur nous ont rendu grand service. Je tiens ici à les en remercier cordialement, ainsi que tous ceux qui, de par le monde, ont aidé et soutenu notre propre travail.

Le dernier volume des *Œuvres complètes,* je le mentionnais tout à l'heure, comportera une bibliographie critique complète des écrits de Jacques et de Raïssa Maritain. Mais, dès à présent, nous sommes en mesure de synthétiser le résultat de nos recherches pour les œuvres de Jacques Maritain publiées entre 1930 et 1934, période qui correspond aux deux premiers tomes des *Œuvres complètes* à paraître. Cette synthèse sera publiée en supplément au prochain numéro des « *Cahiers Jacques Maritain* » dont je vous reparlerai. Cette bibliographie sera ensuite complétée par tranches successives au fil de la parution des *Œuvres complètes* et paraîtra, au fur et à mesure dans les *Cahiers Jacques Maritain.*

Cet essai voudrait être en même temps une invitation : nous serons reconnaissants envers les personnes qui auront la bonté de signaler les erreurs et les omissions en s'adressant au secrétariat du Cercle d'études Jacques et Raïssa Maritain. C'est le seul moyen de nous acheminer, de concert avec la publication des *Œuvres complètes,* vers l'établissement d'une bibliographie aussi exacte que faire se peut.

La rédaction de cette bibliographie a été commandée par quelques préoccupations majeures. D'une part, nous avons essayé de mettre à la disposition du lecteur un instrument de travail : la bibliographie concerne donc en premier lieu les textes originaux et leurs diverses versions ou éditions; elle intègre aussi, mais à un titre secondaire, les traductions; elle signale encore, à titre complémentaire, les reprises intégrales, voire partielles. D'autre part, nous nous sommes efforcés de garantir les renseignements donnés en archivant au *Cercle d'Études de Kolbsheim* leurs justificatifs (originaux ou photocopies).

Notre seule ambition et notre espoir, tant pour la publication des *Œuvres complètes* que pour le travail de recherche bibliographique, ont été de rendre plus facilement accessible, du moins matériellement, une œuvre qui s'impose d'elle-même.

* * *

J'ai déjà à plusieurs reprises, fait allusion au *Cercle d'Études Jacques et Raïssa Maritain* de Kolbsheim. De quoi s'agit-il exactement? Bien qu'il existât alors de par le monde d'autres associations constituées sous son nom,

Jacques Maritain lui-même a voulu, en 1962, en créer une nouvelle, indépendante de tout cadre universitaire, et dont le siège social serait fixé à Kolbsheim (Bas-Rhin, France) là où, avec Raïssa, il avait fait de très nombreux séjours depuis 1932. Après la mort de Raïssa, Jacques y passa jusqu'à la fin de sa vie tous les étés et c'est là qu'ils reposent maintenant tous les deux.

Dix ans plus tard, la volonté testamentaire de Jacques Maritain rend plus manifeste encore la place privilégiée qu'il a reconnue au Cercle de Kolbsheim depuis sa fondation. Son testament stipule en effet que tous ses livres, documents, notes, souvenirs, correspondances ainsi que ceux de Raïssa seront légués au Cercle d'Études à l'exception de ce qu'il réservait pour le Maritain Center de Notre-Dame University. C'est encore trois membres du Cercle que Jacques désigne pour veiller au respect du droit moral sur son œuvre. Dans le même paragraphe du testament, il est stipulé qu'après le décès des titulaires du droit moral désignés nommément « le droit moral sur mon œuvre dans son ensemble sera exercé par le Cercle d'Études Jacques et Raïssa Maritain ».

Ce que doit être la vocation du Cercle d'Études, Jacques Maritain l'a défini lui-même dans une lettre de 1962 dont vous me permettrez de lire quelques extraits : le Cercle peut servir, en premier lieu

> à ceux qui voudraient faire certaines recherches *historiques*.
>
> Le Cercle peut servir également, et c'est son principal objet, si un secrétariat convenable peut être organisé, à fournir des *informations bibliographiques*, à permettre la *lecture sur place* des livres rangés là, à faire exécuter certaines rééditions, etc. bref, à répondre aux demandes de ceux qui cherchent à s'instruire dans ce que nous appelons le « thomisme vivant », ou qui travaillent à l'enseigner.
>
> On ne peut pas se refuser à un tel office. Il importe cependant de rester fidèle aux moyens pauvres. Cela, j'y tiens d'une manière absolument essentielle. As a result : à ceux qui *demandent* une aide quelconque on tâchera de la donner, dans la mesure du possible ; mais on *se gardera de prendre les devants*, et d'entreprendre n'importe quoi qui ressemble à de la propagande ou de la publicité, à un effort systématique de diffusion, à l'idée de promouvoir une école, ou, pire que tout, d'honorer un nom (les chrétiens ont de meilleures raisons que les communistes de réprouver le « culte de la personnalité »).
>
> Je suis persuadé que la *tâche essentielle de l'Association* est d'organiser à Kolbsheim des *réunions d'études* entre amis animés du même esprit [...] et où chacun profite du travail et des lumières des autres pour sa recherche propre.
>
> Pour être membre de l'Association, il ne suffit pas de s'intéresser à la pensée de Jacques Maritain, il faut pouvoir contribuer en quelque façon à la diffusion et au progrès du thomisme, selon l'esprit où le conçoivent Jacques Maritain et ses amis.

Dans le souci de demeurer fidèle à cet esprit, le Cercle d'études organise chaque année des réunions de travail qui regroupent, pendant une semaine, des théologiens, des philosophes et des « hommes de bonne volonté » pour partager dans l'étude, l'amitié et la prière en se mettant à l'école de la sagesse.

D'autre part, depuis quelques années, c'est le Cercle d'Études qui a entrepris la préparation de l'édition des *Œuvres complètes*. Dans le même temps, un important travail de classification et d'archivage a été accompli qui devrait permettre un accès plus facile à de nombreux documents.

Le Cercle d'Études a encore pour souci d'assurer un dialogue entre toutes les initiatives qui sont nées en diverses régions de France, dans la clarté rayonnante de Jacques et Raïssa Maritain. Il voudrait également aider à l'éclosion de petits groupes consacrés à l'étude de la sagesse et à la vie spirituelle.

Enfin, et je m'étendrai quelque peu sur ce dernier point, le Cercle d'Études, en liaison avec l'Association des Amis de Jacques Maritain et l'Association internationale Jacques et Raïssa Maritain, soutient la publication des *Cahiers Jacques Maritain* dont le premier numéro est paru en décembre 1980. Ces *Cahiers* ont été conçus pour permettre à tous ceux que la pensée et la personne de Jacques Maritain intéressent de s'exprimer et, en un certain sens, de se rencontrer. Ils se situent dans la ligne tracée par Jacques Maritain en vue d'un renouveau culturel et d'un éveil, aussi large que possible, à une vraie sagesse chrétienne. Ils publient des études, lettres ou conférences de Maritain, jusqu'ici inédites. Ils offrent également des articles sur Jacques et Raïssa ainsi que sur leur époque.

Dans l'esprit des fondateurs, ces *Cahiers* devraient ainsi, en accompagnant la publication des *Œuvres complètes,* leur apporter des compléments d'ordre historique, critique et culturel.

Ne s'adressant pas à un public de spécialistes, les *Cahiers* n'accordent qu'une place modeste aux travaux techniques de philosophie et de théologie. Leur dominante est largement culturelle et religieuse, sans concession à la facilité et à la mode.

En cette année du Centenaire, les *Cahiers* ont publié, au début de l'été, un numéro spécial (4 bis) tout entier consacré à l'ambassade de Jacques Maritain au Vatican et composé pour une part de quinze discours de lui, prononcés dans le cadre de cette mission diplomatique, pour une autre part de documents relatifs à elle, dont un certain nombre sont inédits. Par ailleurs, le mois prochain, paraîtra un Cahier double (4-5) composé de trois parties :

> Un florilège de textes, épars dans l'œuvre du philosophe, où il dit soit directement, soit indirectement comment il voit son caractère et sa vocation;
> Un essai de Jacques, longtemps médité par lui mais composé peu de temps avant sa mort : « Une société sans argent »;
> « Jacques Maritain vu par d'autres » : des passages de livres ou d'articles déjà publiés par des auteurs divers et des essais composés spécialement pour ce *Cahier* du centenaire.

En supplément à ce *Cahier* paraîtra la première tranche de la bibliographie critique dont je parlais tout à l'heure. Je tiens à votre disposition un feuillet d'information sur ces *Cahiers* ainsi que des exemplaires des *Cahiers* déjà parus qui sont mis en vente durant ce Congrès.

*   *   *

Ceci ne veut être qu'un modeste écho des quelques activités du *Cercle d'Études Jacques et Raïssa Maritain* et du travail accompli en vue de la publication des *Œuvres complètes de Jacques et Raïssa Maritain*. Cette tâche s'effectue dans la discrétion et sans bruit : nous voulons y voir le signe que, dans son travail, le Cercle entend demeurer fidèle aux « moyens pauvres » que Jacques a voulu pour lui et auxquels nous sommes farouchement attachés.

Ces petits groupes, ces « petits troupeaux » chers au cœur de Jacques, et dont je ne suis ici que le porte-parole, veulent travailler avant tout à la libération des intelligences et à la croissance, en tout esprit disponible, de l'amour de la sagesse et de la vérité. À cause de cela, ils usent, selon les mots de Jacques,

> des moyens propres à l'esprit [...] *les moyens temporels pauvres*. La Croix est en eux. Plus ils sont légers de matière, dénués, peu visibles, plus ils sont efficaces. Parce qu'ils sont de purs moyens pour la vertu de l'esprit. Ce sont les moyens propres de la Sagesse, car la Sagesse n'est pas muette, elle crie sur les places publiques, c'est le propre de la sagesse de crier ainsi, il lui faut donc des moyens de se faire entendre. L'erreur est de penser que les meilleurs moyens pour elle seront les moyens les plus puissants, les plus volumineux.

L'Institut international Jacques Maritain : les développements et le programme : l'héritage de Maritain

ROBERTO PAPINI
Secrétaire général de l'Institut
international Jacques Maritain, Rome

In this report, I examine some interpretations of Maritain's thinking to which the Jacques Maritain International Institute has always paid special attention. I then explain the Institute's cultural strategies and its programme. Finally I suggest a possible approach for the future of the Institute.

First, I see Jacques Maritain as a thinker sensitive to change, sensitive to the requirements of present-day society and to the Christian world in particular. The cultural strategy to be derived

*from this could be defined as paying particular attention to those
challenges of our time regarding the human person, and to the
development of a "culture of mediation" in the face of today's
irrationalism and resistance to change. In this context, we have
always taken fidelity to Jacques Maritain's ideas to mean not a
scholastic repetition of his thought, but rather a starting point
for understanding and improving contemporary reality. In this
same context, even if Maritain remains the main focal point,
participants within the Institute have broadened their approach
to embrace a pluralism focused on the value of the human person.*

*Concerning the future of the Institute, I describe my own
personal dream: that it may become a major international institution
at the service of the rights of individuals and peoples.*

Le centenaire de la naissance de Jacques Maritain est l'occasion propice
de s'interroger sur sa pensée et sur son influence actuelle. Le développement
considérable de notre Institut et de ses Associations nationales après neuf ans
d'existence, entre dans cette interrogation, et cela à un double titre : au titre
de la lecture que l'Institut a proposée de cette pensée et à celui de l'histoire
des effets de cette même pensée.

Je crois que c'est aux origines mêmes de l'Institut qu'il faut remonter
pour donner une réponse adéquate à ces questions; car une origine conditionne
la destinée tant des individus que des institutions. Les personnes que j'avais
invitées à la Faculté de Philosophie « Aloisianum », où nous étions les hôtes
des Pères Jésuites, et qui partagèrent ces journées à la fois joyeuses et fiévreuses,
appartenaient à un double milieu : d'un côté les vieux amis de Maritain, ceux
qui l'avaient côtoyé toute leur vie ou presque, comme Olivier Lacombe, le
père Cottier, le frère Heinz Schmitz, Mme Grunelius, Joseph Evans, de l'autre
une génération de personnes qui ne l'avaient pas connu personnellement, mais
qui avaient une grande admiration pour sa personne et pour son œuvre, comme
Alfredo Trifogli, Dom Armando Candelaresi, Enrique Pérez Olivares, Iñigo
Cavero Lataillade, le père Alfredo Imperatori, et d'autres (Antonio Pavan
était à cheval entre les deux groupes, car il avait connu et fréquenté Maritain
les dernières années de sa vie). Les premiers tendaient à donner de Maritain
une lecture « intégrale », en interprétant la fidélité à sa pensée surtout de cette
manière; les autres, dont il faut dire que la majorité n'était pas composée de
philosophes de profession, étaient surtout préoccupés de vérifier la validité
de cette pensée dans une confrontation avec les « questiones disputatae » de
notre temps dans le domaine de la philosophie, des sciences sociales et de la
culture en général, à cause aussi d'une sensibilité sociale et politique plus
accentuée.

En réfléchissant aujourd'hui, avec neuf ans de recul, sur ces faits, je crois pouvoir affirmer qu'il s'agissait avant tout de différences d'accent qui tenaient en partie à la différence des générations; mais je pense surtout que durant les premières années, ces diversités ont finalement créé une dialectique féconde à l'intérieur de l'Institut. En effet la lecture de l'œuvre de Maritain que nous avons privilégiée et la ligne culturelle qui en est issue, est débitrice des différentes contributions aussi bien que de l'expérience qui est dérivée de notre passionnante aventure intellectuelle.

Dans cet exposé j'aimerais d'abord essayer de mettre en lumière quelques aspects de notre lecture de Maritain, ensuite la ligne culturelle de l'Institut qui en est issue et le programme qui en est la conséquence; enfin avancer quelques brèves considérations sur l'avenir de l'Institut.

LA SIGNIFICATION DE L'ENSEIGNEMENT DE MARITAIN

Mon intention n'est pas dans cet exposé de présenter l'ensemble de la leçon intellectuelle de Maritain; je voudrais plutôt mettre en lumière certains aspects principaux de la relecture qui a été opérée par l'Institut, pour examiner ensuite quel type de « répétition » nous avons fait de Maritain.

Avant tout je dois dire que l'Institut a privilégié implicitement une certaine lecture de la figure de Maritain et une certaine leçon qui en dérive. En synthèse, l'Institut l'a considéré surtout dans sa qualité de « penseur de mouvement », et cela de deux manières : un Maritain attentif aux sollicitations de la réalité et élaborant à partir de cette réalité les réponses nécessaires et un Maritain préoccupé des problèmes qui se posent au monde catholique dans son engagement dans le temporel.

De cette attention à la réalité, qui est issue également de sa façon souple et ouverte à comprendre le thomisme, provient le fait que Maritain ouvre les grands thèmes de la métaphysique et de la théologie à la philosophie de l'histoire et à celle de la culture, ainsi qu'à la philosophie morale et à la « philosophie pratique ». Ses contacts ne se limitent pas uniquement à des philosophes, ils s'étendent aux artistes et aux hommes de science, aux poètes et aux musiciens, aux écrivains et aux hommes politiques. Lui qui possède une grande vocation de métaphysicien ne dédaigne pas de s'engager dans une œuvre de « philosophie pratique » un peu avant la cinquantaine, en un moment de profondes transformations sociales, économiques, politiques et spirituelles. C'est sur ce point également que la leçon de Maritain devient exemplaire d'un certain style et façon de penser et d'agir, grâce auxquels des disciples attentifs et participants d'une grande tradition intellectuelle peuvent devenir des scrutateurs de leur propre temps et des problèmes qui s'y posent.

C'est à partir des problèmes auxquels doit faire face notre âge culturel que l'Institut a privilégié certaines thèmes majeurs de l'enseignement de Maritain :

  1. une grande leçon de confiance dans la raison et en conséquence un grand effort de libération de l'intelligence de tous les faux absolus et

de tous les réductionnismes qui en menacent l'exercice et la vocation. C'est dans ce sens qu'il nous est apparu qu'au cœur de l'enseignement de Maritain doit être placé le grand dessein des « degrés du savoir », dans lequel toute l'aventure de l'intelligence depuis les balbutiements nocturnes de ses premiers tâtonnements autour des choses jusqu'au grand silence de la transluminosité de la contemplation, est amoureusement étudiée, reconnue et défendue. Cette œuvre si thomiste est aussi illustration de l'*Intellectum valde ama* de saint Augustin.

S'il ne veut pas se renfermer dans la barbarie des idéologies totalisantes ou se perdre dans le domaine infra-humain des non-rationnalismes, notre temps en crise de rationalité a besoin de cet amour qui rend toute sa valeur à l'intelligence ;

2. La deuxième grande leçon que nous a donné Maritain est la façon par laquelle ce sens profond de l'intelligence et de la vérité va de pair dans sa pensée avec un sens tout aussi profond de la personne et de l'histoire ; et cela à tel point qu'il nous a semblé que Maritain a réussi à amener la grande tradition de la philosophie de l'être à dialoguer et finalement à se rénover dans la rencontre avec les grands thèmes de la réflexion contemporaine. Cette rencontre du thomisme et du personnalisme, cette passion pour l'homme sur laquelle Maritain a ouvert la philosophie de l'être, voilà ce qui nous est apparu un des héritages les plus précieux et une indication intellectuelle des plus importantes qui nous vient de lui ;

3. le sens de l'historicité et de la redéfinition du « pratique » dans ses divers aspects (moral, politique, social, etc.) qui ressortent du vaste dessein de Maritain au sujet de la « philosophie morale adéquatement prise », peuvent offrir de précieuses orientations intellectuelles en vue d'élaborer un « idéal historique concret » adapté à notre époque. C'est l'occasion pour la pensée personnaliste d'inspiration chrétienne de s'attacher à la grande tâche de prolonger la réflexion pratique de Maritain jusqu'au cœur des sciences humaines, pour en redéfinir le statut épistémologique et les principes d'action au-delà du registre positiviste ou formaliste et du registre marxiste qui l'ont marqué dans l'époque contemporaine, et cela en partie à cause de nos péchés d'omission ;

4. le grand enseignement de la démocratie, non seulement comme forme de gouvernement mais comme idéal de vie, car il est le régime politique qui correspond le mieux à la croissance d'un homme devenu adulte et toujours plus responsable ; et aussi le fait que cet idéal démocratique même s'il s'incarne en diverses formes, a absolument besoin pour se développer d'une nourriture morale et d'un climat culturel dans lequel le sens de la justice, celui de la solidarité, de la liberté et de l'égalité entre les hommes, soient reconnus effectivement et soient vécus comme des valeurs. Et c'est à partir de cette vision de la démocratie, qu'avec Bergson, Maritain a pu voir dans le christianisme et dans son action dans la conscience profonde de l'humanité, la sève authentique

et originelle de l'idéal démocratique. Et c'est encore grâce à l'enseignement de Maritain que la conscience chrétienne s'est réconciliée avec la démocratie et s'est efforcée toujours davantage d'en promouvoir la défense active. Dans cette même ligne se situe aussi l'engagement des chrétiens, aujourd'hui souvent en première ligne, pour la défense des droits de l'homme.

LA LIGNE CULTURELLE DE L'INSTITUT

Quel enseignement avons-nous tiré de cette lecture de Maritain durant les neuf années de vie de notre Institut ? Quelle « répétition » non répétitive en avons-nous effectué ? Comment aujourd'hui préciser d'une manière plus juste notre vocation intellectuelle ? Quels sont les problèmes de fond que l'Institut a dû et doit affronter ? Voilà les questions parmi d'autres qui me viennent à l'esprit.

Je voudrais commencer cette deuxième partie en citant un passage du Rapport que j'ai présenté à Rome en décembre dernier, à l'Assemblée générale de l'Institut :

> Je crois que nous devons essayer de mieux définir au niveau théorique, la ligne culturelle que nous avons suivie. Cette ligne s'est sans cesse mieux précisée à partir de notre inspiration chrétienne, personnaliste et « réaliste » : un choix pour l'homme dans toutes ses dimensions, l'homme inséré dans une culture et dans une société (cf. art. 2 des Statuts), situé dans la multiplicité de ses contextes réels, ouvert sur l'être et la vérité, engagé dans l'action. Dans un monde violent, apparemment au bord du gouffre, de plus en plus définalisé ; fragmenté et dépourvu d'un langage universellement compréhensible, il me semble que le mal principal est une certaine pathologie de l'intelligence. Sans vouloir dénier les aspects positifs de cette époque post-idéologique, comme on l'a définie, il faut reconnaître que l'homme est certainement plus isolé et seul dans l'univers mais également plus désenchanté, en train de découvrir les manipulations dont il a été l'objet et par conséquent moins disponible pour toutes les sortes de mystifications. C'est à ce défi que nous devons faire face. Dans cette perspective, il est nécessaire de mieux comprendre les évènements de ces années qui coïncident avec une grave crise culturelle et sociale, au sujet de laquelle abondent les analyses mais manquent les thérapeutiques valables. La demande à laquelle nous devons essayer de répondre est la suivante : comment réactualiser le sens de l'homme dans une époque où l'espace habituel occupé par les doctrines semble de plus en plus investi et conquis par une pensée appauvrie et nihiliste ? Il y a place pour un vaste travail de refonte théorique dans les domaines de la culture, de l'art, de l'éducation, du social et du politique.

Dès le début nous avons cheminé dans cette perspective ; nous avons agi comme un sujet collectif de réflexion, attentif à tout ce qui arrive à l'homme et dans la société, disponibles à la confrontation avec les « questions disputées » de notre temps dans le domaine de la philosophie, des sciences sociales et de la culture en général, et cela dans la fidélité à notre Maître.

Aujourd'hui l'Institut est une réalité présente dans divers pays du monde, d'une manière directe grâce à ses propres Associations nationales, et, de manière indirecte, grâce aux institutions avec lesquelles il entretient des relations privilégiées.

La fidélité à Maritain a parfois provoqué des problèmes à l'intérieur et à l'extérieur de l'Institut sur la façon dont elle devait être interprétée. La position qui a prévalu est celle de penser que la fidélité au philosophe de Meudon ne peut signifier uniquement la célébration « scolastique » de sa pensée, l'analyse philologique de ses écrits, une relecture dans des milieux séparés du monde. Nous avons toujours été persuadés qu'il est nécessaire de faire connaître sa pensée parmi les jeunes et dans les mass media; que cette pensée devait être étudiée à fond pour en déterminer les aspects les plus saillants et surtout pour en tirer la leçon morale et intellectuelle si importante pour nos contemporains, et enfin qu'elle devait être confrontée avec les théories sur la personne et la société qui dominent aujourd'hui. Nous avons toujours gardé présente à l'esprit l'idée que la pensée de Maritain est intimement cohérente dans ses divers aspects et se rattache à une épistémologie, à une rationalité, à une métaphysique fortement en discussion de nos jours à tel point que le problème scientifiquement le plus important se situe à ce niveau; mais nous avons eu en outre la conscience que la pensée du philosophe français est d'une telle richesse d'intuition et de potentialité qu'elle est capable de transmettre à l'esprit une énorme poussée créatrice, bien au-delà de telle ou telle thèse liée aux problèmes de l'époque durant laquelle Maritain élaborait sa pensée et son œuvre. Telle est pour nous la signification profonde de la fidélité à un philosophe qui a toujours conçu sa propre vocation en *working process* intellectuel. Pour de nombreux artistes qui pourtant n'ont qu'une connaissance réduite ou même nulle du thomisme de Maritain, sa théorie de l'art est non seulement acceptable, mais est considérée comme une des plus modernes et des plus importantes; on peut affirmer la même chose en ce qui concerne sa théorie de la politique ou de l'éducation, et de toute la ligne de sa spiritualité. Le problème de la résistance ou de l'acceptation du thomisme de Maritain s'est posé d'ailleurs aux purs philosophes eux-mêmes. Maritain a été deux fois innovateur, en enrichissant le thomisme et en innovant dans des domaines que saint Thomas n'avait pas directement traités. Il s'agit en réalité d'une philosophie de l'être avec une empreinte fortement personnelle dont des thomistes eux-mêmes mettent en discussion certains points. Au-delà des contenus conceptuels de cette pensée, que notre but n'est pas d'explorer dans cet exposé, Maritain a démontré — et aujourd'hui nous-mêmes le voyons d'une manière plus évidente, que lui-même n'avait pu prévoir, — à quel degré sa pensée est valable non seulement comme instrument intellectuel pour réfuter les erreurs modernes, mais avant tout pour apporter des propositions vraies et vitales dans divers domaines du savoir et de la pratique; c'est là que se révèle la vigueur de sa réflexion.

Dès sa naissance l'Institut a voulu être un instrument ouvert d'engagement culturel, non pas une simple association d'amis et la fidélité de notre Institut à la pensée de Maritain a été constituée dès le début (voir notre article « Le nouvel Institut », dans *Notes et Documents*, n° 1, 1975) par une sorte de pluralisme convergent qui a son centre dans le souci prioritaire de l'homme; une préoccupation qui, tout en se reconnaissant elle-même dans la tradition intellectuelle que Maritain représente, s'ouvre toutefois à ceux qui parviennent à un résultat convergent et à une vision identique de l'*Humanisme intégral*, même partant d'approches différentes. Cette vision se base sur le réalisme critique de l'intelligence, sur le refus simultané des rationalismes et des non-rationalismes, sur une vision de l'homme — ontologiquement fondée — comme personne et comme créature ouverte à l'infini, sur le sens de l'évolution et du progrès de la conscience morale et donc de l'histoire (malgré l'ambivalence qui est une de ses caractéristiques), sur la nécessité d'une médiation culturelle contre les intégrismes des idéologies et des utopies.

Sur ce point, l'histoire du contact de l'Institut avec la pensée de Maritain est significatif. Dans une première phase nous avons relu les œuvres du philosophe, certes dans un esprit différent de celui de l'époque qui l'avait vu naître, et néanmoins préoccupés d'en dégager et d'en exprimer la cohérence, les espoirs et la fécondité. C'est ainsi que nos premiers colloques scientifiques ont traité divers aspects de la pensée de Maritain : l'aspect politique à Ancône, l'aspect éducatif à Brescia, l'aspect esthétique à Venise, l'aspect épistémologique à Louvain, l'aspect spirituel à l'Abbaye cistercienne du Kentucky, celle où a vécu Thomas Merton. Par la suite, et progressivement, nous nous sommes efforcés non plus tellement à étudier la pensée maritainienne, mais bien plus à « répéter » d'une certaine façon sa réflexion dans le contexte d'aujourd'hui. Nous avons affronté certaines questions disputées de notre temps avec un esprit et dans une optique maritainienne, dans lesquels pourtant la lecture de Maritain n'était plus le centre de la réflexion, parce que c'était le problème lui-même, saisi dans la réalité de notre situation historique qui focalisait notre attention.

Dans ce sens-là nous pensons être restés fidèles à Maritain : la lettre nous avait guidés à intérioriser un esprit et un mouvement de pensée qui formaient désormais notre propre inspiration. Nous n'avons pas voulu faire comme tant de professeurs de philosophie (même parmi ceux qui se disent maritainiens) qui passent leur temps à discuter la pensée des philosophes en oubliant souvent la « chose », la réalité même qui a besoin d'être comprise, d'être « écoutée ».

Je dirais qu'actuellement nous sommes en train d'évoluer peut-être vers une troisième phase : nous n'abordons plus les problèmes dans un cadre philologique maritainien ou dans un esprit de système. Il est évident en effet que l'univers qui fut celui de Maritain, est en même temps plus lointain et plus proche. Plus lointain, car il est toujours plus difficile de forger des instruments intellectuels pour une analyse critique du réel et capable d'offrir non seulement un « savoir » des processus en cours, mais aussi leur « compréhension »; plus proche en vertu de la permanence et peut-être de l'aggravation de certains périls, comme le retour des totalitarismes et le refus des médiations.

Nous vivons actuellement dans un monde d'où est absente la pureté classique qui se profile dans les pages de Maritain. Les références à un univers intellectuel de plus en plus contesté dans cette société en crise dépressive permanente, semblent s'alanguir. Il s'agit cependant de continuer, dans des situations pour certains aspects profondement changées, la bataille en faveur de l'homme, programme difficile qui était de Maritain et qui doit demeurer le nôtre.

L'instrument culturel lui-même a changé de quelque manière : alors qu'auparavant nous insistions sur l'usage de Maritain, sur l'utilisation surtout de l'« instrument » Maritain (même si nous affirmions depuis le début que nous voulions « avec Maritain, aller au-delà de Maritain »), actuellement nous nous rendons mieux compte que Maritain — notre référence majeure — peut nous aider plus efficacement encore s'il est pris davantage dans le contexte du « mouvement » intellectuel personnaliste, dans lequel nous pouvons l'enrichir d'une manière féconde avec l'apport d'autres penseurs qui, eux aussi, peuvent être définis comme philosophes de la personne. Il s'agit là d'un discours que nous nous proposons d'explorer progressivement (et c'est également dans le but d'être attentifs à cette réalité que nous avons constitué un groupe de travail qui est en train d'approfondir une recherche sur la *nature* du personnalisme), sans vouloir pourtant diminuer la place qui revient à Maritain.

Notre connexion avec le personnalisme n'est pas une répétition du genre « déjà vu », mais une connexion idéale à certains « non conformistes » des années 30, qui ont joué un rôle essentiel à leur époque (et dont Maritain était un maître écouté); et cela tout ensemble avec une révision critique de la pensée personnaliste face aux nouveaux défis.

Cette révision critique de la pensée personnaliste ne doit pas se dérouler seulement « entre nous », mais dans la confrontation avec les théories contemporaines sur la personne et sur la société, et avec ceux qui les soutiennent, ainsi qu'avec les défis eux-mêmes. Il s'agit là d'une invitation faite à l'Institut d'adopter une stratégie de présence là où, de plus en plus, ces défis sont présents et ces théories prennent corps, là où comme en Amérique du Nord, est en train de s'opérer un énorme processus de transformation sociale, dans lequel d'une manière effective, dans le bien comme dans le mal, une part importante de l'avenir de l'homme est en voie de constitution. Nous trouvons là la signification du choix de la ville d'Ottawa pour célébrer le centenaire de la naissance du philosophe qui a tant aimé cette terre d'Amérique.

Dans l'avenir, cette confrontation ne pourra se borner à la nouvelle culture dominée par le langage de la science et de la technique; elle devra s'ouvrir également aux cultures traditionnelles de l'Asie et de l'Afrique, si elle veut répondre à sa vocation profonde à l'universalité. C'est dans ce but que nous avons donné vie à une Conférence permanente pour l'étude des problèmes du bassin méditerranéen, dans le cadre de laquelle pourra se développer un dialogue à trois de plus en plus nécessaire de nos jours, entre chrétiens, musulmans et juifs. Ce dialogue, nous aimerions l'étendre progressivement aux autres grandes religions.

LE PROGRAMME

Le programme biennal de l'Institut, qui contient une projection s'étendant sur deux autres années, devient toujours plus le centre unificateur et propulseur de la réalité intellectuelle de l'Institut lui-même. Nous énumérons ici les lignes directrices principales que celui-ci se propose de suivre dans le domaine philosophique durant les années 1982-1983 :

1.   L'attention aux transformations anthropologiques et à l'évolution des valeurs dans la société et l'interprétation des changements à la lumière d'une anthropologie personnaliste fondée sur la philosophie de l'être ;

2.   une contribution à la recherche d'une « rationalité » susceptible de libérer l'homme de la prétention à l'absolu de la raison instrumentale ;

3.   la discussion et la reformulation des modèles théoriques et des principes d'utilisation des sciences humaines.

En particulier, notre programme prévoit une recherche sur « le personnalisme : pour la théorie et la bibliographie d'un mouvement historique », dans le but de réunir les textes qui ont été élaborés par les courants culturels qui se sont reconnus dans le « mouvement » personnaliste des années 30 jusqu'à nos jours et de voir ce qui, aujourd'hui, se produit au sein des courants d'inspiration personnaliste, notamment dans le domaine de la pensée fondatrice, philosophique et des sciences sociales. Une deuxième recherche fixera son attention sur la « renaissance » dans certains pays de la « philosophie pratique » et sur l'apport possible de Maritain. Il s'agit d'apporter une contribution aux débats en cours sur la rationalité de la pratique des valeurs et des comportements individuels et collectif de notre âge culturel. Une troisième recherche s'efforcera de faire un inventaire du rôle de l'inspiration chrétienne — idées et mouvements — dans l'élaboration de la pensée politique du XXe siècle. Il s'agit là d'un grand rêve qui, si nous avons la force de le réaliser et de le poursuivre, nous occupera plusieurs années. Le domaine de l'art ne sera pas absent de notre réflexion, qui a commencé avec le colloque de Venise de 1979, sur « La création artistique dans la société contemporaine » et qui se poursuivra l'an prochain par un autre colloque qui sera organisé à Caracas, sur le thème « Art, culture et société ». Notre intention est d'aborder le problème de l'art comme « révélateur anthropologique » d'informations et de témoignages sur la situation de l'homme de notre temps.

Dans le domaine des sciences sociales, le programme (à réaliser en liaison étroite avec la division de philosophie) se propose de poursuivre les lignes directrices suivantes :

1.   les problèmes de la crise du *Welfare State*, s'intéressant spécialement aux conditions de vie des groupes sociaux les plus défavorisés et aux inter-connexions entre politique sociale et systèmes politiques ;

2. une recherche des structures adéquates qui garantissent un ordre international fondé sur la paix, la justice sociale internationale et sur le respect des droits de l'homme;

3. les transformations des systèmes de valeurs dans divers types de société, liées à la mutation actuelle de l'organisation économique et socio-politique.

En particulier, le programme prévoit une recherche sur l'avenir du *Welfare State* : contractualisme ou nouvelle solidarité? », et le troisième, au printemps 1983, sur « La politique sociale européenne ».

Quant au thème propre de la théorie politique, la recherche prévoit la poursuite de la réflexion sur les rapports entre démocratie et *Welfare State*, conduite par la commission sur la « gouvernabilité de la démocratie, qui a terminé la première étape de ses travaux par la présentation à ce congrès d'Ottawa d'un rapport sur « La démocratie au-delà de la crise de la gouvernabilité ».

Le programme prévoit aussi la création d'une conférence permanente pour la justice sociale internationale, lors d'un séminaire, qui se tiendra à Paris en décembre prochain de concert avec l'UNESCO, sur les « Droits de l'homme, paix et justice sociale internationale »; cet élan sera poursuivi lors d'une rencontre qui sera mise sur pied l'année prochaine, probablement à Caracas, sur « La justice sociale internationale : structures, institutions et processus de décision ».

Au cours de 1983, on organisera un groupe de travail dont la tâche sera de faire le point sur les recherches empiriques effectuées sur le thème de la transformation des valeurs en Europe, dans le but de découvrir ensuite les tendances des changements en voie de réalisation.

Pour le début de 1983, le programme prévoit en plus le début d'une activité de formation au sein de l'Institut avec un premier cours qui se tiendra dans notre Centre de Praglia (Padoue). Je considère que le programme de la transmission de la pensée de Maritain est très important et doit donc continuer et même s'élargir à l'avenir, surtout lorsque notre Centre de Praglia entrera en fonction. Je pense également qu'il devra s'effectuer en prenant bien en considération les problèmes de l'homme dans notre société, de manière à ce que cet enseignement vise au développement d'un « humanisme intégral » et non pas d'un homme divisé par rapport à son propre engagement quotidien.

4. L'AVENIR DE L'INSTITUT

Il est évident que l'avenir de l'institut est lié de quelque façon avec son passé. Quand je regarde ce passé, j'y vois, à côté de tant de difficultés, d'engagements lucides et fidèles de tant de nos amis, je crois pouvoir y relever également un certain succès. Cela a été souligné en de nombreuses occasions lors des assemblées générales et des conseils d'administration de notre Institut. On a indiqué les raisons du succès non seulement à cause de l'engagement des responsables, mais aussi, dirais-je, à cause de l'actualité d'une certaine inactualité : c'est-à-dire à cause du fait d'avoir su proposer, probablement d'une façon juste, un penseur fascinant bien qu'il s'inspire en profondeur d'un philosophe du Moyen Âge; un penseur qui donne toute sa valeur à la philosophie, qui exalte la personne humaine et pense que l'intelligence de l'homme peut atteindre la vérité; et tout cela dans un moment où bien souvent la philosophie est considérée comme une idéologie, où la « structure » prend la place de la personne et où l'idée même de vérité est congédiée comme aliénante. Certes, ne nous faisons pas d'illusions, nombreux sont ceux qui ont recouru et recourent à Maritain parce qu'ils le considèrent comme un refuge sûr et confortable au milieu des eaux bouillonnantes que nous traversons, et pour conjurer la désintégration du monde catholique. Ce souci de sécurité peut avoir un aspect pathologique : le crédit qui est fait à Maritain cache parfois une peur de penser par soi-même.

Ce succès prouve avant tout qu'il y a un espace pour le style et les objectifs de notre recherche, mais cet espace il faut savoir l'occuper. Si ce que nous avons affirmé est vrai, comme de nombreux signes nous le font croire, cela implique une énorme responsabilité pour l'Institut lui-même. La première condition pour répondre correctement à cette responsabilité est celle de ne pas improviser, mais d'élaborer d'abord et de poursuivre ensuite une stratégie précise (qu'il faudra bien mettre à jour en cours de route). Sur ce point encore, le mieux est l'ennemi du bien, et nous aussi nous devons opérer des choix et sommes obligés de prendre les moyens appropriés susceptibles d'influencer.

Un ligne de conduite principale qui a obtenu l'approbation de la dernière assemblée générale de l'Institut, à Rome, et qui, à mon avis, pourrait jouer un rôle toujours plus grand dans la stratégie culturelle de l'Institut, est celle de continuer l'étude des problèmes d'aujourd'hui, dans les divers secteurs de la philosophie et des sciences sociales, selon l'ordre de leur gravité; celle aussi de « spécialiser » la recherche de l'Institut sur les droits de l'homme,

> selon l'approche même qu'en a faite Maritain, comme je le disais dans le rapport déjà évoqué, le bien commun de la cité a besoin de la convergence pluraliste des aspirations des hommes (même s'ils appartiennent à des familles philosophiques différentes), fondée sur la reconnaissance « pratique » des droits fondamentaux (culturels, politiques, sociaux) de la personne.

L'actualité singulière de ce thème peut résumer les aspects variés d'une réflexion intégrale sur l'homme et redéfinir par cette voie, la signification et le sens de son historicité et de sa dimension politique et sociale.

Notre but n'est certainement pas de nous transformer en un instrument d'action pratique. Nous sommes convaincus que notre vocation et que la façon la plus authentique de rester fidèle à Maritain, est de continuer à être ce que nous sommes : une institution de recherche, sans vouloir nous constituer en mouvement. Le problème s'était posé d'une manière analogue, comme cela est bien connu, au moment des débuts d'*Esprit*, dont le dilemme fut pour un temps le suivant : se limiter à faire une revue culturelle, ou bien sous l'urgence de la réalité, se situer immédiatement dans le combat politique et constituer un mouvement qui visait un but à long terme? Emmanuel Mounier — et surtout Maritain — furent d'avis que la revue devait demeurer sur un plan de culture et d'action morale et spirituelle, et ne pas se confondre avec l'actualité proprement politique; cette décision provoqua la rupture entre Mounier et Izard.

Malgré diverses sollicitations en sens contraire, nous avons choisi d'être un laboratoire d'idées personnalistes, non pas séparés du monde, mais attentifs à ce qui s'y passe pour la simple et importante raison que nous en faisons partie. Attentifs en particulier aux germinations nouvelles, tant dans le bien comme dans le mal, qui se font jour dans la vie sociale, dans la vie politique, dans l'art, dans le monde des jeunes, dans le domaine spirituel en général. Je dirais que c'est là que se trouve le style propre de l'Institut. Cela signifie également l'élaboration d'une culture non seulement académique, mais d'une culture engagée et originale, selon l'expression de Maritain reprise comme titre de notre congrès, celle du « philosophe dans la cité ». D'un autre côté, une des leçons de Maritain est la critique du savoir bourgeoisement séparé du monde et l'affirmation de la valeur de la réflexion qui prend origine dans les problèmes réels et y retourne, ainsi que le lien étroit entre théorie et pratique. Cette réalité a fait de nous une institution dont les pieds sont profondément ancrés dans le réel, attentifs donc à nous doter également de structures de communication non usuelles pour les *learned societies* traditionnelles, plus proches de celles appropriées aux mouvements sociaux. Nous croyons que tout cela n'a pas seulement alimenté l'intérêt des différents milieux de la socité pour notre travail et pour l'œuvre de Maritain, mais nous a rendu aussi plus attentifs aux évènements de la vie sociale.

Le problème de l'efficacité de notre travail est lié à celui des moyens, « moyens pauvres » pour suivre Maritain, adaptés de façon correcte à la finalité poursuivie. D'abord nous ressentons aujourd'hui fortement l'exigence d'un centre permanent pour la recherche et la formation. Une occasion unique nous est offerte par l'État italien et par la famille bénédictine qui occupe la très ancienne Abbaye de Praglia, près de Padoue : celle de constituer là notre Centre dans la partie des bâtiments qui a été récemment restaurée. Nous voudrions dans l'avenir y inviter des savants et des spécialistes du monde entier pour des séjours, même de longue durée, pour y réaliser progressivement l'idée d'une « école » d'inspiration personnaliste.

En ce qui concerne les instruments, il y a un autre élément important à signaler, qui est celui de la présence effective et efficace des Associations nationales de l'Institut. Il est nécessaire que celles-ci prennent progressivement conscience du rôle qui est le leur dans la réalisation de la stratégie générale de l'Institut dans leur pays et qu'elles se dotent de structures adéquates pour réaliser les objectifs qui ont été prévus.

*   *   *

Au moment de terminer notre intervention, je voudrais me laisser aller à faire un rêve. Que désirons-nous que devienne à moyen terme cet Institut (inutile de prévoir à long terme, car comme le disait Keynes, à long terme nous ne serons plus sur cette terre)? Pour ma part, je rêve d'une institution de recherche qui possède des racines mondiales (aujourd'hui notre présence est limitée aux Amériques et à l'Europe) activement présente dans la communauté scientifique et intellectuelle internationale, attentive à tous les grands problèmes de la culture et de la société, mais « spécialisée » en ceux relatifs à l'édification de la démocratie et de la paix; une structure universellement estimée et ainsi capable d'être l'interlocuteur valable et écouté même de gouvernements et d'institutions internationales pour tout ce qui regarde le respect et la promotion des droits de l'homme, qu'ils soient culturels, sociaux ou politiques; une institution, pour reprendre la belle expression de notre Maître, « [...] collant son oreille sur la terre pour entendre le bruit des sources cachées, et des germinations invisibles ».

L'influence de Jacques Maritain
en Amérique latine*

ENRIQUE PEREZ OLIVARES
Caracas

The purpose of this paper is to sketch the influence of Maritain in Latin America, as a philosopher of being and of the human intelligence, and as a social and political philosopher.

Brazil was probably the first Latin American country to have been influenced by him, as early as 1925, it seems. We have evidence that the works of Maritain were known around 1930, at least in Argentina, Chile and Venezuela, and later in Bolivia and Colombia.

---

* Le texte français a été traduit de l'espagnol par Pierre Germain.

> *Maritain has been influential in South America through his*
> *social and political philosophy, but his philosophical anthropology,*
> *his philosophy of education and his philosophy of art have also*
> *been important.*
>
> *In short, Maritain has brought to our times a generous*
> *contribution toward the solution of contemporary problems.*

Le jour s'approche où nous commémorerons le premier centenaire de Jacques Maritain. Il naquit à Paris le dix-neuf novembre 1882. Le onze juin 1906, avec sa jeune épouse Raïssa et sa belle-sœur Vera Oumancoff, il naquit à la vie de la grâce par les eaux du baptême, après une douloureuse recherche de la vérité. L'ayant trouvée, il la servira avec passion, avec rigueur, avec obstination et avec un énorme talent; deux ans plus tard, il abandonna son maître Bergson et en 1910 commença la lecture de la Somme théologique.

Saint Thomas s'empare de lui. Il découvre un chemin qu'il n'abandonnera plus : la philosophie de l'Être. Il se laisse conduire par les manifestations de l'être, humblement. Chaque nouvelle découverte dans ce chemin le pousse non seulement à approfondir, mais aussi à communiquer ce qu'il a trouvé.

Cette lumière qui illumine son intelligence lui permet de mettre au point les problèmes les plus aigüs de l'homme contemporain et de proposer aux autres hommes une solution qui est neuve, mais qui plonge ses racines dans la philosophie éternelle : la valeur de l'intelligence, l'art, le « modernisme » et ses racines; l'actualité de saint Thomas, la philosophie de la connaissance, le drame de la liberté, liberté et autorité, liberté et solidarité, les droits de l'homme, le peuple juif; la guerre d'Espagne, la notion d'État, la personne et le bien commun, le fondement chrétien de la démocratie, la philosophie de l'histoire, la métaphysique, la philosophie morale, la création dans l'art et dans la poésie, la personne du Christ et l'Église et le Christ.

Selon les paroles de Carlos Naudon de la Sota, l'auteur chilien dont la synthèse de la pensée du philosophe fut chaleureusement accueillie par celui-ci,

> repenser selon la doctrine thomiste les problèmes de notre temps, en démontrant qu'elle est capable de les résoudre en accord avec ses principes, telle a été la direction fondamentale de l'œuvre de Maritain[1].

Sa première œuvre, *La philosophie bergsonienne*, publiée à la fin de 1913, ne paraît avoir été connue en Amérique latine qu'après la première guerre mondiale; mais une fois terminé ce premier grand drame du XXᵉ siècle, l'océan se voit sillonné par les livres que notre philosophe publie avec une générosité fébrile.

---

1. C. NAUDON, *El pensamiento social de Maritain. Ensayo de filosofía social*, Caracas, Nuevo Orden Ediciones, p. 53.

Le Brésil fut probablement le premier bénéficiaire de son influence : au dire de Tristan de Athayde, il est déjà connu vers le milieu des années 20, et, dans la ville de Rio de Janeiro, la faculté de Droit voit naître en 1925 un Centre Jacques Maritain[2]. Un très grand nombre d'autres se succédèrent : dans une première étape, comme la démonstration d'une renaissance de la pensée philosophique catholique qui avait subi de rudes assauts de la part du rationalisme et du positivisme; dans une seconde phase — peu avant le commencement de la seconde guerre mondiale — comme une expression du désir d'agir sur la réalité politique et sociale et comme une manifestation de l'inquiétude de ceux qui n'acceptaient pas d'être enrôlés dans les files du conservatisme et l'autoritarisme; dans une troisième étape — une fois terminé l'holocauste — comme le témoignage de ceux qui croyaient pouvoir insuffler à l'histoire un changement révolutionnaire, au delà du marxisme : la révolution dans la liberté, aujourd'hui encore, après la mort du philosophe et à quelques semaines de son centenaire, comme un engagement renouvelé pour trouver dans les sources les plus pures de sa pensée les éléments nécessaires pour nous rendre présents au monde de la culture — sur le terrain de ce que nous pouvons appeler le « pré-politique » — pour témoigner par notre vie et par notre travail de l'action rénovatrice de la pensée catholique ouverte au dialogue avec les autres.

À la fin des années vingt et au commencement des années trente, nous avons de multiples témoignages de ce que son œuvre est connue et diffusée, au moins en Argentine, au Chili et au Vénézuela. Un séminaire international organisé par l'Institut international Jacques Maritain dans la ville de Venise à la fin de 1976 en a recueilli plusieurs.

Ainsi, Jaime Castillo Velasco, professeur à l'Université du Chili, philosophe, idéologue et politicien, combattant infatiguable des droits de l'homme et, aujourd'hui, exilé au Vénézuela, nous disait : « Les œuvres principales de Jacques Maritain, Réflexions sur l'intelligence, Les degrés du savoir, Religion et culture, furent connues dans les milieux intellectuels catholiques vers 1935 ou un peu avant[3] ». Comme l'on sait, les trois œuvres citées furent publiées respectivement en 1924, 1930 et 1932[4].

Les recherches que fit Aristides Calvani en vue de présenter son travail à cette occasion lui permirent de nous signaler le nom de la personne qui offrait les œuvres du philosophe dans sa librairie et d'affirmer :

---

2. « Maritain y America latina », dans Jacques Maritain, Su obra filosofica, Buenos Aires, Desclée de Brouwer, 1950, p. 36.

3. J. Castillo Velasco, « L'influenza di Maritain nella vita politica del Chile », dans Jacques Maritain e la societa contemporamea, a.v. cura di R. Papini, Milano, Éditrice Massino, 1978 (Actes du congrès international organisé par l'Institut Jacques Maritain et la fondation Giorgio Cini à Venise du 13 au 20 octobre 1976).

4. Voir « The Achievement of Jacques and Raïssa », Garden City (New York), Doubleday, 1962, pp. 38-39.

En tout cas, il résulte des données obtenues qu'en 1933, comme on l'a signalé auparavant, les livres de Jacques Maritain se vendent à Caracas. En outre, on dirait que la décennie qui va de 1940 à 1959 est particulièrement décisive. De 1950 à 1960 le contact avec la pensée de Maritain perd peu à peu de sa force pour la reprendre, à partir de 1960, avec beaucoup d'intensité et continuer jusqu'à aujourd'hui, alors qu'on pourrait dire que l'intérêt pour Maritain se renouvelle avec rigueur[5].

Je dirais que ce sont les trois pays du cône sud qui l'accueillent avec le plus d'enthousiasme depuis les années trente jusqu'au milieu des années soixante. Bien plus, en 1929, *Criterio*, de Buenos Aires, publie en même temps qu'à Paris « *Bergsonisme et métaphysique*[6] », l'ouvrage *Humanisme intégral* parut en espagnol en 1935, sa première version ayant été éditée à Madrid par la maison Signo sous le titre *Problemas espirituales y temporales de una nuena cristiandad*[7].

Maritain est cité abondamment par Dardo Regules dans une conférence prononcée au Club catholique de Montevideo, Uruguay, à l'occasion de la Convention nationale des étudiants catholiques qui eut lieu en janvier 1935 pour démontrer la vitalité du thomisme. Dans cette conférence, Regules soutient que « le premier remède dont la jeunesse a besoin est le renouvellement par la philosophie »; il montre dans le thomisme la philosophie qui réunit les conditions nécessaires pour satisfaire les exigences de la jeunesse :

> Étudier la philosophie thomiste est la devise de la révolution nécessaire qui donnera la conviction intellectuelle ordonnatrice » et insiste sur le fait que « le thomisme est une chose vivante qui croit et se renouvelle en chaque philosophe et en chaque révolution[8].

Il est cependant hors de doute que c'est son voyage à Buenos-Aires en 1936 qui laisse une impression profonde et ineffaçable. Écoutons-en un écho dans les paroles d'un intellectuel de ce pays, Ricardo Parera :

> Monseigneur Gustavo Franceschi et ensuite Monseigneur Deresi, qui fut le fondateur de l'École philosophique Saint Thomas d'Aquin et Rafael Rindal, introduisent la pensée de Jacques Maritain en Argentine.
>
> Ce sont cependant les membres de la Commission directrice des cours de culture catholique, Thomas Caseres et César Pico, qui lui offrent la possibilité de donner des classes dans notre pays.
>
> Deux années auparavant, Maritain rédige un document fondamental « *Pour le bien commun* » au sujet des responsabilités du chrétien, auquel souscrivent les têtes d'affiche du catholicisme français […] et qui est publié dans la revue « *Criterio* », numéro 235, le 24 mai 1934.
>
> L'influence de la pensée de Jacques Maritain fut décisive; ses paroles et ses œuvres constituent une base solide et une inspiration permanente pour les générations.

---

5. A. CALVANI, « L'influencia di Jacques Maritain sul pensiero politico-sociale in Venezuela », dans *Jacques Maritain e la Societa contemporanea, op. cit.*, p. 340.

6. A. PONSATI, « Maritain en Argentina », dans *Jacques Maritain e la societa contemporanea, op. cit.*, p. 359.

7. J. MARITAIN, Deunes (1912-1936), Choix, présentation et notes par H. Bars, Desclée de Brouwer, 1974, p. 56.

8. R. REGULES, *Algunos problemas de la juventud cristiana en Ideario*, Montevideo, Impresora Cordon, 1966, pp. 39, 41, 42 et 43.

Ces paroles, comme la diffusion de ses œuvres, provoquèrent une réaction émotionnelle formidable chez les catholiques argentins.

Comme tout ce qui est destiné à durer, il suscita chez ceux qui l'avaient connu deux positions : l'une qui alimente la production d'œuvres de philosophie politique et sociale destinées à critiquer la position idéologique de Maritain et à démontrer l'« utopie » à laquelle elle prétendait ; l'autre qui assimila positivement ses paroles et qui voyait dans le maître néothomiste le penseur qui fixait clairement ce que devaient être la position et l'action du chrétien dans le domaine civique.

La présence de Jacques Maritain provoque un autre fait important, la promotion de tout un groupe d'intellectuels qui abordèrent ses thèses de philosophie morale, politique et sociale. Des revues comme *Criterio* se consacrèrent à exposer et à clarifier les thèses de Jacques Maritain ; nous devons mentionner spécialement les mémorables articles de Francischi en 1945. Il fut aussi l'inspirateur de publications qui naquirent sous le signe de ses définitions, et surtout un aliment permanent pour tous les hommes qui avaient la tâche de fonder des noyaux de citoyens, précurseurs de l'actuel P.D.C. (Parti de la démocratie chrétienne).

Au moment où le monde était au bord d'une hécatombe et débattait le problème liberté-autorité, son disciple bien-aimé, Rafael Pindal soutenait que « la croix du Christ ne pouvait être attachée à l'épée sanglante du fascisme[9].

Qu'on me permette une autre longue citation, également d'un intellectuel argentin, Fernando Martinez Paz, qui décrit le moment de la visite du philosophe :

Voyons maintenant comment fut présenté Maritain en Argentine.

À cette époque, Maritain était pour la pensée argentine le maître à l'érudition étonnante, faisant autorité dans le monde catholique à cause de sa vie austère et de sa foi profonde, et dont la philosophie est la « réconciliation des sciences ».

Comme thomiste, il était le témoin lucide de la renaissance du thomisme vivant ; il était aussi le laïc, philosophe chrétien, converti et adopté par Léon Bloy. Il était « l'homme fidèle à la vocation la plus haute parmi les vocations humaines, la vocation spéculative ».

Il était aussi celui qui des hauteurs de la spéculation était descendu sur le terrain des luttes humaines, avec une vision du monde actuel « profonde, fondée, juste et notablement opportune en Argentine ».

La nouvelle chrétienté, disait Castellani, « qu'il entrevoit comme un foyer réalisable d'action à la longue portée, est une idée pleine de clartés ». Ici en Argentine, on s'intéresse plus qu'en France, du fait que l'Argentine, à cause de sa jeunesse et de sa structure rudimentaire, y est mieux préparée, et en ressent davantage le besoin, à cette doctrine des « cinq notes » assignées par Maritain, lesquelles ont entraîné en Europe de terribles résistances atomiques. Qui sait si elles ne sont pas parmi nous en vertu de la même loi génétique, plus même qu'en puissance, en raison séminale ! Pluralisme de communautés sociales, ou lien d'unité rigide ; autonomie du temporel à titre de fin intermédiaire ; autonomie de la personne par rapport aux moyens politiques ; parité essentielle dans la condition commune des hommes adonnés au travail et à une œuvre commune à réaliser ; établissement d'une cité fraternelle, non pas certes en tant qu'œuvre divine (le royaume de Dieu réalisé dans et par le temporel) comme était l'idéal historique du moyen âge,

---

9. R. PARERA, *Democrazia cristiana en la Argentina*, « Los hechos y las ideas », Buenos Aires, Ed. Nahuel, 1967, pp. 49, 52 et 53.

mais en tant qu'œuvre humaine, au moyen d'une chose divine, qui est l'amitié et l'amour au milieu de ce même travail […].

Maritain fut présenté en Argentine non pas comme homme d'action ou comme chef mais comme conseiller, fonction à laquelle saint Thomas assigne sa place dans la société, après celle du roi ou du prince, fonction qu'avait également remplie saint Thomas lui-même[10].

En Argentine la polémique se fait intense autour de la pensée politique et sociale et les revues *Balcon*, *Nuestro Tiempo* et *Presencia* recueillent les violentes attaques du père Julio Meinvielle[11]. La polémique soulevée en Argentine traverse les Andes et se répand au Chili.

La première réaction anti-maritainienne vient, comme nous l'avons vu, de la droite. La gauche le connaît à peine, mais le respecte. Ce fut une revue de gauche, du Front populaire, au gouvernement depuis 1933, qui publia le texte de la *Lettre sur l'indépendance*.

La polémique commencée cette année-là fut soutenue, sous diverses formes, jusqu'à la veille du concile Vatican II. L'instrument principal en fut *El Diario Ilustrado*, périodique catholique du parti conservateur, qui eut une grande influence entre 1930 et 1950. Les écrivains antimaritainiens étaient peu nombreux et peu réputés. Jusqu'à 1948 la polémique se fit plus âpre par suite de l'activité du prêtre argentin Julio Meinvielle, qui écrivit plusieurs livres pleins de malveillance et qui se rendit jusqu'au Chili pour donner des conférences, organiser des débats et écrire des articles polémiques contre le philosophe. L'accusation principale était que la pensée maritainienne représentait une position libérale, hérétique dans sa forme et dans son contenu. On en déduisait que Maritain devrait être excommunié. Pendant des années *El Diario Ilustrado*, déjà cité, conduisit cette campagne sous l'influence précise et directe du parti conservateur. La passion polémique en arriva à des violations répétées de l'éthique intellectuelle dans l'analyse des textes maritainiens, mais la polémique s'éteignit complètement lorsque Jean XXIII énonça les principes fondamentaux du Concile[12].

Tournons-nous un moment vers le Brésil, où Alceu Amoroso Lima, notre Tristan de Athayde, nous relate ce qui suit :

À d'autres enfin, la lecture de Maritain ouvrit les yeux à la foi catholique et à la philosophie traditionnelle que jusqu'à ce moment ils avaient tenues pour incompatibles avec la pensée moderne […].

Quand en 1936 j'allai recevoir Maritain sur le bateau qui le ramènerait d'Argentine en France, nous voyions en lui un guide spirituel, ainsi qu'un maître de métaphysique.

Il s'était écoulé au moins dix ans depuis que nous avions lu ses livres pour la première fois.

Quel enseignement alors notre génération a-t-elle reçu de Maritain ? Je crois qu'on pourrait l'appeler celui de la réconciliation avec l'intelligence. Bergson nous avait donné une notion très décevante de la raison. Maritain nous révélait, à travers la rigueur de son

---

10. F. M. Paz, *Maritain politica y ideologia*, Buenos Aires, Ed. Nahuel, 1966, pp. 104-105.
11. J. P. Gracia, « El Maritenismo en Hispanoamerica », dans *Revista Estudios Americanos*, vol. II, n° II, oct. 1951, pp. 581-584.
12. J. Castillo Velasco, *op. cit.*, p. 35.

exposé sans enjolivements mais aussi sans aridité, la véritable nature de l'intelligence [...] Maritain a été le révélateur de l'intelligence à une génération sceptique, agnostique ou vitaliste.

Jusqu'à l'année 1936, à l'occasion de son voyage en Amérique latine, alors que les problèmes sociaux avaient relégué au second plan les problèmes esthétiques, philosophiques ou religieux qui jusqu'alors avaient préoccupé les nouvelles générations, ce fut de nouveau Maritain qui nous sauva de certaines erreurs et de certaines illusions politiques qui avaient conquis plus ou moins nos esprits [...]

Et celui-là même qui nous avait révélé la compatibilité profonde entre l'intelligence et la vérité revient nous démontrer maintenant l'adéquation naturelle entre la liberté et le bien commun. Nous avions confondu liberté et libéralisme, autorité et dictature. Maritain, à la lumière des principes les plus purs du droit naturel et de la philosophie traditionnelle, venait nous démontrer qu'il fallait justement « distinguer pour unir ». Ses enseignements, qui nous avaient tirés du scepticisme ou de l'irrationalisme en nous amenant à l'intellectualisme ordonné au réel intégral venaient alors, au plan politique, nous faire passer des propositions unilatérales à une synthèse totale dans laquelle la liberté et l'autorité s'intégraient naturellement dans la vérité[13].

Je dois signaler un témoignage venant d'un autre pays, la Bolivie. Écoutons la communication de Franz Ondarza Linares au Séminaire de Venise, auquel il a été fait allusion tout à l'heure. Son rapport signale les années quarante comme le moment de la réception des idées maritainiennes et souligne en particulier que, durant les années cinquante, les cadres intellectuels de l'Action catholique de la ville de Cochabamba organisent des groupes très sensibles à la problématique sociale et qui s'inspirent de l'*Humanisme intégral*. L'effet produit est si grand qu'un « Mouvement de communauté chrétienne Humanisme intégral » surgit avec des noyaux à La Paz, Cochabamba, Sucre et Potosí. En 1953, il se dissout pour donner naissance à une organisation partisane[14].

Entre les années trente et cinquante, diverses revues accueillent et divulguent la pensée maritainienne : au Brésil, *A Orden* et *Fronteiras*; au Chili, *Política y espíritu*; en Argentine, *Orden cristiano* et *Criterios*; en Colombie, *Testimonio*; au Vénézuela, *Nuevo orden*[15].

J'ai affirmé plus haut que durant trente ans les pays du sud furent le théâtre d'une présence et d'une influence maritainiennes vivantes. En ce moment, des déchirements profonds produits par une vague croissante de marxisme qui s'élance à l'assaut du pouvoir politique est la cause de traumatismes si profonds que l'influence du philosophe semble presque disparue en Argentine et en Uruguay.

Les tyrannies qui s'instaurent ne sont guère propices au dialogue ni à la promotion de l'activité intellectuelle. Maritain passe aux catacombes. La diffusion de ses livres est souvent un geste de rébellion.

---

13. T. de ATHAYDE, *Maritain y América Latina*, pp. 32, 33 et 35.
14. F. O. LIMARES, « Maritain e l'azione politico-sociale in Bolivia », dans *Maritain y la società contemporanea, op. cit.*, pp. 345-346.
15. Voir J. PERDOMA GARCIA, « El Maritenismo en Hispano-america », dans *Revue Estudios Americanos*, vol. III, n° II, octobre 1951, p. 569 et sqq.

Au Chili, le gouvernement fut assumé par Eduardo Frei qui était un adepte de la pensée du philosophe et s'en inspire pour accomplir son travail comme dirigeant et comme gouvernant. Entre les deux avait surgi un profond courant de sympathie dont nous avons divers témoignages importants ; le moindre n'est pas le voyage que Jacques Maritain, alors âgé de plus de quatre-vingt-cinq ans, fit d'Alsae à Paris durant la visite du président Frei en France en 1965, et le motif qu'il en donna lorsqu'il déclara : « L'œuvre que vous êtes en train de réaliser comme mandataire n'intéresse pas seulement le Chili et l'Amérique, mais le monde entier[16] ».

Durant ses années d'administration reprit la vieille polémique sur la validité de la pensée philosophico-politique de Maritain. Cette fois à l'intérieur de la Démocratie chrétienne : ceux qui quelques années auparavant avaient soutenu que cette pensée n'était pas valide glissèrent progressivement vers le marxisme[17].

Le même traumatisme dont a souffert le Chili à partir de 1970 a suscité le doute sur la question de savoir si ces faits ne sont pas une démonstration de la difficulté d'appliquer la pensée maritainienne à notre réalité. Jaime Castillo, dont l'autorité scientique, morale et politique est difficilement contestable, soutient le contraire dans le rapport qu'il présenta à Venise et que j'ai cité plus haut :

> La philosophie de Maritain est pour les Latino-Américains, non pas une justification du passé ni une manifestation d'impuissance historique, mais au contraire et comme dans les années 30 une perspective et une espérance pour l'avenir[18].

Au Vénézuéla, depuis les années soixante, comme le professeur Calvani dans la citation que j'ai transcrite, on assume la pensée de Maritain d'une manière vivante : son œuvre se diffuse par des conférences, des cercles d'étude, des livres qui la résument et ses propres textes circulent de façon passablement intensive parmi les jeunes. Si dans les années trente il fut connu par une minorité de personnes adultes et que dans les années quarante il était à peine connu de la jeunesse[19], à partir de ces années il accompagne l'inquiétude de beaucoup de jeunes et d'adultes, militants politiques ou non.

Bien que certaines conceptions simplificatrices aient vu en Maritain un démocrate chrétien, d'abord comme précurseur gauchisant, ensuite comme inspirateur droitisant et finalement comme désillusionné devant les difficultés, la vérité est très éloignée de cette perspective déformée.

De l'œuvre multiple de Jacques Maritain, la partie la plus répandue en Amérique latine est sans doute sa philosophie sociale et politique. Mais sont

---

16. O. PINOCHET de la BARRA, « El pensamiento de Eduardo Frei », *Seleccion y notas*, Santiago de Chile, Ed. Aconcaqua, s.d., p. 16.
17. J. CASTILLO VELASCO, *op. cit.*, p. 334.
18. *Ibid.*, p. 339.
19. R. COLDERA, *Moldes para la tragua, Jacques Maritain, Fee y en el Pueblo*, Caracas, Ed. Seguros Horizonta, 1973, p. 140 (déjà publié The New Scholasticism, vol. LVI, n° 1, Hiver 1972).

aussi connus et influents ses apports en philosophie anthropologique, en philosophie de l'éducation et en philosophie de l'art. En ce qui concerne cette dernière, certains créateurs artistiques se réfèrent expressément à son œuvre (au Vénézuéla, par exemple, Alirio Rodriguez dans le domaine des arts plastiques et Guillermo Yepes Boscam en poésie). Ses apports à la théorie de la connaissance sont aussi présents aujourd'hui dans les centres d'éducation supérieure. Bien que sa métaphysique n'ait pas connu le même diffusion, elle a aussi contribué à revitaliser le réalisme thomiste sur le continent.

Maritain ne fut pas un homme politique, il fut et est un philosophe. Maritain fut et est un catholique convaincu qui, n'étant pas de ce monde (rappelons-nous qu'il finit ses jours après avoir prononcé les vœux de pauvreté, de chasteté et d'obéissance dans la fraternité des Petits Frères de Jésus, à Toulouse), voulut contribuer à christianiser le monde. Maritain est et fut un intellectuel qui apporta à notre temps une contribution généreuse à l'éclaircissement des problèmes de l'homme contemporain.

Beaucoup d'hommes se sont inspirés et continueront de s'inspirer de son œuvre et de sa vie : deux aspects inséparables de sa personnalité. Parmi eux, divers dirigeants politiques importants dont aucun n'a prétendu le présenter comme un membre de son organisation. Alceu Amoroso Lima et Rafael Caldera, pour prendre deux témoignages éloignés dans le temps, nous donnent la preuve, dans les études citées, que son livre *Humanisme intégral* fournit leur orientation aux intellectuels et aux hommes d'action qui, en avril 1947, se réunirent à Montevideo pour « mettre en marche un mouvement démocrate-chrétien à l'échelle continentale latino-américaine[20] ». Qu'on me permette de citer une fois de plus Caldera, commentant l'inappréciable et lumineux apport du philosophe aux problèmes compliqués auxquels nous devons faire face comme intellectuels et hommes d'action chrétiens.

> Il signale que ses livres furent lus avec avidité et qu'en eux on trouva les bases solides sur lesquelles faire reposer *au plan des principes* [c'est nous qui soulignons] les responsabilités concrètes assumées sur le terrain de l'action.
> De là la reconnaissance à l'égard de Maritain de notre part, à nous qui luttons sur le terrain politique à partir d'une base idéologique proche de la sienne, pour avoir été le grand défenseur de la démocratie comme formule politique, en la présentant vivifiée par les principes impérissables de la philosophie chrétienne[21].

Il n'y a pas un Maritain de gauche et un Maritain de droite. Bien plus, Maritain n'est pas exclusivement ou principalement un philosophe de la politique. On ne peut l'apprécier adéquatement que si on l'étudie dans l'ensemble de son activité : métaphysicien, épistémologue, philosophe moral, philosophe de la nature, philosophe de l'art, humble apprenti de la théologie. Et si on veut le suivre vraiment, il faut l'accompagner dans cette découverte et redécouverte permanente de la vérité faite chair dans le Christ, faite société

---

20. *Ibid.*, p. 142; voir aussi T. de Athayde, *op. cit.*, p. 37.
21. *Ibid.*, p. 141.

dans l'Église du Christ, faite pour les hommes dans le saint sacrement de l'Eucharistie et dans la parole.

Je termine par un texte tiré de son œuvre *Le paysan de la Garonne* :

> Contempler Dieu seul à seul dans l'humanité de Jésus ; contempler Jésus à travers le prochain qu'il aime et que nous aimons, voici les deux voies les plus désirables de la contemplation pour un homme engagé dans les travaux du monde[22].

---

22. J. MARITAIN, *Le paysan de la Garonne. Un vieux laïc s'interroge à propos du temps présent*, Desclée de Brouwer, 1966, p. 344 (cité par J. DAUJAT, *J. Maritain. In maestro para nuestra epoca*, Caracas, Ed. Dimensiones, 1981, p. 196).

The Influence of Maritain
on the Brazilian Thinker
Alceu Amoroso Lima
(or Tristão de Ataíde)

ADMARDO SERAFIM DE OLIVEIRA
Federal University of Espírito Santo
Vitória, ES-Brazil

Le but de cette communication est de définir quelques-uns des principaux points de l'influence de la philosophie de Maritain sur le penseur brésilien contemporain, Alceu Amoroso Lima.

La pensée éclectique d'Amoroso Lima est orientée vers une analyse des problèmes de l'Amérique latine qui l'ont amené à s'engager dans la réalité sociale en vue de combattre pour une société plus juste. Dans ce contexte, sa conversion a joué un rôle décisif. Comme Maritain, il s'est rendu compte que le christianisme doit s'incarner dans toutes les situations de la vie, particulièrement dans celles où l'oppression prive l'homme de ses droits à la justice et à la liberté.

Tout comme Maritain, Amoroso Lima rejette les totalitarismes et croit en un humanisme chrétien capable de construire un nouvel ordre social. De cette perspective, il déduit sa métaphysique. Pour lui, le christianisme est une histoire, mais c'est une histoire dans le temps; il doit s'engager dans la lutte pour la justice. Mais il est aussi « le temps dans l'éternité » et, par conséquent, il se situe au delà des civilisations de ce monde. À la suite de Maritain, Amoroso Lima voit l'homme au delà des limites de l'histoire terrestre. En conséquence, l'homme transcende l'État et ne peut pas être considéré comme son inférieur. Comme Maritain, il pense que c'est là la seule voie d'une société démocratique, une société fondée sur les enseignements des Évangiles. Il s'ensuit que l'Église doit s'identifier totalement avec les opprimés dans un dialogue continuel avec le monde. Si elle le refuse, elle perd son identité. De ce point de vue, on peut voir qu'Amoroso Lima est l'un des précurseurs de la philosophie et de la théologie latino-américaines de la libération. Mais alors que les autres ont une tendance à souligner, par exemple, les seuls aspects immédiats de la liberté, Amoroso Lima, comme Maritain, va plus loin en mettant en relief la nécessité pour l'homme de la liberté intérieure, puisqu'il est aussi un être transcendant.

Enfin, Maritain a également influencé la pensée pédagogique d'Amoroso Lima. Aussi, selon lui, le but de l'éducation est de préparer l'homme à l'activité civique et à la compréhension politique de sa réalité sociale. La véritable éducation est celle qui stimule chez l'homme la recherche de la liberté et l'exercice d'une démocratie authentique. Cette influence maritainienne sur Amoroso Lima a pavé la voie à la pédagogie des opprimés de Paulo Freire, puisque c'est par Amoroso Lima que Paulo Freire a pris connaissance de la philosophie de l'éducation de Maritain. En somme, Maritain et Amoroso Lima ont donné aux générations du XXe siècle une cause pour laquelle combattre, vivre et mourir.

The period between the two World Wars can be characterized as the period of the reappearance, in Europe, mainly in France, of Thomism, due to the writings of Jacques Maritain. In a Catholic continent such as Latin

America, his philosophy has played a significant role. In Brazil, particularly, it was developed by Alceu Amoroso Lima (or Tristão de Ataíde).[1]

Alceu Amoroso Lima is a contemporary Brazilian thinker, man of letters and journalist. He was born in Rio de Janeiro in 1893 and has translated many of Maritain's works into Portuguese. He has produced over eighty different titles,[2] in many different fields of knowledge, which go beyond the realms of philosophy and literature, since they also cover works on economics, sociology, education, etc. For this reason he can be described as an eclectic writer. His way of thinking constitutes a very diversified global synthesis which expresses a variety of philosophical schools though rendered in Amoroso Lima's own style and showing his personal orientation. Here lies the difficulty in grasping the totality of his thought. His ideas are not to be seen as lacking structural consistency. There exists, indeed, a categorical structured thought in his writings. They are not simply a confused mixture of ideas or philosophical tendencies. His eclecticism is not a mere novelty. Failure to perceive this fact has been the source of many misunderstandings of Amoroso Lima's thought. But I agree with those who do not see him as a pure philosopher in the strict meaning of the word, because he did not construct a systematic body of philosophical speculation, though he created, in Brazil, the appropriate climate for Thomism to flourish and influence no less than three generations.

Amoroso Lima's eclecticism springs, mostly, from his life experience. Very soon he realized that, as he lived in a continent characterized by all sorts of oppression and social injustice, he could not become an alienated intellectual or a mere idealist; he decided, then, to plunge deeply into the real problems of our people and put forward a claim for justice. The philosopher became a social and political leader as well. As with Jacques Maritain, we can argue, in this sense, that action and contemplation are the core of Amoroso Lima's life and work. According to Antonio Carlos Villaça, one of his best interpreters,

> his works are tied to the circumstances of life. He is a non-systematic and anti-pragmatic critic of the modern world. In fact he has a limitlessly open mind and is as unquiet as a world in crisis . . . . He is always in search of something better, in a continuing attempt to reach fulness and wholeness.[3]

Therefore, the way to understand the eclecticism as well as the totality of Amoroso Lima's thought is to relate his thought to his life activities. In order to do so, we have to begin by his conversion to Catholicism. It was at the age of 20, when he was studying in Italy, that Amoroso Lima became immersed in an existential crisis over the meaning of life. He tried to find it in books, authors, travels, etc. But he did not succeed at all. Then, he left

---

1. It was as literary critic for a newspaper called "O Jornal" that Amoroso Lima because famous under the pseudonym of Tristão de Ataíde.
2. As far as I know his works have not yet been translated into English.
3. *O Pensamento Católico no Brasil*, Rio de Janeiro, Zahar Editores, 1975, pp. 119-120.

Europe and came back to Brazil without knowing what to do. At that time he met Jackson de Figueiredo, a Brazilian philosopher, who had been converted to Catholicism in 1916. Jackson de Figueiredo introduced him to the works of Maritain. It was a decisive step towards his conversion, which took place in 1928. As he started his readings on Maritain, his skepticism began to dissolve, due to the great impact Maritain's philosophy had on him. His conversion meant to him an encounter with the meaning of life, a step towards plenitude and freedom, a way to explain the world, an absolute Causality and a Cause to which he consecrated his life, though it was also a motive for sacrifice and self-resignation.

Commenting on this fact, Amoroso Lima said later on:

> I see three different ways of understanding the world: it is through the libertarian spirit, through the totalitarian spirit and through the trinitarian spirit. For a long time I was an adept of the first; for a short time I 'fell in love' with the second; finally, I gave myself up to the third, once I recognized Him as the Way, the Truth and the Life.[4]

As with Maritain, conversion is an important element in the life of Amoroso Lima. It is also crucial to the understanding of his thought. He came to know and live with Maritain during his stay in Princeton, U.S.A. Since then he never stopped studying Thomism and all its interpreters, although Meudon and, especially, Maritain were considered his favourites.[5] Hence the powerful influence of Maritain on all his philosophical works. We can, indeed, say that Amoroso Lima's goal was an attempt to adapt the most profound insights of Maritain's philosophy, particularly his social and political philosophy, to the context of oppression and poverty suffered by the great majority of the Latin American population. To materialize his plans (after the death of Jackson de Figueiredo) he became the publisher of a review called "A Ordem," founded in 1921, whose aim was precisely to play a significant role in the spread of the doctrines of the Catholic Church.[6] In 1922, "Dom Vidal Centre" was created for that same purpose.[7]

Amoroso Lima's works were devoted to a philosophical analysis of the social and political problems of Latin America. He evolves from a nationalist to a universal perspective in the study of these problems. Maritain brought him back to the democratic ideal, especially through his readings of *Christianity and Democracy, Integral Humanism* and *The Rights of Man*. Just as Maritain so vehemently attacks European totalitarianisms, Amoroso Lima casts his attacks on Latin American dictatorships. He also advocates a Christian humanism as a solution to many social and political problems: the defense of human

---

4. Words of Amoroso Lima on his fiftieth anniversary in a speech entitled "Farewell to Youth", Rio de Janeiro, December, 1943.

5. See "Maritain et l'Amérique Latine," in *Revue Thomist*, Vol. XLVIII, 1948, pp. 12-17.

6. See Adolpho Crippa, *As Idéias Filosóficas no Brasil (Século XX — Parte I)*, São Paulo, Editora Convivio, 1978, p. 160.

7. See Geraldo Pinheiro Machado, *A Filosofia no Brasil*, São Paulo, Cortez & Moraes, 1976, p. 92.

dignity, the primacy of the intellect and of contemplation, the promotion of justice for all, the worth of man's labour, the end of colonialism, peace as a value to be defended by all, the relativity of history, etc. In other words, he argues in favour of a human society put to the service of the common good. Hence his disapproval of an increasing economic dehumanization and the decreasing of sacrality among men.[8]

Amoroso Lima was both a Christian and a metaphysical thinker. Once again the influence of Maritain becomes evident when he writes:

> Man is neither impermeable to the truth nor able to exhaust it. God is neither inaccessible, nor is He totally accessible. Life is neither inexplicable, nor evident. A Philosophy of Being saves us from the power of the intellect without leading us to the tyranny of it.[9]

He goes on to argue that Christianity is history. It acts in history through its engagement in it. But Christianity is also transcendence; it is not only "time." It is eternity in time, that is, the incorporation of time into eternity. It is "salvation of time." Consequently, it is superior to the world civilizations, and therefore, the Church must not be identified with any particular culture.

> Today, when we oppose the trinitarian spirit (or fidelity to the authentic Christian principles) to the totalitarian spirit, the point we want to stress is, exactly, the difference between a unitarian empire, such as that of the Romans or the modern Soviet one or any other neo-fascist state, and the Church, which respects the variety of people and of civilizations.[10]

Thus, following Maritain, Amoroso Lima places man beyond the limits of earthly history. In his opinion, man transcends the state. So, metaphysics shows up in his works in a lived way. It is the only way to the construction of a society of free men, a democratic social body based on the teachings of the Gospels. Like Maritain, Amoroso Lima thinks that democracy is inspired by the Gospel and cannot subsist without it.[11] His position is made clear through this statement:

> It is the Christian Spirit that will accomplish the true democracy which is, at the same time, a moral, social, economic and political order. This ideal, however, would not be possible if it were not inspired by a Christian Spirit . . . since only a Christian (who knows from where he came and where he is going to) is able to know the real measure of man and the world. And in order to do it he must link up his scientific discoveries with the teachings of the Church. There he will find the true humanism based on sound democracy.[12]

According to Amoroso Lima the Church is, then, the defender of human freedom and justice. She is a Church totally identified and mixed with the

---

8.   See *Introducão à Economia Moderna*, Rio de Janeiro, Editora Agir, 1930.
9.   "Carta a Tarquínio de Sousa", in *Tentativa de Itinerário*, Rio de Janeiro, Editora Agir, 1929.
10.   *A Vida Sobrenatural e o Mundo Moderno*, Rio de Janeiro, Editora Agir, 1956, p. 374.
11.   See Jacques Maritain, *Scholasticism and Politics*, London, Geoffrey Bles, The Centenary Press, 1945, pp. 66-70.
12.   *Revolução, Reação ou Reforma*, Rio de Janeiro, Edições Tempo Brasileiro, 1964, pp. 148-149.

multitude of the oppressed in every place. So she is a Church in constant dialogue with the world and no longer an object of indifference put aside by intellectuals.[13] Besides, she is not the place where those who are frightened at the scientific and technological development can find security, for they are those who suffer from the temptation of defending the present and preserving the established order which they helped to build. They forget that history always turns good intentions into cold formulae and that the old words that were used to free, can be used today to oppress, because man corrupts everything. The tragedy of Christianity is the fact that it was present at the origin of everything as well as at the end. This is why it is so painful to those men to start afresh, to abandon the past and look forward to the future. They know from experience how easy it is to destroy and how difficult it is to build again. For this reason, they always forget that the Church's mission is to be actively present in places where human dignity is threatened and human freedom is put in jeopardy. Perhaps from this perspective we can infer that the very roots of Latin American philosophy and the theology of liberation, as engaged in concrete reality, are to be found in Amoroso Lima's thought. But while the philosophy and the theology of liberation tend to emphasize only the immediate aspects of freedom, from a social, political and economic viewpoint, Amoroso Lima goes further and reminds us of the necessity of internal freedom. He maintains that without it man can never be absolutely free, because he is also a metaphysical being nourished by transcendental realities which cannot be measured empirically. He says,

> We need to return to the religious sense of human life, i.e., to a metaphysical and sacral vision of man and the world. We need to restore the empire of the End in every human activity. We need to feel, more than ever, that life is worth living; that the world is not the result of the absence of a Divine plan as the Greek sophists taught us and to whom we owe the bitterness of our painful victories.[14]

Therefore, man also aspires to transcendental freedom, which lies beyond the realm of pure liberation from those earthly evil forces that enslave him. The first kind of freedom is not an end in itself but rather a means which leads to the second kind of freedom. Once more we can see very clearly the influence of Maritain on Amoroso Lima, especially his concept of freedom of choice and freedom of spontaneity.[15] So, as for Maritain, freedom for Amoroso Lima is a goal man strives to reach through his own efforts and with the aid of his reason and intellect.

Another remarkable aspect of the influence of Maritain on Amoroso Lima's thought is to be seen in the pedagogical field. As early as 1930 Amoroso Lima started voicing his criticism of the Brazilian school system on account of its failure to recognize the Catholic educational philosophy.[16]

---

13. *Ibid.*, p. 172ff.
14. *Problema da Burguesia*, Rio de Janeiro, Editora Agir, 1931, p. 41.
15. See *Freedom in the Modern World*, New York, Gordian Press, 1971, pp. 3ff.
16. See *Humanismo Pedagógico*, Rio de Janeiro, Editora Agir, 1944.

His bitterest criticism was addressed to pedagogical pragmatism and socialism because, in his opinion, the role of education is not to attempt to adapt the individual to the social conditions which surround him but to prepare him for an active citizenship and a political understanding of his social reality. In this context, education is considered one of the main tools for the fostering of man's search for freedom and for the awakening of his consciousness. Again he attacks the totalitarian societies in which education is subordinated to the wills and purposes of the state as an attempt to restrain man's freedom as well as his critical consciousness. In that analysis we can clearly see how Maritain's concept of education by the rod and education as a problem-solving process emerges in Amoroso Lima's pedagogical inquiries.[17] On the other hand, this Maritainian influence can also be detected in the writings of another famous Brazilian educator, Paulo Freire. His concepts of "banking" education and education as problem-posing echo very closely both Maritain's and Amoroso Lima's approaches. According to the first concept, education is an act of transferring the teacher's knowledge over to passive students. From this stand-point, education is a way of domesticating the students, to bring them into the value system of the established order. According to the second concept, education is used as a means to awaken the critical consciousness of the students, so that they can perceive critically all the contradictions of an unjust social order which prevents them from exercising their freedom. In this case, the educational process becomes a way of liberating man. The fragility of Freire's philosophy of education, however, rests in the lack of a metaphysical analysis of freedom. His notion of freedom is confined by historical circumstances. This was a lesson which he was unable to learn from his masters, Amoroso Lima and Maritain.

We said, initially, that Amoroso Lima was an eclectic thinker because of his openness to life and to reality and because of his critical, flexible way of philosophizing about them. Many years have elapsed since the appearance of his first writings and yet we can still feel this eclecticism reflected in his recent works. In all these years, however, just one thing persisted in Amoroso Lima's outlook: it was his admiration for and his loyalty to Jacques Maritain. Like his master's, the thought of Amoroso Lima can be summed up in his love for God and for man. Hence the metaphysical foundation of his thought and his preoccupation with everything related to the dignity of man. Both of them gave to twentieth-century generations a cause to fight and to die for: the cause of social, political and economic liberation from earthly oppression, which entails the search for internal and transcendental freedom from human finitude. Their lives were and continue to be dedicated to the fight for this noble cause. The lives of these two spiritual leaders can be summed up as a continuous struggle for the coming of a more just society. Specifically, in

---

17. See *Education at the Crossroads*, New Haven, Yale University Press, 1957, pp. 29ff.

the case of Amoroso Lima, we can state without a doubt that a work of a such vastness, coherence and erudition is yet to be produced in the cultural and philosophical history of Brazil.

Le congrès international Jacques Maritain d'Ottawa, son comité d'honneur et son comité d'organisation

Congrès international Jacques Maritain
Ottawa, Canada, les 6, 7, 8, 9 octobre 1982

Sous le patronage officiel de l'Unesco, organisé conjointement par l'Institut international Jacques Maritain et par l'Association canadienne Jacques Maritain, avec la collaboration de la Commission canadienne pour l'Unesco et de l'Université d'Ottawa.

Thème général du congrès :
Jacques Maritain, philosophe dans la cité

Président d'honneur :
Son Excellence le très honorable Edward Schreyer, C.C., C.M.M., C.D., gouverneur général du Canada

Hôte du congrès :
L'Université d'Ottawa

Présidents conjoints du congrès :
Le professeur Ramon Sugranyes de Franch, Université de Fribourg (Suisse), président de l'Institut international Jacques Maritain

Le professeur Jean-Louis Allard, Université d'Ottawa (Canada), président de l'Association canadienne Jacques Maritain.

Comité d'honneur :

Président d'honneur :
Son Excellence le très honorable Edward Schreyer, C.C., C.M.M., C.D., gouverneur général du Canada

Membres :
Son Excellence Monsieur Jean Béliard, ambassadeur de France au Canada
Monsieur Rafaël Caldera, président de l'Union parlementaire internationale
Son Honneur Marion Dewar, maire d'Ottawa
L'Honorable Amintore Fanfani, président du Sénat italien
Madame Éveline Garnier, nièce de Jacques Maritain
Son Éminence le cardinal Gabriel Garrone, président du Conseil pontifical de la Culture
Madame Antoinette Grunelius, Cercle d'études Jacques et Raïssa Maritain, Kolbsheim
Reverend Theodore M. Hesburg, President of the University of Notre Dame

Monsieur le professeur Olivier Lacombe, président d'honneur de l'Institut international Jacques Maritain

Monsieur Giuseppe Lazzati, recteur de l'Université de Milan

Prof. Dr. Nicholas Lobkowitz, Université de Munich

L'Honorable Mark MacGuigan, ministre de la Justice et Procureur général du Canada

Monsieur Amadou-Mahtar M'Bow, directeur général de l'Unesco

Madame Norah Willis Michener, Toronto

Son Excellence monseigneur Angelo Palmas, pro-nonce apostolique au Canada

Son Excellence monseigneur Joseph-Aurèle Plourde, archevêque d'Ottawa

Son Excellence monseigneur Paul Poupart, pro-président du Secrétariat pour les non-croyants

R.P. Enrico di Rovasenda, O.P., secrétaire général de l'Académie pontificale des sciences

Le Très Honorable Pierre Elliott Trudeau, premier ministre du Canada

LES MEMBRES DU COMITÉ D'ORGANISATON
THE MEMBERS OF THE ORGANIZING COMMITTEE

Président/Chairman

Jean-Louis Allard, professeur à l'Université d'Ottawa et président de l'Association canadienne Jacques Maritain

Vice-président/Vice-Chairman

Reverend Lawrence Dewan, O.P., Professor, Dominican College of Philosophy and Theology

Secrétaire-trésorier/Secretary-Treasurer

Gérald Brûlé, secrétaire de la Faculté d'éducation de l'Université d'Ottawa

Conseillers/Advisors

Léon Charette, professeur à l'Université d'Ottawa

Vianney Décarie, professeur à l'Université de Montréal et président de la Commission canadienne pour l'Unesco

R.P. Marcel Patry, O.M.I., directeur de l'Institut des communications sociales de l'Université Saint-Paul (Ottawa)

Reverend Lawrence Shook, C.S.B., Pontifical Institute of Mediaeval Studies, Toronto

Le message du directeur général de l'UNESCO aux membres du congrès international Jacques Maritain d'Ottawa

En cette année du centenaire de la naissance de Jacques Maritain, je me réjouis d'associer l'UNESCO aux travaux du Congrès international organisé par l'Institut international Jacques Maritain et par l'Association Jacques Maritain, avec la collaboration de la Commission canadienne pour l'UNESCO et l'Université d'Ottawa.

Membre du comité d'honneur de ce congrès, j'aurais souhaité prendre personnellement part à ses travaux, mais la tenue de la 115e session du conseil exécutif et la préparation de la 4e session extraordinaire de la conférence générale de l'UNESCO me retiennent au siège de l'organisation.

Je suis cependant heureux de vous faire savoir que, du fait de l'éminente personnalité de Jacques Maritain comme du rôle qu'il a joué lors de la création de l'UNESCO, et compte tenu de l'intérêt que revêt le thème général de votre congrès — Jacques Maritain, philosophe dans la cité — ainsi que du caractère international de cette rencontre, j'accorde bien volontiers à celle-ci le patronage de l'UNESCO.

Dans « Un monde qui désormais est uni pour la vie ou pour la mort », selon la formule saisissante de Jacques Maritain, les peuples sont de plus en plus tenus d'édifier ensemble, solidairement, un avenir qui leur est devenu commun. La mission d'une organisation internationale comme l'UNESCO est dès lors de contribuer à formuler les idées, de prendre les initiatives et d'élaborer, dans les domaines de sa compétence, des programmes susceptibles de donner corps à cette exigence décisive de notre temps — en œuvrant pour la justice et le progrès partout, pour la compréhension mutuelle entre les hommes et la solidarité entre les nations.

Lors de l'ouverture, en novembre 1947, de la deuxième session de la conférence générale de l'UNESCO, Jacques Maritain, qui en était le président, définissait les conditions auxquelles l'UNESCO pourrait remplir cette mission. Prévenant l'opinion mondiale contre le risque de « se laisser obséder par la hantise de la catastrophe et de s'abandonner à l'idée de la fatalité de la guerre », il défendait une conception pragmatique de l'action internationale, en précisant : « La finalité de l'UNESCO est une finalité pratique, l'accord des esprits peut s'y faire [...] non pas une commune pensée spéculative, mais sur une commune pensée pratique [...], sur l'affirmation d'un même ensemble de convictions dirigeant l'action. » Par là, Jacques Maritain apparaît comme l'un des pères spirituels de l'UNESCO, c'est dire combien je me réjouis d'associer l'organisation aux travaux du congrès d'Ottawa consacré à la célébration de son centenaire. C'est dire aussi tout le succès que je souhaite à ces travaux — et toute l'attention que l'UNESCO leur accordera.

Amadou-Mahtar M'Bow
Directeur général
Organisation des Nations unies
pour l'éducation, la science et la culture

NOTE

Lors du discours de clôture du congrès, Monsieur Vianney Décarie, président de la Commission canadienne pour l'UNESCO, a mis en évidence les liens étroits qui ont uni Jacques Maritain et l'UNESCO. Il a noté en particulier le célèbre discours de Maritain, prononcé à Mexico, le 6 novembre 1947, pour l'ouverture de la deuxième conférence de l'UNESCO, sur « Les possibilités de coopération dans un monde divisé», ainsi que celui qu'il a prononcé à Paris, lors de la « Rencontre des cultures de l'UNESCO », le 21 avril 1966, sur « Les conditions spirituelles du progrès et de la paix ». L'UNESCO a publié ces deux textes dans une brochure commémorative intitulée : *Célébration du centenaire de la naissance de Jacques Maritain 1882-1973.*

APPENDICE 3

Les allocutions prononcées lors de la séance d'ouverture du congrès

Allocution de Monsieur Antoine d'Iorio,
vice-recteur, Université d'Ottawa

Mon rôle ici ce soir se borne à vous souhaiter à tous la bienvenue au nom de l'Université d'Ottawa. Notre institution est extrêmement fière d'être l'un des parrains de ce congrès international marquant le centième anniversaire de naissance de Jacques Maritain. Nous sommes à la fois heureux et profondément honorés d'accueillir les distingués visiteurs et les éminents philosophes qui sont ici réunis en cette occasion.

Jacques Maritain, par ses nombreux écrits, est une source d'inspiration non seulement pour les philosophes mais aussi pour les éducateurs et les gouvernants. Nous, universitaires, abordons souvent les problèmes par le biais étroit de nos spécialités. Maritain nous rappelle cependant, tout au long de son œuvre, que les voies vers la vérité sont nombreuses; la philosophie, la science, la poésie, le mysticisme, sont tous des moyens permettant d'y accéder. Maritain perçoit les études spécialisées à la fois comme nécessaires et comme une menace à la vie de l'esprit puisqu'elles risquent de l'emprisonner dans un champ défini du savoir. Pour cette raison, il suggère de joindre à cette spécialisation un approfondissement de l'éducation libérale et un élargissement de la culture générale. Cette symbiose entre la formation spécialisée et l'esprit de généralisation, souhaitée par Maritain, demeure le problème fondamental de l'université dans un monde de plus en plus technologique.

La pensée de Maritain est évidemment plus vaste et plus englobante que la simple question de la formation universitaire; je me suis arrêté à ce seul point pour vous signifier l'intérêt que nous portons à ce congrès en tant qu'universitaires. L'Université d'Ottawa par ailleurs s'intéresse depuis près de quarante ans à l'œuvre de Jacques Maritain; soulignons en passant que nous avons eu de nombreuses thèses traitant d'une partie de son œuvre, et je voudrais souligner ici ce soir qu'une de ces thèses — celle du professeur Jacques Croteau (qui est ici présent) portant sur les fondements thomistes du personnalisme de Maritain et publiée en 1955 — fut un des premiers livres canadiens sur l'œuvre de Maritain. Un autre livre de la même époque intéressera sans doute Monsieur le gouverneur général puisqu'il s'agit du livre sur la démocratie chrétienne « Maritain on the Nature of Man in a Christian Democracy », dont l'auteur est Madame Nora Willis Michener, la femme d'un ancien gouverneur général du Canada.

L'Université d'Ottawa est aussi le siège de l'Association canadienne Jacques Maritain et notre recteur, le révérend père Guindon, est vice-président de l'Institut international Jacques Maritain. Pour mieux marquer le centenaire de la naissance de Jacques Maritain, l'Université a ajouté à la liste de ses cours de philosophie un cours de niveau supérieur sur la pensée et l'œuvre de cet éminent philosophe.

It is an honour and a pleasure for the University to act as host to this congress and to welcome you to Ottawa. I wish you every success and hope that your deliberations will be most fruitful. Thank you. Bon congrès.

Allocution d'ouverture
par le professeur Ramon Sugranyes de Franch, président de l'Institut international Jacques Maritain et président-conjoint du Congrès

Nous sommes rassemblés ici ce soir pour célébrer un centenaire. Or, la date rituelle du centenaire peut être fêtée dans des états d'esprit très différents. Souvent, il s'agit simplement de reconnaître une œuvre accomplie, dans un certain sens achevée et même limitée par les circonstances de temps et de lieu qui l'ont déterminée ; commémorer ainsi le centenaire c'est comme dresser un monument funéraire, *aere prennius* si possible, mais destiné à évoquer un passé révolu. Dans d'autres cas, il s'agirait de faire revivre une figure attachante et pourtant disparue à jamais, et ce serait alors une célébration de regrets. Mais un centenaire peut être aussi une manifestation de vie : l'occasion de constater l'actualité d'une pensée qui a gardé toute sa valeur et d'une figure exemplaire ; dans ce dernier cas, le centenaire vaut autant qu'un appel aux générations présentes pour qu'elles continuent une œuvre, malheureusement interrompue par la mort, mais douée d'une vigueur irremplaçable.

Est-il besoin de dire que pour nous, dans ce congrès, c'est bien dans ce sens que nous nous proposons d'évoquer la personne et l'œuvre de Jacques Maritain.

Et mon premier devoir est de remercier : le Canada qui nous accueille, en la personne de Son Excellence le gouverneur général ; l'Université d'Ottawa qui nous héberge et met à notre disposition les brillantes ressources intellectuelles de son corps enseignant ; l'Association canadienne Jacques Maritain qui a organisé cette rencontre ; Son Excellence Monseigneur le nonce de Sa Sainteté, dont la présence ici est le gage de notre attachement fondamental à l'Église de Rome.

Vous tous, chers amis, vous témoignez de la vitalité de la pensée maritainienne au Canada. S'il en fallait une preuve documentaire, vous la trouverez dans le n° 26 du bulletin de notre Institut international, *Notes et documents*, récemment paru : il reproduit un article de Roland Houde, dans *Relations*, avec plus d'une centaine de fiches bibliographiques d'écrits *de* Jacques Maritain et *sur* lui publiés au Canada depuis 1929 jusqu'en 1973 ; et qu'on pourrait utilement continuer jusqu'à présent. C'est dire l'intérêt que le « philosophe de Meudon » a éveillé de bonne heure dans ce pays, même avant de devenir pour tant de chrétiens responsables dans la vie intellectuelle et dans l'action politique le « maître de l'*Humanisme intégral* ».

Le titre même de notre Congrès est parfaitement évocateur : « Jacques Maritain, philosophe dans la cité ». Car Maritain est avant tout un philosophe profond, métaphysicien de grande envergure, dont la pensée est tout entière cohérente avec sa philosophie de l'être. Mais il a été aussi un moraliste; un philosophe de l'histoire qui a su élaborer une philosophie politique, plus que jamais valable à notre époque; sa conception de l'homme a préparé sa réflexion sur les problèmes de la pédagogie; ses vues scolastiques sur la philosophie de l'art se sont ouvertes sur une large compréhension de l'art moderne; et par-dessus tout, sa vie intérieure nous a valu des écrits sur la contemplation « à la croisée des chemins » des plus enrichissants pour les hommes de notre époque.

Henri Bergson disait que dans toute philosophie il y a une intuition originelle, source première, que l'on retrouve vivante, inspiratrice dans tous les thèmes et dans toutes les thèses de cette philosophie. Or, pour Maritain cette intuition originelle, celle qui donne cohérence à une œuvre si vaste et si diversifiée (dans les *Œuvres complètes* qu'en cette année du centenaire un éditeur courageux a commencé à publier, elle ne remplira pas moins de quinze volumes de plus de mille pages chacun) c'est celle-là même qui se trouve à la base du thomisme, dès les premières pages de la *Somme théologique* de saint Thomas d'Aquin : la nature — c'est-à-dire l'ensemble des êtres créés et des activités humaines qui ont pour objet les biens temporels, la culture, la civilisation et la technique, — est intelligible par elle-même. Autrement dit, le monde naturel possède un être à soi, une consistance autonome, différente essentiellement du monde surnaturel, du royaume de la grâce divine. Et ces deux mondes, ontologiquement distincts, la nature et la surnature, ne se confondent pas — tout en se complétant l'un l'autre. De la même manière, la personne humaine a une loi qui lui est propre, la loi naturelle. Et la volonté libre de l'homme est parfaitement capable de comprendre, par l'intelligence, son propre dynamisme et de se diriger vers les fins qui lui sont spécifiques.

Armé de cette philosophie réaliste, Maritain construit une solide épistémologie : *Distinguer pour unir ou Les degrés du savoir* sera le titre de son grand ouvrage de 1932. Au sommet de toute connaissance se trouve une vision du monde, une « sagesse » qui est au-dessus de toute science (*Science et sagesse* est un autre titre maritainien de 1935), qui dirige et éclaire l'intelligence. C'est la foi. Ensuite, vient la subdivision classique (d'Aristote et de saint Thomas) entre le savoir spéculatif et le savoir pratique : les sciences spéculatives connaissent pour connaître, ont leur fin en elles-mêmes; tandis que les sciences pratiques s'appliquent à connaître non seulement pour connaître, mais pour agir. Et le philosophe Maritain ne peut pas fermer les yeux sur les angoisses des hommes et de la cité. « La philosophie pratique — écrira-t-il — doit descendre jusqu'à l'extrême bord où la connaissance philosopique rejoint l'action ».

On voit que, chez Maritain, ni la pensée ni l'action n'oblitèrent jamais le témoignage chrétien. Si le chrétien est philosophe, son premier devoir sera donc de témoigner de l'esprit, en proclamant la *primauté du spirituel*. Lisez le livre de ce titre (publié en 1928, après la rupture de Maritain avec l'Action française) et vous aurez la surprise de découvrir qu'au lieu de proposer je ne sais quelle théocratie de racine pseudo-augustinienne, il affirme l'autonomie des réalités temporelles et la collaboration possible et nécessaire entre le spirituel et le temporel.

Le chrétien est l'homme du Christ, par définition, et il doit vivre la vie spirituelle aussi intensément que possible, *en tant que chrétien.* Mais il est en même temps l'homme engagé à fond dans la vie profane, dans laquelle, agissant *en chrétien* et sous sa seule responsabilité, il doit tout à la fois respecter les valeurs propres du monde temporel et les exigences foncières de son christianisme. Et c'est bien ici le moment de rappeler la distinction éclairante et profonde que Maritain propose entre l'action que l'on accomplit en tant que chrétien dans le royaume de Dieu, qui est l'Église, et celle que l'on accomplit en chrétien dans le monde, simple transposition dans le domaine des actes de la distinction fondamentale entre l'ordre de la grâce et celui de la nature, sans que cela signifie rupture et encore moins opposition entre ces deux ordres. Puisque les deux coexistent au cœur de cette même personne humaine, au cœur de cette société que le chrétien a pour mission de sauver : « sauver » au sens propre, en l'évangélisant; sauver aussi sur le plan temporel, en créant les conditions de vie les plus favorables à l'épanouissement de chaque personne.

C'est pourquoi Maritain refuse de s'enfermer dans ce « ghetto chrétien », que stigmatisait la revue *Esprit,* dès sa naissance. Et il rejette l'image — et davantage encore la réalité — d'une Église bâtie comme une forteresse, comme une citadelle investie de tous les côtés par ses ennemis. Ce qu'il postule est une Église ouverte et accueillante, un christianisme social, une société démocratique, une vie internationale organisée, — en somme tout ce que nous trouvons dans la constitution conciliaire *Gaudium et spes* comme exigences chrétiennes dans le monde d'aujourd'hui.

Et puis, il va plus loin dans son engagement personnel : devant l'inhumanité d'une « guerre civile » — comme celle d'Espagne de 1936-1939 — il élève une protestation véhémente; il n'est pas licite en tout cas de parler de « guerre sainte », car on ne peut pas avoir recours à la violence pour imposer le règne du Christ. Et chacun sait ce que cette position courageuse lui a coûté de délations et de poursuites de la part des catholiques qui voyaient dans le général Franco et dans ses parrains Mussolini et Hitler les défenseurs de l'ordre chrétien!

De la même manière, le philosophe refuse les sociétés « qui secrètent la misère » et il qualifie le capitalisme sauvage et effréné de notre temps de « désordre consubstantiel » (*Lettre sur l'indépendance,* 1935) ou de « désordre radical » (*Humanisme intégral,* 1936).

Il n'a jamais « fait de la politique », dans le sens de militer dans un parti. Mais il s'est cru obligé souvent de descendre dans l'arène et de prendre parti, vigoureusement : contre l'Action française, en 1925; contre le climat de pré-guerre civile que l'on respirait en France en 1934; contre l'agression italienne en Éthiopie de 1935; contre la « guerre sainte franquiste, en 1937; en faveur de la « paix civile » en Espagne, en 1938; en faveur de la France libre, qui poursuivait le combat tandis que la droite courbait l'échine face au nazisme triomphant en 1940. Et il a accepté d'être ambassadeur de France auprès du Saint-Siège au moment difficile de la fin de la guerre, en 1945. Autant d'activités entreprises sans relâcher en quoi que ce soit sa responsabilité de philosophe, ni son attitude fondamentale de contemplateur de la Sagesse *incréée,* attitude que, comme son ami Thomas Merton, il a voulu laisser comme ultime héritage aux hommes de notre temps. Oui, Jacques Maritain est vraiment le philosophe *chrétien* au cœur de la cité *temporelle.*

J'ai vu, dans votre ville d'Ottawa, la fontaine du Centenaire de la Fédération canadienne : face à l'édifice imposant du Parlement, il y a une fontaine d'eau vive, d'où jaillissent les flammes de l'amour. Ainsi, dans Maritain, de la pure contemplation spirituelle, de l'eau vive de la Grâce, surgissent les flammes de son engagement en faveur de la dignité de la personne humaine, de la liberté, du respect et de l'amitié civique entre les hommes.

Allocution de Monsieur Jean Béliard,
ambassadeur de France au Canada

Monsieur le professeur, vous avez donné une raison, la seule qui fait qu'un non philosophe s'adresse à de vrais philosophes : ce soir j'ai l'honneur de représenter mon pays dont l'un des enfants est honoré par vous. Nous nous sentons tous concernés par ce geste et je vous remercie très sincèrement non seulement en tant que Français, mais en ancien de la « France libre » de faire évoquer par autant de personnalités de grand talent le souvenir d'un Français éminent.

À ces remerciements que je vous adresse, j'y associe le recteur de cette Université et le vice-recteur. Je voudrais également dire notre reconnaissance à l'Association Jacques Maritain qu'elle soit canadienne, américaine ou française. Et enfin je voudrais, bien entendu, y associer le Canada tout entier, Monsieur le Gouverneur général, terre de liberté où nous prenons la parole dans un climat de cordialité.

Je crois que mes sentiments pour vous, Mesdames et Messieurs les professeurs, vont de l'admiration à l'envie. Admiration car vous vivez dans la discipline qui nous englobe tous, vous vivez dans cette science que Paul Valéry a décrit si bien lorsqu'il a dit qu'un philosophe était un « spécialiste de l'univers », et qui d'autre peut se prévaloir autant que vous de cette qualité ? Admiration, disais-je, qui se double d'envie, car j'ai passé quelques heures de ma vie avec Jacques Maritain alors que, jeune diplomate, je l'écoutais au Quai d'Orsay nous décrire ses impressions de récent Ambassadeur auprès du Saint-Père. Envie car de ces quelques moments de lumière passée à entendre Maritain était né le vif souhait de les prolonger en compagnie de ses lectures, ce que je n'ai pas fait assez. Mais plus tard, je le rencontrais à Princeton quand j'étais en poste à l'Ambassade de Washington : je me souviens de son culte de la vérité, de sa quête de la vérité. Ces paroles que je prononce devant vous maintenant doivent forcément vous paraître très superficielles : et elles le sont. Je ne peux pas aspirer à votre profondeur, mais le jeune animal politique que j'étais alors, à l'écoute de Jacques Maritain à Princeton, se rappelle ses propos sur l'État. De l'État, il disait à peu près ceci : « Son devoir principal est la justice sociale : l'État est un instrument au service de l'homme », je ne l'ai pas oublié.

Je voudrais évoquer aussi ce soir brièvement combien sa conception de la démocratie s'applique à notre temps, une démocratie essentiellement communautaire fondée sur le respect de la personne humaine : la personne humaine, cela signifiait pour lui évidemment le respect de Dieu. Mais il pensait à une démocratie qui doit être humanisme, pitié et piété. Ce n'est pas à vous,

Mesdames et Messieurs les professeurs, que je devrais rappeler que christianisme et démocratie constituent chez Maritain un appel à un humanisme héroïque, exigeant et difficile. Je ne pousserai pas plus loin mon audace, je ne vais pas m'engager davantage sur un terrain où seuls mon admiration pour Maritain et mon profond amour de la liberté me permettent d'évoquer devant vous, des maîtres, le souvenir d'un homme exceptionnel dont la pensée rayonnante a éclairé nos vies et qui, je l'espère, continuera d'illuminer les chemins de la liberté. À ces propos, venant d'un homme qui a eu la chance d'entendre Bergson au Collège de France dans ses dernières leçons, d'écouter Jacques Maritain à Princeton, mais qui s'est écarté de l'étude de la philosophie, sans doute parce que ses moyens intellectuels ne le lui permettaient pas, votre réunion apporte l'image de ce vers quoi doit tendre le savoir humain. Non seulement le culte réfléchi de nos très grands esprits, mais la mise à disposition de leurs enseignements aux générations qui leur succèdent. Ce sont des propos évidents, venant d'un apprenti philosophe, venant d'un pays dont l'un des esprits les plus illustres m'a permis d'avoir l'honneur de vous adresser la parole ce soir. Je vous remercie très sincèrement au nom de ce pays de l'honneur que vous faites à un écrivain, à un Français clairvoyant, à un défenseur de la liberté.

Allocution de Son Excellence
monseigneur Angelo Palmas,
pro-nonce apostolique au Canada

Lorsque Monsieur Allard me demanda d'obtenir un message du Saint-Père pour ce Congrès et de dire aussi quelques paroles, je lui avais répondu qu'il aurait été irrespectueux de ma part d'ajouter quelques paroles à celles du Pape. Maintenant je constate qu'il est bien difficile de ne rien dire en présence de cette assemblée si distinguée.

Je sens d'abord le besoin d'exprimer ma gratitude au cher professeur Jean-Louis Allard pour son invitation et aussi pour tout ce qu'il a fait, en tant que philosophe chrétien, avec compétence et amour, en vue de la réalisation du Congrès qui commence. Il m'avait parlé de cette initiative, lorsqu'il s'agissait d'un simple projet. J'ai pu suivre sa réalisation. Je désire maintenant le féliciter, lui et ses collègues du comité organisateur.

En saluant vos personnes, je salue des frères et des chrétiens. Et quand je dis chrétiens, je voudrais entendre cette parole dans son sens intégral et, selon lequel, l'on ne peut pas concevoir un chrétien qui ne soit pas engagé. Par le baptême, nous devenons en effet fils de Dieu et, en tant que tels, nous sommes appelés à accomplir sur cette terre une mission, qu'il s'agisse d'un paysan ou d'un ouvrier, d'un étudiant ou d'un professionnel.

Quelle est la mission du professeur de philosophie dans notre temps? En posant cette question, je pense de façon particulière à la situation de la jeunesse de notre temps, aux conséquences de l'enseignement philosophique donné un peu partout et au devoir qui incombe aux professeurs chrétiens en tant que constructeurs de la « Cité de Dieu ». Aussi me plaît-il de former le vœu que chacun de vous puisse être dans l'université où vous enseignez des messagers de l'Évangile conformément à la mission qui vous a été confiée. Que ce congrès ne soit pas une rencontre purement académique, limitée aux souvenirs d'un grand philosophe qui a professé sa foi par son enseignement, mais une rencontre qui laisse des traces profondes de renouveau chrétien pour le bien des individus, des familles et de la société.

Monsieur le Président de l'Institut a voulu mettre en relief le symbole découlant de la fontaine du centenaire du Canada : eau vive enflammée. Il s'agit d'une idée magnifique, cette flamme étant le signe de la lumière que l'Esprit de Vérité n'a cessé de répandre dans le monde au cours des siècles sur l'humanité, même avant le Christ, par la voix de grands philosophes et mystiques qui ont ouvert les grands chemins de l'humanité et dont la pensée reste encore féconde comme une pré-évangélisation.

Que le Saint-Esprit vous illumine, chers amis, pendant ce congrès et dans l'accomplissement de votre mission culturelle et éducatrice, afin que votre enseignement soit l'expression de la lumière éternelle qui rompt les ténèbres de l'erreur et apporte à l'humanité la Vérité rédemptrice.

Et maintenant permettez que je vous lise avec beaucoup de respect le Message que le Saint-Père m'a chargé de vous transmettre :

Cité du Vatican
le 5 octobre 1982
Nuntius, Ottawa

Informé du Congrès international tenu à Ottawa sur thème « Jacques Maritain, philosophe dans la cité », à l'occasion du centenaire de sa naissance, le Saint-Père félicite les organisateurs et encourage les conférenciers et tous les participants, à mettre pleinement en lumière, les contributions originales du vénéré maître dans le domaine de l'éthique sociale, portant notamment sur les exigences du bien commun, le respect du droit des personnes, la participation de tous dans la liberté et la justice, la solidarité avec les pauvres, et l'ouverture au spirituel dans une perspective humaniste intégrale. Sa Sainteté bénit les congressistes en souhaitant que la dynamique d'une telle sagesse stimulée par la foi chrétienne leur apporte une aide précieuse à eux-mêmes et à ceux qui profiteront de leurs travaux.

Cardinal Casaroli

Address by His Excellency
the Right Honourable Edward Schreyer,
Governor General of Canada,
Honorary Chairman of the Congress

I was very pleased to receive the invitation to be here this evening and, as is the Canadian way, to wish a welcome to all of you who are here from abroad; not just once but twice. It's the Canadian way to extend hospitality in words of welcome and greetings in both languages, just to underline our friendliness.

I bring greetings as well to this Congress from Her Majesty, Elizabeth II, and on behalf of all Canadians. I extend best wishes for a fruitful and rewarding Congress.

It is especially pleasing to all those who think about it that, in the present day and age when there is so much in the news that is tending to underline the frantic pace of life, and the tempo of events world-wide, there should be a Congress such as this. This is where people of intellect and good mind and soul gather together to contemplate the applicability and relevance to modern-day life, and to present-day life and conditions, of a consistent and comprehensive whole of political thought such as was articulated by Jacques Maritain, not all that many years ago.

M. le Président, I find my presence here really quite appropriate for at least three reasons. One being that the wife of one of my predecessors, the Right Honourable Roland Michener, did not only study the subject matter of what is part of the theme of your Conference this week but also wrote a doctoral thesis on Jacques Maritain and Democracy. Secondly, for part of my lifetime I was in active political life and the Maritain search for a philosophy satisfactory to the concepts of democracy, i.e., the dignity of man, remains continually appealing to me.

Those of you who are familiar with parliamentary democracy and a constitutional monarchy, such as our system is, know that Governors General are supposed to speak in governor-generalities. I feel that while I must avoid partisan political comment this evening, I can at least say a good deal that is philosophically political. I do draw a distinction. It has been said by some, that for a period of fifteen years, more actually, of my life, I was one who could be identified as a left-wing Catholic; well, I never took umbrage at that. In fact, I've been called worse—many times.

But in the context of Jacques Maritain, his philosophy, his teaching and his writing over the years, certainly there is much to excite the enthusiasm of all genuine scholars of political philosophy and I should add, with all the emphasis I can muster, practitioners of politics as well.

I mentioned Mrs. Michener and her book; I think it would be in order to introduce a quotation from that book just now: "The most pressing question of our time concerns the nature of man: his origin, his essence . . . . Is he merely a glorified animal?" (And here I paraphrase to save time) . . . or is he a person with a rational, spiritual and eternal nature whose importance transcends that of any statist conception? The philosophic pursuit of these questions, as you well know, became the life-long pilgrimage of Jacques Maritain. It was an eventful journey, the recounting of which in his teachings and writings opened revealing new vistas for the exploring mind. Those who have studied his works, those who could be called scholars, have at various times and in various contexts called him "a flame of intellectual light," "a modern Thomist pursuing truth and reason via the Thomistic system based on the compatibility of faith with knowledge through reason."

Reinhold Niebuhr, the Protestant theologian, well known on both sides of the Atlantic, said of Maritain: "Maritain belongs to that small company of great spirits in any age from whom one may learn."

Mrs. Michener wrote that Maritain has tried to give to the world the type of philosophy which he considers is consonant with the whole nature of man. In that respect, she is joined by many others in commending his philosophic findings to all who are concerned with developing a satisfactory philosophy and philosophic framework and foundation for democracy.

We who treasure the democratic concept and who strive to protect it, preserve it, and to nourish the ideals that are fundamental to the retention of democracy, seek to do so, I should think, because it is the one system yet devised by man that honours man and mankind. Despite all its weaknesses over the decades, and in particular, for a multiplicity of factors and reasons all very complex, despite the apparent weakness of the democracies in the decades prior to World War II—in which case some of them were merely in their infancy (but to their opponents, who are ill-inclined toward democracy, that was no excuse—it merely gave a pretext for attacking it)—but despite whatever, however mixed, the results of democracy prior to World War II, it can be said I think without fear of contradiction and without equivocation, that no other system yet devised by man has been able to honour man and take as an assumption the perfectibility of the human spirit as, in any way that compares, even remotely, to democracy. It is a system—government of, by and for the people, to paraphrase Lincoln—that can assure mankind meaningful and ennobled existence on this planet Earth. Democracy is in keeping with the dignity of man based on the equality of the interrelationship between man and man that is the foundation of democracy "and it must be . . . there is no other foundation."

In the continuing efforts to forge a satisfactory philosophy that can measure the potential human aspirations and the promise of democracy, the teaching and works of Jacques Maritain have endured like a philosophic